O HERÓI DAS ERAS

O HERÓI DAS ERAS

LIVRO TRÊS DE MISTBORN

BRANDON SANDERSON

TRADUÇÃO
Petê Rissatti

TRAMA

Editora Nova Fronteira Participações S.A.
Av. Rio Branco, 115 — Salas 1201 a 1205 — Centro — 20040-004
Rio de Janeiro — RJ — Brasil
Tel.: (21) 3882-8200

Mapas e símbolos por Isaac Stewart
Símbolo do estanho e estacas por Ben McSweeney

Nossos agradecimentos à Editora Leya Brasil pela gentileza da cessão não onerosa da tradução ora publicada nesta edição.

Dados Internacionais de Catalogação na Publicação (CIP)

S216m Sanderson, Brandon
O Herói das Eras / Brandon Sanderson; traduzido por Petê Rissatti. – 3.ed. – Rio de Janeiro: Trama, 2025.
800 p.; 15,5 x 23 cm

Título original: *The Hero of Ages*
ISBN: 978-65-81339-20-3

1. Literatura americana. I. Rissatti, Petê. II. Título.

CDD: 810
CDU: 821.111(73)

André Felipe de Moraes Queiroz – Bibliotecário – CRB-4/2242

Visite nossa loja virtual em:

www.editoratrama.com.br
/ editoratrama

PARA JORDAN SANDERSON,

que consegue explicar a qualquer um que pergunte

como é ter um irmão

que passa a maior parte do tempo sonhando.

(Obrigado por me aguentar.)

SUMÁRIO

Agradecimentos 9

Prefácio 11

Mapas 13

PRÓLOGO 21

PRIMEIRA PARTE: *Legado do sobrevivente* 25

SEGUNDA PARTE: *Tecido e vidro* 155

TERCEIRA PARTE: *Os céus partidos* 341

QUARTA PARTE: *Bela destruidora* 443

QUINTA PARTE: *Confiança* 585

EPÍLOGO 785

ARS ARCANUM

Tabela de metais alomânticos 792

Índice alfabético alomântico 793

AGRADECIMENTOS

COMO SEMPRE, DEVO A MUITA gente muitos agradecimentos por me ajudarem a fazer deste livro o que ele é hoje. Primeiro e mais importante, meu editor e meu agente, Moshe Feder e Joshua Bilmes, devem ser mencionados pela sua excepcional habilidade de ajudar um projeto a alcançar seu maior potencial. Além disso, minha maravilhosa esposa, Emily, foi um grande apoio e auxílio no processo de escrita.

Como antes, Isaac Stewart fez o belo trabalho com mapas, símbolos dos capítulos e círculo de metais alomânticos. Também sou muito grato pela arte de Christian McGrath; dessa vez ela resultou na minha capa favorita entre as três de *Mistborn*. Agradeço a Larry Yoder por ser incrível, e a Dot Lin por seu trabalho de publicidade para mim na Tor. Denis Wong e Stacy Hague-Hill por seu auxílio ao meu editor, e a sempre maravilhosa Irene Gallo e Seth Lerner pela direção de arte.

Os leitores alfa para esse livro incluem Paris Elliott, Emily Sanderson, Krista Olsen, Ethan Skarstedt, Eric J. Ehlers, Eric "Mais Esnobe" James Stone, Jillena O'Brien, C. Lee Player, Bryce Cundick/Moore, Janci Patterson, Heather Kirby, Sally Taylor, Bradley Reneer, Steve "Não Sou Mais o Cara da Livraria" Diamond, General Micah Demoux, Zachary "Sinistro" J. Kaveney, Alan Layton, Janette Layton, Kaylynn ZoBell, Nate Hatfield, Matthew Chambers, Kristina Kugler, Daniel A. Wells, O Indivisível Peter Ahlstrom, Marianne Pease, Nicole Westenskow, Nathan Wood, John David Payne, Tom Gregory, Rebecca Dorff, Michelle Crowley, Emily Nelson, Natalia Judd, Chelise Fox, Nathan Crenshaw, Madison VanDenBerghe,

Rachel Dunn e Ben OleSoon. Os leitores gama incluem Deana Whitney, Gary Singer, Ted Herman, Joe Deardeuff e Bao Pham.

Além disso, agradeço a Jordan Sanderson a quem esse livro é dedicado, pelo seu trabalho incansável no site. Jeff Creer também fez um excelente trabalho com a arte para BrandonSanderson.com. Passe por lá e dê uma olhada!

PREFÁCIO

ESTE É O LIVRO QUE precisei provar que poderia escrever — tanto para mim mesmo quanto para meus leitores.

Durante os anos em que estive tentando entrar no gênero da fantasia, notei uma coisa nos escritores mais novos. Havia um bocado de grandes construtores de mundos (*worldbuilders*) vendendo livros. Também havia um monte de gente que podia escrever excelentes capítulos, personagens fascinantes e situações interessantes.

Contudo, percebi que com frequência eu me decepcionava com os finais desses livros. É verdade que prefiro um livro com um final fraco, mas personagens excelentes em vez do contrário — mas achava que muitos escritores estavam negligenciando esse ponto-chave das suas histórias. Se leio um livro épico, ou uma série épica, com imersão total e que levou semanas do meu tempo para concluir, quero um final igualmente épico.

Com *O Herói das Eras*, precisei mostrar que estava falando sério. Havia investido em escrever todos os três livros quase um depois do outro, terminando este antes que o primeiro fosse publicado. Fui tão longe, e com tanto esforço, porque queria garantir que o último livro tivesse um tema compatível com os dois primeiros.

Mas eu nunca havia feito isso antes. Estava explorando o que era, para mim, território novo. Havia escrito cerca de 15 ou 16 livros a essa altura, mas nenhum final de série. Então esse livro foi estressante. Queria tanto fazê-lo direito que, quando as coisas foram mal (como o arco de Sazed na versão inicial), senti muita pressão para encontrar outro caminho.

Ao mesmo tempo, havia um certo impulso acumulado para escrever *O Herói das Eras*. O livro dois apresentava o maior conflito geral dos três, mesmo que o arco de Sazed nesse livro fosse o maior conflito individual da série. Escrevi esse livro fervorosamente, energizado por ter parado (brevemente) de escrever o primeiro livro de *Alcatraz*. Tentei canalizar cada pedacinho de ideia fantástica de apocalipse que imaginei nos últimos anos, sem me conter.

Tive que dar o meu melhor nesse livro. Na maior parte, acho que consegui. Como todos os livros de *Mistborn*, ele tem um foco individual único. De certa forma, é um livro pequeno e grande ao mesmo tempo. Uma das minhas propostas para a série foi: "Faça em três livros o que outras séries levam dez para realizar." A maneira de fazer isso sem deixar que o livro ficasse sobrecarregado com histórias paralelas foi manter o foco em uns poucos personagens principais — mostrar o mundo deles desmoronando ao seu redor, mas mantendo a atenção neles e em suas lutas.

Tenho muito orgulho do resultado. Gosto de como é íntimo, apesar do escopo épico da série. Gosto de como é enxuto. (Embora grande, ainda tem metade do tamanho de um dos livros médios de Os Relatos da Guerra das Tempestades.) Gosto como a construção de mundo é bem amarrada e, mais do que tudo, como os três volumes funcionam como um todo. Tanto como uma jornada para os personagens quanto como exemplos de desconstrução do gênero da fantasia.

Mistborn é meu cartão de visitas para o mundo.

O Império Final
1. Luthadel
2. fossos de Hathsin
3. Urteau 4. Cidade de Fadrex
5. Tremredare 6. Tathingdwen
7. Conventículo de Seran
8. Monte Darytatith, local histórico do Poço da Ascensão
As Montanhas de Cinzas
9. Tyrian 10. Zerinah 11. Faleast 12. Doriel
13. Morag 14. Kalling 15. Torinost
16. Lago Tyrian
17. Lago Luthadel
18. Lago Negro
19. Rio Seran
20. Seran do Norte
21. Seran do Sul
22. Rio Channerel
Domínio de Terris
Domínio Longínquo
Domínio Ocidental
Domínio Setentrional
Domínio Central
Domínio Crescente
Domínio Meridional
Domínio Oriental
Ilhas Meridionais
Domínio Distante
2016

O IMPÉRIO FINAL
1021
DOMÍNIO LONGÍQUO
TREMREDARE
MORAG
CHAKATH
MANTIZ
DOMÍNIO MERIDIONAL
O Mar Meridional

DE TERRIS
TATHINGDWEN
IDENTAL
DOMÍNIO CRESCENTE
ORINOST
DOMÍNIO SETENTRIONAL
KALLING
ARGUOIS
FOSSOS DE HATHSIN
URTEAU
TRESTING
HAVERFREX
HOLSTEP
VALTROUX
Lago de Luthadel
R. Channerel
TYRIAN
LUTHADEL
Lago Tyrian
FELLISE
DOMÍNIO CENTRAL
O Lago Negro
SUISNA
ANALONGO
R. Channerel
DOMÍNIO
AUSTREX
CIDADE DE LEKAL
VETITIAN
BOSQUE E GARTH
FALEAST
ERLAC
DOMÍNIO ORIENTAL
DORIEL
Seran do Norte
URBENE
CONVENTÍCULO DE SERAN
R. SERAN
DOMÍNIO CRESCENTE
2016

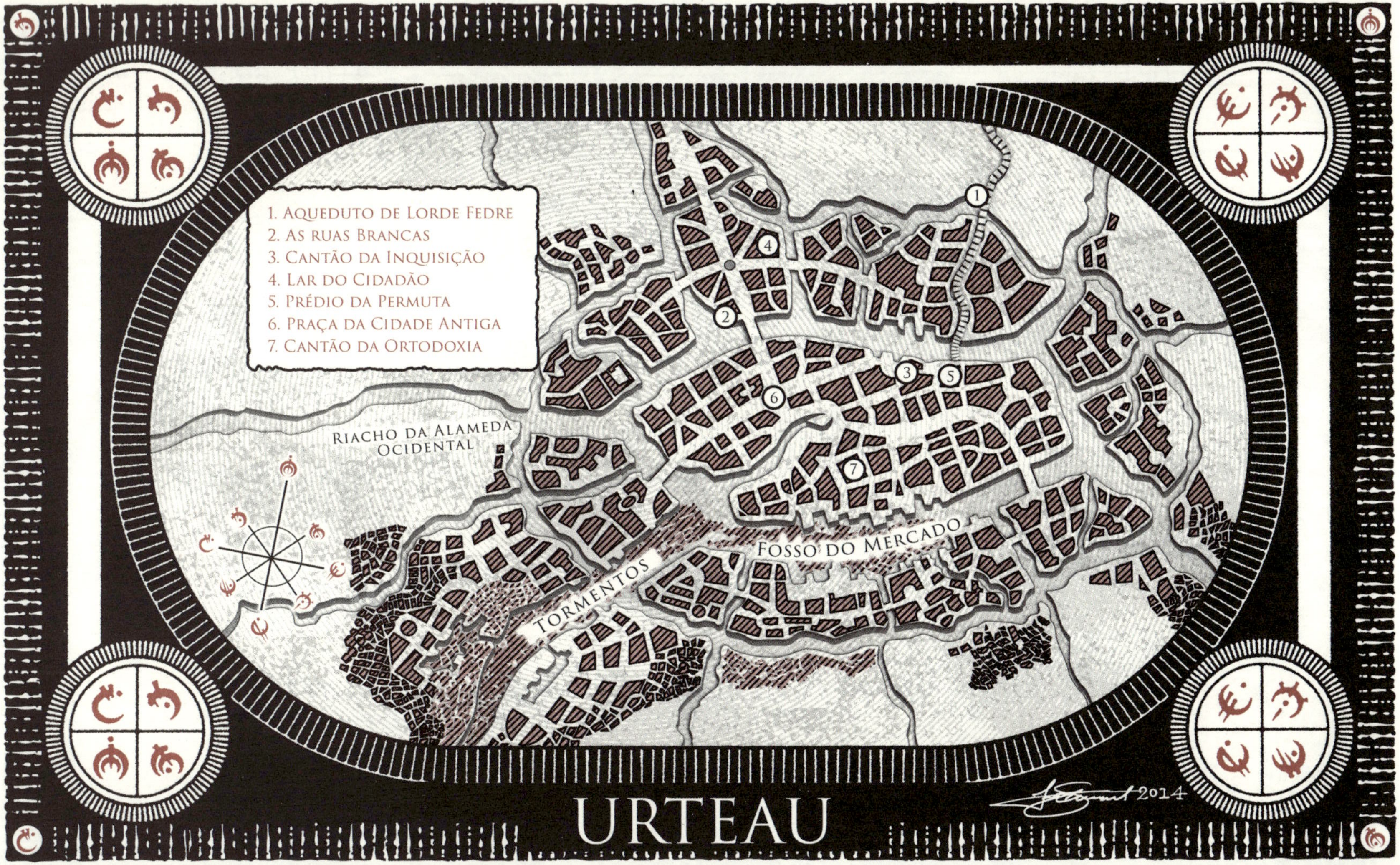

1. Aqueduto de Lorde Fedre
2. As ruas Brancas
3. Cantão da Inquisição
4. Lar do Cidadão
5. Prédio da Permuta
6. Praça da Cidade Antiga
7. Cantão da Ortodoxia
Riacho da Alameda Ocidental
Tormentos
Fosso do Mercado
2014
URTEAU

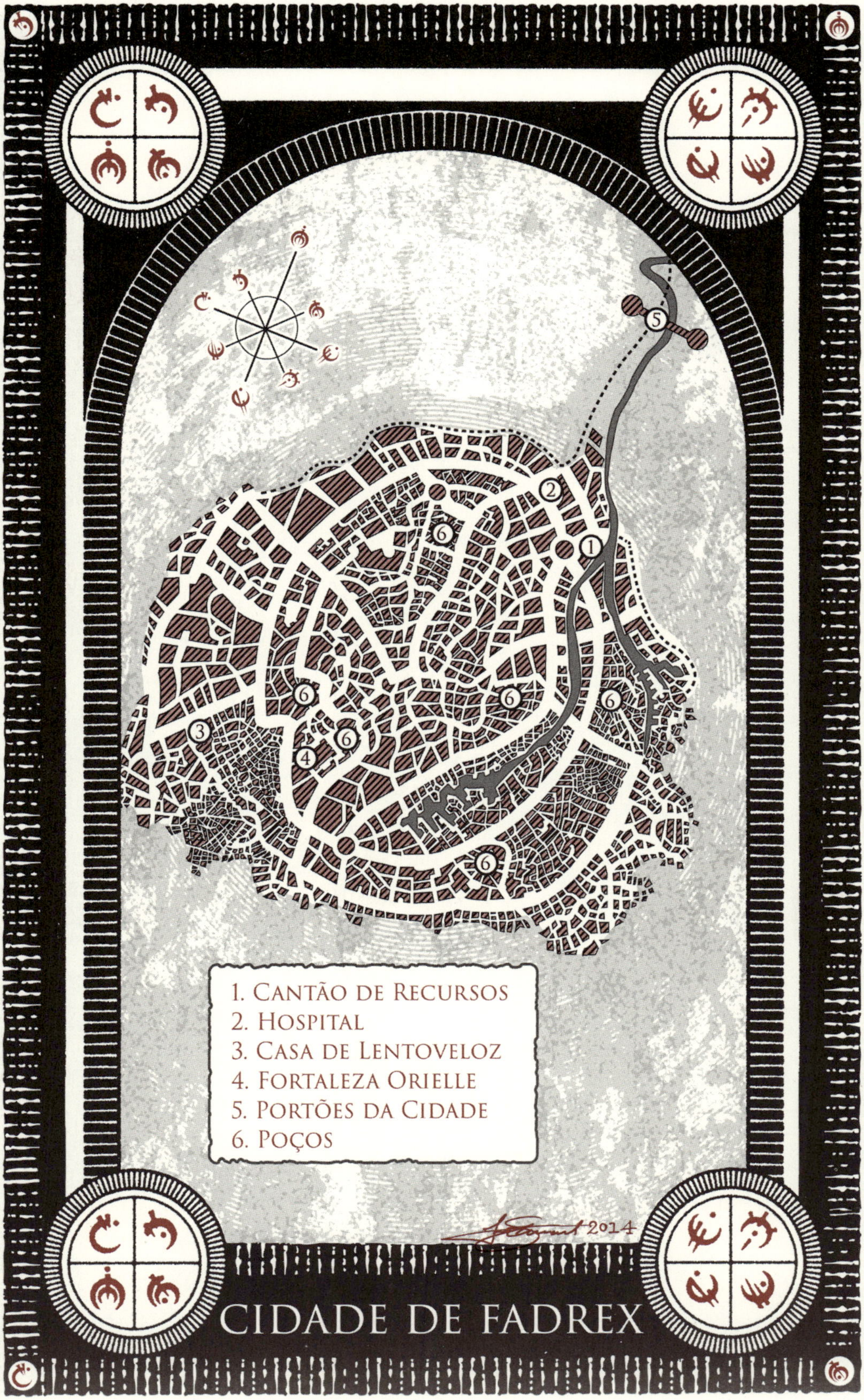

1. Cantão de Recursos
2. Hospital
3. Casa de Lentoveloz
4. Fortaleza Orielle
5. Portões da Cidade
6. Poços
2014
CIDADE DE FADREX

O HERÓI DAS ERAS

PRÓLOGO

MARSH LUTAVA PARA SE MATAR.

Sua mão tremia enquanto ele tentava reunir forças para erguer os braços, arrancar a estaca das costas e acabar com sua vida monstruosa. Já havia desistido de tentar se libertar. Três anos. Três anos como Inquisidor, três anos aprisionado na própria mente. Aquele tempo tinha provado que não havia escapatória. Mesmo naquele momento, sua mente estava turva.

E, então, *ele* assumiu o controle. O mundo pareceu vibrar ao redor dele por um instante; e, de repente, ele enxergava com clareza. Por que estivera lutando? Por que estivera se preocupando? Tudo estava como devia ser.

Deu um passo à frente. Embora não conseguisse mais ver como os homens normais — afinal, tinha grandes estacas de aço cravadas nos olhos —, podia sentir o aposento ao redor. As estacas atravessavam a parte de trás do crânio. Se erguesse a mão para tocá-lo, sentiria as pontas afiadas. Não havia sangue.

As estacas lhe davam poder. Tudo era traçado por finas linhas alomânticas azuis, que realçavam o mundo. O aposento tinha um tamanho modesto, e vários companheiros — também delineados em azul, as linhas alomânticas apontando para os metais no sangue de cada um — estavam ali de pé com Marsh. Cada um tinha estacas atravessadas nos olhos.

Isto é, todos exceto o homem amarrado à mesa diante dele. Marsh sorriu, pegando uma estaca da mesa ao lado e erguendo-a. O prisioneiro não estava amordaçado. Isso teria abafado os gritos.

— Por favor — sussurrou o prisioneiro, trêmulo.

Mesmo um mordomo terrisano desmoronava ao confrontar uma morte violenta. O homem lutava sem vigor. Estava numa posição muito desajeitada, pois o tinham amarrado à mesa sobre outra pessoa. A mesa havia sido projetada daquela forma, com sulcos que permitiam o posicionamento do corpo de baixo.

— O que você quer? — o terrisano perguntou. — Não tenho mais nada a dizer sobre o Sínodo!

Marsh passou os dedos pela estaca de estanho, sentindo a ponta. Havia trabalho a fazer, mas ele hesitou, saboreando a dor e o terror na voz do homem. Hesitou para que pudesse...

Marsh tomou controle da própria mente. Os aromas do quarto perderam sua doçura, passando a exalar o fedor de sangue e morte. A alegria se transformou em horror. O prisioneiro era um Guardador de Terris — um homem que trabalhara a vida inteira para o bem dos outros. Matá-lo não seria apenas um crime, mas também uma tragédia. Marsh tentou erguer os braços para agarrar às suas costas a estaca de esteio, que, se fosse retirada, o mataria.

Ainda assim, *ele* era forte demais. O poder. De alguma forma, tinha controle sobre Marsh — e precisava dele e de outros Inquisidores, para que agissem como suas mãos. Estava livre — Marsh ainda conseguia senti-lo exultante em relação a isso —, mas algo o impedia de interagir demais com o mundo por conta própria. Uma oposição. Um poder que recobria a terra como um escudo.

Ele ainda não estava completo. Precisava de mais. Algo mais... algo escondido. E Marsh encontraria essa coisa e a entregaria ao seu mestre. O mestre que Vin libertara. O ser que estivera aprisionado no Poço da Ascensão.

Ele chamava a si próprio de Ruína.

Marsh sorriu quando o prisioneiro começou a chorar. Em seguida, deu um passo à frente, erguendo a estaca e posicionando-a sobre o peito do homem em prantos. Precisaria atravessar seu corpo, passando pelo coração, e chegar ao Inquisidor amarrado abaixo dele. A arte da Hemalurgia era suja.

Por isso era tão divertida. Marsh pegou uma marreta e começou a bater.

PRIMEIRA PARTE

LEGADO DO SOBREVIVENTE

Infelizmente, sou o Herói das Eras.

1

FATREN ESTREITOU OS OLHOS PARA o sol vermelho que se escondia atrás do véu perpétuo de névoa escura. Cinzas negras caíam levemente do céu, como vinha acontecendo na maior parte dos dias recentes. Os flocos grossos despencavam, o ar estagnado e quente, sem trazer sequer vestígios de uma brisa leve para aliviar o humor de Fatren. Ele suspirou, recostando-se na fortificação de terra e olhando para Vetitan. Sua cidade.

— Quanto tempo? — perguntou.

Druffel coçou o nariz. As cinzas haviam manchado o rosto de preto. Ele não se importava muito com a higiene, ultimamente. Claro, considerando a tensão dos últimos meses, Fatren sabia que ele próprio também não estava muito apresentável.

— Uma hora, talvez — Druffel respondeu, cuspindo no chão de terra da fortificação.

Fatren suspirou, erguendo os olhos para as cinzas cadentes.

— Acha que é verdade, Druffel? O que o povo anda dizendo?

— O quê? Que o mundo está acabando?

Fatren assentiu.

— Sei lá — Druffel disse. — Não me importa.

— Como pode dizer isso?

Druffel deu de ombros, coçando-se.

— Assim que aqueles koloss chegarem, vou morrer de qualquer jeito. Esse vai ser o verdadeiro fim do mundo para mim.

Fatren ficou em silêncio; não gostava de expressar suas dúvidas. Dos dois, ele era quem deveria ser forte. Quando os lordes deixaram a cidade — uma comunidade agrícola, um pouco mais urbana que uma fazenda do norte —, foi Fatren quem convenceu os skaa a continuarem o plantio. Fatren manteve as tropas de recrutamento longe. Em tempos nos quais a maioria dos vilarejos e fazendas havia perdido todos os homens capazes para um exército ou outro, Vetitan ainda contava com uma população economicamente ativa. Aquilo custara muito de suas colheitas em propina, mas Fatren tinha sido capaz de manter o povo a salvo.

A maior parte do povo.

— As brumas não vão embora antes do meio-dia — Fatren disse em voz baixa. — Andam se demorando mais e mais. Você viu as colheitas, Druff. O plantio de outono mal resistiu ao inverno, está tudo definhando, acho que pela falta de luz solar. Não vamos ter comida suficiente até a colheita da primavera.

— Não vamos durar até o verão — comentou Druffel. — Não vamos durar até o cair da noite.

O mais triste naquilo, o que era verdadeiramente um desalento, era que, no passado, Druffel tinha sido o otimista dos dois. Fatren não ouvia seu irmão rir havia meses. Aquela gargalhada já tinha sido seu som favorito, um dia.

Nem mesmo os moinhos do Senhor Soberano foram capazes de acabar com a gargalhada de Druff, Fatren pensou. *Mas esses últimos dois anos conseguiram.*

— Fats! — uma voz gritou. — Fats!

Fatren ergueu os olhos, vendo o menino se aproximar aos tropeços pela lateral da fortificação. Ainda mal a haviam terminado — fora ideia de Druffel, quando ele ainda tinha esperanças. A população da cidade era de mais ou menos sete mil pessoas, o que a tornava razoavelmente grande. Deu um bom trabalho cercá-la por inteiro com um monte defensivo.

Fatren mal tinha mil soldados de verdade — fora muito difícil reunir aquele tanto em uma população tão pequena —, com talvez outros mil homens que eram jovens demais, velhos demais ou pouco qualificados para o combate. Não sabia realmente o tamanho do exército koloss, mas devia ser de mais de dois mil. Uma fortificação daquelas seria de pouquíssima utilidade.

O garoto, Sev, enfim alcançou Fatren.

— Fats! — falou. — Tem gente vindo!

— Já? Druff disse que os koloss ainda estavam longe!

— Não são os koloss, Fats. Um homem. Venha ver!

Fatren se virou para Druff, que esfregou o nariz e deu de ombros. Seguiram Sev pelo interior da fortificação, na direção do portão frontal. Cinzas e poeira se erguiam e rodopiavam sobre o chão de terra batida, empilhando-se nos cantos, pairando. Não houvera tempo para limpeza nos dias anteriores. As mulheres precisavam trabalhar nos campos enquanto os homens treinavam e cuidavam dos preparativos para a guerra.

Preparativos para a guerra. Fatren disse a si mesmo que tinha uma força de dois mil "soldados", mas, na verdade, o que tinha eram mil camponeses skaa com espadas. Haviam passado por dois anos de treinamento, sim, mas tinham muito pouca experiência real em combate.

Homens se aglomeravam ao redor dos portões frontais, de pé sobre a fortificação ou recostados na lateral. *Talvez tenha sido um erro gastar tantos recursos treinando soldados,* pensou Fatren. *Se aqueles mil homens tivessem trabalhado nas minas em vez disso, teríamos alguns minérios para usar de propina.*

Só que os koloss não aceitavam propina. Simplesmente matavam. Fatren estremeceu, pensando em Bosque de Garth. A cidade era maior que a sua, mas menos de cem sobreviventes tinham conseguido chegar a Vetitan. A chacina acontecera três meses antes. Na época, Fatren, irracionalmente, tivera esperanças de que os koloss tivessem se saciado com a destruição daquela cidade.

Não devia ter se iludido. Koloss jamais se saciavam.

Fatren foi até o topo da fortificação, e os soldados vestindo roupas remendadas e trapos de couro o seguiram. Através das cinzas cadentes, espiou uma paisagem escura que parecia coberta por uma neve negra como breu.

Um cavaleiro solitário se aproximava, usando uma capa preta com capuz.

— O que você acha, Fats? — um dos soldados perguntou. — Batedor koloss?

Fatren bufou.

— Os koloss não enviariam um batedor, muito menos um humano.

— Ele tem um cavalo — disse Druffel num grunhido. — Poderíamos fazer bom uso de mais um.

A cidade tinha apenas cinco cavalos. Todos desnutridos.

— Mercador — um dos soldados comentou.

— Sem mercadoria — falou Fatren. — E precisaria ser um mercador valente para percorrer essas paragens sozinho.

— Nunca vi um refugiado a cavalo — disse um dos homens. Ergueu um arco, olhando para Fatren.

Fatren fez que não. Ninguém se mexeu enquanto o estranho cavalgava na direção deles, movendo-se num ritmo tranquilo, sem pressa. Parou sua montaria bem diante dos portões da cidade. Fatren tinha orgulho deles. Portões de madeira genuínos, reais, instalados na fortificação de terra. Conseguira a madeira e a pedra fina na mansão do lorde, no centro da cidade.

Muito pouco se via do forasteiro embaixo da capa grossa e escura que vestia para se proteger das cinzas. Fatren examinou o estranho do topo da fortificação e em seguida ergueu os olhos para o irmão, dando de ombros. As cinzas caíam silenciosamente.

O estranho pulou do cavalo.

Subiu em disparada, como se impulsionado por baixo, a capa se soltando na subida. Embaixo dela, vestia um uniforme branco cintilante.

Fatren praguejou, pulando para trás quando o forasteiro se ergueu até o alto da fortificação e aterrissou no topo do portão de madeira. O homem era um alomântico. Um nobre. Fatren alimentara a esperança de que eles todos estivessem ocupados demais com suas escaramuças, lá no Norte, e deixassem seu povo em paz.

Ou, ao menos, que os permitissem ter uma morte pacífica.

O recém-chegado se virou. Tinha uma barba curta e os cabelos escuros bem rentes.

— Certo, homens — disse, caminhando sobre o topo do portão com um equilíbrio anormal —, não temos muito tempo. Mãos à obra.

Saiu do portão para cima da fortificação. Imediatamente, Druffel desembainhou a espada na direção do homem.

A arma lhe foi arrancada da mão, puxada no ar por uma força invisível. O estranho agarrou a espada quando ela passou ao lado de sua cabeça e a revirou nas mãos, inspecionando-a.

— Aço bom — disse, meneando a cabeça. — Estou impressionado. Quantos dos seus soldados estão bem equipados assim?

Girou novamente a espada, segurando-a pela lâmina e oferecendo-a de volta a Druffel.

Druffel olhou para o irmão, confuso.

— Quem é *você*, forasteiro? — Fatren questionou com o máximo de coragem que conseguiu reunir. Não sabia muito sobre Alomancia, mas tinha certeza de que aquele homem era um Nascido da Bruma. Poderia matar a todos na fortificação sem o menor esforço.

O homem ignorou a pergunta, voltando-se para examinar a cidade.

— Esta fortificação cobre todo o perímetro da cidade? — perguntou, voltando-se para um dos soldados.

— Hum... sim, milorde — o homem respondeu.

— Quantos portões há?

— Apenas um, milorde.

— Abra o portão e traga o meu cavalo para dentro — o recém-chegado disse. — Suponho que tenham estábulos.

— Temos, milorde — o soldado disse.

Bem, Fatren pensou com insatisfação quando o soldado partiu às pressas, *esse forasteiro certamente sabe como comandar pessoas*. O soldado de Fatren não parou para pensar que estava obedecendo a um estranho sem pedir sua permissão. Fatren já conseguia ver os demais soldados empertigando-se um pouco, perdendo a cautela. O forasteiro falava como se esperasse ser obedecido, e os soldados estavam reagindo de acordo. Não era um nobre como os que Fatren conhecera no passado, quando era um criado na mansão do lorde. Aquele homem era diferente.

O forasteiro continuou a contemplar a cidade. As cinzas caíam sobre seu belo uniforme branco, e Fatren pensou que era uma pena que aquelas vestes se sujassem. O recém-chegado assentiu para si mesmo e começou a descer pela lateral da fortificação.

— Espere — Fatren disse, fazendo o forasteiro parar. — *Quem é você?*

O outro se virou, olhando Fatren nos olhos.

— Meu nome é Elend Venture. Sou seu imperador.

Dito isso, o homem se virou e continuou a descer o aterro. Os soldados abriram caminho para ele; em seguida, muitos o acompanharam.

Fatren olhou para o irmão.

— Imperador? — Druffel murmurou, então cuspiu.

Fatren sentia a mesma confusão. O que fazer? Nunca combatera um alomântico antes, não sabia ao certo sequer como começar. Com certeza, o "imperador" havia desarmado Druffel com extrema facilidade.

— Organize o povo da cidade — disse o estranho, Elend Venture, lá adiante. — Os koloss virão do Norte... vão ignorar o portão e escalar a fortificação. Quero as crianças e os idosos concentrados na parte mais ao sul da cidade. Junte-os na menor quantidade de prédios possível.

— Do que isso vai adiantar? — Fatren inquiriu. Apressou-se para alcançar o "imperador", pois não via outra opção.

— Os koloss são mais perigosos quando estão em um furor por sangue — Venture falou, ainda caminhando. — Se tomarem a cidade, o melhor é que demorem o máximo possível à procura do seu povo. Se o furor diminuir durante a busca, vão ficar frustrados e começarão a saquear o local, e é nesse momento que o povo terá a chance de se esgueirar para longe sem ser perseguido.

Venture parou e se virou para fitar os olhos de Fatren. A expressão do forasteiro era amarga.

— Uma esperança ínfima. Mas já é alguma coisa.

Com isso, voltou a caminhar, percorrendo a via principal da cidade.

Lá atrás, Fatren conseguia ouvir os soldados sussurrando. Todos tinham ouvido falar de um homem chamado Elend Venture. Era quem tomara o poder em Luthadel após a morte do Senhor Soberano, mais de dois anos antes. As notícias que chegavam do Norte eram escassas e pouco confiáveis, mas muitas delas o mencionavam. Derrubara todos os rivais na disputa pelo trono, matando até mesmo o próprio pai. Escondera sua natureza de Nascido da Bruma e era supostamente casado com a mulher que matou o Senhor Soberano. Fatren duvidava que um homem de tamanha importância — que era mais provavelmente lenda que fato — tivesse rumado para uma cidade tão humilde no Domínio Sul, especialmente desacompanhado. Nem mesmo as minas valiam mais tanta coisa. O forasteiro devia estar mentindo.

Mas... ele era *claramente* um alomântico...

Fatren se apressou para acompanhá-lo. Venture — ou quem quer que fosse — demorou-se na frente de uma grande construção perto do centro da cidade. Os antigos gabinetes do Ministério do Aço. Fatren ordenara que as portas e janelas fossem fechadas com tábuas.

— Vocês encontraram as armas lá dentro? — Venture perguntou, virando-se para ele.

Fatren hesitou por um momento. Então, por fim, fez que não.

— Na mansão do lorde.

— Ele deixou armas para trás? — Venture perguntou, surpreso.

— Achamos que pretendia voltar para pegá-las — Fatren respondeu. — Os soldados que ele deixou acabaram desertando, juntando-se a um exército que passou por aqui. Eles levaram o que conseguiram carregar. Recolhemos o restante.

Venture esfregou o queixo barbado enquanto encarava o antigo edifício do Ministério. Era alto e ameaçador, apesar do estado de abandono. Ou, talvez, exatamente por conta disso.

— Seus homens parecem bem treinados. Eu não esperava por isso. Algum deles tem experiência de batalha?

Druffel bufou discretamente, indicando o que pensava: aquilo não era da conta do forasteiro intrometido.

— Nossos homens lutaram o bastante para serem perigosos, forasteiro — Fatren respondeu. — Alguns bandoleiros pensaram que podiam tomar a cidade de nós. Acharam que éramos fracos, que podíamos ser domados com facilidade.

Se o forasteiro viu alguma ameaça nas palavras, não demonstrou. Simplesmente assentiu.

— Algum de vocês combateu koloss?

Fatren e Druffel se entreolharam.

— Homens que lutam com koloss não sobrevivem, forasteiro — disse por fim.

— Se isso fosse verdade — Venture retrucou —, eu já teria morrido umas dez vezes. — Virou-se para encarar a aglomeração crescente de soldados e habitantes da cidade. — Vou ensinar-lhes o que puder sobre combater koloss, mas não temos muito tempo. Quero capitães e líderes de tropas organizados no portão da cidade em dez minutos. Soldados devem fazer uma formação por patente ao longo da fortificação. Vou ensinar alguns truques aos líderes de tropa e capitães, e eles poderão transmiti-los aos seus homens.

Alguns dos soldados se moveram, mas, num gesto louvável, a maioria deles ficou onde estava. O recém-chegado não parecia ofendido pelo fato de suas ordens não serem obedecidas. Ficou em silêncio, encarando a multidão armada. Não parecia assustado, tampouco irritado. Parecia apenas... régio.

— Milorde — um dos capitães finalmente se pronunciou. — O senhor... trouxe um exército para nos ajudar?

— Trouxe dois, na verdade — Venture falou. — Mas não temos tempo para esperá-los. — Ele fitou os olhos de Fatren. — Você escreveu e pediu minha ajuda. E, como seu senhor, vim concedê-la. Ainda a deseja?

Fatren franziu a testa. Nunca havia pedido ajuda àquele homem ou a qualquer lorde. Abriu a boca para contestar, mas não prosseguiu. *Vai me deixar fingir que pedi por ele,* Fatren pensou. *Agir como se fosse parte do plano desde o início. Eu poderia abrir mão do governo aqui sem parecer um fracasso.*

Vamos morrer. Mas, olhando nos olhos desse homem, quase consigo acreditar que temos uma chance.

— Eu... não esperava que o senhor viesse sozinho, milorde — Fatren flagrou-se dizendo. — Fiquei surpreso em vê-lo.

Venture meneou a cabeça.

— É compreensível. Venha, vamos discutir estratégias enquanto seus soldados se reúnem.

— Muito bem — Fatren disse.

Quando avançou, contudo, Druffel pegou seu braço.

— O que está fazendo? — o irmão sibilou. — Você *pediu* a ajuda desse homem? Não acredito.

— Reúna os soldados, Druff — Fatren disse.

Druffel hesitou por um momento, em seguida xingou baixinho e se afastou. Não parecia ter intenção nenhuma de reunir soldados, então Fatren acenou para que dois de seus capitães o fizessem. Com isso encaminhado, juntou-se a Venture, e os dois voltaram aos portões, Venture dando ordens para que alguns soldados fossem à frente e mantivessem as pessoas afastadas, de forma que ele e Fatren pudessem conversar com mais privacidade. As cinzas continuavam a cair do céu, escurecendo a rua e cobrindo os edifícios baixos da cidade.

— Quem é você? — Fatren perguntou em voz baixa.

— Sou quem eu disse que sou — Venture respondeu.

— Não acredito em você.

— Mas confia em mim.

— Não. Só não quero brigar com um alomântico.

— Isso basta, por ora. Olhe, meu amigo, tem *dez mil* koloss marchando para a sua cidade. Você precisa de qualquer ajuda que conseguir.

Dez mil?, Fatren pensou, estupefato.

— Suponho que esteja no comando da cidade, correto? — Venture perguntou.

Fatren sacudiu a cabeça para sair do estupor.

— Estou. Meu nome é Fatren.

— Certo, Lorde Fatren, nós...

— Não sou lorde — Fatren interrompeu.

— Bem, você acaba de se tornar um. Pode escolher um sobrenome mais tarde. Agora, antes de continuarmos, precisa saber das minhas condições para ajudá-lo.

— Que tipo de condições?

— Do tipo inegociável — disse Venture. — Se vencermos, você deve jurar lealdade a mim.

Fatren franziu a testa, parando no meio da rua. As cinzas caíam ao redor.

— Então, é isso? Você aparece antes de uma batalha, alegando ser um monarca qualquer para levar o crédito pela nossa vitória? Por que eu deveria jurar lealdade a um homem que conheci há apenas poucos minutos?

— Pois, do contrário — Venture disse baixinho —, eu tomarei o comando de qualquer jeito.

E continuou a andar.

Fatren parou por um momento; em seguida, correu atrás de Venture para alcançá-lo.

— Ah, entendi. Mesmo se sobrevivermos a essa batalha, acabaremos governados por um tirano.

— Sim.

Fatren franziu o cenho. Não esperava que o homem fosse tão direto.

Venture meneou a cabeça, observando a cidade através da chuva de cinzas.

— Eu achava que poderia fazer as coisas de outra forma. E ainda acredito que serei capaz, algum dia. Mas, por ora, não tenho escolha. Preciso dos seus soldados e preciso da sua cidade.

— Minha cidade? — Fatren perguntou, o cenho franzido. — Por quê?

Venture ergueu um dedo.

— Temos que sobreviver à batalha primeiro. Depois falaremos dos outros assuntos.

Fatren ficou em silêncio, surpreendendo-se ao perceber que *confiava* no forasteiro. Não conseguiria explicar exatamente por que se sentia assim. Era só um homem a seguir — um líder como Fatren sempre quisera ser.

Venture não esperou que Fatren concordasse com as "condições". Não era uma proposta, mas um ultimato. Fatren correu novamente para se aproximar, enquanto Venture adentrava a pequena praça diante dos portões da cidade. Soldados corriam para todos os lados. Nenhum vestia uniforme — o único método de distinguir um capitão de um soldado raso era uma faixa vermelha atada ao braço. Venture não lhes dera muito tempo para se reunir, mas todos sabiam que a cidade estava prestes a ser atacada. Haviam se reunido de qualquer forma.

— O tempo é curto — Venture repetiu em voz alta. — Posso ensinar apenas algumas coisas a vocês, mas elas farão diferença.

"Os koloss variam em tamanho, de pequenos, com cerca de um metro e meio de altura, até os imensos, que têm cerca de três metros e meio. Mas mesmo os pequenos serão mais fortes do que vocês. Podem ter certeza. Felizmente, as criaturas lutam sem organização. Se um koloss estiver numa enrascada, seu camarada não vai se dar ao trabalho de ajudar.

"Eles atacam diretamente, sem truques, e tentam usar a força bruta para subjugar. Não deixem que façam isso! Digam aos seus homens para atacar cada koloss em grupo: dois homens para os pequenos, três ou quatro para os grandes. Não conseguiremos manter uma frente de batalha muito grande, mas isso vai nos manter vivos por mais tempo.

"Não se preocupem com as criaturas que furarem o bloqueio e entrarem na cidade... os civis estarão escondidos bem ao fundo da cidade, e os koloss que ultrapassarem nossas fileiras talvez comecem a pilhagem e deixem os outros lutando sozinhos. É o que queremos! Não os persigam para dentro da cidade. Suas famílias estarão a salvo.

"Se estiverem lutando com um koloss grande, ataquem as pernas; derrubem-no antes de tentar matá-lo. Se estiverem lutando com um pequeno, cuidado para a espada ou lança não ficar presa na pele solta dele. Entendam que os koloss não são burros; são apenas rudimentares. Previsíveis. Avançarão sobre vocês da forma mais simples possível e atacarão apenas da maneira mais direta.

"A coisa mais importante de entender é que eles *podem* ser derrotados. Faremos isso hoje. Não se deixem intimidar! Lutem de modo coordenado, mantenham a cabeça no lugar, e prometo que *vamos sobreviver*."

Os capitães estavam em um grupinho, olhando para Venture. Não festejaram ao fim do discurso, mas pareciam um pouco mais confiantes. Eles se afastaram para repassar as instruções de Venture aos soldados.

Fatren se aproximou do imperador silenciosamente.

— Se sua contagem estiver correta, eles nos ultrapassam em cinco para um. — Venture assentiu. — Eles são maiores, mais fortes e mais bem treinados que nós. — Venture voltou a assentir. — Então, estamos condenados.

Venture franziu o cenho, as cinzas pretas cobrindo os ombros.

— Não estão condenados. Vocês têm algo que eles não têm. Algo muito importante.

— O quê?

Venture o encarou.

— Vocês têm a mim.

— Milorde imperador! — uma voz gritou do alto da fortificação. — Koloss à vista!

Eles já o chamam primeiro, Fatren pensou. Não sabia se ficava ofendido ou impressionado.

Venture imediatamente saltou para o alto da fortificação, usando sua Alomancia para cruzar a distância num salto rápido. A maioria dos soldados parou ou se escondeu atrás da fortificação, sem querer chamar atenção, mesmo com a distância dos inimigos. No entanto, Venture se ergueu ereto e orgulhoso em seu uniforme branco, estendendo a mão sobre os olhos e estreitando-os na direção do horizonte.

— Estão montando acampamento — disse, sorrindo. — Ótimo. Lorde Fatren, prepare os homens para um ataque.

— Um *ataque*? — Fatren perguntou, chegando aos tropeços até Venture.

O imperador concordou com um meneio de cabeça.

— Os koloss estarão cansados da jornada e distraídos com a montagem do acampamento. Jamais teremos uma oportunidade melhor para atacá-los.

— Mas estamos na defensiva!

Venture negou com a cabeça.

— Se esperarmos, eles acabarão entrando em um furor por sangue e nos atacarão. Precisamos avançar. É melhor do que esperar sermos massacrados.

— E abandonar a fortificação?

— A fortificação é impressionante, Lorde Fatren, mas, no fim das contas, inútil. Você não tem soldados para defender todo o perímetro, e os koloss em geral são mais altos e mais fortes que os homens. Vão simplesmente tomar a fortificação de vocês e, em seguida, manter um ponto de vantagem enquanto avançam cidade adentro.

— Mas...

Venture o encarou. Os olhos eram calmos, mas o olhar era firme e determinado. A mensagem era simples. *Sou eu que estou no comando agora*. Não haveria mais discussão.

— Sim, milorde — Fatren disse, convocando mensageiros para repassar as ordens.

Venture observou os garotos mensageiros partirem às pressas. Parecia haver alguma confusão entre os homens; eles não esperavam atacar. Mais e mais olhos se viravam na direção de Venture, empertigado no alto da fortificação.

Ele realmente parece um imperador, pensou Fatren, mesmo a contragosto.

As ordens percorreram as fileiras. O tempo passou. Enfim, o exército inteiro o observava. Venture puxou sua espada e a ergueu bem alto, na direção do céu coalhado de cinzas. Em seguida, desceu da fortificação num salto rápido e sobre-humano, avançando em direção ao acampamento koloss.

Por um momento, correu sozinho. Em seguida, para sua própria surpresa, Fatren cerrou os dentes para controlar os nervos trêmulos e o seguiu.

A fortificação irrompeu em movimentos, os soldados avançando com um grito coletivo, correndo com armas erguidas em direção à morte.

Ter o poder fez coisas estranhas à minha mente. Em poucos momentos, familiarizei--me com ele, com sua história e com as formas como poderia ser usado.

Ainda assim, esse conhecimento era diferente da experiência, ou mesmo da habilidade, de usar esse poder. Por exemplo, eu sabia como mover um planeta no céu. Apesar disso, não sabia onde posicioná-lo para que não ficasse próximo ou longe demais do Sol.

2

COMO SEMPRE, O DIA DE TenSoon começou na escuridão. Em parte, isso se devia, claro, ao fato de não ter olhos. Poderia ter criado um par deles — era da Terceira Geração, velho mesmo para um kandra. Havia digerido cadáveres o suficiente para aprender como criar órgãos sensórios intuitivamente, sem um modelo para copiar.

Infelizmente, olhos pouco teriam adiantado naquela situação. Não tinha um crânio e havia descoberto que a maioria dos órgãos não funcionava bem sem um corpo completo — e um esqueleto para sustentá-lo. Sua própria massa esmagaria os olhos caso se movesse de forma errada, e seria muito difícil virá-los ao redor para enxergar.

Não que houvesse qualquer coisa para ver ali. TenSoon moveu seu volume um pouco, virando-se dentro da cela de prisão. Seu corpo era pouco mais que um agrupamento de músculos translúcidos — como uma massa de grandes caracóis ou lesmas, todos conectados, pouca coisa mais maleável que o corpo de um molusco. Concentrando-se, conseguia dissolver um dos músculos e fundi-lo a outro ou criar algo novo. Ainda assim, sem um esqueleto para usar, era praticamente inútil.

Virou-se de novo na cela. Sua pele tinha um sentido próprio — uma espécie de paladar. Naquele momento, identificava o fedor dos próprios excrementos nas laterais do cômodo, mas não ousava desativar esse sentido. Era uma de suas únicas conexões com o mundo ao redor.

A "cela", na verdade, não passava de um fosso de pedra coberto com uma grade. Mal tinha o tamanho necessário para comportar sua massa. Seus capturadores jogavam comida do alto e periodicamente lançavam água para hidratá-lo e lavar seus excrementos através de um pequeno ralo ao fundo. Tanto esse buraco quanto os vãos da grade trancada acima eram pequenos demais para que passasse por eles — o corpo de um kandra era flexível, mas mesmo uma pilha de músculos conseguia se espremer só até determinado ponto.

A maioria das pessoas teria enlouquecido por conta da angústia de ficar confinado daquela forma por... ele nem mesmo *sabia* quanto tempo havia se passado. Meses? Mas TenSoon tinha a Bênção da Presença. Sua mente não desistiria tão fácil.

Às vezes amaldiçoava a Bênção por protegê-lo da loucura, que seria um alívio bem-vindo.

Concentre-se, disse a si mesmo. Não tinha cérebro, não como os seres humanos, mas era capaz de pensar. Ele não entendia isso. Não sabia se algum kandra entendia. Talvez aqueles da Primeira Geração soubessem mais. Mas, se realmente soubessem, não haviam ensinado aos que vieram depois.

Não podem me manter aqui para sempre, disse para si mesmo. *O Primeiro Contrato diz...*

Mas estava começando a duvidar do Primeiro Contrato, ou melhor, de que a Primeira Geração tivesse prestado atenção nele. Poderia culpá-los, no entanto? TenSoon era um violador de Contrato. Tinha admitido que agira contra a vontade de seu mestre, ajudando outra pessoa no lugar dele. Tal traição havia resultado na morte do mestre.

Mas, ainda assim, aquele ato tão vergonhoso era o menor de seus crimes. A punição para violação de Contrato era a morte e, se os crimes de TenSoon parassem por aí, os outros o teriam matado e acabado com a história. Infelizmente, havia muito mais em jogo. O testemunho de Ten-

Soon — dado à Segunda Geração em uma conferência a portas fechadas — revelara um lapso muito mais perigoso, muito mais importante.

TenSoon traíra o segredo do seu povo.

Eles não podem me executar, pensou ele, usando a ideia para se manter concentrado. *Não até descobrirem a quem contei.*

O segredo. O tão precioso segredo.

Condenei a todos nós. Meu povo inteiro. Seremos escravos novamente. Não, já somos escravos. Vamos nos tornar outra coisa... autômatos, nossa mente controlada por outros. Capturada e usada, sem termos mais domínio sobre nosso próprio corpo.

Era o que havia feito — ao que potencialmente dera início. O motivo pelo qual merecia encarceramento e morte. E, ainda assim, desejava viver. Deveria se odiar. Mas, por algum motivo, ainda sentia ter feito a coisa certa.

Ele se virou mais uma vez, uma massa de músculos escorregadios deslizando uns sobre os outros. No meio da virada, contudo, parou. Vibrações. Alguém se aproximava.

Ajeitou-se, empurrando músculos para as laterais do fosso, formando uma depressão no meio do corpo. Precisava coletar toda a comida que pudesse — era alimentado de forma muito escassa. Porém, nenhum resto de alimento foi derramado nos vãos da grade. Aguardou, esperançoso, até a grade ser destrancada. Embora não tivesse ouvidos, conseguiu sentir as vibrações ásperas quando a grade foi puxada para trás, o ferro bruto caindo por fim no chão lá em cima.

Quê?

Em seguida, vieram os ganchos. Eles envolveram seus músculos, prendendo-o e rasgando sua carne ao puxá-lo para fora do fosso. Doeu. Não apenas os ganchos, mas a repentina liberdade que sentiu conforme o corpo foi espalhado sobre o chão da prisão. Relutante, sentiu o gosto de terra e de restos de comida ressecada. Os músculos tremiam. Estar fora da cela parecia estranho, e ele se esticou, movendo-se de maneiras que quase havia esquecido.

Então, aquilo veio. Conseguia sentir o gosto no ar. Ácido, viscoso e pungente, aparentemente em um balde revestido de ouro trazido pelos carcereiros. Eles o matariam, afinal.

Mas eles não podem!, pensou. *O Primeiro Contrato, a lei do nosso povo, ela...*

Algo caiu sobre ele. Não era ácido, era rígido. Tocou o objeto com avidez, músculos movendo-se uns contra os outros, experimentando, testando, sentindo. Era redondo, com buracos e várias pontas afiadas... um crânio.

O fedor ácido ficou mais pungente. Estavam mexendo no líquido? TenSoon moveu-se rapidamente, moldando-se ao redor do crânio, preenchendo-o. Já tinha armazenado um pouco de carne dissolvida dentro de uma bolsa semelhante a um órgão, então a expeliu, passando-a pelo crânio, agilmente formando a pele. Deixou os olhos para lá, formando pulmões, criando uma língua, ignorando os lábios por ora. Trabalhou com uma espécie de desespero enquanto o gosto ácido aumentava, e então...

Foi atingido pelo ácido. Queimando os músculos de um lado do corpo, invadindo seu volume e o dissolvendo. Parecia que a Segunda Geração havia desistido de arrancar-lhe os segredos. No entanto, antes de matá-lo, sabiam que deviam lhe dar uma oportunidade para falar. Tal procedimento era exigido pelo Primeiro Contrato, daí o crânio. Contudo, os guardas obviamente tinham ordens para matá-lo antes que pudesse de fato dizer qualquer coisa em sua defesa. Seguiram as palavras da lei ao mesmo tempo que ignoraram seu espírito.

Não haviam contado, porém, com a velocidade com que TenSoon podia trabalhar. Poucos kandra passavam tanto tempo em Contratos como ele havia passado — todos os da Segunda Geração e a maioria da Terceira estavam aposentados. Levavam uma vida fácil ali na Terra Natal.

Uma vida fácil tinha muito pouco a ensinar.

A maioria dos kandra levava horas para formar um corpo — alguns mais jovens precisavam de dias. Em segundos, no entanto, TenSoon já tinha uma língua rudimentar. Enquanto o ácido percorria seu corpo, forçou uma traqueia para fora, inflou um pulmão e crocitou uma única palavra:

— Julgamento!

O despejo parou. Seu corpo continuava a queimar. Trabalhava em meio à dor, formando órgãos auditivos primitivos dentro da cavidade craniana.

Uma voz sussurrou ao lado:

— Tolo.

— Julgamento! — TenSoon repetiu.

— Aceite a morte — a voz sibilou. — Não se coloque numa posição que causaria mais prejuízo ao nosso povo. A Primeira Geração lhe concedeu esta chance de morrer por seus anos adicionais de serviço!

TenSoon hesitou. Um julgamento seria público. Até o momento, apenas poucos e seletos conheciam a extensão de sua traição. Poderia morrer amaldiçoado como violador de Contrato, mas guardando certo respeito pela carreira que tivera. Em algum lugar — provavelmente em um fosso naquela mesma sala —, havia quem amargasse a prisão perpétua, uma tortura que no final rompia até mesmo a mente daqueles favorecidos pela Bênção da Presença.

Queria se tornar um deles? Ao revelar suas ações em um julgamento aberto, conquistaria uma eternidade de dor. Forçar um julgamento seria tolice, pois não havia esperança de absolvição. Suas confissões já o haviam condenado.

Se falasse, não seria para se defender. Seria por uma razão completamente diferente.

— Julgamento — repetiu, dessa vez quase sussurrando.

Em alguns aspectos, ter esse poder foi devastador demais, creio. Era um poder que eu levaria milênios para compreender. Refazer o mundo teria sido fácil para alguém familiarizado com o poder. Ainda assim, percebi o perigo inerente à minha ignorância. Como uma criança que de repente recebe uma força surpreendente, talvez eu tenha pressionado demais e deixado o mundo como um brinquedo quebrado que eu jamais seria capaz de consertar.

3

ELEND VENTURE, SEGUNDO IMPERADOR DO Império Final, não havia nascido guerreiro. Nascera nobre — o que, nos dias do Senhor Soberano, essencialmente fizera dele um *bon vivant* profissional. Passara a juventude aprendendo os jogos frívolos das Grandes Casas, levando a vida mimada de um membro da elite imperial.

Não foi por acaso que acabou político. Sempre se interessara por teoria política e, embora tivesse sido mais um estudioso do que um verdadeiro estadista, tinha a certeza de que algum dia governaria sua Casa. Ainda assim, não foi um rei muito bom, no início. Não havia entendido que para a liderança era preciso mais do que boas ideias e intenções honestas. Muito mais.

Duvido que algum dia você seja o tipo de líder que consegue conduzir um ataque contra o inimigo, Elend Venture. As palavras tinham sido ditas por Tindwyl — a mulher que o treinara em práticas políticas. Lembrar aquelas palavras fez Elend sorrir, enquanto seus soldados avançavam sobre o acampamento koloss.

Elend avivou peltre. Uma sensação morna — agora familiar — brotou em seu peito, e os músculos enrijeceram com força e energia extra. Havia engolido o metal mais cedo para que pudesse extrair seus poderes na batalha. Era um alomântico. Aquilo ainda o deixava pasmo às vezes.

Como tinha previsto, o ataque pegou os koloss de surpresa. Estacaram por alguns momentos, atônitos — embora devessem ter visto o exército recém-recrutado de Elend investindo em sua direção. Os koloss tinham dificuldade em lidar com o inesperado. Achavam difícil compreender um grupo de seres humanos fracos e em número menor atacando seu acampamento. Levaram um tempo para se ajustar.

O exército de Elend fez bom uso daquele tempo. O próprio Elend atacou primeiro, avivando seu peltre para conseguir ainda mais poder ao acertar o primeiro koloss. Era uma fera menor. Como todos de sua espécie, tinha um formato quase humano, apesar da pele azul flácida e excedente que parecia descolada do resto do corpo. Seus olhos vermelhos brilhantes mostraram um pouco de surpresa desumana ao morrer, com Elend arrancando a espada de seu peito.

— Ataquem rápido! — ele gritou enquanto mais koloss se viravam vindo de suas fogueiras. — Matem o máximo que conseguirem antes do furor!

Seus soldados, aterrorizados, mas comprometidos, atacaram ao redor dele, derrubando os primeiros poucos grupos de koloss. O "acampamento" era pouco mais que um lugar em que os koloss haviam pisoteado as cinzas e as plantas embaixo delas e em seguida cavado valas para fogueiras. Elend, vendo seus homens ficando cada vez mais confiantes com o sucesso inicial, encorajou-os ao *puxar* as emoções com Alomancia, alimentando sua coragem. Ficava mais à vontade com essa forma de Alomancia; ainda não havia dominado o jeito de saltar usando metais, como Vin fazia. Já emoções... disso ele entendia.

Fatren, o líder robusto da cidade, manteve-se perto do imperador enquanto chefiava um grupo de soldados. Elend ficou de olho no homem. Fatren era o governante daquela pequena cidade; se morresse, seria um baque para todos. Em seguida, avançaram juntos sobre um grupo pequeno de koloss surpresos. A maior fera naquele grupo tinha pouco mais de três metros de altura. Como em todos os grandes koloss, a pele daquela criatura, antes solta e excedente, agora se esticava, apertada, ao redor do corpo exagerado. Os koloss nunca paravam de crescer, mas sua pele sempre continuava do mesmo tamanho. Nas criaturas mais jovens, pendia solta e em dobras. Nas mais velhas, esticava e rasgava.

Elend queimou aço e então lançou um punhado de moedas no ar à sua frente. *Empurrou* as moedas, lançando seu peso contra elas, dispersando-as nos koloss. As feras eram fortes demais para se confiar que tombariam com simples moedas, mas os pedaços de metal iriam feri-los e enfraquecê-los.

Enquanto as moedas voavam, Elend atacou o grande koloss. A fera puxou uma espada gigantesca das costas e parecia animada com a perspectiva de uma batalha.

O koloss investiu primeiro; tinha um alcance incrível. Elend precisou pular para trás, o peltre deixando-o mais ágil. As espadas dos koloss eram coisas enormes e grosseiras, tão cegas que eram quase porretes. A força do golpe sacudiu o ar. Elend mal teria chance de desviar da lâmina, mesmo com o peltre avivado. Além disso, a espada — ou, mais precisamente, o koloss que a segurava — pesava tanto que Elend não seria capaz de usar Alomancia para *empurrá-la* para fora das mãos da criatura. *Empurrar* com aço era uma questão de peso e força. Se Elend *empurrasse* algo mais pesado que ele próprio, seria lançado para trás.

Então, precisou confiar na velocidade e na destreza extras do peltre. Lançou-se para a direita, com cuidado para não tomar um contragolpe. A criatura se virou em silêncio, encarando Elend, mas sem golpear. Ainda não havia se enfurecido.

Elend examinou o adversário enorme da cabeça aos pés. *Como eu vim parar aqui?*, pensou, não pela primeira vez. *Sou um estudioso, não um guerreiro.*

Na metade desse tempo, pensou que não deveria liderar soldado nenhum. Na outra metade, percebeu que pensava demais. Ele se inclinou para a frente, golpeando. O koloss anteviu o movimento e tentou acertar a arma na cabeça de Elend, que estendeu a mão e *puxou* a espada de outro koloss — tirando o equilíbrio da criatura, permitindo que dois homens a matassem, e também se *puxando* para o lado. Quase não escapou da arma do adversário. Então, com um giro no ar, avivou peltre e golpeou de lado.

Decepou a perna da fera na altura do joelho, deixando que tombasse no chão. Vin sempre dizia que o poder alomântico de Elend era extraordinariamente forte. Elend não tinha experiência suficiente com Alomancia — mas a força de seu próprio ataque o fez cambalear. Recuperando o equilíbrio, decapitou a criatura.

Vários soldados o encaravam. Seu uniforme branco estava tingido com o sangue vermelho e brilhante do koloss. Não era a primeira vez. Elend respirou fundo ao ouvir gritos desumanos soarem pelo acampamento. O furor estava começando.

— Em formação! — gritou. — Façam filas, fiquem juntos, preparem-se para o ataque!

A reação dos soldados foi lenta. Eram muito menos disciplinados que as tropas com as quais Elend estava acostumado, mas fizeram um trabalho admirável em se aglomerar ao seu comando. Elend olhou para o solo diante deles. Haviam conseguido derrubar centenas de koloss — um feito impressionante.

Contudo, a parte fácil havia acabado.

— Mantenham-se firmes! — Elend berrou, correndo diante da fila de soldados. — Mas continuem lutando! Precisamos matar o máximo que pudermos deles, o mais rápido possível! *Tudo* dependerá disso! Mostrem a eles sua fúria, homens!

Queimou latão e *empurrou* as emoções dos soldados, *abrandando* seu medo. Um alomântico não podia controlar mentes, ao menos não mentes humanas, mas *podia* incentivar algumas emoções à medida que desencorajava outras. Bem, Vin dizia que Elend era capaz de afetar muito mais pessoas do que deveria ser possível. Era mais um sinal que dava crédito à ideia de que as habilidades de Elend vinham da mesma fonte e com o mesmo método que os primeiros alomânticos usaram para adquirir seus próprios poderes.

Sob a influência do Abrandamento, os soldados se empertigaram. Novamente Elend sentiu um respeito saudável pelos simples skaa. Embora lhes incitasse coragem a determinação era deles próprios. Eram boas pessoas.

Com sorte, poderia salvar alguns.

Os koloss atacaram. Como havia esperado, um grupo grande das criaturas afastou-se do acampamento principal e avançou em direção ao vilarejo. Alguns dos soldados gritaram, mas estavam ocupados demais se defendendo para segui-los. Elend lançava-se na escaramuça sempre que o exército cambaleava, apoiando o ponto fraco. Enquanto o fazia, queimava latão e tentava *empurrar* as emoções dos koloss mais próximos.

Nada acontecia. As criaturas eram resistentes à Alomancia emocional, especialmente quando já estavam sendo manipuladas por outra pessoa. No entanto, quando *conseguisse* afetá-los, teria controle total sobre eles. Aquilo exigia tempo, sorte e uma determinação para lutar incansavelmente.

Então foi o que fez. Lutou ao lado dos homens, vigiando-os, matando koloss quando as fileiras se curvavam nas pontas, formando um meio círculo para impedir que as tropas fossem cercadas. Mesmo assim, o combate era impiedoso. Quanto mais os koloss se enfureciam e atacavam, mais as chances do grupo de Elend diminuíam. As criaturas ainda resistiam à sua manipulação emocional. Mas estavam se aproximando...

— Estamos condenados! — Fatren gritou.

Elend girou o corpo, um pouco surpreso ao ver o lorde musculoso ao lado dele e ainda vivo. Os homens continuavam a combater. Apenas 15 minutos haviam se passado desde o início do furor, mas o exército já estava começando a ceder.

Um ponto apareceu no céu.

— Você nos trouxe para a morte! — Fatren berrou. Estava coberto com sangue de koloss, embora uma mancha no ombro parecesse ser dele mesmo. — Por quê?

Elend simplesmente apontou para o ponto cada vez maior no céu.

— O que é aquilo? — Fatren perguntou em meio ao caos da batalha.

Elend sorriu.

— O primeiro dos exércitos que lhes prometi.

VIN DESPENCOU DO CÉU EM meio a uma tempestade de ferraduras, aterrissando diretamente no centro do exército koloss.

Sem hesitar, usou Alomancia para *empurrar* um par de ferraduras na direção de um koloss em pleno giro. Uma acertou a criatura na testa, lançando-a para trás, e a segunda voou sobre sua cabeça, acertando outro koloss. Vin girou e lançou outra ferradura, passando direto por uma fera particularmente grande e atingindo um koloss menor que vinha logo atrás.

Ela avivou ferro, *puxando* a ferradura de volta e passando-a ao redor do pulso do koloss maior. O *puxão* imediatamente a arrastou na direção da criatura, mas também desequilibrou o monstro. A enorme espada de ferro que ele carregava caiu no chão quando Vin o atingiu no peito. Em seguida, ela *empurrou* a espada caída, lançando-se para o alto em uma cambalhota para trás no instante em que outro koloss tentou golpeá-la.

Vin se ergueu a mais de quatro metros do chão. A espada errou, cortando a cabeça do koloss abaixo dela. O que havia avançado não pareceu se importar por ter assassinado um camarada; apenas a encarou com olhos injetados de ódio.

Vin *puxou* a espada caída, que se lançou em sua direção, mas também a puxou para baixo com seu peso. Ela a pegou ao cair — a espada tinha quase o seu tamanho, mas o peltre avivado permitia que a manejasse com facilidade — e decepou o braço do koloss agressor em sua aterrissagem.

Ela cortou as pernas dele na altura dos joelhos e o deixou para morrer enquanto se virava na direção de outros adversários. Como sempre, os koloss pareciam fascinados por ela, de uma forma enfurecida, desnorteada. Associando tamanho com perigo, eles tinham dificuldade de compreender como uma mulher pequena como Vin — com vinte anos, pouco mais de um metro e meio de altura e magra como um graveto — poderia representar ameaça. Ainda assim, eles a viam matar, e isso os atraía.

Por ela, estava tudo bem.

Gritava durante os ataques, nem que fosse apenas para acrescentar algum som ao campo de batalha silencioso demais. Os koloss tendiam a parar de gritar quando entravam no furor, ficando cada vez mais concentrados apenas em matar. Vin lançou um punhado de moedas, *empurrando-as* para o grupo atrás dela, e em seguida pulou para a frente, *puxando* uma espada.

Um koloss adiante tropeçou. Ela aterrissou sobre suas costas, atacando a criatura ao lado. Esta caiu, e Vin enterrou a espada nas costas do que estava embaixo dela. *Empurrou-se* para o lado, *puxando* a espada do koloss agonizante. Agarrou a arma, feriu uma terceira criatura e então lançou a espada, *empurrando-a* como uma flecha gigantesca no peito de um quarto monstro. Aquele mesmo *empurrão* a lançou para trás, fazendo com que saísse do alcance de um golpe. Ela arrancou a espada do koloss que havia perfurado, arrancando a arma enquanto a criatura morria. E, em um golpe fluido, enterrou-a na clavícula e no peito de uma quinta fera.

Então aterrissou. Koloss caíam mortos ao redor.

Vin não estava furiosa. Não estava aterrorizada. Havia transcendido aqueles sentimentos. Tinha visto Elend morrer — o segurara nos braços enquanto ele falecia — e sabia que havia deixado aquilo acontecer. Intencionalmente.

E, ainda assim, ele estava vivo. Cada respiração era inesperada, talvez imerecida. No passado, teve pavor de falhar com ele. Mas havia encontrado a paz, de certa forma, ao compreender que não podia impedi-lo de arriscar a própria vida. Ao compreender que não *queria* impedi-lo de arriscar a própria vida.

Então, não lutava mais temendo pelo homem que amava. Em vez disso, lutava com uma percepção. Ela era uma faca — a faca de Elend, a faca do Império Final. Não lutava para proteger um homem, mas para proteger o modo de vida que ele havia criado e as pessoas que batalhavam tanto para defendê-lo.

A paz lhe dava força.

Koloss definhavam a sua volta, e o sangue escarlate — brilhante demais para ser humano — tingia o ar. Havia dez mil naquele exército, criaturas demais para ela matar. No entanto, não precisava assassinar cada koloss do exército.

Precisava apenas assustá-los.

Pois, apesar do que já havia suposto no passado, os koloss *sentiam* medo. Ela o via crescer nas criaturas ao seu redor, dissimulado por trás da frustração e da fúria. Um koloss atacou, e ela se esquivou para o lado, movendo-se com a velocidade aumentada do peltre. Golpeou as costas da fera em pleno movimento e girou, observando uma criatura gigantesca abrindo caminho através do exército na direção dela.

Perfeito, pensou. Era grande — talvez o maior que já vira. Tinha quase quatro metros. Já devia ter morrido de insuficiência cardíaca muito tempo antes, e sua pele estava quase toda rasgada, pendendo em abas largas.

Ele uivou, o som ecoando pelo campo de batalha estranhamente quieto. Vin sorriu, em seguida queimou duralumínio. De imediato, o peltre já avivado dentro dela explodiu para lhe dar um pico imenso e instantâneo de força.

Vin queimou aço e, em seguida, *empurrou* em todas as direções. Seu *empurrão* impulsionado pelo duralumínio atingiu as espadas das criaturas que corriam na direção dela como uma onda. Armas foram arrancadas de mãos, koloss foram lançados para trás e corpos enormes se espalharam como simples flocos de cinza sob o sol vermelho-sangue. O peltre reforçado pelo duralumínio impediu que Vin fosse esmagada pelo próprio *empurrão*.

O peltre e o aço desapareceram, esgotados num único estouro de poder. Ela puxou um pequeno frasco com líquido — uma solução alcoólica com flocos de metal — e o esvaziou num único gole, restaurando os metais. Em seguida, queimou peltre e saltou sobre os koloss caídos e desorientados em direção à criatura gigantesca que vira antes. Um koloss menor tentou barrar seu avanço, mas ela o pegou pelo pulso e girou, quebrando a junta. Agarrou a espada da criatura, desviando de outro ataque, e girou, derrubando três koloss diferentes em um só golpe com um corte nos joelhos.

Quando completou o giro, ela cravou a espada na terra. Como esperado, a fera de quase quatro metros atacou um segundo depois, balançando uma lâmina tão grande que fazia o ar rugir. Vin ergueu a própria espada bem a tempo, pois, mesmo com peltre, jamais conseguiria ter defendido com os braços a arma enorme da criatura. No entanto, ela bateu na lâmina estabilizada de Vin. O metal tremeu em suas mãos, mas resistiu ao golpe.

Com os dedos ainda dormentes do choque de um bloqueio tão poderoso, Vin soltou a espada e saltou. Não *empurrou* — não precisava —, mas aterrissou sobre o guarda-mão da espada e saltou a partir dela. O koloss mostrou a mesma surpresa característica ao vê-la saltar quatro metros no ar, pernas estendidas para trás, capa de bruma franjada ondulando.

Ela chutou o koloss bem na lateral da cabeça. O crânio estalou. Os koloss tinham uma solidez sobre-humana, mas o peltre avivado foi o bastante. Os olhos pequenos e brilhantes do monstro rolaram para trás e ele despencou. Vin *empurrou* de leve a espada, mantendo-se no ar o suficiente para que, quando caísse, aterrissasse diretamente no peito do adversário caído.

Os koloss ao redor dela ficaram paralisados. Mesmo no meio do furor de sangue, estavam chocados ao vê-la derrubar uma fera tão enorme com apenas um chute. Talvez tivessem mentes lentas demais para processar o que tinham acabado de ver. Ou, talvez, além do medo, eles realmente conseguissem sentir um tanto de cautela. Vin não sabia o suficiente sobre eles para dizer. Entendia que, em um exército koloss comum, o que ela havia acabado de fazer lhe renderia a obediência de todas as criaturas que a observavam.

Infelizmente, aquele exército estava sendo controlado por uma força externa. Vin se empertigou. Via o pequeno exército desesperado de Elend a distância. Sob a liderança do imperador, ele resistia. Os humanos combatentes surtiriam um efeito sobre os koloss semelhante à força misteriosa de Vin — as criaturas não entenderiam como um grupo tão pequeno era capaz de mostrar tamanha resistência. Eles não veriam o sofrimento ou a situação terrível do grupo de Elend; veriam simplesmente um exército menor, inferior, em pé e lutando.

Vin se virou para recomeçar o combate. Os koloss se aproximavam com mais temor, mas ainda vinham. Esta era a parte estranha: eles nunca recuavam. Sentiam medo, mas não conseguiam agir de acordo. Contudo, aquilo os enfraquecia. Dava para perceber na maneira como se aproximavam, no aspecto que tinham. Estavam prestes a desmoronar.

Assim, queimou latão e *empurrou* as emoções de uma das criaturas menores. De início, ela resistiu. Vin aplicou mais força. Então, finalmente, algo se rompeu dentro do koloss e ele se rendeu. Aquele que o controlava estava longe demais e concentrado em muitos koloss de uma vez. Aquela criatura — a mente confusa pelo furor, as emoções em um turbilhão pelo choque, medo e frustração — foi totalmente subjugada pelo controle mental de Vin.

De imediato, ordenou que a criatura atacasse seus companheiros. A besta foi derrubada logo depois, mas não antes de ter matado dois de sua espécie. Enquanto Vin lutava, conquistou outro koloss, então outro. Atacava a esmo, lutando com sua espada para mantê-los distraídos enquanto comandava membros do grupo inimigo e os conquistava. Em pouco tempo, o terreno ao redor de Vin estava caótico, e ela contava com uma pequena fileira de koloss lutando ao seu lado. Cada vez que um caía, ela o substituía por mais dois.

Enquanto lutava, olhou novamente de soslaio o grupo de Elend e ficou aliviada ao encontrar um segmento grande de koloss lutando junto ao grupo de humanos. O próprio Elend se movia entre eles, não mais lutando, concentrado em trazer koloss após koloss para o seu lado. Havia sido uma aposta arriscada de Elend vir até aquela cidade sozinho, que ela não sabia se aprovava. Por ora, estava apenas feliz por ter conseguido chegar a tempo.

Seguindo o exemplo de Elend, ela parou de lutar e, em vez disso, concentrou-se em comandar seu pequeno exército de koloss, atraindo novos membros, um de cada vez. Logo, tinha um grupo de quase cem lutando por ela.

Não vai demorar muito agora, pensou. E, de fato, logo avistou uma mancha no ar, voando em sua direção por entre a chuva de cinzas. A mancha se revelou uma figura de túnica escura, saltando sobre o exército ao *empurrar* para baixo as espadas koloss. O vulto alto era careca e tinha o rosto tatuado. À luz do meio-dia escurecida pelas cinzas, Vin pôde perceber as duas estacas grossas que haviam sido cravadas em seus olhos. Um Inquisidor de Aço, que ela não reconhecia. Ela o atraiu para fora deliberadamente, aniquilando e controlando seus koloss, forçando-o a se revelar. Agora vai precisar lidar com ele.

O Inquisidor chegou com toda a força, derrubando um dos koloss roubados de Vin com um par de machados de obsidiana. Concentrou seu olhar cego sobre Vin, que, mesmo a contragosto, sentiu uma agitação de pânico. Uma sucessão de lembranças distintas lampejou em sua mente. Uma noite escura, chuvosa e sombria. Pináculos e torres. Uma dor dentro dela. Uma noite longa como prisioneira no palácio do Senhor Soberano.

Kelsier, o Sobrevivente de Hathsin, morrendo nas ruas de Luthadel.

Vin queimou electrum, que criava uma nuvem de imagens ao seu redor, sombras de possibilidades para o futuro. Electrum, o complemento alomântico do ouro. Elend começara a chamá-lo de "atium dos pobres". Não teria muito efeito sobre a batalha além de torná-la imune ao atium, caso o Inquisidor queimasse algum.

Vin cerrou os dentes, avançando enquanto o exército koloss subjugava as poucas criaturas roubadas que lhe haviam sobrado. Ela saltou, *empurrando* levemente uma espada caída e deixando o impulso levá-la na direção do Inquisidor. A criatura ergueu os machados, golpeando, mas no último momento Vin *puxou-se* para o lado. Seu *puxão* arrancou uma espada das mãos de um koloss surpreso, e ela a agarrou quando girou no ar, *empurrando-a* na direção do Inquisidor.

Ele *empurrou* o volume enorme da arma para o lado com facilidade. Kelsier conseguira derrotar um Inquisidor, mas apenas depois de muito esforço. Ele mesmo morrera momentos depois, derrubado pelo Senhor Soberano.

Chega de lembranças!, Vin disse a si mesma, com firmeza. *Concentre-se no momento.*

As cinzas passavam voando por Vin conforme ela girava no ar, ainda no impulso de seu *empurrão* contra a espada. Aterrissou, o pé deslizando em sangue koloss, e partiu para cima do Inquisidor. Ela puxou uma adaga de vidro — o Inquisidor conseguiria *empurrar* para longe uma espada koloss — e avivou peltre. Velocidade, força e equilíbrio fluíram por seu corpo. Infelizmente, o Inquisidor também devia ter peltre, igualando-os nesse aspecto.

Exceto por uma coisa. O Inquisidor tinha uma fraqueza. Vin desviou de um golpe de machado, *puxando* uma espada koloss para aproveitar o impulso e sair do caminho. Em seguida, *empurrou* a mesma arma, lançando-se para a frente enquanto investia para o pescoço do adversário. Ele a desviou com um giro de mão, bloqueando o braço que segurava a adaga. Mas, com a outra mão, Vin agarrou a lateral da túnica.

Na sequência, avivou ferro e *puxou* para trás, sacudindo uma dúzia de diferentes espadas koloss de uma vez. O *puxão* repentino a impulsionou para trás. *Empurrões* de aço e *puxões* de ferro causavam sacudidas bruscas que tinham muito mais força que sutileza. Com peltre avivado, Vin segurou a túnica, e o Inquisidor obviamente se estabilizou *puxando* as armas koloss à sua frente.

A túnica cedeu, rasgando na lateral e deixando Vin com uma tira larga de pano nas mãos. As costas do Inquisidor ficaram expostas, e ela deveria ter visto uma única estaca — semelhante àquela dos olhos — saindo das costas da criatura. No entanto, a estaca estava escondida atrás de um escudo de corpo rígido que cobria as costas do Inquisidor, algo como um casco de tartaruga liso, e corria por baixo dos braços e pela frente como uma couraça justa.

O Inquisidor se virou, sorrindo, e Vin praguejou. Aquela estaca dorsal — enterrada diretamente entre as omoplatas de cada Inquisidor — era seu ponto mais fraco. Arrancá-la o mataria. Claro que era por isso que ele usava aquela placa — algo que Vin suspeitava ter sido proibido pelo Senhor Soberano. Ele *queria* que os servos tivessem fraquezas para que pudesse controlá-los.

Vin não tinha muito tempo para pensar, pois os koloss ainda estavam atacando. Assim que aterrissou, lançando longe o tecido rasgado, um grande monstro de pele azul tentou golpeá-la. Vin saltou, subindo na espada que era brandida em sua direção, e em seguida se *empurrou* contra ela para se elevar um pouco.

O Inquisidor seguiu, agora na ofensiva. As cinzas rodopiavam nas correntes de ar ao redor de Vin, que saltava através do campo de batalha, tentando raciocinar. A outra maneira que ela conhecia de matar um Inquisidor era pela decapitação — um ato mais fácil de imaginar que de executar, considerando que o inimigo estava fortalecido pelo peltre.

Ela se deixou cair sobre uma colina deserta nas cercanias do campo de batalha. O Inquisidor aterrissou atrás dela com um estampido sobre a terra tomada por cinzas. Vin desviou da lâmina de um machado, tentando se aproximar o bastante para golpear. Mas o Inquisidor rodou o outro machado, e Vin ganhou um talho no braço ao desviar da arma com sua adaga.

Sangue morno escorreu pelo seu pulso. Sangue da cor do sol vermelho. Ela grunhiu, encarando o adversário inumano. Sorrisos de Inquisidor a perturbavam. Ela se lançou para a frente para golpear outra vez.

Algo reluziu no ar.

Linhas azuis movendo-se rapidamente — a indicação alomântica de pedaços de metal próximos. Vin mal teve tempo de terminar seu ataque e desviar quando um punhado de moedas surpreendeu o Inquisidor pelas costas, ferindo seu corpo em uma dúzia de pontos diferentes.

A criatura gritou, girando e lançando gotas de sangue quando Elend aterrissou no alto da colina. O uniforme branco brilhante estava imundo de cinzas e sangue, mas o rosto estava limpo e os olhos brilhavam. Ele carregava um bastão de duelo em uma das mãos; a outra descansava na terra, equilibrando-o após seu salto de aço. Sua Alomancia física ainda precisava ser aprimorada.

Ainda assim, ele era um Nascido da Bruma, como Vin. E agora o Inquisidor estava ferido. Os koloss estavam se apinhando ao redor da colina, escalando-a com as garras, mas Vin e Elend ainda tinham algum tempo. Ela avançou, erguendo a faca, e Elend também atacou. O Inquisidor tentou olhar para os dois de uma vez, o sorriso finalmente desaparecendo. Ele se moveu para saltar.

Elend lançou uma moeda no ar. Um único pedaço brilhante de cobre girou entre os flocos de cinza. O Inquisidor viu aquilo e sorriu de novo, obviamente antecipando o *empurrão* de Elend. Supôs que seu peso se transferiria pela moeda e poderia atingir o peso de Elend, pois ele também estaria *empurrando*. Dois alomânticos de peso semelhante, empurrando-se um contra o outro. Os dois seriam lançados para trás — o Inquisidor para atacar Vin, Elend sobre uma pilha de koloss.

O Inquisidor, porém, não previu a força alomântica de Elend. Como poderia? Elend cambaleou, mas o Inquisidor foi lançado longe com um *empurrão* repentino, violento.

Ele é tão poderoso!, pensou Vin, observando o Inquisidor cair, surpreso. Elend não era um alomântico comum. Talvez ainda não tivesse aprendido a controlar a Alomancia com perfeição, mas, quando avivava seus metais e *empurrava*, conseguia *empurrar* para valer.

Vin avançou para atacar enquanto o Inquisidor tentava se reorientar. Ele conseguiu agarrar o braço dela, e sua faca caiu, sua pegada poderosa lançando uma onda de dor sobre o braço já ferido. Vin gritou quando ele a atirou para o lado.

Ela atingiu o chão e rolou, rapidamente colocando-se de pé outra vez. O mundo girou, e ela viu Elend brandindo o bastão de duelo na direção do Inquisidor. A criatura bloqueou o golpe com o braço, estilhaçando a madeira e, em seguida, agachou-se e acertou o cotovelo no peito de Elend. O imperador grunhiu.

Vin *empurrou* contra os koloss que estavam agora a poucos metros de distância, lançando-se outra vez na direção do Inquisidor. Tinha soltado a faca, mas, por outro lado, ele também perdera os machados. Conseguia vê-lo olhando para o lado, na direção em que as armas haviam caído, mas ela não lhe deu a chance de correr até elas. Jogou-se contra ele, tentando derrubá-lo. Infelizmente, o Inquisidor era muito maior — e muito mais forte — que ela. Derrubou-a diante de si, arrancando-lhe o fôlego.

Os koloss estavam se aproximando deles. Mas Elend havia agarrado um dos machados e o brandiu na direção do Inquisidor.

A criatura se moveu com uma velocidade repentina. Sua silhueta se tornou um borrão, e o imperador acertou apenas o ar. Elend girou, o choque estampado no rosto enquanto o Inquisidor avançava empunhando não um machado, mas — estranhamente — uma estaca de metal, como aquelas em seu próprio corpo, só que mais lisa e longa. A criatura ergueu a estaca, movendo-se com rapidez sobre-humana, mais rápido do que qualquer alomântico conseguiria.

Não é uma corrida de peltre, Vin pensou. *Não é nem mesmo duralumínio*. Ela cambaleou até ficar em pé, observando o Inquisidor. A velocidade estranha da criatura arrefeceu, mas ainda estava em posição de atingir Elend diretamente nas costas com a estaca. Vin estava longe demais para ajudar.

Mas os koloss não. Estavam alcançando o topo da colina, a poucos metros de Elend e de seu adversário. Desesperada, Vin avivou latão e se apossou das emoções dos monstros mais próximos do Inquisidor. Quando o inimigo se moveu para atacar Elend, o koloss de Vin girou, golpeando com a espada rústica e atingindo o Inquisidor direto no rosto.

O golpe não separou a cabeça do corpo; apenas esmagou completamente o crânio. Pelo visto, aquilo bastava, pois o Inquisidor caiu, imóvel, sem emitir som algum.

Um choque correu através do exército dos koloss.

— Elend! — Vin falou. — Agora!

O imperador se afastou do Inquisidor moribundo, e ela percebeu o olhar de concentração em seu rosto. No passado, Vin assistira ao Senhor Soberano afetar uma praça inteira, abarrotada de pessoas, com sua Alomancia emocional. Ele fora mais forte que ela; muito mais forte até mesmo que Kelsier.

Ela não viu Elend queimar duralumínio e em seguida latão, mas sentiu. Sentiu Elend pressionar suas emoções conforme emitia uma onda de poder geral, *abrandando* milhares de koloss de uma vez. Todos pararam de lutar. Ao longe, Vin observou os exaustos remanescentes do exército camponês, em pé num círculo esgotado. As cinzas continuavam a cair. Raramente paravam, naqueles dias.

Os koloss baixaram as armas. Elend havia vencido.

Foi isso o que realmente aconteceu com Rashek, acredito. Ele empurrou demais. Tentou queimar as brumas, movendo o planeta para mais perto do Sol, mas o moveu demais, tornando tudo muito quente para as pessoas que o habitavam.

As Montanhas de Cinzas foram sua solução. Aprendeu que empurrar um planeta de um lado para o outro exigia bastante precisão, então, em vez disso, fez com que as montanhas entrassem em erupção, lançando cinzas e fumaça no ar. As partículas no ar refletiram a luz solar e tornaram o mundo mais frio, e o sol se avermelhou.

4

SAZED, EMBAIXADOR-CHEFE DO NOVO IMPÉRIO, estudava a folha de papel à sua frente. *Dogmas do povo Cazzi*, estava escrito. *Sobre a beleza da mortalidade, a importância da morte e a função vital do corpo humano como participante do todo divino.*

Estava escrito em sua própria letra, transcrito de uma de suas mentes de cobre — em que armazenava literalmente milhares de livros. Abaixo do título, preenchendo a maior parte da folha em uma letra apertada, relacionara as crenças básicas dos Cazzi e de sua religião.

Sazed se recostou na cadeira, erguendo o papel e repassando as notas mais uma vez. Estava se dedicando àquela religião já fazia um dia e queria tomar uma decisão a respeito dela. Ele já sabia muito sobre a fé Cazzi, pois a pesquisara — junto com todas as outras religiões pré-Ascensão — durante grande parte de sua vida. Tais religiões haviam sido sua paixão, o foco de toda a sua pesquisa.

E, então, chegou o dia em que percebeu como todo o seu aprendizado não servia para nada.

A religião Cazzi se contradiz, concluiu, fazendo uma anotação com sua pena na lateral do papel. *Explica que todas as criaturas são partes de um "todo divino" e implica que cada corpo é uma obra de arte criada por cada espírito que decide viver neste mundo.*

No entanto, um de seus princípios é que as pessoas malvadas são punidas com corpos que não funcionam corretamente. Uma doutrina de mau gosto, na opinião de Sazed. Aqueles que nasciam com deficiências mentais ou físicas mereciam compaixão, talvez pena, mas não desdém. Além disso, quais ideais da religião eram verdadeiros? Que os espíritos escolhiam e modelavam seus corpos como desejavam ou que eram punidos com o corpo escolhido para eles? E o que dizer da influência da linhagem nas feições e no temperamento de uma criança?

Ele assentiu para si mesmo, fez uma anotação no fim da página. *Inconsistência lógica. Obviamente inverídica.*

— O que tem aí? — Brisa perguntou.

Sazed ergueu os olhos. Brisa estava sentado ao lado em uma pequena mesa, bebericando vinho e comendo uvas. Usava um de seus habituais trajes de nobre — um casaco escuro, um colete vermelho-vivo e um bastão de duelo, com o qual gostava de gesticular enquanto falava. Tinha recuperado a maior parte do peso que perdera durante o cerco de Luthadel e os acontecimentos que o sucederam, já podendo ser razoavelmente descrito como "corpulento" outra vez.

Sazed baixou os olhos. Cuidadosamente devolveu a página à sua pasta, junto com outras centenas, e fechou a capa recoberta com tecido, amarrando os laços em seguida.

— Nada de importante, Lorde Brisa — respondeu.

Brisa deu um gole silencioso no vinho.

— Nada de importante? Você parece sempre estar mexendo com essas suas folhas. Sempre que tem um momento livre, puxa uma delas.

Sazed deixou a pasta ao lado da cadeira. Como explicar? Cada uma das folhas na grossa pasta descrevia uma das trezentas diferentes religiões que os Guardadores haviam catalogado. Cada uma delas estava efetivamente "morta" naquele momento, pois o Senhor Soberano as havia reprimido no início de seu reinado, alguns milhares de anos antes.

A mulher que Sazed amava tinha falecido havia um ano. Então, ele queria saber... não, ele *precisava* saber... se as religiões do mundo tinham respostas para ele. Encontraria a verdade ou eliminaria toda e qualquer fé.

Brisa ainda o encarava.

— Preferiria não falar sobre isso, Lorde Brisa — Sazed respondeu.

— Como quiser — disse Brisa, erguendo a taça. — Talvez possa usar seus poderes de feruquemista para ouvir a conversa que está acontecendo na sala ao lado.

— Não acho que seria educado.

Brisa sorriu.

— Meu caro terrisano... apenas você para vir conquistar uma cidade e se preocupar em ser "educado" com o ditador que planeja usurpar.

Sazed desviou os olhos, sentindo-se um pouco envergonhado. Porém, não podia negar as observações de Brisa. Embora nenhum deles tivesse levado exército para a Cidade de Lekal, tinham vindo de fato para conquistar. Só que pretendiam fazê-lo simplesmente com um pedaço de papel em vez de uma espada.

Tudo dependia do que estava acontecendo na sala ao lado. O rei assinaria o tratado ou não? Tudo que Brisa e Sazed podiam fazer era esperar. Ele ansiava por pegar sua pasta, examinar a próxima religião da pilha. Estivera considerando a religião dos Cazzi por mais de um dia e, agora que havia tomado uma decisão sobre ela, desejava seguir para a próxima folha. Durante o ano anterior, repassara cerca de dois terços das religiões. Faltavam umas cem, ou talvez duzentas, caso considerasse todas as subseitas e denominações.

Estava chegando lá. Nos próximos meses, poderia repassar o restante das religiões. Queria considerar cada uma com cuidado e justiça. Com certeza, uma das que restavam o surpreenderia ao ter a essência da verdade pela qual ele procurava. Certamente, uma delas lhe diria o que havia acontecido com o espírito de Tindwyl sem se contradizer em meia dúzia de pontos diferentes.

Mas, por ora, tinha vergonha de ler na frente de Brisa. Então, forçou-se a sentar e esperar pacientemente.

A sala ao redor era ornamentada, à moda da antiga nobreza imperial. Sazed não estava acostumado a essa sofisticação, não mais. Elend havia vendido ou queimado a maior parte dos enfeites luxuosos — seu povo precisava de comida e calor durante o inverno. Ao que parecia, o rei Lekal não fizera o mesmo, embora talvez fosse porque os invernos eram menos rigorosos ali no Sul.

Sazed olhou pela janela ao lado da cadeira. A Cidade de Lekal não tinha um palácio de verdade — fora apenas uma propriedade rural até cerca de dois anos antes. A mansão, no entanto, tinha uma bela vista da cidade crescente — que era mais um grande assentamento do que uma cidade de fato.

Ainda assim, aquele lugar controlava terras que estavam perigosamente dentro do perímetro de defesa de Elend. Eles precisavam da garantia de lealdade do rei Lekal. Então Elend enviara um contingente — que incluía Sazed, seu embaixador-chefe — para garantir a lealdade do rei, que deliberava na sala ao lado com seus assessores, tentando decidir se aceitava ou não o tratado que os tornaria súditos de Elend Venture.

Embaixador-chefe do Novo Império...

Sazed não apreciava muito o título, pois implicava ser, de fato, um cidadão do império. Seu povo, o povo de Terris, havia jurado não chamar nenhum homem de mestre novamente. Foram mil anos sendo oprimidos, forçados a procriar como animais e se transformar em servos dóceis e perfeitos. Apenas com a queda do Império Final, os terrisanos ficaram livres para governar a si mesmos.

Até o momento, o povo de Terris não havia feito um trabalho muito bom. Claro, dificultava bastante o fato de que os Inquisidores de Aço tinham dizimado o conselho governante, deixando o povo de Sazed sem um norte ou sequer liderança.

Em certo ponto, somos hipócritas de qualquer forma, pensou. *O próprio Senhor Soberano era um terrisano, mas ninguém sabia. Foi um de nós a fazer todas aquelas coisas terríveis ao próprio povo. Que direito temos de insistir em não chamar um estrangeiro de mestre? Não foi um estrangeiro que destruiu nosso povo, nossa cultura e nossa religião.*

Por isso Sazed atuava como embaixador-chefe de Elend Venture. Elend era um amigo — um homem que Sazed respeitava como poucos. Na opinião do embaixador, nem mesmo o próprio Sobrevivente tinha o caráter de Elend Venture. O imperador não havia tentado assumir a autoridade sobre o povo de Terris, mesmo depois de aceitar refugiados em suas terras. Sazed não sabia ao certo se seu povo estava livre ou não, mas os terrisanos deviam muito a Elend Venture. Sazed assumia de bom grado o cargo de embaixador desse homem.

Mesmo que sentisse que precisava se ocupar de outras coisas. Como liderar seu povo.

Não, Sazed pensou, olhando para a pasta. *Não. Um homem sem fé não pode liderá-los. Preciso encontrar a minha verdade primeiro. Se é que isso existe.*

— Com certeza estão levando muito tempo — Brisa disse, mastigando uma uva. — Seria de se pensar que, após toda a conversa que tivemos para chegar a este ponto, já saberiam se pretendem assinar a coisa ou não.

Sazed olhou para a porta bem esculpida do outro lado da sala. O que o rei Lekal decidiria? Tinha realmente escolha?

— Acha que fizemos a coisa certa aqui, Lorde Brisa? — Sazed flagrou-se perguntando.

Brisa bufou.

— Se foi certo ou errado não vem ao caso. Se *nós* não tivéssemos vindo intimidar o rei, outra pessoa teria. No fim das contas, é necessidade estratégica básica. Ou é como eu vejo; talvez eu apenas seja mais calculista que os outros.

Sazed olhou o homem parrudo. Brisa era um Abrandador — de fato, era o Abrandador mais insolente e descarado que Sazed já havia conhecido. A maioria dos Abrandadores usava seus poderes com discrição e sutileza, instigando emoções apenas nos momentos mais oportunos. Brisa, no entanto, brincava com as emoções de *todos*. Sazed conseguia sentir o toque do homem em seus sentimentos naquele momento — embora apenas porque sabia o que perceber.

— Se me perdoa pela observação, Lorde Brisa — Sazed disse —, o senhor não me engana tão facilmente como acredita.

Brisa ergueu uma sobrancelha.

— Sei que é um bom homem — Sazed continuou. — Esforça-se muito para esconder isso. Faz questão de parecer insensível e egoísta, mas, ao observar o que o senhor faz, e não apenas o que diz, percebo que acaba ficando bem mais transparente.

Brisa fez uma careta, e Sazed sentiu uma pequena pontada de prazer ao surpreender o Abrandador. Obviamente ele não esperava que Sazed fosse tão direto.

— Meu caro — Brisa disse, bebericando o vinho —, que decepção a minha. Não estávamos falando sobre ser educados? Bem, não é *nada* educado apontar o segredo íntimo de um pessimista velho e rabugento.

— Segredo íntimo? — perguntou Sazed. — Que o senhor tem um bom coração?

— É um atributo que venho me esforçando muito para não estimular — Brisa explicou. — Infelizmente, sou fraco demais. Agora, para encerrar esse assunto, que eu acho *muito* desagradável, voltarei à sua primeira pergunta. Você me questionou se estamos fazendo a coisa certa. Que coisa certa? Forçar o rei Lekal a se tornar vassalo de Elend?

Sazed assentiu.

— Bem, eu teria de dizer que sim, fizemos a coisa certa. Nosso tratado dará a Lekal a proteção dos exércitos de Elend.

— À custa de sua liberdade de governar.

— Oras — Brisa disse com um aceno. — Sabemos que Elend é um governante muito melhor que Lekal poderia sequer sonhar ser. A maioria das pessoas está vivendo em barracos mal-acabados, pelo amor do Senhor Soberano!

— Sim, mas você precisa reconhecer que o intimidamos.

— Tudo na política é assim. Sazed, o sobrinho desse homem enviou um exército de koloss para destruir Luthadel! Tem sorte que Elend não simplesmente chegou e varreu a cidade do mapa em retaliação. Temos exércitos maiores, mais recursos e alomânticos melhores. Esse povo ficará muito melhor assim que Lekal assinar aquele tratado. O que tem de errado com você, meu caro? Não faz nem dois dias que discutiu todos esses mesmos pontos na mesa de negociação.

— Perdoe-me, Lorde Brisa — Sazed disse. — Eu... aparentemente estou um pouco confuso, nos últimos tempos.

Brisa não respondeu de imediato.

— Ainda dói, não é?

Esse homem é muito bom em compreender as emoções alheias, Sazed pensou.

— Dói — sussurrou, por fim.

— Vai passar. Um dia.

Vai mesmo?, Sazed se perguntou, desviando o olhar. Já fazia um ano. Ainda se sentia... como se nada fosse entrar nos eixos. Às vezes, ele questionava se sua imersão nas religiões não seria simplesmente uma maneira de esconder-se da dor.

Se fosse assim, então havia escolhido uma maneira infeliz de lidar com a situação, pois a dor estava sempre lá à espera. Ele havia falhado. Não, sua *fé* havia falhado com *ele*. Não lhe restava nada.

Tudo. Tinha. Acabado.

— Veja bem — Brisa disse, atraindo sua atenção. — Ficar aqui sentados, esperando Lekal tomar sua decisão, obviamente está nos deixando ansiosos. Por que não conversamos sobre outra coisa? Que tal me contar sobre uma dessas religiões que você memorizou? Faz meses que não tenta me converter!

— Parei de usar minhas mentes de cobre há quase um ano, Brisa.

— Mas com certeza se lembra de algumas coisas — Brisa insistiu. — Por que não tenta me converter? Sabe, pelos velhos tempos e tudo mais.

— Acho que não, Brisa.

Parecia uma traição do legado dele. Como Guardador — um feruquemista terrisano —, conseguia armazenar lembranças dentro de pedaços de cobre para recuperá-las mais tarde. Durante o período do Império Final, a raça de Sazed passara por maus bocados para reunir seus vastos acervos de informações — e não apenas sobre religião. Tinham reunido cada fragmento de informação que conseguiram encontrar sobre os tempos anteriores ao Senhor Soberano. Memorizaram tudo e passaram para outros, dependendo de sua Feruquemia, para manter a precisão.

Ainda assim, nunca encontraram a única coisa que buscavam com maior urgência, a coisa que dera início à busca: a religião do próprio povo de Terris, extinta pelo Senhor Soberano durante o primeiro século de reinado.

Muitos morreram, trabalharam e sangraram para que Sazed pudesse ter os acervos vastos que herdara. E ele os deixara de lado. Após recuperar suas notas sobre cada religião, anotando-as em páginas que ele agora carregava em sua pasta, removera todas as suas mentes de metal e as guardara.

Elas simplesmente... não pareciam importar mais. Às vezes, nada importava. Tentou não remoer demais isso. Mas o pensamento espreitava em sua mente, terrível e impossível de bloquear. Ele se sentia deslegitimado, indigno. Pelo que Sazed sabia, era o último feruquemista vivo. Eles não tinham recursos para procurar, no momento, mas, durante um ano, nenhum refugiado Guardador entrara nos domínios de Elend. Sazed era o único. E, como todos os mordomos terrisanos, fora castrado quando criança. O poder hereditário da Feruquemia talvez morresse com ele. Deveria haver um pequeno traço do poder no povo de Terris, mas, considerando os esforços do Senhor Soberano de expurgá-lo das gerações, e as mortes do Sínodo... as chances não eram boas.

As mentes de metal permaneciam na bagagem, eram carregadas para onde ele ia, mas nunca usadas. Ele duvidava que as usaria novamente.

— E então? — Brisa perguntou, levantando-se e caminhando até a janela para se recostar nela ao lado de Sazed. — Não vai me falar sobre uma religião? Qual será agora? Aquela em que as pessoas faziam mapas, talvez? Aquela que venerava plantas? Certamente você deve ter uma que adora vinho. Essa seria adequada para mim.

— Por favor, Lorde Brisa — Sazed disse, olhando para a cidade. As cinzas caíam. Sempre caíam, nos últimos tempos. — Não quero falar dessas coisas.

— Quê? Como pode?

— Se houvesse um Deus, Brisa, teria ele permitido que tantas pessoas fossem mortas pelo Senhor Soberano? Acha que teria deixado o mundo se tornar o que é agora? Não vou ensinar a você, nem a ninguém, uma religião que não pode responder às minhas perguntas. Nunca mais.

Brisa ficou em silêncio.

Sazed baixou a mão, tocando a barriga. Os comentários de Brisa haviam-lhe causado dor. Levaram sua mente de volta ao terrível momento, um ano antes, em que Tindwyl fora morta. Quando Sazed combatera Marsh no Poço da Ascensão e quase morreu também. Mesmo por cima das roupas, conseguia sentir as cicatrizes no abdômen, onde Marsh o golpeara com uma coleção de anéis de metal, perfurando a pele e quase matando-o no processo.

Havia sorvido a força feruquêmica daqueles mesmos anéis para salvar a própria vida, curando o corpo, absorvendo-os. Logo depois, no entanto, armazenou um pouco de saúde e pagou a um cirurgião para que retirasse os anéis de seu corpo. Apesar dos protestos de Vin de que tê-los no organismo seria uma vantagem, Sazed se preocupou com a possibilidade de que fosse danoso mantê-los incorporados à própria carne. Além disso, ele apenas os queria longe de si.

Brisa se virou para olhar pela janela.

— Você sempre foi o melhor de nós, Sazed — ele disse, baixinho. — Pois acreditava em alguma coisa.

— Desculpe, Lorde Brisa — Sazed respondeu. — Não quis decepcioná-lo.

— Ah, você não me decepciona. Pois não acredito no que disse. Você não é ateu, Sazed. Tenho a sensação de que não seria bom nisso... não é do seu feitio. Você vai se recuperar algum dia.

Sazed ficou em silêncio. Aquilo era considerado ousado para um terrisano, mas não queria continuar a discussão.

— Eu nunca lhe agradeci — disse Brisa.

— Pelo quê, Lorde Brisa?

— Por me tirar do ostracismo. Por me forçar a me levantar, um ano atrás, e continuar. Se não tivesse me ajudado, não sei se eu teria superado... o que aconteceu.

Sazed assentiu. Por dentro, seus pensamentos ficaram mais amargos. *Sim, você viu destruição e morte, meu amigo. Mas a mulher que ama ainda está viva. Eu poderia ter me reerguido também, se não a tivesse perdido. Poderia ter me recuperado, como você.*

A porta se abriu.

Sazed e Brisa viraram-se juntos. Um assessor solitário entrou, trazendo um pergaminho enfeitado. O rei Lekal havia assinado o tratado. Sua assinatura era pequena, quase apertada, no grande espaço destinado a ela. Sabia que havia sido derrotado.

O assessor deixou o tratado na mesa e, em seguida, se retirou.

Cada vez que Rashek tentava consertar as coisas, ele as piorava. Precisava mudar as plantas do mundo para que fossem capazes de sobreviver a esse ambiente novo e inóspito. Ainda assim, a mudança deixou as plantas menos nutritivas para a humanidade. De fato, as cinzas que choviam deixavam os homens doentes, fazendo-os tossir como aqueles que passavam muito tempo nas minas sob a terra. Então Rashek também mudou a própria humanidade, alterando-a para que pudesse sobreviver.

5

ELEND SE AJOELHOU AO LADO do Inquisidor caído, tentando ignorar o que havia restado de sua cabeça. Vin se aproximou, e ele percebeu o ferimento no braço dela. Como de costume, ela mal percebia o machucado.

O exército koloss estava parado e silencioso no campo de batalha ao redor. Elend ainda não estava confortável com a ideia de controlar as criaturas. Ele se sentia... maculado por sequer associar-se a eles. E, no entanto, era a única maneira.

— Há algo errado, Elend — Vin comentou.

Ele ergueu os olhos do corpo.

— O quê? Acha que pode haver outro por aí?

Ela sacudiu a cabeça.

— Não é isso. O Inquisidor se moveu rápido demais antes de morrer. Nunca vi uma pessoa, alomântico ou não, com aquela velocidade.

— Devia ter duralumínio — Elend comentou, olhando para baixo. Por um tempo, ele e Vin mantiveram uma vantagem, pois contavam com o poder de um metal alomântico que os Inquisidores não conheciam. Relatórios recentes indicavam que tal vantagem não existia mais.

Felizmente, ainda tinham electrum. O atium dos pobres. Graças ao Senhor Soberano, na verdade. Normalmente, um alomântico que estivesse queimando atium era praticamente invencível — apenas outro alomântico que também queimasse o metal poderia enfrentá-lo. A menos, claro, que tivesse electrum. O metal não concedia a mesma invencibilidade que o atium, mas a imunidade que dava ao ao atium era inestimável.

— Elend — Vin falou, ajoelhando-se —, não era duralumínio. O Inquisidor estava se movendo rápido demais até mesmo para isso.

Elend franziu o cenho. Ele vira o Inquisidor se mover apenas de soslaio, mas certamente não fora *tão* rápido. Vin tinha uma tendência a ficar paranoica e imaginar o pior.

Claro, também tinha o hábito de estar certa.

Ela estendeu a mão e agarrou a frente da túnica do cadáver, rasgando-o. Elend se virou.

— Vin! Respeite o morto!

— Não tenho respeito por essas coisas e nunca terei. Você viu como ele tentou usar uma das estacas para matar você?

— Aquilo *foi* estranho. Talvez tivesse sentido que não conseguiria pegar os machados a tempo.

— Aqui, veja.

Elend se voltou para o corpo. O Inquisidor tinha a maioria das estacas comuns — três enterradas entre as costelas do lado direito do peito e quatro do esquerdo; não havia sinal de uma estaca de atium, então talvez o Inquisidor tenha sido originalmente um Nascido da Bruma. Mas... havia mais uma — uma que Elend nunca tinha visto em outro cadáver de Inquisidor — espetada diretamente através do peito da criatura.

Senhor Soberano!, Elend pensou. *Essa deve ter atravessado o coração. Como sobreviveu?* Claro, se duas estacas que atravessavam o cérebro não o matavam, uma perfurando o coração tampouco o faria.

Vin agarrou a estaca e a arrancou. Elend se encolheu. Ela a ergueu, franzindo a testa.

— Peltre — disse ela.

— É mesmo?

Ela assentiu.

— Isso completa 11 estacas. Duas nos olhos e uma entre os ombros: todas de aço. Sete atravessadas nas costelas: duas de aço, quatro de bronze, uma de ouro. Agora esta, de peltre. Sem mencionar aquela que ele tentou usar em você, que parece ser de aço.

Elend examinou a estaca na mão de Vin. Em Alomancia e Feruquemia, metais diferentes tinham efeitos diferentes — ele supunha que, para Inquisidores, o tipo de metal usado nas diversas estacas também tinha sua importância.

— Talvez eles não usem Alomancia de verdade, mas algum... terceiro poder.

— Talvez — Vin disse, agarrando a estaca e se levantando. — Precisamos abrir a barriga para ver se tinha atium.

— Talvez tenha um pouco neste, enfim.

Eles sempre queimavam electrum como precaução; até então, nenhum dos Inquisidores que haviam encontrado de fato tinha atium.

Vin sacudiu a cabeça, encarando o campo de batalha coberto de cinzas.

— Estamos deixando alguma coisa passar, Elend. Somos como crianças jogando um jogo que vimos nossos pais jogarem, sem realmente conhecer regra nenhuma. E... para começar, nosso adversário criou o jogo.

Elend contornou o cadáver, indo até ela.

— Vin, mal sabemos o que há lá fora. O que vimos um ano atrás no Poço... talvez tenha desaparecido. Talvez tenha ido embora, agora que está livre. Talvez fosse tudo que ela queria.

Vin olhou para ele. Elend podia ler em seus olhos que ela não acreditava naquilo. Talvez visse que ele também não acreditava de fato.

— A coisa está lá fora, Elend — ela sussurrou. — Está controlando os Inquisidores. Sabe o que estamos fazendo. Por isso os koloss sempre avançam contra as mesmas cidades que nós. Tem poder sobre o mundo, pode mudar texto já escrito, dificultar a comunicação e criar confusão. Sabe sobre nossos planos.

Elend pousou a mão no ombro de Vin.

— Mas hoje nós vencemos... e ela nos enviou esse exército koloss muito útil.

— E quantos seres humanos perdemos tentando capturar esse exército?

Elend não precisava responder. *Muitos*. Os números estavam diminuindo. As brumas — as Profundezas — estavam ficando mais poderosas, sufocando a vida de pessoas aleatórias, matando as plantações do restante. Os Domínios Longínquos eram terras devastadas — apenas aquelas mais próximas da capital, Luthadel, ainda tinham luz solar o bastante para o cultivo. E mesmo essa área habitável estava diminuindo.

Esperança, Elend obrigou-se a pensar. *É do que ela precisa de mim; é do que sempre precisou de mim.* Apertou o ombro de Vin e, em seguida, puxou-a para um abraço.

— Vamos vencê-la, Vin. Vamos encontrar uma maneira.

Ela não argumentou, mas obviamente não estava convencida. Ainda assim, deixou-se abraçar, fechou os olhos e descansou a cabeça contra seu peito. Estavam no campo de batalha, diante de seu inimigo caído, mas mesmo Elend precisava admitir que aquilo não parecia uma vitória. Não com o mundo em colapso ao redor.

Esperança!, pensou novamente. *Sou membro da Igreja do Sobrevivente agora. Tem apenas um mandamento primordial.*

Sobreviva.

— Dê um dos koloss para mim — Vin disse por fim, saindo do abraço.

Elend libertou uma das criaturas de tamanho médio, deixando Vin assumir o controle. Ele ainda não entendia como dominavam as criaturas. Assim que tomava controle de um koloss, podia comandá-la indefinidamente — estivesse dormindo ou acordado, queimando metais ou não. Havia muitas coisas que não compreendia sobre a Alomancia. Tivera apenas um ano para usar os poderes e fora distraído pelo comando de um império e a necessidade de alimentar seu povo, sem mencionar as guerras. Tivera pouco tempo para praticar.

Claro, Vin teve ainda menos tempo que isso para praticar antes de assassinar o Senhor Soberano. Vin, no entanto, era um caso especial. Para ela, usar Alomancia era tão fácil quanto respirar era para o restante das pessoas. Era mais do que uma habilidade, era uma extensão de sua personalidade. Elend talvez fosse mais poderoso — como ela sempre insistia em dizer —, mas ela era a verdadeira mestra.

O koloss solitário de Vin caminhou até eles e ergueu o Inquisidor caído e a estaca. Em seguida, Elend e Vin desceram a colina — o serviçal koloss em seu encalço — na direção do exército humano. As tropas de koloss se abriram e deram passagem ao comando de Elend. Ele reprimiu um arrepio, embora os estivesse controlando.

Fatren, o homem imundo que governava a cidade, havia formado uma unidade de emergência — embora Elend não confiasse muito nas capacidades de um grupo de cirurgiões skaa.

— Por que eles pararam? — Fatren perguntou, colocando-se diante de seus homens enquanto Vin e Elend se aproximavam pelo terreno manchado de cinzas.

— Prometi a você um segundo exército, Lorde Fatren — Elend respondeu. — Bem, aqui está.

— Os koloss?

Elend assentiu.

— Mas eles são o exército que veio nos destruir.

— E agora são nossos. Seus homens lutaram muito bem. Faça com que entendam que esta vitória foi deles. Tivemos que forçar aquele Inquisidor a sair do esconderijo, e a única maneira de fazer isso foi virar seu exército contra si mesmo. Os koloss ficaram com medo quando viram algo pequeno derrotando algo grande. Seus homens lutaram com bravura. Por causa deles, esses koloss são nossos.

Fatren coçou o queixo.

— Então — ele disse lentamente —, eles ficaram com medo de nós e por isso mudaram de lado?

— Mais ou menos isso — disse Elend, olhando para os soldados. Mentalmente ordenou que alguns koloss dessem um passo à frente. — Essas criaturas obedecerão às ordens dos homens deste grupo. Faça com que carreguem seus feridos de volta para a cidade. Mas não deixe seus homens atacarem ou punirem os koloss. Eles são nossos criados agora, entendido?

Fatren assentiu.

— Vamos — Vin falou, ansiedade transparecendo em sua voz enquanto olhava para a cidadezinha.

— Lorde Fatren, quer vir conosco ou deseja supervisionar seus homens? — Elend perguntou.

Os olhos de Fatren estreitaram-se.

— O que vão fazer?

— Há algo na sua cidade que precisamos reivindicar.

Fatren hesitou apenas por um instante.

— Eu vou, então. — Ele deu algumas ordens para seus homens, enquanto Vin esperava com impaciência. Elend sorriu para ela; então, finalmente, Fatren juntou-se a eles, e os três voltaram para o portão de Vetitan.

— Lorde Fatren — Elend disse, enquanto caminhavam —, o senhor deve se dirigir a mim como "milorde" a partir de agora.

Fatren ergueu os olhos de seu exame ansioso dos koloss ao redor deles.

— Entendido? — Elend questionou, fitando os olhos do homem.

— Hum... entendido. Milorde.

Elend assentiu, e Fatren ficou um pouco atrás dele e de Vin, como se mostrasse uma deferência inconsciente. Não parecia rebelde — naquele momento, provavelmente estava feliz por ter sobrevivido. Talvez acabasse se ressentindo de Elend por tomar o comando de sua cidade, mas, quando chegasse àquele ponto, haveria pouco que pudesse fazer. O povo de Fatren se acostumaria com a segurança de ser parte de um império maior, e a força das histórias do misterioso comando de Elend sobre os koloss — e, portanto, da salvação da cidade — seria grande demais. Fatren jamais governaria de novo.

Comando com muita facilidade, Elend pensou. *Apenas dois anos atrás, eu cometia mais erros que este homem. Ao menos ele conseguiu manter o povo de sua cidade unido em um momento de crise. Eu perdi meu trono, até Vin reivindicá-lo em meu nome.*

— Estou preocupada com você — Vin falou. — Precisou começar a batalha sem mim?

Elend olhou para o lado. Não havia repreensão em sua voz. Apenas preocupação.

— Não sabia quando, ou mesmo *se*, você chegaria. A oportunidade era simplesmente boa demais. Os koloss haviam marchado um dia inteiro. Acho que matamos uns quinhentos antes sequer de eles decidirem começar a atacar.

— E o Inquisidor? — Vin perguntou. — Achou que poderia cuidar dele sozinho?

— Você achou? — Elend devolveu a pergunta. — Lutou com ele por uns bons cinco minutos antes de eu conseguir me aproximar e ajudar.

Vin não usou o argumento óbvio — que era uma Nascida da Bruma muito mais refinada. Em vez disso, apenas caminhou em silêncio. Ainda se preocupava com ele, embora não tentasse mais protegê-lo de todos os perigos. Tanto sua preocupação quanto sua disposição para deixá-lo assumir riscos eram parte de seu amor. E ele, sinceramente, apreciava ambos os sentimentos.

Os dois tentavam ficar juntos o máximo possível, mas não era viável — como quando Elend descobriu um exército de koloss marchando na direção de uma cidade indefensável, enquanto Vin estava longe, levando ordens para Penrod em Luthadel. Elend esperara que ela voltasse ao acampamento a tempo de descobrir que tinha partido e em seguida ir ajudá-lo, mas não pudera esperar. Não com milhares de vidas em jogo.

Milhares de vidas... e mais.

Depois de um tempo, alcançaram os portões. Uma multidão de soldados que ou haviam chegado tarde para a batalha, ou tiveram medo demais para atacar, estavam sobre a fortificação, olhando para baixo com reverência. Vários milhares de koloss tinham passado pelos homens de Elend e tentado atacar a cidade. Agora estavam imóveis — pelo comando silencioso dele —, esperando do lado de fora da fortificação.

Os soldados abriram os portões, deixando Vin, Elend, Fatren e o koloss de Vin entrarem. A maioria deles olhava o koloss de Vin com desconfiança — com razão. Ela ordenou que ele abaixasse o Inquisidor morto, em seguida o fez segui-los enquanto os três caminhavam pela rua coberta de cinzas da cidade. Vin tinha uma filosofia: quanto mais pessoas vissem e se acostumassem com as criaturas, melhor. Deixavam-nas menos temerosas frente às feras e tornava mais fácil a luta, caso tivessem de enfrentar os koloss em combate.

Logo se aproximaram do prédio do Ministério que Elend inspecionara antes, ao entrar na cidade. O koloss de Vin avançou e começou a arrancar as tábuas das portas.

— O prédio do Ministério? — Fatren perguntou. — O que tem de bom nele? Já vasculhamos o lugar.

Elend o encarou.

— Milorde — Fatren disse, atrasado.

— Tem a ver com a ligação direta do Ministério do Aço ao Senhor Soberano — Elend explicou.

O koloss puxou a porta até abri-la. Adentrando o lugar, Elend queimou estanho, aumentando o poder de visão para que conseguisse enxergar à pouca luz. Vin, obviamente fazendo o mesmo, teve dificuldade de se locomover por entre as placas quebradas e o mobiliário espalhado pelo chão. Aparentemente, o povo de Fatren não tinha apenas "vasculhado" o lugar — eles o saquearam.

— Mas nenhum dos obrigadores do Ministério continuam na cidade, milorde. — disse Fatren. — Todos partiram com a nobreza.

— Os obrigadores cuidavam de alguns projetos muito importantes, Fatren. Coisas como tentar descobrir como usar novos metais alomânticos ou buscar linhagens de sangue terrisano que conseguiam se reproduzir. Um de seus projetos é de particular interesse para nós.

— Aqui — Vin falou, chamando-os ao lado de algo no chão. Um alçapão oculto.

Fatren olhou de volta para a luz do sol, talvez desejando ter trazido alguns soldados consigo. Ao lado do alçapão, Vin acendeu um lampião que havia retirado de algum lugar. Em um porão escuro, nem mesmo o estanho conseguiria oferecer visão. Vin abriu o alçapão, e eles desceram a escada, que terminava em uma adega.

Elend foi até o centro da pequena adega, examinando-a enquanto Vin começava a conferir as paredes.

— Achei — ela disse um segundo depois, batendo o punho em uma certa área da parede de pedra.

Elend avançou, juntando-se a ela. De fato, havia uma fenda fina nas pedras, quase invisível. Queimando aço, Elend conseguiu ver duas linhas azuis tênues apontando para placas de metal escondidas atrás da pedra. Duas linhas mais fortes apontavam para trás dele, na direção de uma grande placa de metal engastada na parede, afixada firmemente com parafusos enormes rosqueados na pedra.

— Pronto? — Vin perguntou.

Elend assentiu, avivando o ferro. Os dois *puxaram* a placa enterrada na parede de pedra, firmando-se com um *puxão* contra as placas atrás deles.

Não era a primeira vez que a perspicácia do Ministério impressionava Elend. Como poderiam saber que, um dia, um grupo de skaa tomaria o controle desta cidade? E, ainda por cima, a porta não estava apenas escondida — fora feita de forma que apenas alguém com Alomancia pudesse abri-la. Elend continuou a *puxar* nas duas direções de uma vez, sentindo como se o corpo estivesse sendo esticado por dois cavalos. Mas, felizmente, tinha o peltre para fortalecê-lo e impedir que se rasgasse ao meio. Vin grunhiu pelo esforço, e logo uma parte do muro começou a deslizar e se abrir na direção deles. Nenhuma força física teria sido capaz de arrancar as pedras grossas, e apenas um esforço contínuo e árduo teria sido suficiente para quebrá-las. Com Alomancia, porém, eles abriram a porta em uma questão de segundos.

Por fim, soltaram. Vin suspirou, exausta, e era visível para Elend que o esforço fora mais difícil para ela do que para ele. Às vezes, ele não se sentia no direito de ter mais força que ela — afinal, era alomântico havia bem menos tempo.

Vin ergueu o lampião, e eles seguiram para o recinto agora aberto. Como as outras duas que Elend tinha visto, aquela caverna era enorme. Estendia-se ao longe, a luz do lampião abrindo apenas um rasgo insignificante na escuridão. Fatren arfou, surpreso, quando se aproximou deles na entrada. A sala era cheia de prateleiras. Centenas. Milhares delas.

— O que é isso? — Fatren perguntou.

— Comida — Elend respondeu. — E suprimentos básicos. Remédios, roupas, água.

— Tudo isso — Fatren falou. — Aqui, o tempo todo...

— Vá buscar mais homens — Elend disse. — Soldados. Precisaremos deles para guardar a entrada, impedir que as pessoas invadam e roubem as coisas.

O rosto de Fatren ficou sério.

— Este lugar pertence ao meu povo.

— *Meu* povo, Fatren — Elend falou, observando Vin caminhar pela sala, levando a luz consigo. — Esta cidade é minha agora, como tudo que há nela.

— O senhor veio para nos roubar — Fatren acusou. — Como os bandoleiros que tentaram tomar a cidade ano passado.

— Não — Elend disse, virando-se para o homem manchado de fuligem. — Vim para conquistá-los. Há uma diferença.

— Não vejo diferença alguma.

Elend cerrou os dentes para não gritar com o homem — a fadiga e o efeito exaustivo de liderar um império que parecia condenado vinham deixando seus nervos à flor da pele com cada vez mais frequência. *Não*, ele disse a si mesmo. *Homens como Fatren precisam de mais que outro tirano. Precisam de alguém para admirar.*

Elend se aproximou do homem e, intencionalmente, não usou Alomancia emocional nele. Abrandamento era eficaz em muitas situações, mas se desgastava com rapidez. Não podia ser usado para fazer aliados permanentes.

— Lorde Fatren, quero que o senhor pense com cuidado no que está querendo. O que aconteceria se eu *deixasse* vocês? Com esse tanto de comida, toda essa riqueza aqui embaixo? O senhor pode confiar que seu povo não invadirá, seus soldados não tentarão vender um pouco disso aqui para outras cidades? O que acontecerá quando o segredo de seu estoque de comida vazar? Vai receber de braços abertos os milhares de refugiados que virão? Vai protegê-los, e a esta caverna, contra os invasores e bandoleiros que chegarão?

Fatren ficou em silêncio. Elend pousou a mão no ombro do homem.

— Eu fui sincero quando disse aquilo lá em cima, Lorde Fatren. Seu povo lutou bem... fiquei muito impressionado. Eles devem a sobrevivência de hoje ao senhor... sua perspicácia, seu treinamento. Poucas horas atrás, todos achavam que seriam massacrados pelos koloss. Agora, estão não apenas seguros, mas sob a proteção de um exército muito maior.

"Não lute contra isso. Vocês resistiram muito bem, mas é hora de ter aliados. Não vou mentir para o senhor: vou levar o conteúdo desta caverna, resista o senhor ou não. Contudo, pretendo lhe dar a proteção dos meus exércitos, a estabilidade dos meus estoques de comida e minha palavra de honra de que o senhor poderá continuar a governar seu povo como meu súdito. Precisamos trabalhar juntos, Lorde Fatren. Só assim poderemos sobreviver aos próximos anos."

Fatren ergueu os olhos.

— O senhor está certo, claro — ele disse. — Não o importa o quanto eu queira negar isso. Vou buscar os homens que o senhor pediu, milorde.

— Obrigado. E, se o senhor tiver alguém que saiba escrever, mande-o até mim. Precisaremos catalogar o que há aqui embaixo.

Fatren assentiu e, em seguida, se retirou.

— No passado, você não conseguia fazer coisas como essa — Vin disse a uma curta distância, sua voz ecoando na grande caverna.

— Como o quê?

— Dar a um homem comandos tão rigorosos. Tirar o controle dele. Você iria querer dar a essas pessoas o direito de votar se deveriam ou não se juntar ao império.

Elend olhou para a entrada. Ficou em silêncio por um momento. Não havia usado a Alomancia emocional e, ainda assim, sentia como se tivesse coagido Fatren.

— Às vezes eu me sinto uma fraude, Vin. Deve haver outra maneira.

— Não há, não agora — Vin afirmou, indo até ele, pousando a mão em seu braço. — Eles precisam de você, Elend. Você sabe disso.

Ele assentiu.

— Eu sei. Só não consigo parar de pensar que um homem melhor teria encontrado uma maneira de fazer a vontade do povo funcionar junto com o próprio governo.

— Você encontrou. Sua assembleia parlamentar ainda governa em Luthadel, e os reinos que você domina mantêm os direitos e privilégios básicos para os skaa.

— Concessões — Elend retrucou. — Eles só podem fazer o que querem caso eu não discorde.

— É o bastante. Você precisa ser realista, Elend.

— Quando meus amigos e eu nos encontrávamos, eu era quem falava dos sonhos perfeitos, das grandes coisas que conquistaríamos. Sempre fui o idealista.

— Imperadores não podem se dar esse luxo — Vin disse baixinho.

Elend olhou para ela, suspirou e se afastou.

VIN FICOU OBSERVANDO ELEND À luz fria do lampião na caverna. Odiava ver esse arrependimento, essa... desilusão nele. De certa forma, os atuais problemas dele pareciam ainda piores do que a insegurança com a qual lutara no passado. Parecia ver a si mesmo como um fracasso, apesar do que havia conquistado.

E, ainda assim, Elend não se permitia remoer aquele fracasso. Continuava trabalhando, apesar do arrependimento. Era um homem mais duro do que fora antes, o que não era necessariamente ruim. O velho Elend era um homem facilmente desprezado por muitos — um gênio com ideias maravilhosas, mas pouca capacidade de liderar. Ainda assim, Vin sentia falta de partes do que desaparecera. O idealismo simples. Elend ainda era um otimista, ainda era um erudito, mas os dois atributos pareciam temperados pelo que ele fora forçado a suportar.

Ela o observou caminhando ao longo das prateleiras do depósito, passando um dedo na poeira. Ele ergueu o dedo, olhou-o por um momento e então o estalou, lançando uma pequena explosão de poeira no ar. A barba o fazia parecer mais rude — como o comandante em tempos de guerra que havia se tornado. Um ano de treinamento firme com Alomancia e espada havia fortalecido seu corpo, e ele precisava reajustar seus uniformes para um caimento adequado. Aquele que vestia ainda estava manchado da batalha.

— Este lugar é inacreditável, não é? — Elend perguntou.

Vin se virou, olhando para a escuridão da caverna de estoque.

— Acho que sim.

— Ele sabia, Vin. O Senhor Soberano. Ele desconfiava que este dia viria, um dia em que as brumas voltariam e a comida ficaria escassa. Então, preparou esses depósitos de alimentos.

Vin se juntou a Elend ao lado de uma estante. Por conta das cavernas anteriores, sabia que a comida ainda estaria boa. Muito daquilo fora processado em uma das fábricas de conserva do Senhor Soberano e permaneceria assim por muito tempo. A quantidade de mantimentos ali poderia alimentar a cidade acima por anos. Infelizmente, Vin e Elend tinham mais com que se preocupar do que com uma única cidadezinha.

— Imagine o esforço que deve ter custado — Elend disse, virando uma lata de carne cozida na mão. — Ele precisava renovar o estoque de comida a cada poucos anos, constantemente produzindo e armazenando novos suprimentos. E fez isso por décadas, sem ninguém saber.

Vin deu de ombros.

— Não é tão difícil manter segredos quando se é um deus-imperador com um sacerdócio fanático.

— Sim, mas o esforço... a simples dimensão disso tudo... Sabe o que isso significa?

— O quê?

— O Senhor Soberano pensou que ela poderia ser derrotada. As Profundezas, a coisa que libertamos. O Senhor Soberano pensou que poderia vencer, no fim das contas.

Vin bufou.

— Não precisa necessariamente ter sido isso, Elend.

— Então, por que passar por tudo isso? Ele deve ter pensado que lutar não era inútil.

— As pessoas lutam, Elend. Mesmo um animal agonizante ainda continua lutando; fará qualquer coisa para se manter vivo.

— Mas você precisa admitir que essas cavernas são um bom sinal — ele insistiu.

— Um bom sinal? — Vin perguntou em voz baixa, aproximando-se. — Elend, sei que você está tentando encontrar esperança nisso tudo, mas para mim é difícil ver "bons sinais" em qualquer lugar ultimamente. Você precisa admitir que o sol está escurecendo. Cada vez mais vermelho. É ainda pior aqui embaixo, no Sul.

— Na verdade, duvido que o sol tenha mudado. Devem ser toda essa fumaça e as cinzas no ar.

— Que são outro problema. As cinzas caem quase sem parar agora. As pessoas não estão conseguindo tirá-las das ruas. Elas tampam a luz, tornam tudo mais escuro. Mesmo se as brumas *não* matarem as colheitas deste ano, as cinzas matarão. No último inverno, quando lutamos com os koloss em Luthadel, foi a primeira vez que vi neve no Domínio Central, e o último inverno foi ainda pior. Essas são coisas contra as quais não podemos lutar, Elend, não importa o tamanho do nosso exército!

— O que você espera que eu faça, Vin? — Elend perguntou, batendo uma lata de ensopado na estante. — Os koloss estão se reunindo nos Domínios Longínquos. Se não formarmos nossas defesas, o povo não *durará* o bastante para morrer de fome.

Vin meneou a cabeça.

— Exércitos são para curto prazo. Isto aqui... — ela disse, acenando na direção da caverna. — *Isto aqui* é para curto prazo. O que estamos fazendo aqui?

— Estamos sobrevivendo. Kelsier dizia...

— Kelsier está *morto*, Elend! — Vin disse, irritada. — Sou a única que vê ironia nisso tudo? Nós o chamamos de Sobrevivente, mas foi ele quem não sobreviveu! Ele *se fez* mártir. Ele se suicidou. Desde quando isso é sobreviver?

Vin se calou por um momento, olhando para Elend, respirando fundo. Ele a encarou de volta; aparentemente inabalado por sua explosão.

O que estou fazendo?, Vin pensou. *Acabei de pensar no quanto admirava a esperança de Elend. Por que estou brigando com ele agora?*

Eles estavam muito tensos. Os dois.

— Não tenho como responder, Vin — Elend disse, na escuridão da caverna. — Não consigo nem começar a entender como combater algo como as brumas. Mas posso lidar com exércitos. Ou, ao menos, estou aprendendo a lidar.

— Desculpe — Vin disse, afastando-se. — Não quis brigar de novo. Mas é tão frustrante.

— Estamos progredindo. Encontraremos uma saída, Vin. Vamos sobreviver.

— Acha mesmo que conseguimos? — Vin questionou, virando-se para fitar seus olhos.

— Acho.

E ela acreditou. Ele tinha esperanças, e sempre teria. Era uma das grandes razões pelas quais o amava tanto.

— Vamos — Elend disse, pegando no ombro de Vin. — Vamos encontrar o que viemos buscar.

Vin se juntou a ele, deixando o koloss para trás e adentrando as profundezas da caverna enquanto ouviam passos lá fora. Havia mais de um motivo pelo qual tinham ido àquele lugar. A comida e os suprimentos — que enchiam estantes aparentemente infinitas — eram importantes. No entanto, havia mais.

Uma grande placa de metal estava presa na parede ao fundo da caverna mal-acabada. Vin leu as palavras inscritas nela:

"Este é o último metal sobre o qual vou lhes falar. Estou com dificuldades em decidir sua finalidade. De certo modo, ele permite ver o passado. O que uma pessoa poderia ter sido e quem ela talvez tivesse se tornado, caso tivesse feito escolhas diferentes. Parecido com o ouro, mas para outrem.

"Agora, as brumas provavelmente já voltaram. Uma coisa repugnante, odiosa. Detestem-na. Não saiam sob ela. A bruma busca destruir a todos nós. Se houver problema, saibam que podem controlar os koloss e os kandra com várias pessoas *empurrando* suas emoções de uma vez. Embuti essa fraqueza neles. Mantenham esse segredo sabiamente."

Embaixo disso havia uma lista de um composto alomântico de metais, um que já era familiar para Vin. Era a liga de atium que chamavam de malatium — o Décimo Primeiro Metal de Kelsier. Então o Senhor Soberano *soubera* dele. Apenas ignorava seu propósito, como todos os outros.

O Senhor Soberano escreveu a placa, claro. Ou, ao menos, ordenou que fosse escrita daquela forma. Cada depósito anterior também contivera informações gravadas em aço. Em Urteau, por exemplo, ela havia aprendido sobre o electrum. No do oriente, tinham encontrado uma descrição de alumínio — embora já conhecessem aquele metal.

— Nada de muito novo aqui — Elend comentou, soando decepcionado. — Já conhecíamos o malatium e o controle dos koloss. Mas nunca pensei em ter vários Abrandadores *empurrando* ao mesmo tempo. Talvez seja útil.

— Não importa — Vin falou, apontando para o outro lado da placa. — Temos *isso*.

A outra metade da placa continha um mapa talhado no aço, como os que haviam encontrado nas outras três cavernas-depósito. Ele retratava o Império Final, dividido em domínios. Luthadel era um quadrado no centro. Um "X" a leste marcava o principal objetivo de suas buscas: a localização da última caverna.

Eles pensavam que havia cinco. Tinham encontrado a primeira sob Luthadel, perto do Poço da Ascensão. Lá acharam a localização da segunda, a leste. A terceira estivera em Urteau — Vin conseguiu esgueirar-se para dentro dela, mas ainda não haviam conseguido reaver a comida. Aquela os havia levado até ali, a sul.

Cada mapa tinha dois números — um cinco e um outro algarismo menor. Luthadel fora a número um. Aquela era a número quatro.

— Aqui está — Vin apontou, correndo os dedos pelas inscrições talhadas na placa. — No Domínio Ocidental, como você imaginou. Em algum lugar perto de Chardees?

— Cidade de Fadrex — Elend respondeu.

— O lar de Cett?

Elend assentiu. Ele conhecia muito mais sobre geografia que ela.

— Então, este é o lugar. O lugar onde *aquilo* está.

Elend fitou seus olhos, e Vin sabia que ele compreendia o que queria dizer. Os depósitos ficavam cada vez maiores e mais valiosos. Cada um tinha um aspecto específico também — o primeiro continha armas, além de outros suprimentos, enquanto o segundo contava com grandes quantidades de lenha, por exemplo. Enquanto investigavam cada depósito, ficavam cada vez mais empolgados com o que o último poderia conter. Algo espetacular, com certeza. Talvez até mesmo *aquilo*.

O depósito de atium do Senhor Soberano.

Era o tesouro mais valioso do Império Final. Apesar de anos de busca, ninguém o localizara. Alguns diziam que nem mesmo existia. Mas Vin sentia que sim, que tinha de existir. Apesar dos mil anos controlando a única mina que produzia o metal extremamente raro, o Senhor Soberano permitira que apenas uma pequena porção de atium adentrasse a economia. Ninguém sabia o que o tirano havia feito com a porção maior que mantivera consigo por todos aqueles séculos.

— Agora, não se empolgue demais — Elend disse. — Não temos nenhuma prova de que encontraremos atium na última caverna.

— Tem que estar lá. Faz todo o sentido. Onde mais o Senhor Soberano armazenaria o atium dele?

— Se eu pudesse responder a essa pergunta, já teríamos encontrado.

Vin sacudiu a cabeça.

— Ele o colocou em algum lugar seguro, mas em algum lugar onde seria encontrado, no fim das contas. Deixou esses mapas como pistas para seus seguidores, caso ele, de alguma forma, fosse derrotado. Não queria que um inimigo que se apossasse de uma das cavernas fosse capaz de encontrar todas de uma vez só.

Uma trilha de pistas que levava a um depósito final. O mais importante. Fazia sentido. *Tinha* de fazer. Elend não parecia convencido. Coçou o queixo barbudo, examinando a placa que cintilava sob a luz do lampião.

— Mesmo que o encontremos, não sei como isso nos ajudará. De que adianta dinheiro para nós agora?

— É mais que dinheiro — ela respondeu. — É poder. Uma arma que podemos usar na batalha. Ela já não tinha mais atium algum. Havia queimado o último pedacinho um ano e meio antes e não se acostumava com a sensação indefesa que tinha sem ele. O electrum suavizava aquele medo de alguma forma, mas não completamente.

— A batalha contra as brumas?

Vin ficou em silêncio.

— Talvez não — disse, finalmente. — Mas contra os koloss e os outros exércitos. Com esse atium, seu império ficará seguro... Além disso, atium é parte de tudo isso, Elend. Só é valioso por causa da Alomancia, mas não existia Alomancia até a Ascensão.

— Outra pergunta sem resposta — Elend comentou. — Por que aquele pedaço de metal que ingeri me transformou em um Nascido da Bruma? De onde ele veio? Por que foi colocado no Poço da Ascensão, e por quem? Por que restava apenas um, e o que aconteceu com os outros?

— Talvez encontremos a resposta assim que chegarmos a Fadrex.

Elend assentiu. Ela percebia que ele considerava as informações contidas nos depósitos o motivo mais importante para rastreá-los, seguido de perto pelos suprimentos. Para ele, a possibilidade de encontrar atium era relativamente desimportante. Vin não conseguia explicar por que sentia que Elend estava tão errado nesse sentido. O atium *era* importante; ela simplesmente sabia. O desespero que tinha sentido mais cedo se suavizou enquanto olhava para o mapa. Precisavam ir para Fadrex.

As respostas estariam lá.

— Não vai ser fácil chegar a Fadrex — Elend observou. — Os inimigos de Cett se estabeleceram firmemente lá. Soube que um ex-ministro obrigador está no comando.

— Vai valer a pena, pelo atium.

— Se ele estiver lá.

Ela lançou a Elend um olhar severo.

Ele ergueu a mão.

— Estou apenas tentando fazer o que você me disse, Vin... tentando ser realista. Mas concordo que Fadrex valerá a pena. Mesmo que o atium não esteja lá, precisaremos dos suprimentos naquele depósito. Precisamos saber o que o Senhor Soberano nos deixou.

Vozes ecoaram na outra extremidade da caverna e Elend girou o corpo.

— Eu deveria ir falar com eles. Vamos precisar organizar as coisas aqui depressa.

— Você já comentou que precisaremos levá-los para Luthadel?

Elend negou com a cabeça.

— Eles não vão gostar. Estão se tornando independentes, como sempre esperei que fizessem.

— É necessário, Elend — Vin retrucou. — Esta cidade está bem fora de nosso perímetro defensivo. Além disso, talvez não tenham mais que poucas horas de luz do dia sem brumas aqui, a essa distância. As colheitas já estão condenadas.

Elend assentiu, mas continuou a encarar a escuridão.

— Eu venho, tomo o controle da cidade, levo seu tesouro e, em seguida, os forço a abandonar suas casas. E, daqui, vamos para Fadrex conquistar mais uma vez.

— Elend...

Ele ergueu uma das mãos.

— Eu sei, Vin. É necessário. — Ele se virou, deixando o lampião e se dirigindo à saída. Enquanto caminhava, empertigou a postura, o rosto adquirindo mais firmeza.

Vin voltou a olhar a placa, relendo as palavras do Senhor Soberano. Em outra placa, muito parecida com aquela, Sazed encontrara as palavras de Kwaan, o terrisano, morto há muito tempo, que mudara o mundo ao alegar ter descoberto o Herói das Eras. Kwaan havia deixado suas palavras como uma confissão de seus erros, alertando que alguma força estava trabalhando para mudar as histórias e religiões da humanidade. Sua preocupação era de que aquela força tivesse manipulado a religião de Terris para fazer com que um "Herói" fosse para o norte e a libertasse.

Era exatamente o que Vin acabara fazendo. Havia tomado o papel de heróina e libertado o inimigo — pensando o tempo todo que estava sacrificando as próprias necessidades pelo bem do mundo.

Ela correu os dedos pela grande placa.

Temos que fazer mais que apenas guerrear!, pensou, irritada com o Senhor Soberano. *Se sabia tanto, por que não nos deixou mais que isso? Alguns mapas em salões espalhados cheios de suprimentos? Alguns parágrafos com informações sobre metais quase inúteis? De que adianta uma caverna cheia de comida, quando temos um império inteiro para alimentar?*

Vin parou. Seus dedos — mais sensíveis pelo estanho que queimava para ajudar a visão na caverna escura — resvalaram contra as ranhuras na superfície da placa. Ela se ajoelhou, inclinando-se para mais perto, e encontrou uma inscrição curta talhada no metal, na parte inferior da placa, as letras muito menores do que as que estavam em cima.

Tenha cuidado com o que fala. Ele pode ouvir o que você diz. Pode ler o que escrever. Apenas seus pensamentos estão a salvo.

Vin estremeceu.

Apenas seus pensamentos estão a salvo.

Do que o Senhor Soberano ficara sabendo, em seus momentos de transcendência? Que coisas mantivera na mente para sempre, sem nunca escrever por medo de revelar seu conhecimento, sempre esperando que no fim fosse ele a tomar o poder quando a força ressurgisse? Teria planejado, talvez, usar aquele poder para destruir a coisa libertada por Vin?

Vocês condenaram a si mesmos... As últimas palavras do Senhor Soberano, faladas pouco antes de Vin empalar seu coração com uma lança. Ele soubera. Mesmo naquela época — antes de as brumas terem começado a aparecer durante o dia, antes de ela ter começado a ouvir as batidas estranhas que a levaram ao Poço da Ascensão —, mesmo naquela época ele se preocupara.

Tenha cuidado com o que fala... Apenas seus pensamentos estão a salvo.

Preciso entender tudo isso, pensou ela. *Preciso ligar os pontos e encontrar uma maneira de derrotar, ou enganar, essa coisa que libertei.*

E não posso falar disso com ninguém ou ela saberá o que estou planejando.

Logo Rashek encontrou um equilíbrio nas mudanças que havia feito no mundo — felizmente, pois seu poder se extinguiu bem depressa. Embora o poder que tinha parecesse imenso para ele, era na verdade apenas uma fração mínima de algo muito maior.

Claro, ele acabou se designando o "Fragmento do Infinito" em sua religião. Talvez entendesse mais do que eu imaginava.

De qualquer forma, devíamos a ele um mundo sem flores, onde as plantas cresciam marrons e não verdes, e as pessoas conseguiam sobreviver em um ambiente onde cinzas caíam regularmente do céu.

6

ESTOU FRACO DEMAIS, MARSH PENSOU.

A lucidez lhe acometeu de repente, como sempre acontecia quando Ruína não o observava de perto. Era como acordar de um pesadelo, totalmente ciente do que havia acontecido no sonho, mas ainda confuso quanto ao motivo por trás de suas ações.

Ele continuou a caminhar através do acampamento koloss. Ruína ainda o controlava, como sempre. Mesmo assim, quando não pressionava demais a mente de Marsh — quando não se concentrava nele —, às vezes, seus pensamentos voltavam.

Não posso combatê-lo, pensou. Ruína não conseguia ler seus pensamentos, disso ele tinha razoável certeza. E, ainda assim, Marsh não conseguia lutar ou resistir de forma alguma. Quando tentava, Ruína imediatamente reestabelecia o controle, o que fora provado a Marsh uma dezena de vezes. Às vezes, ele conseguia mover um dedo, talvez impedir um passo, mas era tudo o que podia fazer antes de perder o controle.

Era deprimente. Porém, Marsh sempre se considerou um homem prático e se forçou a reconhecer a verdade. Ele nunca retomaria controle suficiente sobre seu corpo para se suicidar.

Cinzas caíam enquanto ele caminhava pelo acampamento. Haviam parado de cair alguma vez nos dias anteriores? Quase desejou que Ruína nunca mais soltasse sua mente. Quando a mente era dele, Marsh via apenas dor e destruição. Porém, quando Ruína o controlava, as cinzas caindo se tornavam algo belo, o sol vermelho, um triunfo maravilhoso, o mundo moribundo, um lugar de doçura.

Loucura, Marsh pensou, aproximando-se do centro do acampamento. *Preciso ficar louco. Então não precisarei mais lidar com isso tudo.*

Outros Inquisidores se juntaram a ele no centro do acampamento, caminhando com as túnicas farfalhando suavemente. Não falavam. Nunca falavam — Ruína controlava a todos, então para que se dar ao trabalho de conversar? Os colegas de Marsh tinham as estacas normais na cabeça, atravessadas no crânio. Ainda assim, ele também via os sinais reveladores de novas estacas saindo do peito e das costas. Marsh havia ele mesmo cravado muitas delas, matando os terrisanos capturados no Norte ou encontrados e perseguidos pela terra afora.

O próprio Marsh tinha um novo conjunto de estacas, algumas enterradas entre as costelas, outras no peito. Eram belas. Não entendia por quê, mas elas o entusiasmavam. As estacas tinham vindo através da morte, o que já era agradável o bastante, mas havia mais. Ele sabia, de alguma forma, que os Inquisidores tinham estado incompletos até então — o Senhor Soberano lhes negara algumas capacidades para torná-los mais dependentes. Para garantir que não pudessem ameaçá-lo. Mas, agora, o que ele havia guardado estava sendo fornecido.

Que belo mundo, Marsh pensou, erguendo a cabeça para fitar a chuva de cinzas, sentindo os flocos leves e reconfortantes sobre a pele.

Falo de todos como "nós". O grupo. Aqueles que estávamos tentando descobrir e derrotar Ruína. Talvez meus pensamentos estejam maculados agora, mas gosto de olhar para trás e ver tudo o que estávamos fazendo como uma investida única e unida, embora estivéssemos envolvidos todos em diferentes processos e planos.

Éramos um só. Não foi o bastante para impedir que o mundo acabasse, mas isso não é algo necessariamente ruim.

7

ELES LHE DERAM OSSOS.

TenSoon fluiu ao redor deles, dissolvendo músculos e os moldando em forma de órgãos, tendões e pele. Construiu um corpo ao redor do esqueleto, utilizando as habilidades obtidas durante séculos ingerindo e digerindo seres humanos. Cadáveres apenas, claro — nunca havia matado um humano. O Contrato proibia esse tipo de coisa.

Após um ano no fosso, era como se tivesse se esquecido de como usar um corpo. Como era tocar o mundo com dedos rígidos, em vez de um organismo que fluía por sobre o confinamento de pedra? Como era sentir gosto e cheiro com apenas língua e narinas, em vez de com cada pedaço de pele exposto ao ar? Como era...

Ver. Ele abriu os olhos e arfou, puxando o primeiro fôlego com seus pulmões totalmente refeitos. O mundo era composto por maravilhas e... luz. Havia se esquecido dela durante os meses à beira da loucura. Ele se ergueu sobre os joelhos, olhando para os braços. Levantou-os em seguida, sentindo o rosto com a mão hesitante.

Seu corpo não era de ninguém específico — teria precisado de um modelo para produzir tal réplica. Em vez disso, tinha coberto os ossos com músculos e pele o melhor que pôde. Era velho o bastante para saber como criar algo próximo o bastante de um ser humano. As feições não seriam bonitas; talvez fossem até um pouco grotescas. Contudo, isso mais que bastava para o momento. Ele se sentia... real de novo.

Ainda de quatro, ele olhou para seu captor. A caverna era iluminada apenas por uma pedra brilhante — uma rocha grande e porosa colocada sobre uma coluna grossa. O fungo azulado que crescia na rocha produzia brilho suficiente para que se enxergasse os arredores... especialmente se alguém produzisse especificamente olhos bons em enxergarem em luz azul difusa.

TenSoon conhecia seu capturador. Conhecia a maioria dos kandra, ao menos até a Sexta e Sétima Gerações. O nome daquele kandra era VarSell. Na Terra Natal, VarSell não usava ossos de animal ou humanos, mas sim um Corpo Verdadeiro — um conjunto de ossos falsos, em formato humano, fabricado por um artesão kandra. O Corpo Verdadeiro de VarSell era de quartzo, e ele deixava a pele translúcida, permitindo que a pedra reluzisse levemente à luz do fungo enquanto examinava TenSoon.

Fiz meu corpo opaco, TenSoon percebeu. *Como o de um ser humano, com pele castanha para obscurecer os músculos sob ela.* Por que aquilo tinha lhe ocorrido de forma tão natural? No passado, ele amaldiçoara os anos passados entre seres humanos, usando seus ossos em vez de um Corpo Verdadeiro. Talvez tivesse recaído naquele mesmo velho padrão por não ter recebido um Corpo Verdadeiro de seus capturadores. Ossos humanos. Era como um insulto.

TenSoon se levantou.

— O que foi? — perguntou ao fitar os olhos de VarSell.

— Eu só peguei um conjunto aleatório de ossos no depósito — VarSell disse. — É irônico que eu tenha lhe dado um com o qual você originalmente contribuiu.

TenSoon franziu o cenho. *O quê?*

E então ele ligou os pontos. O corpo que TenSoon havia criado ao redor dos ossos devia parecer convincente — como se fosse o original ao qual pertenceram aqueles ossos. VarSell havia suposto que TenSoon fora capaz de criar uma aproximação tão realista porque originalmente digerira o cadáver humano e, portanto, sabia como criar o corpo certo ao redor da ossada.

TenSoon sorriu.

— Nunca usei esses ossos antes.

VarSell o encarou. Era da Quinta Geração — dois séculos mais jovem que TenSoon. De fato, até mesmo entre a Terceira Geração — com poucas exceções, como Paalm, que era constantemente enviada pelo pai em missões pessoais —, poucos kandra tinham tanta experiência com o mundo externo como TenSoon.

— Entendo — VarSell disse, por fim.

TenSoon se virou, passando os olhos pela pequena câmara. Outros três da Quinta Geração estavam postados perto da porta, observando-o. Como VarSell, poucos deles usavam roupas — e aqueles que o faziam vestiam apenas túnicas de frente aberta. Os kandra tendiam a usar poucas vestes na Terra Natal, pois assim podiam exibir melhor seus Corpos Verdadeiros.

TenSoon viu duas varetas brilhantes de metal incorporadas aos músculos transparentes dos ombros de cada kandra da Quinta Geração — todos os três tinham a Bênção da Potência. A Segunda Geração não queria correr o risco de ele escapar. Aquilo era, claro, outro insulto. TenSoon viera enfrentar seu destino por vontade própria.

— Bem? — disse ele, voltando-se para VarSell. — Devemos ir?

VarSell olhou para um dos companheiros.

— Achamos que você levaria mais tempo formando o corpo.

TenSoon bufou.

— A Segunda Geração não se exercita. Eles presumem que, como ainda levam muitas horas para criar um corpo, os outros precisam da mesma quantidade de tempo.

— Eles são a geração anterior à sua — VarSell disse. — Você deveria mostrar mais respeito.

— A Segunda Geração está enclausurada nessas cavernas há séculos — TenSoon retrucou —, mandando o restante de nós servir os Contratos enquanto permanecem ociosos. Superei as habilidades deles há muito tempo.

VarSell chiou e, por um momento, TenSoon pensou que o kandra mais jovem fosse estapeá-lo. Ele se controlou com visível dificuldade, para a diversão de TenSoon. Afinal, como membro da Terceira Geração, era superior a VarSell, da mesma forma que os da Segunda Geração eram superiores a ele.

Ainda assim, a Terceira era um caso especial. Sempre fora. Por isso a Segunda a mantinha longe da Terra Natal em tantos Contratos — não seria bom ter seus subordinados imediatos por perto o tempo todo, perturbando sua pequena utopia kandra.

— Vamos, então — VarSell finalmente decidiu, assentindo para que dois de sua escolta os conduzissem. O terceiro se juntou a VarSell, caminhando atrás de TenSoon. Como VarSell, esses três tinham Corpos Verdadeiros de pedra. Eram populares entre a Quinta Geração, que tinha tempo para solicitar — e usar — Corpos Verdadeiros luxuosos. Eram os pupilos favoritos dos da Segunda e tendiam a passar mais tempo do que a maioria na Terra Natal.

Não deram roupas a TenSoon; então, enquanto caminhavam, ele dissolveu os genitais e recriou uma parte lisa entre as pernas, como era comum entre os kandra. Tentou caminhar com orgulho e confiança, mas sabia que aquele corpo não pareceria muito intimidador a ninguém. Era um tanto mirrado — perdera muita massa durante o cárcere e mais ainda para o ácido, e não fora capaz de formar músculos muito grandes.

O túnel de rochas planas provavelmente fora no passado uma formação natural, mas, com o passar dos séculos, as gerações mais jovens foram usadas durante a infância para alisar a pedra com seus sucos digestivos. TenSoon não via muitos outros kandra. VarSell o guiava por corredores mais desertos, obviamente sem querer chamar muita atenção.

Estive fora por tanto tempo, pensou TenSoon. *A Décima Primeira Geração já deve ter sido escolhida. Ainda não conheço a maioria da Oitava, sem falar na Nona ou na Décima.*

Estava começando a suspeitar que não haveria uma Décima Segunda Geração. Mesmo que houvesse, as coisas não poderiam continuar como outrora. O Pai estava morto. Então, o que seria do Primeiro Contrato? Seu povo tinha passado dez séculos escravizado pela humanidade, servindo os Contratos em um esforço para se manter a salvo. A maioria dos kandra odiava os homens por essa situação. Até recentemente, TenSoon fora um deles.

É irônico, pensou. *Mas, mesmo quando usamos Corpos Verdadeiros, nós os usamos na forma humana. Dois braços, duas pernas, até mesmo o rosto moldado à moda da humanidade.*

Às vezes, ele se perguntava se os não nascidos — as criaturas que os seres humanos chamavam de espectros das brumas — não eram mais honestos que seus irmãos, os kandra. Os espectros das brumas formavam corpos como desejavam, ligando ossos em arranjos estranhos, fazendo desenhos quase artísticos de ossos humanos e animais. Por outro lado, os kandra criavam corpos que pareciam humanos, mesmo que amaldiçoassem a humanidade por mantê-los escravizados.

Que povo estranho, os kandra. Mas era seu povo. Ainda que ele os tivesse traído.

E agora preciso convencer a Primeira Geração de que eu estava certo naquela traição. Não por mim. Por eles. Por todos nós.

Eles passaram por corredores e câmaras, chegando, por fim, às partes da Terra Natal que eram mais familiares a TenSoon. Logo percebeu que seu destino devia ser a Gruta da Confiança. Ele se defenderia no lugar mais sagrado para seu povo. Deveria ter imaginado.

Um ano de cárcere agonizante lhe rendera um julgamento diante da Primeira Geração. Ele havia tido um ano para pensar sobre o que dizer. E, se falhasse agora, teria uma eternidade para pensar sobre o que fizera de errado.

É fácil demais para as pessoas caracterizarem Ruína como simplesmente uma força de destruição. Não; pense em Ruína como decadência inteligente. Não apenas caos, mas uma força que buscava uma maneira racional — e perigosa — de decompor tudo a suas formas mais básicas.

Ruína era capaz de planejar e tramar cuidadosamente, sabendo que, se construísse uma coisa, poderia usá-la para derrubar duas outras. A natureza do mundo opera de forma que, quando criamos algo, não raro destruímos outra coisa no processo.

8

NO PRIMEIRO DIA FORA DE Vetitan, Vin e Elend assassinaram uma centena dos aldeões. Ou, ao menos, foi assim que Vin se sentiu.

Ela estava sentada em um tronco pútrido no centro do acampamento, observando o sol se aproximar do horizonte distante, sabendo o que estava prestes a acontecer. As cinzas caíam silenciosamente ao seu redor. E as brumas apareceram.

Houve uma época — não tão distante assim — em que as brumas vinham apenas à noite. Durante o ano seguinte à morte do Senhor Soberano, no entanto, isso havia mudado. Como se mil anos de confinamento à escuridão tivesse deixado as brumas inquietas.

E assim elas começaram a surgir durante o dia. Às vezes, vinham em grandes ondas, aparecendo do nada, desaparecendo da mesma forma. O mais comum, no entanto, era elas surgirem no ar como milhares de fantasmas, girando e crescendo em conjunto. Tentáculos de bruma que brotavam, esgueirando-se pelo céu. A cada dia desapareciam um pouco mais tarde, a cada noite surgiam mais cedo. Logo — talvez antes do fim do ano —, elas cobririam e sufocariam a terra permanentemente. E isso era um problema, pois, desde aquela noite, quando Vin tomara a força do Poço da Ascensão, as brumas haviam passado a matar pessoas por todo o império.

Elend achara difícil acreditar nas histórias de Sazed, dois anos antes, quando o terrisano chegara a Luthadel com relatos horríveis de aldeões apavorados e brumas assassinas. Vin também tinha pensado que Sazed estava enganado. Uma parte dela desejava poder continuar naquela ilusão agora, enquanto observava os aldeões à espera, encolhidos juntos na planície aberta e cercados por soldados e koloss.

As mortes começaram assim que as brumas apareceram. Embora deixassem a maioria em paz, elas escolhiam algumas pessoas aleatórias, fazendo com que começassem a tremer. Os desafortunados caíam, sofrendo convulsões, enquanto amigos e família assistiam em choque e horror.

Horror ainda era a reação de Vin. Horror e frustração. Kelsier havia prometido a ela que as brumas eram aliadas — que a protegeriam e lhe dariam força. Ela acreditara nisso até as brumas começarem a lhe parecer estranhas, ocultando fantasmas sombrios e intenções assassinas.

— Eu odeio vocês — ela sussurrou, enquanto as brumas continuavam seu trabalho lúgubre.

Era como assistir a um velho parente querido pegar estranhos em uma multidão e, um por vez, cortar a garganta deles. E não havia nada que pudesse fazer. Os estudiosos de Elend tinham tentado de tudo — capuzes para impedir que as brumas fossem aspiradas, esperar para sair apenas quando elas já estivessem formadas e assentadas, correr com as pessoas para dentro de casa no momento em que começavam a tremer. Por alguma razão, animais eram imunes, mas todo ser humano era potencialmente suscetível. Se alguém saísse nas brumas, corria o risco de morrer e não havia nada que pudesse impedir esse desfecho.

Logo acabou. As brumas causaram ataques em pouco menos de um sexto dos aldeões, e apenas uma pequena fração destes morreu. Além disso, era preciso se arriscar nessas novas brumas uma vez — uma aposta, e então se estava imune. A maioria que caía doente se recuperava. Isso, porém, não era consolo para as famílias daqueles que morriam.

Vin ficou sentada naquele tronco, encarando as brumas ainda iluminadas pelo sol poente. Ironicamente, era mais difícil para ela enxergar naquelas condições do que se estivesse escuro. Não podia queimar muito estanho devido ao risco de ser cegada pela luz do sol, mas sem ele não conseguia ver através das brumas.

O resultado era uma cena que lhe lembrava por que temera as brumas no passado. Com a visibilidade reduzida a menos de três metros adiante, enxergava pouco mais que sombras. Figuras amorfas corriam de um lado para outro, chamando umas pelas outras. Silhuetas se ajoelhavam ou permaneciam paradas de pé, aterrorizadas. O som era traiçoeiro, ecoando em objetos invisíveis, gritos vindos de fontes fantasmagóricas.

Vin se sentou entre eles, cinzas chovendo ao seu redor como lágrimas queimadas, e abaixou a cabeça.

— Lorde Fatren! — Ouviu a voz de Elend chamar, fazendo com que erguesse os olhos. Em outras épocas, aquela voz não tinha tanta autoridade. Parecia fazer tanto tempo.

Ele surgiu das brumas, vestido com seu segundo uniforme branco — o que ainda estava limpo — e com o rosto endurecido pelas baixas. Ela sentia o toque alomântico nos que estavam ao redor dele enquanto Elend se aproximava. O Abrandamento de Elend suavizava a dor das pessoas, mas ele não *empurrava* com toda a força que tinha. Ela sabia, pelas conversas que haviam tido, que ele não achava correto remover toda a dor de uma pessoa pela morte de um ente querido.

— Milorde! — Ela ouviu Fatren dizer e o viu se aproximar. — Isso é um desastre!

— Parece muito pior do que é, Lorde Fatren — Elend falou. — Como expliquei, a maioria daqueles que caíram vai se recuperar.

Fatren parou ao lado do tronco de Vin. Em seguida, virou e encarou as brumas, ouvindo o choro e a dor de seu povo.

— Não posso acreditar que fizemos isso. Não posso... não posso acreditar que vocês me convenceram a fazer com que saíssem nas brumas.

— Seu povo precisava ser inoculado, Fatren — Elend afirmou.

Era verdade. Eles não tinham tendas para todo o povo da cidade, e aquilo os deixava com duas opções. Deixá-los para trás na vila moribunda ou forçá-los a ir para o norte — fazê-los sair nas brumas e ver quem morria. Era terrível e brutal, mas acabaria acontecendo de qualquer maneira. Ainda assim, embora soubesse da lógica do que haviam feito, Vin se sentia terrível por ter parte naquilo.

— Que tipo de monstros nós somos? — Fatren perguntou aos sussurros.

— O tipo que precisamos ser — Elend falou. — Vá fazer a contagem. Descubra quantos morreram. Acalme os sobreviventes e prometa que a bruma não os perturbará mais.

— Sim, milorde — disse Fatren, afastando-se.

Vin o observou partir.

— Nós os assassinamos, Elend — sussurrou. — Dissemos a eles que ia ficar tudo bem. Forçamos todos a sair do vilarejo e vir aqui para morrer.

— *Vai* ficar tudo bem — disse Elend, pousando a mão no ombro dela. — Melhor do que uma morte lenta naquela vila.

— Poderíamos ter dado a eles a escolha.

Elend negou com a cabeça.

— Não havia escolha. Em poucos meses, a cidade será coberta pelas brumas permanentemente. Teriam a opção de ficar dentro de casa e morrer de fome ou sair para as brumas. Melhor que os levemos para o Domínio Central, onde o dia ainda tem luz sem brumas o bastante para plantar.

— A verdade não torna as coisas mais fáceis.

Elend ficou parado em meio às brumas, cinzas caindo ao seu redor.

— Não. Não torna. Vou reunir os koloss para que possam enterrar os mortos.

— E os feridos?

Aqueles que as brumas atacaram, mas não mataram, se sentiriam doentes e doloridos por vários dias, talvez até mais. Se aquela ocasião seguisse os percentuais costumeiros, então quase mil aldeões estariam nessa categoria.

— Quando formos embora amanhã, usaremos os koloss para os carregarem. Se pudermos chegar ao canal, provavelmente poderemos colocar a maioria deles nas barcaças.

VIN NÃO GOSTAVA DE SE sentir exposta. Passara a infância escondendo-se nos cantos, a adolescência bancando a assassina noturna silenciosa. Por isso, era incrivelmente difícil *não* se sentir exposta enquanto viajava com cinco mil aldeões exaustos por uma das rotas mais óbvias do Domínio Sul.

Ela caminhava a uma pequena distância dos aldeões — jamais cavalgava — e tentava encontrar algo com que se distrair e não pensar nas mortes da noite anterior. Infelizmente, Elend estava cavalgando com Fatren e outros líderes da cidade, ocupado tentando amenizar a situação. Assim, estava sozinha.

Exceto por seu koloss.

A fera gigantesca arrastava-se ao lado dela. Ela a mantinha por perto em parte por conveniência; sabia que manteria os aldeões a distância. Por mais que quisesse se distrair, não queria lidar com aqueles olhos assustados e traídos. Não naquele momento.

Vin podia sentir seu koloss puxando-a, tentando se libertar. Ele não gostava de ser controlado — queria atacá-la. Mas não conseguiria, felizmente; ela continuaria a controlá-lo a menos que alguém fosse capaz de lhe roubar a fera.

Ainda que estivessem ligados, Vin não entendia muita coisa sobre as criaturas. Durante os mil anos do reinado do Senhor Soberano, ele mantivera os koloss separados da humanidade, deixando que se soubesse muito pouco sobre eles além de suas proezas brutais em batalha e sua simples natureza bestial.

Ela ergueu os olhos e se deparou com ele encarando-a com olhos injetados. A pele estava esticada sobre o rosto, o nariz completamente aplanado. A pele estava rasgada perto do olho direito, e uma fenda irregular corria até o canto da boca, deixando uma aba de pele azul solta e expondo os músculos vermelhos, além dos dentes sujos de sangue abaixo.

— Não olhe para mim — a criatura disse numa voz embargada. O koloss pronunciava as palavras de forma arrastada e indistinta, parcialmente devido à maneira como seus lábios estavam repuxados.

— O quê? — Vin perguntou.

— Você não acha que sou humano — o koloss disse, falando lenta e pausadamente, como outros que ela já tinha ouvido. Era como se ele tivesse que pensar muito entre uma palavra outra.

— Você *não é* humano. Você é outra coisa.

— Eu serei humano — o koloss retrucou. — Vamos matar vocês. Tomar suas cidades. Então seremos humanos.

Vin estremeceu. Era um tema comum entre a espécie. Tinha ouvido outros fazendo comentários semelhantes. Havia algo muito inquietante na maneira fria, sem emoção como os koloss falavam sobre massacrar pessoas.

Eles foram criados pelo Senhor Soberano, pensou. *Claro que são deturpados. Deturpados como seu criador.*

— Qual é seu nome? — ela perguntou ao koloss.

Ele continuava a se arrastar ao lado dela. Por fim a olhou.

— Humano.

— Sei que você quer ser humano. Qual é seu nome?

— Esse é meu nome. Humano. Você me chama de Humano.

Vin franziu o cenho enquanto caminhavam. *Isso quase me pareceu... inteligente*. Ela nunca tivera a oportunidade de conversar com um koloss antes. Sempre acreditara que tinham uma mentalidade homogênea — que fossem a mesma fera estúpida repetida várias vezes.

— Está bem, Humano — ela cedeu, curiosa. — Há quanto tempo você está vivo?

O koloss apenas continuou caminhando, por um tempo tão longo que Vin achou que ele havia esquecido a pergunta. Por fim, a criatura respondeu:

— Não vê minha grandeza?

— Sua grandeza? Seu tamanho?

Humano continuou a caminhar.

— Então, todos vocês crescem no mesmo ritmo?

Silêncio. Vin balançou a cabeça, desconfiando que a pergunta era abstrata demais para ele.

— Sou maior que alguns — Humano disse. — Menor que alguns... mas não muitos. Significa que sou velho.

Outro sinal de inteligência, ela pensou, erguendo uma sobrancelha. Do que já tinha visto de outros koloss, a lógica de Humano era impressionante.

— Eu te odeio — Humano disse depois de um tempo curto caminhando. — Quero matar você. Mas não posso matar você.

— Não — Vin confirmou. — Não vou permitir.

— Você é grande por dentro. Muito grande.

— Sim. Humano, onde estão as mulheres koloss?

A criatura caminhou em silêncio por vários instantes.

— Mulheres?

— Como eu — Vin respondeu.

— Não somos como você. Somos grandes só por fora.

— Não. Não do meu tamanho. Do meu...

Como se poderia descrever gênero? Vin não conseguia pensar em qualquer método além de tirar a roupa. Então, decidiu tentar uma tática diferente.

— Existem bebês koloss?

— Bebês?

— Pequenos — Vin respondeu.

O koloss apontou para o exército de criaturas em marcha.

— Pequenos — ele falou, apontando para alguns koloss de um metro e meio.

— Menores.

— Não tem menores.

A reprodução dos koloss era um mistério que, pelo que Vin sabia, ninguém havia solucionado. Mesmo depois de um ano lutando com as feras, ela nunca descobrira de onde novos vinham. Sempre que os exércitos koloss de Elend ficavam pequenos demais, eles roubavam mais dos Inquisidores.

Ainda assim, era ridículo supor que os koloss não se reproduziam. Ela já vira acampamentos koloss não controlados por um alomântico, e as criaturas se matavam com regularidade temerosa. Àquele ritmo, toda a espécie já teria se exterminado. E, ainda assim, já duravam dez séculos.

Isso implicava um crescimento muito rápido de criança a adulto, ou assim Sazed e Elend pareciam pensar. Eles não haviam sido capazes de confirmar suas teorias, e ela sabia que essa ignorância frustrava Elend demais — especialmente porque suas funções como imperador deixavam pouco tempo para os estudos de que ele um dia tanto gostara.

— Se não existem menores, então de onde vêm novos koloss?

— Novos koloss vêm de nós — Humano finalmente respondeu.

— De vocês? — Vin questionou, franzindo a testa enquanto caminhava. — Isso não me diz muita coisa.

Humano não falou mais nada. Sua eloquência aparentemente havia acabado.

De nós, Vin pensou. *Eles brotam um do outro, talvez?* Ela já tinha ouvido falar de certas criaturas que, quando cortadas ao meio, faziam brotar um animal completo de cada metade. Mas não podia ser o caso dos koloss — Vin já havia visto campos de batalha repletos de cadáveres das criaturas, e nenhum pedaço formara um novo koloss. Mas ela também nunca havia visto uma fêmea da espécie. Embora a maioria usasse tangas rústicas, eles eram — até onde ela sabia — todos machos.

Suas especulações foram interrompidas ao perceber que se formava uma aglomeração adiante na fila; a multidão diminuíra o passo. Curiosa, Vin jogou uma moeda e deixou Humano para trás, lançando-se sobre as pessoas. As brumas haviam desaparecido horas antes e, embora a noite estivesse prestes a chegar, por ora ainda estava claro.

Portanto, quando se lançou através das cinzas cadentes, identificou com facilidade o canal adiante. Ele cortava a terra de modo artificial, muito mais reto que qualquer rio. Elend especulava que a queda constante de cinzas logo exterminaria a maioria dos sistemas de canais. Sem trabalhadores skaa para escavá-los regularmente, eles se encheriam de sedimento cinzento, entupindo até ficarem inutilizáveis.

Vin se ergueu no ar, concluindo o arco na direção de um grande aglomerado de tendas erguidas ao lado do canal. Milhares de fogueiras exalavam fumaça no ar vespertino, e os homens se moviam para todos os lados, treinando, trabalhando ou se preparando para alguma coisa. Quase cinquenta mil soldados acampavam ali, usando a rota do canal como uma linha de suprimentos até Luthadel.

Vin jogou outra moeda, lançando-se novamente no ar. Alcançou sem demora o pequeno grupo de cavalos que estava separado da fila de skaa cansados de Elend. Ela aterrissou — jogando uma moeda e *empurrando-a* com suavidade para amortecer a descida, erguendo uma nuvem de cinzas ao atingir o solo.

Elend puxou as rédeas do cavalo, sorrindo ao examinar o acampamento. A expressão era tão rara em seus lábios nos últimos tempos que Vin se pegou sorrindo também. Lá adiante, um grupo de homens esperava por eles — batedores já deviam tê-los informado sobre a aproximação dos aldeões.

— Lorde Elend! — um homem à frente do contingente militar disse. — O senhor chegou mais cedo que o previsto!

— Suponho que o senhor esteja pronto de qualquer forma, general — respondeu Elend, apeando.

— Bem, o senhor me conhece — Demoux disse, sorrindo ao se aproximar.

O general trajava uma armadura gasta de couro e aço. Seu rosto trazia uma cicatriz de um lado, e faltava um grande tufo de cabelos na parte direita do escalpo, onde uma lâmina koloss quase lhe arrancara a cabeça. Sempre formal, o veterano se curvou diante de Elend, que simplesmente lhe deu tapinhas afetuosos no ombro.

O sorriso de Vin perdurou. *Lembro-me de quando esse homem era pouco mais que um recruta novato, todo assustado no interior de um túnel.* Demoux não era muito mais velho que ela, na verdade, mesmo que seu rosto bronzeado e mãos calejadas dessem essa impressão.

— Defendemos a posição, milorde — Demoux disse quando Fatren e seu irmão apearam e se juntaram ao grupo. — Não que houvesse muito contra o que defender. Ainda assim, foi bom para os meus homens praticarem a fortificação de um acampamento.

De fato, o acampamento ao lado do canal estava cercado por terra empilhada e estacas — um feito considerável, levando-se em conta o tamanho do exército.

— Você fez bem, Demoux — Elend disse, virando-se para o olhar para os aldeões. — Nossa missão foi um sucesso.

— Dá para ver, milorde — Demoux confirmou, sorrindo. — O senhor pegou uma matilha e tanto de koloss. Espero que o Inquisidor que os comandava não tenha ficado *muito* triste por vê-los partir.

— Ele não deve ter se incomodado tanto, já que estava morto quando aconteceu. Também encontramos a caverna-depósito.

— Louvado seja o Sobrevivente! — disse Demoux.

Vin franziu o cenho. No pescoço, pendurado para fora da roupa, Demoux usava um colar que trazia uma pequena lança de prata: o símbolo cada vez mais popular da Igreja do Sobrevivente. Parecia estranho para ela que a arma que matara Kelsier se transformasse no símbolo de seus seguidores.

Claro, não gostava de pensar na alternativa — que a lança não representasse aquela que matara Kelsier. Poderia muito bem representar o objeto que ela própria havia usado para matar o Senhor Soberano. Nunca perguntara a Demoux qual era a resposta certa. Apesar dos três anos de poder crescente da Igreja, Vin nunca se sentira confortável de fazer parte de sua doutrina.

— Louvado seja o Sobrevivente mesmo — Elend afirmou, olhando para as barcaças de suprimento do exército. — E como foi o seu projeto?

— De escavar a curva do sul? Foi bem; houve bem pouco a fazer enquanto esperávamos, muito felizmente. O senhor deve conseguir passar com as barcaças por lá, agora.

— Ótimo. Forme duas forças-tarefas de quinhentos homens. Mande-os com barcaças de volta a Vetitan para buscar os suprimentos que deixamos no depósito. Eles devem transferir os suprimentos para as barcaças e enviá-los a Luthadel.

— Sim, milorde.

— Envie o segundo grupo de soldados para norte até Luthadel com esses refugiados — Elend falou, assentindo para Fatren. — Este é Lorde Fatren. Ele está no comando dos aldeões. Que seus homens obedeçam a seus desejos, contanto que sejam razoáveis, e o apresentem a Lorde Penrod.

No passado, não muito tempo antes, Fatren provavelmente teria reclamado por ser colocado de lado daquela forma. No entanto, seu período com Elend o havia transformado com rapidez surpreendente. O líder sujo assentiu com gratidão para a escolta.

— Então, o senhor... não vem conosco, milorde?

Elend negou com a cabeça.

— Tenho outro trabalho fazer, e seu povo precisa chegar a Luthadel, onde podem começar a plantar e cultivar. Mas se alguns de seus homens quiserem se juntar ao meu exército, serão bem-vindos. Estamos sempre precisando de boas tropas, e, mesmo com todos os reveses, você conseguiu treinar uma força útil.

— Milorde... por que o senhor não os obriga? Perdoe-me, mas foi o que o senhor veio fazendo até agora.

— Obriguei seu povo a ficar em segurança, Fatren — Elend respondeu. — Às vezes, mesmo um homem se afogando pode lutar contra aqueles que tentam salvá-lo, e deve ser obrigado. Meu exército é uma questão diferente. Homens que não querem lutar não são confiáveis em combate, e não quero nenhum desses em meu exército. Já você precisa ir para Luthadel, pois seu povo precisa de você; mas, por favor, informe a seus soldados que ficarei feliz em recebê-los em nossas fileiras.

Fatren assentiu.

— Tudo bem. E... obrigado, milorde.

— Não há de quê. Agora, general Demoux: Sazed e Brisa já voltaram?

— Devem chegar a qualquer momento esta noite, milorde. Um dos homens deles veio na frente, a cavalo, para nos informar.

— Ótimo. Suponho que minha tenda esteja pronta.

— Está, milorde — Demoux confirmou.

Elend assentiu, parecendo subitamente muito cansado aos olhos de Vin.

— Milorde? — Demoux perguntou, ansioso. — O senhor encontrou... a outra coisa? A localização do depósito final?

Elend assentiu.

— Está em Fadrex.

— A cidade de Cett? — Demoux perguntou, rindo. — Bem, ele ficará feliz em saber. Está reclamando há mais de um ano que não fomos até lá reconquistá-la para ele.

Elend sorriu, exausto.

— Tenho quase certeza de que, se fizéssemos isso, Cett decidiria que ele e seus soldados não precisariam mais de nós.

— Ele vai ficar conosco, milorde. Depois do susto que Lady Vin lhe deu no ano passado...

Demoux olhou para Vin, tentando sorrir, mas ela viu outro sentimento em seus olhos. Respeito, respeito até demais. Ele não brincava com ela do jeito que fazia com Elend. E ela ainda não conseguia acreditar que Elend entrara naquela religião tola deles. As intenções de Elend haviam sido políticas — ao entrar na fé skaa, forjara um elo com o povo comum. Mas, mesmo assim, a jogada a deixava desconfortável.

Um ano de casamento lhe havia ensinado, porém, que havia algumas coisas que deviam simplesmente ser ignoradas. Amava Elend por seu desejo de fazer a coisa certa, mesmo quando pensava que ele havia feito o contrário.

— Convoque uma reunião esta noite, Demoux — Elend solicitou. — Temos muito a discutir. E me avise quando Sazed chegar.

— Devo informar a Lorde Hammond e aos outros sobre a pauta da reunião, milorde?

Elend hesitou, olhando para o céu cinzento.

— Conquistar o mundo, Demoux — disse, por fim. — Ou, ao menos, o que restou dele.

A Alomancia, de fato, nasceu com as brumas. Ou, ao menos, ela começou ao mesmo tempo que as brumas apareceram. Quando Rashek tomou a força no Poço da Ascensão, ficou ciente de algumas coisas. Algumas foram sussurradas por Ruína, outras lhe foram concedidas como parte instintiva da força.

Uma delas foi a compreensão das Três Artes Metálicas. Ele soube, por exemplo, que os pedaços de metal na Câmara da Ascensão transformariam aqueles que os ingerissem em Nascidos da Bruma. Eram, no fim das contas, fragmentos do mesmo poder contido no Poço.

9

TENSOON JÁ HAVIA VISITADO A Gruta da Confiança antes. Era da Terceira Geração: havia nascido sete séculos antes, quando os kandra ainda eram novos — mesmo que, na época, a Primeira Geração já houvesse incumbido a criação dos novos kandra à Segunda Geração.

A Segunda não se saíra muito bem com a geração de TenSoon — ou, ao menos, foi como se sentiu. Queria formar uma sociedade de indivíduos que seguissem regras estritas de respeito e senioridade. Um povo "perfeito" que viveria para cumprir seus Contratos — e, claro, servir aos membros da Segunda Geração.

Até seu retorno, TenSoon fora em geral considerado um dos kandra menos problemáticos da Terceira Geração. Fora conhecido como alguém que pouco se importava com a política da Terra Natal, como alguém que cumpria fielmente seus Contratos, contente em manter-se o mais longe possível da Segunda Geração e suas tramoias. Ninguém poderia prever que TenSoon tivesse terminado em um julgamento pelos mais hediondo dos crimes kandra.

Os guardas o conduziram ao centro da Gruta da Confiança — até a plataforma em si. TenSoon não sabia ao certo se deveria se sentir honrado ou envergonhado. Mesmo sendo um membro da Terceira Geração, raramente tivera permissão de chegar assim tão perto da Confiança.

A sala era grande e circular, com paredes de metal. A plataforma era um imenso disco de aço embutido no chão de pedra. Não era muito alta — devia ter, talvez, trinta centímetros de altura —, mas contava com três metros de diâmetro. Os pés de TenSoon sentiram frio ao tocar a superfície escorregadia, e ele foi lembrado novamente de sua nudez. Não tivera as mãos atadas; teria sido ofensivo demais até mesmo para ele. Os kandra obedeciam ao Contrato. Ele não correria e atacaria um de sua própria espécie. Não se rebaixaria a tal nível.

O recinto era iluminado por lampiões e não por pedra brilhante, embora cada lampião fosse encoberto por uma cúpula de vidro azul. Era difícil conseguir óleo — a Segunda Geração, por um bom motivo, não queria depender dos suprimentos do mundo dos homens. O povo de cima, até mesmo os servos do Pai, não sabia que havia um governo kandra centralizado. E era muito melhor assim.

À luz azul, TenSoon conseguia facilmente ver os membros da Segunda Geração — todos os vinte, atrás de seus púlpitos, ordenados em fileiras até o fundo do recinto. Estavam perto o bastante para que vissem, examinassem e falassem, mas longe o bastante para que TenSoon se sentisse isolado, sozinho no meio da plataforma. Seus pés estavam frios. Ele olhou para baixo e percebeu um buraquinho no chão perto de seus dedos. Era cortado no disco de aço da plataforma.

A Confiança, ele pensou. Estava bem embaixo dele.

— TenSoon da Terceira Geração — uma voz disse.

TenSoon ergueu os olhos. Era KanPaar, claro. Era um kandra alto — ou, melhor, preferia usar um Corpo Verdadeiro alto. Como todos os da Segunda, seus ossos eram feitos de cristal puro, o dele de uma tonalidade escura de vermelho. Era um corpo pouco prático, de muitas formas. Aqueles ossos não aguentariam muita pressão. Ainda assim, para a vida de um administrador na Terra Natal, a fraqueza dos ossos era aparentemente aceitável em troca de sua beleza reluzente.

— Estou aqui — TenSoon respondeu.

— Você insiste em forçar este julgamento? — KanPaar disse, mantendo a voz elevada, reforçando seu sotaque carregado. Ao ficar longe dos humanos por tanto tempo, sua fala não fora corrompida pelos dialetos deles. O sotaque da Segunda Geração era supostamente semelhante ao do Pai.

— Sim — TenSoon voltou a responder.

KanPaar suspirou num tom audível por trás de seu refinado púlpito de pedra. Por fim, curvou a cabeça para as fileiras superiores do recinto. A Primeira Geração observava do alto. Estavam sentados em alcovas individuais que corriam o perímetro do espaço superior, obscurecidos ao ponto de serem pouco mais que amontoados humanoides. Eles não falavam. Isso cabia aos da Segunda.

As portas atrás de TenSoon se abriram. Vozes sussurradas soaram junto ao som de pés se arrastando. Ele se virou, sorrindo consigo mesmo ao observá-los entrar. Eram kandra de vários tamanhos e idades. Os mais jovens não tinham permissão para participar de um evento de tamanha importância, mas não se podia negar acesso aos kandra das gerações adultas — todos até a Nona. Essa era sua vitória; talvez a única que teria durante todo o julgamento.

Se tivesse que ser condenado à prisão perpétua, queria que seu povo soubesse a verdade. Mais importante ainda, queria que ouvissem aquele julgamento para saber o que ele tinha a dizer. Ele não convenceria a Segunda Geração, e quem sabia o que os da Primeira pensariam em silêncio, sentados em suas alcovas escuras? Os kandra mais jovens, no entanto... Talvez eles o ouvissem. Talvez fizessem algo assim que TenSoon fosse embora. Ele os observou entrarem em fila, ocupando os bancos de pedra. Havia centenas. As gerações mais antigas — Primeira, Segunda, Terceira — eram menores em número, pois muitos haviam sido mortos, no passado, quando os seres humanos os temiam. No entanto, gerações mais recentes eram numerosas — a Décima Geração contava com cem indivíduos. Os bancos da Gruta da Confiança, que haviam sido construídos para comportar a população kandra inteira, estavam preenchidos até o fim tão somente por quem por acaso estivesse livre de obrigações e Contratos.

TenSoon havia torcido para que MeLaan não estivesse naquele grupo. E, no entanto, ela foi praticamente a primeira a entrar. Por um momento, temeu que ela corresse pela câmara e subisse na plataforma, onde apenas os mais abençoados ou amaldiçoados tinham permissão de subir. Em vez disso, ela ficou paralisada assim que passou pela entrada, forçando os outros a se espremerem, irritados, para ultrapassá-la enquanto encontravam lugares para ocupar.

Ele não a teria reconhecido. Estava com um novo Corpo Verdadeiro — excêntrico, com ossos feitos de madeira. Eram finos e flexíveis, de uma maneira exagerada e nada natural: o crânio de madeira era longo, com um queixo triangular pronunciado; os olhos eram grandes demais; pedaços torcidos de pano brotavam da cabeça como cabelos. As gerações mais jovens estavam ampliando as fronteiras do que era próprio, irritando a Segunda. No passado, TenSoon provavelmente teria concordado com eles — mesmo agora, era um tanto tradicionalista. No entanto, naquele dia, o corpo rebelde dela simplesmente o fez sorrir.

Aquilo pareceu confortá-la, e ela encontrou um lugar bem à frente, com um grupo de outros kandra da Sétima Geração. Todos tinham Corpos Verdadeiros deformados — um muito parecido com um bloco, outro com quatro braços atléticos.

— TenSoon da Terceira Geração — KanPaar disse, formalmente, silenciando a plateia kandra. — Você exigiu de forma obstinada um julgamento perante a Primeira Geração. Pelo Primeiro Contrato, não podemos condená-lo sem primeiro lhe conceder a oportunidade de se defender diante dos Primeiros. Caso considerem adequado poupá-lo de punição, você será libertado. Do contrário, deverá aceitar o destino que o Conselho de Segundos lhe atribuir.

— Entendo — TenSoon disse.

— Então — KanPaar falou, inclinando-se para a frente sobre seu púlpito. — Vamos dar início aos trabalhos.

Ele não está nem um pouco preocupado, TenSoon percebeu. *Está falando como se na verdade gostasse disso tudo.*

E por que não? Depois de séculos discursando que a Terceira Geração é cheia de canalhas? Tentaram todo esse tempo superar seus erros conosco — erros como nos dar liberdade demais, deixar que pensemos que somos tão bons quanto eles. Ao provar que eu, o mais "moderado" dos Terceiros, sou um perigo, KanPaar vencerá uma batalha que vem travando por grande parte de sua vida.

TenSoon sempre achara estranho como os Segundos se sentiam ameaçados pelos Terceiros. Bastara apenas uma geração para entender seus erros — os Quartos eram quase tão leais quanto os Quintos, com apenas alguns membros dissidentes.

E, ainda assim, com algumas das gerações mais jovens — MeLaan e seus amigos, por exemplo — agindo como agiam... Bem, talvez os Segundos tivessem direito de se sentir ameaçados. E TenSoon devia ser o bode expiatório. Era sua maneira de restaurar a ordem e a ortodoxia.

Certamente teriam uma surpresa.

Pepitas de Alomancia pura, o poder de Preservação. Por que Rashek deixou uma daquelas pepitas no Poço da Ascensão, eu não sei. Talvez ele não a tenha visto, talvez pretendesse guardá-la para que mais tarde a concedesse a um servo subalterno.

Talvez temesse que, algum dia, perdesse os poderes e precisasse daquela pepita para lhe dar Alomancia mais uma vez. De qualquer forma, agradeço a Rashek por seu descuido, pois, sem aquela pepita, Elend teria morrido naquele dia ao lado do Poço.

10

PARA SAZED, ERA DIFÍCIL AVALIAR o larstaísmo. A religião parecia inocente. Sabia-se muito sobre ela, graças a um Guardador que, durante o século IV, conseguira revelar uma coleção inteira de materiais de oração, escrituras, anotações e escritos pertencentes a um membro de alto escalão da religião.

E, ainda assim, a religião em si não parecia muito... bem, religiosa. Tinha seu foco na arte, não em coisas sagradas, no sentido costumeiro, e concentrava-se na doação de dinheiro para custear monges e permitir que compusessem poesia, pintassem e esculpissem obras de arte. Isso, na verdade, obstruía as tentativas de Sazed de desconsiderá-la, pois ele não conseguia encontrar quaisquer contradições nas doutrinas. Não havia o suficiente delas para que entrassem em conflito umas com as outras.

Ele segurou o papel diante de si, balançando a cabeça, lendo novamente a página. Estava presa na frente da pasta para que não fosse levada pelo vento, e um guarda-sol amarrado à sela impedia que a maior parte das cinzas manchasse a folha. Uma vez, ouvira Vin reclamar que não sabia como as pessoas conseguiam ler enquanto cavalgavam, mas aquele método facilitava bastante a tarefa.

Ele não precisava virar páginas. Simplesmente lia as mesmas palavras repetidamente, revirando-as na própria mente, brincando com elas. Tentando decidir. Esta aqui tinha a verdade? Era aquela em que Mare, a esposa de Kelsier, acreditara. Ela fora uma das poucas pessoas que Sazed conhecera que escolhera acreditar em uma das antigas religiões que ele havia pregado.

Os larsta acreditavam que a vida consistia em buscar o divino, leu. Ensinavam que a arte nos aproxima da compreensão do divino. Como nem todos os homens conseguem gastar seu tempo com a arte, é benéfico para a sociedade como um todo apoiar um grupo de artistas dedicados a criar grandes obras, que depois elevarão aqueles que as apreciarem.

Na opinião de Sazed, isso era muito legal e interessante, mas e as questões de vida e morte? E o espírito? O que *era* o divino, e como coisas terríveis podiam acontecer no mundo se a divindade existia?

— Sabe — falou Brisa, montado em seu cavalo —, há algo incrível em tudo isso.

O comentário rompeu a concentração de Sazed. Ele suspirou e ergueu os olhos de sua leitura. O cavalo continuava a galopar.

— Incrível no quê, Lorde Brisa?

— As cinzas. Digo, olhe para elas. Cobrindo tudo, fazendo a terra parecer tão preta. É mesmo surpreendente como a paisagem se tornou *desoladora*. No reinado do Senhor Soberano, tudo era marrom, e a maioria das plantas cultivadas a céu aberto parecia estar à beira de uma morte por doença. Eu pensava que *aquilo* era deprimente. Mas as cinzas caindo todos os dias, soterrando o mundo inteiro... — O Abrandador meneou a cabeça, sorrindo. — Eu não teria pensado que fosse possível as coisas ficarem realmente piores sem o Senhor Soberano. Mas, bem, certamente fizemos uma bagunça! Destruímos o mundo. Não foi pouca coisa, se pensarmos bem. Eu me pergunto se deveríamos ficar impressionados com nós mesmos.

Sazed torceu o nariz. Flocos ocasionais pairavam no céu, a atmosfera superior escurecida por sua costumeira névoa. A chuva de cinzas era leve, mesmo que persistente, caindo sem cessar por quase dois meses. Os cavalos seguiam pisoteando uns bons quinze centímetros de cinzas conforme eles se deslocavam para o sul, acompanhados por uma centena de soldados de Elend. Quanto tempo levaria para as cinzas se acumularem a ponto de ser impossível viajar? Ela já se empilhava por mais de um metro em alguns lugares.

Tudo estava preto — as colinas, a estrada, os campos. Árvores caíam sob o peso das cinzas nas folhas e galhos. Grande parte do mato estava provavelmente morto; levar dois cavalos com eles na viagem até a Cidade de Lekal fora difícil, pois não havia nada para pastarem. Os soldados foram obrigados a carregar a comida deles.

— Tenho que dizer, no entanto — Brisa continuou, falando casualmente, protegido das cinzas por um guarda-sol preso às costas de sua sela —, que as cinzas *são* um pouco sem graça.

— Sem graça?

— Ora, sim. Embora, por acaso, eu goste do preto como cor para meus ternos, acho um tom um tanto sem graça.

— Que mais a cinza poderia ser?

Brisa deu de ombros.

— Bem, Vin diz que existe algo por trás de tudo isso, certo? Alguma força maligna de destruição ou algo do gênero? Ora, se *eu* fosse essa tal força da destruição, certamente não teria usado meus poderes para deixar a terra preta. Simplesmente falta elegância. Vermelho. Veja, *essa* seria uma cor interessante. Pense nas possibilidades... Se as cinzas fossem vermelhas, os rios correriam como sangue. O preto é tão monótono que é possível se esquecer dele, mas vermelho? Sempre estaríamos pensando: "Ora, veja só. Aquela colina é vermelha. A força maligna da destruição que está tentando me destruir certamente tem estilo".

— Não estou convencido de que haja uma "força maligna da destruição", Brisa — Sazed comentou.

— Ah, é?

— As Montanhas de Cinzas *sempre* cuspiram cinzas. Será muito exagero supor que elas se tornaram mais ativas do que antes? Talvez seja tudo o resultado de processos naturais.

— E as brumas?

— Os padrões climáticos mudam, Lorde Brisa. Talvez fosse simplesmente quente demais durante o dia para elas surgirem antes. Agora que as Montanhas de Cinzas estão emitindo mais cinzas, faria sentido supor que os dias estejam cada vez mais frios e, dessa forma, as brumas se assentem por mais tempo.

— Sério? E se esse fosse o caso, meu caro, então por que as brumas não surgiam durante o dia nos invernos? Era mais frio que o verão, mas as brumas sempre desapareciam ao raiar do dia.

Sazed ficou em silêncio. Brisa tinha razão. Mesmo assim, a cada nova religião que Sazed retirava de sua lista, ele se perguntava mais e mais se não estavam simplesmente *criando* um inimigo nessa "força" que Vin sentira. Ele não sabia mais. Não acreditava, por um momento sequer, que ela havia inventado as histórias. No entanto, se não houvesse verdade nas religiões, seria exagero inferir que o mundo estava acabando porque era sua hora de acabar?

— Verde — Brisa disse por fim.

Sazed se virou.

— Ora, essa seria uma cor com estilo — Brisa continuou. — Diferente. Não se pode ver o verde e se esquecer dele... não como se esquece do preto ou do marrom. Kelsier não falava sempre sobre as plantas terem sido verdes no passado? Antes da Ascensão do Senhor Soberano, antes da primeira vez que as Profundezas cobriram a terra?

— Isso é o que as histórias dizem.

Brisa assentiu, pensativo.

— Estilo de verdade. Seria lindo, eu acho.

— Sério? — Sazed perguntou com surpresa genuína. — A maioria das pessoas com quem falei acha o conceito de plantas verdes bem estranho.

— Eu também pensava assim, mas agora, depois de ver preto o dia todo, todos os dias... bem, acho que um pouco de variedade seria legal. Campos verdes... pequenas manchas coloridas... como Kelsier chamava aquelas coisas?

— Flores — Sazed respondeu. Os larsta haviam escrito poemas sobre elas.

— Isso — Brisa confirmou. — Será bom quando elas voltarem.

— Voltarem?

Brisa deu de ombros.

— Ora, a Igreja do Sobrevivente ensina que, um dia, Vin vai limpar o céu das cinzas e o ar das brumas. Imagino que, enquanto ela estiver fazendo isso, pode trazer de volta também as plantas e as flores. Parece uma coisa bem feminina a se fazer, por algum motivo.

Sazed suspirou, negando com a cabeça.

— Lorde Brisa, percebo que está simplesmente tentando me animar. No entanto, tenho sérios problemas em acreditar que *você* aceite os ensinamentos da Igreja do Sobrevivente.

Brisa hesitou. Em seguida, sorriu.

— Exagerei um pouco, não?

— Um pouquinho.

— É difícil de medir a dose com você, meu caro. Está sempre tão ciente do meu toque em suas emoções que não posso usar muita Alomancia; além disso, tem andado tão... bem, diferente, nesses últimos tempos. — A voz de Brisa ficou melancólica. — Ainda assim, seria legal ver essas plantas verdes das quais nosso Kelsier sempre falava. Depois de seis meses de cinzas... bem, isso faz um homem ao menos *querer* acreditar. Talvez seja o bastante para um velho hipócrita como eu.

O desespero no íntimo de Sazed queria gritar que simplesmente *acreditar* não bastava. Desejar e acreditar não o tinha levado a lugar algum. Não mudaria o fato de que as plantas estavam morrendo, e o mundo, acabando.

Não valia a pena lutar, pois nada significava coisa nenhuma.

Sazed se forçou a interromper aquela linha de pensamento, mas foi difícil. Às vezes, sua própria melancolia o deixava preocupado. Infelizmente, na maior parte do tempo tinha dificuldades em fazer até mesmo o esforço de se importar com sua tendência pessimista.

Os larsta, disse a si mesmo. *Concentre-se nessa religião. Precisa tomar uma decisão.*

Os comentários de Brisa haviam-no deixado pensativo. Os larsta se concentravam muito na beleza e na arte como sendo "divinas". Bem, se a divindade estava de alguma forma relacionada à arte, então um deus *não poderia* de modo algum ter envolvimento naquilo que estava acontecendo no mundo atualmente. As cinzas, a paisagem lúgubre e opressiva... era mais que apenas "sem graça", como Brisa comentara. Era completamente insípida. Tediosa. Monótona.

Religião falsa, Sazed escreveu no rodapé da página. *Ensinamentos diretamente contrários aos eventos observados.*

Ele abriu a pasta e guardou a folha, um passo mais próximo de repassar todas as religiões em seu interior. Via Brisa o observando de soslaio; o Abrandador amava segredos. Sazed duvidava que o homem ficaria tão impressionado se descobrisse sobre o que realmente era aquele trabalho. De qualquer forma, desejava apenas que Brisa o deixasse em paz em relação a seus estudos.

Mas eu não deveria ser rude com ele, Sazed pensou. Sabia que o Abrandador, com sua maneira peculiar, estava apenas tentando ajudar. Brisa havia mudado desde que se conheceram. No início, apesar dos lampejos de compaixão, Brisa fora realmente o manipulador egoísta e insensível que agora apenas fingia ser. Sazed suspeitava que o lorde havia se juntado ao grupo de Kelsier não pelo desejo de ajudar os skaa, mas pelo desafio que o esquema apresentava, sem mencionar a rica recompensa que Kelsier havia prometido.

Essa recompensa — o depósito de atium do Senhor Soberano — se provara não passar de um mito. Brisa descobrira outras recompensas em seu lugar.

Bem adiante, Sazed percebeu alguém se movendo pelas cinzas. A figura vestia preto, mas contra o campo de cinzas era fácil discernir até mesmo um fraco indício colorido de pele. Parecia ser um dos batedores. O Capitão Goradel ordenou que a fileira parasse e mandou um homem adiante para encontrar o batedor. Sazed e Brisa esperaram pacientemente.

— Relato do batedor, Lorde Embaixador — Capitão Goradel disse, aproximando-se do cavalo de Sazed pouco tempo depois. — O exército do imperador está a poucas colinas de distância; a menos de uma hora de viagem.

— Ótimo — Sazed respondeu, contente com o pensamento de ver algo além de colinas tristes e pretas.

— Parece que eles nos viram, Lorde Embaixador — Goradel prosseguiu. — Cavaleiros estão se aproximando. Na verdade, eles estão...

— Aqui — Sazed completou, meneando a cabeça para um ponto nas proximidades, onde viu um cavaleiro subindo a colina.

Esse estava facilmente identificável contra o preto. Não apenas se movia com grande velocidade — chegando a galopar com o pobre cavalo pela estrada — como também era cor-de-rosa.

— Ah, meus sais — Brisa disse com um suspiro.

Conforme se aproximava, a figura sacolejante se revelou uma jovem com cabelos dourados usando um vestido rosa brilhante — que a fazia parecer mais nova que seus vinte e poucos anos. Allrianne gostava de rendas e franjas, e tendia a usar cores que a destacassem. Sazed pensava que alguém como ela daria uma amazona deplorável, e, no entanto, Allrianne cavalgava com maestria — algo necessário para permanecer no lombo de um cavalo galopante usando um vestido tão frívolo.

A jovem empinou o animal diante dos soldados de Sazed, girando-o em um alvoroço de tecidos e cabelos dourados. Prestes a apear, ela hesitou, encarando a camada de quinze centímetros de cinzas no chão.

— Allrianne? — Brisa chamou após um momento de silêncio.

— Quieto — ela disse. — Estou tentando decidir se vale a pena sujar o meu vestido para correr e te abraçar.

— Poderíamos esperar até voltarmos ao acampamento...

— Eu não quero te constranger assim na frente de seus soldados.

— Tecnicamente, minha querida, não são *meus* soldados, mas de Sazed.

Relembrada da presença de Sazed, Allrianne ergueu os olhos. Abriu um belo sorriso para o terrisano e se inclinou numa versão montada de uma reverência.

— Lorde Embaixador — disse, e Sazed sentiu uma ternura repentina, além de anormal, pela jovem. Ela o estava *tumultuando*. Se havia alguém mais insolente que Brisa com seus poderes alomânticos, era Allrianne.

— Princesa — Sazed falou, meneando a cabeça para ela.

Por fim, Allrianne se decidiu e deslizou de cima do cavalo. Ela não chegou a correr, mas ergueu o vestido de um modo nada próprio de uma donzela. Teria sido vulgar se não estivesse vestindo o que pareciam ser várias camadas de anáguas rendadas por baixo.

Por fim, capitão Goradel se aproximou e a ajudou a subir no cavalo de Brisa de forma que ela ficasse sentada na sela diante dele. Os dois nunca haviam se casado oficialmente — em parte, talvez, porque Brisa se sentia envergonhado de estar num relacionamento com uma mulher muito mais jovem que ele. Quando pressionado sobre a questão, Brisa explicava que não queria deixá-la viúva quando morresse — algo que ele parecia supor que aconteceria em muito pouco tempo, embora tivesse apenas 45 anos.

Todos morreremos em breve, do jeito que as coisas estão indo, Sazed pensou. *Nossa idade não importa.*

Talvez isso fosse também parte da razão pela qual Brisa finalmente havia aceitado ter um relacionamento com Allrianne. Ficava óbvio, de qualquer forma, pela maneira como ele a olhava — pela maneira como a segurava com um toque delicado, quase reverente —, que ele a amava muito.

A estrutura da nossa sociedade está ruindo, pensava Sazed enquanto a coluna retomava a marcha. *No passado, o carimbo oficial de um casamento teria sido essencial, especialmente num relacionamento que envolvesse uma jovem com o status dela.*

E, ainda assim, quem estava lá para "oficializar", por ora? Os obrigadores estavam quase extintos. O governo de Elend e Vin surgira da necessidade dos tempos de guerra — uma aliança pragmática, marcialmente organizada, de cidades. E, assomando-se sobre tudo e todos, havia a consciência crescente de que algo estava muito errado com o mundo.

Por que se importar com casamento quando se esperava que o mundo terminasse antes do fim do ano?

Sazed balançou a cabeça. Aquele era um tempo no qual as pessoas precisavam de estrutura — precisavam de *fé* — para perseverar. Ele deveria ter a pessoa a dar tal fé para o povo. A Igreja do Sobrevivente estava tentando, mas ela era muito nova, e seus adeptos, inexperientes demais nos assuntos religiosos. Já havia cismas e discussões sobre doutrina e metodologia, e cada cidade do Novo Império já desenvolvia sua própria variação mutante do credo.

No passado, Sazed havia ensinado religiões alegando a necessidade de acreditar em cada uma delas, porém sem tentar viver de acordo com elas. Aceitava cada uma como sendo especial à sua maneira e as oferecia aos demais, como um garçom poderia servir um aperitivo que ele próprio não planejava comer.

Fazê-lo agora parecia hipócrita para Sazed. Se esse povo precisava de fé, não seria ele a oferecê-la. Ele não ensinaria mentiras; não mais.

SAZED LAVOU O ROSTO NA água fria da bacia, apreciando o choque agradável. A água escorreu por seu rosto e seu queixo, carregando consigo manchas de cinzas. Ele secou a face com uma toalha limpa e, em seguida, pegou uma lâmina e um espelho para que pudesse raspar a cabeça adequadamente.

— Por que continua fazendo isso? — uma voz inesperada perguntou.

Sazed se virou. A tenda no acampamento estivera vazia poucos momentos antes. Contudo, naquele instante, havia alguém atrás dele. Sazed sorriu.

— Lady Vin.

Ela cruzou os braços, erguendo a sobrancelha. Sempre se movera furtivamente, mas estava ficando tão boa naquilo que até mesmo Sazed se surpreendia. Mal movera a porta da tenda ao entrar. Vestia a camisa e as calças padrão, pois sem dúvida as roupas masculinas contribuíam para sua discrição, embora durante os três últimos anos tivesse deixado crescer seus cabelos pretos até o ombro, de forma que assumira um comprimento mais feminino. Houvera um tempo em que Vin parecia estar sempre encolhida, sempre tentando se esconder, raramente fitando os outros nos olhos. Aquilo havia mudado. Ainda passava despercebida com facilidade, devido a seus modos silenciosos, sua figura esguia e estatura pequena. No entanto, agora sempre olhava as pessoas nos olhos.

E isso fazia uma grande diferença.

— O General Demoux disse que você estava descansando, Lady Vin — Sazed comentou.

— Demoux não é bobo de me deixar dormindo durante a sua chegada.

Sazed sorriu internamente e apontou uma cadeira para que ela pudesse se sentar.

— Pode continuar a se raspar. Não tem problema.

— Por favor — ele disse, apontando novamente.

Vin suspirou e se sentou.

— Você não respondeu à minha pergunta, Sazed. Por que continua usando essas túnicas de mordomo? Por que mantém a cabeça raspada como um serviçal terrisano? Por que se preocupa se me desrespeita em minha presença? Você não é mais um serviçal.

Ele suspirou, sentando-se devagar na cadeira diante de Vin.

— Não sei mais muito bem *o que* eu sou, Lady Vin.

As paredes da tenda ondularam numa brisa leve, um pouco de cinza invadindo o interior pela entrada que Vin não havia fechado atrás de si. Ela fez uma careta ao ouvir o comentário.

— Você é Sazed.

— Embaixador-chefe do Imperador Venture.

— Não. Isso talvez seja o que você *faz*, mas não o que você *é*.

— E o que sou, então?

— Sazed — ela repetiu. — Guardador de Terris.

— Um Guardador que não usa mais suas mentes de cobre?

Vin olhou para o canto, na direção da arca onde ele as mantinha. Suas mentes de cobre, os bancos feruquêmicos que continham as religiões, histórias e lendas de povos mortos havia muito tempo. Estava tudo ali, esperando para ser ensinado, esperando para ser ampliado.

— Temo ter me tornado um homem muito egoísta, Lady Vin — Sazed falou, baixinho.

— Que bobagem. Você passou a vida toda servindo a outros. Não conheço ninguém mais altruísta.

— Aprecio esse sentimento — disse ele —, mas temo que precise discordar. Lady Vin, não somos pessoas que desconhecem a tristeza. Você conhece melhor do que qualquer um aqui, creio eu, as agruras da vida no Império Final. Todos perdemos pessoas queridas. E, ainda assim, pareço ser o único incapaz de superar minha perda. Sinto-me infantil. Sim, Tindwyl está morta. Com toda a honestidade, não passei muito tempo com ela antes de seu falecimento. Não tenho motivos para me sentir desse jeito.

"Ainda assim, não consigo acordar pela manhã sem enxergar escuridão diante de mim. Quando encaixo as mentes de metal nos meus braços, minha pele parece fria, e eu me lembro do tempo que passei com ela. A esperança da vida se exauriu. Preciso seguir em frente, mas não consigo. Creio que me falta determinação."

— Isso não é verdade, Sazed.

— Devo discordar.

— Ah, é? Se você não tivesse mesmo determinação, seria capaz de discordar de mim?

Sazed hesitou, então sorriu.

— Quando ficou tão boa em lógica?

— Vivendo com Elend — Vin disse com um suspiro. — Se prefere argumentos irracionais, não se case com um estudioso.

Quase me casei. O pensamento ocorreu a Sazed a contragosto, mas de qualquer forma bastou para fazer morrer seu sorriso. Vin devia ter percebido, pois ficou levemente mais séria.

— Desculpe — ela disse, desviando o olhar.

— Tudo bem, Lady Vin. — Sazed a tranquilizou. — Eu só... me sinto tão fraco. Não consigo ser o homem que o meu povo deseja que eu seja. Talvez eu seja o último dos Guardadores. Faz um ano que os Inquisidores atacaram minha terra natal, matando até mesmo as crianças feruquemistas, e não temos indícios de que outros da minha seita tenham sobrevivido. Alguns estavam fora da cidade, isso é certo e inevitável, mas ou os Inquisidores os encontraram, ou outra tragédia deu cabo deles. Sem dúvida, um acontecimento comum nos últimos tempos, creio eu.

Vin permaneceu sentada com as mãos no colo, em silêncio, parecendo estranhamente frágil à luz turva. Sazed franziu o cenho para a expressão pesarosa no rosto dela.

— Lady Vin?

— Desculpe. É que... você sempre foi aquele a nos aconselhar, Sazed. Mas, agora, os conselhos de que preciso são sobre você.

— Não há conselho a dar, temo eu.

Ficaram em silêncio por alguns momentos.

— Encontramos o estoque — Vin disse, quebrando o silêncio. — Na penúltima caverna. Fiz uma cópia das palavras para você, talhando-as em uma placa fina de aço para que ficassem protegidas.

— Obrigado.

Vin permaneceu sentada, parecendo hesitante.

— Você não vai olhá-la, vai?

Sazed hesitou, então negou com a cabeça.

— Não sei.

— Não posso fazer isso sozinha, Sazed — Vin sussurrou. — Não posso combater aquilo sozinha. *Preciso* de você.

A tenda ficou mais silenciosa.

— Eu... estou fazendo o que posso, Lady Vin — Sazed disse por fim. — À minha maneira. Preciso encontrar respostas para mim antes de poder oferecê-las a qualquer outra pessoa. De qualquer modo, peça que me tragam a placa. Prometo que vou ao menos dar uma olhada.

Vin assentiu e, em seguida, se levantou.

— Elend convocou uma reunião para hoje à noite. Para planejar nossos próximos passos. Ele quer sua presença. — Ela deixou um rastro suave de perfume ao fazer menção de sair. Parou, contudo, ao lado da cadeira dele. — Por um tempo, depois de eu ter tomado o poder no Poço da Ascensão, pensei que Elend morreria.

— Mas não morreu. Elend ainda vive.

— Não importa. Pensei que estivesse morto. Sabia que ele estava morrendo... Eu detinha aquele poder, Sazed, um poder que você *mal pode imaginar*. Poder que você jamais será capaz de imaginar. Poder para destruir mundos e reconstruí-los. Poder para enxergar e entender. Eu o vi e sabia que ele morreria. E sabia que eu detinha o poder em minhas mãos para salvá-lo.

Sazed ergueu os olhos.

— Mas eu não o salvei — Vin confessou. — Eu o deixei sangrar e libertei a força. Eu o entreguei à morte.

— Como? Como pôde fazer uma coisa dessas?

— Porque olhei nos olhos dele e soube que era o que ele queria que eu fizesse. Você me ensinou isso, Sazed. Me ensinou a amá-lo o suficiente para deixá-lo morrer.

Vin o deixou sozinho na tenda. Poucos momentos depois, ele voltou a raspar a cabeça e encontrou algo ao lado da bacia. Um pedacinho de papel dobrado.

Continha um desenho antigo e já desbotado de uma planta estranha. Uma flor. A imagem havia pertencido a Mare. Passara dela para Kelsier e dele para Vin.

Sazed a ergueu, perguntando-se o que Vin pretendia deixando o desenho para ele. Por fim, ele o dobrou e o guardou em sua manga, para então voltar a raspar a cabeça.

O Primeiro Contrato, mencionado frequentemente pelos kandra, era originalmente apenas uma série de promessas feitas pela Primeira Geração ao Senhor Soberano. Eles escreveram essas promessas e, ao fazê-lo, codificaram as primeiras leis dos kandra. Es-

tavam preocupados em se autogovernar, independentes do Senhor Soberano e de seu império. Então, levaram o que haviam escrito para ele, pedindo aprovação.

Ele ordenou que fosse gravado em aço e em seguida assinou embaixo de próprio punho. Esse código era a primeira coisa que um kandra aprendia ao despertar de sua vida de espectro das brumas. Continha mandamentos para que se respeitassem as gerações anteriores, direitos jurídicos simples concedidos a cada kandra, disposições para a criação de novos kandra e a exigência de dedicação fundamental ao Senhor Soberano.

O mais perturbador era que o Primeiro Contrato continha uma cláusula que, se invocada, exigia o suicídio em massa de todo o povo kandra.

11

KANPAAR SE INCLINOU PARA A frente em seu púlpito, os ossos vermelhos e cristalinos cintilando à luz do lampião.

— Muito bem, então, TenSoon, traidor do povo kandra. Você exigiu este julgamento. Faça sua defesa.

TenSoon respirou fundo — era tão bom poder fazer isso novamente — e abriu a boca para falar.

— Conte a eles — KanPaar continuou, desdenhoso. — Explique, se puder, por que matou um dos nossos. Outro kandra.

TenSoon ficou paralisado. A Gruta da Confiança estava em silêncio — as gerações de kandra eram comportadas demais para agitar-se e fazer barulho como uma multidão de seres humanos. Estavam sentados com seus ossos de pedra, madeira ou até mesmo metal, esperando a resposta de TenSoon.

A pergunta de KanPaar não era a que ele estava esperando.

— Sim, eu matei um kandra — TenSoon confessou, nu e com frio na plataforma. — O que não é proibido.

— Precisa ser? — KanPaar questionou, apontando para ele. — Seres humanos matam uns aos outros. Koloss matam uns aos outros. Mas eles são de Ruína. *Nós* somos de Preservação, os escolhidos do próprio Pai. Não matamos os nossos!

TenSoon fez uma careta. Era uma linha estranha de questionamento. *Por que perguntar isso?*, indagou-se. *Minha traição de* todo *o nosso povo certamente é um pecado mais grave que o assassinato de* um *de nosso povo.*

— Fui obrigado pelo meu Contrato — TenSoon disse com franqueza. — Você deve saber, KanPaar. Foi *você* quem me designou para o homem Straff Venture. Todos sabemos que tipo de pessoa ele era.

— Não era diferente de qualquer outro *homem* — um Segundo soltou.

No passado, TenSoon teria concordado. Ainda assim, ele sabia que havia alguns seres humanos, ao menos, que *eram* diferentes. Havia traído Vin e, mesmo assim, ela não o odiara por isso. Ela entendera e fora clemente. Mesmo que não fossem amigos, mesmo que ele não tivesse cultivado um imenso respeito por ela, aquele momento teria bastado para que ela merecesse sua lealdade devota.

Ela contava com ele, mesmo que não soubesse disso. TenSoon se empertigou um pouco, encarando KanPaar nos olhos.

— Fui designado ao homem Straff Venture por Contrato pago — continuou. — Ele me entregou aos caprichos de seu filho perverso, Zane. Foi Zane quem ordenou que eu matasse o kandra OreSeur e tomasse seu lugar para que eu pudesse espionar a mulher Vin.

Houve alguns sussurros à menção do nome. *Sim, vocês ouviram falar dela. Aquela que assassinou o Pai.*

— Então você fez o que esse Zane ordenou? — KanPaar perguntou em voz alta. — Matou outro kandra. Assassinou um *membro de sua geração*!

— Acha que gostei de fazer isso? OreSeur era meu irmão de geração... um kandra que eu conhecia há setecentos anos! Mas... o Contrato...

— Proíbe assassinato — KanPaar completou.

— Proíbe assassinato de seres humanos.

— E a vida de um kandra não vale mais que a de um homem?

— As palavras são específicas, KanPaar — TenSoon respondeu com rispidez. — Eu as conheço muito bem; ajudei a escrevê-las! Nós dois estávamos lá quando esses Contratos de serviço foram criados, usando o Primeiro Contrato como modelo! Eles nos proíbem de matar seres humanos, mas não uns aos outros.

KanPaar se inclinou para a frente outra vez.

— Você tentou discutir com o tal Zane? Sugerir talvez que ele mesmo deveria executar o assassinato? Ao menos tentou se eximir da morte de um dos nossos?

— Não discuto com meus mestres. E, certamente, não queria dizer ao homem Zane como matar um kandra. A instabilidade dele era bem conhecida.

— Então, não discutiu — KanPaar confirmou. — Simplesmente matou OreSeur. E, em seguida, tomou seu lugar, fingindo ser ele.

— É o que fazemos — TenSoon disse, frustrado. — Tomamos o lugar dos outros, agindo como espiões. Esse é o *objetivo* central do Contrato!

— Fazemos essas coisas com *seres humanos* — retrucou outro da Segunda Geração. — Este é o primeiro caso em que um kandra foi usado para imitar outro. É um precedente perturbador que você abriu.

Foi brilhante, TenSoon pensou. *Odeio Zane por me obrigar a fazer isso, mas mesmo assim consigo ver a genialidade na ideia. Vin nunca suspeitou. Quem suspeitaria?*

— Você deveria ter se recusado a executar tal ato — KanPaar insistiu. — Deveria ter requerido o esclarecimento de seu Contrato. Se mais humanos começarem a nos usar dessa maneira, para matar uns aos outros, poderíamos ser extintos em uma questão de anos!

— Você traiu a nós todos com sua imprudência — outro comentou.

Ah, TenSoon pensou. *Então, esse é o plano deles. Eles me estabelecem como traidor primeiro para tirar a credibilidade do que eu disser depois*. Ele sorriu. Era um kandra da Terceira Geração; era hora de começar a agir de acordo.

— Eu nos traí com minha imprudência? — TenSoon questionou. — E quanto a vocês, gloriosos kandra da Segunda? Quem foi que permitiu que um Contrato fosse designado ao próprio Kelsier? Vocês deram um servo kandra *exatamente para o homem que estava planejando matar o Pai*!

KanPaar enrijeceu como se tivesse sido estapeado, o rosto translúcido contorcido de fúria à luz azul do lampião.

— Não cabe a você fazer acusações, Terceiro!

— Parece que mais nada cabe a mim — TenSoon disse. — A nenhum de nós, agora que o Pai está morto. E não temos direito de reclamar, pois ajudamos para que isso acontecesse.

— Como saberíamos que esse homem teria êxito quando outros não tiveram? — bradou um kandra da Segunda Geração. — Ele pagou tão bem que...

KanPaar interrompeu o outro com um aceno firme. Não era bom que os Segundos ficassem na defensiva. No entanto, HunFoor — o kandra que havia falado —, não se encaixava de fato com os outros de sua geração. Era um pouco mais... estúpido.

— Você não deve mais falar disso, Terceiro — KanPaar disse, apontando para TenSoon.

— Como posso me defender se não puder...

— Você *não está* aqui para se defender — KanPaar interrompeu. — Isso não é uma audiência; você já admitiu sua culpa. É um julgamento. Explique seus atos e deixe que os da Primeira Geração anunciem seu destino!

TenSoon ficou em silêncio. Não era hora de forçar os limites. Ainda não.

— Agora, isso que você fez ao tomar o lugar de um de seus irmãos é ruim o bastante. Precisamos continuar a falar, ou você já aceita seu julgamento?

— Nós dois sabemos que a morte de OreSeur pouco tem a ver com o motivo de eu estar aqui.

— Muito bem. Vamos prosseguir, então. Por que você não diz aos da Primeira Geração por que, se é um kandra tão obediente, *rompeu* o Contrato com seu mestre, desobedecendo a seus interesses e ajudando sua inimiga?

A acusação de KanPaar ecoou no salão. TenSoon fechou os olhos, pensando naquele dia, há mais de um ano. Lembrou-se de se sentar em silêncio no chão da Fortaleza Venture, assistindo à luta de Zane e Vin.

Não. Não fora uma luta. Zane estava queimando atium, que o tornava praticamente invencível. Zane estivera brincando com Vin, jogando com ela e zombando.

Vin não era mestra de TenSoon — TenSoon havia matado o kandra dela e tomado seu lugar, espionando-a por ordem de Zane. Zane. *Ele* havia sido o mestre de TenSoon. *Ele* detivera seu Contrato.

Mas, contrário a todo o seu treinamento, TenSoon ajudara Vin. E, ao fazê-lo, revelara para ela o grande segredo dos kandra. Sua fraqueza: que um alomântico podia usar seus poderes para tomar por completo o controle do corpo de um kandra. Os kandra serviam seus Contratos para manter esse Segredo; tornavam-se serviçais para não acabarem escravos. TenSoon abriu os olhos para a câmara silenciosa. Era o momento para o qual havia se planejado.

— Eu não rompi meu Contrato.

KanPaar bufou.

— Não foi o que disse quando veio a nós um ano atrás, Terceiro.

— Eu contei o que aconteceu — TenSoon retrucou, empertigando-se. — O que eu disse não foi mentira. Ajudei Vin em vez de Zane. Em parte, por conta de meus atos, meu mestre acabou morto aos pés dela. Mas não rompi meu Contrato.

— Você está insinuando que Zane *quis* que você ajudasse a inimiga?

— Não — TenSoon afirmou. — Eu não rompi meu Contrato porque decidi cumprir um Contrato maior. O Primeiro Contrato!

— O Pai está morto! — um dos da Segunda esbravejou. — Como poderia cumprir nosso Contrato com ele?

— Ele está morto. É verdade. Mas o Primeiro Contrato não morreu com ele! Vin, a Herdeira do Sobrevivente, foi quem matou o Senhor Soberano. *Ela* é nossa Mãe agora. Nosso Primeiro Contrato é com ela!

Ele esperava clamores de blasfêmia e condenação. Em vez disso, todos ficaram em silêncio, chocados. KanPaar, estupefato, ficou paralisado atrás de seu púlpito de pedra. Os membros da Primeira Geração continuaram em silêncio, como de costume, sentados em suas alcovas sombrias.

Bem, TenSoon pensou, *acho que isso significa que eu devo continuar.*

— Eu *tive* de ajudar a mulher Vin. Não podia deixar Zane matá-la, pois tinha uma obrigação para com ela... uma obrigação que começou no momento em que ela tomou o lugar do Pai.

KanPaar finalmente retomou a voz.

— *Ela*? Nossa Mãe? Ela matou o Senhor Soberano!

— E tomou seu lugar — TenSoon afirmou. — Ela é uma de nós, de certa forma.

— Que disparate! Eu esperava justificativas, TenSoon; talvez até mentiras. Mas essas fantasias? Essas blasfêmias?

— Você viu o mundo recentemente, KanPaar? — TenSoon questionou. — Chegou a deixar a Terra Natal no último século? Entende o que está acontecendo? O Pai está *morto*. A terra está revoltosa. Enquanto retornava para a Terra Natal, um ano atrás, vi as mudanças nas brumas. Elas não se comportam mais como antes. Não podemos continuar como estamos. A Segunda Geração pode ainda não ter percebido, mas Ruína chegou! A vida vai terminar. O tempo que os Portadores do Mundo anunciaram... talvez o tempo da Resolução... chegou!

— Você está delirando, TenSoon. Esteve entre os seres humanos por tempo...

— Diga a eles o porquê disso tudo, KanPaar — TenSoon interrompeu, levantando a voz. — Por acaso não deseja que meu *verdadeiro* pecado seja conhecido? Não quer que os outros ouçam?

— Não force isso, TenSoon — KanPaar disse, apontando novamente. — O que você fez já é ruim o suficiente. Não...

— Eu contei para ela — TenSoon interrompeu novamente. — Contei nosso *segredo*. No final, ela me usou. Como os alomânticos do passado. Ela tomou o controle do meu corpo, usando a Falha, e me fez lutar contra Zane! Foi *isso* o que fiz. Traí a todos nós. Ela sabe... e tenho certeza de que contou a outros. Logo todos eles saberão como nos controlar. E sabem *por que* fiz isso? Não é o objetivo deste julgamento eu falar sobre meus motivos?

TenSoon continuava a falar, apesar de KanPaar tentar sobrepor-se a ele e interromper seu discurso.

— Fiz isso porque ela tem o *direito* de saber nosso segredo — TenSoon gritou. — Ela é a Mãe! Ela herdou tudo que o Senhor Soberano tinha. Sem ela, não temos nada. Não podemos criar Bênçãos nem novos kandra sozinhos! A Confiança é dela agora! Deveríamos ir até ela. Se é realmente o fim de todas as coisas, então a Resolução logo virá. Ela vai...

— Chega! — KanPaar urrou.

A câmara ficou em silêncio novamente.

TenSoon se empertigou, ofegante. Por um ano, preso em seu fosso, ele planejou como anunciar aquela informação. Seu povo passara mil anos, dez gerações, seguindo os ensinamentos do Primeiro Contrato. Mereciam ouvir o que havia acontecido com ele.

E, ainda assim, parecia tão... inadequado simplesmente berrar a verdade como um ser humano enfurecido. Alguém de seu povo realmente acreditaria nele? Aquilo faria alguma diferença, no fim das contas?

— Você, como acabou de confessar, nos traiu — KanPaar disse. — Rompeu o Contrato, assassinou um membro de sua geração e contou a um ser humano como nos dominar. Você exigiu um julgamento. Que ele venha.

TenSoon se virou, erguendo os olhos na direção das alcovas onde os membros da Primeira Geração observavam.

Talvez... talvez eles vejam a verdade no que digo. Talvez minhas palavras os choquem, e eles percebam que precisamos oferecer nossos préstimos a Vin em vez de simplesmente ficar nestas cavernas e esperar, enquanto o mundo acaba ao nosso redor.

Mas nada aconteceu. Nenhum movimento, nenhum som. Às vezes, TenSoon se perguntava se alguém ainda vivia lá em cima. Fazia séculos que não se dirigia a um membro da Primeira Geração — eles limitavam as comunicações estritamente aos da Segunda.

Se ainda estavam vivos, nenhum deles aproveitou a oportunidade para dar clemência a TenSoon. KanPaar sorriu.

— A Primeira Geração ignorou sua defesa, Terceiro. Portanto, como seus servos, nós, da Segunda Geração, faremos o julgamento em nome deles. Sua sentença será proferida em um mês.

TenSoon franziu a testa. *Um mês? Para que esperar?*

De qualquer forma, estava tudo acabado. Ele inclinou a cabeça, suspirando. Dissera o que precisava. Os kandra agora sabiam que seu segredo havia sido revelado — os Segundos não mais podiam esconder esse fato. Talvez suas palavras inspirassem seu povo a fazer algo.

TenSoon provavelmente jamais saberia.

Obviamente, Rashek mudou o Poço da Ascensão de lugar.

Foi muito inteligente de sua parte — talvez a coisa mais sagaz que tenha feito. Ele sabia que o poder retornaria ao Poço um dia, pois uma força como aquela — a força fundamental pela qual o próprio mundo se formou — não se extingue simplesmente. Pode ser usada e, portanto, espalhada, mas sempre se renovará.

Então, sabendo que os rumores e histórias persistiriam, Rashek mudou a própria paisagem do mundo. Pôs montanhas no que se tornaria o Norte e chamou o lugar de Terris. Em seguida, aplainou sua verdadeira terra natal e construiu ali a capital de seus domínios.

Construiu seu palácio ao redor daquela sala, no coração dela — a sala onde meditaria, a sala que era uma réplica de sua antiga cabana em Terris. Um refúgio criado nos últimos momentos que lhe restavam antes de seu poder se esgotar.

12

— ESTOU PREOCUPADA COM ELE, Elend — Vin disse, sentando-se em seu saco de dormir.

— Com quem? — Elend perguntou, tirando os olhos do espelho. — Com Sazed?

Vin assentiu. Quando Elend acordou do seu cochilo, ela já estava em pé, de banho tomado e vestida. Elend se preocupava com *ela* às vezes, pois Vin exigia demais de si mesma. Ele se preocupava mais agora, porque também era um Nascido da Bruma e sabia das limitações do peltre. O metal fortalecia o corpo, permitindo que se postergasse a fadiga, mas isso tinha um preço. Quando o peltre se exauria ou era desativado, a fadiga voltava, caindo sobre a pessoa como pedras despencando de um muro.

Ainda assim, Vin não esmorecia. Elend também estava queimando peltre, levando o próprio corpo ao limite, mas ela parecia dormir duas vezes menos. Era mais resistente que ele — forte de maneiras que Elend nunca sonharia em ser.

— Sazed vai enfrentar seus próprios problemas — falou, enfim, voltando a se vestir. — Não deve ser a primeira vez que ele perde pessoas queridas.

— É diferente — Vin retorquiu.

Conseguia vê-la no reflexo, sentada atrás dele com as pernas cruzadas em suas vestes simples. O uniforme branquíssimo de Elend era o extremo oposto. Reluzia com seus botões de madeira pintados de dourado, intencionalmente feitos com o mínimo de metal para que não fossem afetados por Alomancia. O traje em si fora feito com um tecido especial que tornava mais fácil a tarefa de escovar para tirar cinzas. Às vezes, ele se sentia culpado por todo o trabalho que dava para parecer régio. Era necessário, porém. Não por vaidade, mas pela imagem que precisava passar. A imagem pela qual seus homens marchavam para a guerra. Em uma terra de escuridão, Elend vestia branco — e se tornava um símbolo.

— Diferente? — questionou, abotoando as mangas do casaco. — O que há de diferente na morte de Tindwyl? Ela não foi a única a perecer durante o ataque a Luthadel. Como Trevo e Dockson. Você matou meu pai naquela batalha, e eu decapitei meu melhor amigo pouco antes. Todos nós perdemos pessoas.

— Ele mesmo disse algo parecido — Vin comentou. — Mas é mais que apenas uma morte, para ele. Acho que Sazed vê uma espécie de traição na morte de Tindwyl... ele sempre foi o único de nós que tinha fé. De alguma forma, perdeu isso quando ela morreu.

— O único de nós que tinha fé? — Elend perguntou, pegando da mesa um broche de madeira pintado de prata e prendendo-o ao casaco. — Como assim?

— Você pertence à Igreja do Sobrevivente, Elend, mas não tem fé. Não como Sazed tinha. Era como... se ele *soubesse* que tudo acabaria bem. Ele confiava que havia algo olhando pelo mundo.

— Ele vai superar.

— Não é apenas ele, Elend. Brisa está exagerando nas tentativas.

— Como assim, "exagerando"? — o imperador perguntou, parecendo entretido.

— Ele vem *empurrando* as emoções de todo mundo. *Empurrando* demais, tentando deixar os outros felizes e rindo com exagero. Está com medo, preocupado. Tenta compensar isso e exagera.

Elend sorriu.

— Você está ficando pior que ele, lendo emoções alheias e dizendo a eles como estão se sentindo.

— São meus amigos, Elend. Eu os *conheço*. E ouça o que eu digo: eles estão desistindo. Um a um, estão começando a pensar que não podemos vencer essa.

Elend fechou o último botão e em seguida se olhou no espelho. Às vezes, ele ainda se perguntava se o traje ornado lhe caía bem, com sua brancura ofuscante e realeza implícita. Encarou os próprios olhos, ignorando a barba curta, o corpo de guerreiro e a pele marcada de cicatrizes. Olhou naqueles olhos, buscando o rei por trás deles. Como sempre, não ficou realmente impressionado com o que viu.

Ele prosseguiu, de qualquer forma, pois ele era o melhor que eles tinham. Tindwyl lhe ensinara isso.

— Muito bem. Acredito que você esteja certa sobre os outros. Vou fazer algo para resolver isso.

Aquele, no fim das contas, era seu trabalho. O título de imperador trazia consigo apenas uma única obrigação.

Tornar tudo melhor.

— MUITO BEM — ELEND disse, apontando para um mapa do império pendurado na parede da tenda de reuniões. — Registramos os horários de chegada e desaparecimento das brumas a cada dia, e Noorden e seus escribas os analisaram. Eles nos deram esses perímetros como um guia.

O grupo se inclinou para a frente, analisando o mapa. Vin estava sentada no fundo da tenda, como ainda preferia. Mais perto das sombras. Mais perto da saída. Ela havia adquirido mais confiança, era verdade, mas aquilo não baixava sua guarda. Ela gostava de poder olhar para todos na sala, mesmo que confiasse neles.

E confiava mesmo. Exceto, talvez, em Cett. O homem obstinado sentava-se à frente do grupo, seu filho adolescente e silencioso ao lado como sempre. Cett — ou *rei* Cett, um dos monarcas que juraram lealdade a Elend — tinha uma barba deselegante, uma boca ainda mais deselegante e duas pernas que não funcionavam. Isso não o impedira de quase conquistar Luthadel mais de um ano antes.

— Que inferno — Cett resmungou. — Você espera que consigamos ler essa coisa?

Elend tocou o mapa com o dedo. Era um esboço grosseiro do império, semelhante àquele que encontraram na caverna, porém atualizado. Tinha vários círculos concêntricos gravados nele.

— O círculo mais externo é o lugar onde as brumas tomaram completamente a terra, sem mais desaparecer durante o dia. — Elend moveu o dedo para outro círculo. — Este círculo passa pelo vilarejo que acabamos de visitar, onde encontramos o depósito. Aqui temos quatro horas de luz do dia. Tudo dentro do círculo tem mais de quatro horas. Tudo fora dele tem menos.

— E o último círculo? — Brisa perguntou. Estava sentado com Allrianne o mais longe de Cett que a tenda permitia. O rei ainda tinha o hábito de lançar coisas em Brisa: insultos, na maior parte do tempo, e, às vezes, facas.

Elend examinou o mapa.

— Supondo que as brumas continuem avançando para Luthadel à mesma velocidade que vêm fazendo, esse círculo representa a área em que os escribas acham que haverá luz do sol o bastante neste verão para manter as colheitas.

O recinto ficou em silêncio.

Esperança é para os tolos, a voz de Reen pareceu sussurrar no fundo da mente de Vin. Ela sacudiu a cabeça. Seu irmão, Reen, a treinara para a vida nas ruas e no submundo, ensinando-a a ser desconfiada e paranoica. Ao fazer isso, também lhe ensinou como sobreviver. Fora apenas Kelsier que conseguira lhe mostrar que era possível tanto confiar quanto sobreviver — e essa fora uma lição difícil. Mesmo assim, ela ainda ouvia com frequência a voz de Reen no fundo da mente — mais uma lembrança que qualquer outra coisa —, sussurrando suas inseguranças, trazendo de volta as coisas brutais que havia lhe ensinado.

— É um círculo bem pequeno, El. — Ham se pronunciou, ainda estudando o mapa.

O homem corpulento estava sentado com o General Demoux, entre Cett e Brisa. Sazed, ao lado, mantinha-se em silêncio. Vin olhou para ele, tentando notar, sem conseguir, algum sinal que indicasse se a conversa de antes havia aliviado ou não a depressão do amigo.

Formavam um grupo pequeno: apenas nove, se contassem o filho de Cett, Gneorndin. Mas reunia todos os que restaram do bando de Kelsier. Faltava apenas Fantasma, que estava no norte, em missão de reconhecimento. Todos estavam concentrados no mapa. O círculo final era, de fato, muito pequeno — pouco menor que o próprio Domínio Central, onde ficava a capital imperial de Luthadel. Mais de 90% do império não conseguiria manter as colheitas do verão.

— Nem mesmo essa pequena bolha durará até o próximo inverno — Elend concluiu.

Vin observou como os outros contemplavam e percebiam — se já não tivessem percebido antes — o horror do que estava acontecendo. *É como o diário de Alendi dizia*, ela pensou. *Não conseguiam combater as Profundezas com exércitos. Ela destruía cidades, trazendo uma morte lenta e terrível. Estavam todos indefesos.*

As Profundezas. Era como haviam chamado as brumas — ou, ao menos, era como os registros sobreviventes as chamavam. Talvez a coisa que eles combatiam, a principal força que Vin libertara, estivesse por trás da escuridão.

— Tudo bem, pessoal — Elend disse, cruzando os braços. — Precisamos de opções. Kelsier recrutou vocês porque podiam fazer o impossível. Bem, nossa situação é bastante impossível.

— Ele não me recrutou — Cett enfatizou. — Fui puxado pelas bolas para dentro desse pequeno fiasco.

— Se eu realmente me importasse, pediria desculpas — Elend disse, encarando sua plateia. — Vamos lá. Sei que vocês têm ideias.

— Bem, meu caro — Brisa disse —, a opção mais óbvia parece ser o Poço da Ascensão. Parece que aquele poder foi feito para combater as brumas.

— Ou para libertar a coisa que se esconde nelas — Cett completou.

— Não importa — Vin falou, fazendo pescoços virarem. — Não há força no Poço. Ela se foi. Acabou. Se voltar, desconfio que seja daqui a outros mil anos.

— Tempo um pouco longo demais para fazer durarem os suprimentos naqueles depósitos — Elend disse.

— E se cultivarmos plantas que precisam de pouca luz? — Ham perguntou. Como sempre, usava calças simples e um colete. Era um Brutamontes, capaz de queimar peltre, o que o deixava resistente tanto ao calor quanto ao frio. Ele andava alegremente sem mangas num dia que faria a maioria dos homens procurar desesperadamente por um abrigo aquecido.

Bem, talvez não alegremente. Ham não havia mudado da noite para o dia, como Sazed, mas ainda assim *havia* perdido um pouco de sua jovialidade. Tendia a ficar sentado quieto, com um olhar de consternação no rosto, como se estivesse ponderando as coisas com muito, muito cuidado — sem gostar das respostas que obtinha.

— Existem plantas que não precisam de luz? — Allrianne perguntou, inclinando a cabeça.

— Cogumelos e coisas assim — Ham respondeu.

— Duvido que possamos alimentar um império inteiro com cogumelos — falou Elend. — Mas é uma boa ideia.

— Deve haver outras plantas também — Ham continuou. — Mesmo se as brumas vierem o dia todo, vai haver um pouco de luz que as atravesse. Algumas plantas devem ser capazes de viver assim.

— Plantas que não podemos comer, meu caro — Brisa apontou.

— Sim, mas que talvez os animais possam — Ham retrucou.

Elend assentiu, pensativo.

— Temos muito pouco tempo para horticultura agora — Cett observou. — Deveríamos ter trabalhado nesse tipo de coisa há anos.

— Não sabíamos da maioria das coisas que estão acontecendo até poucos meses atrás — Ham protestou.

— É verdade — Elend confirmou. — Mas o Senhor Soberano teve mil anos para se preparar. Por isso fez os depósitos nas cavernas... e ainda não sabemos o que a última contém.

— Não gosto da ideia de depender do Senhor Soberano, Elend — Brisa disse, com um meneio de cabeça. — Ele deve ter preparado os depósitos sabendo que estaria morto se qualquer um tivesse que usá-los.

Cett assentiu.

— O Abrandador idiota tem razão. Se eu fosse o Senhor Soberano, teria enfiado comida envenenada e água mijada naqueles depósitos. Se eu morresse, então que todo mundo morresse também.

— Felizmente, Cett — Elend disse com a sobrancelha erguida —, o Senhor Soberano se provou mais altruísta do que esperávamos.

— Aí está algo que não pensei que escutaria — Ham observou.

— Ele era um imperador — Elend disse. — Podemos não ter gostado de seu governo, mas, de certa forma, consigo entendê-lo. Ele não era maldoso... não era sequer exatamente mau. Ele simplesmente... deixou que tudo lhe subisse à cabeça. Além disso, resistiu a essa coisa que estamos combatendo.

— Essa coisa? — Cett questionou. — As brumas?

— Não. A coisa que estava presa no Poço da Ascensão — Elend respondeu.

Chama-se Ruína, Vin pensou de repente. *E vai destruir tudo.*

— É por isso que decidi que precisamos salvar aquele último depósito — Elend disse. — O Senhor Soberano passou por isso no passado... Sabia como se preparar. Talvez encontremos plantas que possam crescer sem a luz do sol. Cada um dos depósitos até agora tinha as mesmas coisas, estoques de comida e água, mas cada um trouxe algo novo também. Em Vetitan, encontramos grandes estoques dos primeiros oito metais alomânticos. O que houver na última caverna talvez seja exatamente do que precisamos para sobreviver.

— Então, é isso! — Cett disse, abrindo um largo sorriso em meio à barba. — *Estamos* marchando para Fadrex, não é?

Elend assentiu rapidamente.

— Exato. O grosso do exército marchará para o Domínio Ocidental assim que erguermos acampamento.

— Ahá! — Cett falou. — Penrod e Janarle podem engolir *essa*.

Vin abriu um leve sorriso. Penrod e Janarle eram os outros dois reis de maior importância no governo imperial de Elend. Penrod cuidava de Luthadel, de forma que não estava com eles naquele momento, e Janarle reinava no Domínio do Norte, onde se situavam as terras hereditárias da Casa Venture.

A maior cidade ao norte, no entanto, fora tomada em uma revolta enquanto Janarle — junto com o pai de Elend, Straff Venture — estava longe, sitiando Luthadel. Até aquele momento, Elend não havia conseguido destacar um número de tropas suficiente para retomar Urteau dos dissidentes, então Janarle governava no exílio, sua força menor usada para manter a ordem na cidade que ele *de fato* controlava.

Tanto Janarle quanto Penrod haviam feito questão de encontrar motivos para que o exército principal não marchasse para a terra natal de Cett.

— Aqueles desgraçados não vão ficar felizes quando souberem disso — o rei comentou.

Elend fez que não com a cabeça.

— Tudo que você fala precisa conter alguma vulgaridade?

Cett deu de ombros.

— De que adianta falar se não se pode dizer algo interessante?

— Ofensas não são interessantes — Elend retrucou.

— Essa é sua maldita opinião — Cett disse, sorrindo. — E você não deveria estar reclamando, imperador. Se acha que as coisas que *eu* digo são vulgares, é porque viveu em Luthadel por tempo demais. De onde venho, as pessoas ficam envergonhadas ao usar palavras bonitas como "maldita".

Elend suspirou.

— De qualquer forma, eu...

Ele foi interrompido quando o chão começou a tremer. Vin se ergueu de um pulo, buscando de onde vinha o perigo enquanto os outros xingavam e tentavam se equilibrar. Ela abriu a tenda com violência, espreitando por entre as brumas. Entretanto, o tremor parou rapidamente e, no geral, causou muito pouco caos no acampamento. Patrulhas — oficiais e alomânticos sob comando de Elend — corriam para lá e para cá, verificando a existência de problemas. A maioria dos soldados, contudo, apenas permaneceu nas próprias barracas.

Vin se voltou para os outros na tenda. Parte da mobília de viagem havia caído, mas esta foi a única perturbação. Os outros voltavam lentamente aos lugares.

— Certamente têm acontecido muitos desses nos últimos tempos — Ham comentou. Vin fitou os olhos de Elend e pôde perceber certa preocupação neles.

Podemos combater exércitos, podemos tomar cidades, mas e as cinzas, as brumas e os terremotos? E se o mundo se partir ao nosso redor?

— De qualquer forma — Elend continuou, apesar das preocupações que Vin sabia pesar em sua consciência —, Fadrex deve ser nosso próximo objetivo. Não podemos arriscar perder o depósito e tudo que ele pode guardar.

Como o atium, Reen sussurrou na cabeça de Vin enquanto ela voltava a se sentar.

— Atium — disse em voz alta.

Cett mostrou interesse.

— Acha que estará lá?

— Há teorias — Elend falou, olhando de lado para ela. — Mas não temos provas.

— Vai estar lá — insistiu Vin. *Tem de estar. Não sei por quê, mas temos de pegá-lo.*

— Espero que não esteja — Cett disse. — Marchei de um lado a outro deste maldito império para encontrar e roubar aquele atium... Se descobrirmos que eu o deixei embaixo da minha própria cidade...

— Acho que estamos esquecendo algo importante, El — Ham interrompeu. — Você está falando em *conquistar* a Cidade de Fadrex?

A sala ficou em silêncio. Até aquele momento, os exércitos de Elend haviam sido usados de forma defensiva, atacando guarnições de koloss ou acampamentos de pequenos senhores da guerra e bandoleiros. Tinham obrigado algumas cidades a se juntarem a eles, mas nunca haviam, de fato, atacado uma e a tomado à força.

Elend se virou, olhando para o mapa novamente. Mesmo de lado, Vin conseguia ver seus olhos — os olhos de um homem calejado por um ano e meio de guerra quase perpétua.

— Nosso primeiro objetivo será tomar a cidade através da diplomacia — Elend declarou.

— Diplomacia? — Cett perguntou. — Fadrex é *minha*. Aquele maldito obrigador a roubou de mim! Não precisa ter vergonha ou culpa de atacá-lo, Elend.

— Não preciso? — Elend questionou, virando-se. — Cett, seria o seu povo, seus soldados, que teríamos de matar para entrar naquela cidade.

— Pessoas morrem na guerra. Sentir-se mal com isso não lava o sangue de suas mãos, então por que se importar? Aqueles soldados se voltaram contra mim, merecem ser castigados.

— Não é tão simples — Ham interveio. — Se não houve maneira de os soldados combaterem esse usurpador, então por que deveríamos esperar que eles entregassem a própria vida?

— Especialmente por um homem que foi ele próprio um usurpador — Elend disse.

— De qualquer forma — Ham completou —, relatos descrevem a cidade como muito bem defendida. Será um obstáculo difícil de superar, El.

Elend ficou em silêncio por um instante antes de olhar para Cett, que ainda aparentava estar feliz demais consigo mesmo. Os dois pareciam compartilhar algo — um entendimento. Elend era mestre na teoria, tendo provavelmente lido mais sobre guerra que qualquer outra pessoa. Cett, por sua vez, parecia ter um sexto sentido para guerra e estratégia, tendo substituído Trevo como principal estrategista militar do império.

— Cerco — Cett falou.

Elend assentiu.

— Se o rei Yomen não responder à diplomacia, então a única maneira de entrarmos naquela cidade sem matar metade de nossos homens será armando um cerco e deixando-o desesperado.

— Temos tempo para isso? — Ham perguntou, franzindo o cenho.

— Além de Urteau, a Cidade de Fadrex e as áreas adjacentes são as únicas maiores seções dos Domínios Internos que mantêm uma força militar grande o suficiente para representar ameaça. Isso, mais o depósito, significa que não podemos simplesmente deixá-los para lá.

— De qualquer forma, o tempo meio que está do nosso lado neste caso — Cett apontou, coçando a barba. — Não se ataca uma cidade como Fadrex do nada, Ham. Ela tem fortificações; é uma das poucas cidades além de Luthadel capaz de repelir um exército. Mas, como está fora do Domínio Central, provavelmente já anseia por comida.

Elend assentiu.

— Enquanto isso, temos conosco todos os suprimentos que encontramos nos depósitos. Se bloquearmos a via principal e em seguida tomarmos o canal, eles *terão* de entregar a cidade, mais cedo ou mais tarde. Mesmo se encontrarem o depósito, o que eu duvido, conseguiremos durar mais que eles num cerco.

Ham franziu a testa.

— Eu acho...

— Além disso — Elend acrescentou —, se as coisas ficarem difíceis, temos cerca de vinte mil koloss que podemos mobilizar.

Ham ergueu uma sobrancelha, mas nada disse. A implicação era clara. *Você usaria koloss contra outras pessoas?*

— Há outro elemento complicador — Sazed disse baixinho. — Algo que, até agora, não discutimos.

Várias pessoas se viraram, como se tivessem se esquecido da presença dele.

— As brumas — Sazed disse. — A Cidade de Fadrex fica bem acima do perímetro das brumas, imperador Venture. Vai submeter seu exército a 15% de baixas antes mesmo de chegar à cidade?

Elend ficou em silêncio. Até agora, havia conseguido manter a maioria dos soldados longe das brumas. Parecia errado para Vin que o exército fosse protegido da doença enquanto os aldeões eram forçados a sair nas brumas. E, mesmo assim, onde acamparam, havia ainda uma porção significativa de luz do dia sem elas. Tinham tendas o suficiente, ademais, para comportar todos os soldados — algo com que não contavam quando deslocavam aldeões.

As brumas raramente entravam em edificações ou abrigos, mesmo os de pano. Não houvera motivo, até então, para arriscar a morte de alguns soldados, já que era possível evitar tal situação. Parecia hipócrita para Vin, mas, no momento, ainda via sentido naquilo.

Elend fitou os olhos de Sazed.

— Você tem razão. Não podemos proteger os soldados das brumas para sempre. Forcei os aldeões de Vetitan a se imunizarem. Desconfio que terei de fazer o mesmo com meu exército, pelos mesmos motivos.

Vin se recostou no assento em silêncio. Ela frequentemente ansiava pelos dias em que não teria nada a ver com decisões como aquela... ou, melhor ainda, dias em que Elend não seria forçado a tomá-las.

— Marcharemos para Fadrex — Elend repetiu, afastando-se do grupo. Apontou para o mapa. — Se nós vamos sobreviver a isso... e, quando digo "nós", quero dizer todas as pessoas do Novo Império... precisaremos nos reunir e concentrar nossa população nos arredores do Domínio Central. Será o único lugar onde poderemos cultivar alimentos neste verão, e toda a força de trabalho que pudermos juntar será necessária para limpar as cinzas e preparar os campos para o plantio. Isso significa colocar o povo de Fadrex sob a nossa proteção.

Elend apontou para a parte nordeste do mapa.

— Isso também significa que precisaremos reprimir a rebelião em Urteau. Não apenas porque essa cidade contém um depósito, com grãos de que precisamos desesperadamente para um segundo plantio no Domínio Central, mas também porque os novos governantes estão reunindo um exército. Urteau está à distância de uma marcha de Luthadel, como descobrimos quando meu pai investiu contra nós. Eu *não* vou deixar que isso se repita.

— Não temos tropas o bastante para marchar de uma vez nas duas frentes, El — Ham alertou.

Elend assentiu.

— Eu sei. Na verdade, prefiro evitar investir contra Urteau. Era a capital de meu pai, e as pessoas de lá sempre tiveram bons motivos para se rebelar contra ele. Demoux, relatório?

Demoux se levantou.

— Recebemos uma mensagem inscrita em aço de Fantasma enquanto Vossa Majestade estava fora — disse ele. — Ele informa que a facção no controle de Urteau é composta por rebeldes skaa.

— Soa promissor — Brisa observou. — É o nosso tipo de gente.

— Eles são... bem hostis em relação a nobres, Lorde Brisa — Demoux disse. — E isso inclui qualquer um com pais nobres.

— Um pouco extremo, acho — Ham disse.

— Muitos consideravam Kelsier extremo, também — Brisa respondeu. — Estou certo de que podemos argumentar com esses rebeldes.

— Ótimo — Elend disse —, pois estou contando com você e Sazed para trazer Urteau ao nosso controle sem uso da força. Há apenas cinco desses depósitos, e não podemos perder nenhum. Quem sabe o que encontraremos em Fadrex? Talvez exija que voltemos aos outros depósitos para encontrar algo que deixamos passar.

Ele se virou, olhando para Brisa e depois para Sazed.

— Não poderemos simplesmente contrabandear a comida para fora de Urteau — acrescentou. — Se a rebelião naquela cidade se espalhar, isso pode fazer o império inteiro se esfacelar. *Temos* que trazer os homens de lá para o nosso lado.

Todos os presentes assentiram, inclusive Vin. Sabiam por experiência própria o poder que uma pequena rebelião podia exercer sobre um império.

— O cerco de Fadrex talvez leve um tempo — Elend prosseguiu. — Quero que vocês tenham garantido aquele depósito do norte e suprimido a rebelião muito antes de o verão chegar. Enviem o estoque de sementes para as plantações do Domínio Central.

— Não se preocupe — Brisa disse. — Eu vi o tipo de governantes que os skaa colocam no poder. Quando chegarmos lá, a cidade provavelmente já estará à beira do colapso. Ora, provavelmente até ficarão aliviados por receber uma oferta para se juntar ao Novo Império!

— Cuidado. Os relatórios de Fantasma foram escassos, mas parece que as tensões na cidade estão em plena ebulição. Enviaremos algumas centenas de soldados com você por precaução. — Ele voltou a olhar para o mapa, os olhos estreitando-se levemente. — Cinco depósitos, cinco cidades. De alguma forma, Urteau é parte disso tudo. Não podemos deixá-la escapar.

— Majestade — Sazed disse. — Minha presença é necessária nessa viagem?

Elend franziu o cenho, olhando para Sazed.

— Tem algo mais importante que você precise fazer, Sazed?

— Tenho pesquisas a fazer — o Guardador respondeu.

— Respeito seus desejos, como sempre. Se considera essas pesquisas importantes...

— São de natureza pessoal, Majestade — Sazed confessou.

— Não poderia fazê-las enquanto ajuda em Urteau? Você é terrisano, o que lhe dá uma credibilidade que nenhum de nós pode reivindicar. Além disso, as pessoas respeitam e confiam em você, Sazed... e têm bons motivos. Brisa, por outro lado, tem certa... reputação.

— Trabalhei duro para construí-la, você sabe — Brisa comentou.

— Eu realmente gostaria que você liderasse essa equipe, Sazed — Elend afirmou. — Não consigo pensar em um embaixador melhor que a própria Primeira Testemunha Sagrada.

A expressão de Sazed era indecifrável.

— Muito bem — ele disse por fim. — Farei o meu melhor.

— Ótimo — Elend disse, virando-se para olhar o restante do grupo. — Então, há uma última coisa que preciso pedir a todos vocês.

— E que seria? — Cett questionou.

Elend manteve o silêncio por alguns momentos, olhando para um ponto indefinido sobre a cabeça de todos e parecendo pensativo. Finalmente, ele disse:

— Quero que me contem coisas sobre o Sobrevivente.

— Ele era o Lorde das Brumas — Demoux disse imediatamente.

— Não a retórica — Elend falou. — Quero saber sobre o homem Kelsier. Não o conheci, vocês sabem. Eu o vi uma vez, pouco antes de sua morte, mas nunca o conheci de fato.

— Por que isso? — Cett inquiriu. — Todos nós ouvimos as histórias. Ele é praticamente um deus, segundo os skaa.

— Por favor.

A tenda ficou em silêncio por alguns momentos. Por fim, Ham tomou a palavra:

— Kell era... grandioso. Não era apenas um homem, era maior que isso. Tudo que fazia era grandioso: seus sonhos, o jeito como falava, a maneira de pensar...

— E não era falso — Brisa acrescentou. — Posso dizer quando um homem está fingindo. Por isso comecei meu primeiro trabalho com Kelsier, na verdade. Em meio a todos os impostores e fingidores, ele era genuíno. Todos queriam ser os melhores. Kelsier, de fato, era.

— Ele era um homem — Vin disse, baixinho. — Apenas um homem. Ainda assim, sempre sabíamos que teria sucesso. Fazia você ser o que ele quisesse.

— De forma que pudesse usar você — Brisa observou.

— Mas você era alguém melhor, quando ele terminava — Ham acrescentou.

Elend assentiu lentamente.

— Gostaria de tê-lo conhecido. No início da minha carreira, sempre me inspirei nele. Quando cheguei a ouvir falar de Kelsier, ele já estava se tornando uma lenda. Era injusto me forçar a tentar ser ele, mas eu me preocupava mesmo assim. De qualquer forma, aqueles de vocês que o conheceram talvez possam responder outra pergunta minha. O que acham que ele diria se nos visse agora?

— Ficaria orgulhoso — Ham disse de pronto. — Digo, derrotamos o Senhor Soberano e formamos um governo skaa.

— E se ele nos visse nesta reunião? — Elend perguntou.

A tenda ficou em silêncio novamente. E, quando alguém enfim falou o que todos estavam pensando, foi alguém que Vin não esperava.

— Ele diria para rirmos mais — Sazed sussurrou.

Brisa deu uma risadinha.

— Ele era totalmente insano, sabe? Quanto pior ficavam as coisas, mais ele fazia piada. Eu me lembro de como ficou animado no dia seguinte a uma das nossas piores derrotas, quando perdemos a maior parte de nosso exército skaa para aquele idiota do Yeden. Kell entrou, saltitante, fazendo uma de suas piadas infames.

— Parece insensível — Allrianne disse.

Ham negou com a cabeça.

— Não. Ele era apenas determinado. Sempre dizia que o riso era algo que o Senhor Soberano não poderia tirar dele. Planejou e executou a derrubada de um império de mil anos, fazendo isso como uma espécie de... penitência por ter deixado a própria esposa morrer pensando que ele a odiava. Mas fez tudo isso com um sorriso nos lábios. Como se toda piada fosse sua maneira de dar um tapa na cara do destino.

— Precisamos do que ele tinha — disse Elend.

Os olhos dos presentes se voltaram para ele.

— Não podemos continuar assim — Elend declarou. — Temos discussões idiotas uns com os outros e nos deixamos levar pela melancolia, assistindo às cinzas caírem, convencidos de que estamos condenados.

Brisa riu novamente.

— Não sei se você notou o terremoto poucos minutos atrás, meu caro, mas o mundo parece estar acabando. É incontestável que esse é um acontecimento deprimente.

— Podemos sobreviver — disse Elend, a voz firme. — Mas a única maneira de isso acontecer é não deixando o nosso povo desistir. Ele precisa de líderes que riam, líderes que sintam que essa luta *pode* ser vencida. Então, é o que peço de vocês. Não me importo se são otimistas ou pessimistas, não me importo se secretamente pensam que todos estaremos mortos antes do fim do mês. Por fora, quero vê-los sorrindo. Façam como um desafio, se precisarem. Se o fim realmente vier, quero que este grupo o enfrente sorrindo. Como o Sobrevivente nos ensinou.

Lentamente, os membros do antigo bando assentiram— até mesmo Sazed, embora parecesse um tanto perturbado.

Cett apenas sacudiu a cabeça.

— Vocês são malucos. Nunca vou saber como vim parar aqui neste meio.

Brisa gargalhou.

— Mas que mentira, Cett. Você sabe *exatamente* como veio parar aqui conosco. Nós ameaçamos te matar caso não viesse!

Elend estava olhando para Vin. Ela encontrou seus olhos e assentiu. Fora um bom discurso. Ela não sabia ao certo se as palavras dele mudariam alguma coisa — não havia mais como o bando ser do jeito que era no início, só risadas ao redor da mesa de Trevo durante noites sem fim. Se eles mantivessem o sorriso de Kelsier na mente, no entanto, talvez fosse menos provável que esquecessem o motivo principal pelo qual estavam lutando.

— Tudo bem, pessoal — Elend disse por fim. — Vamos começar os preparativos. Brisa, Sazed, Allrianne, precisarei que vocês falem com os escribas sobre as estimativas de suprimento para a viagem. Ham, envie uma mensagem a Luthadel e diga a Penrod para reunir os estudiosos para investigar o cultivo de plantas que possam crescer com pouca luz do sol. Demoux, espalhe a notícia para os homens. Partiremos amanhã.

A Hemalurgia recebeu esse nome devido à sua ligação com o sangue. Não é coincidência, creio eu, que a morte esteja sempre envolvida na transferência de poderes via Hemalurgia. Marsh a descreveu certa vez como um processo "sujo". Eu não teria escolhido esse adjetivo. Não é perturbador o bastante.

13

TEM ALGO QUE ESTOU DEIXANDO *passar*, Marsh pensou.

Ele estava sentado no acampamento koloss. Parado. Estava imóvel há horas. As cinzas que o cobriam faziam-no parecer uma estátua. A atenção de Ruína estivera concentrada em outro lugar nos últimos tempos, permitindo a Marsh cada vez mais tempo de consciência.

Ele ainda não lutava. Lutar apenas chamava a atenção de Ruína.

Não é o que quero?, pensou. *Ser controlado?* Quando Ruína o forçava a ver as coisas da sua maneira, o mundo moribundo parecia maravilhoso. Aquela felicidade era muito superior ao medo que sentia sentado naquele tronco, sendo gradualmente enterrado pelas cinzas.

Não. Não, não é isso que quero! Era felicidade, sim, mas era falsa. Como antes lutara contra Ruína, agora lutava contra sua própria noção de inevitabilidade.

O que estou deixando passar?, ele pensou novamente, distraído. O exército koloss — uma força de trezentos mil — não se movia há semanas. Seus membros estavam se matando de forma lenta, porém contínua.

Parecia um desperdício de recursos deixar o exército estagnado. Por enquanto, as criaturas estavam comendo as plantas mortas enterradas sob as cinzas. *Não podem viver tanto tempo, podem?* Marsh não sabia muito sobre os koloss, apesar de ter passado a maior parte do último ano com eles. Pareciam ser capazes de comer quase qualquer coisa para sobreviver, como se apenas encher o estômago fosse mais importante do que, de fato, se nutrir.

O que Ruína estava esperando? Por que não tomar aquele exército e atacar? Marsh conhecia o suficiente da geografia do Império Final para reconhecer que estava estacionado a norte, próximo de Terris. Por que não descer e atacar Luthadel?

Não havia outros Inquisidores no acampamento. Ruína os convocara para outras tarefas, deixando Marsh sozinho. De todos os Inquisidores, Marsh recebera o maior número de novas estacas — tivera mais dez cravadas em diversos pontos do corpo. Aquilo parecia fazer dele o mais poderoso dos Inquisidores. Por que deixá-lo para trás?

Ainda assim... de que isso importa?, ele se perguntou. *O fim chegou. Não há como derrotar Ruína. O mundo vai acabar.*

Ele se sentiu culpado por tal pensamento. Se conseguisse baixar os olhos de vergonha, teria baixado. Houvera um tempo em que ele conduzira toda a rebelião skaa. Milhares haviam contado com sua liderança. E então... Kelsier fora capturado. Assim como Mare, a mulher que Kelsier e Marsh amavam.

Quando Kelsier e Mare foram lançados nos Fossos de Hathsin, Marsh abandonara a rebelião. Sua justificativa fora simples: se o Senhor Soberano podia pegar Kelsier — o ladrão mais brilhante do seu tempo —, então também acabaria pegando-o. Não fora o medo a impulsionar sua retirada, mas o simples realismo. Marsh sempre fora pragmático. Lutar havia se mostrado inútil. Então, por que fazê-lo?

E aí Kelsier voltara e fizera o que inúmeras gerações de skaa rebeldes não tinham conseguido: derrubou o império, facilitando a morte do próprio Senhor Soberano.

Devia ter sido eu, Marsh pensou. *Eu servi à rebelião minha vida toda, só para desistir pouco antes de eles finalmente vencerem.*

Era trágico, e tinha ficado pior pelo fato de que Marsh estava repetindo seus atos. Ele estava desistindo.

Maldito seja, Kelsier!, pensou com frustração. *Não consegue me deixar em paz nem na morte?*

Um fato angustiante e inegável permanecia, porém. Mare estivera certa. Ela escolhera Kelsier em seu lugar. E então, quando os dois homens foram forçados a lidar com a morte dela, um acabara desistindo.

O outro fez os sonhos dela virarem realidade.

Marsh sabia por que Kelsier havia decidido derrubar o Império Final. Não fora por dinheiro, fama ou mesmo, como a maioria desconfiava, por vingança. Kelsier conhecia o coração de Mare. Sabia que ela sonhava com os dias em que as plantas floresceriam e o céu não seria vermelho. Sempre carregava consigo uma pequena imagem de uma flor, uma cópia de uma cópia — uma gravura de algo que se perdera no Império Final, muito tempo antes.

Mas, Marsh pensou com amargura, *você não realizou os sonhos dela, Kelsier. Você falhou. Assassinou o Senhor Soberano, mas não consertou nada. Só piorou as coisas!*

As cinzas continuavam a cair, soprando em uma brisa preguiçosa ao redor de Marsh. Koloss grunhiam, e, nas proximidades, um deles gritou ao ser morto por um companheiro.

Kelsier estava morto. Mas tinha morrido pelo sonho dela. Mare fizera o certo, mas estava morta também. Marsh não. Ainda não. *Ainda posso lutar*, ele disse a si mesmo. *Mas como?* Mover um dedo sequer atrairia a atenção de Ruína.

Embora, durante as últimas semanas, ele não tivesse nem chegado a lutar. Talvez fosse por isso que Ruína decidira deixá-lo sozinho por tanto tempo. A criatura — ou a força, o que quer que fosse — não era onipotente. Marsh desconfiava, no entanto, de que ela podia se mover livremente, observando o mundo e vendo o que estava acontecendo em diversas regiões e pontos espalhados por ele. Nenhuma parede podia bloquear sua visão — ela parecia ser capaz de enxergar qualquer coisa.

Exceto a mente de um homem.

Talvez... talvez se eu parar de lutar por tempo o bastante, serei capaz de surpreendê-la quando eu finalmente decidir atacar.

Parecia um plano tão bom quanto qualquer outro. E Marsh sabia exatamente o que faria quando chegasse o momento. Ele removeria a ferramenta mais útil de Ruína. Puxaria a estaca de suas costas e se suicidaria.

Não por frustração, tampouco por desespero. Sabia que tinha um papel importante a desempenhar nos planos daquela força. Caso pudesse se retirar no momento certo, talvez desse aos outros a chance de que precisavam.

Era tudo que podia dar. Ainda assim, parecia adequado, e sua confiança renovada o fez desejar poder levantar-se e encarar o mundo com orgulho. Kelsier havia se matado para garantir a liberdade dos skaa. Marsh faria o mesmo — esperando ajudar a salvar o mundo da destruição no processo.

FIM DA PRIMEIRA PARTE

SEGUNDA PARTE

TECIDO E VIDRO

A consciência de Ruína estava aprisionada no Poço da Ascensão, mantida em grande parte impotente. Naquela noite, quando descobrimos o Poço, encontramos algo que não entendemos. Uma fumaça preta, preenchendo um dos aposentos.

Apesar de termos discutido a respeito do assunto depois, não conseguimos resolver o que era. Como poderíamos ter sabido?

Era parte do corpo de um deus — ou, antes, o poder de um deus, pois os dois são na verdade a mesma coisa. Ruína e Preservação residiam no poder e na energia, da mesma forma que uma pessoa reside em sua carne e sangue.

14

FANTASMA AVIVOU ESTANHO.

Deixou que o metal queimasse dentro de si, brilhante, poderoso. Ele nunca o desativava, nos últimos tempos. Simplesmente o deixava queimando, deixando que um fogo rugisse dentro dele. O estanho era um dos metais de queima mais lenta, além de não ser difícil de obter nas quantidades necessárias para a Alomancia.

Ele desceu a rua em silêncio. Mesmo com os agora famosos discursos de Kelsier de que os skaa não precisavam temer as brumas, pouca gente saía à noite. Pois era quando as brumas se assentavam. Profundas e misteriosas, escuras e onipresentes, as brumas eram uma das grandes constantes do Império Final, surgindo todas as noites. Mais espessas que uma simples névoa, rodopiavam em padrões definidos — quase como se os diversos bancos, correntezas e frontões de brumas fossem criaturas vivas. Quase brincalhonas, ainda que enigmáticas.

Para Fantasma, no entanto, quase não eram mais um obstáculo. Sempre lhe falavam para não avivar demais seu estanho, alertavam-no para não ficar dependente dele. Podia provocar reações perigosas no corpo, segundo diziam. E a verdade era que estavam certos. Ele avivara estanho sem parar por um ano — sem trégua, mantendo o corpo em estado constante de hipersensibilidade — e isso o *havia* mudado. Preocupava-se com a possibilidade de que as mudanças fossem, de fato, perigosas.

Mas precisava delas, pois o povo de Urteau precisava dele.

As estrelas reluziam no céu acima como um milhão de pequenos sóis. Brilhavam através da bruma que, durante o último ano, havia se tornado diáfana e fraca. No início, Fantasma pensara que o mundo em si estava mudando. Então, percebera que era apenas sua percepção. O estanho ajudava um alomântico a romper as brumas, mas, ao avivar estanho por tanto tempo, de alguma forma ele havia ampliado permanentemente seus sentidos a um ponto muito além do que outros alomânticos conseguiam atingir.

Ele quase parou. Avivar estanho começara como reação à morte de Trevo. Ele ainda se sentia horrível pela maneira como escapara de Luthadel, deixando o tio para morrer. Durante aquelas primeiras semanas, Fantasma avivara seus metais quase como uma penitência — ele queria *sentir* tudo ao redor, absorver tudo, mesmo que fosse doloroso. Talvez justamente porque era doloroso.

Mas então começara a mudar, e aquilo o havia preocupado. Mas a gangue sempre falava sobre como Vin exigia demais de si. Raramente dormia, usando peltre para se manter acordada e alerta. Fantasma não sabia como aquilo funcionava — não era um Nascido da Bruma e podia queimar apenas um metal —, mas imaginou que, se queimar seu único metal lhe desse uma vantagem, era melhor usá-la, pois precisariam de toda vantagem que pudessem conseguir.

A luz das estrelas era como a luz do sol para ele. Já durante o dia, ele precisava usar uma venda sobre os olhos para proteger a vista, e mesmo assim sair na rua era às vezes uma experiência ofuscante. Sua pele se tornara tão sensível que cada seixo no chão — cada rachadura, cada pedacinho de pedra — parecia uma faca atravessando a sola de seus sapatos. O ar fresco primaveril parecia congelante, de forma que agora usava uma capa grossa.

No entanto, ele havia chegado à conclusão de que tais incômodos eram um preço módico a pagar pela oportunidade de se transformar em... fosse lá em que havia se transformado. Enquanto caminhava pela rua, conseguia ouvir as pessoas arrastando os pés e se virando nas camas, mesmo através das paredes. Conseguia sentir um passo a muitos metros de distância. Conseguia enxergar em uma noite escura como nenhum outro ser humano jamais conseguira.

Talvez assim encontrasse uma maneira de se tornar útil aos outros. Antes, era sempre considerado o membro menos importante do grupo. O garoto dispensável que entregava recados ou montava guarda enquanto os outros faziam planos. Ele não se ressentia por isso — estavam certos em lhe dar essas tarefas simples. Por causa de seu dialeto das ruas, era difícil entendê-lo e, enquanto todos os outros membros da equipe haviam sido escolhidos a dedo por Kelsier, Fantasma tinha se juntado como parte de um pacote, por ser sobrinho de Trevo.

Fantasma suspirou, enfiando as mãos nos bolsos da calça enquanto caminhava pela rua brilhante demais. Conseguia sentir cada fio do tecido.

Ele sabia que coisas perigosas estavam acontecendo: a maneira como as brumas perduravam durante o dia, a maneira como o chão tremia periodicamente como se fosse um homem adormecido tendo um pesadelo terrível. Fantasma temia que não fosse de grande ajuda nos dias críticos que estavam por vir. Pouco mais de um ano antes, seu tio tinha morrido após o sobrinho fugir da cidade. Ele fugira por medo, mas talvez por ter plena consciência de sua própria incapacidade de fazer qualquer coisa. Não fora capaz de ajudar durante o cerco.

Não queria ser posto naquela situação de novo. Queria poder ajudar de alguma forma. Não correria para a floresta, escondendo-se enquanto o mundo acabava ao seu redor. Elend e Vin haviam-no mandado para Urteau para que reunisse o máximo de informações que pudesse sobre o Cidadão e o governo dele na cidade, e Fantasma pretendia fazer seu melhor. Se isso significasse levar seu corpo além dos limites seguros, que assim fosse.

Aproximou-se de um grande cruzamento. Olhou para as duas ruas que se cruzavam — a visão clara como o dia para seus olhos. *Posso não ser um Nascido da Bruma e posso não ser imperador*, pensou. *Mas sou alguma coisa. Algo novo. Algo que orgulharia Kelsier.*

Talvez, dessa vez, eu possa ajudar.

Não viu movimento em nenhuma das direções, então seguiu para o norte. Às vezes, parecia estranho se esgueirar em silêncio por uma rua aparentemente tão iluminada. Sabia, porém, que para os outros estava escuro, com apenas a luz das estrelas para ajudar a enxergar, as brumas bloqueando e escurecendo, como sempre. Ele cruzava as brumas, mal percebendo-as.

Ouviu a patrulha bem antes de enxergá-la. Como seria possível alguém *não* ouvir aquele tilintar de armaduras, não sentir aquele estalar de pés nos paralelepípedos? Ele estacou, parado com as costas no muro de terra que ladeava a rua, observando a patrulha.

Traziam uma tocha — para os olhos aguçados de Fantasma, parecia um feixe incandescente de brilho quase ofuscante. A tocha denunciava a tolice deles. Sua luz não ajudava, ao contrário. Ela refletia nas brumas, envolvendo os guardas em uma pequena bolha de luz que arruinava a visão noturna deles.

Fantasma permaneceu no lugar, imóvel. A patrulha avançou, retinindo ao percorrer a rua. Passaram a poucos metros dele, mas não o perceberam. Havia algo de... revigorante em poder observar, sentindo-se ao mesmo tempo totalmente exposto e perfeitamente invisível, o que o levava a se perguntar por que o novo governo de Urteau se dava ao trabalho de montar patrulhas. Claro, os oficiais skaa do governo tinham pouquíssima experiência com as brumas.

Quando a patrulha desapareceu na esquina, levando consigo a tocha, Fantasma voltou à tarefa. O Cidadão se reuniria com seus assessores naquela noite, caso a agenda fosse mantida. Fantasma pretendia espionar aquela conversa. Ele prosseguiu cuidadosamente pela rua.

Nenhuma cidade se comparava a Luthadel em tamanho, mas Urteau fazia um esforço respeitável. Como lar hereditário da linhagem Venture, já fora uma cidade muito mais importante — e bem-cuidada — do que era naquele momento. O declínio tivera início mesmo antes da morte do Senhor Soberano. O sinal mais óbvio disso era a via na qual Fantasma caminhava. No passado, a cidade fora cortada por canais que funcionavam como vias fluviais. Esses canais haviam secado algum tempo antes, deixando a cidade riscada por valas fundas e poeirentas que acumulavam lama quando chovia. Em vez de enchê-los, as pessoas simplesmente começaram a usar os leitos vazios como ruas.

A rua que Fantasma usava naquele instante fora uma larga via fluvial capaz de acomodar até mesmo barcaças grandes. Muros de três metros se erguiam de cada lado da rua afundada e edifícios se agigantavam acima, construídos às margens do canal. Ninguém até então fora capaz de dar a Fantasma uma resposta definitiva ou coerente sobre o motivo dos canais terem esvaziado —

alguns culpavam terremotos; outros, as secas. No entanto, restava o fato de que, nos cem anos desde que os canais haviam ficado sem água, ninguém encontrara uma maneira econômica de enchê-los novamente.

Então Fantasma continuou a percorrer a rua, sentindo como se caminhasse numa fenda profunda. Diversas escadas de mão — e ocasionais rampas ou lances de escada — levavam às calçadas e aos prédios acima, mas poucas pessoas caminhavam por lá. As ruas-canal — como os cidadãos as chamavam — haviam simplesmente se tornado comuns.

Fantasma sentiu cheiro de fumaça enquanto caminhava. Ergueu os olhos e percebeu uma lacuna no horizonte de prédios. Havia pouco tempo, um prédio naquela rua fora completamente destruído pelo fogo. A casa de um nobre. O olfato de Fantasma, como todos os outros sentidos, estava incrivelmente sensível. Era possível que estivesse farejando fumaça de muito tempo antes, do tempo das revoltas após a morte de Straff Venture, quando os prédios foram queimados. O cheiro parecia forte demais, porém. Recente demais.

Fantasma se apressou. Urteau estava morrendo aos poucos, decaindo, e muito da culpa poderia ser atribuída ao seu governante, o Cidadão. Muito tempo antes, Elend fizera um discurso para o povo de Luthadel, na noite em que o Senhor Soberano morrera, na noite da rebelião de Kelsier. Fantasma lembrava-se bem das palavras, pois Elend falara sobre ódio, rebelião e os perigos associados a eles. Alertou que, se as pessoas fundassem seu novo governo baseado em ódio e derramamento de sangue, ele ruiria em medo, inveja e caos.

Fantasma estivera na plateia, ouvindo. Via agora que Elend estava certo. Os skaa de Urteau tinham derrubado seus governantes nobres e, de certa forma, Fantasma se orgulhava deles por isso. Sentia uma afeição crescente pela cidade, em parte por ver quão devotamente tentavam seguir os ensinamentos do Sobrevivente. Mas a rebelião não havia terminado com a expulsão da nobreza. Como Elend previra, a cidade se tornara um lugar de medo e morte.

A questão não era *por que* isso havia acontecido, mas como impedir que continuasse.

Por ora, aquele não era o trabalho de Fantasma. Devia somente reunir informações. Apenas a familiaridade — adquirida durante as semanas gastas investigando a cidade — permitiu que ele soubesse quando estava se aproximando, pois era irritantemente difícil saber onde se estava ao andar lá embaixo nas ruas-canal. No início, ele tentara ficar fora delas, esgueirando-se por becos menores no lado de cima. Infelizmente, os canais ligavam a cidade inteira, e ele passava tanto tempo subindo e descendo que acabou percebendo que eles realmente eram a única maneira viável de circular por ali.

A menos que se fosse Nascido da Bruma, claro. Infelizmente, Fantasma não podia pular de prédio em prédio com seu poder alomântico. Ele estava preso aos canais. Então os usava da melhor forma que podia.

Escolhendo uma escada, agarrou-se a ela e começou a subir. Embora calçasse luvas de couro, conseguia sentir a textura da madeira. Lá em cima, uma pequena calçada seguia ao lado da rua-canal. Um beco se estendia à frente de Fantasma, levando a um grupo de casas. Um prédio no fim da ruazinha era seu objetivo, mas ele não foi até lá. Em vez disso, esperou em silêncio, buscando sinais que sabia estarem lá. Como havia imaginado, logo captou um farfalhar em uma janela poucos prédios adiante. Seus ouvidos captaram sons de passos em outro prédio. A rua estava sendo vigiada.

Fantasma se virou. Embora as sentinelas parecessem vigiar o beco com cautela, sem querer deixaram outra via aberta ao fazer isso: os próprios prédios. Fantasma se esgueirou à direita, movendo pés que sentiam cada seixo sob eles, escutando com ouvidos capazes de detectar o mais leve ofegar de um homem que identificava algo estranho. Ele contornou o exterior de um prédio, afastando-se dos olhos vigilantes, e entrou num beco sem saída do outro lado. Lá, apoiou uma das mãos na parede da construção.

Havia vibrações dentro do aposento; estava ocupado, então ele foi para o seguinte. Este o alertou de imediato da presença de pessoas. Vozes sussurradas conversavam lá dentro. No terceiro cômodo, contudo, não percebeu nada. Nenhuma vibração de movimento. Nenhum sussurro. Nem mesmo o palpitar mudo de um coração batendo — algo que às vezes conseguia ouvir, se o ar estivesse bem parado. Respirando fundo, Fantasma arrombou a tranca da janela e deslizou para dentro.

Era um dormitório, vazio como antecipara. Nunca havia entrado naquele aposento em particular. O coração de Fantasma bateu forte enquanto ele fechava a janela e cruzava o assoalho. Apesar da escuridão quase total, ele não tinha dificuldade para enxergar. Aquilo mal lhe parecia penumbra.

Fora do aposento, deparou-se com um corredor mais familiar. Com facilidade, passou sorrateiro por duas salas de guardas, onde homens vigiavam a rua. Era de certa forma emocionante infiltrar-se daquele jeito. Fantasma estava em uma das casas da guarda do próprio Cidadão, a poucos passos de grandes quantidades de soldados armados. Eles deveriam ter tido a cautela de proteger melhor o próprio prédio.

Ele deslizou escada acima, seguindo para uma sala pequena, raramente usada, no terceiro andar. Verificou as vibrações e então se esgueirou para dentro. A câmara austera estava abarrotada de sacos de dormir extras e uma pilha empoeirada de uniformes. Fantasma sorriu ao se mover pelo aposento, pisando com cuidado e silenciosamente, seus dedos do pé muito sensíveis, capazes de sentir tábuas soltas, rangentes ou deformadas. Ele se sentou no caixilho da janela, confiante de que ninguém lá fora enxergaria bem o suficiente para flagrá-lo.

A casa do Cidadão ficava a poucos metros de distância. Quellion condenava ostentação e havia escolhido para seu quartel-general uma estrutura de tamanho modesto — provavelmente o lar de um nobre menor. Tinha um pequeno quintal, que Fantasma conseguia ver facilmente de sua posição privilegiada. O prédio em si brilhava, sua luz vazando de cada fresta e janela. Era como se o prédio estivesse repleto de algum poder incrível, prestes a estourar.

Por outro lado, aquilo era apenas como a queima de estanho exagerada o fazia ver qualquer prédio que tivesse luzes acesas no interior.

Fantasma se apoiou no batente, as pernas sobre o caixilho da janela, que não tinha vidro nem cortinas, embora buracos de prego na lateral da madeira indicassem que houvera algo ali antes. O motivo pelo qual as cortinas haviam sido removidas não importava para Fantasma — a falta delas significava que era improvável que alguém entrasse naquele aposento à noite. As brumas já haviam dominado o recinto, mas eram tão fracas aos olhos de Fantasma que ele tinha dificuldade em enxergá-las.

Por um momento, nada aconteceu. O prédio e os terrenos abaixo permaneceram silenciosos e tranquilos no ar noturno. Após certo tempo, porém, ela acabou aparecendo.

Fantasma se empertigou, observando a jovem sair da casa e entrar no jardim. Trajava um vestido de skaa marrom-claro — uma veste que de alguma forma caía nela com impressionante elegância. Seus cabelos eram mais escuros que o vestido, mas não muito. Fantasma havia visto pouquíssimas pessoas com aquele escuro tom castanho-avermelhado — ao menos pouquíssimas pessoas que conseguiam mantê-lo limpo de cinza e fuligem.

Todos na cidade conheciam Beldre, a irmã de Cidadão. Diziam que era bela — e, neste caso, os boatos eram verdadeiros. No entanto, ninguém mencionava sua tristeza. Com o estanho tão avivado, Fantasma se sentia ao lado dela. Conseguia ver olhos profundos, tristes, refletindo a luz do prédio reluzente às suas costas.

Havia um banco no quintal, em frente a um pequeno arbusto. Era a única planta que restava no jardim; o restante havia sido arrancado e jogado fora, deixando para trás a terra marrom-escura. Pelo que Fantasma ouvira, o Cidadão havia declarado que jardins ornamentais eram coisa de nobre. Alegava que tais lugares tinham sido possíveis apenas por meio de suor de escravos skaa — apenas outra maneira pela qual a nobreza havia conseguido altos níveis de luxo e criado simultaneamente altos níveis de trabalho para seus servos. Quando o povo de Urteau pintaram de branco os murais da cidade e quebrou os vitrais das janelas, também arrancou todos os jardins ornamentais.

Beldre sentou-se no banco, as mãos imóveis no colo, olhando para o arbusto triste. Fantasma tentava se convencer de que ela não era o motivo de ele sempre fazer questão de invadir e espionar as conferências noturnas do Cidadão — e na maioria das vezes conseguia. Aquelas eram algumas de suas melhores oportunidades de espionar. Poder ver Beldre era simplesmente um bônus. Nada com que se importasse *muito*, claro. Ele nem mesmo a conhecia.

Estava pensando nisso enquanto ficava lá, sentado, encarando-a, desejando que tivesse uma maneira de falar com ela.

Mas não era hora para aquilo. O exílio de Beldre ao jardim significava que a reunião do irmão estava prestes a começar. Ele sempre a mantinha por perto, mas aparentemente não queria que ouvisse segredos de Estado. Infelizmente para o Cidadão, sua janela se abria na direção do ponto de observação de Fantasma. Nenhum homem normal — nem mesmo um Olho de Estanho ou Nascido da Bruma comum — conseguiria ter ouvido o que estava sendo dito lá dentro. Mas Fantasma não era normal, mesmo em qualquer definição ampliada da palavra.

Não serei mais inútil, ele pensou com determinação enquanto ouvia as palavras proferidas em sigilo. Elas atravessavam as paredes, cruzavam o curto espaço e chegavam aos seus ouvidos.

— Tudo bem, Olid — uma voz disse. — Quais são as novidades?

A voz já era familiar para Fantasma. Quellion, o Cidadão de Urteau.

— Elend Venture conquistou outra cidade — uma segunda voz disse, a de Olid, o ministro do exterior.

— Onde? — Quellion questionou. — Que cidade?

— Uma cidade desimportante — Olid respondeu. — Ao sul. Mal tinha cinco mil pessoas.

— Não faz sentido algum — uma terceira voz comentou. — Ele abandonou imediatamente a cidade, levando os habitantes consigo.

— Mas de alguma forma colocou as mãos em mais um exército koloss — Olid acrescentou.

Ótimo, Fantasma pensou. A quarta caverna era deles. Luthadel não morreria de fome por um tempo. Dessa forma, restavam apenas duas para reivindicar — aquela de Urteau e a última, onde quer que estivesse.

— Um tirano não precisa de motivo real para o que faz — Quellion disse. Era jovem, mas não tolo. Às vezes, soava como outros homens que Fantasma havia conhecido. Homens sábios. A diferença, portanto, era uma questão de extremismo.

Ou, talvez, de momento?

— Um tirano simplesmente conquista pelo desejo de controle — Quellion continuou. — Venture não está satisfeito com as terras que tomou... nunca ficará. Ele vai continuar conquistando. Até chegar a nós.

O recinto ficou em silêncio.

— Relatos dizem que ele está enviando um embaixador para Urteau — a terceira voz disse. — Um membro do grupo do próprio Sobrevivente.

Fantasma ficou interessado.

Quellion bufou.

— Um dos mentirosos? Vindo para cá?

— Para nos propor um tratado, dizem os rumores — Olid disse.

— E daí? — Quellion perguntou. — Por que menciona isso, Olid? Acha que deveríamos fazer um pacto com o tirano?

— Não temos como combatê-lo.

— O Sobrevivente não tinha como combater o Senhor Soberano, mas combateu mesmo assim. Morreu, mas ainda assim venceu, dando aos skaa coragem para se rebelar e derrubar a nobreza.

— Até aquele desgraçado do Venture tomar o controle — a terceira voz observou.

O recinto voltou a cair no silêncio.

— Não podemos nos render a Venture — Quellion disse por fim. — Não vou entregar esta cidade a um nobre, não depois do que o Sobrevivente fez por nós. De todo o Império Final, apenas Urteau atingiu o objetivo de Kelsier de estabelecer uma nação governada pelos skaa. Apenas nós queimamos as casas da nobreza. Apenas nós purificamos nossa cidade e nossa sociedade. Apenas nós obedecemos. O Sobrevivente olhará por nós.

Fantasma sentiu um arrepio. Parecia muito estranho ouvir homens que ele não conhecia falando de Kelsier nesse tom. Fantasma caminhara com Kelsier, aprendera com ele. Que direito tinham esses homens de falar como se tivessem conhecido o homem que se transformara no Sobrevivente?

A conversa passou para assuntos mais triviais. Discutiram novas leis que proibiriam certos tipos de roupas anteriormente preferidas pela nobreza e, em seguida, tomaram a decisão de aplicar mais recursos no comitê de pesquisa genealógica. Precisavam revelar qualquer um na cidade que estivesse escondendo traços de linhagem nobre. Fantasma tomou notas para que pudesse enviar as informações aos outros. No entanto, era difícil impedir que seus olhos se voltassem para a jovem no jardim.

O que lhe traz tanta tristeza?, perguntou-se. Parte dele queria descer e perguntar — ser ousado, como o Sobrevivente teria sido, pular lá embaixo para indagar àquela mulher séria e solitária por que encarava a planta com tal melancolia. Na verdade, ele quase chegou a se erguer antes de controlar o impulso.

Podia ser único, podia ser poderoso, mas — como precisou lembrar-se de novo — não era um Nascido da Bruma. Sua força estava no silêncio e na discrição.

Então, ele se recostou. Satisfeito, por ora, em inclinar-se e observá-la, sentindo que de alguma forma — apesar da distância, apesar de sua ignorância —, entendia aquele sentimento nos olhos da moça.

As cinzas.

Não acho que as pessoas realmente entendiam como eram afortunadas. Durante os mil anos antes do Colapso, elas empurravam cinzas para dentro dos rios, empilhavam-nas fora das cidades e, em geral, deixavam-nas lá. Nunca entenderam que, sem os micróbios e as plantas que Rashek havia desenvolvido para decompor as partículas das cinzas, a terra teria sido rapidamente enterrada.

Mas, é claro, isso acabou acontecendo de qualquer maneira.

15

AS BRUMAS QUEIMAVAM. BRILHANTES, EXUBERANTES e iluminadas pela luz solar vermelha, pareciam um incêndio a envolvendo.

Era um acontecimento incomum ter brumas durante o dia. Mas mesmo as brumas noturnas não pareciam ser mais as de Vin. Antes, elas a cobriam e protegiam. Agora, pareciam cada vez mais estranhas a ela. Quando usava Alomancia, parecia afastar levemente as brumas — como uma fera selvagem desconfiada que se afasta de uma luz forte.

Ela estava sozinha diante do acampamento, silencioso apesar de o sol ter se erguido horas antes. Elend ainda não havia ordenado que seu exército fosse imunizado contra as brumas, então os soldados permaneceram nas tendas. Ham alegou ser desnecessário expor suas tropas, mas o instinto de Vin dizia que Elend se ateria ao plano. Eles precisavam ser imunizados.

Por quê?, pensou Vin, olhando para cima, através das brumas iluminadas pelo sol. *Por que você mudou? O que há de diferente?* Elas dançavam ao seu redor, movendo-se em seu padrão habitual e estranho de correntes e espirais inquietas. Para Vin, parecia que tinham começado a se mover mais rapidamente. Estremecendo. Vibrando.

Quando o sol pareceu ficar mais quente, as brumas finalmente se retraíram, desaparecendo como água evaporando em uma panela aquecida. A luz a atingiu como uma onda, e Vin se virou, observando a partida das brumas, sua morte como um grito ecoando pelas planícies.

Não são naturais, Vin pensou quando os guardas avisaram que era seguro sair. O acampamento imediatamente começou a aquecer e a se mover, homens saindo das tendas a passos largos, dando início às atividades matutinas com um arroubo de urgência. Vin permaneceu à cabeceira do acampamento, com a estrada empoeirada aos seus pés, o canal imóvel à sua direita. Ambos pareciam mais *reais* agora que as brumas haviam desaparecido.

Perguntara a Sazed e a Elend o que pensavam sobre as brumas — se eram naturais ou... outra coisa. E os dois, como bons eruditos que eram, mencionaram teorias que endossavam *ambos* os lados da discussão. Sazed, ao menos, acabara chegando a uma decisão — concluíra que as brumas eram naturais.

Mesmo a maneira que as brumas sufocam algumas pessoas, deixando outras vivas, poderia ser explicada, Lady Vin, ele dissera. *Afinal, picadas de inseto matam algumas pessoas, enquanto mal incomodam outras.*

Vin não estava muito interessada em teorias e discussões. Havia passado a maior parte da vida pensando nas brumas como qualquer outro padrão climático. Reen e os outros ladrões costumavam zombar de histórias que descreviam as brumas como sobrenaturais. Ainda assim, quando Vin se tornou uma alomântica, começou a conhecer as brumas. Ela as *sentia*, algo que pareceu ficar ainda mais potente no dia em que tocou o poder do Poço da Ascensão.

Elas desapareciam rápido demais. Quando evaporavam à luz do sol, retiravam-se como uma pessoa fugindo em busca de abrigo. Como um homem que, após usar toda a força para lutar, por fim desistia e batia em retirada. E a maneira como não apareciam em lugares fechados — era como se entendessem que ali estavam excluídas, que ali não eram bem-vindas.

Vin voltou os olhos para o sol, brilhante como uma brasa escarlate por trás da névoa escura da atmosfera superior. Ela desejava que TenSoon estivesse ali para poder discutir com ele suas preocupações. Sentia muita falta do kandra, mais do que jamais pensara que iria sentir. Sua franqueza simples fazia um belo par com a dela. Ela ainda não sabia o que havia acontecido com ele após voltar ao seu povo; tinha tentado encontrar outro kandra para que lhe entregasse uma mensagem, mas as criaturas haviam rareado bastante recentemente.

Ela suspirou e se virou, caminhando em silêncio de volta ao acampamento.

Era impressionante como os homens conseguiam colocar o exército em marcha rapidamente. Passavam as manhãs aprisionados em suas tendas, cuidando de armaduras e armas, os cozinheiros preparando o que podiam. Quando Vin havia atravessado uma pequena distância, as fogueiras já crepitavam, e as tendas começavam a ser desmontadas conforme os soldados trabalhavam com agilidade para preparar a partida.

Ao passar, alguns homens a saudaram. Outros baixaram a cabeça em reverência. Outros ainda viraram o rosto, aparentando insegurança. Vin não os culpava. Nem *ela* sabia ao certo qual era seu lugar naquele exército. Como esposa de Elend, era tecnicamente sua imperatriz, embora não usasse trajes reais. Para muitos, ela era uma figura religiosa, a Herdeira do Sobrevivente. E, na verdade, também não queria aquele título.

Ela encontrou Elend e Ham conversando do lado de fora da tenda imperial, que estava em estágio inicial de desmontagem. Embora estivessem ao ar livre, seus gestos totalmente descontraídos, Vin percebeu de imediato como os dois estavam longe dos trabalhadores, como se não quisessem que os homens os ouvissem. Queimando estanho, ela conseguiu entender o que estavam dizendo muito antes de alcançá-los.

— Ham — Elend disse em voz baixa —, você sabe que tenho razão. Não podemos continuar fazendo isso. Quanto mais penetrarmos no Domínio Ocidental, mais perderemos luz do dia para as brumas.

Ham negou com a cabeça.

— Você realmente ficaria lá parado, vendo seus próprios soldados morrerem, El?

O rosto de Elend se enrijeceu, e ele encontrou os olhos de Vin quando ela se juntou a eles.

— Não podemos esperar as brumas irem embora toda manhã.

— Mesmo se isso salvar vidas? — Ham inquiriu.

— Reduzir a velocidade *custa* vidas — Elend respondeu. — Cada hora que passamos aqui traz as brumas para mais perto do Domínio Central. Estamos planejando ficar em cerco por algum tempo, Ham... e isso significa que precisamos chegar a Fadrex o mais rápido possível.

Ham olhou para Vin, buscando apoio. Ela negou com a cabeça.

— Desculpe, Ham. Elend está certo. Não podemos ter um exército inteiro dependente dos caprichos das brumas. Ficaríamos expostos: se alguém nos atacasse pela manhã, nossos homens teriam que reagir e ser derrubados pelas brumas ou se esconder nas tendas e esperar.

Ham fez uma careta e então pediu licença, saindo com passos pesados em meio às cinzas caídas para ajudar um grupo de soldados a arrumar suas tendas. Vin caminhou até Elend, observando o grande soldado partir.

— Kelsier estava errado sobre ele — disse por fim.

— Sobre quem? — Elend perguntou. — Ham?

Vin assentiu.

— No fim, após a morte de Kelsier, encontramos um último bilhete dele. Dizia que havia escolhido os membros da gangue para serem líderes em seu novo governo. Brisa para ser embaixador, Dockson, um burocrata, e Ham, o general. Os outros dois se encaixaram perfeitamente em seus papéis, mas Ham...

— Ele se envolve demais — Elend concluiu. — Precisa conhecer pessoalmente cada homem que comanda ou não fica à vontade. E, quando conhece todos eles bem, acaba se afeiçoando.

Vin assentiu, em silêncio, observando Ham começar a gargalhar e trabalhar com os soldados.

— Repare como falamos friamente da vida daqueles que nos acompanham — Elend disse. — Talvez fosse melhor se afeiçoar, como Ham. Talvez assim eu não fosse tão rápido em mandar pessoas para a morte.

Vin olhou Elend de soslaio, preocupada com a amargura na voz do marido. Ele sorriu, tentando ocultá-la, e desviou o olhar em seguida.

— Você precisa fazer alguma coisa com aquele seu koloss. Ele está perambulando pelo acampamento, assustando os homens.

Vin franziu o cenho. Assim que pensou na criatura, tomou ciência de onde ela estava — perto das margens do acampamento. Não saía nunca do controle de Vin, mas ela só o dominava plena e diretamente quando se concentrava. Do contrário, ele seguia apenas suas ordens gerais — ficar na área, não matar.

— Preciso verificar se as barcaças estão prontas para seguir — Elend disse. Ele olhou para Vin e, quando ela não indicou que o seguiria, deu-lhe um beijo rápido e se afastou.

Vin atravessou novamente o acampamento. A maioria das tendas estava desmontada e guardada, e os soldados comiam apressados. Ela deixou o perímetro e encontrou Humano sentado em silêncio, as cinzas pairando levemente sobre suas pernas. Ele observava o acampamento com olhos vermelhos, o rosto partido pela pele rasgada que pendia de seu olho direito até o canto da boca.

— Humano — ela falou, cruzando os braços.

O koloss olhou para ela e se levantou, as cinzas caindo de sua figura azul e exageradamente musculosa de quase três metros e meio. Mesmo com a quantidade de criaturas que Vin já havia matado, mesmo sabendo que controlava totalmente aquela, ela teve um reflexo de medo ao ficar diante da fera gigantesca de pele esticada e rasgos ensanguentados.

— Por que você veio ao acampamento? — perguntou, dissipando o próprio pânico.

— Sou humano — ele disse com seu tom lento, deliberado.

— Você é um koloss. E sabe disso.

— Eu deveria ter uma casa — Humano disse. — Como aquelas.

— Aquelas são tendas, não casas — Vin retrucou. — Não pode vir ao acampamento desse jeito. Precisa ficar com os outros koloss.

Humano se virou, olhando para o sul, onde o exército koloss aguardava, separado dos seres humanos. Eles permaneciam sob o controle de Elend, vinte mil criaturas, agora que haviam recolhido os dez mil que tinham aguardado com o grosso do exército. Fazia mais sentido deixá-los sob o controle de Elend, por conta de seu puro poder alomântico.

Humano olhou de volta para ela.

— Por quê?

— Por que você precisa ficar com os outros? — Vin questionou. — Porque você deixa as pessoas no acampamento desconfortáveis.

— Então elas deveriam me atacar.

— Por isso você não é um ser humano. Não atacamos as pessoas apenas porque nos deixam desconfortáveis.

— Não. Vocês *nos* fazem matar elas no seu lugar.

Vin hesitou, inclinando a cabeça. No entanto, Humano apenas virou o rosto, encarando o acampamento outra vez. Seus olhos brilhantes e vermelhos dificultavam adivinhar o que estava pensando, mas Vin quase sentiu um... anseio, um desejo em sua expressão.

— Você é uma de nós — Humano disse.

Vin ergueu os olhos.

— Eu?

— Você é como nós. Não como eles.

— Por que diz isso?

Humano baixou os olhos para ela.

— Bruma — ele disse.

Vin sentiu um calafrio momentâneo, embora não tivesse ideia do motivo.

— Como assim?

Humano não respondeu.

— Humano — ela disse, tentando outra tática. — O que você acha das brumas?

— Elas vêm à noite.

Vin assentiu.

— Sim, mas o que você acha delas? Seu povo. Eles temem as brumas? Elas já mataram algum de vocês?

— Espadas matam. Chuva não mata. Cinzas não matam. Bruma não mata.

Lógica razoavelmente boa, Vin pensou. *Um ano atrás, eu teria concordado*. Ela estava prestes a desistir dessa linha de pensamento quando Humano prosseguiu:

— Odeio a bruma.

Vin esperou.

— Odeio a bruma porque a bruma me odeia — Humano falou. Olhou para ela. — *Você* sente isso.

— Sim — Vin respondeu, surpresa consigo mesma. — Sinto.

Humano a encarou, um fio de sangue escorrendo da pele rasgada ao lado do olho, correndo pela pele azulada, misturando-se aos flocos de cinza. Por fim, ele assentiu, como se aprovasse a resposta honesta dela.

Vin estremeceu. *A bruma não está viva*, pensou. *Ela não pode me odiar. Estou imaginando coisas.*

Mas... no passado, anos antes, ela havia usado as brumas. Enquanto combatia o Senhor Soberano, de alguma forma ganhara um poder sobre elas. Fora como se usasse as brumas para abastecer sua Alomancia, em vez de metais. Apenas com esse poder conseguiu derrotar o Senhor Soberano.

Aquilo acontecera há mais de dois anos, e ela nunca se vira capaz de repetir aquele feito. Havia tentado várias vezes e, depois de muitos fracassos, começou a pensar que talvez pudesse ter se enganado. Certamente, em tempos mais recentes, as brumas haviam ficado pouco amistosas. Tentava se convencer de que não havia nada de sobrenatural naquilo, mas sabia que não era verdade. O que dizer daquele espírito da bruma, a coisa que tentara matar Elend e, depois, o salvara ao mostrar a Vin como transformá-lo em um alomântico? Era real, disso ela estava certa, mesmo que não o tivesse visto no último ano.

O que dizer da hesitação que sentia diante das brumas, a maneira como elas se afastavam? A maneira como ficavam fora dos prédios e a maneira como matavam. Tudo parecia apontar para o que Humano havia dito. As brumas — as Profundezas — a odiavam. E, finalmente, ela reconheceu o que resistira a admitir por tanto tempo.

As brumas eram suas inimigas.

Eles são chamados de Prodígios alomânticos. Homens ou mulheres que avivam seus metais por tanto tempo e com tanta força que o influxo constante de poder alomântico transforma sua própria fisiologia.

Na maioria dos casos, com a maioria dos metais, os efeitos são muito leves. Queimadores de bronze, por exemplo, frequentemente se tornam prodígios do bronze sem saber. Seu alcance é expandido por queimarem o metal por longos períodos. Tornar-se um prodígio de peltre é perigoso, pois exige manter demais o corpo em um estado no qual não é possível sentir exaustão ou dor. A maioria acidentalmente se mata antes de o processo terminar, e, em minha opinião, o benefício não vale o esforço.

Prodígios de estanho, no entanto... bem, são um tanto especiais. Dotados de sentidos além do que qualquer alomântico normal poderia precisar — ou mesmo desejar —, eles se transformam em escravos do que tocam, ouvem, veem, cheiram ou provam. Ainda assim, o poder anormal desses sentidos lhes dá uma vantagem distinta e interessante.

Pode-se argumentar que, como um Inquisidor que foi transformado por uma estaca hemalúrgica, o Prodígio alomântico não chega sequer a ser humano.

16

FANTASMA DESPERTOU PARA A ESCURIDÃO.

Isso vinha acontecendo com cada vez menos frequência nos últimos tempos. Conseguia sentir a venda no rosto, apertada sobre olhos e ouvidos. Estava enterrada em sua pele extremamente sensível, mas, ainda assim, usá-la era muito melhor que estar sem ela, a luz das estrelas era tão brilhante quanto o sol, e os passos no corredor atrás da porta do quarto tão altos quanto trovoadas. Mesmo com o tecido grosso sobre os olhos, mesmo com os ouvidos tapados com cera, mesmo com os portigos bem fechados e amarrados com um pano, às vezes ele tinha dificuldade para dormir.

O abafamento era perigoso. Deixava-o vulnerável. E, ainda assim, a falta de sono seria ainda pior. Talvez tudo o que havia feito ao próprio corpo com a queima de estanho o matasse. E, no entanto, quanto mais tempo passava entre o povo de Urteau, mais sentia que as pessoas dali precisariam de sua ajuda para sobreviver aos perigos que se aproximavam. Ele precisava de uma vantagem. Apesar de se preocupar com a possibilidade de ter tomado a decisão errada, ao menos havia tomado alguma. Continuaria com ela, esperando que fosse o suficiente.

Ele grunhiu baixinho, sentando-se, tirando a venda e puxando a cera dos ouvidos. O quarto estava escuro, mas mesmo a luz fraca que atravessava a janela — as lacunas preenchidas com tecido — bastava para que enxergasse.

O estanho se avivava confortavelmente em seu estômago. A reserva estava quase no fim, exaurida durante a noite. O corpo de Fantasma agora a usava por instinto, seu consumo havia se tornado inconsciente, como a respiração ou o piscar dos olhos. Ouvira falar de Brutamontes que podiam queimar peltre para curar o corpo mesmo sem consciência dos ferimentos. O corpo entendia do que precisava.

Ele estendeu a mão para um frasco ao lado da cama, tirando dele um pequeno punhado de pó de estanho. Trouxera bastante consigo de Luthadel, aumentando seu estoque com compras posteriores no mercado clandestino. Felizmente, estanho era relativamente barato. Ele jogou o punhado em uma caneca sobre a mesa de cabeceira e em seguida foi até a porta. O quarto era pequeno e entulhado, mas ele não precisava dividi-lo com mais ninguém. Aquilo era um luxo para os padrões dos skaa.

Ele estreitou os olhos e abriu a porta. A intensa luminosidade do corredor banhado de sol o atingiu, e ele tateou o chão, cerrando os dentes. Logo descobriu a jarra de água fresca — tirada do poço para ele pelos criados da estalagem —, puxou-a para dentro e fechou a porta.

Ele piscou, atravessando o quarto para encher a caneca e tomar o estanho. Seria o bastante para o dia. Pegou um punhado extra e colocou numa bolsinha, só por garantia.

Poucos minutos depois, estava pronto. Sentou-se na cama, fechando os olhos e se preparando para o dia. Se os espiões do Cidadão estivessem certos, outros membros do grupo de Elend estavam a caminho de Urteau. Provavelmente tinham ordens para capturar o depósito e reprimir a rebelião; Fantasma precisaria recolher o máximo de informações que pudesse antes que chegassem.

Ele repassou os planos e refletiu. Conseguia sentir pés batendo nos quartos ao redor — a estrutura de madeira parecia sacudir e tremer como uma enorme colmeia cheia de operários ocupados. Lá fora, ouvia vozes chamando, gritando, falando. Sinos soavam ao longe. Ainda era cedo, mal passando do meio-dia, mas as brumas já haviam desaparecido — Urteau tinha seis ou sete horas de luz do dia sem brumas; ou seja, era um lugar onde as colheitas ainda podiam crescer e seres humanos ainda podiam prosperar.

Normalmente, Fantasma teria dormido durante as horas do dia. No entanto, havia coisas que precisava fazer. Abriu os olhos, em seguida foi até a mesa de cabeceira, tirando de lá um par de óculos. Haviam sido feitos sob medida, com lentes que não corrigiam sua visão. Tinham apenas vidros normais.

Ele colocou os óculos e, em seguida, amarrou novamente a venda ao redor da cabeça, cobrindo a frente e a lateral das lentes. Mesmo com os sentidos aguçados, não conseguia ver através das pálpebras. No entanto, com os óculos, ele conseguia abrir os olhos e usar o tecido ao mesmo tempo. Tateou seu caminho até a janela, em seguida tirou os panos e abriu as cortinas que a cobriam.

A luz quente, quase escaldante, do sol o banhou. A venda se enterrava na pele de sua cabeça, pinicando. Mas ele conseguia enxergar. O pano bloqueava apenas o suficiente da luz para impedir que cegasse, mas era translúcido o bastante para permitir sua visão. Era como as brumas, na verdade — o tecido era quase invisível para ele, pois seus olhos eram extremamente aguçados. Sua mente apenas filtrava a interferência do tecido.

Fantasma assentiu consigo mesmo. Em seguida, pegou seu bastão de duelo e saiu do quarto.

— SEI QUE VOCÊ É quieto — falou Durn, batendo suavemente no chão à sua frente com um par de varetas. — Mas até mesmo você precisa admitir que isso é melhor do que viver sob o jugo dos lordes.

Fantasma estava sentado em uma rua-canal, a cabeça levemente inclinada, as costas apoiadas em uma parede de pedra que havia sustentado o canal, os edifícios pairando acima como muralhas de uma fortaleza. O Fosso do Mercado era a rua-canal mais larga de Urteau. No passado, fora um curso d'água tão amplo que três barcos podiam atracar lado a lado no meio e ainda sobrava espaço dos dois lados para passagem de outros em qualquer direção. Agora havia se tornado a principal alameda da cidade e também a principal localização para comerciantes e pedintes.

Pedintes como Fantasma e Durn. Poucos passantes prestavam atenção nos homens maltrapilhos. Ninguém parava para observar que um deles parecia estar analisando a multidão com cuidado, apesar do tecido escuro sobre os olhos, enquanto o outro falava de um jeito articulado demais para ter crescido na sarjeta.

Fantasma não respondeu à pergunta de Durn. Em sua juventude, a forma como falava — com um sotaque carregado, um linguajar cheio de gírias — fora sua marca, o que fazia com que geralmente fosse desprezado. Mesmo agora, ele não tinha a loquacidade ou as maneiras charmosas de Kelsier. Então simplesmente tentava falar o mínimo possível. Menos chance de se meter em encrencas.

Estranhamente, em vez de considerarem *mais fácil* desprezá-lo quando não falava, isso parecia fazer com que prestassem mais atenção nele. Durn continuava a fazer seu batuque com os gravetos, como um artista de rua sem público. As batidas no chão de terra eram leves demais para alguém ouvir — exceto por Fantasma.

O ritmo de Durn era perfeito. Qualquer menestrel o teria invejado.

— Quero dizer, olhe para o mercado — o outro continuou. — Com o Senhor Soberano, a maioria dos skaa jamais poderia fazer comércio abertamente. Temos algo belo aqui. Skaa governando skaa. Estamos felizes.

Fantasma conseguia ver o mercado. Pensava que se as pessoas estivessem realmente felizes, estariam sorrindo, não caminhando com os olhos baixos. Estariam comprando e passeando, não pegando rapidamente o que queriam e seguindo em frente. Além disso, se a cidade fosse a utopia que deveria ser, não haveria necessidade das dezenas de soldados que vigiavam a multidão. Fantasma negou com a cabeça. Todo mundo usava exatamente as mesmas roupas — cores e estilos ditados pelo Cidadão. Mesmo a mendicância era extremamente regulamentada. Os homens logo chegariam para contar as esmolas de Fantasma, calcular quanto havia ganhado e tirar a parte do Cidadão.

— Olha só — Durn disse —, você vê alguém sendo espancado ou morto na rua? Com certeza, algumas restrições valem a pena se é isso que temos em troca.

— Agora as mortes acontecem em becos silenciosos — Fantasma disse baixinho. — Ao menos o Senhor Soberano nos matava abertamente.

Durn franziu o cenho, recostou-se, batendo no chão com suas varetas. Era um padrão complexo. Fantasma sentia as vibrações pelo chão e as considerava calmantes. As pessoas sabiam do talento pelo qual passavam, batendo calmamente no chão que percorriam? Durn poderia ter sido um músico magistral. Infelizmente, sob as leis do Senhor Soberano, os skaa não podiam fazer música. E sob as do Cidadão... bem, em geral não era bom chamar a atenção para si, não importava por qual método.

— Aí está — Durn falou, de repente. — Conforme prometido.

Fantasma ergueu os olhos. Através dos murmúrios, dos sons, dos lampejos de cor e do aroma forte de detritos, pessoas e produtos à venda, Fantasma viu um grupo de prisioneiros sendo escoltado por soldados em trajes marrons.

Às vezes, a inundação de sensações quase o sobrecarregava. No entanto, como já dissera a Vin antes, queimar estanho não se tratava do que se poderia sentir, mas sim do que se conseguia ignorar. E ele havia aprendido muito bem a se concentrar nos sentidos de que precisava, deixando de lado as distrações.

Os clientes do mercado abriram caminho para os soldados e seus prisioneiros. As pessoas baixavam a cabeça, observando com seriedade.

— Você ainda quer acompanhar? — Durn perguntou.

Fantasma se levantou.

Durn também ficou de pé e agarrou Fantasma pelo ombro. Sabia que ele conseguia enxergar, mas os dois mantinham a farsa. Era comum entre os pedintes adotar uma encenação de sofrimento numa tentativa de angariar mais moedas. O próprio Durn caminhava com um perfeito coxear falso e arrancava os cabelos, deixando na cabeça trechos vazios com aparência doentia. Ainda assim, Fantasma conseguia sentir o cheiro de sabonete na pele do homem e do vinho fino em seu hálito. Era um lorde gatuno; havia poucos mais poderosos que ele na cidade. De qualquer forma, sua maestria com disfarces lhe permitia caminhar nas ruas sem ser percebido.

Eles não eram os únicos a seguir os soldados e seus prisioneiros. Skaa vestindo a cor cinza permitida acompanhavam o grupo como espectros — uma massa silenciosa arrastando os pés em meio às cinzas cadentes. Os soldados seguiram até uma rampa que saía das ruas-canal, guiando as pessoas para uma parte mais abastada da cidade, onde alguns canais haviam sido ocupados e calçados com pedras.

Logo, os pontos mortos começaram a aparecer. Cicatrizes carbonizadas — ruínas que, no passado, haviam sido lares. O cheiro de fumaça era quase esmagador para Fantasma, que precisou começar a respirar pela boca.

Não precisaram caminhar muito mais para chegar ao destino. O Cidadão em pessoa estava presente. Ele não andava a cavalo — haviam sido todos enviados para as fazendas, pois apenas nobres estúpidos eram bons demais para andar com os próprios pés. No entanto, vestia vermelho.

— O que é isso que ele está vestindo? — Fantasma perguntou num sussurro enquanto Durn o guiava pela lateral da multidão.

O Cidadão e seu séquito estavam nos degraus de uma mansão grandiosa, skaa apinhados ao seu redor. Durn levou Fantasma a um lugar onde um grupo de valentões reservara para si uma parte exclusiva da rua, com boa vista do Cidadão. Eles assentiram para Durn, deixando-o passar sem comentários.

— Como assim? — Durn perguntou. — O Cidadão está vestindo o que sempre veste... calças skaa e uma camisa de trabalho.

— São vermelhas — Fantasma sussurrou. — Não é uma cor permitida.

— Desde hoje de manhã, é. Oficiais do governo podem usar. Desse jeito, eles se destacam, e as pessoas em apuros podem encontrá-los. Ou, ao menos, essa é a explicação oficial.

Fantasma franziu a testa. Porém, outra coisa chamou sua atenção.

Ela estava lá.

Era natural que estivesse, claro — acompanhava o irmão aonde quer que ele fosse. O Cidadão se preocupava muito com sua segurança e raramente a deixava longe de suas vistas. Trazia a mesma feição de sempre: olhos tristonhos emoldurados por cabelos castanho-avermelhados.

— Grupo triste, o de hoje — Durn comentou, e, em um primeiro momento, Fantasma pensou que ele se referia a Beldre. No entanto, Durn acenou com a cabeça para o grupo de prisioneiros. Tinham um aspecto igual ao das demais pessoas na cidade — roupas cinzentas, rostos manchados de cinzas, posturas subservientes. O Cidadão, no entanto, avançou para explicar as diferenças.

— Um dos primeiros anúncios que este governo fez — ele declarou — foi de solidariedade. Somos um povo skaa. Os "nobres" escolhidos pelo

Senhor Soberano nos oprimiram por dez séculos. Decidimos que Urteau se tornaria um lugar de liberdade. Surgiria um lugar como o que o próprio Sobrevivente profetizou.

— Você os contou? — Durn sussurrou para Fantasma, que assentiu.

— Dez — disse, contando os prisioneiros. — Aqueles que esperávamos. Você não ganhou sua moeda, Durn.

— Observe.

— Estes — o Cidadão disse, a careca brilhando à luz vermelha do sol enquanto apontava para os prisioneiros. — Estes não atentaram ao nosso alerta. Sabiam, como todos sabem, que qualquer nobre que ficasse na cidade perderia a vida! Essa é nossa vontade. *Toda* a nossa vontade.

"Mas, como todos de sua espécie, estes foram arrogantes demais para nos dar ouvidos. Tentaram se esconder. Eles se consideram acima de nós. Assim será sempre. E isso os expõe."

Ele fez uma pausa e, então, continuou:

— E por isso fazemos o que devemos.

Acenou para que seus soldados avançassem. Eles empurraram os prisioneiros degraus acima. Fantasma conseguia sentir o cheiro de querosene no ar quando os soldados abriram as portas da casa e jogaram as pessoas para dentro. Em seguida, bloquearam a porta por fora e se afastaram. Cada soldado acendeu uma tocha e a jogou no prédio. Não eram necessários sentidos sobre-humanos para notar o calor que logo se espalhou, e a multidão se retraiu — revoltada e apavorada, mas fascinada.

As janelas haviam sido pregadas com tábuas. Fantasma conseguia ver os dedos tentando arrancar a madeira, conseguia ouvir pessoas gritando. E conseguia ouvi-las batendo na porta trancada, tentando abrir caminho, chorando, tomadas pelo terror.

Ele queria fazer alguma coisa. Porém, a Alomancia do estanho não tinha o poder de combater um esquadrão inteiro de soldados por conta própria. Elend e Vin o tinham enviado para colher informações, não para agir. Ainda assim, ele se encolheu, chamando-se de covarde ao dar as costas para o edifício em chamas.

— Não devia ser assim — Fantasma sussurrou, ríspido.

— Eram nobres — Durn comentou.

— Não, não eram! Os pais talvez fossem, mas eles eram skaa. Pessoas normais, Durn.

— Têm sangue nobre.

— Todos nós temos, se você voltar bastante no passado — Fantasma falou.

Durn negou com a cabeça.

— É assim que tem que ser. Esse é o desejo do Sobrevivente...

— *Não* associe o nome dele a esta barbaridade — Fantasma sibilou.

Durn ficou em silêncio por um momento, apenas os sons das chamas e daqueles que morriam lá dentro se sobressaindo no ambiente. Por fim, ele falou:

— Sei que é difícil ver, e talvez o Cidadão seja um tanto ansioso demais. Mas... eu ouvi *ele* falar uma vez. O Sobrevivente. Esse é o tipo de coisa que ele ensinava. Morte aos nobres, skaa no poder. Se você tivesse ouvido, entenderia. Às vezes, é preciso destruir uma coisa para construir algo melhor.

Fantasma fechou os olhos. O calor do incêndio parecia queimar sua pele. Ele *tinha* ouvido Kelsier falar para multidões de skaa. E Kelsier dissera as coisas que Durn agora mencionava. Na época, o Sobrevivente fora uma voz de esperança, de coragem. As mesmas palavras repetidas agora, no entanto, haviam se transformado em palavras de ódio e destruição. Fantasma se sentia enojado.

— De novo, Durn — falou, erguendo os olhos, sentindo-se especialmente rude —, eu não pago para você fazer propaganda do Cidadão. Me fale o que preciso ou não verá mais nenhuma moeda minha.

O enorme pedinte se virou, encontrando os olhos dele por trás da venda.

— Conte os crânios — disse em voz baixa. Em seguida, tirou a mão do ombro de Fantasma e se embrenhou na multidão.

Fantasma não seguiu. O cheiro da fumaça e de carne queimando estavam ficando fortes demais para ele. Virou-se, abrindo caminho pela multidão, buscando ar fresco. Cambaleou até recostar-se a um edifício, respirando fundo, as costelas roçando a textura grosseira da madeira. Parecia que a chuva de cinzas vinha da pira lá atrás, lascas de morte lançadas ao vento.

Ele ouviu vozes. Virou-se, notando que o Cidadão e seus guardas haviam se afastado do incêndio. Quellion estava discursando para a multidão, incentivando-a a ser vigilante. Fantasma assistiu por um tempo e, finalmente, a multidão começou a se dispersar, seguindo o Cidadão para o Fosso do Mercado.

Ele os puniu, agora precisa abençoá-los. Com frequência, especialmente após execuções, o Cidadão visitava pessoalmente o povo, circulando entre as barracas no mercado, cumprimentando com apertos de mão e incentivando-as a continuar perseverando.

Fantasma desceu por uma rua lateral. Logo saiu da parte mais abastada da cidade, chegando a um lugar onde a rua se estreitava diante dele. A parede de retenção havia desmoronado, formando uma rampa para dentro do canal seco. Ele pulou, deslizando até o fundo. Puxou o capuz da capa, obscurecendo os olhos cobertos, e abriu caminho pela rua agitada com a destreza que tinha por ter crescido na rua.

Mesmo tomando uma rota alternativa, chegou ao Fosso do Mercado antes do Cidadão e de seu séquito. Fantasma observou através da chuva de cinzas o homem descer uma larga rampa de terra, seguido por um grupo de centenas de pessoas.

Você quer ser ele, Fantasma pensou, agachando-se ao lado da barraca de um mercador. *Kelsier morreu para dar esperança a este povo, e agora você pensa em roubar seu legado.*

Aquele homem não era Kelsier. Aquele homem nem era digno de proferir o nome do Sobrevivente.

O Cidadão caminhava pela rua, mantendo um ar paternal, conversando com as pessoas do mercado. Tocava-as nos ombros, apertava suas mãos e sorria com benevolência.

— O Sobrevivente ficaria orgulhoso de vocês. — Fantasma ouvira a voz dele através da barulheira da multidão. — As cinzas que caem são um sinal dele. Representam a queda do império, as cinzas da tirania. Dessas cinzas faremos uma nova nação! Uma nação liderada pelos skaa.

Fantasma avançou, puxando o capuz para trás e apalpando com as mãos à frente do corpo como se fosse cego. Carregava seu bastão de duelo nas costas em uma tira escondida pelas dobras de sua larga camisa cinzenta.

Tinha bastante habilidade para se mover no meio de multidões. Enquanto Vin sempre se esforçara para permanecer obscura e invisível, Fantasma conseguira as duas coisas sem nem tentar. De fato, estava sempre tentando justamente o oposto. Tinha sonhado em ser um homem como Kelsier — pois, mesmo antes de ter conhecido o Sobrevivente, Fantasma já ouvira histórias sobre o homem. O maior ladrão skaa de seu tempo, um homem ousado o bastante para ameaçar o próprio Senhor Soberano.

E, contudo, por mais que tentasse, Fantasma nunca foi capaz de se destacar. Era fácil demais ignorar um garoto com o rosto sujo de cinzas, especialmente se não conseguia entender seu palavreado do Leste. Fora necessário conhecer Kelsier de fato — ver como ele podia tocar as pessoas com a fala — para que finalmente se convencesse a abandonar o dialeto. Foi quando começou a entender que as palavras têm poder.

Fantasma sutilmente abriu caminho até a frente da multidão que assistia ao Cidadão. Foi chacoalhado e empurrado, mas ninguém gritou com ele. Um homem cego levado pelo turbilhão de pessoas era fácil de ignorar — e o que era ignorado podia chegar aonde não devia estar. Com um posicionamento cuidadoso, Fantasma logo se pôs diante do grupo, a um braço de distância do Cidadão.

O homem cheirava a fumaça.

— Entendo, minha boa mulher. — O Cidadão estava dizendo enquanto segurava as mãos de uma anciã. — Mas seu neto é necessário onde está, trabalhando nos campos. Sem ele e seus companheiros, não teríamos o que comer! Uma nação governada pelos skaa também precisa ser *cultivada* pelos skaa.

— Mas... ele não pode voltar, nem um pouco? — a mulher perguntou.

— No tempo certo, minha boa mulher — o Cidadão respondeu. — No tempo certo.

Seu uniforme carmesim transformava-o no único ponto de cor da rua, e Fantasma se flagrou encarando-o. Desviou os olhos do homem e continuou a manobrar pelas pessoas, pois o Cidadão não era seu objetivo.

Beldre estava ao lado, como de costume. Sempre observando, mas nunca interagindo. O Cidadão era tão enérgico que a irmã era facilmente esquecida. Fantasma entendia muito bem aquela sensação. Ele deixou que um soldado o empurrasse, tirando-o do caminho do Cidadão. Aquele empurrão levou Fantasma para o lado de Beldre. Ele sentiu, bem fraco, um aroma de perfume.

Pensei que fosse proibido.

O que Kelsier teria feito? Teria atacado, talvez, matando o Cidadão. Ou teria encontrado outra maneira de atingi-lo. Kelsier não teria deixado essas coisas terríveis acontecerem, teria agido.

Talvez tivesse tentado se aliar a alguém de confiança do Cidadão?

Fantasma sentiu o coração — sempre muito mais alto para ele, agora — bater mais rápido. A multidão voltou a se mover, e ele se deixou empurrar contra Beldre. Os guardas não estavam vigiando, concentrados no Cidadão e em mantê-lo seguro com tantos desconhecidos ao redor.

— Seu irmão... — Fantasma sussurrou no ouvido dela. — Você aprova os assassinatos dele?

Ela se virou, e ele percebeu pela primeira vez que os olhos dela eram verdes. Fantasma ficou parado em meio à multidão, deixando-se ser levado enquanto ela procurava, tentando descobrir quem havia falado. A multidão que seguia o Cidadão a carregou para longe dele.

Fantasma esperou, sendo sacudido por um mar de cotovelos, por um curto momento. Em seguida, começou a manobrar de novo, abrindo caminho entre as pessoas com cuidado até estar ao lado de Beldre outra vez.

— Acha que é diferente do que o Senhor Soberano fazia? — questionou num sussurro. — Eu o vi uma vez, reunindo pessoas aleatórias e as executando na praça da cidade de Luthadel.

Ela se virou de novo, finalmente identificando Fantasma entre a multidão inquieta. Ele ficou parado, encarando os olhos dela apesar da venda. As pessoas se moveram entre eles, e ela foi levada para longe.

Sua boca se moveu. Apenas alguém com sentidos aguçados pelo estanho poderia ter visto detalhes suficientes para divisar as palavras naqueles lábios.

— Quem é você?

Ele abriu caminho na multidão mais uma vez. Aparentemente, o Cidadão planejava fazer um grande discurso lá adiante, aproveitando a aglomeração cada vez maior. Pessoas se apinhavam ao redor do pódio localizado no meio do mercado; estava ficando mais difícil se mover entre elas.

Fantasma a alcançou, mas sentiu a multidão o afastar novamente. Então, ele estendeu a mão por entre alguns corpos e agarrou a dela, puxando o pulso conforme se movia com as ondas de movimento da aglomeração. Ela se virou, claro, mas não gritou. A multidão se remexia ao redor deles, e ela se moveu para fitar seus olhos vendados.

— Quem é você? — Beldre perguntou novamente. Embora estivesse perto o bastante para ouvir o que ela havia dito, nenhum som escapou de seus lábios. Ela apenas movia a boca em silêncio. Atrás dela, no pódio, seu irmão começou o discurso.

— O homem que vai matar seu irmão — disse Fantasma baixinho.

De novo, ele esperou uma reação dela — um grito, talvez. Uma acusação. Suas ações ali haviam sido impulsivas, fruto da frustração por não ter sido capaz de ajudar os executados. Se ela *gritasse*, ele percebeu, poderia levá-lo à morte.

Ainda assim, Beldre permaneceu em silêncio, flocos de cinza caindo entre eles.

— Outros já disseram o mesmo — ela falou, sem emitir som nenhum.

— Os outros não eram eu.

— E quem é você? — ela perguntou pela terceira vez.

— O companheiro de um deus. Um homem que pode ver sussurros e sentir gritos.

— Um homem que acha que sabe o que é melhor para este povo, mais do que o governante que escolheram? — disse ela, sem som. — Sempre haverá dissidentes que temem o que precisa ser feito.

Fantasma ainda segurava a mão da mulher. Ele a apertou com força, puxando-a para perto. A multidão lotava a frente do pódio, deixando os dois nos fundos, como conchas abandonadas em uma praia de ondas que se retraíram.

— Eu *conheci* o Sobrevivente, Beldre — ele sussurrou. — Ele me deu um nome, me chamou de amigo. O que vocês fizeram nesta cidade o deixaria horrorizado... e eu *não* vou deixar seu irmão continuar a distorcer o legado de Kelsier. Se precisar, leve a ele o meu aviso. Diga a Quellion que estou chegando para pegá-lo.

O Cidadão havia parado de falar. Fantasma ergueu os olhos na direção do púlpito. Quellion estava lá, observando de cima a multidão de seguidores. Olhando para Fantasma e Beldre, em pé, juntos, ao fundo. Fantasma não havia percebido o quanto estava exposto.

— Você, aí! — o Cidadão gritou. — O que está fazendo com a minha irmã?

Maldição!, Fantasma pensou, soltando a mulher e partindo em disparada. Uma das principais inconveniências das ruas-canal, no entanto, eram seus muros altos e íngremes. Havia poucas maneiras de escapar do mercado, e todas estavam sendo vigiadas pelos membros das forças de segurança de Quellion. Ao comando do Cidadão, soldados começaram a avançar de seus postos, vestindo couro e carregando aço.

Ótimo, Fantasma pensou, avançando para o grupo mais próximo de soldados. Se conseguisse passar por eles, poderia chegar até uma rampa, quem sabe desaparecer nos becos entre os prédios acima.

Espadas saíram das bainhas. Atrás de Fantasma, pessoas gritavam, apavoradas. Ele enfiou a mão nos rasgos de sua capa e puxou seu bastão de duelo.

E, em seguida, estava no meio deles.

Fantasma não era um guerreiro, não de verdade. Treinara com Ham, claro — Trevo insistira que o sobrinho precisava saber se defender. No entanto, os verdadeiros guerreiros do bando sempre haviam sido os Nascidos da Bruma, Vin e Kelsier, com Ham — como um Braço de Peltre — oferecendo força bruta caso fosse necessário.

Mas Fantasma havia passado muito tempo treinando, ultimamente, e descobrira algo interessante. Tinha uma coisa que Vin e Kelsier nunca poderiam ter tido: uma série ofuscante de conhecimentos sensoriais que seu corpo poderia usar instintivamente. Conseguia sentir perturbações no ar e tremores no chão, e era capaz de saber onde as pessoas estavam simplesmente pela proximidade das batidas de seus corações.

Podia não ser um Nascido da Bruma, mas ainda assim representava um grande perigo. Sentiu um vento suave e soube que uma espada estava rumando em sua direção. Ele se esquivou. Sentiu um passo no chão e soube que alguém investia pela lateral. Afastou-se. Era quase como queimar atium.

O suor voou de sua testa quando Fantasma girou, e ele golpeou a nuca de um soldado com o bastão de duelo. O homem tombou — a arma de Fantasma era feita da mais fina madeira maciça. Mas, apenas por via das dúvidas, bateu com a ponta do bastão na têmpora do homem caído, tirando-o de combate de uma vez por todas.

Então ouviu um grunhido ao lado, baixinho, porém revelador. Fantasma lançou a arma na direção do som e golpeou o antebraço de um soldado. Os ossos quebraram, e o soldado gritou, soltando a arma. Fantasma o atingiu na cabeça. Em seguida girou, erguendo o bastão para bloquear o golpe do terceiro soldado.

Aço encontrou madeira, e o aço venceu, quebrando a arma de Fantasma. No entanto, o bastão parara o golpe de espada, dando tempo para ele se esquivar e agarrar a espada de um soldado caído. Era diferente das espadas com as quais havia praticado — os homens de Urteau preferiam lâminas longas e finas. Ainda assim, Fantasma tinha apenas um soldado para enfrentar — se pudesse derrubar o homem, estaria livre.

O adversário de Fantasma pareceu perceber que tinha a vantagem. Se Fantasma corresse, deixaria as costas expostas para o ataque. Porém, se ficasse, ele logo seria dominado. O soldado circulou, cuidadoso, tentando ganhar tempo.

Então, Fantasma atacou. Ergueu a lâmina, confiando em seus sentidos aguçados para compensar a diferença no treinamento. O soldado ergueu sua arma para se defender.

E a espada de Fantasma ficou paralisada no ar.

Cambaleou, tentando forçar a arma para frente, mas foi estranhamente mantido no lugar — como se tentasse empurrá-la através de algo sólido e não pelo ar. Era como se...

Alguém estava *empurrando*. Alomancia. Fantasma olhou desesperado ao redor e imediatamente encontrou a fonte do poder. A pessoa *empurrando* precisava estar bem diante de Fantasma, pois os alomânticos podiam apenas *empurrar* para longe de si.

Quellion, o Cidadão, estava ao lado da irmã. O Cidadão encontrou o olhar de Fantasma, que viu o esforço nos olhos do homem enquanto ele apertava a irmã, usando o peso dela para se apoiar enquanto *empurrava* a espada do outro, interferindo na batalha como Kelsier fizera, muito tempo antes, durante uma visita às cavernas nas quais seu exército treinava.

Fantasma soltou a arma, deixando-a voar para longe de suas mãos, em seguida se lançou ao chão. Ele sentiu o vento de uma espada inimiga brandindo acima de sua cabeça, errando por pouco. A arma bateu no chão a uma curta distância, o retinir alto em seus ouvidos.

Não havia tempo para recobrar o fôlego; conseguiu apenas se erguer para fugir do golpe seguinte do soldado. Felizmente, Fantasma não estava usando nenhum metal que Quellion pudesse empurrar para influenciar ainda mais a luta. Aquele era um hábito que Fantasma ficou feliz de nunca ter abandonado.

A única opção era correr. Não podia lutar; não com um alomântico interferindo. Ele se virou enquanto o soldado preparava outro golpe. Então Fantasma lançou-se para a frente, avançando na área de guarda do soldado. Ele se abaixou sob o braço do homem e se esquivou de lado, esperando passar e deixar o soldado confuso.

Algo prendeu seu pé.

Fantasma se virou. Em um primeiro momento, supôs que Quellion estivesse *puxando-o*, de alguma forma. Em seguida, viu aquele soldado no chão — o primeiro que ele derrubara — agarrando seu pé.

Bati neste homem duas vezes na cabeça!, Fantasma pensou, frustrado. *Não tem como ele ainda estar consciente!*

A mão apertou seu pé, puxando Fantasma com força sobre-humana. O homem tinha de ser um Brutamontes, como Ham.

Fantasma estava seriamente encrencado.

Ele chutou, conseguindo se soltar, e cambaleou até recuperar o equilíbrio. Porém, um Brutamontes teria o poder do peltre — poderia correr mais rápido e mais longe que Fantasma.

Dois alomânticos, contando o próprio Cidadão, Fantasma pensou. *Alguém não desdenha tanto do sangue nobre quanto alega!*

Os dois soldados avançaram sobre ele. Gritando de frustração — ouvindo o próprio coração martelar como um tambor —, Fantasma se lançou para cima do Brutamontes e agarrou o homem, pegando-o de surpresa. Naquele momento de confusão, Fantasma girou, usando o corpo do Brutamontes como um escudo para se proteger do terceiro soldado.

Mas não havia contado com o treinamento brutal do Cidadão. Quellion sempre falava de sacrifício e necessidade. Aparentemente, essa filosofia se estendia aos soldados, pois o homem com a espada avançou e atravessou a arma direto nas costas do amigo, perfurando o coração e dirigindo a arma para o peito de Fantasma. Era um golpe que apenas um homem com a força e a precisão de um Brutamontes poderia ter executado.

Três alomânticos, Fantasma pensou, zonzo, quando o soldado tentou libertar a espada dos dois corpos. O corpo do homem morto foi um peso que, por fim, quebrou a lâmina.

Como cheguei a sobreviver tanto tempo? Eles deviam estar tentando não revelar seus poderes. Tentando permanecer ocultos da população...

Fantasma cambaleou para trás, sentindo o sangue no peito. Estranhamente, não sentia dor. Seus sentidos aguçados deveriam ter causado uma dor tão poderosa que...

A dor veio. E tudo ficou escuro.

A sutileza demonstrada nos micróbios comedores de cinzas e nas plantas aperfeiçoadas revela que Rashek ficou cada vez melhor no uso do poder. Ele se esgotou numa questão de minutos, mas, para um deus, minutos podem passar como horas. Durante esse tempo, Rashek começou como uma criança ignorante empurrando o planeta para perto demais do sol, tornou-se um adulto capaz de criar montes de cinza para resfriar o ar e, em seguida, tornou-se um artesão maduro, capaz de desenvolver plantas e criaturas para objetivos específicos.

Também mostra sua mentalidade durante o período que passou com o poder de Preservação. Sob influência desse poder, estava obviamente em um modo protetor. Em vez de nivelar as Montanhas de Cinzas e tentar empurrar o planeta de volta para o lugar, ele foi reativo, trabalhando furiosamente para consertar os problemas que ele próprio havia causado.

17

ELEND CAVALGOU DIANTE DE SEUS homens, montado em um garanhão branco brilhante que fora escovado até estar livre de cinzas. Ele virou a montaria, inspecionando as fileiras de soldados nervosos. Eles esperavam sob a luz do fim da tarde, e Elend via o terror que lhes dominava. Tinham ouvido rumores, que foram confirmados por seu imperador no dia anterior. Naquela noite, o exército seria imunizado em relação às brumas.

Elend cavalgou pelas fileiras, o General Demoux montado em um cavalo ruão ao seu lado. Os dois cavalos eram grandes corcéis de batalha, trazidos na viagem mais para impressionar do que por sua utilidade. Elend e os outros oficiais passariam a maior parte do caminho em barcos no canal, não no lombo de animais.

Não se preocupava com a moralidade da decisão de expor as tropas às brumas — ao menos, não naquele momento. Elend havia aprendido algo muito importante sobre si mesmo: ele era honesto. Talvez honesto demais. Se estivesse inseguro, o sentimento ficaria estampado no rosto. Os soldados sentiriam sua hesitação. Então, aprendeu a limitar suas preocupações e considerações a apenas quando estivesse sozinho com aqueles mais próximos. Aquilo significava que Vin via muito de seus conflitos. Por outro lado, ficava livre em outros momentos para projetar confiança.

Movia-se com rapidez, fazendo as ferraduras do cavalo baterem como trovoadas para que os homens ouvissem. Às vezes, escutava os capitães gritando para que os homens ficassem firmes. Mesmo assim, Elend via a ansiedade nos olhos deles. E podia culpá-los? Naquele dia, enfrentariam um inimigo com o qual não podiam lutar e ao qual não tinham como resistir. Dentro de uma hora, setecentos deles cairiam mortos. Cerca de um a cada cinquenta. Não eram probabilidades ruins em uma grande escala, mas isso pouco significava para um homem, sentindo as brumas se esgueirando ao seu redor.

Os homens se mantiveram firmes. Elend estava orgulhoso deles. Havia concedido àqueles que desejassem a oportunidade de retornar a Luthadel em vez de enfrentar as brumas. Ele ainda precisava de tropas na capital. Quase nenhum foi embora. Em vez disso, a maioria se alinhou em fileiras cheias, sem precisar de ordens, vestindo o conjunto completo de batalha, com a armadura polida e azeitada, e uniformes que pareciam tão limpos quanto possível no ermo terreno manchado de cinzas. Parecia correto para Elend que estivessem de armadura. Fazia parecer que seguiam para a batalha — e, em certo sentido, realmente seguiam.

Os homens confiavam nele. Sabiam que as brumas avançavam na direção de Luthadel e entendiam a importância de capturar as cidades com cavernas-depósito. Acreditavam na capacidade de Elend de fazer algo para salvar suas famílias.

A confiança o deixava ainda mais determinado. Ele puxou as rédeas do cavalo, virando o animal gigantesco ao lado de uma fileira de soldados. Avivou peltre, deixando o corpo mais forte, dando mais potência aos pulmões, e em seguida *tumultuou* as emoções dos homens para deixá-los mais corajosos.

— Sejam fortes! — gritou.

Cabeças se viraram em sua direção, e o retinir das armaduras aquietou. Sua voz ficou tão alta aos ouvidos que ele precisou amortecer seu estanho.

— Essas brumas vão derrubar alguns de nós. A maioria permanecerá intocada... e a maioria dos que caírem se recuperará! Após isso, nenhum de nós precisará temer as brumas de novo. E não precisamos correr o risco de um ataque da Cidade de Fadrex pela manhã, enquanto nos escondemos sob as tendas, as brumas se espalham e um sexto de nossos homens convulsiona ao chão!

Ele virou o cavalo. Demoux seguiu atrás dele e cavalgou pelas fileiras.

— Não sei por que as brumas matam. Mas confio no Sobrevivente! Ele chamava a si mesmo de Lorde das Brumas. Se alguns de nós morrerem, essa será a vontade dele. Mantenham a fé!

Seus lembretes pareceram surtir algum efeito. Os soldados ficaram um pouco mais empertigados, olhando para oeste, na direção do sol poente. Elend puxou outra vez as rédeas do cavalo, aprumando a postura e ficando à vista de todos.

— Eles parecem fortes, milorde — Demoux disse em voz baixa, movendo o cavalo até Elend. — Foi um bom discurso.

Elend assentiu.

— Milorde... o que o senhor disse sobre o Sobrevivente foi para valer?

— Claro.

— Desculpe, milorde. Não quis questionar sua fé, é que... bem, o senhor não precisa manter a farsa da crença, se não quiser.

— Dei minha palavra, Demoux — Elend disse, franzindo a testa e olhando para o general cheio de cicatrizes. — Sempre cumpro minha palavra.

— Eu acredito no senhor, milorde. O senhor é um homem honrado.

— Mas...

— Mas... se o senhor não acredita de verdade no Sobrevivente, não acho que ele gostaria que o senhor falasse em seu nome.

Elend abriu a boca para repreender Demoux por sua falta de respeito, mas se refreou. O homem falava com honestidade, de coração. Não era o tipo de coisa a se punir.

Além disso, talvez ele tivesse razão.

— Não sei no que acredito, Demoux — Elend disse, olhando para o campo de soldados lá atrás. — Com certeza não é no Senhor Soberano. As religiões de Sazed foram extintas séculos atrás, e mesmo ele parou de falar sobre elas. Parece que única opção real que me resta é a Igreja do Sobrevivente.

— Com todo o respeito, milorde — Demoux disse. — Essa não é uma demonstração de fé muito forte.

— Venho tendo problemas com a fé ultimamente, Demoux — respondeu Elend, erguendo os olhos para observar flocos de cinzas pairando pelo ar. — Meu último deus foi morto pela mulher com quem acabei me casando... uma mulher que vocês dizem ser uma figura religiosa, mas que rejeita sua devoção.

Demoux assentiu em silêncio.

— Não rejeito seu deus, Demoux. O que eu disse foi real. Acredito que ter fé em Kelsier seja a melhor das opções. E, considerando o que virá nos próximos meses, prefiro acreditar que alguma coisa, qualquer coisa, esteja lá fora para nos ajudar.

Ficaram em silêncio por alguns instantes.

— Sei que a Lady Herdeira contesta nossa adoração ao Sobrevivente, milorde — disse Demoux, por fim. — Ela o conheceu, como eu conheci. O que ela não entende é que o Sobrevivente se tornou muito mais do que apenas o homem chamado Kelsier.

Elend franziu o cenho.

— Parece que vocês fizeram dele um deus de forma calculada, Demoux... que vocês acreditam nele apenas como um símbolo.

Demoux negou com a cabeça.

— Estou dizendo que Kelsier era um homem, mas um homem que ganhou algo... um manto maior, uma porção de algo eterno e imortal. Quando morreu, não era apenas Kelsier, o líder do bando. O senhor não acha estranho que ele não fosse um Nascido da Bruma antes de ir aos Fossos?

— É assim que a Alomancia funciona, Demoux. Você não ganha poderes até o *Estalo*... até enfrentar algo traumático, algo que quase o mata.

— E o senhor não acha que Kelsier possa ter vivenciado esse tipo de coisa antes dos Fossos? Milorde, ele foi um ladrão que roubava de obrigadores e nobres. Levava uma vida muito perigosa. Não acha que poderia ter evitado espancamentos, riscos de morte e angústia emocional?

Elend parou.

— Ele ganhou seus poderes nos Fossos — disse em voz baixa — porque algo mais o acometeu. As pessoas que o conheciam falam de como mudou quando voltou de lá. Tinha um propósito; era impulsionado para concluir algo que o restante do mundo acreditava ser impossível.

Demoux sacudiu a cabeça.

— Não, milorde. Kelsier, o homem, morreu naqueles Fossos, e Kelsier, o Sobrevivente, nasceu. Ele recebeu um grande poder, além de grande sabedoria, de uma força que está acima de todos nós. *Por isso* conseguiu fazer o que fez. *Por isso* nós o adoramos. Ele ainda tinha as tolices de um homem, mas tinha as esperanças de uma divindade.

Elend se virou para o outro lado. Sua parte racional e erudita entendia exatamente o que estava acontecendo. Kelsier estava sendo gradualmente deificado, e sua vida, cada vez mais mistificada por aqueles que o seguiam. Kelsier precisava ser coberto por um poder celestial, pois a Igreja não podia continuar a reverenciar um simples homem.

E, ainda assim, outra parte de Elend ficava feliz por aquelas justificativas, mesmo que apenas porque tornavam aquela história muito mais crível. Afinal, Demoux estava certo. *Como* um homem que vivia nas ruas demorara tanto para sofrer o *Estalo*?

Alguém gritou.

Elend ergueu os olhos, examinando as fileiras. Homens começaram a se remexer quando as brumas apareceram, erguendo-se no ar como plantas em crescimento. Ele não conseguia ver o soldado que havia caído. Logo, encontrá-lo se tornou irrelevante, pois outros também gritavam.

O sol começou a ser obscurecido, reluzindo vermelho conforme se aproximava do horizonte. O cavalo de Elend arrastava as patas com nervosismo. Os capitães ordenavam que os homens permanecessem firmes, mas Elend ainda conseguia ver movimento. No grupo à sua frente, bolsões apareciam nas fileiras à medida que homens caíam aleatoriamente, como marionetes cujos fios haviam sido cortados. Estremeciam na terra enquanto os outros soldados se afastavam, horrorizados, a bruma movendo-se em todos os lugares.

Eles precisam de mim, Elend pensou, agarrando as rédeas, *puxando* as emoções daqueles ao seu redor.

— Demoux, vamos cavalgar.

Virou o cavalo. Demoux não seguiu.

Elend voltou-se.

— Demoux? O quê...

Imediatamente ele ficou sem fôlego. Demoux estava em meio às brumas, tremendo de forma horrível. Sob as vistas de Elend, o general deslizou da sela, caindo sobre as camadas de cinza no chão.

— Demoux! — Elend gritou, apeando, sentindo-se um tolo. Jamais havia parado para se perguntar se Demoux era suscetível. Simplesmente supusera que o general, como Vin e os outros, já estava imune. Elend se ajoelhou ao lado de Demoux, suas pernas nas cinzas, ouvindo os soldados gritando e os capitães berrando para manter a ordem. Seu amigo se sacudia e se retorcia, arfando de dor.

E as cinzas continuavam a cair.

Rashek não resolveu todos os problemas do mundo. Na verdade, a cada coisa que ele de fato conseguia consertar, novos problemas surgiam. No entanto, era esperto o bastante para que cada problema subsequente fosse menor do que os anteriores. Então, em vez de plantas que morriam pelo sol distorcido e pelo chão cheio de cinzas, ganhamos plantas que não ofereciam nutrição o bastante.

Ele salvou o mundo. É verdade que a quase destruição dele foi sua culpa, no início, mas, considerando todas as coisas, fez um trabalho admirável. Ao menos não libertou Ruína como nós fizemos.

18

SAZED DEU UMA PALMADA NO lombo do cavalo, fazendo-o sair a galope. Os cascos do animal chutavam montinhos de cinzas compactadas enquanto ele corria. Sua pelagem um dia fora muito branca; agora exibia um tom sujo de cinza. Suas costelas começavam a aparecer — estava malnutrido ao ponto de não ser mais razoável esperar que carregasse um cavaleiro, e eles não tinham mais como reservar comida para o animal.

— Bem, essa é uma visão triste — Brisa observou, em pé ao lado de Sazed na estrada coberta de cinzas. Sua guarda de duzentos soldados esperava em silêncio, observando o animal correr. Sazed não conseguia evitar o sentimento de que a soltura daquele último cavalo era um símbolo. — Acha que ele vai sobreviver?

— Acredito que ele ainda poderá fuçar embaixo das cinzas e encontrar alimento por um tempo — Sazed falou. — Mas será difícil.

Brisa grunhiu.

— Viver tem sido difícil para todos nós, ultimamente. Bem, desejo o melhor para o animal. Você vai se juntar a Allrianne e a mim na carruagem?

Sazed olhou para o veículo atrás dele, que fora tornado mais leve e modificado para que pudesse ser puxado por soldados. Haviam removido as portas e pendurado cortinas no lugar, além de também terem retirado partes da traseira. Com o peso menor e duzentos homens para se revezar, o veículo não seria um grande fardo. Ainda assim, Sazed sabia que se sentiria culpado por ser puxado por outros. Seu antigo instinto de serviçal era forte demais.

— Não — Sazed respondeu. — Vou andar um pouco. Obrigado.

Brisa assentiu, caminhando até a carruagem para sentar-se com Allrianne, enquanto um soldado segurava um guarda-sol sobre sua cabeça até que entrasse. Agora, exposto às cinzas, Sazed puxou o capuz da túnica de viagem, ergueu a pasta no braço e caminhou a passos largos até a frente da fileira de soldados.

— Capitão Goradel, o senhor pode continuar a marcha.

E assim fizeram. Era uma jornada árdua — as cinzas estavam ficando mais espessas, escorregadias, e era exaustivo caminhar nelas. Moviam-se e mudavam de lugar sob seus pés, tornando a marcha quase tão difícil quanto andar na areia. Por pior que fosse, porém, não era o bastante para distrair Sazed de seus sentimentos perturbadores. Esperara que encontrar o exército, encontrar Elend e Vin, trouxesse algum alívio. Os dois eram amigos queridos, e sua afeição um pelo outro tendia a fortalecê-lo. Afinal, fora ele quem oficializara seu casamento.

Ainda assim, o encontro o deixara ainda mais perturbado. *Vin deixou que Elend morresse*, ele pensou. *E o fez por causa do que ensinei a ela.*

Ele carregava a imagem de uma flor no bolso de sua manga, tentando encontrar a lógica em sua conversa com Vin. Como Sazed havia se tornado aquele a quem as pessoas traziam seus problemas? Elas não percebiam que ele era um hipócrita, capaz de formular respostas bonitas, mas incapaz de seguir os próprios conselhos? Sentia-se perdido. Um peso o esmagava, instruindo-o a desistir.

Elend falava facilmente de esperança e humor, como se ser feliz fosse simplesmente uma decisão a ser tomada. Alguns acreditavam nisso. No passado, Sazed talvez tivesse concordado. Já naquele momento, seu estômago se revirava, e ele sentia náuseas só de cogitar tomar qualquer atitude. Seus pensamentos eram invadidos o tempo todo por dúvidas.

É para isso que serve a religião, Sazed pensou enquanto pisava firme sobre as cinzas à frente, carregando sua bolsa nos ombros. *Ajudar as pessoas a passarem por tempos como estes.*

Olhou para a pasta. Em seguida, ele a abriu e a folheou enquanto caminhava. Centenas terminadas, e nem uma única religião oferecera as respostas que buscava. Talvez as conhecesse bem demais. A maioria do bando tinha dificuldades em adorar Kelsier como os outros skaa, pois sabia de suas falhas e peculiaridades. Conheceram-no primeiro como homem e apenas depois como deus. Talvez esse fosse o problema das religiões para Sazed. Ele as conhecia tão bem que conseguia enxergar suas falhas com grande facilidade.

Sazed não menosprezava as pessoas que haviam seguido as religiões, mas, até então, encontrara apenas contradições e hipocrisia em cada uma que estudava. A divindade devia ser perfeita. A divindade não deixava seus seguidores serem massacrados e, com certeza, não permitia que o mundo fosse destruído por bons homens que estavam apenas tentando salvá-lo.

Uma das remanescentes ofereceria uma resposta. *Tinha* de existir ali uma verdade que ele pudesse descobrir. Quando pareceu que ia sufocar em angústia, Sazed mergulhou nos estudos, pegando a próxima página da fila e prendendo-a ao lado de fora da pasta. Perscrutava a página enquanto caminhava, carregando a pasta com a folha para baixo quando não estava lendo, para mantê-la a salvo das cinzas.

Ele encontraria as respostas. Não ousava pensar no que faria se nenhuma surgisse.

ENFIM PASSARAM PELO DOMÍNIO CENTRAL, entrando em terras onde os homens ainda conseguiam lutar por alimentos e pela vida. Brisa e Allrianne ficaram na carruagem, mas Sazed gostou de caminhar, mesmo que isso dificultasse o estudo das religiões.

Ele não sabia ao certo o que pensar dos campos cultivados. Passaram por dezenas deles — Elend havia atulhado o máximo de pessoas possível no Domínio Central e ordenado que todas cultivassem alimentos para o próximo inverno. Mesmo os skaa que viviam nas cidades estavam acostumados a trabalhar duro, e rapidamente fizeram o que lhes fora ordenado.

Sazed não sabia se as pessoas entendiam como sua situação era precária ou se apenas estavam felizes em ter alguém para lhes dizer o que fazer.

As margens da estrada estavam cada vez mais apinhadas com altas pilhas de cinzas. Todos os dias, os trabalhadores skaa precisavam limpar os montantes que haviam caído durante a noite. Tal tarefa interminável — juntamente com a necessidade de se carregar água para a maioria dos campos novos e não irrigados — criava um sistema de agricultura dependente de muita mão de obra.

No entanto, as colheitas cresciam. A tropa de Sazed passava de campo em campo, cada qual com plantas amarronzadas brotando. A visão devia ter trazido esperança. Porém, era difícil olhar para os caules em botão e não sentir um desespero ainda maior. Pareciam muito fracos e mirrados ao lado das gigantescas pilhas de cinzas. Deixando as brumas de lado, como Elend alimentaria um império nessas condições? Quanto tempo levaria até que houvesse cinzas demais para remover?

Os skaa trabalhavam nos campos com uma postura muito parecida com a que tinham durante os dias do Senhor Soberano. O que realmente mudara para eles?

— Olhe para eles — disse uma voz. Sazed se virou para ver Capitão Goradel caminhando ao seu lado. Careca e de feições rudes, o homem tinha uma disposição amigável; um traço comum nos soldados que Ham havia promovido.

— Eu sei — Sazed disse em voz baixa.

— Mesmo com as cinzas e a bruma, vê-los me traz esperança.

Sazed olhou para ele com interesse.

— É mesmo?

— Claro — Goradel respondeu. — Minha família é de camponeses, mestre terrisano. Vivíamos em Luthadel, mas trabalhávamos nos campos externos.

— Mas o senhor era soldado. Não foi o senhor quem levou Lady Vin para dentro do palácio na noite em que ela assassinou o Senhor Soberano?

Goradel assentiu.

— Na verdade, levei Lorde Elend palácio adentro para resgatar Lady Vin, embora, no final das contas, ela não tenha precisado muito da nossa ajuda. De qualquer forma, o senhor tem razão. Fui soldado no palácio do Senhor Soberano. Meus pais me deserdaram quando ingressei na guarda. Mas eu não consegui enfrentar a perspectiva de trabalhar no campo a vida inteira.

— É um trabalho árduo.

— Não, não por causa disso — Goradel disse. — Não o trabalho em si, mas a... desesperança. Não conseguia aguentar um trabalho de um dia todo para plantar algo que eu sabia pertencer a outra pessoa. Por isso deixei os campos para me tornar um soldado, e por isso ver essas fazendas me traz esperança.

Goradel meneou a cabeça na direção de um campo pelo qual passavam. Alguns skaa ergueram os olhos e acenaram ao ver o estandarte de Elend.

— Essas pessoas trabalham porque querem — o capitão disse.

— Trabalham porque, se não o fizerem, morrerão de fome.

— Claro. Acho que o senhor está certo. Mas não estão trabalhando porque alguém vai espancá-los se não trabalharem... estão trabalhando para que sua família e amigos fiquem vivos. Para um camponês isso é diferente. O senhor pode ver na postura deles.

Sazed franziu o cenho enquanto caminhavam, mas não disse mais nada.

— De qualquer forma, mestre terrisano, vim sugerir que façamos uma parada em Luthadel para buscar suprimentos.

— Imaginei que faríamos — disse Sazed. — No entanto, precisarei deixá-los por alguns dias enquanto vocês seguem para Luthadel. Lorde Brisa pode assumir o comando. Encontrarei vocês na estrada a norte.

Goradel concordou com a cabeça, voltando para providenciar os preparativos. Ele não perguntou por que Sazed queria deixar o grupo nem qual seria seu destino.

VÁRIOS DIAS DEPOIS, SAZED CHEGOU, sozinho, aos Fossos de Hathsin. Havia pouco que possibilitasse distinguir a área, agora que as cinzas haviam tomado tudo. Os pés de Sazed chutavam punhados delas conforme avançava para o topo de uma colina. Ele olhou para o vale que abrigava os Fossos — o lugar onde a esposa de Kelsier fora assassinada. O lugar onde o Sobrevivente havia nascido.

Era agora o lar do povo terrisano.

Restavam poucos deles. Nunca tinham sido uma população muito grande, e a vinda das brumas e a jornada difícil até o Domínio Central ceifara muitas vidas. Talvez restassem quarenta mil. E uma grande parte dos homens era composta por eunucos, como Sazed.

Ele desceu o declive na direção do vale. Aquele lugar fora uma escolha natural para acomodar o povo de Terris. Durante os dias do Senhor Soberano, centenas de escravos haviam trabalhado ali, vigiados por mais centenas de soldados, o que terminara quando Kelsier voltou para os Fossos e destruiu sua capacidade de produzir atium. No entanto, os Fossos ainda tinham os edifícios e a infraestrutura que as sustentara durante seus dias de labuta. Havia muita água fresca e algum abrigo. O povo de Terris havia feito melhorias, construindo outras estruturas pelo vale, transformando o que no passado eram os mais terríveis campos prisionais em um grupo pastoral de vilarejos.

Enquanto descia a encosta, Sazed conseguia ver pessoas varrendo as cinzas do chão, deixando as plantas surgirem para oferecer pasto aos animais. Os arbustos que formavam a folhagem predominante no Domínio Central eram de um grupo resiliente e forte de plantas adaptadas às cinzas e não precisavam de muita água como as colheitas das fazendas. Aquilo significava que os terrisanos na verdade levavam uma vida mais tranquila que a maioria. Eram pastores, como haviam sido durante os séculos antes da Ascensão do Senhor Soberano. Uma criação saudável de ovelhas de pernas curtas ruminava nas colinas, mastigando os talos descobertos de arbustos.

O povo de Terris, Sazed pensou, *levando uma vida mais tranquila que a maioria. Que mundo estranho este se tornou.*

Sua aproximação logo atraiu atenção. Crianças correram para seus pais, e cabeças despontaram das cabanas. Ovelhas começaram a se juntar ao redor de Sazed conforme ele caminhava, talvez esperando que o recém-chegado viesse trazendo alguma espécie de petisco.

Vários idosos correram para a encosta, movendo-se o mais rápido que suas pernas arqueadas permitiam. Eles — como Sazed — ainda usavam túnicas de mordomo. E, como Sazed, mantinham-nas limpas de cinzas, ostentando os padrões coloridos em V que corriam na frente das vestes. No passado, esses padrões haviam indicado a casa nobre à qual o mordomo servia.

— Lorde Sazed! — um dos homens disse, ansioso.

— Majestade! — outro disse.

Majestade.

— Por favor — Sazed falou, erguendo as mãos. — Não me chamem assim.

Os dois mordomos idosos trocaram olhares.

— Por favor, mestre Guardador. Permita-nos trazer algo quente para o senhor comer.

Sim, as cinzas eram pretas. Não, não deveriam ter sido. A maior parte das cinzas tem um componente escuro, mas é tão cinza ou branca quanto preta.

As cinzas das Montanhas de Cinzas... eram diferentes. Como as brumas, as cinzas que cobriam nossa terra não eram realmente naturais. Talvez fosse a influência do poder de Ruína — tão escuro quanto Preservação era alvo. Ou, talvez, fosse simplesmente a natureza das Montanhas de Cinzas, que foram projetadas e criadas especificamente para soltar cinzas e fumaça no céu.

19

— LEVANTE!

Estava tudo escuro.

— *Levante!*

Fantasma abriu os olhos. Tudo parecia embotado, mudo. Mal conseguia enxergar. O mundo era um borrão escuro. E... ele se sentia dormente. Morto. Por que não conseguia sentir?

— Fantasma, você precisa se levantar!

A voz, ao menos, era clara. Ainda assim, todo o restante parecia turvo. Mal conseguia pensar. Piscou, grunhindo baixinho. O que havia de errado com ele? Seus óculos e a venda haviam desaparecido, o que deveria deixá-lo livre para enxergar, mas estava tudo muito escuro.

Acabara seu estanho.

Não havia nada queimando em seu estômago. A chama familiar, uma vela reconfortante no interior de seu corpo, não estava mais lá. Fora sua companheira por mais de um ano, sempre presente. Temera o que esteve fazendo, mas nunca a deixara morrer. E agora ela havia desaparecido.

Por isso tudo parecia tão embotado. Era assim que as outras pessoas viviam? Como ele costumava viver? Conseguia enxergar — mas o detalhamento rico, nítido ao qual ele se acostumara havia sumido. As cores vibrantes e as linhas marcadas. Em vez disso, tudo era insípido e vago.

Seus ouvidos pareciam tampados. O nariz... ele não conseguia sentir o cheiro das tábuas abaixo, não conseguia discernir o tipo de madeira pelo aroma. Não conseguia farejar os corpos que haviam passado por ali. Não conseguia sentir os passos e movimentos de pessoas em outros aposentos.

E... ele *estava* em um aposento. Pressionou a mão direita na testa e sentou-se, tentando pensar. Na mesma hora, uma dor no ombro o fez arfar. O ferimento não fora tratado. Ele se lembrou da espada perfurando-o no peito perto do ombro. Não era um machucado do qual alguém se recuperava com facilidade — de fato, seu braço direito não parecia estar funcionando corretamente. Um dos motivos pelos quais parecia ter tanta dificuldade para se erguer.

— Você perdeu muito sangue — a voz disse. — Vai morrer logo, mesmo se as chamas não o pegarem. Nem precisa procurar a bolsa de estanho no cinto. Eles a levaram.

— Chamas? — Fantasma grunhiu, piscando. Como as pessoas sobreviviam num mundo assim tão escuro?

— Não consegue senti-las, Fantasma? Estão próximas.

Havia uma luz nas proximidades, no fim de um corredor. Fantasma sacudiu a cabeça, tentando limpar a mente. *Estou numa casa*, ele pensou. *Bonita. A casa de um nobre.*

E eles a estão incendiando.

Aquilo enfim lhe deu motivação para se erguer, mas ele caiu novamente, o corpo fraco demais — a mente confusa demais — para se manter em pé.

— Não ande — a voz ordenou. Onde ouvira aquela voz antes? Inspirava-lhe confiança. — Rasteje.

Fantasma fez conforme ordenado, rastejando para a frente.

— Não, não *na direção* das chamas! Precisa sair para poder castigar aqueles que fizeram isso com você. Pense, Fantasma!

— Janela — Fantasma grasnou, virando-se para o lado, rastejando na direção de uma delas.

— Pregadas com tábuas — a voz informou. — Você já viu isso antes, lá do lado de fora. Há apenas uma maneira de sobreviver. Precisa me ouvir.

Fantasma assentiu lentamente.

— Saia pela outra porta do quarto. Rasteje na direção das escadas que levam ao segundo andar.

Fantasma obedeceu, forçando-se a permanecer em movimento. Os braços estavam dormentes a ponto de parecer que tinha pesos amarrados aos ombros. Estivera queimando estanho por tanto tempo que os sentidos normais simplesmente não pareciam mais bastar. Encontrou as escadas, mas já estava tossindo quando as alcançou. *Por causa da fumaça*, parte de sua mente lhe disse. Provavelmente fora uma boa ideia rastejar.

Já podia sentir o calor enquanto escalava os degraus. As chamas pareciam lhe perseguir, tomando o aposento logo atrás enquanto ele subia nos degraus, ainda zonzo. Fantasma chegou ao topo e em seguida escorregou no próprio sangue, tombando contra a lateral da parede, grunhindo.

— Levante! — exigiu a voz.

Onde ouvi essa voz antes?, voltou a pensar. *Por que quero fazer o que ela diz?* Estava tão perto. Ele já teria lembrado caso sua mente não estivesse tão confusa. Mesmo assim obedeceu, forçando-se a engatinhar novamente.

— Segundo quarto à esquerda — a voz ordenou.

Fantasma se arrastou sem pensar. As chamas se esgueiraram escada acima, lambendo as paredes. Seu olfato estava fraco, assim como os outros sentidos, mas ele desconfiava que a casa houvesse sido encharcada com querosene, de forma a causar um incêndio mais rápido, mais dramático.

— Pare. É este quarto.

Fantasma virou à direita, rastejando para dentro do aposento. Era um escritório bem mobiliado. Os ladrões da cidade reclamavam que saquear lugares como aquele não valia o esforço. O Cidadão proibia a ostentação, de forma que mobília cara assim não poderia ser vendida, mesmo no mercado paralelo. Ninguém queria ser flagrado em posse de luxos, a menos que quisesse terminar queimado em uma das execuções do Cidadão.

— Fantasma!

Fantasma ouvira falar daquelas execuções. Nunca tinha visto uma. Então pagou a Durn para ficar de olho e descobrir quando seria a próxima. Seu dinheiro valeu para ser avisado com antecedência, bem como uma boa posição para assistir ao prédio ser incendiado. Além disso, Durn jurava que haveria outra coisa, algo pelo que Fantasma se interessaria. Algo que faria valer a moeda que pagara.

Conte os crânios.

— Fantasma!

Fantasma abriu os olhos. Havia caído no chão e começado a devanear. As chamas já estavam queimando o teto. O prédio estava agonizando. Não havia maneira de escapar... Não naquelas condições.

— Vá até a escrivaninha — a voz ordenou.

— Estou morto — Fantasma sussurrou.

— Não está, não. Vá até a escrivaninha.

Fantasma virou a cabeça, olhando para as chamas. Uma figura estava em pé dentro delas, uma silhueta escura. As paredes pingavam, borbulhavam e chiavam, o gesso e a pintura escurecendo. Ainda assim, aquela sombra não parecia se importar com o fogo. Parecia familiar. Alta. Imponente.

— Você...? — Fantasma murmurou.

— Vá até a escrivaninha!

Fantasma ficou de joelhos. Rastejou, arrastando o braço inerte, movendo-se até o móvel.

— Gaveta da direita.

Fantasma a abriu e em seguida se recostou à lateral, apoiando-se. Havia algo lá dentro.

Frascos?

Ele os agarrou com avidez. Eram os tipos de frascos usados por alomânticos para armazenar raspas de metais. Com mãos trêmulas, Fantasma pegou um, que se soltou dos dedos dormentes. Estilhaçou-se. Ele encarou o líquido que havia dentro — uma solução de álcool que impedia os flocos de metal de se corroerem e ajudava o alomântico a tomá-los.

— Fantasma! — a voz disse.

Lento, Fantasma pegou outro frasco. Tirou a tampa com os dentes, sentindo o incêndio arder ao seu redor. A parede ao fundo estava quase destruída. As chamas avançavam até ele.

Tomou o conteúdo do frasco e buscou estanho dentro de si. Mas não havia. Fantasma gritou em desespero, deixando o frasco cair. Não era estanho o que havia nele. Como estanho o teria salvado, de qualquer forma? Teria feito com que sentisse as chamas e os ferimentos que causariam de forma mais aguda.

— Fantasma! — a voz ordenou. — Queime!

— Não tem estanho! — Fantasma gritou.

— Não é estanho! O dono desta casa não era um Olho de Estanho!

Não era estanho. Fantasma piscou. Então, vasculhando dentro de si, ele encontrou algo completamente inesperado. Algo que nunca pensara em ver, algo que não deveria ter existido.

Uma nova reserva de metal. Ele a queimou.

Seu corpo se avivou com nova força. Os braços trêmulos ficaram firmes. A fraqueza pareceu fugir, jogada de lado como a escuridão antes do nascer do sol. Sentiu tensão e poder, e os músculos ficaram rígidos de expectativa.

— Levante!

Sua cabeça se ergueu de um estalo. Ele ficou em pé num salto e, dessa vez, a tontura desapareceu. A mente ainda parecia dormente, mas algo estava claro para ele. Apenas um metal poderia ter mudado seu corpo, tornando-o forte o suficiente para funcionar apesar do ferimento terrível e da perda de sangue.

Fantasma estava queimando peltre.

A figura em pé nas chamas estava obscura, quase impossível de divisar.

— Eu lhe dei a bênção do peltre, Fantasma — a voz disse. — Use-a para escapar deste lugar. Pode atravessar as tábuas no fim do corredor, sair pelo telhado do prédio ao lado. Os soldados não estarão de olho em você. Já estão ocupados demais controlando o incêndio para impedir que ele se espalhe.

Fantasma assentiu. O calor não o incomodava mais.

— Obrigado.

A figura avançou, tornando-se mais que uma simples silhueta. As chamas reluziam no rosto firme do homem, e as desconfianças de Fantasma se confirmaram. Havia um motivo para confiar naquela voz, um motivo pelo qual fizera o que a voz lhe ordenara.

Ele faria qualquer coisa que esse homem ordenasse.

— Não lhe dei peltre apenas para que você pudesse viver, Fantasma — Kelsier disse, apontando. — Eu lhe dei para que você pudesse se vingar. Agora, vá!

Algumas pessoas relataram sentir um ódio consciente vindo das brumas. Isso, no entanto, não está necessariamente relacionado às mortes das pessoas por elas. Para a maioria — mesmo para aqueles atingidos —, as brumas pareciam apenas um fenômeno climático, não mais consciente ou vingativo que uma doença terrível.

Para alguns poucos, contudo, havia mais. Aqueles a quem favorecia, ela circundava. Daqueles a quem era hostil, ela se afastava. Alguns sentiam paz dentro dela; outros, ódio. Tudo se resumia ao toque sutil de Ruína e a quanto alguém reagia a seus estímulos.

20

TENSOON ESTAVA SENTADO EM SUA jaula.

A mera existência da jaula era um insulto. Os kandra não eram como os humanos — mesmo que não estivesse aprisionado, TenSoon não teria fugido ou tentado escapar. Ele viera de livre e espontânea vontade ao encontro do próprio destino.

E, ainda assim, eles o trancaram. Não sabia ao certo onde haviam conseguido a jaula, que certamente não era algo de que os kandra normalmente precisassem. Ainda assim, os Segundos a tinham encontrado e instalado em uma das principais cavernas da Terra Natal. Era feita de placas de ferro e barras de aço, com uma tela de arame forte estendida em todos os quatro lados para impedir que ele reduzisse seu corpo a músculos básicos e se espremesse entre elas. Outro insulto.

TenSoon estava sentado lá dentro, nu no chão frio de ferro. Havia conseguido alguma coisa além da própria condenação? Suas palavras na Gruta da Confiança haviam tido algum valor?

Fora da jaula, as cavernas brilhavam com a luz de musgos cultivados, e os kandra cuidavam de suas obrigações. Muitos paravam para examiná-lo. Aquele era o objetivo do longo período entre o julgamento e a sentença. Os da Segunda Geração não precisavam de semanas para ponderar sobre o que fariam com ele. No entanto, TenSoon os forçara a deixarem-no dar sua opinião, e os Segundos queriam garantir que ele fosse devidamente castigado. Colocaram-no à mostra, como um ser humano na berlinda. Em toda a história do povo kandra, nenhum outro fora tratado dessa maneira. Seu nome seria sinônimo de vergonha por séculos.

Mas não duraremos séculos, pensou, raivoso. *Meu discurso todo foi sobre isso.*

Porém, ele não o proferira muito bem. Como poderia explicar às pessoas o que sentia? Que suas tradições estavam convergindo, que sua vida — por tanto tempo estável — precisava drasticamente de mudanças?

O que aconteceu lá em cima? Vin chegou ao Poço da Ascensão? E quanto Ruína, Preservação? Os deuses do povo kandra estavam em guerra novamente, e os únicos que sabiam deles fingiam que nada acontecia.

Fora de sua jaula, os outros kandra tocavam a vida. Alguns treinavam membros das gerações mais novas — podia ver os da Décima Primeira se movendo, pouco mais que bolhas com alguns ossos brilhantes. A transformação de espectros das brumas para kandra era difícil. Assim que a Bênção era dada, o espectro perdia a maioria de seus instintos à medida que ganhava consciência, tendo de reaprender como formar músculos e corpos. Era um processo que levava muitos, muitos anos.

Outros kandra adultos cuidavam da preparação da comida. Eles cozinhavam uma mistura de algas e fungos dentro de fossos de pedra muito parecidos com aquele no qual TenSoon passaria a eternidade. Apesar de seu antigo ódio contra a humanidade, TenSoon sempre encontrara oportunidades para desfrutar da comida de fora — em especial carne envelhecida —, uma consolação muito tentadora para sair sob um Contrato. Naquele momento, mal tinha o bastante para beber, sem falar no que comer.

Ele suspirou, olhando por entre as barras para a vasta caverna. As cavernas da Terra Natal eram enormes, grandes demais para que fossem preenchidas pelos kandra. Mas era aquilo que muitos do seu povo gostavam nelas. Após passar anos em um Contrato — servindo aos caprichos de um mestre, com frequência por décadas a fio —, um lugar que oferecesse a opção de solidão era bem precioso.

Solidão, TenSoon pensou. *Em breve, terei muito disso*. Contemplar a eternidade em uma prisão o deixava um pouco menos irritado com os kandra que vinham observá-lo. Seriam os últimos que ele veria. Reconhecia muitos deles. Os Quartos e Quintos vinham para cuspir no chão diante dele, mostrando sua devoção aos Segundos. Os Sextos e Sétimos — que formavam a massa dos cumpridores de Contratos — vinham por piedade e balançavam a cabeça, lamentando por um amigo perdido. Os Oitavos e Nonos vinham por curiosidade, espantados que um kandra tão velho pudesse ter decaído tanto.

E, então, viu um rosto especialmente familiar em meio aos grupos de observadores. TenSoon se virou de lado, com vergonha, quando MeLaan se aproximou, a dor estampada em seus olhos exageradamente grandes.

— TenSoon?

— Vá embora, MeLaan — ele pediu em voz baixa, as costas para as barras, o que apenas fazia com que ficasse de frente a outro grupo de kandra, que o observava do outro lado.

— TenSoon...

— Você não precisa me ver assim, MeLaan. Vá, por favor.

— Eles não deviam poder fazer isso com você — ela falou, e ele conseguiu ouvir a raiva em sua voz. — Você é quase tão velho quanto eles e muito mais sábio.

— Eles são da Segunda Geração — TenSoon lembrou. — São escolhidos por aqueles da Primeira. Eles nos lideram.

— Eles não *têm* que nos liderar.

— MeLaan! — ele disse, finalmente virando-se para ela.

A maioria dos espectadores ficava afastado, como se o crime de TenSoon fosse uma doença que eles pudessem pegar. MeLaan agachava-se sozinha ao lado da jaula, seu Corpo Verdadeiro de ossos retorcidos de madeira fazendo-a parecer estranhamente magra.

— Você poderia desafiá-los — MeLaan sugeriu, em voz baixa.

— O que você pensa que somos? — TenSoon perguntou. — Seres humanos, com suas rebeliões e revoltas? Somos kandra. Somos de Preservação. Seguimos a ordem.

— Você ainda se curva diante deles? — MeLaan sibilou, apertando o rosto fino contra as barras. — Depois do que você disse... com o que está acontecendo lá em cima?

TenSoon hesitou.

— Lá em cima?

— Você tinha razão, TenSoon. As cinzas cobrem a terra como um manto negro. As brumas vêm durante o dia, matando colheitas e pessoas. Homens marcham para a guerra. Ruína voltou.

TenSoon fechou os olhos.

— Eles farão alguma coisa — disse, por fim. — A Primeira Geração.

— Estão velhos — MeLaan retrucou. — Velhos, esquecidos, impotentes.

TenSoon abriu os olhos.

— Você mudou muito.

Ela sorriu.

— Eles nunca deveriam ter dado filhos de uma nova geração para serem criados por um Terceiro. Há muitos de nós, os mais jovens, que lutariam. Os Segundos não podem governar para sempre. O que podemos fazer, TenSoon? Como podemos ajudá-lo?

Ah, criança, ele pensou. *Não acha que eles já sabem sobre vocês?*

Os da Segunda Geração não eram tolos. Talvez fossem preguiçosos, mas eram velhos e astutos — TenSoon entendia aquilo, porque conhecia cada um deles muito bem. Eles teriam algum kandra à escuta, esperando para saber o que era dito em sua jaula. Um da Quarta ou da Quinta Geração que tivesse a Bênção da Percepção poderia ficar a certa distância e ainda assim ouvir cada palavra dita ali.

TenSoon era um kandra. Havia retornado para receber sua punição porque era o certo a se fazer. Era mais que honra, mais que Contrato. Era quem ele era.

Mas se as coisas que MeLaan dizia fossem verdade...

Ruína voltou.

— Como você pode ficar aqui, sentado? — MeLaan quis saber. — Você é mais forte que eles, TenSoon.

TenSoon negou com a cabeça.

— Rompi um Contrato, MeLaan.

— Pelo bem maior.

Ao menos eu a convenci.

— É verdade, TenSoon? — ela perguntou com voz muito baixa.

— O quê?

— OreSeur. Ele tinha a Bênção da Potência. Você deve ter herdado, quando o matou. Ainda assim, eles não a encontraram em seu corpo quando o pegaram. Então, o que você fez com ela? Posso buscá-la para você? Trazê-la para que você possa lutar?

— Não vou lutar contra meu próprio povo, MeLaan — TenSoon disse.

— Alguém precisa nos liderar!

Aquela declaração, pelo menos, era verdadeira. Mas não era direito de TenSoon. Nem, realmente, direito da Segunda Geração ou sequer da Primeira. Era o direito daquele que os havia criado. Aquele que estava morto. Mas outra havia tomado o seu lugar.

MeLaan ficou em silêncio por um tempo, ainda ajoelhada ao lado da jaula. Talvez ela esperasse que ele lhe encorajasse ou, talvez, se tornasse o líder que ela buscava. Ele não falou nada.

— Então, você veio apenas para morrer — ela disse por fim.

— Para explicar o que descobri. O que senti.

— E então? Você vem, anuncia notícias terríveis e nos deixa resolver os problemas sozinhos?

— Não é justo, MeLaan. Vim para ser o melhor kandra que sei ser.

— Então, lute!

Ele negou com a cabeça.

— É verdade, então — ela disse. — Os outros da minha geração dizem que você foi subjugado por seu último mestre. O ser humano Zane.

— Ele não me subjugou — TenSoon retrucou.

— Ah, não? Então por que você voltou à Terra Natal naquele... corpo que estava usando?

— Os ossos de cão? Não foi Zane quem me deu, mas Vin.

— Então *ela* o subjugou.

TenSoon exalou baixinho. Como poderia explicar? Por um lado, parecia irônico para ele que MeLaan, que intencionalmente usava um Corpo Verdadeiro não humano, achasse o uso do corpo de um cão tão desagradável. Ainda assim, entendia. Levara algum tempo até que aprendesse a apreciar as vantagens daqueles ossos.

Ele hesitou.

Mas não. Ele não viera trazer revolução. Viera explicar, servir aos interesses de seu povo. Fizera aquilo aceitando sua punição, como um kandra deveria fazer.

E ainda assim...

Havia uma chance. Mínima. Ele não sabia se queria escapar, mas, se houvesse uma oportunidade...

— Aqueles ossos que usei... Sabe onde estão? — TenSoon se flagrou perguntando.

MeLaan fez uma careta.

— Não. Por que você iria querê-los?

TenSoon negou com a cabeça de novo.

— Não quero — respondeu, escolhendo as palavras com cuidado. — Eles são vergonhosos! Fui obrigado a usá-los durante meses, forçado ao papel humilhante de um cão. Eu os teria descartado, mas não tinha um cadáver para digerir e assumir, de modo que precisei voltar para cá usando aquele corpo horrendo.

— Você está evitando o problema real, TenSoon.

— Não há problema real, MeLaan — ele retrucou, afastando-se dela. Seu plano funcionando ou não, não queria que os Segundos a castigassem por se associar a ele. — Não vou me rebelar contra meu povo. Por favor, se quiser mesmo me ajudar, apenas me deixe em paz.

MeLaan soltou o ar em um chiado baixo, e ele a ouviu se levantar.

— Você já foi o maior entre nós.

TenSoon suspirou quando ela se afastou. *Não, MeLaan. Nunca fui grande. Até pouco tempo atrás, eu era o mais ortodoxo da minha geração, um conservador distinto apenas por seu ódio aos seres humanos. Agora, eu me tornei o maior criminoso de nossa história, mas em grande parte alcancei tal proeza por acidente.*

Isso não é grandeza. É apenas tolice.

Não deveria ser surpresa que Elend tenha se tornado um alomântico tão poderoso. É um fato bem documentado — embora tal documentação não estivesse disponível à maioria das pessoas — que alomânticos eram muitos mais fortes durante os primeiros dias do Império Final.

Naqueles dias, um alomântico não precisava de duralumínio para controlar um kandra ou um koloss. Um simples empurrão ou puxão nas emoções bastava. De fato, essa capacidade foi um dos principais motivos pelos quais os kandra criaram os Contratos com os seres humanos, pois naquela época não apenas os Nascidos da Bruma, mas também Abrandadores e Tumultuadores, podiam controlá-los a seu bel-prazer.

21

DEMOUX SOBREVIVEU.

Estava entre um grupo maior, a sexta parte que ficou doente, mas não morreu. Vin se sentou no topo da cabine de seu barco estreito, o braço descansando em um peitoril de madeira, brincando indolentemente com o brinco da mãe — que, como sempre, estava usando. Os maiores dos koloss se arrastavam ao longo das margens, puxando barcaças e barcos pelo canal. Muitas das barcaças ainda carregavam suprimentos — tendas, alimentos, água potável —, mas várias haviam sido esvaziadas, seu conteúdo levado nas costas dos soldados sobreviventes para abrir espaço para os feridos.

Vin desviou o rosto das barcaças, olhando para a frente do barco estreito. Elend estava na proa, como sempre, encarando o oeste. Não parecia abatido. Parecia um rei, as costas aprumadas, encarando com determinação o objetivo. Muito diferente do homem que fora no passado, com a barba cheia, os cabelos mais longos, o uniforme escovado até recuperar a brancura. Estava ficando puído. Não esfarrapado... Ainda era limpo e bem passado, tão branco quanto as coisas conseguiam ficar no estado atual do mundo. Apenas não eram mais novos. Era o uniforme de um homem que estivera em guerra por dois anos ininterruptos.

Vin o conhecia o bastante para sentir que nem tudo estava bem. Contudo, também o conhecia o suficiente para sentir que ele não queria falar sobre isso no momento.

Ela se levantou e desceu, queimando peltre inconscientemente para aumentar seu equilíbrio. Tirou um livro de um banco ao lado da beira do barco e se sentou em silêncio. Elend acabaria falando com ela — sempre falava. Por ora, tinha outra coisa a fazer.

Abriu o livro na página marcada e releu um parágrafo específico.

As Profundezas devem ser destruídas. Eu a vi e a senti. O nome que lhe demos é fraco demais, creio eu. Sim, são profundas e insondáveis, mas também são terríveis. Muitos não percebem que tem consciência, mas eu senti sua mente, tal ela é, nas poucas vezes que a confrontei diretamente.

Ela encarou a página por um momento, recostando-se no banco. Ao seu lado, as águas do canal passavam, cobertas por uma espuma de cinzas flutuantes.

O livro era o diário de Alendi. Havia sido escrito mil anos antes por um homem que pensara ser o Herói das Eras. Alendi não concluíra sua jornada; fora morto por um de seus carregadores — Rashek —, que assumira o poder no Poço da Ascensão e se tornara o Senhor Soberano.

A história de Alendi era assustadoramente parecida com a de Vin. Ela também havia pensado ser o Herói das Eras. Viajara até o Poço e fora traída. Não por um de seus companheiros, mas, em vez disso, pela força aprisionada no Poço. Aquela força estava, ela supunha, por trás das profecias sobre o Herói das Eras, para início de conversa.

Por que continuo voltando a este parágrafo?, ela pensou, encarando-o de novo. Talvez fosse pelo que Humano havia lhe dito — que as brumas a odiavam. Ela sentira aquele ódio desde o início, e parecia que Alendi também.

Mas Vin poderia confiar nas palavras do diário? A força que ela havia soltado, que chamava de Ruína, provara ser capaz de mudar as coisas no mundo. Coisas pequenas, ainda que importantes. Como o texto de um livro, motivo pelo qual os oficiais de Elend eram instruídos a enviar todas as mensagens oralmente ou talhadas em metal.

Independentemente disso, se houvesse quaisquer pistas a serem obtidas com a leitura do diário, Ruína as teria removido tempos antes. Vin sentia como se tivesse passado os últimos três anos sendo manipulada, puxadas por fios invisíveis. Ela achou que estivesse tendo revelações e fazendo grandes descobertas, mas tudo que realmente estivera fazendo era seguir as vontades de Ruína.

Ainda assim, ele não é onipotente, Vin pensou. *Se fosse, não haveria luta. Não teria necessidade de me enganar para soltá-lo.*

Ele não pode saber meus pensamentos...

Mas até ter consciência disso era frustrante. De que adiantavam seus pensamentos? No passado, sempre tivera Sazed, Elend ou TenSoon para conversar sobre problemas desse tipo. Aquela não era uma tarefa para Vin; ela não era uma erudita. Mas Sazed havia virado as costas para seus estudos, TenSoon voltara para seu povo e Elend estava ocupado demais nos últimos tempos para se preocupar com qualquer coisa que não fosse seu exército e sua política. Restava Vin. E ela ainda achava as leituras e a erudição algo enfadonho e entediante.

Porém, ficava também cada vez mais resignada com a ideia de fazer o que era necessário, por mais que achasse desagradável. Não estava mais sozinha. Pertencia ao Novo Império. Tinha sido sua faca — agora era hora de experimentar um papel diferente.

Preciso fazer isso, ela pensou, sentada à luz do sol vermelho. *Existe um quebra-cabeças aqui, algo a ser resolvido. O que é que Kelsier vivia dizendo?*

Sempre há outro segredo.

Ela se lembrou de Kelsier encarando com astúcia um pequeno grupo de ladrões, proclamando que derrubariam o Senhor Soberano e libertariam o império. *Nós somos ladrões, cavalheiros*, ele havia dito. *E somos ladrões extraordinariamente bons. Podemos roubar o impossível e enganar o impassível. Sabemos como pegar uma tarefa colossal, dividi-la em pedaços administráveis e depois lidar com cada um desses pedaços.*

Naquele dia, vendo-o escrever os objetivos e planos da equipe em um pequeno quadro, Vin se encantara com a forma como ele fazia parecer possível uma tarefa impossível. Naquele dia, parte dela começou a acreditar que Kelsier podia de fato derrubar o Império Final.

Tudo bem, Vin pensou. *Começarei como Kelsier, listando as coisas de que tenho certeza.*

Houvera uma força no Poço da Ascensão, de forma que aquela parte das histórias era verdadeira. Também houvera algo vivo, aprisionado no Poço ou nos seus arredores. Havia ludibriado Vin e a feito usar o poder para destruir suas amarras. Ela talvez pudesse ter usado esse mesmo poder para destruir Ruína em vez disso, mas abrira mão dele.

Ela ficou sentada, pensativa, batendo com o dedo no verso do diário. Ainda conseguia se lembrar um pouco do que havia sentido ao ter aquele poder em mãos. Ele a deixara apavorada ao mesmo tempo em que parecia natural, correto. De fato, enquanto o detinha, *tudo* parecia natural. O funcionamento do mundo, os costumes da humanidade... Como se o poder fosse mais do que simples capacidades. Como se fosse também compreensão.

Estava perdendo o foco. Precisava concentrar-se naquilo que sabia antes de começar a filosofar sobre o que precisava fazer. O poder era real, e Ruína era real. Ruína havia retido alguma habilidade de mudar o mundo durante seu confinamento; Sazed confirmara que seus textos haviam sido alterados para se adequar ao objetivo dela. Agora, Ruína estava livre, e Vin tinha a intuição de que estava por trás das chuvas de cinzas e mortes violentas causadas pela bruma.

Difícil, lembrou a si mesma, *e eu nem tenho certeza disso*. O que de fato sabia sobre Ruína? Vin havia tocado, sentido Ruína naquele momento em que o libertara. Tinha uma necessidade de destruir, mas não era uma força de simples caos. Não agia aleatoriamente. Planejava e pensava. E não parecia capaz de fazer tudo que quisesse. Quase como se seguisse regras específicas...

Ela hesitou.

— Elend? — chamou.

O imperador se virou de seu lugar à proa.

— Qual é a primeira regra da Alomancia? — Vin perguntou. — A primeira coisa que ensinei a você?

— Consequência — Elend respondeu. — Toda ação tem consequências. Quando se *empurra* algo pesado, ele vai empurrá-lo de volta. Caso se *empurre* algo leve, ele vai voar para longe.

Fora a primeira lição que Kelsier ensinara a Vin, assim como, ela supôs, havia sido a primeira lição que o mestre dele, por sua vez, lhe ensinara.

— É uma boa regra — Elend disse, voltando à sua contemplação do horizonte. — Funciona com todas as coisas da vida. Se você joga algo no ar, esse algo vai cair. Se levar um exército para o reino de um homem, o homem vai reagir à altura...

Consequência, ela pensou, franzindo a testa. *Como todas as coisas que caem quando são lançadas para o céu. É a impressão que tenho das ações de Ruína. Consequências.* Talvez fosse um resto do toque da força ou talvez alguma racionalização proporcionada pelo seu inconsciente. Ela sentia, porém, uma lógica em Ruína. Não entendia aquela lógica, mas conseguia reconhecer sua presença.

Elend se virou de novo para ela.

— É por isso que eu gosto da Alomancia, na verdade. Ou, ao menos, da teoria. Os skaa cochicham sobre ela, dizem que é mística, quando na verdade é algo muito racional. Você pode dizer o que um *empurrão* alomântico vai fazer com tanta certeza quanto pode dizer o que acontecerá quando joga uma rocha pela lateral do barco. Para cada *empurrão*, há um *puxão*. Não há exceções. Há um sentido lógico, simples, diferente da mentalidade e das ações dos homens, que são cheios de falhas, irregularidades e duplos sentidos. Alomancia é uma coisa da natureza.

Uma coisa da natureza.

Para cada empurrão, *há um* puxão. *Uma consequência.*

— Isso é importante — Vin sussurrou.

— Quê?

Uma consequência.

Fosse lá o que sentira no Poço da Ascensão, fora algo de destruição, como Alendi descrevera em seu diário. Mas não era uma criatura, nem era similar a uma pessoa. Era uma força — uma força pensante, mas uma força mesmo assim. E forças tinham regras. Alomancia, clima, mesmo a atração do solo. O mundo era um lugar que tinha sentido. Um lugar de lógica. Cada *empurrão* tinha um *puxão*. Cada força tinha uma consequência.

Ela precisava descobrir, então, as leis relacionadas à coisa com a qual estava lutando. Essa descoberta lhe diria como derrotá-la.

— Vin? — Elend chamou, examinando o rosto da mulher.

Vin virou o rosto.

— Não é nada, Elend. Ao menos, nada que eu possa falar.

Ele a observou por um momento. *Ele acha que você está tramando contra ele*, Reen sussurrou no fundo de sua mente. Felizmente, os dias em que dera ouvido às palavras de Reen haviam ficado para trás. Quando olhou para Elend, ela o viu assentir lentamente, aceitando sua explicação e, em seguida, voltar às próprias contemplações.

Vin se levantou, caminhou até a proa e pousou a mão no braço do marido. Ele suspirou, erguendo o braço e o passando ao redor dos ombros dela, puxando-a para perto. Aquele braço, antes o braço fraco de um erudito, agora era musculoso e firme.

— Em que estava pensando? — Vin quis saber.

— Você sabe.

Vin assentiu.

Elend suspirou.

— Só que é mais do que como me sinto sobre a morte de soldados, Vin. Temo estar ficando como *ele*.

— Quem?

— O Senhor Soberano.

Vin bufou em silêncio, puxando-o para mais perto.

— É algo que ele teria feito — Elend disse. — Sacrificar seus homens por uma vantagem tática.

— Você explicou isso para Ham. Não podemos perder tempo.

— Ainda assim, é inclemente. O problema não é que aqueles homens morreram, mas a disposição tamanha que tive para fazer isso acontecer. Eu me senti... *brutal*, Vin. Até que ponto irei para ver meus objetivos conquistados? Estou marchando para o reino de outro homem para tomá-lo dele.

— Pelo bem maior.

— Essa tem sido a desculpa de inúmeros tiranos no decorrer das eras. Eu sei disso. Mesmo assim, continuo trilhando esse caminho. *Por isso* eu não queria ser imperador. Por isso deixei Penrod assumir meu trono durante o cerco. Não queria ser o tipo de líder que tem de fazer coisas como essa. Quero proteger, não montar cercos e assassinar soldados! Mas há outro jeito? Tudo que faço dá a impressão de que *precisa* ser feito. Como expor meus homens às brumas. Como marchar para a Cidade de Fadrex. Temos que tomar posse daquele depósito; é a única direção que talvez possa nos dar alguma pista sobre o que devemos fazer! Tudo faz tanto sentido. Um sentido impiedoso e brutal.

Inclemência é a mais prática das emoções, a voz de Reen sussurrou. Ela a ignorou.

— Você tem dado muito ouvido a Cett.

— Talvez — Elend disse. — Mesmo assim, acho difícil ignorar a lógica dele. Cresci como um idealista, Vin... nós sabemos que é verdade. Cett traz uma espécie de equilíbrio. As coisas que ele diz são muito parecidas com o que Tindwyl costumava dizer.

Ele fez uma pausa e meneou a cabeça.

— Pouco tempo atrás, estava falando com Cett sobre o Estalo alomântico. Sabe o que as casas nobres faziam para ter certeza de que encontrariam alomânticos entre seus filhos?

— Os espancavam — Vin sussurrou.

Elend assentiu.

— Era um dos grandes segredos sujos da vida supostamente nobre. Não falamos muito sobre os detalhes, mas famílias perdiam frequentemente filhos nos espancamentos. As surras precisavam ser brutais para evocarem as capacidades alomânticas. O processo era diferente para cada casa, mas geralmente especificavam uma idade antes da adolescência. Quando um garoto ou garota atingia essa idade, eram levados e espancados quase até a morte.

Vin teve um leve arrepio.

— Lembro o meu como se fosse hoje — Elend disse. — Meu pai não me bateu pessoalmente, mas assistiu. A coisa mais triste sobre os espancamentos era que a maioria deles era inútil. Apenas um punhado de crianças, até mesmo nobres, tornava-se alomânticos. Eu não me tornei. Apanhei à toa.

— Você fez esses espancamentos pararem, Elend — Vin disse com suavidade. Ele havia baixado um decreto logo após se tornar rei. Uma pessoa poderia escolher passar por um espancamento supervisionado quando chegasse à maioridade, mas Elend impedira que acontecesse com crianças.

— E eu estava errado — Elend comentou num tom tranquilo.

Vin olhou para ele.

— Os alomânticos são nosso recurso mais poderoso, Vin — ele disse, assistindo à marcha dos soldados. — Cett perdeu o reino e quase a vida por não ter conseguido reunir alomânticos o suficiente para protegê-lo. E eu tornei ilegal a busca de alomânticos na minha população.

— Elend, você impediu o *espancamento de crianças*.

— E se aqueles espancamentos pudessem salvar vidas? Assim como expor meus soldados? E Kelsier? Ele só ganhou seus poderes de Nascido da Bruma *depois* de ter sido preso nos Fossos de Hathsin. O que teria acontecido se ele tivesse apanhado como devia, quando criança? Sempre teria sido um Nascido da Bruma. Poderia ter salvado a esposa.

— E não teria tido coragem ou motivação para derrubar o Império Final.

— E isso que temos é melhor? — Elend perguntou. — Quanto mais fico nesse trono, Vin, mais percebo que algumas das coisas que o Senhor Soberano fazia não eram maldosas, mas simplesmente eficazes. Certo ou errado, ele mantinha a ordem no reino.

Vin expirou vagarosamente.

— Não gosto dessa frieza em você, Elend.

Ele olhou para as águas escurecidas do canal.

— Ela não me controla, Vin. Não concordo com a maioria das coisas que o Senhor Soberano fez. Apenas o compreendo, e essa compreensão me preocupa.

Ela enxergou dúvidas em seus olhos, mas também força. Ele encontrou o olhar dela.

— Posso manter esse trono apenas porque sei que, em algum momento, tive a disposição de abandoná-lo em nome do que estava correto. Se eu algum dia perder isso, Vin, você precisa me dizer. Está bem?

Vin concordou com a cabeça.

Elend voltou a olhar o horizonte. *O que ele espera ver?*, Vin se perguntou.

— Precisa haver equilíbrio, Vin. Vamos encontrá-lo de algum jeito. O equilíbrio entre quem desejamos ser e quem precisamos ser. — Ele suspirou. — Mas, por ora — ele disse, meneando a cabeça —, precisamos apenas estar satisfeitos com quem somos.

Vin avistou um pequeno esquife mensageiro de um dos outros barcos encostar ao lado do deles. Um homem de túnica marrom simples estava em pé nele. Usava óculos grandes, como se tentasse esconder as tatuagens intrincadas do Ministério ao redor dos olhos, e sorria alegremente.

Vin também sorriu. No passado, costumava pensar que um obrigador feliz era *sempre* um mau sinal. Isso foi antes de conhecer Noorden. Mesmo durante os dias do Senhor Soberano, o erudito contente provavelmente vivera a maior parte da vida em seu próprio mundinho. Oferecia uma prova estranha de que, mesmo no confinamento do que ela acreditara ser a organização mais maléfica do império, era possível encontrar bons homens.

— Excelência — Noorden disse, saindo do esquife e curvando-se. Dois escribas assistentes juntaram-se a ele no convés, carregando livros e cadernos.

— Noorden — Elend disse, juntando-se ao homem no convés de proa. Vin acompanhou. — Fez as contas que pedi?

— Fiz, Excelência — Noorden respondeu enquanto um ajudante abria um livro sobre uma pilha de caixas. — Devo dizer, foi uma tarefa difícil, com o exército em marcha e tudo o mais.

— Tenho certeza de que você foi caprichoso como sempre, Noorden — Elend disse. Deu uma olhada no caderno, que parecia fazer sentido para ele, embora tudo que Vin enxergasse fosse um monte de números aleatórios.

— O que diz aí? — ela perguntou.

— Uma relação do número de doentes e mortos — Elend respondeu. — Dos nossos trinta e oito mil, quase seis mil foram tomados pela doença. Perdemos cerca de quinhentos e cinquenta.

— Inclusive um dos meus escribas — Noorden comentou, balançando a cabeça.

Vin franziu o cenho. Não para a morte, mas para outra coisa, algo a incomodava no fundo da mente...

— Menos mortos do que esperávamos — Elend disse, coçando a barba em meio a pensamentos.

— Sim, Excelência — Noorden respondeu. — Acho que os soldados são mais robustos que a média da população skaa. A doença, seja lá qual for, não se abate sobre eles com tanta gravidade.

— Como sabe? — Vin perguntou, erguendo os olhos. — Como sabe quantos *deveriam* ter morrido?

— Experiência prévia, milady — Noorden disse com seu jeito loquaz. — Viemos registrando essas mortes com algum interesse, recentemente. Como a doença é nova, estamos tentando determinar exatamente o que a causa. Talvez isso nos leve a uma maneira de tratá-la. Meus escribas estão lendo todo o possível, tentando encontrar pistas de outras doenças parecidas. Parece um pouco com as erupções tremulantes, embora em geral ela seja causada por...

— Noorden — Vin interrompeu com a testa franzida. — Você tem as quantidades, então? Números exatos?

— Foi o que Sua Excelência pediu, milady.

— Quantos adoeceram? Exatamente?

— Bem, deixe-me ver... — Noorden falou, afastando o escriba e conferindo o caderno. — Cinco mil duzentos e quarenta e três.

— Isso é quantos por cento dos soldados? — Vin perguntou.

Noorden hesitou, em seguida acenou para um escriba e fez alguns cálculos.

— Cerca de 13,5%, milady — disse por fim, ajustando os óculos.

Vin torceu o nariz.

— Você incluiu os homens que morreram em seus cálculos?

— Na verdade, não.

— E qual total você usou? O número de homens no exército ou o número que não esteve nas brumas antes?

— O primeiro.

— Você teria uma contagem do segundo número? — Vin perguntou.

— Sim, milady. O imperador queria uma conta precisa de quantos soldados seriam afetados.

— Então, use esse número — Vin pediu, olhando para Elend.

Ele parecia interessado.

— Por que isso, Vin? — questionou, enquanto Noorden e seus homens trabalhavam.

— Não... sei bem.

— Números são importantes para generalizações — Elend comentou. — Mas não vejo como...

Ele se interrompeu quando Noorden ergueu os olhos dos cálculos e em seguida inclinou a cabeça, dizendo algo baixinho para si mesmo.

— O quê? — Vin perguntou.

— Desculpe, milady — Noorden disse. — Fiquei apenas um pouco surpreso. O cálculo acabou sendo exato... precisamente dezesseis por cento dos soldados adoeceram. Sem tirar nem pôr.

— Uma coincidência, Noorden — Elend disse. — Não é *tão* notável assim os cálculos saírem exatos.

As cinzas sopraram sobre o convés.

— Não, não, Vossa Excelência tem razão. Uma simples coincidência.

— Verifique seus registros — Vin disse. — Encontre percentuais baseados em outros grupos de pessoas que pegaram essa doença.

— Vin — Elend interveio —, não sou estatístico, mas trabalhei com números em minha pesquisa. Às vezes, fenômenos naturais produzem resultados aparentemente estranhos, mas o caos da estatística de fato resulta em normalização. Talvez pareça estranho que as contas tenham resultado um percentual exato, mas é simplesmente porque assim funcionam as estatísticas.

— Dezesseis — Noorden disse. Ele ergueu os olhos. — Outro percentual exato.

Elend franziu a testa, aproximando-se do caderno.

— Este terceiro aqui não é exato — Noorden disse —, mas apenas porque o número base não é um múltiplo de vinte e cinco. Uma fração de uma pessoa não pode realmente ficar doente, afinal. Mesmo assim, a doença nessa população aqui está a uma pessoa de dar exatamente dezesseis por cento.

Elend se ajoelhou, sem se importar com as cinzas que haviam coberto o convés desde a última vez que fora varrido. Vin olhou sobre o ombro dele, espiando os números.

— Não importa a idade da média dos membros da população — Noorden disse, escrevendo algo. — Nem importa onde vivem. Cada caso mostra *exatamente* o mesmo percentual de pessoas caindo doentes.

— Como não percebemos isso antes? — Elend questionou.

— Bem... de certa forma, percebemos — Noorden respondeu. — Sabíamos que *cerca de* quatro em cada vinte e cinco pessoas pegavam a doença. No entanto, eu não havia percebido o quanto esses números eram exatos. Isso é mesmo estranho, Excelência. Não conheço nenhuma outra doença que funcione dessa forma. Olhe, aqui está um registro de quando cem batedores foram enviados para as brumas e *precisamente* dezesseis deles caíram doentes!

Elend parecia perturbado.

— O quê? — perguntou Vin.

— Isso está errado — Elend respondeu. — Muito errado.

— É como se o caos das estatísticas aleatórias normais tivesse sido rompido — Noorden disse. — Uma população nunca deveria reagir com *essa* precisão... Deveria haver uma curva de probabilidade, com populações menores refletindo os percentuais esperados com menor precisão.

— No mínimo — Elend disse —, a doença deveria afetar idosos em proporções diferentes do que em pessoas saudáveis.

— De certa forma, afeta — Noorden falou quando um dos assistentes lhe entregou um papel com mais cálculos. — As *mortes* respondem desse jeito, como seria de se esperar. Mas o número total de quem adoece é sempre de dezesseis por cento! Estivemos prestando tanta atenção em quantos morreram que não percebemos como eram estranhos os percentuais dos afetados em geral.

Elend se levantou.

— Verifique isso, Noorden — ele disse, apontando para o livro de registro. — Faça entrevistas, certifique-se de que os dados não foram alterados por Ruína e descubra se essa tendência se mantém. Não podemos tirar conclusões precipitadas com apenas quatro ou cinco exemplos, pois poderia ser tudo apenas uma grande coincidência.

— Sim, Excelência — Noorden respondeu, parecendo um pouco abalado. — Mas... e se não for? O que isso significa?

— Não sei.

Significa consequência, Vin pensou. *Significa que existem leis, mesmo que não as entendamos.*

Dezesseis. Por que dezesseis por cento?

As contas de metal encontradas no Poço — contas que transformavam homens em Nascidos da Bruma — eram a razão pela qual alomânticos costumavam ser mais poderosos. Aqueles primeiros Nascidos da Bruma eram como o alomântico em que Elend se transformou: detentores de um poder primordial, que foi então passado pelas linhagens da nobreza e um pouco enfraquecido a cada geração.

O Senhor Soberano era um desses antigos alomânticos, seu poder puro e inalterado pelo tempo e pelas linhagens. Isso é parte do motivo pelo qual ele era tão poderoso se comparado a outro Nascido da Bruma, embora seja bem verdade que sua capacidade de misturar Feruquemia e Alomancia fosse o que produzia muitas de suas habilidades espetaculares. Ainda assim, acho interessante que um de seus poderes "divinos", sua força alomântica essencial, fosse algo que cada um dos nove alomânticos originais possuía.

22

SAZED ESTAVA SENTADO DENTRO DE um dos prédios mais bonitos dos Fossos de Hathsin — uma antiga casa da guarda —, segurando uma caneca de chá quente. Os anciãos de Terris sentavam-se em cadeiras à sua frente, um pequeno fogareiro aquecendo o ambiente. No dia seguinte, Sazed teria de partir para alcançar Goradel e Brisa, que naquele momento já estariam quase chegando a Urteau.

A luz do sol estava minguando. As brumas já haviam chegado e se assentavam lá fora diante da janela de vidro. Sazed mal conseguia divisar as depressões no terreno escuro — fendas na terra. Havia dúzias de fendas; o povo de Terris tinha levantado cercas para marcá-las. Poucos anos antes, quando Kelsier ainda não havia destruído os cristais de atium, homens tinham sido forçados a rastejar por essas fendas, buscando pequenos geodos com contas de atium no centro.

Cada escravo que não conseguisse encontrar ao menos um geodo por semana era executado. Provavelmente ainda havia centenas, talvez milhares de cadáveres presos sob a terra, perdidos em cavernas profundas, mortos sem ninguém saber ou se importar.

Que lugar terrível era este, Sazed pensou, virando-se para longe da janela enquanto uma jovem terrisana fechava as cortininhas. Diante dele, na mesa, estavam vários livros que discriminavam os recursos, despesas e necessidades do povo de Terris.

— Acredito que sugeri manter esses números em metal — Sazed disse.

— Sim, mestre Guardador — um dos mordomos anciãos disse. — Copiamos os números importantes em uma folha de metal toda noite e comparamos semanalmente com os cadernos para garantir que nada mudou.

— Isso é bom — Sazed disse, escolhendo um dos livros de registro e pousando-o no colo. — E o saneamento? Cuidaram desses problemas desde a minha última visita?

— Sim, mestre Guardador — disse outro homem. — Preparamos muito mais latrinas, como o senhor ordenou... embora não precisemos delas.

— Pode haver refugiados — Sazed explicou. — Quero que vocês possam cuidar de uma população maior, caso isso seja necessário. Mas, por favor. São apenas sugestões, não ordens. Não tenho autoridade sobre os senhores.

O grupo de mordomos se entreolhou. Sazed se mantivera ocupado durante seu tempo com eles, o que o impedira de remoer pensamentos melancólicos. Havia garantido que tivessem suprimentos suficientes, que mantivessem uma boa comunicação com Penrod, em Luthadel, e que tivessem estabelecido um sistema para resolver controvérsias entre eles.

— Mestre Guardador — um dos anciãos finalmente disse. — Quanto tempo o senhor ficará?

— Devo partir pela manhã, temo eu. Vim simplesmente verificar se precisavam de algo. São tempos difíceis para se viver, e acredito que os senhores possam ser facilmente esquecidos por quem está em Luthadel.

— Estamos bem, mestre Guardador — um dos outros tranquilizou. Era o mais jovem dos anciãos e tinha apenas poucos anos a menos que Sazed. A maioria dos homens ali era muito mais velha e de longe mais sábia que ele. O fato de dependerem dele parecia errado.

— O senhor não poderá reconsiderar seu lugar conosco, mestre Guardador? — outro deles perguntou. — Não necessitamos de comida ou terras. O que nos falta é um líder.

— Creio que o povo de Terris tenha sido oprimido por tempo demais — Sazed respondeu. — Não precisam de outro rei tirano.

— Não um tirano — um deles disse. — Um dos nossos.

— O Senhor Soberano era um dos nossos — Sazed comentou em voz baixa.

O grupo de homens baixou os olhos. O fato de o Senhor Soberano ter se provado um terrisano era uma vergonha para todo o povo.

— Precisamos de alguém que nos guie — um dos homens afirmou. — Mesmo durante os dias do Senhor Soberano, ele não era nosso líder. Dependíamos do Sínodo de Guardadores.

O Sínodo de Guardadores, os líderes clandestinos da seita de Sazed. Tinham liderado o povo de Terris por séculos, trabalhando secretamente para garantir que a Feruquemia continuasse, apesar das tentativas do Senhor Soberano de tirar o poder dos terrisanos por meio de procriação controlada. A erradicação repentina deles pelas mãos dos Inquisidores foi um golpe severo.

— Mestre Guardador. — Mestre Vedlew, o mais velho dos anciãos, se pronunciou.

— Sim, mestre Vedlew?

— O senhor não está com suas mentes de cobre.

Sazed baixou os olhos. Não havia percebido que era possível notar, embaixo das túnicas, que não estava usando os braceletes de metal.

— Estão na minha bolsa.

— Parece-me estranho — Vedlew disse — que o senhor tivesse que se esforçar tanto durante os tempos do Senhor Soberano, sempre usando suas mentes de metal em segredo, apesar do perigo. E, porém, agora que tem liberdade de fazer o que deseja, carrega em sua bolsa.

Sazed balançou a cabeça.

— Não posso ser o homem que os senhores desejam que eu seja. Não no momento.

— O senhor é um Guardador.

— Eu era o menor deles — Sazed disse. — Um Guardador rebelde e renegado. Eles me expulsaram de sua presença. A última vez que deixei Tathingdwen, foi em desgraça. O povo me amaldiçoava no seio de seus lares.

— Agora eles o abençoam, mestre Sazed — um dos homens disse.

— Não mereço essas bênçãos.

— Merecendo ou não, o senhor é tudo que nos restou.

— Então, somos um povo mais desconsolado do que parece.

O silêncio tomou o aposento.

— Havia outro motivo para eu ter vindo para cá, mestre Vedlew — falou Sazed, erguendo os olhos. — Diga-me: alguém de seu povo morreu recentemente em... circunstâncias estranhas?

— Do que o senhor está falando? — o velho terrisano perguntou.

— Mortes pelas brumas — Sazed respondeu. — Homens que são mortos apenas por sair em meio às brumas durante o dia.

— Essa é uma lenda dos skaa — um dos homens disse com desdém. — As brumas não são perigosas.

— De fato — Sazed disse, cauteloso. — Vocês enviam pessoas para trabalhar nelas durante as horas do dia, quando as brumas ainda não se retiraram?

— Claro que sim — respondeu o terrisano mais jovem. — Ora, seria tolice desperdiçar essas horas de trabalho.

Sazed achou difícil não deixar sua curiosidade ser atiçada por aquele fato. Terrisanos não morriam com as brumas.

Qual seria a relação?

Ele tentou invocar a energia mental necessária para pensar no assunto, mas sentiu uma indiferença traidora. Queria apenas se esconder em algum lugar onde ninguém esperasse nada dele. Onde não precisasse resolver os problemas do mundo ou mesmo lidar com sua própria crise religiosa.

Uma pequena parte dele, porém — uma centelha de seu eu anterior —, recusou-se a simplesmente desistir. Ao menos continuaria sua pesquisa e faria o que Elend e Vin pedissem. Não era *tudo* que podia fazer, e isso não satisfaria os terrisanos que estavam ali sentados, olhando para ele com expressões necessitadas.

Mas, por ora, era tudo que Sazed podia oferecer. Ficar nos Fossos seria se entregar, ele sabia. Precisava continuar avançando, continuar trabalhando.

— Desculpem — ele disse para os homens, deixando o livro de registro de lado. — Mas é assim que as coisas devem ser.

Durante os primeiros dias do plano original de Kelsier, lembro-me de como ele nos confundia com seu misterioso "Décimo Primeiro Metal". Ele alegava que existiam lendas de um metal místico que possibilitaria o assassinato do Senhor Soberano — e que o próprio Kelsier havia localizado o metal depois de uma intensa pesquisa.

Ninguém realmente soube o que Kelsier fez nos anos entre sua fuga dos Fossos de Hathsin e seu retorno a Luthadel. Quando pressionado, simplesmente dizia que estivera "no Ocidente". De alguma forma, em suas peregrinações, tinha descoberto histórias que nenhum Guardador jamais havia ouvido. A maior parte do bando não sabia o que fazer com as lendas das quais ele falava. Talvez tivesse sido a primeira semente que fez até mesmo seus mais antigos amigos começarem a questionar sua liderança.

23

NAS TERRAS DO LESTE, PRÓXIMO aos desertos de saibro e areia, um jovem foi ao chão dentro de uma cabana skaa. Foi muitos anos antes do Colapso, e o Senhor Soberano ainda vivia. Não que o garoto soubesse disso. Era uma coisa suja, maltrapilha, como a maioria das outras crianças skaa no Império Final. Jovem demais para ser mandado para trabalhar nas minas, passava os dias fugindo dos cuidados da mãe e correndo com grupos de crianças que buscavam comida nas ruas secas e empoeiradas.

Fantasma não era aquele garoto havia bons dez anos. De alguma forma, tinha ciência de que estava delirando — que a febre causada por suas feridas estava fazendo com que apagasse e voltasse, sonhos do passado preenchendo sua mente. Ele os deixou correr soltos. Manter a concentração exigia energia demais.

Então ele se lembrou do que sentiu ao atingir o chão. Um homem grande — todos os homens eram grandes se comparados a Fantasma — estava sobre ele, a pele empoeirada e suja de um mineiro. O homem cuspiu no chão ao lado de Fantasma e virou-se em seguida para os outros skaa no cômodo. Havia muitos. Um chorava, as lágrimas deixando linhas de limpeza nas bochechas, lavando a poeira.

— Tudo bem — o homenzarrão disse. — Pegamos ele. E agora?

As pessoas se entreolharam. Uma fechou a porta da cabana em silêncio, bloqueando a luz vermelha do sol.

— Há apenas uma coisa a ser feita — outro homem disse. — Vamos entregá-lo.

Fantasma ergueu o rosto e encontrou os olhos de uma mulher chorando. Ela afastou o olhar.

— Sendo o onde do o quê? — Fantasma questionou.

O homem grande cuspiu novamente, encaixando a bota no pescoço de Fantasma e o empurrando de volta ao chão de madeira rústica.

— Não deveria ter deixado ele correr por aí com aquelas gangues de rua, Margel. O maldito garoto quase não fala coisa com coisa.

— O que vai acontecer se o entregarmos? — um dos outros homens perguntou. — Digo, e se decidirem que somos como ele? Eles poderiam *nos* executar! Eu já vi isso antes. Você entrega alguém, e aquelas... coisas vêm procurar todo mundo que o conhecia.

— Problemas como os dele são de família, isso sim — outro homem disse.

A sala ficou em silêncio. Todos sabiam da família de Fantasma.

— Eles vão nos matar — o homem disse, assustado. — Vocês sabem que vão! Eu vi, estavam com aquelas estacas nos olhos. Espíritos da morte, são sim.

— Não podemos simplesmente soltar o garoto — outro homem falou. — Vão descobrir o que ele é.

— Só tem uma coisa a ser feita — o homenzarrão disse, apertando o pescoço de Fantasma com mais força.

Os ocupantes do cômodo — os que Fantasma conseguia ver — assentiram com seriedade. Não podiam entregá-lo. Não podiam soltá-lo. Mas ninguém sentiria falta de um órfão skaa. Nenhum Inquisidor ou obrigador perguntaria duas vezes sobre uma criança morta encontrada nas ruas. Skaa morriam o tempo todo.

O Império Final era assim.

— Pai — Fantasma sussurrou.

O salto da bota pressionou com mais força.

— Você não é meu filho! Meu filho saiu nas brumas e nunca mais voltou. Você deve ser um espectro das brumas.

Fantasma tentou contestar, mas o peso sobre o pescoço era demais. Não conseguia respirar, muito menos falar. O cômodo começou a escurecer. E, ainda assim, seus ouvidos — incrivelmente sensíveis, aprimorados por poderes que ele mal entendia — ouviram alguma coisa.

Moedas.

A pressão em seu pescoço cedeu. Ele conseguiu tomar fôlego, sua visão começou a voltar. E lá, caídas no chão diante dele, estavam lindas moedas de cobre. Skaa não recebiam por seu trabalho — os mineiros recebiam mercadorias em troca, quase insuficientes para sobreviver. Ainda assim, Fantasma às vezes vira moedas passando entre mãos nobres. Uma vez conhecera um garoto que tinha encontrado uma moeda, perdida em meio à sujeira das ruas.

Um garoto maior o matara por ela. Então, um nobre matou esse outro garoto quando ele tentou gastá-la. Parecia a Fantasma que nenhum skaa queria moedas — eram valiosas demais, perigosas demais. Ainda assim, todos os olhos no quarto encararam aquela riqueza esparramada.

— A bolsa em troca do garoto — uma voz disse.

Corpos abriram caminho até onde um homem estava sentado, a uma mesa no fundo do cômodo. Ele não olhava para Fantasma. Apenas ficou lá, em silêncio, enfiando colheradas de mingau na boca. Tinha um rosto retorcido e deformado, como couro que havia ficado tempo demais no sol.

— Então? — o homem retorcido perguntou entre colheradas.

— Onde conseguiu todo esse dinheiro? — o pai de Fantasma inquiriu.

— Não é da sua conta.

— Não podemos soltar o garoto — um dos skaa disse. — Ele vai nos trair! Assim que o pegarem, vai contar que sabíamos!

— Eles não vão pegá-lo — o homem retorcido falou, dando outra colherada no mingau. — Ele vai comigo para Luthadel. Além disso, se *não* o soltarem, vou embora e falo aos obrigadores sobre todos vocês. — Ele fez uma pausa, abaixando a colher, passando o olhar rabugento pela multidão. — A menos que pretendam me matar também.

O pai de Fantasma finalmente tirou o calcanhar do pescoço do menino, fazendo menção de ir até o estranho retorcido. No entanto, a mãe de Fantasma agarrou o marido pelo braço.

— Não, Jedal — ela disse baixinho, mas não tão baixo para os ouvidos aguçados de Fantasma. — Ele vai te matar.

— Ele é um traidor — o pai de Fantasma cuspiu. — Serviçal no exército do Senhor Soberano.

— Ele nos trouxe moedas. Com certeza ficar com o dinheiro dele é melhor que simplesmente matar o garoto.

O pai de Fantasma olhou para a mulher.

— *Você* fez isso! Mandou buscar seu irmão. Sabia que ele queria ficar com o garoto!

A mãe de Fantasma afastou-se.

O homem retorcido pousou a colher na mesa e então se levantou. As pessoas afastaram-se de sua cadeira, apreensivas. Ele caminhou com um coxear considerável, cruzando o cômodo.

— Venha, garoto — disse, sem olhar para Fantasma enquanto abria a porta.

Fantasma levantou-se devagar, hesitante. Olhou para a mãe e para o pai ao se afastar. Jedal inclinou-se, juntando as moedas, no fim das contas. Margel encontrou os olhos de Fantasma, mas virou o rosto em seguida. *É tudo que posso lhe dar*, sua postura parecia dizer.

Fantasma virou-se, esfregando o pescoço, e se apressou atrás do estranho sob o sol quente e vermelho. O homem mais velho mancava, andando com um cajado. Ele olhou para Fantasma durante a caminhada.

— Você tem nome, garoto?

Fantasma abriu a boca, em seguida parou. Seu antigo nome não parecia mais funcionar.

— Lestibournes — ele disse, por fim.

O velho nem sequer piscou, mas Kelsier decidiria mais tarde que Lestibournes era difícil demais de pronunciar e o chamaria de "Fantasma". Fantasma nunca descobriu se Trevo sabia ou não falar a gíria do Leste. Mesmo que soubesse, Fantasma duvidava que ele entendesse a referência.

Lestibournes. *Levando estive embora deles.*

Gíria das ruas para "fui abandonado".

Agora, acredito que as histórias, lendas e profecias de Kelsier sobre o "Décimo Primeiro Metal" tenham sido criadas por Ruína. Kelsier estava buscando uma maneira de matar o Senhor Soberano, e Ruína — mesmo que sutilmente — a ofereceu.

De fato, esse segredo foi crucial. O Décimo Primeiro Metal de Kelsier trouxe a pista necessária de que precisávamos para derrotar o Senhor Soberano. No entanto, mesmo nisso fomos manipulados. O Senhor Soberano conhecia os objetivos de Ruína e nunca a teria libertado do Poço da Ascensão. Assim, Ruína necessitava de outros peões — e, para isso acontecer, o Senhor Soberano precisava morrer. Mesmo nossa maior vitória foi forjada pelos dedos sutis de Ruína.

24

DIAS DEPOIS, AS PALAVRAS DE MeLaan ainda martelavam a consciência de TenSoon.

Você vem, anuncia notícias terríveis e nos deixa resolver os problemas sozinhos? Durante seu ano de cárcere, parecera simples. Ele faria suas acusações, daria suas informações e, depois, aceitaria a punição que merecia.

Mas agora, estranhamente, parecia uma fuga fácil. Se ele se deixasse levar de tal maneira, seria melhor que a Primeira Geração? Estaria evitando os problemas, contente em ser trancafiado, sabendo que o mundo lá fora não era mais problema seu.

Tolo, ele pensou. *Você será encarcerado pela eternidade — ou, no mínimo, até os próprios kandra serem destruídos e você morrer de fome. Não é uma fuga fácil! Ao aceitar sua punição, estará fazendo o que há de honrado e ordeiro.*

E, ao fazê-lo, deixaria MeLaan e os outros serem destruídos enquanto seus líderes se recusavam a tomar uma atitude. Além disso, deixaria Vin sem as informações de que ela precisava. Mesmo de dentro da Terra Natal, ele sentia os estrondos na rocha. Os terremotos ainda eram distantes, e os outros provavelmente os ignoravam. Mas TenSoon se preocupava.

O fim podia estar se aproximando. Se estivesse, então Vin precisava saber as verdades sobre os kandra. Suas origens, suas crenças. Talvez ela mesma pudesse usar a Confiança. Se ele dissesse qualquer coisa a mais para Vin, porém, seria uma traição ainda maior ao seu povo. Talvez um ser humano tivesse achado ridículo que ele ainda hesitasse. No entanto, até aquele momento, seus verdadeiros pecados haviam sido impulsivos, e ele apenas racionalizou mais tarde o que havia feito. Se lutasse para se livrar da prisão, seria diferente. Decidido e deliberado.

Fechou os olhos, sentindo o frio da jaula, ainda solitária na grande caverna — o lugar ficava praticamente abandonado durante as horas de sono. Qual era o objetivo? Mesmo com a Bênção da Presença — que permitia a TenSoon se concentrar, apesar do confinamento desconfortável —, ele não conseguia pensar em maneiras de escapar da jaula e dos guardas da Quinta Geração, que tinham a Bênção da Potência. Mesmo se conseguisse sair da jaula, teria de passar por dezenas de pequenas cavernas. Com sua massa corporal tão baixa, não tinha músculos para lutar e não teria como fugir de um kandra que tivesse a Bênção da Potência. Estava acuado.

De certa forma, aquilo era reconfortante. Fugir não era algo que ele gostava de considerar — simplesmente não era o jeito kandra de agir. Ele havia rompido um Contrato e merecia punição. Havia honra no enfrentamento das consequências de suas ações.

Não havia?

Ele mudou de posição na jaula. Diferente da de um ser humano real, a pele de seu corpo nu não ficava dolorida ou rachada pela exposição, pois era capaz de moldar a carne para remover ferimentos. No entanto, havia pouco a fazer quanto à sensação de limitação que tinha por ser forçado a ficar naquela pequena jaula por tanto tempo.

Um movimento chamou sua atenção. TenSoon virou-se, surpreso em ver VarSell e vários outros kandra grandes da Quinta Geração aproximando-se da jaula, seu Corpo Verdadeiro de quartzito ameaçador em tamanho e coloração.

Já é hora?, TenSoon se perguntou. Com a Bênção da Presença, ele conseguia recontar mentalmente os dias de sua prisão. Não estava nem perto da hora. Ele franziu o cenho, observando que um dos Quintos carregava um grande saco. Por um momento, TenSoon teve um lampejo de pânico quando os imaginou arrastando-o para fora dentro daquele saco.

No entanto, o recipiente já parecia cheio.

Ousava ter esperança? Dias haviam passado desde a conversa com MeLaan e, embora ela tivesse retornado várias vezes para olhá-lo, não se falaram mais. Ele quase se esquecera do que dissera a ela, na esperança de que fossem ouvidos pelos capatazes da Segunda Geração. VarSell abriu a jaula e jogou o saco lá dentro. Fez um som familiar. Ossos.

— Você deve usá-los durante a punição — VarSell falou, inclinando-se e colocando o rosto translúcido perto das barras de TenSoon. — Ordens da Segunda Geração.

— O que há de errado com os ossos que estou usando? — TenSoon perguntou com cuidado, puxando para perto o saco, sem saber ao certo se ficava empolgado ou envergonhado.

— Pretendem quebrar seus ossos como parte da punição — VarSell disse, sorrindo. — Algo como uma execução pública, mas com o prisioneiro ainda vivo no processo. É coisa simples, eu sei, mas o ato deve deixar... uma impressão para alguns das gerações mais jovens.

O estômago de TenSoon se revirou. Os kandra conseguiam reconstituir corpos, verdade, mas sentiam dor de forma tão aguda quanto qualquer ser humano. Seria necessário um espancamento bem severo para romper seus ossos e, com a Bênção da Presença, não haveria o alívio da inconsciência para ele.

— Ainda assim, não vejo necessidade de outro corpo — TenSoon falou, puxando um dos ossos.

— Não achamos necessário desperdiçar um conjunto de bons ossos humanos em perfeitas condições, Terceiro — VarSell disse, fechando a porta da jaula com tudo. — Volto para buscar os atuais em algumas horas.

O osso da perna que ele tirou não era de um ser humano, mas de um cão. Um cão de caça grande. Do mesmo corpo que TenSoon usava ao voltar à Terra natal, um ano antes. Ele fechou os olhos, segurando o osso liso entre os dedos.

Uma semana antes, tinha falado do quanto desprezava aqueles ossos, esperando que os espiões da Segunda Geração levassem a informação até seus mestres. A Segunda Geração era muito mais tradicional que MeLaan, e mesmo ela achara o pensamento de usar um corpo canino algo de mau gosto. Para os Segundos, forçar TenSoon a usar um corpo animal seria uma degradação das maiores.

E era exatamente com isso que TenSoon estivera contando.

— Você vai ficar bem usando isso aí — VarSell disse, levantando-se para sair. — Quando seu castigo vier, todos poderão ver você pelo que realmente é. Nenhum *kandra* quebra o próprio Contrato.

TenSoon esfregou o osso da coxa solenemente, ouvindo a gargalhada de VarSell. O Quinto não tinha como saber que acabara de dar a TenSoon os meios de que precisava para escapar.

O Equilíbrio. É real?

Quase esquecemos esse singelo folclore. Os skaa costumavam falar disso antes do Colapso. Filósofos discutiram muito a respeito no terceiro e quarto séculos, mas, na época de Kelsier, já era um tema esquecido por quase todos.

Mas era real. Havia uma diferença fisiológica entre os skaa e a nobreza. Quando o Senhor Soberano alterou a humanidade para torná-la mais capaz de lidar com as cinzas, ele mudou outras coisas também. Alguns grupos de pessoas — os nobres — foram criados para ser menos férteis, porém mais altos, mais fortes e mais inteligentes. Outros — os skaa — foram feitos menores, mais robustos e para ter muitos filhos.

No entanto, as diferenças eram sutis e, após mil anos de procriação entre os dois, foram em grande parte apagadas.

25

— CIDADE DE FADREX — Elend disse, em pé no seu lugar de costume, próximo à proa do barco estreito. Adiante, o amplo Canal Conway, o principal canal para o oeste, continuava ao longe, virando para noroeste. À esquerda de Elend, o chão se elevava em uma rampa esboroada, moldando um conjunto de formações rochosas íngremes, que se erguia muito mais alto ao longe.

Mais perto do Canal, uma ampla cidade se aninhava no centro de um grande grupo de formações rochosas. O vermelho e o laranja escuros das rochas eram do tipo que restava quando vento e chuva desgastavam seções mais frágeis de pedra, e muitas dela eram altas, formando pináculos. Outras formavam barreiras irregulares, como um cercado — pilhas de blocos enormes que haviam se fundido, erguendo-se de nove a doze metros no ar.

Elend mal conseguia enxergar o topo dos prédios da cidade acima das formações. Fadrex não tinha uma muralha formal, claro — apenas Luthadel tinha permissão para aquilo —, mas as rochas elevadas que a rodeavam formavam um conjunto de fortificações naturais similares a terraços.

Ele já estivera na cidade antes. Seu pai fizera questão de apresentá-lo a todos os principais centros culturais do Império Final. Fadrex não fora um desses, mas estava no caminho de Tremredare, no passado conhecida como a capital do Ocidente. Ao forjar seu novo reino, porém, Cett havia ignorado Tremredare, estabelecendo sua capital em Fadrex em vez disso. Um movimento inteligente, na opinião de Elend — Fadrex era menor e mais defensável, além de ter sido uma das maiores estações de suprimentos para diversas rotas de canais.

— A cidade parece diferente da última vez que estive aqui — Elend disse.

— Árvores — Ham respondeu, em pé ao lado. — Fadrex costumava ter árvores crescendo nas plataformas e platôs rochosos. — Ham olhou para o imperador. — Estão prontos para nossa chegada. Derrubaram as árvores para ter um campo de batalha melhor e impedir que nos aproximemos despercebidos.

Elend assentiu.

— Olhe lá embaixo.

Ham estreitou os olhos, embora obviamente tenha levado um momento para discernir o que os olhos aguçados pelo estanho de Elend haviam percebido. Ao norte da cidade, na parte mais próxima da principal rota de canal, terraços e plataformas de pedra formavam um cânion natural. Com mais ou menos 12 metros de largura, era o único caminho para entrar na cidade, e foi parcialmente ocupado pelo afluente do canal que servia Fadrex. Os defensores haviam cavado valas no chão pedregoso do cânion, e então as inundaram por meio de uma conexão com o canal. Estavam cobertas naquele momento, mas passar por aquela entrada estreita, com fossos diante do exército e arqueiros possivelmente atirando flechas das plataformas rochosas lá em cima, com um portão no fim...

— Nada mau — Ham falou. — Só estou feliz por terem decidido não drenar o canal por nossa causa.

Enquanto se moviam para o oeste, a terra havia se erguido — exigindo que o comboio passasse por vários mecanismos gigantescos de comporta. Os últimos quatro haviam sido intencionalmente travados, exigindo horas de esforços para fazê-los funcionar novamente.

— Eles dependem demais do canal — Elend falou. — Se sobreviverem ao nosso cerco, precisarão receber suprimentos por barco. Supondo que consigam algum suprimento.

Ham ficou em silêncio. Por fim, virou-se, olhando de volta para o canal escuro às suas costas.

— El, não acho que muito mais coisa vá passar por este canal. Os barcos mal conseguiam chegar até aqui; há muita cinza entupindo a via. Se formos para casa, teremos que ir a pé.

— "Se" formos para casa?

Ham deu de ombros. Apesar do clima ocidental mais frio, ele ainda usava apenas um colete. Como Elend era um alomântico agora, finalmente conseguia entender o hábito. Enquanto queimava peltre, mal sentia frio, mesmo que vários dos soldados houvessem reclamado do clima pela manhã.

— Não sei, El — Ham respondeu por fim. — É só que tudo isso me parece um mau agouro. Nosso canal fechando atrás de nós enquanto viajamos. Como se o destino estivesse tentando nos deixar encalhados aqui.

— Ham — Elend disse —, *tudo* parece mau agouro para você. Vamos ficar bem.

Ham deu de ombros.

— Organize nossas forças — Elend ordenou, apontando. — Ancore naquela baía adiante e monte acampamento naquela plataforma.

Ham assentiu. Ainda estava olhando por cima do ombro, contudo. Na direção de Luthadel, que eles haviam deixado para trás.

ELES NÃO TEMEM AS BRUMAS, Elend pensou, olhando através da escuridão para as formações rochosas que marcavam a entrada da Cidade de Fadrex. Fogueiras crepitavam em seu horizonte, iluminando a noite. Com frequência, luzes assim eram fúteis — apenas mostravam o medo que o homem tinha das brumas. De alguma forma, porém, aquelas fogueiras eram diferentes. Pareciam um alerta, uma declaração ousada de confiança. Queimavam brilhantes e altas, como se flutuassem no céu.

Elend se virou, entrando na tenda de comando iluminada, onde um pequeno grupo de pessoas estava à espera dele. Ham, Cett e Vin. Demoux não estava com eles, pois ainda se recuperava da doença das brumas.

Estamos espalhados, pensou Elend. *Fantasma e Brisa no Norte, Penrod lá em Luthadel, Felt vigiando o depósito no Leste...*

— Tudo bem — Elend disse, deixando as abas da tenda se fecharem ao passar. — Parece que eles se aconchegaram muito bem lá em cima.

— Chegaram os relatórios iniciais dos batedores, El — Ham informou. — Estimamos cerca de vinte e cinco mil soldados.

— Menos do que eu esperava — Elend comentou.

— Aquele maldito Yomen precisa manter o controle do restante do meu reino — Cett falou. — Se ele chamasse todas as tropas para a capital, as outras cidades o derrubariam.

— Quê? — Vin perguntou num tom divertido. — Acha que eles se rebelariam e passariam para o seu lado?

— Não, eles se rebelariam e tentariam tomar o reino para eles! — Cett respondeu. — É como as coisas funcionam. Agora que o Senhor Soberano se foi, cada pequeno lorde ou obrigadorzinho com um pouco de gosto pelo poder acha que pode governar um reino. Diabos, eu mesmo tentei... e vocês também.

— E conseguimos — Ham enfatizou.

— Assim como Lorde Yomen — Elend disse, cruzando os braços. — Ele tem mantido o reino desde que Cett marchou para Luthadel.

— Ele praticamente me expulsou — admitiu Cett. — Tinha voltado metade da nobreza contra mim antes mesmo de eu partir para Luthadel. Disse que o deixei no comando, mas nós sabemos a verdade. Ele é esperto, esperto o bastante para saber que pode manter a cidade contra uma força maior, espalhar suas tropas para manter o reino e resistir a um cerco mais longo sem esgotar seus suprimentos.

— Infelizmente, é provável que Cett esteja certo — Ham falou. — Nossos relatórios iniciais estimavam que as forças de Yomen tinham em torno de oitenta mil homens. Seria um tolo se não tivesse algumas unidades a uma distância de assalto do nosso acampamento. Temos que estar atentos a possíveis investidas.

— Dobre as sentinelas e triplique as patrulhas de batedores — Elend disse —, especialmente durante as primeiras horas da manhã, quando a bruma do dia vem para obscurecer, mas o sol está alto para iluminar.

Ham assentiu. Pensativo, Elend continuou:

— Ordene também que os homens fiquem nas tendas durante as brumas, mas diga para ficarem prontos para um ataque. Se Yomen pensar que estamos com medo de sair, talvez possamos atrair um de seus ataques "surpresa" contra nós.

— Inteligente — Ham disse.

— Mas isso não vai fazer com que atravessemos aquelas muralhas naturais — Elend admitiu, cruzando os braços. — Cett, o que você tem a nos dizer?

— Tome o canal. Ponha sentinelas ao redor daquelas formações rochosas superiores para garantir que Yomen não reabasteça a cidade por vias ocultas. Em seguida, avance.

— Quê? — Ham perguntou, surpreso.

Elend encarou Cett, tentando decifrar o que o homem queria dizer.

— Atacar as cidades dos arredores? Deixar uma força aqui que seja grande o bastante para bloquear um rompimento de cerco enquanto capturamos outras partes do território?

Cett assentiu.

— As cidades nas redondezas, em sua maioria, não são fortificadas. Desmoronariam sem apresentar resistência.

— Boa sugestão — Elend confirmou. — Mas não faremos isso.

— Por que não? — Cett inquiriu.

— Não se trata apenas de reconquistar sua terra natal, Cett. Nosso principal objetivo aqui é capturar aquele depósito, e eu espero fazer isso sem recorrer a pilhagem no interior do país.

Cett bufou.

— O que você espera encontrar lá? Alguma maneira mágica de parar as cinzas? Nem o atium é capaz de fazer isso.

— Tem alguma coisa lá — Elend respondeu. — É a única esperança que temos.

Cett negou com a cabeça.

— Você vem buscando solucionar um quebra-cabeças deixado pelo Senhor Soberano há quase um ano, Elend. Nunca lhe ocorreu que o homem era um sádico? Não há segredos. Não há maneira mágica de sair desta situação. Se queremos sobreviver aos próximos anos, teremos que fazê-lo por conta própria... E isso significa reivindicar o Domínio Ocidental. Os platôs desta área representam algumas das terras cultiváveis mais elevadas do império, e altitudes maiores significam mais proximidade com o sol. Se encontrar plantas que sobrevivam mesmo com as brumas do dia, terá que cultivá-las aqui.

Eram bons argumentos. *Mas não posso desistir*, Elend pensou. *Não ainda.* Elend havia lido os relatórios de suprimentos que vinham de Luthadel e examinado as projeções. As cinzas estavam matando as colheitas muito mais que as brumas. Mais terra não salvaria seu povo — eles precisavam de algo mais. Algo que, ele esperava, o Senhor Soberano havia deixado.

O Senhor Soberano não odiava seu povo e não queria que ele se extinguisse, mesmo que fosse derrotado. Deixou comida, água, suprimentos. E, se soubesse de segredos, ele os esconderia nos depósitos. Vai haver algo lá.

Tem de haver.

— O depósito continua sendo nosso alvo primário — Elend disse. De soslaio, conseguiu ver o sorriso de Vin.

— Ótimo — Cett disse com um suspiro. — Então, você sabe o que temos de fazer. Esse cerco pode durar um tempo.

Elend assentiu.

— Ham, envie nossos engenheiros ainda sob as brumas. Veja se eles podem encontrar uma maneira de fazer nossas tropas cruzarem aquelas valas. Mande batedores buscarem riachos que possam correr para dentro da cidade. Cett, você provavelmente poderá nos ajudar a localizar alguns deles. E, assim que conseguirmos espiões dentro da cidade, ordene que busquem estoques de comida que possamos estragar.

— Um bom começo — Cett comentou. — Claro, tem uma maneira fácil de instalar o caos naquela cidade, talvez fazer com que se rendam sem lutar...

— Não vamos assassinar o rei Yomen — Elend interrompeu.

— Por que não? — Cett questionou. — Temos *dois* Nascidos da Bruma. Não teríamos dificuldade para matar a liderança de Fadrex.

— Não trabalhamos desse jeito — disse Ham, seu rosto ficando sombrio.

— Ah é? Isso não impediu Vin de abrir um buraco no meu exército e *me* atacar antes de formarmos uma aliança.

— Aquilo foi diferente — Ham retrucou.

— Não — Elend interrompeu. — Não foi. O motivo pelo qual não vamos assassinar Yomen, Cett, é porque queremos tentar a diplomacia primeiro.

— Diplomacia? Não acabamos de marchar para cima da cidade dele com um exército de quarenta mil soldados? Esse não é um movimento diplomático.

— É verdade — Elend concordou. — Mas não atacaremos; ainda não. Agora que estou aqui pessoalmente, não temos nada a perder conversando antes de enviarmos nossas facas noite adentro. Talvez consigamos persuadir Lorde Yomen de que uma aliança o beneficiará mais que uma guerra.

— Se fizermos uma aliança — Cett falou, inclinando-se para a frente em sua cadeira —, eu não conseguirei minha cidade de volta.

— Eu sei.

Cett franziu o cenho.

— Você parece estar se esquecendo, Cett — Elend disse. — Você não "formou uma aliança" comigo. Você se ajoelhou perante a mim, oferecendo juras de serviços em troca de não ser executado. Agora, eu aprecio sua lealdade e *irei* recompensá-lo com um reino para ser governado sob minha autoridade. No entanto, você não escolherá onde será esse reino, nem quando eu concederei esse governo.

Cett se calou, sentado em sua cadeira, um braço descansando sobre suas pernas inúteis, paralisadas. Por fim, ele sorriu.

— Que inferno, garoto. Você mudou muito desde que o conheci.

— É o que todos estão me dizendo. Vin. Acha que consegue entrar na cidade?

Ela ergueu uma sobrancelha.

— Espero que essa tenha sido uma pergunta retórica.

— Foi uma tentativa de ser educado — Elend disse. — Preciso que você faça um reconhecimento. Não sabemos quase nada sobre o que tem acontecido neste domínio nos últimos tempos, pois concentramos todos os nossos esforços recentes em Urteau e no Sul.

Vin deu de ombros.

— Posso sondar um pouco. Não sei o que espera que eu encontre.

— Cett — Elend disse, virando-se. — Preciso de nomes. Informantes ou talvez alguns nobres que ainda possam ser leais a você.

— Nobres? — Cett perguntou com um sorrisinho. — Leais?

Elend revirou os olhos.

— Que tal alguns que possam ser subornados para nos dar algumas informações?

— Claro. Vou listar alguns nomes e locais. Supondo que eles ainda morem na cidade. Inferno, supondo que ainda estejam vivos. Não se pode confiar muito nisso ultimamente.

Elend assentiu.

— Não vamos dar mais nenhum passo até termos mais informações. Ham, cuide para que os soldados cavem direito; use as fortificações de campo que Demoux os ensinou a fazer. Cett, mande aprontar aquelas patrulhas e faça com que nossos Olhos de Estanho fiquem alertas, de vigia. Vin vai sondar e ver se consegue infiltrar-se no depósito como fez em Urteau. Caso descubramos o que tem lá, poderemos decidir melhor se arriscamos tentar a conquista da cidade ou não.

Os diversos membros do grupo assentiram, compreendendo que a reunião estava encerrada. Quando saíram, Elend voltou para as brumas no exterior, olhando para as fogueiras distantes que crepitavam nas alturas rochosas.

Quieta como um suspiro, Vin se pôs ao lado dele, seguindo seu olhar. Ficou ali por alguns momentos. Em seguida, olhou para o lado, onde dois soldados estavam entrando na tenda para buscar e carregar Cett. Seus olhos estreitaram-se com desgosto.

— Eu sei — Elend disse em voz baixa, sabendo que ela estava pensando em Cett novamente e em sua influência sobre ele.

— Você não vetou a ideia de apelar para o assassinato — Vin disse, também baixinho.

— Espero que não chegue a esse ponto.

— E se chegar?

— Então tomaremos a decisão que for melhor para o império.

Vin ficou em silêncio por um instante. Em seguida, olhou para as fogueiras no alto.

— Eu poderia ir com você. — Elend se ofereceu.

Ela sorriu e, em seguida, o beijou.

— Desculpe, mas você é barulhento.

— Admita, eu não sou *tão* ruim assim.

— Ah, você é — Vin falou. — E tem um cheiro forte.

— Ah, é? — ele perguntou, divertindo-se. — Cheiro de quê?

— De imperador. Um Olho de Estanho pegaria você em segundos.

Elend ergueu as sobrancelhas.

— Entendi. E você não tem um aroma imperial também?

— Claro que tenho — Vin falou, franzindo o nariz. — Mas eu sei como escondê-lo. De qualquer forma, você não é bom o suficiente para vir comigo, Elend. Desculpe.

Elend sorriu. *Querida e direta Vin.*

Atrás dele, os soldados saíram da tenda carregando Cett. Um ajudante foi até eles, entregando para Elend uma pequena lista de informantes e nobres que talvez estivessem dispostos a falar. Ele a passou para Vin.

— Divirta-se.

Ela soltou uma moeda entre eles, beijou-o de novo e saltou noite adentro.

Estou apenas começando a entender a genialidade da síntese cultural do Senhor Soberano. Um dos benefícios que tinha por ser imortal e, para todos os fins relevantes, onipotente, era uma influência direta e eficaz sobre a evolução do Império Final.

Foi capaz de tomar elementos de uma dúzia de diferentes culturas e aplicá-los a sua nova sociedade "perfeita". Por exemplo, a virtuosidade arquitetônica dos construtores khlenni é manifestada nas fortalezas construídas pela alta nobreza. A noção de moda khlenni — ternos para cavalheiros, vestidos para damas — é outra coisa da qual o Senhor Soberano resolveu se apropriar.

Desconfio de que, apesar de seu ódio pelo povo khlenni — do qual Alendi era membro —, Rashek também tinha uma inveja entranhada deles. Os terrisanos da época eram pastores, enquanto os khlenni se mostravam cosmopolitas cultos. Por mais irônico que seja, faz sentido que o novo império de Rashek tenha imitado a alta cultura do povo que ele odiava.

26

FANTASMA ESTAVA EM PÉ EM seu pequeno esconderijo de um cômodo, um aposento que era ilegal. O Cidadão havia proibido tais lugares, lugares onde um homem podia viver sem ser percebido, vigiado. Felizmente, proibir esses lugares não os tinha eliminado.

Apenas os deixara mais caros.

Fantasma era um rapaz de sorte. Mal se lembrava de ter pulado do prédio em chamas com seis frascos alomânticos nas mãos, tossindo e sangrando. Não se lembrava de ter voltado ao seu esconderijo. Devia provavelmente estar morto àquela altura. Mesmo tendo sobrevivido ao incêndio, deveria ter sido entregue — se o proprietário de seu pequeno cômodo ilegal tivesse percebido quem era Fantasma e do que havia escapado, a promessa de recompensa sem dúvida teria sido irresistível.

Mas Fantasma estava livre. Talvez os outros ladrões no esconderijo pensassem que ele havia se dado mal em um assalto. Ou, talvez, simplesmente não se importassem. De qualquer forma, ele agora estava de frente para o pequeno espelho do cômodo, sem camisa, olhando, surpreso, para o ferimento.

Estou vivo, ele pensou. *E... me sinto muito bem.*

Ele se alongou, girando o braço. O ferimento doía muito menos do que deveria. À luz muito turva, ele conseguia ver o corte, coberto de casquinhas e se curando. Peltre queimava em seu estômago — um belo complemento à familiar chama de estanho.

Ele era algo que não deveria existir. Em Alomancia, as pessoas ou tinham um dos oito poderes básicos, ou tinham todos os 14 existentes. Um ou todos. Nunca dois. Ainda assim, Fantasma tentara queimar outros metais, sem sucesso. De alguma forma, ele recebera apenas peltre para complementar o estanho. Por mais incrível que isso fosse, era ofuscado por um deslumbramento ainda maior.

Ele vira o espírito de Kelsier. O Sobrevivente havia voltado e se mostrado para Fantasma.

O rapaz não tinha ideia de como reagir àquilo. Não era especialmente religioso, mas... bem, um homem morto — que alguns chamavam de deus — havia aparecido para ele e salvado sua vida. Ele se preocupava com a possibilidade de ter sido uma alucinação. Mas, se assim fosse, como ele teria ganhado o poder do peltre?

Sacudiu a cabeça, tocando as bandagens, mas hesitou quando algo brilhou no reflexo do espelho. Ele se aproximou, confiando — como sempre — na luz das estrelas lá fora para oferecer iluminação. Com seus sentidos, foi fácil ver o pedaço de metal saindo do ombro, embora fosse apenas uma fração mínima, com pouco mais de dois centímetros.

A ponta da espada daquele homem, Fantasma percebeu, *daquele que me apunhalou. Ela quebrou — a ponta deve ter cicatrizado na minha pele*. Ele cerrou os dentes, fazendo menção de arrancá-la.

— Não — Kelsier disse. — Deixe-a aí. Como o ferimento que carrega, ela é um sinal de sua sobrevivência.

Fantasma pulou de susto. Olhou ao redor, mas não havia aparição desta vez. Apenas a voz. Ainda assim, estava certo de que a havia ouvido.

— Kelsier? — perguntou, hesitante.

Não houve resposta.

Estou ficando maluco?, Fantasma se perguntou. *Ou... é como a Igreja do Sobrevivente ensina?* Seria verdade que Kelsier se transformara em algo maior, algo que olhava por seus seguidores? E, se assim fosse, teria Kelsier *sempre* olhado por ele? Aquilo parecia um pouco... perturbador. No entanto, se aquilo lhe havia trazido o poder do peltre, quem era ele para reclamar?

Fantasma se virou e vestiu sua camisa, estendendo o braço novamente. Precisava de mais informações. Quanto tempo passara delirante? O que Quellion estava fazendo? Os outros do bando já teriam chegado?

Tirando da mente aquelas estranhas visões, por ora, ele saiu do quarto e partiu para a rua escura. Comparado a outros esconderijos, o seu não parecia tão impressionante — um quarto atrás de uma porta oculta na parede de um beco de bairro pobre. Ainda assim, era melhor que os barracos pelos quais passava enquanto atravessava a cidade escura e coberta de brumas.

O Cidadão gostava de fingir que tudo estava perfeito em sua pequena utopia, mas Fantasma não ficou surpreso ao descobrir que havia bairros miseráveis, como em todas as outras cidades que havia visitado. Tinha muita gente em Urteau que, por uma razão ou outra, não gostava de viver nas partes da cidade onde o Cidadão podia ficar de olho nelas. Haviam se apinhado em um lugar conhecido como Tormentos, um canal atulhado, longe das trincheiras principais.

Tormentos era atulhado por uma malha desordenada de madeira, roupas e corpos. Cabanas recostavam-se umas nas outras, prédios recostavam-se precariamente em terra e rocha, e a bagunça toda se empilhava, subindo pelas paredes do canal na direção do céu escuro. Aqui e ali, havia gente dormindo sob nada mais que um lençol sujo esticado entre dois pedaços de destroços urbanos — o medo milenar das brumas cedendo diante da simples necessidade.

Fantasma desceu o canal apinhado. Algumas das pilhas de edifícios inacabados chegavam tão alto e se estendiam tanto que o céu se estreitava até virar uma simples fenda a distância, refletindo sua luz da meia-noite, obscura demais para servir a quaisquer olhos que não fossem os de Fantasma.

Talvez tal caos fosse o motivo pelo qual o Cidadão decidira não visitar Tormentos. Ou, talvez, ele estivesse simplesmente esperando para esvaziá-lo quando tivesse um controle mais estabelecido sobre o reino. De qualquer forma, sua sociedade estrita, misturada à pobreza que estava criando, formava uma cultura noturna curiosamente aberta. O Senhor Soberano havia mandado patrulhar as ruas. O Cidadão, no entanto, pregava que as brumas eram de Kelsier — e, assim, não podia proibir as pessoas de saírem à noite. Na experiência de Fantasma, Urteau era o primeiro lugar onde uma pessoa podia passar por uma rua à meia-noite e encontrar uma pequena taverna aberta servindo bebidas. Ele entrou com a capa bem fechada. Não havia um balcão propriamente dito; apenas um grupo de homens imundos sentados ao redor de uma fogueira em um buraco no chão. Outros estavam sentados em banquinhos ou caixas nos cantos. Fantasma encontrou uma caixa desocupada e se sentou.

Fechou os olhos e ouviu, filtrando as conversas. Conseguia ouvir todas, claro — mesmo com os tampões de ouvido. Muito da importância de ser um Olho de Estanho não estava no que se podia ouvir, mas no que se conseguia ignorar.

Passos soaram ao seu lado, e ele abriu os olhos. Um homem de calças cerzidas com uma dúzia diferente de fivelas e correntes parou à frente de Fantasma e bateu com uma garrafa no chão.

— Todo mundo bebe — o homem falou. — Preciso pagar para manter esse lugar aquecido. Ninguém fica sentado de graça aqui.

— O que você tem? — Fantasma perguntou.

O atendente chutou a garrafa.

— Vinho fino especial da Casa Venture. Envelhecido cinquenta anos. Costumava custar seiscentos boxes a garrafa.

Fantasma sorriu, pegando uma pek — uma moeda cunhada pelo Cidadão para valer uma fração de um tostão de cobre. Uma combinação de colapso econômico e a desaprovação do Cidadão frente ao luxo significava que uma garrafa de vinho que no passado custara centenas de boxes agora não valia praticamente nada.

— Três por garrafa — o atendente disse, estendendo a mão.

Fantasma tirou mais duas moedas. O atendente deixou a garrafa no chão, e Fantasma a pegou. Ninguém lhe ofereceu um saca-rolhas ou taça — provavelmente custava um dinheiro extra, embora aquele vinho fino tivesse uma rolha que estava enfiada alguns centímetros para dentro do gargalo da garrafa. Fantasma a encarou.

Será que...?

Ele estava com o peltre queimando baixo, não avivado como o estanho. Apenas o bastante para ajudar com a fadiga e a dor. De fato, ele cumpria tão bem seu papel que quase havia se esquecido do ferimento durante a caminhada até o bar. Atiçou um pouco o peltre e o resto da dor da ferida desapareceu. Em seguida, Fantasma pegou a rolha e a arrancou com um puxão rápido. Ela se soltou da garrafa quase sem oferecer resistência.

Fantasma jogou a rolha de lado. *Acho que vou gostar disso*, pensou com um sorriso.

Deu um gole no vinho direto da garrafa, procurando ouvir conversas interessantes. Havia sido enviado a Urteau para reunir informações; não seria de grande utilidade para Elend ou para os outros se ficasse deitado na cama. Dezenas de conversas abafadas ecoavam no estabelecimento, a maioria delas grosseira. Não era o tipo de lugar onde se encontrava homens leais ao governo local — e era exatamente por isso que Fantasma seguira para Tormentos em primeiro lugar.

— Dizem que ele vai acabar com as moedas — um homem sussurrou na fogueira principal. — Está planejando reunir todas elas e mantê-las nos próprios cofres.

— Que bobagem — outra voz retrucou. — Ele cunhou as próprias moedas. Por que tirá-las agora?

— É verdade — a primeira voz afirmou. — Eu o vi falando disso com os meus próprios olhos. Diz que os homens não deveriam confiar nas moedas; que deveriam ter tudo em conjunto, sem precisar comprar e vender.

— O Senhor Soberano também não deixava os skaa terem moedas — outra voz murmurou. — Parece que, quanto mais o velho Quellion fica no poder, mais parecido ele fica com o rato que o Sobrevivente matou.

Fantasma ergueu uma sobrancelha, tomando outro gole de vinho. Fora Vin, não Kelsier, quem havia matado o Senhor Soberano. Urteau estava a uma distância significativa de Luthadel, porém. Provavelmente nem ficaram sabendo da queda do Senhor Soberano até semanas depois do acontecido.

Fantasma avançou para outra conversa, buscando aqueles que falavam em sussurros furtivos. Encontrou exatamente o que buscava ouvir vindo de dois homens que dividiam uma garrafa de vinho fino sentados no chão, num dos cantos.

— Agora, tem a maioria das pessoas catalogada — o homem sussurrou. — Mas não vai parar por aí. Tem aqueles escribas dele, os genealogistas. Estão fazendo perguntas, interrogando vizinhos e amigos, tentando rastrear todo mundo por cinco gerações, buscando sangue nobre.

— Mas vai matar apenas aqueles que tiverem nobreza até duas gerações.

— Vai haver uma divisão — a outra voz murmurou. — Todo homem que for puro por cinco gerações poderá trabalhar no governo. Todo o resto será proibido. Um bom momento para se fazer muito dinheiro, se puder ajudar pessoas a esconder certos eventos do passado.

Hum, Fantasma pensou, dando um gole no vinho. Estranhamente, o álcool não parecia estar fazendo muito efeito. *O peltre*, percebeu. *Ele fortalece o corpo, deixa-o mais resistente a dores e ferimentos. E talvez ajude a evitar a embriaguez?*

Ele sorriu. A capacidade de beber e não se embebedar — uma vantagem do peltre que ninguém havia comentado com ele. Tinha de haver uma maneira de usar essa habilidade a seu favor.

Fantasma voltou sua atenção para outros clientes do bar, buscando informações úteis. Em outra conversa, falavam do trabalho nas minas. Sentiu um calafrio e um lampejo de lembrança. Os homens falavam de uma mina de carvão, não de ouro, mas os resmungos eram os mesmos. Desmoronamentos. Gases perigosos. Ar abafado e capatazes inclementes.

Essa teria sido a minha vida, Fantasma pensou. *Se Trevo não tivesse me buscado.*

Até hoje, ele ainda não entendia. Por que Trevo havia viajado para tão longe, visitando as terras distantes a leste do Império Final, para resgatar um sobrinho que ele nunca havia conhecido? Certamente, houvera jovens alomânticos em Luthadel igualmente merecedores de sua proteção.

Trevo gastara uma fortuna, viajara uma longa distância em um império onde os skaa eram proibidos de deixar suas cidades natais e arriscara ser traído pelo pai de Fantasma. Por isso, Trevo havia ganhado a lealdade de um garoto de rua revoltado, que, antes dessa época, fugira de qualquer figura de autoridade que tentasse controlá-lo.

Como teria sido?, Fantasma pensou. *Se Trevo não tivesse me buscado, eu nunca teria entrado no bando de Kelsier. Talvez eu tivesse escondido minha Alomancia e me recusado a usá-la. Talvez eu tivesse ido para as minas, levado minha vida como qualquer outro skaa.*

Os homens se condoíam com a morte de vários colegas num desabamento. Parecia que, para eles, pouco havia mudado desde os dias do Senhor Soberano. A vida de Fantasma teria sido como a deles. Sairia para os desertos do Leste, vivendo na areia fervilhante quando no lado de fora, trabalhando confinado em espaços apertadíssimos o restante do tempo.

Em grande parte de sua vida, parecia que ele fora como um floco de cinza, empurrado para lá e para cá por qualquer vento forte que atravessasse seu caminho. Tinha ido aonde as pessoas lhe diziam para ir, feito o que queriam que fizesse. Mesmo sendo um alomântico, Fantasma levara sua vida como um ninguém. Os outros haviam se mostrado pessoas grandiosas. Kelsier organizara uma revolução impossível. Vin derrubara o Senhor Soberano. Trevo liderara os exércitos da revolução, tornando-se o principal general de Elend. Sazed era um Guardador e carregava o conhecimento de séculos. Brisa movia ondas de pessoas com sua língua afiada e seu Abrandamento poderoso, e Ham era um soldado temível. Mas Fantasma, por sua vez, tinha simplesmente observado, sem realmente fazer nada.

Até o dia em que fugiu, deixando Trevo morrer.

Fantasma suspirou, erguendo os olhos.

— Eu só quero poder ajudar — ele sussurrou.

— Você pode — a voz de Kelsier disse. — Pode ser grande. Como eu fui.

Fantasma teve um sobressalto, olhando ao redor. Mas ninguém mais parecia ter ouvido a voz. Fantasma se recostou, pouco à vontade. No entanto, as palavras faziam sentido. Por que ele sempre se censurava tanto? Verdade que Kelsier não o escolhera para o bando, mas agora o próprio Sobrevivente havia aparecido e lhe dado o poder do peltre.

Eu poderia ajudar o povo desta cidade, ele pensou. *Como Kelsier ajudou o de Luthadel. Poderia fazer algo importante: levar Urteau para o império de Elend, entregar o depósito e também a lealdade do povo.*

Eu fugi uma vez. Não preciso fazer isso de novo. Não vou *fazer isso de novo!*

O cheiro de vinho, suor, cinzas e mofo pairava no ar. Fantasma conseguia sentir as ranhuras da banqueta embaixo dele apesar das roupas, os movimentos das pessoas em todo o imóvel, fazendo vibrar o chão. E, com tudo isso, o peltre queimava dentro dele. Ele o avivou, deixando-o forte como o estanho. A garrafa estalou na mão, os dedos pressionando forte demais, embora tivesse soltado rapidamente para não a estilhaçar. Ela caiu em direção ao chão, e ele a agarrou no ar com a outra mão, o braço movendo-se numa velocidade incrível.

Fantasma piscou, assustado pela rapidez dos próprios movimentos. Em seguida, sorriu. *Vou precisar de mais peltre*, pensou.

— É ele.

Fantasma ficou paralisado. Várias conversas na sala tinham parado, e aos seus ouvidos — acostumados a uma cacofonia — o silêncio crescente era apavorante. Ele olhou para o lado. Os homens que estavam falando das minas olhavam em sua direção, falando tão baixo que provavelmente acreditavam que ele não poderia ouvi-los.

— Estou dizendo a você que eu o vi *passar a toda velocidade* pelos guardas. Todos pensaram que estava morto mesmo antes de ser queimado.

Isso não é bom, pensou Fantasma. Ele não pensara que seria especial o bastante para as pessoas notarem. Mas... por outro lado, atacara um grupo de soldados no meio do mercado mais agitado da cidade.

— Durn vem falando dele — a voz continuou. — Disse que ele era do bando do Sobrevivente...

Durn, Fantasma pensou. *Então ele sabe quem eu realmente sou. Por que está contando meus segredos para as pessoas? Pensei que fosse mais cuidadoso.*

Fantasma se levantou da forma mais casual que pôde e, em seguida, fugiu noite adentro.

Sim, Rashek fez bom uso da cultura de seu inimigo para desenvolver o Império Final. Outros elementos da cultura imperial, porém, contrastavam totalmente com Khlennium e sua sociedade. A vida dos skaa foi modelada segundo os povos escravos dos Cazzi. Os mordomos terrisanos lembravam a classe de serviçais de Urtan, que Rashek conquistou relativamente tarde em seu primeiro século como Senhor Soberano.

A religião imperial, com seus obrigadores, de fato parece ter surgido do sistema mercantil burocrático dos Hallant, um povo que se concentrava muito em pesos, medidas e permissões. O fato de o Senhor Soberano basear sua Igreja em uma instituição financeira mostra, na minha opinião, que ele se preocupava menos com a verdadeira fé de seus seguidores e mais com a estabilidade, lealdade e medidas quantificáveis de devoção.

27

VIN ATRAVESSOU O AR ESCURO da noite. A bruma girava ao redor dela, uma tempestade rodopiante e fervilhante de branco sobre preto, lançando-se junto ao corpo dela, como se tentasse abocanhá-la, sem nunca, no entanto, se aproximar mais que alguns poucos centímetros — como se empurrada para trás por alguma corrente de ar. Vin se lembrou de um tempo quando a bruma roçava sua pele, em vez de ser repelida. A mudança foi gradual; levou meses até que ela a percebesse.

Ela não usava capa de bruma. Parecia estranho saltar pelas brumas sem uma das roupas, mas, na verdade, era mais silencioso dessa forma. No passado, a capa de bruma fora útil para fazer guardas ou ladrões afastarem-se quando ela passava. No entanto, como a era das brumas amigáveis, essa também havia passado. Então, em vez disso, vestia apenas camisa e calças pretas, ambas bem justas ao corpo para manter o som de tecido em movimento o menor possível. Como sempre, não se adornava com nenhum metal fora as moedas na bolsa e um frasco extra de metais no cinto. Ela retirou uma moeda — o peso familiar envolvido em uma camada de tecido — e jogou-a para baixo. Um *empurrão* contra o metal lançou a moeda nas pedras lá embaixo, mas o tecido abafou o ruído do tilintar. Vin usou o *empurrão* para diminuir a velocidade da queda.

Ela aterrissou com cuidado em uma saliência de rocha, em seguida *puxou* a moeda de volta para a mão. Esgueirou-se pela plataforma rochosa, as cinzas macias sob seus dedos dos pés. A uma curta distância, um pequeno grupo de guardas estava sentado na escuridão, sussurrando baixo, observando o acampamento militar de Elend — naquele momento pouco mais que um vapor de fogueira nas brumas. Os guardas falavam do frio da primavera, comentando que parecia mais gelado naquele ano que nos anteriores. Embora Vin estivesse descalça, mal notava aquilo. Um dom do peltre.

Ela queimou bronze e não ouviu pulsações. Nenhum dos homens estava queimando metais. Um dos motivos pelos quais Cett fora até Luthadel era porque não havia conseguido criar alomânticos o suficiente para se proteger de assassinos Nascidos da Bruma. Sem dúvida, Lorde Yomen havia tido problemas semelhantes para recrutar alomânticos; provavelmente não teria enviado os que tinha para observar o acampamento inimigo no frio.

Vin passou furtiva pelo posto de vigilância. Não precisava de Alomancia para se manter em silêncio — ela e o irmão, Reen, tinham vez ou outra arrombado e invadido casas, nos velhos tempos. Vin tivera uma vida inteira de treinamento que Elend nunca teria ou entenderia. Ele poderia praticar com peltre como quisesse — e realmente estava melhorando —, mas nunca conseguiria replicar os instintos aguçados por uma infância esgueirando-se para sobreviver.

Assim que passou pelo posto de vigilância, saltou nas brumas novamente, usando as moedas amortecidas como âncoras. Manteve considerável distância das fogueiras na frente da cidade, circundando o outro lado de Fadrex. A maioria das patrulhas estaria na frente da cidade, pois os fundos eram protegidos por paredões íngremes de altas formações rochosas. Claro, aquilo não era nenhum inconveniente para Vin, e ela logo se viu despencando várias centenas de metros pelo ar ao lado de um rochedo antes de aterrissar em um beco bem ao fundo da cidade.

Ela subiu nos telhados e fez uma rápida verificação dos arredores, pulando de rua em rua com amplos saltos alomânticos. Ficou impressionada com o tamanho de Fadrex. Elend havia chamado a cidade de "provinciana", e Vin imaginou uma cidadezinha pouco maior que um vilarejo. Depois de terem chegado, ela começou a imaginar uma cidade protegida e modesta, mais parecida com um forte. Fadrex não era nada disso.

Ela devia ter percebido que Elend — que fora criado na metrópole agigantada de Luthadel — teria um conceito deturpado do que constituiria uma grande cidade. Fadrex era bem grande. Vin contou vários guetos skaa, um punhado de mansões nobres e até duas fortalezas ao estilo de Luthadel. As grandiosas estruturas de pedra ostentavam a típica construção com vitrais e muralhas altas escoradas. Sem dúvida eram os lares dos nobres mais importantes da cidade.

Ela aterrissou em um telhado próximo a uma das fortalezas. A maioria dos edifícios da cidade tinha apenas um andar ou dois — uma baita mudança em relação às construções altas de Luthadel. Eram um pouco mais espaçadas e tendiam a ser planas e achatadas, em vez de altas e pontudas. Aquilo apenas fazia a imensa fortaleza parecer ainda maior em comparação. O edifício era retangular, com uma fileira de três torres pontudas erguendo-se de cada extremidade. Pedras de cantaria brancas ornamentadas corriam por todo o perímetro do topo.

E as muralhas, claro, exibiam belos vitrais iluminados por dentro. Vin se agachou em um telhado baixo, olhando para a beleza colorida das brumas rodopiantes. Por um momento, ela voltou três anos no tempo, quando participava de bailes em fortalezas como aquela em Luthadel — parte do plano de Kelsier para derrubar o Império Final. Ela fora uma menina insegura e nervosa na época, com medo de que o mundo recém-descoberto de um bando confiável e festas belíssimas logo desmoronasse ao seu redor. E, de certa forma, desmoronou — pois aquele mundo havia acabado. Ela havia ajudado a destruí-lo.

Mesmo assim, durante aqueles meses, ela foi feliz. Talvez mais feliz que em qualquer outra época da vida. Amava Elend e era grata pela vida ter avançado ao ponto em que ela podia chamá-lo de marido, mas houvera uma inocência deliciosa naqueles primeiros dias com o bando. Danças passadas com Elend lendo à mesa, fingindo ignorá-la. Noites aprendendo os segredos da Alomancia. Fins de tarde sentada em uma mesa na oficina de Trevo, gargalhando com o bando. Haviam enfrentado o desafio de planejar algo colossal como a queda de um império sem sentir o fardo da liderança ou o peso da responsabilidade pelo futuro.

De alguma forma, ela se tornara uma mulher feita entre a queda dos reis e o colapso dos mundos. Houve um tempo em que ficara aterrorizada com a mudança. Então, ficara apavorada com a perda de Elend. Agora, seus temores eram mais nebulosos — preocupações com o que viria depois que ela tivesse partido, preocupações com o que aconteceria ao povo do império se ela falhasse em descobrir os segredos que buscava.

Vin parou de contemplar a fortaleza grande, com jeito de castelo, *empurrando-se* noite adentro a partir de uma estrutura de chaminé. Participar daqueles bailes em Luthadel havia mudado Vin drasticamente, deixando um efeito residual do qual ela nunca conseguiu se livrar. Algo dentro dela reagia instantaneamente a danças e festas. Por muito tempo, lutara para entender como aquela parte de si mesma se encaixava no restante da vida. Ainda não tinha certeza se sabia a resposta. Seria Valette Renoux — a garota que fingira ser nos bailes — realmente uma parte de Vin ou apenas uma invenção criada para servir ao esquema de Kelsier?

Vin ricocheteou pela cidade, tomando notas apressadas sobre as fortificações e da localização das tropas. Ham e Demoux provavelmente encontrariam uma maneira de infiltrar espiões militares de verdade na cidade, mas queriam ouvir as informações preliminares de Vin. Ela também tomou notas sobre as condições de vida. Elend esperava que a cidade estivesse em dificuldades — um fator que seu cerco exacerbaria, deixando Lorde Yomen mais propenso a ceder.

Ela não encontrou nenhum sinal óbvio de fome ou ruína em massa, embora fosse difícil perceber grande coisa à noite. Ainda assim, as cinzas nas ruas da cidade eram varridas, e um número notável de casas nobres parecia ocupado. Ela esperaria que a população nobre fosse a primeira a fugir com a notícia de um exército se aproximando.

De cara amarrada, pensativa, Vin concluiu sua volta na cidade, aterrissando em uma praça específica sugerida por Cett. As mansões ali eram separadas umas das outras por grandes terrenos e árvores cultivadas; ela caminhou pela rua, contando-as. Na quarta mansão, ela saltou acima do portão e subiu o outeiro até a casa.

Não sabia bem o que esperava encontrar — no fim das contas, Cett estava fora da cidade havia dois anos. Ainda assim, ele indicara que esse informante seria o mais propenso a ajudar. Como de fato constava nas instruções, a sacada dos fundos da mansão estava iluminada. Desconfiada,

Vin esperou na escuridão, a bruma fria e inamistosa ainda dando cobertura. Ela não confiava em Cett — temia que ele ainda alimentasse um rancor pelo ataque à sua fortaleza em Luthadel, um ano antes. Com cuidado, Vin soltou uma moeda e se lançou no ar.

A figura solitária sentada na sacada se encaixava na descrição dada por Cett. Aquela mesma descrição dava a esse informante o apelido de Lentoveloz. O velho parecia estar lendo à luz de um lampião. Vin franziu a testa, mas, conforme instruído, aterrissou no parapeito da sacada, agachando-se ao lado da escada que teria permitido que um visitante mais comum se aproximasse.

O velho não ergueu os olhos do livro. Ele fumava um cachimbo em silêncio, um grosso cobertor de lã sobre os joelhos. Vin não sabia se ele havia percebido sua presença ou não. Ela pigarreou.

— Sim, sim — o velho disse com calma. — Atendo você num instante.

Ela inclinou a cabeça, olhando para o estranho com sobrancelhas cheias e cabelos grisalhos como neve. Vestia um terno de nobre com um cachecol e um sobretudo que tinha um colarinho de pele grande demais. Parecia não estar nem um pouco preocupado que uma Nascida da Bruma estivesse agachada em seu parapeito.

Passado um tempo, o velho fechou o livro e se voltou para ela.

— Gosta de histórias, minha jovem?

— Que tipo de histórias?

— Das melhores, claro — Lentoveloz disse, dando tapinhas no livro. — Daquelas com monstros e mitos. Contos Longos, alguns os chamam... histórias contadas pelos skaa ao redor da fogueira, sussurrando sobre espectros das brumas, umbras, esprenos e brollins, essas coisas.

— Não tenho tempo para histórias — Vin respondeu.

— Parece que cada vez menos pessoas têm, ultimamente. — Um toldo afastava as cinzas, mas ele parecia despreocupado com as brumas. — Eu me pergunto o que há de tão atraente no mundo real que faz com que tenham todo esse fetiche por ele. Não tem sido um lugar muito bom.

Vin fez uma rápida verificação com bronze, mas o homem não queimava nada. Quem seria, de fato?

— Disseram que o senhor poderia me dar informações — falou com cuidado.

— Isso eu posso fazer, com certeza — o homem disse. Em seguida, sorriu, olhando para ela. — Tenho uma abundância de informações... embora desconfie que você possa achar a maioria delas inútil.

— Eu ouço uma história, se esse for o preço.

O homem deu uma risadinha.

— Não há jeito mais certeiro de matar uma história do que transformá-la em um "preço", minha jovem. Qual é seu nome e quem a enviou?

— Vin Venture — ela disse. — Cett me deu seu nome.

— Ah! Aquele cretino ainda está vivo?

— Sim.

— Bem, suponho que eu possa conversar com alguém enviado por um velho amigo de escrita. Desça do parapeito; você está me dando vertigens.

Vin desceu, desconfiada.

— Amigo de escrita?

— Cett é um dos poetas mais refinados que conheço, menina — Lentoveloz disse, apontando para uma cadeira. — Trocávamos nossas obras, o que durou uma boa década antes de a política roubá-lo. Ele não gostava de histórias também. Para ele, tudo precisava ser áspero e "real", até mesmo a própria poesia. Parece uma atitude com a qual você concordaria.

Vin deu de ombros, sentando-se na cadeira indicada.

— Suponho que sim.

— Acho irônico de uma maneira que vocês nunca entenderão — o velho disse, sorrindo. — Agora, o que deseja de mim?

— Preciso saber sobre Yomen, o rei obrigador.

— É um bom homem.

Vin franziu o cenho.

— Ah — Lentoveloz disse —, você não esperava isso? Todos que são seus inimigos precisam também ser maléficos?

— Não — Vin disse, pensando nos dias anteriores à queda do Império Final. — Acabei me casando com alguém que meus amigos teriam chamado de inimigo.

— Ah. Bem, Yomen é um homem ótimo e um rei decente. Diria que um rei bem melhor do que Cett foi. Meu velho amigo pegava pesado em suas tentativas de governar, e isso fazia dele um rei brutal. Ele não tem o toque sutil de que um líder precisa.

— O que Yomen fez de tão bom, então? — Vin perguntou.

— Impediu que a cidade ruísse — Lentoveloz disse, baforando com seu cachimbo. A fumaça mesclou-se às brumas rodopiantes. — Além disso, ele deu tanto à nobreza quanto aos skaa o que eles queriam.

— Que era?

— Estabilidade, menina. Por um tempo, o mundo ficou turbulento; nem os skaa, nem os nobres sabiam seu lugar. A sociedade estava entrando em colapso, e as pessoas, morrendo de fome. Cett fez pouco para impedir, pois estava lutando o tempo todo para manter o que havia matado para conseguir. Foi quando Yomen entrou em cena. Ele representava uma continuidade com o Senhor Soberano e seu Ministério, e as pessoas estavam prontas para aceitar um obrigador como líder. Yomen imediatamente assumiu o controle das plantações e trouxe comida ao povo; em seguida, reativou as fábricas e as minas de Fadrex e deu à nobreza uma impressão de normalidade.

Vin ficou quieta. No passado, teria parecido incrível para ela que — após mil anos de opressão — as pessoas voltassem voluntariamente à escravidão. Mas algo semelhante acontecera em Luthadel. Eles tinham expulsado Elend, que lhes havia concedido grandes liberdades, e colocado Penrod no comando — tudo porque ele lhes prometera devolver o que haviam perdido.

— Yomen é um obrigador — ela disse.

— Pessoas gostam do que é familiar, menina.

— Elas são oprimidas.

— Alguém precisa liderar — disse o velho. — E alguém precisa seguir. É como as coisas são. Yomen deu às pessoas algo pelo que elas imploravam desde o Colapso: identidade. Os skaa podem trabalhar, podem ser espancados, podem ser escravizados, mas sabem o seu lugar. A nobreza pode gastar seu tempo indo a bailes, mas há novamente uma ordem para a vida.

— Bailes? — Vin questionou. — O mundo está acabando, e Yomen está dando *bailes*?

— Claro — Lentoveloz disse, dando uma baforada longa e lenta no cachimbo. — Yomen governa mantendo o que é familiar. Ele dá às pessoas o que tinham antes... e os bailes eram uma grande parte da vida antes do Colapso, mesmo em uma cidade menor como Fadrex. Ora, há um acontecendo hoje à noite, na Fortaleza Orielle.

— No mesmo dia em que um exército chega para lançar um cerco à cidade?

— Você acabou de enfatizar que o mundo parece muito próximo de um desastre — o idoso disse, apontando para ela com o cachimbo. — Diante disso, um exército não significa muita coisa. Além disso, Yomen entende algo que nem o Senhor Soberano entendia: sempre comparece aos bailes dados pelos súditos. Ao fazê-lo, ele os reconforta e tranquiliza. Isso torna um dia como este, o dia da chegada de um exército, perfeito para um baile.

Vin se recostou, sem saber o que pensar. De tudo que ela esperava encontrar na cidade, bailes da corte eram os últimos da lista.

— Então, qual é a fraqueza de Yomen? Existe alguma coisa em seu passado que possamos usar? Quais traços da personalidade dele o tornam vulnerável? Onde devemos atacar?

Lentoveloz baforou em silêncio seu cachimbo, uma brisa soprando bruma e cinzas sobre a figura envelhecida.

— Então...? — Vin insistiu.

O velho soltou um suspiro de bruma e fumaça.

— Acabei de dizer que gosto do homem, menina. O que me daria na cabeça para lhe dar informações para usar contra ele?

— O senhor é um informante. É o que o senhor faz: vende informações.

— Sou um contador de histórias — Lentoveloz corrigiu. — E nem toda história é destinada a todo par de ouvidos. Por que eu deveria falar com aqueles que querem atacar minha cidade e derrubar meu senhor?

— Nós lhe daríamos uma posição poderosa na cidade assim que ela for nossa.

Lentoveloz bufou baixinho.

— Se acha que essas coisas me interessam, então Cett obviamente lhe disse muito pouco sobre meu temperamento.

— Poderíamos pagar bem.

— Eu vendo informações, menina. Não minha alma.

— O senhor não está colaborando muito — Vin observou.

— Então me diga, cara menina — ele falou com um leve sorriso. — Por que exatamente eu deveria me importar?

Vin fechou a cara. *Este é, sem dúvida, o informante mais estranho que eu já encontrei*, pensou ela.

Lentoveloz soltou fumaça do cachimbo. Não parecia estar esperando que ela lhe dissesse nada. De fato, parecia acreditar que a conversa havia acabado.

Ele é um nobre, Vin pensou. *Gosta do jeito como o mundo costumava ser. Era confortável. Até os skaa temem mudanças.*

Vin se levantou.

— Vou dizer por que deveria se importar, meu senhor. Porque as cinzas estão caindo e logo vão cobrir sua linda cidadezinha por inteiro. As brumas estão matando. Terremotos sacodem a terra e as Montanhas de Cinzas estão cada vez mais quentes. A mudança está se assomando. No fim, nem mesmo Yomen conseguirá ignorá-la. O senhor odeia mudanças. Eu também. Mas as coisas não podem ficar como estão, e isso é bom, pois quando nada muda em sua vida, é como se você já estivesse morto.

Ela se virou para partir.

— Dizem que você vai parar as cinzas — o velho disse baixinho atrás dela. — Vai fazer o sol ficar amarelo novamente. Chamam-na de Herdeira do Sobrevivente. O Herói das Eras.

Vin parou, virando-se para olhar através das brumas traidoras para o homem com seu cachimbo e o livro fechado.

— Sim.

— Parece um destino e tanto para cumprir.

— É isso ou desistir de tudo.

Lentoveloz ficou em silêncio por um instante.

— Sente-se, menina — o idoso enfim disse, apontando para a cadeira outra vez.

Vin voltou a se sentar.

— Yomen é um bom homem, mas como líder é medíocre. É um burocrata, membro do Cantão de Recursos. Consegue fazer as coisas acontecerem, levar suprimentos aos lugares certos, organizar projetos de construção. Normalmente, isso teria feito dele um líder bom o bastante. No entanto...

— Não quando o mundo está acabando — Vin falou num sussurro.

— Precisamente. Se o que ouvi for verdade, então seu marido é um homem de visão e ação. Se queremos que nossa pequena cidade sobreviva, teremos de fazer parte do que vocês estão oferecendo.

— O que faremos, então?

— Yomen tem poucas fraquezas — Lentoveloz prosseguiu. — É um homem calmo e honrado. Porém, tem uma crença inabalável no Senhor Soberano e em sua organização.

— Mesmo agora? — Vin questionou. — O Senhor Soberano morreu!

— E daí? — Lentoveloz perguntou, parecendo achar graça. — E seu Sobrevivente? Da última vez que soube, ele também estava um tanto morto. Isso não pareceu impedir a revolução, não é?

— Tem razão.

— Yomen é um fiel. Isso pode ser uma fraqueza ou uma força. Fiéis em geral estão dispostos a tentar o aparentemente impossível, contando com que a providência garanta seu sucesso. — Ele hesitou, olhando para Vin. — Esse tipo de comportamento pode ser uma fraqueza *se* a crença for inadequada.

Vin se calou. A crença no Senhor Soberano *era* inadequada. Se ele tivesse sido um deus, ela não teria sido capaz de matá-lo. Em sua cabeça, era tudo bem simples.

— Se Yomen tem outra fraqueza, é sua riqueza — Lentoveloz continuou.

— Não consigo ver isso como fraqueza.

— Mas é, se você não puder explicar de onde veio. Ele conseguiu dinheiro de algum lugar; um valor suspeitosamente vasto, muito mais até mesmo que os cofres do Ministério local poderiam oferecer. Ninguém sabe de onde vem.

O depósito, Vin pensou, interessada. *Ele realmente está com o atium!*

— Você reagiu com interesse demais a essa informação — Lentoveloz comentou, dando uma baforada no cachimbo. — Devia tentar se entregar menos ao falar com um informante.

Vin enrubesceu.

— De qualquer forma — disse o velho, voltando para o livro —, se isso é tudo, gostaria de voltar à minha leitura. Mande meus cumprimentos a Ashweather.

Vin assentiu, erguendo-se e dirigindo-se à balaustrada. No entanto, Lentoveloz pigarreou.

— Em geral, há uma remuneração por atos como os meus.

Vin ergueu uma sobrancelha.

— Pensei que tivesse dito que histórias não deveriam ter preço.

— Na verdade — Lentoveloz observou —, eu disse que uma história não deveria ser um custo. É muito diferente de a história em si custar alguma coisa. E, embora alguns discordem, acredito que uma história sem preço é considerada sem valor.

— Tenho certeza de que é o único motivo — Vin falou, abrindo um leve sorriso enquanto lançava sua bolsa de moedas para ele, exceto as poucas envoltas em tecido, usadas para saltar. — Imperiais de ouro. Ainda valem aqui, creio eu?

— Se valem — o velho disse, guardando-as. — Se valem...

Vin saltou para dentro da noite, distanciando-se aos saltos, queimando bronze para ver se sentia algum pulso alomântico às suas costas. Sabia que sua natureza a deixava irracionalmente desconfiada de pessoas que pareciam fracas. Estivera convencida por um tempo de que Cett era um Nascido da Bruma simplesmente porque era paraplégico. Ainda assim, ela verificou Lentoveloz. Era um velho hábito que ela não sentia muita necessidade de extinguir.

Nenhum pulso veio do velho. Logo, ela continuou, seguindo as instruções de Cett e buscando um segundo informante. Confiava o bastante nas palavras de Lentoveloz, mas gostaria de confirmá-las. Escolheu um informante na outra ponta do espectro — um pedinte chamado Hoid, que, segundo Cett, poderia ser encontrado em uma praça específica tarde da noite.

Alguns saltos rápidos levaram-na até o local. Ela aterrissou no topo de um telhado e olhou para baixo, vasculhando a área. As cinzas não haviam sido varridas ali, empilhando-se nas esquinas e deixando a região uma enorme bagunça. Um grupo de pedintes estava encolhido em um beco ao lado da praça. Pedintes sem casa ou emprego. Vin havia vivido daquela forma algumas vezes, dormindo em becos, tossindo cinzas, torcendo para que não chovesse. Não demorou muito para que encontrasse uma figura que não estava dormindo como as outras, mas apenas sentada em silêncio sob o leve cair das cinzas. Os ouvidos dela captaram um som suave. O homem cantarolava para si, assim como as instruções indicaram que ele talvez fizesse.

Vin hesitou.

Não conseguia concluir o motivo, mas algo a incomodava na situação. Havia algo errado. Ela não parou para pensar; simplesmente se virou e saltou para longe. Era uma das grandes diferenças entre Vin e Elend — ela nem sempre precisava de um motivo. Um pressentimento bastava. Ele sempre queria trazer as coisas à tona e descobrir um *porquê*, e ela o amava por essa lógica. No entanto, ele teria ficado muito frustrado com sua decisão de se afastar da praça como fazia naquele momento.

Talvez nada de mau tivesse acontecido, se fosse até a praça. E talvez algo terrível acontecesse. Ela nunca saberia, nem precisava saber. Como incontáveis outras vezes na vida, Vin simplesmente aceitou seus instintos e prosseguiu.

Seu caminho a levou até uma rua que Cett havia ressaltado nas instruções. Curiosa, Vin não procurou outro informante; em vez disso, seguiu pela rua, pulando de âncora em âncora em meio às brumas dominantes. Aterrissou em uma rua de pedra a uma curta distância de um prédio com as janelas iluminadas.

Maciço e utilitário, o prédio era ainda assim intimidador — mesmo que apenas por conta de seu tamanho. Cett escrevera que o Cantão de Recursos era o maior dos prédios do Ministério do Aço na cidade. Fadrex servira como uma espécie de estação intermediária entre Luthadel e as cidades mais importantes do Ocidente. Próxima de vários canais principais e bem fortificada contra bandoleiros, a cidade era o lugar perfeito para um quartel-general regional do Cantão de Recursos. Ainda assim, Fadrex não fora importante o suficiente para atrair os Cantões da Ortodoxia ou da Inquisição — tradicionalmente os departamentos mais poderosos do Ministério.

Aquilo significava que Yomen, como obrigador-chefe no prédio de Recursos, era a principal autoridade religiosa da área. Pelo que Lentoveloz havia dito, Vin supunha que Yomen era muito parecido com um obrigador de Recursos comum: seco e enfadonho, mas terrivelmente eficiente. E assim, como seria óbvio, ele escolhera transformar o antigo prédio do Cantão em palácio. Era o que Cett tinha indicado suspeitar, e Vin podia facilmente ver que era verdade. O prédio fervilhava, apesar da hora tardia, e era vigiado por pelotões de soldados. Yomen provavelmente escolhera o prédio para lembrar a todos de onde viera originalmente sua autoridade.

Infelizmente, também era onde o depósito de suprimentos do Senhor Soberano estaria localizado. Vin suspirou, deixando de lado a contemplação do prédio. Parte dela queria se esgueirar lá para dentro e tentar descobrir um caminho até a caverna subterrânea. Em vez disso, lançou uma moeda e se lançou no ar. Mesmo Kelsier não teria tentado invadir o lugar na primeira noite de reconhecimento. Ela havia entrado no depósito de Urteau, mas o local estava abandonado. Precisava consultar Elend e estudar a cidade por alguns dias antes de fazer algo tão ousado quanto invadir um palácio fortificado.

Usando a luz das estrelas e estanho, Vin leu o nome do terceiro e último informante. Outro nobre, o que não era nada surpreendente, considerando a posição anterior de Cett. Ela começou a se mover na direção indicada e reparou em uma coisa.

Estava sendo seguida.

Percebeu apenas pistas da outra presença atrás de si, obscurecida pelas brumas rodopiantes. Hesitante, Vin queimou bronze e recebeu em troca uma pulsação muito leve às suas costas. Um pulso alomântico dissimulado. Em geral, quando um alomântico queimava cobre — como aquele atrás dela estava fazendo —, tornava-se invisível à percepção do bronze. Ainda assim, por algum motivo que Vin nunca soubera explicar, ela conseguia contornar essa dissimulação. O Senhor Soberano fora capaz de fazer o mesmo em vida, assim como seus Inquisidores.

Vin continuou a avançar. O alomântico que a seguia obviamente acreditava estar invisível aos sentidos de Vin. Ele — ou ela — se movia com saltos hábeis e rápidos, seguindo-a a uma distância segura. Era bom sem ser excelente e obviamente era um Nascido da Bruma, pois apenas um poderia ter queimado cobre e aço ao mesmo tempo.

Vin não estava surpresa. Havia presumido que, caso houvesse algum Nascido da Bruma na cidade, os saltos incessantes atrairiam sua atenção. Apenas para garantir, ela não chegara a queimar cobre, deixando seus pulsos serem livremente percebidos por qualquer um — Nascido da Bruma ou Buscador — que estivesse à escuta. Melhor um inimigo às claras que um escondido nas sombras.

Ela aumentou o ritmo, mas não de uma forma que levantasse suspeitas, e a pessoa que a seguia precisou se apressar para acompanhá-la. Vin continuou a avançar em direção à frente da cidade, como se planejasse sair. Quando chegou perto, seus sentidos alomânticos produziram linhas azuis gêmeas apontando para os gigantescos suportes de ferro que prendiam os portões da cidade às rochas na lateral. Os suportes eram fontes grandes e substanciais de metal, e as linhas que emanavam eram brilhantes e grossas.

O que significava que dariam excelentes âncoras. Avivando peltre para não ser esmagada, Vin *empurrou* os suportes, lançando-se para trás.

Imediatamente, os pulsos alomânticos atrás dela desapareceram.

Vin atravessou velozmente as cinzas e a bruma, até mesmo suas roupas coladas tremulando levemente com o vento. Ela se *puxou* rapidamente até um telhado e se agachou, tensa. O outro alomântico devia ter parado de queimar seus metais. Mas por que faria aquilo? Sabia que ela podia perfurar nuvens de cobre? Caso soubesse, por que então a havia seguido de forma tão descuidada?

Vin sentiu um calafrio. Havia algo mais que emitia pulsos alomânticos à noite. O espírito da bruma. Ela não o via fazia mais de um ano. De fato, durante seu último encontro com ele, o espírito quase matara Elend — apenas para restabelecê-lo ao torná-lo um Nascido da Bruma.

Ela ainda não sabia como o espírito se encaixava em toda aquela situação. Não era Ruína — ela sentira a presença de Ruína ao libertá-lo no Poço da Ascensão. Eram diferentes.

Nem sei se foi o espírito hoje à noite, Vin disse a si mesma. Entretanto, seu perseguidor havia desaparecido de forma tão abrupta...

Confusa e arrepiada, ela se *empurrou* para fora da cidade e voltou depressa ao acampamento de Elend.

Um aspecto final da manipulação cultural do Senhor Soberano é bem interessante: o da tecnologia.

Já mencionei que Rashek escolheu usar a arquitetura khlenni, que lhe permitiu construir grandes estruturas e lhe deu a engenharia civil necessária para erguer uma cidade grande como Luthadel. Em outras áreas, no entanto, ele suprimiu avanços tecnológicos. A pólvora, por exemplo, era tão reprovada por Rashek que o conhecimento de seu uso desapareceu quase tão rapidamente quanto o conhecimento da religião terrisana.

Aparentemente, Rashek achava alarmante que, equipado com armas de pólvora, mesmo o mais comum dos homens conseguisse ser quase tão eficaz quanto os mais treinados dos arqueiros. Dessa forma, ele optou pelos arqueiros. Quanto mais dependente de treinamento fosse a tecnologia militar, menos provável seria que a população camponesa fosse capaz de se erguer e resistir a ele. De fato, as revoltas skaa sempre falharam em parte exatamente por esse motivo.

28

— TEM CERTEZA DE QUE era o espírito das brumas? — Elend perguntou, de cenho franzido, com uma carta pela metade, inscrita numa folha de metal, sobre a mesa à sua frente. Ele havia decidido dormir na cabine a bordo do barco estreito em vez de usar uma tenda. Não somente era mais confortável, como também ele se sentia mais seguro com paredes ao redor, em vez de lona.

Vin suspirou, sentando-se na cama, encolhendo as pernas e encaixando o queixo nos joelhos.

— Não sei. Fiquei um pouco assustada, então fugi.

— Fez bem — Elend disse, estremecendo ao se lembrar do que o espírito das brumas fizera com ele.

— Sazed estava convencido de que o espírito das brumas não era maligno — Vin comentou.

— Eu também. Fui eu quem caminhou até ele, dizendo a você que o sentia como algo amigável. Foi bem no momento em que ele me apunhalou.

Vin negou com a cabeça.

— Ele estava tentando me impedir de soltar Ruína. Pensou que, se você estivesse morrendo, eu tomaria o poder para mim e o curaria, em vez de abdicar dele.

— Você não sabe ao certo as intenções do espírito, Vin. Pode estar relacionando coincidências na mente.

— Talvez. Mas isso levou Sazed a descobrir que Ruína estava alterando o texto.

Ao menos aquilo era verdade — se, de fato, pudessem confiar no relato de Sazed. O terrisano havia ficado um pouco... contraditório desde a morte de Tindwyl. *Não*, Elend disse a si mesmo, sentindo uma pontada instantânea de culpa. *Não; Sazed é confiável. Talvez ele esteja tendo uma crise de fé, mas ainda assim é duas vezes mais confiável que o resto de nós.*

— Ah, Elend — Vin disse baixinho. — Há tanto que não sabemos. Nos últimos tempos, eu sinto como se minha vida fosse um livro escrito em um idioma que não entendo. O espírito das brumas tem relação com tudo isso, mas não posso nem começar a compreender como.

— Provavelmente está do nosso lado — Elend confirmou, embora fosse difícil suprimir as lembranças de como se sentira ao ser apunhalado, de sentir a vida se esvaindo. Morrer, saber o que isso causaria a Vin.

Ele se forçou a voltar à conversa.

— Você acha que o espírito da bruma tentou impedi-la de soltar Ruína, e Sazed diz que ele lhe deu informações importantes. Isso o torna inimigo do nosso inimigo.

— Por ora — Vin falou. — Mas o espírito das brumas é muito mais fraco que Ruína. Senti os dois. Ruína era... vasto. Poderoso. Ele pode ouvir o que dizemos, ver todos os lugares ao mesmo tempo. O espírito das brumas é muito mais tênue. Mais como uma lembrança do que como uma força ou poder real.

— Você ainda acha que ele te odeia?

Vin deu de ombros.

— Faz mais de um ano que não o vejo. Ainda assim, tenho certeza de que não é o tipo de coisa que muda, e eu sempre senti ódio e animosidade vindos dele. — Ela hesitou, franzindo a testa. — Aquilo foi o começo. Na noite em que vi o espírito das brumas pela primeira vez foi quando comecei a sentir que as brumas não eram mais meu lar.

— Tem certeza de que o espírito não é o que mata as pessoas e as deixa doentes?

Vin assentiu.

— Sim, tenho certeza.

Ela era firme a esse respeito, embora Elend achasse o julgamento apressado. Algo fantasmagórico, movendo-se nas brumas? Parecia exatamente o tipo de coisa que seria relacionada a pessoas morrendo subitamente naquelas mesmas brumas.

Claro, as pessoas não eram apunhaladas pelas brumas, mas morriam devido a uma doença que causava convulsões. Elend suspirou, esfregando os olhos. Sua carta inacabada para Lorde Yomen estava na mesa — ele precisaria retomá-la pela manhã.

— Elend — disse Vin. — Hoje à noite, eu disse a uma pessoa que pararia a chuva de cinzas e deixaria o sol amarelo.

Elend ergueu uma sobrancelha.

— Aquele informante de quem você falou?

Vin assentiu. Os dois ficaram em silêncio.

— Nunca esperei que você admitisse algo assim — ele disse por fim.

— Eu sou o Herói das Eras, não sou? Até Sazed disse isso antes de começar a ficar estranho. É meu destino.

— O mesmo "destino" que disse para você tomar o poder do Poço da Ascensão e em seguida libertá-lo para o bem maior da humanidade?

Vin assentiu.

— Vin — Elend disse com um sorriso. — Não acho de verdade que "destino" seja o tipo de coisa com que precisamos nos preocupar agora. Digo, temos provas de que as profecias foram deturpadas por Ruína para levar as pessoas a libertá-lo.

— Alguém precisa se preocupar com as cinzas.

Não havia muito o que ele pudesse responder. O lado lógico de Elend queria argumentar, alegar que deveriam se concentrar nas coisas que poderiam fazer — criar um governo estável, descobrir os segredos do Senhor Soberano, buscar os suprimentos nos depósitos. Ainda assim, a chuva de cinzas constante parecia estar ficando cada vez mais densa. Se continuasse nesse ritmo, não demoraria até que o céu se transformasse em nada mais que uma tempestade preta e sólida.

Mas parecia tão difícil pensar que Vin — sua esposa — poderia fazer algo a respeito da cor do sol e das cinzas caindo. *Demoux tem razão*, ele pensou, tamborilando os dedos na carta metálica para Lorde Yomen. *Realmente não sou um membro exemplar da Igreja do Sobrevivente.*

Ele a observou do outro lado da cabine, sentada na cama com a expressão distante, pensando sobre coisas que não deveriam ser de sua responsabilidade. Mesmo após saltar a noite toda, mesmo após aqueles dias de viagem, mesmo com o rosto sujo de cinzas, ela era linda.

Naquele momento, Elend percebeu uma coisa. Vin não precisava de outra pessoa que a adorasse. Ela não precisava de outro fiel como Demoux, especialmente não se fosse Elend. Ele não precisava ser um bom fiel da Igreja do Sobrevivente. Precisava ser um bom marido.

— Bem, então... mãos à obra — disse.

— Quê? — Vin perguntou.

— Salvar o mundo. Parar as cinzas.

Vin bufou baixinho.

— Você faz parecer uma piada.

— Não, estou falando sério — ele disse, levantando-se. — Se você sente que devemos fazer isso, se sente que é isso o que você é, então, mãos à obra. Vou ajudá-la no que eu puder.

— E aquele seu discurso? Na última caverna-depósito... de que não tinha como interferir em questões maiores, então você lidaria apenas com os exércitos.

— Eu estava errado.

Vin sorriu, e, de repente, Elend sentiu como se o mundo tivesse um pouco mais no lugar.

— Então — disse ele, sentando-se na cama ao lado dela. — O que você tem a dividir? Algum pensamento?

Vin hesitou.

— Sim... Mas não posso dizer.

Elend ficou sério.

— Não é que eu não confie em você — Vin disse. — É Ruína. No último depósito, descobri uma segunda inscrição na placa, perto do fundo. Ela alertava que nosso inimigo ficaria sabendo de qualquer coisa que eu falasse ou escrevesse. Então, se falarmos demais, *ele* saberá de nossos planos.

— O que dificulta um pouco isso de trabalharmos juntos para resolver o problema.

Vin pegou as mãos dele.

— Elend, sabe por que eu concordei em finalmente me casar com você?

Ele negou com a cabeça.

— Porque percebi que você confiava em mim — ela respondeu. — Confiava como ninguém havia confiado antes. Naquela noite, quando enfrentei Zane, concluí que eu precisava lhe dar minha confiança. Essa força que está destruindo o mundo... Nós temos algo que ela nunca vai entender. Não preciso necessariamente de sua ajuda; preciso de sua confiança. De sua esperança. É algo que nunca tive em mim mesma, e eu confio e dependo da sua.

Elend assentiu devagar.

— Você a tem.

— Obrigada.

— Sabe, naqueles dias em que você se recusava a se casar comigo, eu frequentemente pensava em como você era estranha.

Ela ergueu uma sobrancelha.

— Olha, que romântico.

Elend sorriu.

— Ah, seja razoável. Você tem de admitir que é incomum, Vin. Uma mistura estranha de nobre, menina de rua e gato. Além disso, você conseguiu, em nossos parcos três anos juntos, matar não apenas o meu deus, mas meu pai, meu irmão *e* minha noiva. É como marcar três pontos num jogo homicida. Uma base estranha para um relacionamento, não acha?

Vin se limitou a revirar os olhos.

— Estou feliz por não ter mais nenhum parente próximo — Elend falou. Em seguida, encarou-a. — Exceto você, claro.

— Não estou prestes a me afogar, se é isso que você está pensando.

— Não. Desculpe. Eu só estou... bem, você sabe. De qualquer forma, eu estava explicando uma coisa. No final, parei de me preocupar sobre como você era estranha. Percebi que realmente não *importava* se eu a entendia ou não, pois eu confiava em você. Isso faz sentido? De toda forma, acho que estou dizendo que concordo. Não sei exatamente o que você está fazendo e não tenho nenhuma pista de como vai conseguir. Mas, bem, eu confio que você vá conseguir.

Vin se aproximou dele.

— Só queria que houvesse algo que eu pudesse fazer para ajudar — Elend disse.

— Então, assuma toda aquela parte dos números — Vin falou com uma careta de desgosto. Embora tivesse sido a única a pensar que havia algo estranho nos percentuais daqueles que caíram com as brumas, Elend sabia que ela achava os números problemáticos. Ela não tinha treinamento, nem prática, para lidar com eles.

— Tem certeza de que há algo neles?

— Foi você que pensou que os percentuais eram bem estranhos.

— Tem razão. Tudo bem, eu cuido disso.

— Só não me diga o que descobrir — Vin falou.

— Bem, como é que *isso* vai ajudar?

— Confie. Você pode me dizer o que fazer; só não me diga por quê. Talvez possamos ficar um passo à frente daquela coisa.

Ficar um passo à frente dela?, Elend pensou. *Ela tem o poder de enterrar o império inteiro sob cinzas, e aparentemente pode escutar cada palavra que dizemos. Como vamos "ficar à frente" de algo assim?* Mas ele havia prometido confiar em Vin, então foi o que fez.

Vin apontou para a mesa.

— Essa é sua carta para Yomen?

Elend assentiu e disse:

— Espero que ele fale comigo, agora que estou aqui de verdade.

— Lentoveloz parece acreditar que Yomen é um bom homem. Talvez ele ouça.

— Algo me faz duvidar disso — disse Elend. Sentou-se em silêncio por um momento; em seguida, fechou o punho, cerrando os dentes de frustração. — Falei aos outros que quero tentar a diplomacia, mas eu *sei* que Yomen vai rejeitar minha mensagem. Foi por isso que trouxe meu exército, em primeiro lugar. Eu poderia ter enviado apenas você para espionar, como fez em Urteau. Mas infiltrações não nos ajudaram muito por lá; ainda precisamos conquistar a cidade se quisermos os suprimentos.

"*Precisamos* desta cidade. Mesmo se você não se sentisse tão impelida a descobrir o que há naquele depósito, eu teria vindo aqui. A ameaça que Yomen representa para o nosso reino é grande demais, e a possibilidade de o Senhor Soberano ter deixado informações importantes naquele depósito não pode ser ignorada. Yomen tem grãos naquele depósito, mas a terra aqui não terá luz do sol o bastante para cultivá-los. Então é provável que ele vá alimentar seu povo com os grãos em si, um desperdício quando não temos o bastante para plantar e encher o Domínio Central. Temos que tomar esta cidade ou ao menos fazer dela uma aliada.

"Mas o que farei se Yomen não quiser conversar? Mando exércitos atacarem os vilarejos próximos? Enveneno os suprimentos da cidade? Se você estiver certa, então ele encontrou o depósito, o que significa que terá mais comida do que esperávamos. A menos que ele destrua tudo, poderá sobreviver ao nosso cerco. Mas, se eu o destruir, o povo dele morrerá de fome... — Elend meneou a cabeça. — Lembra quando executei Jastes?"

— Você estava no seu direito — Vin foi rápida em dizer.

— Acredito que sim — Elend respondeu. — Mas eu o matei porque ele liderou um grupo de koloss até minha cidade e em seguida deixou que eles saqueassem o meu povo. Eu estou quase fazendo o mesmo aqui. Há vinte mil dessas feras lá fora.

— Você pode controlá-las.

— Jastes pensou que poderia controlá-las também — Elend disse. — Não quero perder as rédeas daquelas criaturas, Vin. Mas e se o cerco falhar e eu tiver de tentar acabar com as fortificações de Yomen? Não serei capaz de fazê-lo sem os koloss. — Ele negou com a cabeça. — Se ao menos eu pudesse *falar* com Yomen... Talvez eu pudesse chamá-lo à razão ou ao menos convencer a mim mesmo de que ele precisa cair.

Vin hesitou.

— Talvez... haja uma maneira.

Elend encontrou o olhar dela.

— Ainda há bailes lá na cidade. E o rei Yomen participa de todos.

Elend piscou. De início, supôs que talvez tivesse entendido errado. No entanto, a expressão nos olhos dela — aquela determinação desenfreada — o persuadiu do contrário. Às vezes, ele via um toque do Sobrevivente nela; ou, ao menos, do homem que as histórias diziam ter sido Kelsier. Ousada ao ponto da imprudência. Corajosa e precipitada. Ele havia influenciado Vin mais do que ela gostava de admitir.

— Vin, você acabou de sugerir que participemos de um *baile* que está sendo realizado no meio de uma cidade que estamos sitiando?

Vin deu de ombros.

— Claro. Por que não? Somos Nascidos da Bruma; podemos entrar na cidade sem muito problema.

— Sim, mas...

Eu teria um salão cheio com a nobreza que estou querendo intimidar — sem mencionar no acesso ao homem que se recusa a me receber, em uma situação na qual ele teria problemas em fugir sem parecer um covarde.

— Você acha a ideia boa — Vin concluiu, sorrindo de um jeito travesso.

— É uma ideia *maluca* — Elend retrucou. — Sou imperador; não deveria me esgueirar pela cidade inimiga para poder ir a uma festa.

Vin estreitou os olhos, encarando-o.

— Mas tenho que admitir que o conceito *tem* um charme considerável — completou ele.

— Se Yomen não vier nos encontrar, então vamos até lá e entramos de penetra na festa dele.

— Faz um tempo desde o meu último baile. Teria que desenterrar um bom material de leitura em nome dos velhos tempos.

De repente, Vin ficou pálida. Algo estava errado, Elend sentia. Não com o que ele havia dito — era alguma outra coisa. *O quê? Assassinos? Espíritos das brumas? Koloss?*

— Acabei de perceber uma coisa — Vin disse, encarando-o com aqueles olhos marcantes. — Não posso ir a um baile. Eu não trouxe um vestido!

O Senhor Soberano não apenas proibiu certas tecnologias; ele suprimiu completamente o avanço tecnológico. Parece estranho agora que, durante mil anos de domínio, muito pouco progresso tenha sido feito. As técnicas agrícolas, os métodos arquitetônicos — mesmo a moda permaneceu notavelmente estável durante o reinado do Senhor Soberano.

Ele construiu o império perfeito e, em seguida, tentou mantê-lo como estava. Em grande parte, foi bem-sucedido. Os relógios de bolso — outra apropriação khlenni — que foram feitos no século X do império eram quase idênticos àqueles feitos durante o século I. Tudo permanecia igual.

Até tudo entrar em colapso, claro.

29

COMO À MAIORIA DAS CIDADES no império final, fora proibido a Urteau a construção de uma muralha. No início da vida de Sazed, antes de ele se rebelar, o fato de as cidades não poderem construir fortificações sempre lhe parecera um indício sutil da vulnerabilidade do Senhor Soberano. Afinal, se o tirano ficava preocupado com a possibilidade de rebeliões e cidades que podiam se voltar contra ele, talvez soubesse de algo que ninguém mais sabia: que *podia* ser derrotado.

Pensamentos como esse haviam levado Sazed até Mare e, por fim, até Kelsier. E agora, eles o levavam à cidade de Urteau — uma cidade que finalmente *havia* se rebelado contra a liderança nobre. Infelizmente, ela jogava Elend Venture no mesmo balaio que todos os outros nobres.

— Não gosto disso, mestre Guardador — disse o Capitão Goradel, caminhando ao lado de Sazed, que, pelo bem de sua imagem, agora seguia na carruagem com Brisa e Allrianne. Após deixar o povo terrisano para trás, Sazed alcançou apressadamente Brisa e os outros apenas dois dias antes, e finalmente eles entraram na cidade que era seu destino.

— As coisas devem estar meio brutais por lá — Goradel continuou. — Não acho que o senhor estará em segurança.

— Duvido que seja tão ruim quanto o senhor pensa — Sazed disse.

— E se pegarem os senhores como reféns?

— Meu caro — Brisa respondeu, inclinando-se para encarar o capitão. — É por isso que os reis *enviam* embaixadores. Dessa forma, se alguém é capturado, o rei ainda está em segurança. Nós, meu amigo, somos algo que Elend nunca poderá ser: dispensáveis.

Goradel fechou a cara para aquelas palavras.

— *Eu* não me sinto muito dispensável.

Sazed olhou para fora da carruagem, observando a cidade em meio à chuva de cinzas. Era grande; uma das cidades mais antigas do império. Ele observou com interesse que, conforme se aproximavam, a estrada fazia um declive, entrando em uma vala de canal vazia.

— O que é isso? — Allrianne perguntou, expondo a cabeça loira do outro lado da carruagem. — Por que construíram essas estradas em fossos?

— Canais, minha querida — Brisa respondeu. — A cidade costumava ser cheia deles. Agora, eles estão vazios... um terremoto ou algo assim desviou o rio.

— É agourento — ela comentou, trazendo a cabeça de volta para dentro. — Faz os prédios parecerem duas vezes mais altos.

Quando entraram na cidade em si — seus duzentos soldados marchando ao redor deles em formação —, foram recebidos por uma delegação de soldados de Urteau em uniformes marrons. Sazed havia enviado uma mensagem antes da chegada, claro, e o rei — o Cidadão, como o chamavam — dera a Sazed permissão para levar seu pequeno contingente de tropas para dentro de Urteau.

— Eles dizem que o rei quer se encontrar com os senhores imediatamente, mestre terrisano — Goradel disse, voltando para a carruagem.

— O homem não perde tempo, não é? — Brisa comentou.

— Então, iremos — Sazed anunciou, assentindo para Goradel.

— VOCÊS NÃO SÃO BEM-VINDOS AQUI.

Quellion, o Cidadão, era um homem de cabelos curtos com pele áspera e uma postura quase militar. Sazed se perguntou onde aquele homem —

aparentemente um simples camponês, antes do Colapso — havia adquirido tamanha habilidade de liderança.

— Entendo que o senhor não deseje ver soldados estrangeiros em sua cidade — disse Sazed, cauteloso. — No entanto, deve ter percebido que não viemos conquistar. Duzentos homens dificilmente representam uma força invasora.

Quellion estava em pé atrás de sua mesa, braços atrás das costas. Vestia o que pareciam ser calças e camisa skaa normais, embora as duas tivessem sido tingidas de vermelho-escuro, quase castanho-avermelhado. Sua "câmara de audiência" era um grande salão de conferências no que fora no passado a casa de um nobre. As paredes haviam sido caiadas, e o candelabro, retirado. Privada de mobília e refinamento, a sala lhes dava a impressão de estarem numa caixa.

Sazed, Brisa e Allrianne estavam sentados em bancos duros de madeira, o único conforto que o Cidadão lhes oferecera. Goradel se postava logo atrás, com dez de seus soldados formando a guarda.

— Não tem a ver com os soldados, terrisano — Quellion disse. — Tem a ver com o homem que os enviou.

— O imperador Venture é um monarca bom e razoável — Sazed afirmou.

Quellion bufou, virando-se para fazer um comentário a um de seus companheiros. Tinha muitos deles — talvez uns vinte —, e Sazed supôs que eram membros do governo. A maioria usava vermelho, como Quellion, embora suas roupas não tivessem sido tingidas com tons tão escuros.

— Elend Venture — Quellion falou, erguendo o dedo e voltando-se para Sazed — é um mentiroso e um tirano.

— Isso não é verdade.

— Ah, não? E como ele conquistou o trono? Derrotando Straff Venture e Ashweather Cett em guerra?

— A guerra foi...

— A guerra costuma ser a desculpa dos tiranos, terrisano — Quellion interrompeu. — Meus relatos dizem que a esposa Nascida da Bruma dele obrigou os reis a se ajoelharem naquele dia... Forçou todos a jurar lealdade a ele para que não fossem massacrados pelos koloss. Parecem ações de um homem "bom e razoável"?

Sazed não respondeu.

Quellion avançou, pousando as mãos espalmadas no tampo da mesa.

— Sabem o que fizemos aos nobres desta cidade, terrisano?

— O senhor os matou — Sazed respondeu em voz baixa.

— Como o Sobrevivente ordenou — Quellion disse. — Vocês alegam ter sido companheiros dele antes da queda. Mesmo assim, servem a uma das próprias casas nobres que ele buscou derrubar. Isso não é incoerente de sua parte, terrisano?

— Lorde Kelsier concluiu seu objetivo na morte do Senhor Soberano — Sazed respondeu. — Quando isso foi alcançado, a paz...

— Paz? Diga-me, terrisano, ouviu o Sobrevivente falar alguma vez de paz?

Sazed hesitou.

— Não — admitiu.

Quellion voltou a bufar.

— Ao menos é honesto. O único motivo pelo qual estou falando com vocês é porque Venture foi esperto o bastante para enviar um terrisano. Se tivesse enviado um nobre, eu teria matado o patife e enviado o crânio tostado de volta como resposta.

O salão ficou silencioso. Tenso. Após alguns momentos de espera, Quellion virou as costas para Sazed, encarando seus companheiros.

— Sentem isso? — ele perguntou aos seus homens. — Conseguem se sentir ficando envergonhados? Reparem em suas emoções; de repente sentem uma camaradagem por esses servos de um mentiroso?

Ele se virou, encarando Brisa.

— Alertei a todos vocês sobre a Alomancia, a ferramenta obscura da nobreza. Bem, agora podem senti-la. Aquele homem sentado ao lado de nosso *distinto* terrisano é conhecido como Brisa. É um dos homens mais vis do mundo. Um Abrandador de enormes habilidades.

Quellion virou-se para falar com Brisa.

— Diga, Abrandador. Quantos amigos sua mágica fez? Quantos inimigos incitou ao suicídio? Essa bela garota ao seu lado... usou suas artes para levá-la à sua cama?

Brisa sorriu, erguendo a taça de vinho.

— Meu caro, o senhor, claro, me descobriu. No entanto, em vez de congratular-se por perceber meu toque, o senhor talvez deva se perguntar por que eu o manipulei para dizer o que acabou de proferir.

Quellion hesitou, embora, claro, Brisa estivesse blefando. Sazed suspirou. Uma reação indignada teria sido muito mais apropriada, mas, por outro lado, esse não seria o *modus operandi* de Brisa. Agora o Cidadão passaria o restante da reunião se perguntando se suas palavras estavam sendo guiadas por Brisa.

— Mestre Quellion — Sazed disse —, vivemos em tempos perigosos. Decerto o senhor já percebeu.

— Podemos nos proteger muito bem — Quellion retrucou.

— Não estou falando de exércitos ou bandoleiros, Cidadão. Estou falando de brumas e cinzas. O senhor percebeu que as brumas estão se demorando cada vez mais durante a luz do dia? O senhor percebeu que elas têm feito coisas estranhas com seu povo, causando mortes de alguns que saem em meio a elas?

Quellion não o contradisse ou chamou suas palavras de tolices, o que foi o bastante para Sazed. Pessoas haviam morrido naquela cidade.

— As cinzas caem perpetuamente, Cidadão — Sazed continuou. — As brumas são mortais, e os koloss estão à solta. Seria um momento muito bom para termos alianças poderosas. No Domínio Central, conseguimos cultivar as melhores colheitas, pois temos mais luz do sol. O imperador Venture descobriu um método de controlar os koloss. Seja lá o que vier nos próximos anos, seria muito vantajoso ser amigo do imperador Venture.

Quellion balançou a cabeça com se estivesse resignado. Ele se voltou aos companheiros novamente.

— Vejam, como eu disse para vocês. Primeiro, ele nos diz que vem em paz, em seguida, parte para as ameaças. Venture controla os koloss. Venture controla a comida. Em seguida vai dizer que Venture controla as brumas! — Quellion se voltou para Sazed. — De nada adiantarão ameaças aqui, terrisano. Não estamos preocupados com nosso futuro.

Sazed ergueu uma sobrancelha.

— E por quê?

— Porque *seguimos* o Sobrevivente. Desapareça da minha frente.

Sazed se levantou.

— Gostaria de ficar na cidade e, talvez, reunir-me com o senhor novamente.

— Essa reunião não acontecerá.

— De qualquer forma, eu preferiria ficar. Tem a minha palavra de que meus homens não causarão problemas. Tenho sua permissão? — Ele curvou a cabeça em deferência.

Quellion murmurou algo entre dentes antes de acenar para ele.

— Se eu proibir, você simplesmente vai se esgueirar de qualquer jeito. Fique se precisar, terrisano, mas já aviso: siga nossas leis e não cause problemas.

Sazed se curvou ainda mais, em seguida retirou-se com seu pessoal.

— BEM — BRISA DISSE, acomodando-se na carruagem —, revolucionários assassinos, todos usando as mesmas roupas cinzentas, ruas-canal onde um a cada dez prédios foi incendiado até ruir... É um lugar adorável esse que Elend escolheu para visitarmos. Lembre-me de agradecê-lo quando voltarmos.

Sazed sorriu, embora não estivesse no melhor dos humores.

— Ah, não fique tão cabisbaixo, meu velho — Brisa disse, agitando seu bastão enquanto a carruagem começava a se mover com os soldados ao redor. — Algo me diz que aquele Quellion não é nem metade da ameaça que sua postura faz parecer. Vamos acabar convencendo-o.

— Não tenho tanta certeza, Lorde Brisa. Este lugar... é diferente das outras cidades que visitamos. Os líderes não estão tão desesperados, e o povo é mais subserviente. Não conseguiremos nada fácil aqui, creio eu.

Allrianne cutucou o braço de Brisa.

— Brisinha, está vendo aquilo lá?

Brisa estreitou os olhos contra a luz da tarde, e Sazed se inclinou para a frente, olhando para fora. Um grupo de pessoas havia acendido uma fogueira no quintal. A chama gigantesca lançava um rastro rodopiante de fumaça no ar. Sazed, por reflexo, buscou uma mente de estanho para usar na melhoria da visão. Afastou o impulso e apertou os olhos.

— Parecem...

— Tapeçarias — disse um dos soldados que marchava ao lado da carruagem. — E mobília... objetos ricos que são sinais de nobreza, de acordo com o Cidadão. Foi preparada para a apreciação dos senhores, claro. Quellion provavelmente mantém armazéns para que possa ordenar sua queima em momentos teatralmente adequados.

Sazed ficou paralisado, pois o soldado era notavelmente bem-informado. Olhou mais de perto, desconfiado. Como todos os seus homens, aquele usava uma capa com capuz puxado para frente, protegendo-o das cinzas que caíam. Quando o homem virou a cabeça, o terrisano conseguiu ver que, estranhamente, usava uma venda grossa amarrada sobre os olhos, como se fosse cego. Apesar disso, Sazed reconheceu seu rosto.

— Fantasma, meu garoto! — Brisa exclamou. — Sabia que você apareceria uma hora ou outra. Por que a venda?

Fantasma não respondeu à pergunta. Em vez disso, virou-se, olhando para as chamas reluzentes da fogueira. Parecia haver uma... tensão em sua postura.

O tecido deve ser fino o bastante para enxergar através dele, Sazed pensou. Era a única explicação para a maneira hábil e graciosa com a qual Fantasma se movia, apesar da venda. Mas certamente parecia grossa o bastante para obscurecer a visão...

Fantasma se virou para Sazed.

— Vocês vão precisar de uma base de operações na cidade. Já escolheram uma?

— Ainda não. Estávamos pensando em usar uma estalagem.

— Não há estalagens de verdade na cidade — Fantasma revelou. — Quellion diz que os cidadãos devem cuidar uns dos outros, permitindo que visitantes fiquem em seus lares.

— Hum — Brisa disse. — Talvez precisemos acampar lá fora.

Fantasma fez que não com a cabeça.

— Não precisam. Sigam-me.

— O CANTÃO DO MINISTÉRIO da Inquisição? — Sazed perguntou, franzindo o cenho ao descer da carruagem.

Fantasma estava diante deles, nos degraus que levavam para dentro do grande edifício. Ele se virou, meneando a cabeça estranhamente envolta em panos.

— Quellion não tocou em nenhum dos edifícios ministeriais. Ordenou que portas e janelas fossem pregadas com tábuas, mas não pilhou ou queimou nenhum deles. Acho que ele tem medo dos Inquisidores.

— Um medo saudável e racional, meu garoto — disse Brisa, ainda sentado na carruagem.

Fantasma bufou.

— Os Inquisidores não virão nos incomodar, Brisa. Estão ocupados demais tentando matar Vin. Venham.

Ele subiu os degraus, e Sazed o seguiu. Às suas costas, ele conseguiu ouvir Brisa suspirar exageradamente, em seguida ordenar que um dos soldados trouxesse o guarda-sol para protegê-lo das cinzas.

O edifício era amplo e imponente, como a maioria das construções de Ministérios. Durante os dias do Senhor Soberano, esses prédios eram a lembrança do poderio imperial em todas as cidades do Império Final. Os sacerdotes que os ocupavam eram, em sua maioria, burocratas e funcionários — e, no entanto, aquele tinha sido o verdadeiro poder do Império Final: seu controle sobre os recursos e a administração da população.

Fantasma estava ao lado das portas amplas e pregadas com tábuas do prédio. Como a maioria das estruturas em Urteau, eram feitas de madeira, não de pedra. Ele olhou fixamente para cima, como se assistisse às cinzas caírem, enquanto esperava Sazed e Brisa. Sempre fora calado, ainda mais depois da morte do tio durante o ataque a Luthadel. Quando o terrisano chegou, Fantasma começou a arrancar as tábuas da frente do prédio.

— Estou feliz por você estar aqui, Sazed — ele disse.

Sazed se aproximou para ajudar a arrancar as tábuas. Puxou, tentando retirar os pregos — ainda assim, ele devia ter escolhido uma das tábuas mais teimosas, pois, enquanto as que Fantasma pegava pareciam se soltar com facilidade, a de Sazed se recusava ao menos a se curvar.

— E por que está feliz que eu esteja aqui, Lorde Fantasma?

Fantasma bufou.

— Não sou lorde, Sazed. Elend nunca me deu um título.

Sazed sorriu.

— Ele disse que você só queria um para impressionar as mulheres.

— Claro que sim — Fantasma respondeu, sorrindo enquanto puxava outra tábua. — Que outro motivo haveria para se ter um título? De qualquer forma, me chame apenas de Fantasma. É um bom nome.

— Muito bem.

Fantasma estendeu o braço, usando apenas uma das mãos para casualmente arrancar a tábua que Sazed estivera tentando mover. *Quê?*, Sazed pensou, em choque. Ele não era de forma alguma musculoso, mas também não achava que Fantasma o fosse. O rapaz devia estar praticando com pesos.

— Seja como for — Fantasma disse, virando-se —, estou feliz que esteja aqui, pois tenho coisas a discutir com você. Coisas que outros talvez não entendam.

Sazed franziu a testa.

— Coisas de que natureza?

Fantasma sorriu, em seguida bateu com o ombro contra a porta, abrindo-a; dava em uma câmara escura e cavernosa.

— Coisas de deuses e homens, Sazed. Venha comigo.

O garoto desapareceu na escuridão. Sazed esperou do lado de fora, mas Fantasma não chegou a acender um lampião. Conseguia ouvir o jovem movendo-se lá dentro.

— Fantasma? — chamou. — Não consigo enxergar aí dentro. Você teria um lampião?

Houve um momento de silêncio.

— Ah — a voz de Fantasma disse. — Certo. — Um momento depois, houve uma faísca, e um lampião começou a brilhar.

Brisa seguiu tranquilamente atrás de Sazed.

— Diga-me, Sazed — ele falou baixinho —, é impressão minha ou o garoto mudou desde que o vimos da última vez?

— Ele parece bem mais confiante — Sazed respondeu, assentindo. — Mais hábil também. Mas qual você acha que é o objetivo daquela venda?

Brisa deu de ombros, tomando o braço de Allrianne.

— Ele sempre foi um tanto estranho. Talvez ache que isso o disfarçará e ajudará a impedir de ser reconhecido como um membro do bando de Kelsier. Considerando a melhora na disposição e na dicção do rapaz, não ligo de lidar com uma esquisitice ou duas.

Brisa e Allrianne entraram no edifício, e Sazed acenou para o Capitão Goradel, indicando que protegesse o perímetro lá fora. O homem assentiu, enviando um esquadrão de soldados para seguir Sazed e os demais. Por fim, o terrisano entrou no prédio.

Ele não sabia bem o que esperar. O prédio fora parte do Cantão da Inquisição — o mais execrável dos braços do Ministério. Não era um lugar no qual Sazed gostava de entrar. O último edifício desses no qual entrou fora o Convento de Seran, e a experiência fora realmente sinistra. Esse prédio, no entanto, mostrou-se bem diferente — era apenas outra repartição. Tinha uma mobília um pouco mais austera que a maioria dos prédios do Ministério, verdade, mas ainda ostentava tapeçarias em paredes revestidas de madeira e amplos tapetes vermelhos no chão. Os ornamentos eram de metal, e havia lareiras em cada cômodo.

Conforme seguia Brisa e Fantasma pelo prédio, Sazed era capaz de imaginar o que fora aquele lugar durante os dias do Senhor Soberano. Não devia haver poeira na época, mas um ar de eficiência ligeira. Os administradores teriam sentado àquelas escrivaninhas, coletando e preenchendo informações sobre casas nobres, rebeldes skaa e até mesmo sobre outros Cantões do Ministério. Houvera uma rixa duradoura entre o Cantão da Ortodoxia, que administrava o império do Senhor Soberano, e o Cantão da Inquisição, que o fiscalizava.

Aquele não era um lugar a se temer, mas um lugar de livros de registro e arquivos. Os Inquisidores provavelmente tinham muito raramente visitado o edifício. Fantasma os guiou por várias salas apinhadas de coisas até uma câmara de armazenamento menor, ao fundo. Ali, Sazed conseguiu perceber que a poeira no chão havia sido remexida.

— Você esteve aqui antes? — questionou, entrando na sala depois de Fantasma, Brisa e Allrianne.

Fantasma assentiu.

— E Vin também. Não se lembra do relatório? — Ele tateou o chão, encontrando por fim uma tranca escondida e abrindo um alçapão. Sazed espreitou a caverna escura abaixo.

— Do que ele está falando? — Allrianne sussurrou para Brisa. — Vin esteve aqui?

— Ela fez o reconhecimento da cidade, querida — O Abrandador falou. — Para encontrar...

— O depósito — Sazed interrompeu quando Fantasma começou a descer uma escada escuridão adentro, deixando o lampião para trás. — O depósito de suprimentos deixado pelo Senhor Soberano. Todos eles estão embaixo de prédios do Ministério.

— Bem, estamos aqui para recuperá-lo, não é? — Allrianne perguntou. — Então, conseguimos. Por que se importar com aquele tal Cidadão e seus camponeses malucos?

— Não há maneira de tirarmos esses suprimentos da cidade com o Cidadão no controle. — A voz de Fantasma pairou até eles, ecoando levemente. — Há muita coisa aqui embaixo.

— Além disso, minha querida — Brisa disse —, Elend não nos enviou aqui apenas para pegar esses suprimentos, mas também para suprimir uma rebelião. Não podemos ter uma de nossas maiores cidades em revolta e, *principalmente*, não podemos permitir que a rebelião se espalhe. No entanto, devo dizer que é estranho para mim estar deste lado da questão; digo, impedir uma rebelião em vez de iniciar uma.

— Talvez tenhamos que organizar uma rebelião *contra* a rebelião, Brisa. — A voz de Fantasma ecoou lá embaixo. — Se isso deixar você mais confortável. De qualquer forma, vocês três vão descer ou não?

Sazed e Brisa se entreolharam. O Abrandador apontou para o fosso escuro.

— Depois de você.

Sazed pegou o lampião e desceu a escada. Ao fundo, encontrou uma pequena câmara de pedra, cuja parede havia sido empurrada para revelar uma caverna. Entrou na caverna, Brisa alcançando o solo atrás dele e ajudando Allrianne a descer em seguida.

Sazed ergueu o lampião, encarando o espaço em silêncio.

— Pelo Senhor Soberano! — Brisa disse, entrando na caverna atrás de Sazed. — É enorme!

— O Senhor Soberano preparou esses depósitos para o caso de um desastre — Fantasma comentou à frente deles na caverna. — Foram planejados para ajudar o império a passar pelo que estamos enfrentando. Eles não seriam muito úteis se não fossem criados em escala grandiosa.

"Grandiosa" era a palavra correta. Estavam em uma plataforma próxima ao teto da caverna, e uma vasta câmara estendia-se abaixo deles. Sazed conseguia ver fileiras e mais fileiras de estantes alinhando-se pelo chão da caverna.

— Acho que deveríamos montar nossa base aqui, Sazed — Fantasma disse, movendo-se na direção das escadas que levavam ao chão da caverna. — É o único lugar defensável da cidade. Se ocuparmos o prédio lá em cima com nossas tropas, poderemos usar os suprimentos desta caverna... e até mesmo nos retirar para cá em uma emergência. Poderíamos defender este lugar até mesmo contra um ataque direto.

Sazed se virou, examinando a entrada de pedra da câmara. Era tão pequena que apenas um homem poderia passar por vez — o que significava que seria muito fácil de vigiar. E provavelmente havia uma maneira de fechá-la.

— De repente, me sinto muito mais seguro nesta cidade — Brisa observou.

Sazed assentiu. Ele se virou, observando a caverna novamente. À distância, conseguiu ouvir algo.

— É água?

Fantasma estava descendo os degraus. Novamente, sua voz ecoou sinistramente na câmara.

— Cada depósito tem uma especialidade; algo que contém mais que todos os outros.

Sazed desceu os degraus conforme os soldados de Goradel entravam na câmara atrás de Brisa. Embora estivessem trazendo mais lampiões, Brisa e Allrianne preferiram se manter perto de Sazed quando desceram.

O terrisano logo percebeu que conseguia ver algo cintilando. Ergueu o lampião, parando nos degraus ao reparar que um tanto da escuridão à distância era plano demais para ser parte do chão da caverna.

Brisa soltou um assobio baixo enquanto eles examinavam o enorme lago subterrâneo.

— Bem — ele observou —, acho que sabemos para onde foi toda aquela água dos canais.

Originalmente, os homens acreditavam que a perseguição de Rashek à religião de Terris se originava do ódio. E, agora que sabemos que o próprio Rashek era um terrisano, sua destruição de tal religião parece estranha. Suspeito que teve algo a ver com as profecias sobre o Herói das Eras. Rashek sabia que, no fim, o poder de Preservação acabaria voltando para o Poço da Ascensão. Se permitisse que a religião de Terris sobrevivesse, talvez, algum dia, uma pessoa encontrasse o caminho até o Poço e tomasse o poder, usando-o em seguida para derrotá-lo e derrubar seu império. Então, ele suprimiu o conhecimento sobre o Herói e o que ele deveria fazer, na esperança de guardar o segredo do Poço para si.

30

— VOCÊS NÃO VÃO NEM tentar me dissuadir? — Elend perguntou num tom divertido.

Ham e Cett se entreolharam.

— Por que faríamos isso, El? — Ham questionou, parado em frente ao barco. A distância, o sol estava se pondo, e as brumas já haviam começado a se reunir. O barco balançava em silêncio, e os soldados vagueavam pelas margens do canal, preparando-se para a noite. Uma semana havia passado desde o primeiro reconhecimento de Fadrex por Vin, e ela ainda não tinha conseguido invadir o depósito.

A noite do próximo baile havia chegado, e Elend e Vin estavam planejando aparecer.

— Bem, posso pensar em alguns motivos pelos quais vocês poderiam protestar — Elend disse, contando-os nos dedos. — Primeiro, não é sábio me expor a uma captura em potencial. Segundo, ao me revelar na festa, mostrarei que sou um Nascido da Bruma, confirmando certos rumores nos quais Yomen talvez não acredite. Terceiro, colocarei nossos dois Nascidos da Bruma no mesmo lugar, onde podem ser facilmente atacados... o que pode não ser uma boa ideia. Por fim, há o fato de que ir a um baile no meio de uma guerra é simples e *absolutamente maluco*.

Ham deu de ombros, recostando-se com o cotovelo no parapeito do convés.

— Não é muito diferente de quando vocês entraram no acampamento do seu pai durante o cerco de Luthadel. Exceto que você não era um Nascido da Bruma na época e nem estava em tal posição de poder político. Yomen seria louco se fizesse um movimento contra você. Ele precisa saber que, se você estiver no mesmo lugar que ele, é ele quem estará em perigo mortal.

— Ele vai fugir — Cett disse de seu assento. — Essa festa vai terminar assim que vocês chegarem.

— Não, não acho que vá. — Elend olhou na direção da cabine, onde Vin ainda estava se aprontando. Ela havia pedido para os alfaiates do acampamento modificarem um dos vestidos das cozinheiras. Ele estava preocupado. Não importava o quanto o vestido ficasse bom, pareceria deslocado se comparado aos luxuosos vestidos de baile.

Voltou a atenção para Cett e Ham.

— Não acho que Yomen fugirá. Ele deve saber que, se Vin quisesse matá-lo, atacaria seu palácio em segredo. Está tentando a todo custo fingir que nada mudou desde que o Senhor Soberano desapareceu. Nossa presença no baile fará com que ele pense que estamos dispostos a fingir com ele. Ficará e verá se pode ganhar alguma vantagem ao se encontrar conosco nos próprios termos.

— O homem é um tolo — Cett protestou. — Não consigo acreditar que ele deseja que as coisas voltem a ser como eram.

— Pelo menos está tentando dar aos súditos o que eles querem. Foi aí que você errou, Cett. Perdeu o reino no momento em que saiu porque não se deu ao trabalho de agradar ninguém.

— Um rei não precisa agradar ninguém — Cett retrucou, ríspido. — É ele quem tem o exército, o que significa que as *outras pessoas* devem agradá-lo.

— Na verdade — Ham falou, coçando o queixo —, essa teoria não pode ser verdade. Um rei precisa agradar alguém. Afinal, mesmo que pretenda *forçar* todos a fazerem o que ele diz, ainda precisa ao menos agradar o exército. Por outro lado, acho que se o exército estiver satisfeito simplesmente em poder intimidar o povo, você poderia ter um argumento...

Ham parou de falar, parecendo pensativo, e Cett o encarou com raiva.

— Para você tudo precisa ser um maldito quebra-cabeças lógico? — ele questionou. Ham se limitou a continuar coçando o queixo.

Elend sorriu, passando os olhos pela cabine mais uma vez. Era bom ouvir Ham agindo como ele mesmo. Cett contestava os comentários de Ham quase tanto quanto Brisa. Na verdade... *Talvez seja por isso que Ham não tem estado tão propenso às suas pequenas charadas lógicas nos últimos tempos,* pensou Elend. *Não havia ninguém para reclamar delas.*

— Então, Elend... — Cett disse. — Se você morrer, estarei no comando, certo?

— Vin assumirá o comando se algo acontecer comigo — Elend respondeu. — Você sabe.

— Certo — Cett continuou. — E se vocês dois morrerem?

— Sazed será o próximo na sucessão imperial depois de Vin, Cett. Já discutimos isso.

— Sim, mas e quanto a este exército? Sazed está em Urteau. Quem vai liderar estes homens até encontramos ele?

Elend suspirou.

— Se, de algum modo, Yomen conseguir matar a mim e também a Vin, sugiro que você fuja. Porque, sim, você estaria no comando aqui e seria o próximo alvo do Nascido da Bruma que tiver nos matado.

Cett sorriu, satisfeito, enquanto Ham franzia o cenho.

— Você nunca quis títulos, Ham — Elend apontou. — E se irritou com cada posição de liderança que eu lhe dei.

— Eu sei, mas e quanto a Demoux?

— Cett tem mais experiência. Ele é um homem melhor do que finge ser, Ham. Confio nele. Terá de bastar para você. Cett, se as coisas saírem muito mal, eu o encarrego de voltar a Luthadel e procurar Sazed para lhe dizer que ele é o imperador. Agora, acho que...

Elend hesitou quando a porta da cabine se abriu. Ele se virou, abrindo seu melhor sorriso de consolação, e ficou paralisado.

Vin estava na entrada da cabine, trajando um vestido preto estonteante com adornos em prata e um corte um tanto moderno. De alguma forma, ele conseguia parecer justo, apesar da saia em forma de sino, que se abria com as anáguas. Os cabelos pretos, que ela costumava usar presos em um rabo de cavalo, estavam soltos, chegando até o início das costas, bem cortados e levemente encaracolados. A única joia que usava era seu brinco simples, que ganhara da mãe na infância.

Ele sempre a achara bonita. E, ainda assim... quanto tempo fazia desde que ele a vira de vestido, com os cabelos arrumados e maquiagem? Tentou dizer algo, fazer um elogio, mas a voz ficou presa na garganta dele.

Ela foi até ele com passos leves e lhe deu um beijo breve.

— Vou tomar isso como um indício de que me saí bem. Tinha me esquecido de como vestidos podiam ser *chatos*. E a maquiagem! Honestamente, Elend, você nunca mais vai poder reclamar sobre seus trajes.

Ao lado deles, Ham estava rindo. Vin se virou.

— Que foi?

— Ah, Vin — Ham falou, recostando-se e cruzando os braços musculosos —, quando você resolveu crescer assim, hein? Parece que foi na semana passada que ainda estava tropeçando por aí, escondida nos cantos, com cabelos de menino e atitude de um ratinho.

Vin sorriu com ternura.

— Lembra a primeira vez que nos encontramos? Você pensou que eu fosse uma intermediária.

Ham assentiu.

— Brisa quase caiu duro quando descobriu que estávamos falando com uma Nascida da Bruma o tempo todo! Honestamente, Vin. Às vezes não consigo acreditar que você é aquela mesma garota assustada que Kelsier trouxe para o bando.

— Quatro anos se passaram, Ham. Estou quase com vinte agora.

— Eu sei — Ham disse, suspirando. — Você é como meus filhos, que viraram adultos antes que eu tivesse tempo de conhecê-los como crianças. Na verdade, provavelmente conheço você e El melhor do que qualquer um deles.

— Você vai voltar para seus filhos, Ham — Vin garantiu, estendendo a mão e pousando-a no ombro do amigo. — Assim que tudo isso tiver acabado.

— Ah, eu sei disso — ele falou, sorrindo, sempre otimista. — Mas a gente nunca consegue recuperar o que perdeu. Espero que tudo isso valha a pena.

Elend sacudiu a cabeça, finalmente recuperando a voz.

— Tenho apenas uma coisa a dizer. Se esse vestido é o que as cozinheiras vêm usando, estou pagando *demais* a elas.

Vin soltou uma gargalhada.

— Sério, Vin. Os alfaiates do exército são bons, mas não há como este vestido ter vindo dos materiais que tínhamos no acampamento. Onde o conseguiu?

— É um mistério — Vin disse, estreitando os olhos e sorrindo. — Nós, Nascidos da Bruma, somos incrivelmente misteriosos.

Elend hesitou.

— Hum... sou Nascido da Bruma também, Vin. Isso não faz sentido nenhum.

— Nós, Nascidos da Bruma, não precisamos fazer sentido — disse Vin. — Estamos acima disso. Vamos, o sol já está baixo. Precisamos partir.

— Divirtam-se dançando com nossos inimigos — Ham comentou quando Vin saltou do barco e em seguida se *empurrou* bruma adentro. Elend acenou um adeus, *empurrando-se* no ar também. Enquanto partia, seus ouvidos aguçados pelo estanho ouviram a voz de Ham se dirigindo a Cett.

— Então... você não pode ir a lugar algum, a menos que alguém carregue você, certo? — o Brutamontes perguntou.

Cett grunhiu.

— Muito bem, então — Ham disse, soando muito contente. — Tenho algumas charadas filosóficas das quais acho que você vai gostar...

SALTOS ALOMÂNTICOS NÃO ERAM FÁCEIS usando um vestido de baile. Todas as vezes que Vin começava a descer, a barra do vestido se inflava ao redor dela, ondulando e esvoaçando como uma revoada de pássaros assustados.

Ela não estava especialmente preocupada se mostraria o que estava sob o vestido. Não apenas estava escuro demais para a maioria das pessoas ver, mas ela usava calças justas embaixo das anáguas. Infelizmente, vestidos ondulantes — e a resistência que eles criavam no ar — deixavam o controle de salto muito mais difícil, além de fazer muito barulho. Ela se perguntou o que os guardas pensavam enquanto ela passava sobre as plataformas rochosas que serviam como muralhas naturais para a cidade. Aos seus ouvidos, ela parecia uma dezena de bandeiras esvoaçantes que se debatiam no meio de uma tempestade de vento.

Ela reduziu a velocidade, mirando um telhado sem cinzas. Pousou suavemente, equilibrou-se e girou com o vestido revoltoso antes de parar e esperar por Elend. Ele surgiu em seguida, aterrissando com menos leveza, sua chegada consistindo em um baque surdo e um grunhido. Não que ele fosse ruim nos *empurrões* e *puxões* — apenas não tinha tanta prática quanto Vin. Ela provavelmente fora igual a ele durante seus primeiros anos como alomântica.

Bem... talvez não tão igual assim, ela pensou com carinho enquanto Elend se aprumava. *Mas tenho certeza de que muitos alomânticos estavam no nível de Elend com apenas um ano de prática.*

— Foi uma série e tanto de saltos, Vin — Elend disse, ofegando um pouco enquanto olhava para trás na direção das formações rochosas íngremes, com fogueiras queimando alto na noite. Usava seu uniforme militar padrão branco, um dos mesmos que Tindwyl havia projetado para ele. Havia mandado escová-lo para tirar as cinzas e feito a barba.

— Não consegui aterrissar muitas vezes — Vin explicou. — Essas anáguas brancas vão manchar facilmente com as cinzas. Vamos, precisamos entrar.

Elend se virou, sorrindo na escuridão. Ele parecia mesmo empolgado.

— O vestido. Você pagou a um alfaiate de dentro da cidade para fazê-lo?

— Na verdade, paguei a um amigo de dentro da cidade para que mandasse fazê-lo para mim e me trouxesse a maquiagem.

Ela saltou para longe, na direção da Fortaleza Orielle — que, de acordo com Lentoveloz, era o local do baile daquela noite. Ela se manteve no ar, sem aterrissar. Elend a seguiu, usando as mesmas âncoras.

Logo se aproximaram de uma explosão de cores nas brumas, como a aurora boreal de uma das histórias de Sazed. A bolha de luz transformou-se na imensa fortaleza que ela vira durante o reconhecimento prévio, suas janelas com vitrais reluzindo por dentro. Vin se inclinou para descer, perfurando as brumas. Considerou por um instante aterrissar no terreno fora do pátio — longe de olhos vigilantes — para que ela e Elend pudessem se aproximar das portas com sutileza. Mas decidiu fazer o contrário.

Aquela não era uma noite para sutilezas.

Então desceu diretamente nos degraus acarpetados que levavam até a entrada principal da fortaleza com ares de castelo. Sua aterrissagem fez voarem flocos de cinza, limpando um pedaço do carpete. Elend aterrissou ao lado dela um segundo depois e em seguida se ajeitou, a capa branca brilhante revoando ao seu redor. No alto dos degraus, um par de criados uniformizados vinha cumprimentando os convidados e os conduzindo para dentro do edifício. Os dois homens ficaram paralisados, com expressões atônitas no rosto.

Elend ofereceu o braço para Vin.

— Vamos?

Vin o tomou.

— Claro. De preferência antes de esses homens conseguirem chamar os guardas.

Eles subiram os degraus com passos firmes, sons de surpresa ecoando atrás deles, onde um pequeno grupo de nobres saía de uma carruagem. Mais adiante, um dos criados avançou e interceptou Vin e Elend. Elend pousou a mão cuidadosamente contra o peito do homem, lançando-o para o lado com um empurrão impulsionado pelo peltre. O homem cambaleou até bater na parede. O outro saiu correndo para buscar os guardas.

Dentro da antecâmara, a nobreza à espera começou a sussurrar e questionar. Vin os ouviu perguntar se alguém reconhecia aqueles recém-chegados estranhos, uma em trajes pretos, o outro de branco. Elend prosseguiu com firmeza, Vin ao seu lado, fazendo as pessoas tropeçarem umas nas outras para abrir caminho. Passaram rapidamente pela saleta, e Elend entregou um cartão com seus nomes para um servo que anunciava as chegadas no salão de baile.

Eles esperaram junto ao criado, e Vin percebeu que tinha começado a ficar ansiosa. Parecia-lhe que estava revivendo um sonho — ou seria uma lembrança querida? Por um momento, voltou a ser aquela jovem de quatro anos antes, chegando à Fortaleza Venture para seu primeiro baile, nervosa, perguntando-se se conseguiria, de fato, desempenhar seu papel.

Ainda assim, ela não sentia a mesma insegurança. Não se preocupava se a aceitariam ou acreditariam nela. Havia matado o Senhor Soberano. Casara-se com Elend Venture. E — ainda mais notável —, de alguma forma, em meio ao caos e à balbúrdia, havia descoberto quem era. Não uma menina das ruas, embora tivesse sido criada nelas. Não uma mulher da corte, embora apreciasse a beleza e a graça dos bailes. Era outra pessoa.

Alguém de quem gostava.

O criado releu o cartão de Elend e ficou pálido. Ele ergueu os olhos. Elend encarou o homem, em seguida lhe deu um pequeno meneio de cabeça, como se dissesse: “Sim, temo que seja verdade”.

O criado limpou a garganta, e Elend conduziu Vin para dentro do salão de baile.

— Sua Alteza, o imperador Lorde Elend Venture — o criado anunciou em alto e bom som. — E a imperatriz Vin Venture, Herdeira do Sobrevivente, Herói das Eras.

O salão de baile inteiro ficou repentinamente — e anormalmente — quieto. Vin e Elend pararam à entrada, dando à nobreza reunida a chance de vê-los. Parecia que o grandioso salão principal da Fortaleza Orielle, como o da Fortaleza Venture, também era seu salão de bailes. No entanto, em vez de ser um cômodo alto com um teto amplo e abobadado, aquele salão tinha um teto relativamente baixo e pequeno, com desenhos intrincados esculpidos na pedra. Como se o arquiteto tivesse aspirado a beleza em uma escala delicada, em vez de imponente.

A câmara inteira era revestida com mármore branco em vários tons. Embora fosse grande o bastante para abrigar centenas de pessoas — mais uma área de dança e mesas —, ainda assim dava uma sensação intimista. O salão era dividido por fileiras de pilares ornamentais de mármore e decorado com grandes vitrais que corriam do assoalho ao teto. Vin ficou impressionada — a maioria das fortalezas em Luthadel deixava seus vitrais para as paredes circundantes para que pudessem ser iluminados de fora para dentro. Mesmo que a fortaleza tivesse alguns daqueles, ela rapidamente percebeu que as verdadeiras obras de arte haviam sido postas ali, independentes, dentro do salão de baile, onde podiam ser admiradas dos dois lados.

— Pelo Senhor Soberano — sussurrou Elend, examinando as pessoas reunidas. — Eles *realmente* acham que podem simplesmente ignorar o restante do mundo, não acham?

Ouro, prata, bronze e latão reluziam sobre as figuras em vestidos de baile brilhantes e ternos distintos. Os homens em geral usavam trajes escuros, e as mulheres usavam cores. Havia um grupo de músicos de instrumentos de corda em um canto distante, sua melodia desimpedida pela atmosfera abalada. Criados esperavam, incertos, segurando bebidas e petiscos.

— Acham — Vin murmurou. — Devíamos sair da entrada. Quando os guardas vierem, é melhor estarmos misturados à multidão para deixá-los se questionando se realmente devem atacar.

Elend sorriu, e ela sabia que ele estava se lembrando da tendência dela de evitar que as costas ficassem expostas. No entanto, também sabia que

Elend reconhecia que ela tinha razão. Eles desceram um curto lance de degraus de mármore, ingressando na festa.

Os skaa teriam se esquivado de um casal tão perigoso, mas Vin e Elend usavam a máscara da dignidade nobre. A aristocracia do Império Final era muito adepta do fingimento — e, quando não sabiam como se comportar, voltavam ao velho padrão: maneiras civilizadas.

Lordes e ladies fizeram suas mesuras e reverências, agindo como se a presença do imperador e da imperatriz fosse completamente esperada. Vin deixou Elend conduzi-la, pois o marido tinha muito mais experiência que ela em matéria de corte. Ele assentia àqueles pelos quais passavam, exibindo apenas o tanto certo de autoconfiança. Lá atrás, os guardas finalmente chegaram às portas. Eles não avançaram, claramente cautelosos em não perturbar a festa.

— Lá — Vin falou, meneando a cabeça para a esquerda. Através de uma partição de vitrais, ela conseguiu distinguir uma figura que estava sentada a uma mesa elevada.

— Estou vendo — Elend disse, levando-a a contornar o vidro e dando a Vin a primeira visão de Aradan Yomen, rei do Domínio Ocidental.

Era mais jovem do que ela esperava — talvez da idade de Elend. Com um rosto redondo e olhos sérios, Yomen tinha a cabeça raspada à moda dos obrigadores. Sua túnica cinza-escura era uma marca de sua posição, assim como os padrões complicados de tatuagens ao redor dos olhos, que o proclamavam membro de alta patente do Cantão de Recursos.

Yomen se levantou à aproximação de Vin e Elend. Parecia completamente atônito. Atrás dele, soldados haviam começado a, cautelosamente, abrir caminho até o salão. Elend parou a uma distância da mesa alta, com sua toalha branca e seu serviço de cristal puro. Ele encontrou o olhar de Yomen, os outros convidados tão quietos que Vin achou que a maioria estava segurando a respiração.

Vin verificou as reservas de metal, virando-se levemente, mantendo um olho nos guardas. Então, de soslaio, ela viu Yomen erguer a mão e sutilmente refrear os guardas.

As conversas recomeçaram quase imediatamente no salão. Yomen voltou a se sentar, parecendo perturbado, sem recomeçar a comer.

Vin olhou para Elend.

— Bem — ela sussurrou —, estamos dentro. E agora?

— Preciso falar com Yomen — Elend disse. — Mas gostaria de esperar um pouco; dar a ele a chance de se acostumar com a nossa presença.

— Então, deveríamos nos misturar.

— Vamos nos separar? Podemos cobrir mais nobres desse jeito.

Vin hesitou.

— Eu posso me proteger, Vin — Elend afirmou, sorrindo. — Prometo.

— Tudo bem. — Vin assentiu, embora aquele não fosse o motivo da hesitação.

— Fale com o máximo de pessoas que puder. Estamos aqui para estilhaçar a imagem de segurança dessas pessoas. Afinal de contas, acabamos de provar que Yomen não consegue nos manter fora de Fadrex, mostrando que nos sentimos tão pouco ameaçados por ele que viemos dançar em um baile do qual ele está participando. Assim que tivermos agitado um pouco as coisas, falarei com o rei, e todos vão querer ouvir.

Vin assentiu antes de dizer:

— Quando se misturar, observe as pessoas que pareçam estar dispostas a nos apoiar contra o atual governo. Lentoveloz insinuou que há gente na cidade que não está satisfeita com o modo que o rei vem conduzindo as coisas.

Elend a beijou no rosto; em seguida, ela estava sozinha. Vin caminhou em seu belo vestido, sentindo um momento de choque. Nos últimos dois anos, havia enfaticamente lutado para se manter fora de situações nas quais tivesse de usar vestidos e se misturar à nobreza. Usara calças e camisas com determinação, tomando para si a tarefa de semear o desconforto naqueles que considerava cheios demais de si.

E, apesar de tudo isso, fora ela quem sugerira aquela infiltração a Elend. Por quê? Por que se colocar de novo naquela situação? Não estava insatisfeita com quem era — não precisava provar nada colocando outro vestido estúpido e encenando conversas fidalgas com um bando de nobres que ela não conhecia.

Precisava?

De nada adianta incomodar-se com isso agora, pensou, examinando a multidão. Bailes da nobreza em Luthadel — e ela podia apenas supor que ali também — eram situações muito educadas, pensadas para incentivar encontros entre a nobreza e, portanto, facilitar trocas políticas.

A festa era formada por pequenos grupos — alguns casais misturados, mas muitos agrupamentos apenas de mulheres ou de homens. Não se esperava que um casal ficasse junto o tempo todo. Havia salas contíguas para onde cavalheiros podiam se retirar e beber com seus aliados, deixando as mulheres conversando no salão.

Vin avançou, pegando uma taça de vinho da bandeja de um criado que passava. Ao se separar, Elend e ela indicavam que estavam abertos a conversar com outros. Infelizmente, fazia muito, muito tempo desde que Vin estivera sozinha em uma festa como aquela. Sentia-se pouco à vontade, indecisa quanto a se aproximar de um dos grupos ou esperar para ver se alguém vinha até ela.

Naquela primeira noite na Fortaleza Venture, ela representara um papel, escondida sob a identidade de Valette Renoux. Não podia mais ser assim. Todos sabiam quem ela realmente era. Aquilo a teria incomodado no passado, mas hoje, não. Ainda assim, ela não conseguia fazer o que havia feito na época — ficar parada e esperar os outros virem até ela. O salão inteiro parecia fitá-la.

Caminhou com passos seguros através do belo salão branco, ciente de quanto seu vestido preto se destacava das outras mulheres em suas cores. Ela se moveu pelos painéis de vidro colorido que pendiam do teto como cortinas cristalinas. Dos antigos bailes, ela havia aprendido que havia uma coisa com a qual sempre poderia contar: onde quer que mulheres nobres se reunissem, uma sempre se apresentava como a mais importante.

Vin a encontrou com facilidade. A mulher tinha cabelos escuros, pele bronzeada e estava sentada a uma mesa, cercada por bajuladoras. Vin reconheceu aquele olhar arrogante, aquele jeito na voz que era apenas aguda o bastante para ser altiva, mas suave o bastante para fazer todos ouvirem atentamente.

Determinada, Vin se aproximou. Anos antes, ela fora forçada a começar de baixo. Não tinha mais tempo para aquilo. Não conhecia as sutis complexidades políticas da cidade — as alianças e as rivalidades. No entanto, havia uma coisa de que ela estava razoavelmente confiante.

Qualquer que fosse o lado em que a mulher estivesse, Vin queria estar no lado oposto.

Várias bajuladoras ergueram os olhos quando Vin se aproximou, e ficaram pálidas. Sua líder teve a compostura de permanecer distante. *Ela vai tentar me ignorar*, Vin pensou. *Não posso dar-lhe essa opção*. Vin se sentou à mesa, a um lugar diretamente à frente da mulher. Em seguida, girou o corpo e se dirigiu a várias das bajuladoras mais jovens.

— Ela está planejando trair vocês — Vin disse.

As mulheres se entreolharam.

— Ela tem planos de sair da cidade — continuou. — Quando o exército atacar, ela não estará aqui. E vai deixar vocês todas morrerem. Se forem minhas aliadas, porém, farei com que sejam protegidas.

— Perdão? — a líder disse com voz indignada. — Eu a convidei para se sentar aqui?

Vin sorriu. *Foi fácil.* A base do poder do líder de um bando de ladrões era o dinheiro — se alguém o tomasse, ele cairia. Para uma mulher como aquela, seu poder estava nas pessoas que a ouviam. Para fazê-la reagir, era necessário simplesmente ameaçar tirar suas seguidoras.

Vin se virou de volta para confrontar a mulher.

— Não, você não me convidou. Eu me convidei. Alguém precisa alertar as mulheres daqui.

A mulher torceu o nariz.

— Você espalha mentiras. Não sabe nada dos meus supostos planos.

— Não sei? Você não é do tipo que deixa um homem como Yomen determinar seu futuro, e, se as outras aqui pensarem um pouco, vão perceber que você não se deixaria ser pega na Cidade de Fadrex sem um plano de fuga. Estou até surpresa de que ainda esteja aqui.

— Suas ameaças não me amedrontam — a lady disse.

— Eu não a ameacei ainda — Vin observou, bebericando o vinho. Deu um *empurrão* cuidadoso nas emoções das mulheres da mesa, deixando-as mais preocupadas. — Podemos chegar a esse ponto, se você desejar... embora, tecnicamente, eu já tenha sua cidade inteira sob ameaça.

A mulher estreitou os olhos para Vin.

— Não deem ouvidos a ela, ladies.

— Sim, Lady Patresen — uma das mulheres disse, falando um pouco rápido demais.

Patresen, Vin pensou, aliviada por alguém finalmente ter mencionado o nome da mulher. *Eu conheço esse nome?*

— Casa Patresen — Vin disse, indolente. — Não é aquela família prima da Casa Elariel?

Lady Patresen permaneceu em silêncio.

— Matei uma Elariel no passado — comentou Vin. — Foi uma boa luta. Shan era uma mulher muito esperta e uma Nascida da Bruma habilidosa. — Ela se inclinou para a frente. — Talvez você pense que as histórias sobre mim são exageros. Talvez acredite que eu não tenha matado o Senhor Soberano e que esta conversa seja apenas propaganda criada para ajudar a estabilizar o governo do meu marido.

"Pense o que quiser, Lady Patresen. Mas há uma coisa que *precisa* entender. Você não é minha adversária. Não tenho *tempo* para pessoas como você, uma mulher fútil numa cidade insignificante, parte de uma condenada cultura de nobreza. Não estou falando com você porque quero ser parte de seus esquemas; você não pode nem imaginar quão irrelevantes eles são para mim. Estou aqui apenas para dar um aviso. Vamos tomar esta cidade, e, quando o fizermos, haverá pouco espaço para pessoas que estiverem contra nós."

Patresen empalideceu levemente. No entanto, sua voz estava calma quando ela se pronunciou.

— Duvido que seja verdade. Se pudesse tomar a cidade tão facilmente como alega, já teria tomado.

— Meu marido é um homem honrado e decidiu que desejava conversar com Yomen antes de atacar. No entanto, eu não sou tão moderada.

— Bem, *eu* acho que...

— Você não me entendeu, não é? — perguntou Vin. — Não importa o que você acha. Olhe, conheço seu tipo, deve ter contatos poderosos. Esses contatos já lhe disseram os números que trouxemos. Quarenta mil homens, vinte mil koloss e um contingente inteiro de alomânticos. Mais dois Nascidos da Bruma. Meu marido e eu não viemos a esta reunião para fazer aliados ou mesmo para fazer inimigos. Viemos para trazer um alerta. Sugiro que vocês o ouçam.

Ela pontuou o último comentário com um Abrandamento poderoso. Queria que tudo ficasse óbvio para as mulheres, que soubessem que estavam, de fato, sob sua influência. Em seguida, ela se levantou e se afastou da mesa.

O que dissera a Patresen não fora assim tão importante — o importante era que fora vista confrontando a mulher. Com sorte, aquilo posicionaria Vin em um dos lados na política da região, deixando-a menos ameaçadora a algumas facções no salão. Aquilo, por sua vez, a deixava mais acessível e...

O som de cadeiras arrastando-se soou atrás dela. Vin se virou, desconfiada, e viu a maioria da turma de Lady Patresen aproximar-se às pressas, deixando a líder sentada, praticamente sozinha à mesa, ódio estampado em seu rosto.

Vin ficou tensa.

— Lady Venture — disse uma das mulheres. — Talvez a senhora permita que... a apresentemos na festa?

Vin franziu o cenho.

— Por favor — a mulher insistiu bem baixinho.

Vin piscou, surpresa. Ela esperava que as mulheres se ressentissem dela, não que a *ouvissem*. Olhou ao redor. A maioria das mulheres parecia tão intimidada que Vin pensou que elas poderiam murchar como folhas ao sol. Sentindo-se um pouco confusa, assentiu e se deixou levar pela festa para as apresentações.

Rashek vestia tanto preto quanto branco. Acho que ele queria mostrar que era uma dualidade, Preservação e Ruína.

Isso era uma mentira. No fim das contas, ele apenas tocara um dos poderes — e apenas de forma muito sutil.

31

— O PALPITE DE LORDE Brisa estava certo — Sazed disse, em pé diante de seu pequeno grupo. — Pelo que consigo ver, o desvio das águas para esse reservatório subterrâneo foi intencional. O projeto deve ter levado décadas. Exigiu o alargamento de passagens naturais para que a água, que no passado alimentava o rio e os canais lá em cima, corresse para dentro desta caverna.

— Sim, mas com qual objetivo? — Brisa perguntou. — Por que tanto esforço para mover um rio?

Três dias em Urteau haviam permitido que eles fizessem o que Fantasma havia sugerido: mover as tropas para dentro do prédio do Ministério, tomando de forma ostensiva o local como residência. Não era possível que o Cidadão soubesse do depósito, ou já o teria saqueado. Aquilo significava que Sazed e sua equipe tinham uma vantagem, caso a coisa ficasse feia para eles na cidade.

Haviam tirado um pouco da mobília do prédio lá em cima e organizado tudo — com lençóis e tapeçarias criando "aposentos" — em meio às estantes da caverna. A lógica ditava que a caverna era o melhor lugar para passar o tempo, pois, caso alguém atacasse o prédio do Ministério, lá era onde eles queriam estar. Estariam encurralados, de fato, mas, com os suprimentos que tinham, poderiam sobreviver indefinidamente e criar um plano de fuga.

Sazed, Brisa, Fantasma e Allrianne estavam sentados em uma dessas áreas divididas entre as estantes de comida.

— O motivo pelo qual o Senhor Soberano fez esse lago é simples, creio eu. — Sazed se virou para olhar o volume de água às suas costas. — Essa água vem de um rio subterrâneo, filtrada, muito provavelmente, pelas camadas de rocha. É água pura, como dificilmente se vê no Império Final. Sem cinzas, sem sedimentos. O objetivo dessa água é sustentar uma população, caso um desastre ocorra. Se ela ainda estivesse correndo nos canais lá em cima, rapidamente ficaria suja e seria poluída pela população da cidade.

— O Senhor Soberano estava olhando para o futuro — Fantasma disse, ainda vestindo aquela estranha venda nos olhos. Havia ignorado todas as perguntas e questionamentos relacionados ao uso dela, embora Sazed já começasse a desconfiar de que tinha a ver com queima de estanho.

Sazed assentiu para o comentário do jovem.

— O Senhor Soberano não estava preocupado em causar ruína financeira em Urteau; queria apenas ter certeza de que esta caverna tivesse uma fonte constante e corrente de água fresca.

— Isso tudo não é irrelevante? — Allrianne perguntou. — Certo, temos água limpa. Mas e aquele maníaco governando a cidade?

Os outros se viraram para olhar para Sazed. *Eu, infelizmente, estou no comando.*

— Bem, devemos falar sobre isso. O imperador Venture nos pediu para tomar a cidade. Como o Cidadão se mostrou indisposto a nos encontrar de novo, precisaremos discutir outras opções.

— Esse homem precisa cair — disse Fantasma. — Precisamos de assassinos.

— Temo que não vá funcionar muito bem, meu rapaz — Brisa comentou.

— Por que não? Matamos o Senhor Soberano, e isso funcionou muito bem.

— Ah — Brisa disse, erguendo um dedo —, mas o Senhor Soberano era insubstituível. Era um deus, e matá-lo criou um impacto psicológico em seus súditos.

Allrianne assentiu.

— O Cidadão não é uma força da natureza, mas um homem... e um homem pode ser substituído. Se matarmos Quellion, um de seus lacaios simplesmente tomará seu lugar.

— E seremos marcados como assassinos — Brisa acrescentou.

— Então, o que faremos? — Fantasma perguntou. — Deixamos ele para lá?

— Claro que não — Brisa respondeu. — Se quisermos tomar esta cidade, precisaremos destruí-lo e *só então* destituí-lo. Provamos que seu sistema inteiro é falho, que seu governo é, em essência, estúpido. Se conseguirmos isso, não vamos apenas impedi-lo, mas também impediremos a todos que tenham apoiado e trabalhado com ele. É a única maneira de conquistar Urteau sem ser trazendo um exército para cá e tomando-a à força.

— E, como Sua Majestade fez a gentileza de nos deixar praticamente *sem* tropas... — Allrianne disse.

— Não estou convencido de que uma ação tão apressada seja necessária — Sazed comentou. — Talvez, com mais tempo, possamos trabalhar com esse homem.

— Trabalhar com *ele*? — Fantasma perguntou. — Vocês já estão aqui há três dias... não foi o bastante para verem como Quellion é?

— Eu vi — Sazed respondeu. — E, para ser totalmente honesto, não sei se posso culpar o Cidadão por suas visões.

Todos na caverna ficaram em silêncio.

— Talvez você devesse se explicar, meu caro — Brisa sugeriu, bebericando uma taça de vinho.

— As coisas que o Cidadão diz não são falsas — Sazed disse. — Não podemos culpá-lo por ensinar as mesmas coisas que Kelsier ensinou. O Sobrevivente falava de matar a nobreza; não há como negar, todos nós o vimos se dedicar a *essa* atividade com frequência. Ele falava da revolução e dos skaa se governarem.

— Ele falava de ações extremas em tempos extremos — Brisa comentou. — É isso que se faz quando há a necessidade de motivar as pessoas. Nem Kelsier teria chegado assim tão longe.

— Talvez — Sazed disse. — Mas é mesmo surpreendente que as pessoas que ouviram Kelsier falar tenham criado esta sociedade? E que direito temos de tirá-la delas? De certa forma, eles vêm sendo mais fiéis a Kelsier que nós.

Vocês conseguem realmente afirmar que ele ficaria satisfeito ao descobrir que colocamos um nobre no trono nem um dia depois de ele ter morrido?

Brisa e Fantasma se entreolharam, mas nenhum dos dois contestou.

— Mas isso não está certo — Fantasma finalmente disse. — Essas pessoas alegam conhecer Kelsier, mas não conhecem. Ele não queria um povo austero e explorado; queria um povo livre e feliz.

— Verdade. Além disso, nós *escolhemos* seguir Elend Venture, e ele nos deu uma ordem. Nosso império precisa desses suprimentos, e não podemos nos dar ao luxo de deixar uma rebelião organizada tomar e controlar uma das cidades mais importantes do império. Precisamos tomar esse depósito e proteger o povo de Urteau. É pelo bem maior e tudo o mais!

Allrianne assentiu — e, como sempre, Sazed sentiu-a tocar suas emoções.

Pelo bem maior..., pensou. Sabia que Fantasma estava certo. Kelsier não iria querer que essa sociedade deturpada fosse perpetuada em seu nome. Algo precisava ser feito.

— Muito bem. Qual seria nossa linha de ação?

— Por ora, nenhuma — Brisa disse. — Precisamos de tempo para sentir o clima da cidade. Quão perto o povo está de se rebelar contra o caro Quellion? Quão ativa é a cena criminosa local? Quão corruptíveis são os homens que servem ao novo governo? Preciso de algum tempo para descobrir as respostas a essas perguntas, e então poderemos decidir o que fazer.

— Eu ainda apoio fazermos o que Kelsier fez — Fantasma disse. — Por que não podemos simplesmente derrubar o Cidadão como ele fez com o Senhor Soberano?

— Duvido que funcione — Brisa respondeu, bebericando seu vinho.

— Por que não?

— Por um motivo muito simples, meu rapaz. Não temos mais Kelsier.

Sazed assentiu. Aquilo era bem verdade, embora ele se perguntasse se em algum momento se livrariam do legado do Sobrevivente. De certa forma, a batalha naquela cidade sempre havia sido inevitável. Se Kelsier tivera um defeito, fora o ódio extremo que direcionara à nobreza. Fora um sentimento arrebatador que o movera, que lhe ajudara a conseguir o impossível. No entanto, Sazed temia que esse sentimento destruísse quem infectava.

— Leve o tempo que precisar, Brisa — ele concluiu. — Avise quando achar que estamos prontos para o próximo passo.

Brisa assentiu, e a reunião chegou ao fim. Sazed se levantou, suspirando baixinho. Quando encontrou os olhos de Brisa, o homem piscou para ele com um sorriso que parecia dizer "não será tão difícil quanto você pensa". Sazed sorriu de volta e sentiu o toque de Brisa em suas emoções, tentando incentivá-lo.

Ainda assim, a mão do Abrandador era leve demais. Brisa não tinha como saber do conflito que ainda se revirava dentro de Sazed. Um conflito que ia além de Kelsier e dos problemas em Urteau. Estava feliz pelo tempo, mesmo que pouco, que teriam de esperar na cidade, pois ainda tinha muito trabalho com as religiões listadas, uma por folha, em sua pasta.

Estava difícil dar prosseguimento até mesmo àquele trabalho, nos últimos tempos. Fazia o melhor para ser a liderança para os outros, como Elend havia pedido. No entanto, a escuridão perniciosa que Sazed sentia em seu íntimo recusava-se a se dissipar. Sabia que era mais perigosa para ele do que qualquer outra coisa que havia enfrentado enquanto servia ao bando, pois fazia com que sentisse que não se importava com nada.

Eu preciso *continuar trabalhando*, concluiu, afastando-se do local da reunião, cuidadosamente pegando sua pasta de uma estante próxima. *Preciso continuar pesquisando. Não devo desistir.*

No entanto, era muito difícil. No passado, lógica e pensamento haviam sido sempre seu refúgio. Suas emoções não reagiam à lógica, porém. Nenhuma quantidade de pensamento sobre o que ele *deveria* estar fazendo conseguia ajudá-lo.

Ele rangeu os dentes, caminhando, esperando que o movimento o ajudasse a desfazer os nós em seu íntimo. Parte dele queria sair no meio das pessoas e estudar o novo modelo da Igreja do Sobrevivente que havia surgido em Urteau. Porém, parecia perda de tempo. O mundo estava acabando; por que estudar mais uma religião? Ele já sabia que aquela era falsa; excluíra a Igreja do Sobrevivente de seus estudos logo de início. Tinha mais contradições do que a maioria de sua pasta.

Também era uma das mais cheias de paixão.

Todas as religiões de sua coleção eram parecidas em um aspecto: haviam fracassado. O povo que as seguia havia morrido, sido conquistado; suas religiões, exterminadas. Não era prova suficiente? Ele tentara pregá-las, mas muito, muito raramente tivera qualquer sucesso.

Nada fazia sentido. Tudo estava prestes a terminar, de qualquer forma.

Não!, Sazed pensou. *Vou encontrar as respostas. As religiões não desapareceram completamente; os Guardadores as preservaram. Deve haver respostas em uma delas. Em algum lugar.*

Ele acabou chegando à parede da caverna onde havia a placa de aço escrita pelo Senhor Soberano. Eles já tinham um registro do que estava escrito, claro, mas Sazed queria lê-la por conta própria. Olhou para o metal, que refletia a luz de um lampião próximo, lendo as palavras do homem que havia destruído tantas religiões.

O plano é simples. Quando a força retornar ao Poço, vou tomá-la e garantir que a coisa permaneça presa.

E ainda assim eu me preocupo. Ela já se mostrou mais esperta do que eu havia pensado, infectando meus pensamentos, fazendo-me ver e sentir coisas que não desejo. É muito sutil, muito cuidadosa. Não consigo imaginar como ela poderia causar minha morte, mas ainda assim me preocupo.

Se eu estiver morto, então esses depósitos proverão alguma medida de proteção para o meu povo. Temo o que está para acontecer. O que será. Se você estiver lendo isso agora, e eu estiver morto, então temo por você. Ainda assim, tentarei deixar toda ajuda que eu puder.

Há metais da Alomancia que não compartilhei com ninguém. Se você for um dos meus sacerdotes, trabalhando nesta caverna e lendo estas palavras, saiba que sofrerá com a minha ira se compartilhar este conhecimento. No entanto, se for verdade que a força voltou e eu não for capaz de cuidar dela, talvez conhecer o electrum vá ajudá-lo de alguma forma. Meus pesquisadores descobriram que a mistura de uma liga de 45% de ouro e 55% de prata cria um novo metal alomântico. Queimá-lo não lhe dará o poder do atium, mas dará alguma ajuda contra aqueles que, por sua vez, o queimarem.

E era isso. Além das palavras havia um mapa que indicava o local do próximo depósito, aquele na pequena vila mineradora a sul que Vin e Elend haviam conquistado pouco tempo antes. Sazed leu as palavras novamente, mas elas apenas serviam para reforçar sua sensação de desespero. Até o Senhor Soberano parecia se sentir indefeso diante da atual situação deles. Fizera planos para continuar vivo, fizera planos para que nada daquilo acontecesse. Mas sabia que talvez nada funcionasse.

Sazed se afastou, deixando a placa para trás e caminhando até a margem do lago subterrâneo. A água era como vidro preto, a salvo do vento e das cinzas, embora ondulasse de leve na corrente. Dois lampiões estavam às margens, queimando sem alarde, marcando a superfície. Atrás dele, a pouca distância, alguns dos soldados haviam montado acampamento — embora dois terços deles ainda estivessem lá em cima para garantir que o prédio parecesse habitado. Outros vasculhavam as paredes da caverna, na esperança de encontrar uma saída secreta. Ficariam muito mais confortáveis lá dentro se soubessem que havia um meio de escapar, caso fossem atacados.

— Sazed.

Sazed se virou, em seguida assentiu para Fantasma enquanto o jovem caminhava para se juntar a ele às margens das águas calmas e escuras. Os dois ficaram lado a lado, contemplativos.

Este tem seus próprios problemas, Sazed pensou, notando a maneira que Fantasma observava as águas. Em seguida, surpreendentemente, Fantasma ergueu as mãos e desamarrou a venda dos olhos. Tirou-a, revelando um par de óculos embaixo do pano, talvez usado para impedir que o tecido fechasse seus olhos. Fantasma retirou os óculos e piscou, estreitando os olhos, que começaram a lacrimejar, então ele se abaixou e apagou um dos lampiões, deixando Sazed com uma luz muito turva. Fantasma suspirou ao se levantar e limpar os olhos.

Então é mesmo o estanho, Sazed pensou. Quando refletiu sobre isso, percebeu que recentemente sempre o via usando luvas, como se para proteger a pele. Suspeitava que, se observasse de perto, veria o garoto com tampões de ouvido. *Curioso.*

— Sazed — Fantasma disse —, queria falar com você sobre uma coisa.

— Por favor, fale o que desejar.

— Eu... — Fantasma hesitou, em seguida olhou de soslaio para Sazed. — Acho que Kelsier ainda está conosco.

Sazed franziu o cenho.

— Não vivo, claro — Fantasma falou rapidamente. — Mas acho que ele está olhando por nós. Nos protegendo... esse tipo de coisa.

— É um sentimento agradável, creio — Sazed comentou. *Embora totalmente falso.*

— Não é apenas um sentimento — Fantasma retrucou. — Ele está aqui. Eu estava apenas imaginando se havia algo em qualquer daquelas religiões que você estudou que falasse sobre coisas assim.

— Claro — Sazed falou. — Muitas delas falam que mortos permanecem como espíritos para ajudar, ou amaldiçoar, os vivos.

Eles ficaram em silêncio, Fantasma obviamente esperando alguma coisa.

— Então? — Fantasma perguntou. — Não vai pregar uma religião para mim?

— Não faço mais isso.

— Ah. Por que não?

Sazed meneou a cabeça.

— Acho difícil pregar aos outros aquilo que não me ofereceu conforto, Fantasma. Estou procurando, tentando descobrir quais religiões, se é que existem, são corretas e verdadeiras. Assim que tiver esse conhecimento, ficarei feliz em compartilhar com você. Mas, por ora, acredito que nenhuma delas é e, portanto, não pregarei nenhuma.

Surpreendentemente, Fantasma não discutiu com ele. Sazed achava frustrante que seus amigos — pessoas que eram, em grande parte, ateus determinados — ficassem tão ofendidos quando ele ameaçava se juntar a eles em sua falta de fé. E, ainda assim, Fantasma não fez nenhuma objeção.

— Faz sentido — o jovem finalmente disse. — Essas religiões *não são* verdadeiras. Afinal de contas, Kelsier é quem olha por nós, não aqueles outros deuses.

Sazed fechou os olhos.

— Como pode dizer isso, Fantasma? Você conviveu com ele, o conhecia. Nós dois sabemos que Kelsier não era um deus.

— As pessoas desta cidade pensam que ele é.

— E aonde isso as levou? — Sazed questionou. — Sua crença trouxe opressão e violência. Que bem fez a fé se é *este* o resultado? Uma cidade cheia de pessoas interpretando erroneamente os mandamentos de seu deus? Um mundo de cinzas e dor, morte e tristeza? — Sazed meneou a cabeça. — É por isso que não uso mais as mentes de metal. Religiões que não podem oferecer mais do que isso não merecem ser ensinadas.

— Ah — Fantasma falou. Ele se ajoelhou, mergulhou a mão na água e em seguida estremeceu. — Isso faz sentido também, acho, embora eu tenha pensado que fosse por causa *dela*.

— O que quer dizer com isso?

— Sua mulher. A outra Guardadora, Tindwyl. Eu a ouvi falar sobre religião. Ela não pensava muito nisso. Achei que talvez você não falasse mais sobre religião porque poderia ser o que ela queria.

Sazed sentiu um calafrio.

— De qualquer forma — Fantasma disse, erguendo-se e secando a mão —, o povo desta cidade sabe mais do que você acha que sabe. Kelsier *está* olhando por nós.

Com isso, o rapaz se afastou. Mas Sazed não estava ouvindo. Ele se levantou, encarando as águas escuras como o ébano.

Porque poderia ser o que ela queria...

Tindwyl achava que religião era besteira. Dizia que as pessoas que procuravam profecias ancestrais ou forças invisíveis estavam buscando desculpas. Durante suas últimas semanas com Sazed, aquele era um tema frequente de suas conversas — até mesmo de uma leve rivalidade entre os dois —, pois a pesquisa que faziam envolvia as profecias relacionadas ao Herói das Eras.

Tal pesquisa se revelara inútil. Na melhor das hipóteses, as profecias eram esperanças vãs de homens que desejavam um mundo melhor. Na pior, tinham sido astuciosamente plantadas para promover os objetivos de uma força maligna. De qualquer forma, ele acreditara veementemente em seu trabalho naquela época. E Tindwyl o havia ajudado. Ambos tinham vasculhado as mentes de metal, filtrando séculos de informações, história e mitologia, buscando referências às Profundezas, ao Herói das Eras e ao Poço da Ascensão. Ela trabalhara com ele, alegando que seu interesse era acadêmico, não religioso. Sazed desconfiava de que houvesse uma motivação diferente.

Ela queria estar com ele. Havia reprimido sua aversão à religião por um desejo de estar envolvida com o que ele achava importante. E, agora que ela estava morta, Sazed via-se fazendo o que *ela* considerava importante. Tindwyl estudara política e liderança. Amava ler biografias de grandes estadistas e generais. Teria ele inconscientemente concordado em se tornar o embaixador de Elend para se envolver nos estudos de Tindwyl, da mesma forma que ela, antes de sua morte, havia se entregado aos dele?

Não sabia ao certo. Na verdade, pensava que seus problemas eram mais profundos que isso. No entanto, o fato de que *Fantasma* fora a pessoa a fazer essa observação astuta fez Sazed parar para pensar. Era uma maneira muito esperta de ver as coisas. Em vez de contestá-lo, Fantasma oferecera uma explicação plausível.

Sazed estava impressionado. Ele se virou, olhando para além das águas por um tempo e refletindo sobre o que Fantasma havia dito. Em seguida, pegou a próxima religião da pasta e começou a examiná-la. Quanto antes vasculhasse todas, mais cedo ele poderia — assim esperava — encontrar a verdade.

Obviamente, a Alomancia é de Preservação. A mente racional verá esse fato. Pois, no caso da Alomancia, ganha-se poder oferecido por uma fonte externa: o próprio corpo de Preservação.

32

— ELEND, É VOCÊ MESMO?

Elend se virou, assustado. Estivera se misturando aos convidados, conversando com alguns homens que revelaram ser primos distantes seus. No entanto, a voz às suas costas lhe era mais familiar.

— Telden? O que está fazendo aqui?

— Eu moro aqui, El — Telden disse, tomando as mãos de Elend. Ao lado, os primos de Elend bateram graciosamente em retirada.

Ele ficou atônito. Não via Telden desde que sua casa havia escapado de Luthadel nos dias de caos que se seguiram à morte do Senhor Soberano. Na época, aquele homem era um de seus melhores amigos.

— Pensei que estivesse em BasMardin, Tell — Elend disse.

— Não. Minha casa se instalou lá, mas achei a área muito perigosa com aqueles tumultos de koloss. Mudei-me para Fadrex assim que Lorde Yomen chegou ao poder; ele rapidamente ganhou reputação por oferecer estabilidade.

Elend sorriu. Os anos haviam mudado o amigo. Telden fora no passado a própria imagem de um galã, com seus cabelos e ternos caros arrumados de forma a chamar atenção. O Telden mais velho não havia ficado desleixado, mas estava claro que já não se importava tanto em parecer estiloso. Sempre fora um homem grande — alto, com um porte um tanto retangular —, e o peso a mais que havia ganhado nos últimos tempos o fazia parecer muito mais... comum do que já havia sido.

— Elend — Telden falou, meneando a cabeça. — Sabe que, por muito tempo, eu me recusei a acreditar que você realmente havia conseguido tomar o poder em Luthadel.

— Você esteve lá na minha coroação!

— Pensei que estavam usando você como marionete, El — Telden falou, coçando o queixo largo. — Pensei... bem, desculpe. Acho que não tinha muita fé em você.

Elend riu.

— Você tinha razão, meu amigo. Acabei me mostrando um rei terrível.

Telden obviamente não sabia ao certo como responder.

— Eu melhorei — Elend continuou. — Precisei apenas passar por algumas confusões primeiro.

Os convidados percorriam o salão de baile dividido. Embora aqueles que observavam fizessem o melhor para parecerem desinteressados e distantes, Elend percebia que estavam fazendo o que para um nobre significava encarar. Ele olhou para o lado, onde Vin estava em seu belo vestido preto, cercada por um grupo de mulheres. Parecia estar se dando bem — ela se integrava à cena da corte muito melhor do que pensava ou admitia. Era graciosa, segura de si e era o centro das atenções.

Ela também estava alerta — Elend sabia pela maneira como Vin mantinha as costas viradas para uma parede ou divisória de vidro. Estava queimando ferro ou aço, observando movimentos repentinos de metal que poderiam indicar um Lançamoedas inimigo. Elend começou a queimar ferro também e se garantiu ao continuar queimando zinco para *abrandar* as emoções dos que estavam no salão, impedindo que se sentissem irritados ou ameaçados demais por sua intrusão. Outros alomânticos — Brisa ou mesmo Vin — teriam tido problemas em fazê-lo com um salão inteiro de uma vez. Para Elend, com seu poder desenfreado, mal precisava se concentrar.

Telden ainda estava por perto, parecendo incomodado. Elend tentou dizer algo para retomar a conversa, mas não conseguia pensar em algo que não soasse bizarro. Fazia dois anos e meio que Telden deixara Luthadel. Antes disso, ele fora um dos amigos com quem Elend discutia teoria política, planejando com o idealismo da juventude o dia em que liderariam suas respectivas casas. De qualquer forma, os dias da juventude — e de suas teorias idealistas — haviam ficado para trás.

— Então... — Telden disse. — Aqui é onde encerramos a conversa, não é?

Elend assentiu.

— Você não vai... atacar a cidade de verdade, vai? — Telden perguntou. — Diga que você só está aqui para intimidar Yomen.

— Não — disse Elend com suavidade. — Conquistarei a cidade se for preciso, Telden.

Telden enrubesceu.

— O que aconteceu com você, Elend? Onde está o homem que falava sobre direitos e legalidade?

— O mundo aconteceu, Telden. Não posso ser o homem que eu era.

— Então, você se tornou o Senhor Soberano?

Elend hesitou. Parecia estranho ter outra pessoa confrontando-o com as perguntas e argumentos que fazia a si próprio. Parte dele sentiu uma pontada de medo — se Telden estava perguntando aquelas coisas, então Elend tinha direito de se preocupar com elas. Talvez fossem verdadeiras.

Ainda assim, um impulso mais forte se avivou dentro dele. Um impulso alimentado por Tindwyl, em seguida refinado por um ano de lutas para trazer ordem aos restos estilhaçados do Império Final.

Um impulso de autoconfiança.

— Não, Telden — Elend disse com firmeza. — Não sou o Senhor Soberano. Um conselho parlamentar governa Luthadel, e há outros em cada cidade que eu trouxe para o meu império. É a primeira vez que trago meus exércitos para uma cidade por necessidade de conquistar, e não de proteger... e porque o próprio Yomen tomou a cidade de um aliado meu.

Telden bufou.

— Você se nomeou imperador.

— Porque é o que o povo *precisa*, Telden — Elend retrucou. — Eles não querem a volta dos dias do Senhor Soberano, mas preferiram isso a viver no caos. O sucesso de Yomen aqui é a prova. As pessoas querem saber que alguém está olhando por elas. Tiveram um deus-imperador por mil anos; agora não é hora de deixá-las sem um líder.

— Você está me dizendo que é apenas uma autoridade simbólica? — Telden perguntou, cruzando os braços.

— Hoje não, mas, no fim disso tudo, espero ser. Nós dois sabemos que sou um estudioso, não um rei.

Telden franziu o cenho. Não acreditava em Elend. E, ainda assim, Elend descobriu que aquele fato não o incomodava. Algo ao proferir aquelas palavras, ao confrontar o ceticismo, fez com que ele reconhecesse a validade de sua confiança. Telden não entendia — não havia passado pelo mesmo que ele. O jovem Elend não teria concordado com o que estava fazendo naquele momento. Uma parte daquela juventude ainda ecoava dentro de sua alma — e ele nunca a silenciaria. No entanto, era hora de fazê-la parar de sobrepujá-lo.

Elend pôs a mão no ombro do amigo.

— Tudo bem, Tell. Levei anos para convencê-lo de que o Senhor Soberano era um imperador terrível. Espero realmente que leve o mesmo tempo para convencê-lo de que eu serei um bom.

Telden abriu um sorriso tímido.

— Não vai me dizer que mudei? — Elend perguntou. — Parece a última moda nesses tempos.

Telden riu.

— Pensei que fosse óbvio; não preciso nem falar.

— O que foi, então?

— Bem... — Telden disse. — Na verdade eu estava a ponto de dar uma bronca por você não me convidar para o seu casamento! Estou chateado, El. De verdade. Passei grande parte da minha juventude lhe dando conselhos sobre relacionamento, e, quando você finalmente consegue uma garota, nem me avisa sobre o casamento!

Elend riu, virando-se para seguir o olhar de Telden na direção de Vin. Confiante e poderosa, ainda que um tanto delicada e graciosa. Elend sorriu com orgulho. Mesmo durante os dias de glória dos bailes de Luthadel, ele não conseguia se lembrar de uma mulher atraindo tanta atenção como Vin. E, diferente de Elend, ela caminhava por aquele baile sem conhecer uma única pessoa.

— Deve ser assim que um pai orgulhoso se sente — Telden disse, pousando uma das mãos no ombro de Elend. — Houve um tempo em que eu me convenci de que você era um caso perdido, El! Imaginei você um dia perambulando por uma biblioteca e simplesmente desaparecendo. Encontraríamos você vinte anos depois coberto de poeira, vasculhando algum texto de filosofia pela septingentésima vez. No entanto, aqui está, casado... e com uma mulher daquelas!

— Às vezes, eu também não entendo — Elend disse. — Não consigo nem mesmo chegar a uma razão lógica de por que ela quis ficar comigo. Eu só... tenho que confiar no bom senso dela.

— De qualquer forma, você se saiu bem.

Elend ergueu uma sobrancelha.

— Lembro que *você* uma vez tentou me convencer a não gastar tempo com ela.

Telden corou.

— Você precisa admitir, ela *estava* agindo de forma muito suspeita quando ia para aquelas festas.

— Sim. Parecia real demais para ser uma nobre. — Ele olhou para além de Telden, sorrindo. — Porém, se você me der licença, tem algo que preciso fazer.

— Claro, El — Telden falou, curvando-se um pouco quando Elend se retirou. O gesto pareceu um pouco estranho vindo de Telden. Realmente não se conheciam mais. No entanto, tinham as lembranças de uma amizade.

Não lhe contei que matei Jastes, Elend pensou enquanto atravessava o salão, os convidados abrindo facilmente caminho para ele. *Pergunto-me se ele sabe.*

A audição aguçada de Elend registrou um aumento geral na agitação das conversas sussurradas conforme as pessoas perceberam o que ele estava fazendo. Dera a Yomen tempo suficiente para lidar com a surpresa. Era hora de encarar o homem. Embora parte do objetivo de Elend ao visitar o baile fosse intimidar a nobreza da região, o principal motivo era falar com seu rei.

Yomen observou Elend aproximar-se da mesa alta — e, para seu crédito, o obrigador não parecia terrivelmente assustado com a perspectiva de um encontro. No entanto, sua refeição permanecia intocada. Elend não esperou permissão para se aproximar, mas parou e esperou enquanto Yomen acenava para que os criados abrissem espaço e colocassem um lugar à mesa alta para Elend, diretamente diante dele.

Elend se sentou, confiando em Vin — além de no aço e no estanho que queimava — para alertá-lo de ataques vindos de trás. Ele era o único do seu lado da mesa, e todos os companheiros de Yomen retiraram-se quando Elend se sentou, deixando os dois governantes a sós. Em outra situação, a imagem talvez tivesse parecido ridícula: dois homens sentados um diante do outro em uma mesa vazia que se estendia longamente de cada lado. A toalha de mesa branca e o serviço de cristal estavam imaculados, bem como teria sido durante os dias do Senhor Soberano.

Elend havia vendido todo o luxo que lhe pertencera, lutando para alimentar seu povo durante os últimos invernos.

Yomen cruzou os dedos diante de si na mesa — sua refeição retirada pelos criados silenciosos — e observou Elend, olhos desconfiados adornados por intrincadas tatuagens. Yomen não usava coroa, mas *usava* uma única conta de metal amarrada de forma que ficasse no centro de sua testa.

Atium.

— Há um ditado no Ministério do Aço — finalmente Yomen disse. — Sente-se para jantar com maldade e acabará a engolindo junto à sua refeição.

— Que bom que não estejamos comendo, então — respondeu Elend, abrindo um leve sorriso. Yomen não sorriu de volta. — Yomen — Elend disse, ficando mais sério. — Venho até você agora não como um imperador buscando novas terras para controlar, mas como um rei desesperado buscando aliados. O mundo se tornou um lugar perigoso: a própria terra parece estar nos enfrentando ou, ao menos, abrindo-se embaixo de nós. Aceite minha amizade, e vamos terminar com as guerras.

Yomen não respondeu. Apenas ficou sentado, dedos entrelaçados, analisando o interlocutor.

— Duvida da minha sinceridade — Elend disse. — Não posso dizer que o culpo, pois vim com meu exército até sua porta. Há alguma maneira de persuadi-lo? Você estaria disposto a entrar em discussões ou negociações?

Novamente, sem resposta. Então, dessa vez, Elend apenas esperou. O salão ao redor deles ficou silencioso.

Yomen finalmente se pronunciou.

— Você é um homem descarado e espalhafatoso, Elend Venture.

Elend ficou enfurecido. Talvez fosse o cenário do baile, talvez fosse a petulância com que Yomen ignorava sua oferta. No entanto, ele se flagrou respondendo ao comentário de uma maneira que talvez tivesse feito anos antes, quando não era um rei em guerra.

— É um mau hábito que sempre tive — Elend disse. — Infelizmente os anos de governo, e de ser treinado com dignidade, não mudaram um fato: sou um homem terrivelmente grosseiro. Má criação, talvez.

— Acha que isso é um jogo — disse o obrigador com olhos sérios. — Vem até a minha cidade massacrar meu povo, em seguida dança no meu baile, esperando assustar a nobreza ao ponto da histeria.

— Não. Não, Yomen, isto não é um jogo. O mundo parece perto do fim, e estou apenas fazendo o meu melhor para que o máximo possível de pessoas sobreviva.

— E fazer o seu melhor inclui conquistar a minha cidade?

Elend negou com a cabeça.

— Não sou bom em mentir, Yomen. Então, serei franco com você. Não quero matar ninguém. Como eu disse, preferiria que declarássemos um armistício e acabássemos com as hostilidades. Dê-me as informações que busco, junte seus recursos com os meus e não vou forçá-lo a abrir mão de sua cidade. Se me recusar, as coisas ficarão mais difíceis.

Yomen ficou em silêncio por um momento, a música ainda sendo tocada suavemente ao fundo, vibrando sobre o murmúrio de centenas de conversas educadas.

— Sabe por que eu detesto homens como você, Venture? — finalmente Yomen perguntou.

— Devido ao meu charme e minha inteligência insuportáveis? — Elend perguntou. — Duvido que seja pela minha boa aparência, mas, se comparada a de um obrigador, creio que até meu rosto possa ser invejável.

A expressão de Yomen ficou mais obscura.

— Como um homem como você chegou a uma mesa de negociações?

— Fui treinado por uma Nascida da Bruma ríspida, um terrisano sarcástico e um grupo de ladrões desrespeitosos — Elend disse, suspirando. — Além disso, eu já era uma pessoa insuportável mesmo antes, para começo de conversa. Mas faça a gentileza de continuar com seu insulto; não quis interrompê-lo.

— Eu detesto você — Yomen continuou — porque tem a ousadia de acreditar que *merece* tomar esta cidade.

— Tenho. Ela pertencia a Cett. Metade dos soldados que eu trouxe comigo nesta marcha serviram a ele no passado, e esta é a terra natal deles. Viemos para libertar, não para conquistar.

— Estas pessoas parecem precisar de libertação? — Yomen perguntou, meneando a cabeça para os casais dançantes.

— Sim, para falar a verdade. Yomen, você é o arrivista aqui, não eu. Você não tem direitos sobre esta cidade e sabe disso.

— Tenho o direito concedido a mim pelo Senhor Soberano.

— Não aceitamos o direito de governar do Senhor Soberano — Elend retrucou. — Foi por isso que o matamos. Em vez disso, buscamos pelo direito *do povo* de governar.

— É mesmo? — Yomen disse, as mãos ainda entrelaçadas diante de si. — Porque, pelo que eu me lembre, as pessoas de *sua* cidade escolheram Ferson Penrod para ser seu rei.

Boa resposta, Elend teve de admitir.

Yomen se inclinou para a frente.

— Esse é o motivo pelo qual detesto você, Venture. É um hipócrita da pior espécie. Fingiu deixar as pessoas no poder, mas, quando elas o expulsaram e escolheram outro, mandou sua Nascida da Bruma reconquistar a cidade para você. Governa pela força, não pelo consentimento comum, então não venha me falar de *direitos*.

— Havia algumas... circunstâncias em Luthadel, Yomen. Penrod estava trabalhando com nossos inimigos, tendo comprado para si o trono através da manipulação da assembleia.

— Isso me parece uma falha no sistema — Yomen comentou. — Um sistema que *você* estabeleceu; um sistema que substituiu aquele da ordem que existia antes. Um povo depende de estabilidade em seu governo; precisa de alguém para cuidar dele. Um líder em quem possam confiar, um líder com real autoridade. Apenas um homem escolhido pelo Senhor Soberano pode reivindicar tal autoridade.

Elend examinou o obrigador. O frustrante era que ele quase concordava com o homem. Yomen estava dizendo coisas que o próprio Elend havia dito, mesmo que estivessem um pouco deturpadas por sua perspectiva de obrigador.

— Apenas um homem escolhido pelo Senhor Soberano pode reivindicar tal autoridade... — Elend repetiu, franzindo o cenho. A frase soava familiar. — Isso é de Durton, não é? *Chamado da Confiança*?

Yomen hesitou.

— Exato.

— Prefiro Gallingskaw, quando o assunto é direito divino.

Yomen fez um gesto seco.

— Gallingskaw era um herege.

— Isso invalida suas teorias? — Elend questionou.

— Não, mas mostra sua falta de capacidade de racionalizar corretamente. Do contrário, ele não teria acabado executado. *Isso* afeta a validade de suas teorias. Além disso, não há mandato divino no homem comum, como ele propôs.

— O Senhor Soberano era um homem comum antes de subir ao trono.

— Certo, mas o Senhor Soberano tocou a divindade no Poço da Ascensão. Aquilo imprimiu o Fragmento do Infinito nele e lhe deu o Direito de Inferência.

— Vin, minha esposa, tocou essa mesma divindade.

— Não aceito essa história. Como já foi dito, o Fragmento do Infinito foi único, não planejado, não criado.

— Não traga Urdree a este assunto — Elend falou, erguendo um dedo. — Nós dois sabemos que ele era mais poeta que um verdadeiro filósofo. Ele ignorava a convenção e nunca dava as atribuições adequadas. Ao menos me dê o benefício da dúvida e cite Hardren. Ele lhe daria uma fundamentação muito melhor.

Yomen abriu a boca, em seguida parou, fechando a cara.

— Isso é inútil — disse, enfim. — Discutir filosofia não exclui o fato de que você está com um exército acampado diante da minha cidade, nem muda o fato de que lhe considero um hipócrita, Elend Venture.

Elend suspirou. Por um momento, ele pensou que talvez fossem capazes de se respeitar como estudiosos. Porém, havia um problema. Elend via um ódio genuíno nos olhos de Yomen. E desconfiava de que havia um motivo mais profundo para isso do que sua suposta hipocrisia. No fim das contas, Elend *havia* se casado com a mulher que matara o deus do obrigador.

— Yomen — Elend disse, inclinando-se para a frente. — Percebo que temos nossas diferenças. Porém, uma coisa parece óbvia: nós dois nos importamos com o povo deste império. Nós dois ocupamos nosso tempo estudando teoria política e, aparentemente, nos concentramos nos textos que mantinham o bem do povo como principal motivo para se governar. Deveríamos ser capazes de fazer isso funcionar.

"Quero oferecer um acordo. Aceite reinar sob meu governo. Você poderia ficar no controle, com pouquíssimas mudanças em seu governo. Precisarei de acesso à cidade e a seus recursos, e teríamos de discutir a configuração de um conselho parlamentar. Tirando isso, você poderá seguir como quiser, pode até mesmo continuar dando festas e ensinando sobre o Senhor Soberano. Confiarei em seu julgamento."

Yomen não escarneceu a oferta, mas Elend achou que ele também não lhe deu muita importância. Provavelmente já imaginara o que Elend ia dizer.

— Você se engana em um ponto, Elend.

— Que é?

— Que posso ser intimidado, subornado ou influenciado.

— Você não é tolo, Yomen — Elend retrucou. — Às vezes, lutar não vale a pena. Nós dois sabemos que você não pode me vencer.

— Isso é discutível — Yomen disse. — Independentemente disso, não reajo bem a ameaças. Talvez se você não tivesse um exército acampado em frente aos meus portões, eu poderia enxergar um caminho para uma aliança.

— Nós dois sabemos que, sem um exército aos seus portões, você sequer teria me ouvido. Você recusou todo mensageiro que enviei, mesmo antes de eu vir com o exército até aqui.

Yomen meneou a cabeça.

— Você parece mais razoável do que eu pensaria que fosse, Elend Venture, mas isso não muda os fatos. Já tem um grande império seu. Vindo aqui, trai sua arrogância. Por que precisava do meu domínio? Não eram suficientes os que você já tinha?

— Em primeiro lugar — Elend disse, com um dedo em riste —, sinto que preciso lembrá-lo outra vez de que você roubou este reino de um aliado meu. Eu precisava vir aqui, mais cedo ou mais tarde, mesmo que apenas para cumprir as promessas que fiz a Cett. No entanto, há algo muito maior em jogo aqui. — Elend hesitou e, em seguida, arriscou: — Preciso saber o que há no depósito-caverna.

Elend foi recompensado com um leve olhar de surpresa no rosto de Yomen, e aquela foi toda a confirmação de que precisava. O obrigador sabia sobre a caverna. Vin estava certa. E, considerando aquela conta de atium que ele exibia de forma tão ostensiva na testa, talvez também estivesse certa sobre o que ela continha.

— Veja bem, Yomen — Elend disse, falando depressa. — Não me importo com o atium, que mal tem qualquer valor atualmente. Preciso saber quais instruções o Senhor Soberano deixou naquela caverna. Que informações há para nós lá? Que suprimentos ele achava necessários para nossa sobrevivência?

— Não sei do que você está falando — Yomen falou simplesmente. Ele não era um mentiroso lá muito bom.

— Você me perguntou por que vim até aqui. Yomen, não se trata de conquistar ou tomar esta terra de você. Sei que pode achar difícil de acreditar, mas é a verdade. O Império Final está morrendo. Com certeza você já percebeu. A humanidade precisa se unir, juntar recursos, e você tem pistas vitais do que precisamos. Não me force a derrubar seus portões para consegui-las. Trabalhe comigo.

Yomen balançou a cabeça.

— Mais um erro seu, Venture. Veja, eu não me importo se você me atacar. — Ele fitou os olhos de Elend. — Seria melhor para o meu povo lutar e *morrer* do que ser governado por um homem que derrubou nosso deus e destruiu nossa religião.

Elend encarou aqueles olhos e viu determinação neles.

— É assim que tem de ser?

— É — Yomen disse. — Posso esperar um ataque pela manhã, então?

— Claro que não — Elend disse, levantando-se. — Seus soldados não estão morrendo de fome ainda. Volto em alguns meses.

Talvez até lá você esteja mais disposto a negociar.

Elend fez menção de se virar para ir embora, então hesitou.

— Bela festa, aliás — ele disse, olhando de volta para Yomen. — A despeito de qualquer coisa em que eu acredite, acho que seu deus ficaria satisfeito com o que você tem feito aqui. Mas penso que deva reconsiderar seus preconceitos. O Senhor Soberano provavelmente não gosta muito de Vin ou de mim, mas eu diria que ele preferiria ver seu povo viver do que acabar morto à toa.

Elend assentiu respeitosamente e em seguida saiu da mesa alta, sentindo-se mais frustrado do que deixava transparecer. Sentia que estava muito próximo de Yomen, e ao mesmo tempo uma aliança parecia impossível. Ao menos enquanto o obrigador nutrisse tal ódio por ele e Vin.

Obrigou-se a relaxar durante a caminhada. Havia pouco que pudesse fazer sobre a situação naquele momento — seria necessário o cerco para fazer Yomen repensar sua posição. *Estou num baile*, Elend pensou, perambulando. *Deveria aproveitar o que puder dele, deixando que a nobreza me veja aqui, intimidando-a e fazendo-a considerar ajudar a nós em vez de Yomen...*

Um pensamento lhe ocorreu. Ele olhou para Vin de soslaio e, em seguida, acenou para um criado.

— Milorde? — o homem perguntou.

— Preciso que busque uma coisa para mim.

VIN ERA O CENTRO DAS atenções. Mulheres contavam intrigas para ela, esperavam suas palavras e a olhavam como se fosse um modelo a ser seguido. Queriam saber notícias de Luthadel, ouvir sobre a moda, a política e os eventos da cidade grande. Não a rejeitavam nem pareciam se ressentir dela.

A aceitação instantânea foi a coisa mais estranha que Vin já vivenciara. Estava entre as mulheres em seus vestidos e adornos e era a principal entre elas. Sabia que era apenas por causa de seu poder, e, ainda assim, as mulheres da cidade pareciam quase desesperadas para ter alguém a quem seguir. Uma imperatriz.

E Vin se flagrou adorando tudo aquilo. Havia uma parte dela que ansiara por essa aceitação desde o primeiro dia que participara de um baile. Havia passado aquele ano sendo maltratada pela maioria das mulheres da corte — algumas permitindo que desfrutasse de sua companhia, mas sempre a relegando à posição de nobre interiorana insignificante, sem qualquer conexão ou relevância. Era uma coisa fútil, a aceitação da qual desfrutava agora, mas às vezes mesmo as coisas fúteis pareciam importantes. Além disso, havia algo mais. Enquanto sorria na direção de uma recém-chegada — uma jovem sobrinha que uma das mulheres queria que conhecesse —, Vin percebeu o que era.

Isso é parte de mim, pensou. *Não queria que fosse, talvez por não acreditar que merecia. Achava essa vida muito diferente, muito cheia de beleza e confiança. Ainda assim, eu* sou *uma nobre. Eu* realmente *me encaixo aqui.*

Nasci nas ruas, por um lado, mas nasci para este mundo, por outro.

Havia passado o primeiro ano do reinado de Elend tentando protegê-lo a todo custo. Forçara-se a se concentrar apenas no lado das ruas, no lado treinado para ser impiedoso, pois aquilo, pensara, lhe daria o poder de defender quem amava. Kelsier, porém, lhe mostrara outra maneira de ser poderosa. E aquele poder tinha relação com a nobreza — com suas intrigas, sua beleza e seus esquemas astuciosos. Vin havia se afeiçoado de imediato à vida na corte, e aquilo a assustara.

É isso, ela pensou, sorrindo para outra garota reverente. *É por isso que sempre senti que estava errado. Eu não precisei trabalhar para isso, então não podia acreditar que merecia.*

Ela passara dezesseis anos nas ruas — havia conquistado aquele lado dela. Porém, mal levara um mês para se adaptar à vida de nobreza. Parecera impossível para Vin que algo que lhe vinha tão facilmente poderia ser uma parte tão importante dela quanto os anos nas ruas.

Mas era.

Preciso enfrentar essa realidade, ela percebeu. *Tindwyl tentou me fazer enfrentá-la há mais de um ano, mas eu não estava pronta.*

Vin precisava provar a si mesma que não apenas era capaz de perambular entre a nobreza, mas que pertencia a ela. Porque aquilo provava algo muito mais importante: que o amor que recebera de Elend durante aqueles primeiros meses não fora baseado em falsidade.

É... verdade, Vin pensou. *Posso ser as duas coisas. Por que levei tanto tempo para entender isso?*

— Perdão, senhoras — uma voz disse.

Vin sorriu, virando-se enquanto as mulheres abriam caminho para Elend. Várias das mais jovens assumiram expressões de encanto ao examinar o imperador com seu corpo de guerreiro, sua barba áspera, seu uniforme branco. Vin refreou um bufar irritado. *Ela* o amava muito antes de ele se tornar um encanto.

— Senhoras — Elend disse às mulheres —, como a própria Lady Vin não demorará a lhes dizer, sou bastante mal-educado. Isso, em si, seria um pecado muito pequeno. Infelizmente, também sou bem desleixado em relação à minha falta de consideração pela decência. Portanto, vou roubar minha esposa das senhoras e monopolizar seu tempo de um modo bastante egoísta. Gostaria de me desculpar, mas não é o tipo de coisas que nós, bárbaros, fazemos.

Com isso e um sorriso, Elend estendeu o braço para ela. Vin sorriu de volta, tomando o braço e permitindo que ele a conduzisse para longe das outras.

— Pensei que você talvez pudesse querer um pouco de espaço para respirar — Elend comentou. — Mal posso imaginar como deve se sentir cercada por um exército de vestidos bufantes.

— Agradeço pelo resgate — Vin disse, embora não fosse totalmente sincera.

Como Elend reagiria quando soubesse que ela de repente descobrira fazer parte daqueles vestidos bufantes? Além disso, apenas porque elas usavam franjas e maquiagem não deixavam de ser perigosas: Vin aprendera aquilo muito facilmente nos primeiros meses. O pensamento a distraiu de tal forma que ela não percebeu aonde Elend a levava até quase estarem lá. Quando percebeu, estacou de imediato, puxando Elend para trás.

— A pista de dança?

— Pois sim — ele respondeu.

— Mas eu não danço há quase três anos!

— Nem eu. — Ele se aproximou. — Mas seria terrível perder a oportunidade. Afinal de contas, nós nunca conseguimos dançar.

Era verdade. Luthadel havia se revoltado antes de conseguirem uma oportunidade de dançar juntos, e, depois daquilo, não houve mais tempo para bailes ou frivolidades. Vin notou que Elend entendia o quanto ela sentia por não ter tido essa chance. Ele a chamara para dançar na noite em que se conheceram, e ela recusara o pedido. Ainda sentia como se houvesse dispensado uma oportunidade única naquela primeira noite.

Então se deixou levar até a pista de dança levemente elevada. Casais sussurravam e, quando a música terminou, todos saíram furtivamente da pista, deixando Vin e Elend sozinhos — uma figura em linhas claras e outras em curvas escuras. Elend encaixou o braço na cintura da esposa, virando-a na sua direção, e Vin se flagrou traiçoeiramente nervosa.

É isso, ela pensou, avivando peltre para não tremer. *Finalmente está acontecendo. Finalmente vou dançar com ele!*

Naquele momento — quando a música começou — Elend enfiou a mão no bolso e puxou um livro. Ele o ergueu com uma das mãos, a outra na cintura dela, e começou a ler.

O queixo de Vin caiu, em seguida ela lhe deu um soco no braço.

— O que pensa que está fazendo? — ela questionou enquanto ele arrastava os pés nos passos de dança, ainda segurando o livro. — Elend! Estou tentando ter um momento especial aqui!

Ele se voltou para ela, abrindo um sorriso terrivelmente levado.

— Bem, quero tornar este momento especial o mais autêntico possível. Você está dançando *comigo*, afinal.

— Pela primeira vez!

— O que torna ainda mais importante garantir que estou passando a impressão correta, srta. Valette!

— Ah, pelo amor... Você poderia, por favor, deixar esse livro de lado?

Elend abriu ainda mais o sorriso, mas colocou o livro de volta no bolso, tomando a mão de Vin e dançando com ela da maneira adequada. Vin corou ao reparar na multidão confusa que rodeava a pista de dança. Obviamente não conseguiam entender o comportamento de Elend.

— Você *é* um bárbaro. — Vin lhe disse.

— Um bárbaro por ler livros? — Elend perguntou, parecendo alegre. — Ham adoraria essa frase.

— Honestamente, onde você sequer conseguiu um livro aqui?

— Pedi que um dos criados de Yomen me buscasse um. Da biblioteca da fortaleza. Sabia que eles teriam este; *Ensaios do monumento* é uma obra bem famosa.

Vin franziu o cenho.

— Acho que reconheço esse título.

— Era o livro que eu estava lendo naquela noite, na sacada da Fortaleza Venture. Quando nos conhecemos.

— Ora, Elend! Isso é quase romântico... um romântico deturpado, do tipo "vou fazer minha esposa querer me matar".

— Pensei que você gostaria — ele disse, girando com leveza.

— Você está muito bem hoje. Não o vejo assim há algum tempo.

— Eu sei — ele disse, suspirando. — Para ser honesto, Vin, eu me sinto um pouco culpado. Estou preocupado que tenha sido informal demais durante a conversa com Yomen. Ele é tão rígido que meus antigos instintos, aqueles que sempre me fazem reagir a pessoas como ele com zombaria, vieram à tona.

Vin deixou que o marido conduzisse a dança, olhando para ele.

— Você está sendo você, só isso. É uma coisa boa.

— Meu antigo eu não era um bom rei.

— As coisas que aprendeu sobre governar não têm a ver com sua personalidade, Elend. Têm a ver com outras qualidades: confiança e determinação. Você pode ter essas qualidades e ainda ser você mesmo.

Elend meneou a cabeça.

— Não sei ao certo se posso. Com certeza, hoje à noite, eu deveria ter sido mais formal. Deixei que o ambiente me fizesse relaxar.

— Não — Vin disse com firmeza. — Não, disso eu tenho *certeza*, Elend. Você vem fazendo exatamente o mesmo que eu. Está tão determinado em ser um bom rei que deixou essa determinação esmagar quem realmente é. Nossas responsabilidades não devem nos destruir.

— Elas não destruíram você — ele disse, sorrindo por trás da barba curta.

— Quase destruíram — confessou Vin. — Elend, eu tive de perceber que posso ser as duas pessoas: a Nascida da Bruma das ruas e a mulher da corte. Tive de reconhecer que a nova pessoa que estou me tornando é uma extensão válida de quem eu sou. Mas para você é o oposto! Precisa perceber que quem você era ainda é uma parte válida sua. Essa pessoa faz comentários tolos e instiga apenas para provocar uma reação. Mas também é amável e gentil. Não pode perder essas qualidades apenas porque é imperador.

Ele assumiu aquela expressão pensativa; a indicativa de que ele contestaria. Então, porém, ele hesitou.

— Vir a este lugar — disse, olhando para os lindos vitrais, para a nobreza — me lembra do que passei grande parte da vida fazendo. Antes de precisar ser rei. Mesmo naquela época, eu vinha tentando fazer as coisas do meu jeito, isolando-me e lendo durante os bailes. Mas não fazia isso na biblioteca e sim no salão. Não queria me esconder; queria expressar meu descontentamento com meu pai, e ler era a minha maneira de fazer isso.

— Você era um bom homem, Elend. Não um idiota como agora parece pensar que era. Você foi um pouco mal orientado, mas ainda assim um bom líder. Assumiu o controle de Luthadel e impediu que os skaa cometessem um massacre na rebelião.

— Mas todo o fiasco com Penrod...

— Você tinha coisas a aprender. Assim como eu. Mas, por favor, não se torne outra pessoa. Você pode ser Elend, o imperador, e Elend, o homem.

Ele abriu um grande sorriso e a puxou mais para perto, interrompendo a dança.

— Obrigado — disse, então a beijou. Dava para perceber que ele ainda não havia tomado a decisão, que ainda achava que precisava ser mais um guerreiro rígido do que um estudioso gentil. No entanto, estava pensando. Aquilo bastava por ora.

Vin o olhou nos olhos, e eles voltaram a dançar. Não falaram nada, simplesmente deixaram a maravilha do momento embalá-los. Era uma experiência surreal para Vin. Tinham um exército a postos lá fora, as cinzas caíam sem descanso e as brumas tiravam vidas. Ainda assim, dentro daquele salão de mármore branco e cores reluzentes, ela dançava pela primeira vez com o homem que amava.

Os dois giravam com a graça da Alomancia, dando passos como se estivessem sobre o vento, movendo-se como se feitos de bruma. O salão ficava cada vez mais silencioso, a nobreza como um público de teatro, assistindo a alguma grande apresentação e não a duas pessoas que não dançavam fazia anos. Vin sabia que o espetáculo era maravilhoso, contudo, algo raramente visto. A maioria dos Nascidos da Bruma nobres não podia se dar ao luxo de parecer tão graciosa, para evitar revelar seus poderes secretos.

Vin e Elend não tinham tais inibições. Dançavam como se para compensar os três anos perdidos, como se para ostentar sua alegria a um mundo apocalíptico e uma cidade hostil. A música deu sinais de acabar. Elend puxou a esposa contra si, e o estanho fez Vin sentir as batidas do coração dele, tão próximas. Estava batendo com mais rapidez do que uma simples dança poderia provocar.

— Estou feliz por termos feito isso — ele disse.

— Há outro baile logo mais — ela comentou. — Em poucas semanas.

— Eu sei. Se bem entendi, esse baile será realizado no Cantão de Recursos.

Vin assentiu.

— Pelo próprio Yomen.

— E, se o depósito estiver escondido em algum lugar na cidade, muito provavelmente estará embaixo daquele prédio.

— Teríamos uma desculpa, e um precedente, para entrar.

— Yomen tem um pouco de atium — Elend disse. — Está usando uma conta na testa. No entanto, ele ter uma conta não significa que tenha um monte dele.

Vin assentiu.

— Me pergunto se ele encontrou a caverna.

— Encontrou. Tenho certeza. Arranquei uma reação dele quando a mencionei.

— Mas isso não deve nos impedir — Vin falou, sorrindo. — Vamos a esse baile, entramos às escondidas na caverna, descobrimos o que o Senhor Soberano deixou lá, em seguida decidimos o que fazer com o cerco e a cidade com base no que encontrarmos?

— Parece um bom plano — Elend respondeu. — Supondo que eu não consiga trazê-lo à razão. Eu estava *perto*, Vin. Não consigo deixar de pensar que pode haver uma chance de trazê-lo para o nosso lado.

Ela assentiu.

— Tudo bem, então — ele disse. — Pronta para uma saída triunfal?

Vin sorriu e concordou com a cabeça. Quando a música terminou, Elend girou e a lançou para o lado, e ela *empurrou* o beiral metálico da pista de dança. Ela se lançou sobre a multidão, guiando-se para a saída com o vestido esvoaçante.

Atrás dela, Elend se dirigia à multidão.

— Muito obrigado por nos permitirem desfrutar de sua companhia. Qualquer um que quiser escapar da cidade terá livre passagem pelo meu exército.

Vin aterrissou e viu a multidão se virar quando Elend saltou por sobre ela, felizmente conseguindo se guiar através do salão relativamente baixo sem quebrar nenhum vitral ou atingir o teto. Ele se juntou a ela nas portas, e ambos escaparam através da antecâmara e rumaram noite adentro.

Hemalurgia é de Ruína. Ela destrói. Ao tirar as capacidades de uma pessoa e dar-lhes a outra — em porções reduzidas —, perde-se força. De acordo com o objetivo declarado de Ruína — partir o universo em pedaços cada vez menores —, a Hemalurgia concede grandes dons, mas a um alto custo.

33

SERES HUMANOS TALVEZ TIVESSEM ESCARNECIDO de TenSoon, jogando coisas nele ou gritando imprecações à sua passagem. Kandra eram ordeiros demais para esse tipo de manifestação, mas TenSoon sentia o desdém. Observaram-no ser tirado da jaula e em seguida levado à Gruta da Confiança para o julgamento. Centenas de olhos o examinavam, incrustados em corpos com ossos de aço, vidro, pedra e madeira. Os mais jovens eram mais extremos na forma, os mais velhos, mais ortodoxos.

A expressão de todos era acusatória.

Antes, na audiência, a multidão estava curiosa, talvez horrorizada, mas aquilo havia mudado. O tempo de TenSoon na jaula funcionara conforme pretendido. A Segunda Geração fora capaz de promover sua infâmia, e os kandra que, no passado, talvez tivessem sido solidários a ele, agora o observavam com nojo. Em mil anos de história, os kandra nunca haviam tido um criminoso como TenSoon.

Ele suportou os olhares e o escárnio de cabeça erguida, bamboleando através do corredor em um corpo de cão. Era estranho como aqueles ossos lhe caíam naturalmente. Passara apenas um ano usando-os, mas colocá-los novamente — descartando o corpo humano mirrado e nu — parecia mais uma volta para casa do que seu retorno à Terra Natal, um ano antes.

Então o que deveria ser uma humilhação tornou-se, em vez disso, uma espécie de triunfo. Fora uma esperança maluca, mas conseguira manipular a Segunda Geração para que lhe devolvesse o corpo do cachorro. O saco continha até mesmo os pelos e as unhas daquele corpo — provavelmente haviam simplesmente recolhido toda a bagunça após forçar TenSoon a abandoná-lo e entrar na prisão, um ano antes.

Os ossos confortáveis lhe davam força. Era o corpo que Vin lhe dera. Ela era o Herói das Eras. Ele precisava acreditar naquilo.

Do contrário, estaria prestes a cometer um erro muito grande.

Os guardas levaram-no para a Gruta da Confiança. Dessa vez, havia muitos mais observadores do que cabiam na sala, de forma que os Segundos declararam que os mais jovens que a Sétima Geração deveriam esperar do lado de fora. Mesmo assim, kandra e mais kandra enchiam as fileiras de assentos de pedra. Ficaram em silêncio quando TenSoon foi levado ao disco metálico levemente elevado no centro do chão de pedra. As portas amplas foram deixadas abertas, e os jovens kandra se aglomeravam lá fora, ouvindo.

TenSoon ergueu os olhos ao subir na plataforma. As sombras amorfas da Primeira Geração esperavam lá em cima, cada uma em sua alcova separada, iluminada por um azul diáfano.

KanPaar se aproximou do púlpito. Era perceptível sua satisfação na maneira como deslizava pelo assoalho. O Segundo sentia que seu triunfo estava completo — o que acontecia àqueles que ignoravam as diretrizes da Segunda Geração não seria esquecido tão cedo. TenSoon se sentou sobre as patas traseiras, vigiado por dois kandra com a Bênção da Potência cintilando em cada ombro e carregando marretas imensas.

— TenSoon da Terceira Geração — KanPaar disse em voz alta. — Está pronto para receber a sentença de seu julgamento?

— Não haverá julgamento — TenSoon disse. Suas palavras saíam arrastadas, vindas da boca de um cachorro, mas eram claras o bastante para que fossem entendidas.

— Não haverá julgamento? — KanPaar perguntou num tom divertido. — Busca se livrar daquilo que você mesmo exigiu?

— Vim para dar informações, não ser julgado.

— Eu...

— Não estou falando com você, KanPaar — TenSoon interrompeu, virando as costas para o Segundo e olhando para cima. — Estou falando com eles.

— Eles ouviram suas palavras, Terceiro — KanPaar falou, ríspido. — Controle-se! Não permitirei que transforme este julgamento em um circo, como fez antes.

Apenas um kandra consideraria uma tênue discussão como sendo um "circo". Porém, TenSoon sorriu, e não se desviou das alcovas da Primeira Geração.

— Agora — KanPaar continuou. — Nós...

— Vocês! — TenSoon berrou, fazendo KanPaar quase engasgar de novo. — Primeira Geração! Por quanto tempo vocês ficarão aqui, no conforto do lar, fingindo que o mundo lá em cima não existe? Acham que, se ignorarem os problemas, eles não vão afetá-los? Ou é porque pararam de acreditar nos próprios ensinamentos?

"Os dias das brumas chegaram! As cinzas infinitas agora caem! A terra treme e chacoalha. Vocês podem me condenar, mas não devem me ignorar! O mundo vai morrer em breve! Se querem que os povos, em todas as suas formas, sobrevivam, devem agir! Devem estar prontos! Pois podem precisar em breve ordenar que nosso povo aceite a Resolução!"

O salão ficou silencioso. Várias das sombras lá em cima se moveram, como se envergonhadas, embora os kandra em geral não reagissem de tal maneira. Era desordenado demais.

Então, uma voz — suave, rouca e muito cansada — falou lá de cima.

— Proceda, KanPaar.

O comentário foi tão inesperado que vários membros da plateia se sobressaltaram. A Primeira Geração nunca falava na presença de gerações inferiores. TenSoon não estava surpreso — ele os vira e falara com eles antes de ficarem arrogantes demais para lidar com qualquer um que não fosse da Segunda Geração. Não, não estava surpreso. Apenas decepcionado.

— Minha fé em vocês foi equivocada — ele disse, mais para si mesmo. — Eu não deveria ter retornado.

— TenSoon da Terceira Geração! — KanPaar disse, empertigando-se, o Corpo Verdadeiro cristalino reluzindo enquanto ele apontava para o réu.

— Você foi sentenciado à prisão ritual de ChanGaar! Será espancado ao ponto da fratura e em seguida isolado por tijolos em um fosso, com apenas um buraco para sua ração diária. Permanecerá lá por dez gerações! Apenas depois disso será executado por inanição! Saiba que seu maior pecado foi o da rebelião. Se não tivesse se desgarrado dos avisos e da sabedoria deste conselho, jamais teria pensado ser correto o rompimento do Primeiro Contrato. Por sua causa, a Confiança foi posta em risco, bem como cada kandra de todas as gerações!

KanPaar deixou o pronunciamento ressoar pela câmara. TenSoon estava sentado, quieto, nas patas traseiras. KanPaar obviamente esperava algum tipo de reação dele, mas TenSoon não esboçara nenhuma. Por fim, KanPaar gesticulou para os guardas ao lado de TenSoon, que prepararam suas marretas aterradoras.

— Sabe, KanPaar — TenSoon disse. — Aprendi algumas coisas importantes enquanto usava esses ossos, um ano atrás.

KanPaar gesticulou novamente. Os guardas ergueram as armas.

— É algo em que nunca parei para pensar — TenSoon disse. — Os seres humanos, se você pensar bem, não são feitos para ter velocidade. Já os cães, por outro lado, *são*.

As marretas caíram.

TenSoon saltou para a frente.

As patas poderosas do cão lançaram-no em movimento. TenSoon era um membro da Terceira Geração. Ninguém havia comido e emulado corpos como ele, que sabia como moldar músculos em um corpo de forma eficiente. Além disso, passara um ano usando os ossos de um cão de caça, sendo forçado a acompanhar sua mestra Nascida da Bruma. Passara o que efetivamente fora um ano de treinamento com uma das alomânticas mais talentosas que o mundo conhecia.

Além disso, uma massa corpórea transferida de um humano mirrado formava um cão bastante substancial. Esse fato, combinado com sua habilidade para formar corpos, significava que, quando TenSoon saltava, ele realmente *saltava*. Os guardas gritaram em choque quando o condenado saltou para longe, seu pulo levando-o a no mínimo três metros pelo salão. Ele correu, mas não seguiu para a porta. Era o que estariam esperando.

Em vez disso, saltou diretamente sobre KanPaar. O chefe dos Segundos berrou, estendendo as mãos incapazes quando os mais de quarenta quilos do cão o atingiram, lançando-o ao chão de pedra. TenSoon ouviu os estalos agudos quando os ossos delicados do outro se estilhaçaram, e KanPaar gritou de uma maneira muito pouco típica de um kandra.

Parece adequado, TenSoon pensou, abrindo caminho através das fileiras de Segundos, partindo ossos alheios no processo. *Honestamente, que tipo de tolo vaidoso usa um Corpo Verdadeiro de cristal?*

Muitos dos kandra não sabiam como reagir. Outros — especialmente os mais novos —, tendo passado muito tempo com seres humanos em Contratos, estavam mais acostumados ao caos. Esses se espalharam, deixando os companheiros mais velhos sentados, atônitos, em seus bancos. TenSoon correu entre os corpos, seguindo para as portas. Os guardas ao lado do pódio — aqueles que teriam quebrado seus ossos — correram para o lado de KanPaar, seu sentimento de dever para com o Segundo sobrepujando o desejo de impedir a fuga. Além disso, deviam ter visto a multidão obstruindo a passagem e acreditaram que aquilo por conta própria retardaria o avanço do condenado.

Assim que chegou à multidão, TenSoon saltou novamente. Vin havia exigido dele a capacidade de pular alturas incríveis, e ele tinha praticado com muitas estruturas musculares diferentes. Esse salto não teria impressionado Vin — TenSoon não tinha mais a Bênção da Potência que roubara de OreSeur —, mas era mais que suficiente para livrá-lo dos espectadores. Alguns gritaram, e ele aterrissou em um espaço vazio, dando em seguida outro pulo em direção à caverna aberta.

— Não! — Ele ouviu ecoar da Gruta da Confiança. — Vão atrás dele!

TenSoon partiu em uma investida galopante por um dos corredores. Corria rápido, muito mais rápido que qualquer bípede seria capaz. Com seu corpo canino, ele esperava conseguir ultrapassar até mesmo os kandra que portassem a Bênção da Potência.

Adeus, meu lar, TenSoon pensou, deixando a caverna principal para trás. *E adeus a qualquer pequena honra que eu ainda tinha.*

FIM DA SEGUNDA PARTE

TERCEIRA PARTE

OS CÉUS PARTIDOS

A Feruquemia, vale observar, é a força do equilíbrio. Dos três poderes, era o único conhecido pelos homens antes do conflito entre Preservação e Ruína chegar a um impasse. Na Feruquemia, o poder é armazenado, depois extraído. Não há perda de energia — apenas uma mudança do momento e do grau de uso.

34

MARSH ENTROU A PASSOS LARGOS na cidadezinha. Operários postados sobre o portão improvisado — que parecia frágil a ponto de poder ser derrubado por uma mera batida determinada — ficaram paralisados. Os varredores de cinzas perceberam sua passagem com choque, em seguida horror. Era estranho como observavam, aterrorizados demais para fugir. Ou, ao menos, aterrorizados demais para serem os primeiros a fugir.

Marsh os ignorou. A terra tremia sob ele numa bela canção — os terremotos eram comuns ali, à sombra da Montanha de Tyrian. Era a montanha de cinzas mais próxima de Luthadel. Marsh atravessava naquele momento o próprio território de Elend Venture. Mas, claro, o imperador o havia abandonado. Aquilo parecia um convite a Marsh e àquela que o controlava. Eram na verdade a mesma coisa. Marsh sorria ao caminhar.

Uma parte pequena dele ainda estava livre. Ele a deixava dormir, porém. Ruína precisava pensar que ele havia desistido. Essa era a ideia. Então Marsh mantinha aquele único pedacinho de si e não lutava. Deixava o céu cinzento tornar-se algo de beleza manchada; tratava a morte do mundo como um evento abençoado.

Esperando a hora certa. Aguardando.

O vilarejo era uma visão inspiradora. As pessoas dali morriam de fome, embora estivessem dentro do Domínio Central, a área "protegida" de Elend Venture. Tinham no rosto expressões maravilhadas, assustadas, daqueles que estavam prestes a abrir mão de toda esperança. As ruas estavam malcuidadas; as casas — que no passado abrigaram os nobres, mas agora estavam cheias de skaa famintos —, cobertas de cinzas; os jardins, arrancados; e as estruturas, canibalizadas para alimentar as fogueiras durante o inverno.

Aquela linda vista fez Marsh sorrir de satisfação. Atrás dele, as pessoas finalmente começaram a se mover, fugindo, portas batendo. Provavelmente havia entre seis e sete mil pessoas vivendo na cidade. Não eram assunto de Marsh. Não por enquanto.

Ele estava interessado apenas em um único e específico prédio. Não parecia diferente dos outros, mais uma mansão em uma fileira sofisticada. A cidade, outrora um local de parada para viajantes, havia se tornado o lugar favorito para a nobreza construir segundas casas. Algumas famílias nobres viviam ali em caráter permanente, supervisionando os muitos skaa que trabalhavam nas plantações e campos nas planícies fora da cidade.

O prédio escolhido por Marsh estava um pouco mais conservado que os outros ao redor. O jardim, claro, era mais de ervas daninhas que de plantas cultivadas, e os muros externos da mansão não viam um esfregão havia anos. No entanto, poucas partes dela pareciam ter sido arrancadas para servir de lenha, e um vigia montava guarda no portão da frente.

Marsh o matou com um dos triângulos de metal afiadíssimos outrora usados nas cerimônias do Senhor Soberano. *Empurrou-o* no peito do vigia antes de o homem sequer conseguir abrir a boca para protestar. O ar ficou estranhamente silencioso quando o guarda caiu de lado na estrada. Os skaa que observavam das casas próximas não ousaram reagir, evitando qualquer movimento.

Marsh cantarolou baixinho ao se aproximar da mansão, assustando um pequeno bando de corvos que tinha vindo se empoleirar. Antes, aquele caminho teria sido uma via tranquila através dos jardins, a direção marcada pelas lajotas. Agora era simplesmente uma marcha por um campo repleto de ervas daninhas. O dono do lugar obviamente não conseguia arcar com mais do que um único guarda, e ninguém fez alarde com a aproximação de Marsh. Na verdade, ele pôde simplesmente chegar andando até as portas da frente. Sorrindo, ele bateu.

Uma criada abriu as portas. Ela ficou paralisada ao ver Marsh, percebendo os olhos com estacas, a altura incomum, a túnica escura. Então, começou a tremer.

Marsh estendeu a mão com a palma para cima, outro triângulo sobre ela. Em seguida, *empurrou-o* direto no rosto da mulher, até estilhaçar a parte de trás do crânio e ela tombar. Ele passou pelo corpo e entrou na casa.

Era muito mais bonita por dentro do que o lado de fora o levara a esperar. Mobiliário sofisticado, paredes recém-pintadas, cerâmica rebuscada. Marsh ergueu a sobrancelha, examinando a sala com os olhos perfurados. A maneira como sua visão funcionava dificultava fazer a distinção de cores, mas ele já estava familiarizado o bastante com seus poderes para conseguir diferenciá-las, se quisesse. As linhas alomânticas dos metais dentro da maioria das coisas eram realmente expressivas.

Para Marsh, a mansão era um lugar de brancura imaculada e pingos brilhantes de cores extravagantes. Ele a vasculhou, queimando peltre para aumentar as capacidades físicas, permitindo-lhe caminhar com muito mais leveza do que teria sido possível sem o metal. Matou mais dois criados no curso de sua busca e, no fim, seguiu para o segundo andar.

Ele encontrou o homem que procurava sentado a uma mesa no último andar. Calvo, vestindo um terno elaborado, tinha um bigodinho cravado no rosto redondo e estava encurvado, de olhos fechados, uma garrafa de bebida forte vazia aos pés. Marsh viu aquilo com desagrado.

— Percorri todo esse caminho até você — comentou. — E, quando finalmente o encontro, descubro que se embriagou à inconsciência?

O homem nunca o vira antes, claro. Aquilo não impedia Marsh de se sentir irritado por não ter a chance de ver a expressão de terror e surpresa nos olhos do homem quando descobrisse um Inquisidor dentro da própria casa. Marsh não poderia se fartar no medo, na expectativa da morte dele. Por um instante, ficou tentado a esperar até o homem ficar sóbrio, de forma que o assassinato pudesse ser realizado com decência.

Mas Ruína não admitiria nada daquilo. Marsh suspirou para aquela injustiça e derrubou o homem inconsciente da cadeira, enterrando uma estaca de bronze em seu coração. Não era grande ou grossa como uma estaca de Inquisidor, mas matava tão bem quanto. Marsh arrancou o coração do homem, deixando o ex-nobre morto, seu sangue formando uma poça no chão.

Em seguida, deixou o prédio. O nobre — Marsh não sabia nem seu nome — havia usado Alomancia recentemente. O homem era Esfumaçador, um Brumoso capaz de criar nuvens de cobre, e o uso dessa capacidade havia atraído a atenção de Ruína. Ele queria um alomântico para drenar.

Então Marsh fora ceifar o poder do homem e sorvê-lo pela estaca. Parecia-lhe um desperdício. Hemalurgia — principalmente a impregnada de Alomancia — era muito mais potente quando se podia atravessar a estaca no coração da vítima e diretamente no hospedeiro em espera. Muito pouco da capacidade alomântica era perdida. Já dessa forma, matando um alomântico para fazer uma estaca e em seguida viajando para outro lugar para enterrá-la, o novo hospedeiro receberia muito menos poder.

Mas não havia como escapar disso, nesse caso. Marsh negava com a cabeça enquanto passava por sobre o corpo da criada, saindo pelos jardins malcuidados. Ninguém o abordou ou mesmo olhou em sua direção enquanto ele caminhava até os portões principais. Lá, contudo, foi surpreendido por um par de homens skaa ajoelhados no chão.

— Por favor, Vossa Graça — um deles disse quando Marsh passou. — Por favor, envie os obrigadores de volta para nós. Vamos servir melhor desta vez.

— Vocês perderam essa oportunidade — Marsh disse, encarando-os com as pontas das estacas.

— Vamos acreditar no Senhor Soberano de novo — o outro prometeu. — Ele nos alimentava. Por favor. Nossas famílias não têm o que comer.

— Bem, vocês não precisarão se preocupar com isso por muito tempo — Marsh respondeu.

Os homens continuaram ajoelhados, confusos, enquanto Marsh partia. Não os matou, embora parte dele desejasse. Infelizmente, Ruína queria reivindicar aquele privilégio para si.

Marsh atravessou a planície fora da cidade. Depois de cerca de uma hora ele parou, virando-se para olhar a comunidade que ficava para trás e a Montanha de Cinzas que se agigantava atrás dela.

Naquele momento, a metade esquerda superior do monte explodiu, cuspindo um dilúvio de poeira, cinzas e rochas. A terra tremeu e um som aterrador correu sobre Marsh. Em seguida, flamejante, quente e vermelho, um grande jorro de magma começou a correr a lateral do monte de cinza abaixo na direção do lago raso na planície e da cidadezinha às suas margens.

Marsh meneou a cabeça. Sim, comida *nem de perto* era o maior problema desta cidade. Eles realmente precisavam definir suas prioridades.

Hemalurgia é um poder sobre o qual eu gostaria de saber muito menos. Para Ruína, um poder deve ter custo excessivamente alto — usá-lo deve ser atraente, mas deve semear caos e destruição em sua simples implantação.

Em teoria, é uma arte muito simples. Parasítica. Sem outra pessoa de quem se roubar, a Hemalurgia seria inútil.

35

— VOCÊS FICARÃO BEM AQUI? — Fantasma quis saber.

Brisa virou as costas para a taverna iluminada, erguendo uma sobrancelha. Fantasma lhe havia trazido — junto com vários soldados de Goradel à paisana — para um dos maiores e mais respeitáveis estabelecimentos. Vozes ressoavam lá dentro.

— Sim, esse lugar serve — Brisa disse, olhando para a taverna. — Skaa saindo à noite. Nunca pensei que veria isso. Talvez o mundo esteja *realmente* acabando...

— Vou para uma das áreas mais pobres da cidade — Fantasma comentou baixinho. — Há algumas coisas sobre as quais quero me informar.

— Áreas mais pobres — Brisa disse, pensativo. — Talvez eu devesse acompanhá-lo. Descobri que, quanto mais pobres são as pessoas, mais provável é que abram a boca.

— Sem querer ofender, Brisa, mas eu acho que você chamaria atenção lá.

— Quê? — Brisa questionou, olhando para seus trajes marrons utilitários de operário; uma mudança e tanto de seu terno e colete habituais. — Estou vestindo estas roupas horrendas, não estou?

— Roupas não são tudo, Brisa. Você tem uma... postura. Além disso, não tem muita cinza em você.

— Eu já me infiltrava entre os menos favorecidos antes de você nem sequer ter nascido, garoto — Brisa falou, sacudindo o dedo para ele.

— Tudo bem — Fantasma disse. Ele se abaixou, pegando um punhado de cinzas. — Vamos apenas esfregar isso aqui em suas roupas e no rosto...

Brisa ficou paralisado.

— Encontro você no esconderijo — ele disse por fim.

Fantasma sorriu, soltando as cinzas enquanto desaparecia em meio às brumas.

— Eu nunca gostei dele — Kelsier sussurrou.

Fantasma deixou a parte mais rica da cidade, movendo-se em ritmo acelerado. Quando chegou à rua-canal, não parou; simplesmente saltou para a lateral da estrada e despencou seis metros.

Sua capa esvoaçava atrás dele durante a queda. Aterrissou com suavidade e continuou o passo rápido. Sem peltre, com certeza teria quebrado alguns membros. Ele se movia com a mesma habilidade que no passado invejara em Vin e Kelsier. Sentia-se estimulado. Com peltre avivado, nunca se exauria — nunca sequer se cansava. Mesmo atos simples, como caminhar pela rua, faziam com que se sentisse cheio de graça e poder.

Ele se dirigia rapidamente a Tormentos, deixando para trás as ruas de homens decentes e entrando nas ruas-canal apinhadas e similares a becos, sabendo exatamente onde encontrar sua presa. Durn era uma das figuras de liderança no submundo de Urteau. Parte informante, parte senhor dos pedintes, o músico frustrado se tornara uma espécie de prefeito de Tormentos. Homens como esse precisavam estar onde as pessoas pudessem encontrá-los — e pagá-los.

Fantasma ainda se lembrava daquela primeira noite após despertar de sua febre, poucas semanas antes; a noite em que visitara a taverna e ouvira homens falando sobre ele. Nos dias que se seguiram, visitara várias outras tavernas e ouvira outros mencionarem rumores sobre ele. A chegada de Sazed e Brisa impedira que confrontasse Durn — a fonte aparente dos rumores — sobre o que vinha dizendo às pessoas. Era hora de corrigir esse equívoco.

Fantasma apertou o passo, saltando sobre as pilhas de tábuas descartadas e contornando montinhos de cinzas, até chegar ao buraco que Durn chamava de lar. Era uma seção lateral de um canal que havia sido cavada para formar uma espécie de caverna. Embora o batente de madeira ao redor da porta parecesse tão apodrecido e lascado como tudo o mais em Tormentos, Fantasma sabia que era reforçada por trás com uma grossa trava de carvalho.

Dois capangas estavam sentados do lado de fora. Encararam Fantasma quando ele parou diante da porta, a capa tremulando ao seu redor. Era a mesma que estivera usando quando foi lançado ao fogo, ainda manchada com marcas de queimaduras e buracos provocados pelas chamas.

— O chefe não quer ver ninguém agora, rapaz — um dos homenzarrões disse, sem se levantar. — Volte mais tarde.

Fantasma chutou a porta. Ela se soltou das dobradiças, que estouraram, a trava estilhaçando seus suportes e tombando para trás.

Ficou parado por um momento, em choque. Tinha pouca experiência com peltre para medir seu uso com precisão. Mas, se ele estava em choque, os dois capangas estavam atônitos. Ficaram sentados, encarando a porta quebrada.

— Talvez você precise matá-los — Kelsier sussurrou.

Não, pensou Fantasma. *Eu só preciso ser rápido*. Ele avançou pelo corredor aberto, sem precisar de tocha ou lampião para enxergar. Tirou os óculos e a venda do bolso quando se aproximou da porta ao final, colocando-os enquanto os guardas gritavam atrás dele.

Bateu com o ombro na porta com um pouco mais de cuidado, abrindo-a sem arrombar. Entrou num aposento iluminado onde quatro homens sentados jogavam fichas numa mesa. Durn estava vencendo.

Fantasma apontou para os homens enquanto se aproximava.

— Vocês três, para fora. Durn e eu temos assuntos a tratar.

Durn ficou sentado, parecendo genuinamente surpreso. Os capangas alcançaram Fantasma, que se virou, agachando-se para pegar o bastão de duelo sob a capa.

— Tudo bem — Durn falou, erguendo-se. — Deixem-nos a sós.

Os guardas hesitaram, irritados. Mas eles se retiraram, os parceiros de jogatina de Durn saindo com eles. A porta foi fechada.

— Bela entrada — Durn observou, sentando-se novamente à mesa.

— Você tem falado de mim, Durn — Fantasma disse, virando-se para ele. — Ouvi pessoas discutindo sobre mim em tavernas, mencionando o seu nome. Você tem espalhado rumores sobre minha morte, dizendo às pessoas que eu era do bando do Sobrevivente. Como sabia quem eu era e por que está usando meu nome?

— Ora, deixa disso — Durn falou de cara feia. — Achou mesmo que era anônimo aqui? Você é amigo do Sobrevivente e passou metade da vida no palácio do imperador.

— Luthadel fica bem longe daqui.

— Não tão longe a ponto de as notícias não viajarem — Durn disse. — Um Olho de Estanho vem até a cidade, espiona, gastando recursos aparentemente infinitos? Não foi muito difícil descobrir quem você era. Além disso, há a questão dos seus olhos.

— O que eles têm? — Fantasma quis saber.

O homem feioso deu de ombros.

— Todo mundo sabe que coisas estranhas acontecem com o bando do Sobrevivente.

Fantasma não sabia ao certo o que pensar disso. Ele avançou, olhando para as cartas na mesa. Pegou uma, sentindo o papel. Seus sentidos aguçados permitiram que percebesse as elevações na parte de trás.

— Cartas marcadas?

— Claro — Durn respondeu. — Praticando para ver se meus homens conseguem ler direito os padrões.

Fantasma jogou a carta na mesa.

— Você ainda não me disse por que vem espalhando rumores sobre mim.

— Não se ofenda, garoto — disse Durn. — Mas... bem, você deveria estar morto.

— Se acreditava nisso, por que se deu ao trabalho de falar sobre mim?

— Por que você acha? As pessoas amam o Sobrevivente e qualquer coisa relacionada a ele. Por isso Quellion usa tanto o nome de Kelsier. Mas, se eu conseguisse mostrar que Quellion matou um membro do bando do Sobrevivente... Bem, haveria muita gente na cidade que não gostaria disso.

— Então, você só estava tentando ajudar — Fantasma falou sem rodeios. — Por pura bondade do coração.

— Você não é o único que acha que Quellion está matando esta cidade. Se é realmente do bando do Sobrevivente, sabe que, às vezes, o povo luta.

— Acho difícil pensar em você como um altruísta, Durn. No fim das contas, é um ladrão.

— E você também.

— Não sabíamos no que estávamos nos metendo — Fantasma confessou. — Kelsier nos prometeu riquezas. E o que você ganha com tudo isso?

Durn bufou.

— O Cidadão é muito ruim para os negócios. O vinho tinto dos Venture sendo vendido por uma fração de tostão? Nosso contrabando sofreu uma queda imensa porque todos temem comprar nossos produtos. As coisas *nunca* foram tão ruins assim com o Senhor Soberano. — Ele se inclinou para a frente. — Se seus amigos que estão no antigo prédio do Ministério pensam que podem fazer algo sobre o lunático que governa esta cidade, então diga a eles que têm meu apoio. Não resta muito de submundo nesta cidade, mas Quellion ficará surpreso com o dano que ele pode fazer se manipulado da maneira certa.

Fantasma se ergueu e ficou em silêncio por um momento.

— Há um homem coletando informações na taverna da Alameda do Riacho Ocidental. Envie alguém para contatá-lo. É um Abrandador, o melhor que já existiu, mas se destaca um pouco. Faça sua oferta para ele.

Durn assentiu.

Fantasma se virou para ir embora; voltou os olhos para Durn.

— Não mencione meu nome para ele ou o que aconteceu comigo.

Com isso, saiu pelo corredor, passando pelos guardas e os canalhas desalojados do jogo de cartas. Tirou a venda ao sair sob o brilho quase diurno da noite estrelada.

Caminhou por Tormentos, tentando decidir o que pensar da reunião. Durn não havia revelado nada de *muito* importante. Ainda assim, Fantasma sentia como se algo estivesse acontecendo ao redor, algo que ele não havia planejado, algo que não conseguia decifrar direito. Estava ficando mais confortável com a voz de Kelsier e com o peltre, mas ainda temia não ser capaz de fazer jus à posição que ocupava.

— Se não for logo até Quellion — Kelsier disse —, ele vai encontrar seus amigos. Já está preparando assassinos.

— Ele não vai enviá-los — Fantasma disse em voz baixa. — Especialmente se ouviu os rumores de Durn sobre mim. Todos sabem que Sazed e Brisa estavam no seu bando. Quellion não vai derrubá-los, a menos que provem ser uma ameaça que não lhe deixe outra opção.

— Quellion é um homem instável — Kelsier falou. — Não espere demais. Você não quer descobrir o quanto ele pode ser irracional.

Fantasma ficou em silêncio. Em seguida, ouviu passos aproximando-se rapidamente. Sentiu as vibrações no chão. Ele girou e abriu a capa, estendendo a mão para pegar a arma.

— Você não está em perigo — Kelsier comentou baixo.

Fantasma relaxou ao ver alguém sair correndo de um beco. Era um dos homens do jogo de fichas de Durn. O homem estava arfando, o rosto corado de exaustão.

— Milorde!

— Não sou lorde — Fantasma retrucou. — O que aconteceu? Durn está em perigo?

— Não, senhor — o homem disse. — Eu só... eu...

Fantasma ergueu a sobrancelha.

— Eu preciso de sua ajuda — o homem disse, tomando fôlego. — Quando percebi quem era, o senhor já havia partido. Eu só...

— Ajuda com o quê? — Fantasma questionou, sucinto.

— Minha irmã, senhor — o homem disse. — Ela foi levada pelo Cidadão. Nosso... pai era um nobre. Durn me escondeu, mas Mailey foi vendida pela mulher com quem eu a deixei. Senhor, ela tem apenas sete anos. Ele vai queimá-la em poucos dias!

Fantasma franziu a testa. *O que ele espera que eu faça?* Abriu a boca para fazer exatamente essa pergunta, mas se refreou. Ele não era mais o mesmo homem. Não tinha mais os mesmos limites do antigo Fantasma. Poderia fazer alguma coisa.

O que Kelsier teria feito.

— Pode reunir dez homens? — Fantasma questionou. — Amigos seus dispostos a participar de um trabalho na madrugada?

— Acho que posso. Isso tem a ver com salvar de Mailey?

— Não — Fantasma respondeu. — Tem a ver com seu pagamento para salvar Mailey. Consiga esses trabalhadores e farei o que puder para ajudar sua irmã.

O homem assentiu, ansioso.

— Faça isso agora — Fantasma disse, apontando. — Começaremos hoje.

Na Hemalurgia, o tipo de metal usado em uma estaca é importante, pois dita o posicionamento daquela estaca no corpo. Por exemplo, estacas de aço carregam poderes alomânticos físicos — a capacidade de queimar peltre, estanho, aço ou ferro — e os concedem à pessoa que nos recebem. Qual desses quatro poderes é concedido, no entanto, depende de onde a estaca é cravada.

Já as feitas de outros metais roubam capacidades feruquêmicas. Por exemplo, todos os Inquisidores originais recebiam uma estaca de peltre, que — após ter sido cravada primeiro no corpo de um feruquemista — dava ao Inquisidor a capacidade de armazenar poder de cura. (Embora eles não pudessem fazê-lo tão rapidamente quanto um feruquemista, segundo a lei da deterioração hemalúrgica.) Foi assim, obviamente, que os Inquisidores conseguiram sua infame capacidade de recuperar-se rapidamente de ferimentos, e também o motivo pelo qual precisavam descansar tanto.

36

— VOCÊS NÃO DEVERIAM TER entrado — Cett falou sem rodeios.

Elend ergueu uma sobrancelha, cavalgando seu garanhão até o centro do acampamento. Tindwyl ensinara-o que era bom ser visto pelo povo, especialmente em situações em que podia controlar a maneira como era notado. Ele concordava com essa lição em particular, e portanto cavalgava, usando uma capa preta para mascarar as manchas de cinzas, garantindo que os soldados soubessem que estava entre eles. Cett cavalgava ao seu lado, preso à sua sela especial.

— Acha que eu me expus demais ao perigo ao entrar na cidade? — Elend perguntou, assentindo para um grupo de soldados que parou os trabalhos matutinos para saudá-lo.

— Não. Nós dois sabemos que eu não dou a mínima se você vai viver ou morrer, garoto. Além disso, você é um Nascido da Bruma. Poderia ter saído de lá se as coisas ficassem perigosas.

— Por que, então? Por que teria sido um erro?

— Porque você encontrou as pessoas lá dentro. Falou com elas, dançou entre elas. Que diabos, rapaz. Não consegue enxergar por que isso é um problema? Quando chegar a hora de atacar, você vai se preocupar com as pessoas que vai ferir.

Elend cavalgou em silêncio por um momento. As brumas matutinas eram algo normal para ele agora. Obscureciam o acampamento, escondendo seu tamanho. Mesmo para olhos aguçados pelo estanho, as tendas distantes se tornavam apenas silhuetas de montinhos ao longe. Era como se cavalgasse por um mundo mítico, um lugar de sombras abafadas e ruídos longínquos.

Fora um erro entrar na cidade? Talvez. Elend conhecia as teorias às quais Cett se referia — entendia como era importante para um general enxergar os inimigos não como indivíduos, mas como números. Obstáculos.

— Estou feliz com a minha escolha — Elend disse.

— Eu sei — Cett falou, coçando a barba espessa. — É isso que me frustra, para ser sincero. Você é um homem compassivo. Essa é uma fraqueza, mas não um problema real. O *problema* é sua incapacidade de lidar com a própria compaixão.

Elend voltou a erguer a sobrancelha.

— Você deveria evitar se afeiçoar ao inimigo, Elend — Cett disse. — Deveria saber como reagiria e se planejado para evitar essa situação! Que inferno, rapaz, todo líder tem fraquezas. Aqueles que vencem são os que aprendem como as abrandar, não as alimentar!

À falta de resposta dele, Cett simplesmente suspirou.

— Tudo bem, então; vamos falar do cerco. Os engenheiros bloquearam vários riachos que corriam para dentro da cidade, mas não acham que sejam essas as fontes principais de abastecimento.

— Não são — Elend confirmou. — Vin localizou seis poços principais lá dentro.

— Deveríamos envenená-los.

Elend ficou em silêncio. As duas metades dele ainda guerreavam em seu íntimo. O homem que ele era apenas queria proteger o máximo de pessoas possível. O homem que ele estava se tornando, no entanto, era mais realista. Sabia que, às vezes, precisava matar — ou ao menos causar desconforto — para salvar.

— Muito bem — Elend disse. — Vou pedir que Vin faça isso à noite... e pedirei que ela deixe uma mensagem escrita nos poços alardeando o que fizemos.

— De que adiantará isso? — perguntou Cett, franzindo a testa.

— Não quero matar as pessoas, Cett. Quero preocupá-las. Dessa forma, elas irão até Yomen para pedir água. Com a cidade inteira fazendo exigências, ele logo precisará acessar o suprimento de água no depósito.

Cett grunhiu, mas parecia contente por Elend ter aceitado sua sugestão.

— E os vilarejos nas cercanias?

— Fique à vontade para acossá-los — Elend respondeu. — Organize uma força de dez mil e envie-a para invadir, mas não para matar. Quero que os espiões de Yomen na área enviem mensagens preocupadas para ele, escrevendo sobre o reino desmoronando.

— Você está tentando jogar esse jogo pela metade, camarada — Cett falou. — No fim das contas, terá de escolher. Se Yomen não ceder, você precisará atacar.

Elend freou o cavalo diante da tenda de comando.

— Sei disso — disse com tranquilidade.

Cett bufou, mas se manteve em silêncio enquanto os criados saíam da tenda para desamarrá-lo da sela. Quando começaram, contudo, a terra tremeu. Elend praguejou, esforçando-se para manter o controle do cavalo cada vez mais arisco. O tremor agitou as tendas, soltando postes e derrubando algumas delas, e Elend ouviu o retinir de metal de taças, espadas e outros itens sendo lançados ao chão. No fim, o tremor deu trégua, e ele olhou para o lado, checando o estado de Cett. O homem havia conseguido manter o controle da montaria, embora uma de suas pernas inúteis pendesse solta da sela e ele parecesse estar prestes a cair. Os criados correram para ajudar.

— Essas desgraças estão ficando cada vez mais frequentes — falou Cett.

Elend acalmou seu cavalo, que estava bufando nas brumas. Por todo o acampamento, homens xingavam e gritavam. O último terremoto fora apenas há poucas semanas. Terremotos não deviam ser comuns no Império Final — durante sua juventude, ele nunca ouvira falar de nenhum nos domínios mais próximos ao centro.

Ele suspirou, apeando do cavalo e entregando o animal para um ajudante, e então seguiu Cett para dentro da tenda de comando. Os criados sentaram Cett numa cadeira e se retiraram, deixando-os a sós. Cett olhou para Elend, parecendo perturbado.

— Aquele tolo do Ham lhe contou das notícias de Luthadel?

— Ou da falta delas? — Elend perguntou, suspirando. — Contou.

Nem um pio tinha vindo da capital, muito menos os suprimentos que Elend ordenara que fossem trazidos pelo canal.

— Não temos *tanto* tempo assim, Elend — Cett comentou baixinho. — Alguns meses, no máximo. Tempo suficiente para enfraquecer a determinação de Yomen, talvez deixar seu povo tão sedento que comecem a desejar uma invasão. Mas, se não formos reabastecidos, não teremos como manter este cerco.

Elend olhou para o homem mais velho. Cett, sentado em sua cadeira com uma expressão arrogante, devolveu o olhar fixamente. Muito do que ele conseguia estava na sua atitude — Cett havia perdido o uso das pernas para uma doença muito tempo antes e não conseguia intimidar as pessoas fisicamente, de forma que precisara encontrar outras maneiras de se mostrar ameaçador.

Cett sabia como atingir para machucar. Conseguia encontrar as falhas que incomodavam as pessoas e explorar suas virtudes de maneira que Elend raramente via, mesmo em Abrandadores experientes. E fazia tudo aquilo escondendo um coração que Elend suspeitava ser mais terno do que aquele homem jamais admitiria.

Ele parecia especialmente inquieto naquele dia. Como se estivesse preocupado com algo. Algo importante para ele — algo que fora forçado a deixar para trás, talvez?

— Ela ficará bem, Cett — Elend disse. — Nada vai acontecer a Allrianne enquanto ela estiver com Sazed e Brisa.

Cett bufou, agitando a mão com indiferença, embora tivesse desviado o olhar.

— Estou bem melhor sem aquela garota tola por aqui. Deixe que o Abrandador fique com ela! De qualquer forma, não estamos falando de mim; estamos falando de você e do cerco.

— Suas sugestões foram ouvidas, Cett. Atacaremos se eu considerar necessário.

Enquanto falava, as abas da tenda se abriram, e Ham entrou tranquilamente, acompanhado por uma figura que Elend não via já havia semanas; ao menos não fora da cama.

— Demoux! — exclamou Elend, aproximando-se do general. — Você está pronto para outra!

— Mais ou menos, Majestade — Demoux disse. Ele ainda parecia pálido. — Mas recuperei minhas forças o bastante para circular um pouco.

— E os outros? — Elend perguntou.

— A maioria pronta para outra também. Demoux está entre a última leva. Mais alguns dias e o exército estará de volta com força total.

Menos aqueles que morreram, pensou Elend.

Cett encarou Demoux.

— A maioria dos homens se recuperou semanas atrás. Um pouco mais fraco de constituição do que se esperaria, hein, Demoux? Foi o que ouvi, ao menos.

Demoux corou. Elend franziu o cenho.

— O que foi?

— Nada, Majestade.

— Nunca é "nada" no meu acampamento, Demoux — Elend retrucou. — Do que não estou sabendo?

Ham suspirou, puxando uma cadeira. Ele se sentou com o espaldar da cadeira para a frente, descansando os braços musculosos nele.

— É apenas um boato que tem corrido no acampamento, El.

— Soldados — Cett disse. — Todos iguais: supersticiosos como donas de casa.

Ham assentiu.

— Alguns deles botaram na cabeça que os homens que ficaram doentes com as brumas estavam sendo punidos.

— Punidos? — Elend questionou. — Pelo quê?

— Falta de fé, Majestade — respondeu Demoux.

— Que bobagem. Todos sabemos que as brumas atacam aleatoriamente.

Os outros se entreolharam, e Elend teve de parar e reconsiderar. *Não. Os ataques não foram aleatórios... ao menos, as estatísticas que os rodeiam não foram.*

— Independentemente disso — ele disse, decidindo mudar de assunto —, quais os relatórios diários?

Os três homens se revezaram para falar sobre suas várias obrigações no acampamento. Ham cuidava da moral e do treinamento, Demoux, dos suprimentos e das tarefas de acampamento, e Cett, das táticas e patrulhas. Elend permaneceu de pé, com as mãos entrelaçadas nas costas, ouvindo os relatórios, mas apenas com metade da atenção. Não eram muito diferentes dos do dia anterior, embora fosse bom ver Demoux de volta às funções. Ele era muito mais eficiente que seus assistentes.

Enquanto falavam, sua mente devaneou. O cerco estava indo relativamente bem, mas parte de Elend — a parte treinada por Cett e Tindwyl — estava irritada com o jogo da espera. Talvez ele fosse capaz de tomar a cidade de supetão. Tinha koloss, e todos os relatórios indicavam que suas tropas eram muito mais experientes do que as de Fadrex. As formações rochosas ofereceriam cobertura para os defensores, mas a posição de Elend não era ruim a ponto de não ser capaz de vencê-los.

Fazê-lo, porém, custaria muitas, muitas vidas.

Era o passo que ele rejeitava — o último passo que o levaria de defensor a agressor. De protetor a conquistador. E se via frustrado com a própria hesitação.

Havia outro motivo para que entrar na cidade fosse ruim para Elend. Era melhor pensar em Yomen como um tirano maléfico, um obrigador corrupto leal ao Senhor Soberano. Agora, infelizmente, ele sabia que Yomen era um homem razoável. E com argumentos muito bons. De certa forma, a acusação que fizera era verdadeira. Falava de democracia, mas havia tomado seu trono à força.

Ele acreditava que era o que as pessoas precisavam. Mas aquilo fazia dele um hipócrita. Ainda assim, por essa mesma lógica, sabia que deveria enviar Vin para assassinar Yomen. Mas Elend poderia ordenar a morte de um homem que não havia feito nada além de ficar em seu caminho?

Assassinar o obrigador parecia uma ação tão deturpada quanto enviar seus koloss para atacarem a cidade. *Cett tem razão*, Elend pensou. *Estou tentando jogar dos dois lados de uma vez só*. Por um momento, enquanto falava com Telden durante o baile, sentira-se muito seguro de si. E, na verdade, ainda acreditava em suas palavras. Ele *não era* o Senhor Soberano. Ele de fato *dera* às pessoas mais liberdade e mais justiça.

No entanto, percebeu que aquele cerco poderia romper o equilíbrio entre quem ele era e quem temia ter se transformado. Conseguiria realmente justificar a invasão de Fadrex, o massacre de seu exército e a pilhagem de seus recursos, tudo ostensivamente para proteger o povo do império? Poderia ousar fazer o oposto: bater em retirada de Fadrex e deixar os segredos naquela caverna — os segredos que poderiam potencialmente salvar o império inteiro — para um homem que ainda pensava que o Senhor Soberano voltaria para salvar seu povo?

Ele não estava pronto para decidir. Por ora, estava determinado a esgotar todas as outras opções. Qualquer coisa que o poupasse de precisar invadir a cidade. Isso incluía continuar o cerco para deixar Yomen mais maleável. Também incluía enviar Vin às escondidas para dentro do depósito. Os relatórios dela indicavam que o prédio estava muito protegido e que não sabia ao certo se conseguiria entrar lá em uma noite comum. No entanto, durante um baile, talvez as defesas fossem mais porosas. Seria o momento perfeito para tentar vislumbrar o que havia escondido naquela caverna.

Isso supondo que Yomen não tenha simplesmente retirado de lá a última inscrição, pensou Elend. *Ou que houvesse mesmo algo lá, para começo de conversa.*

Ainda assim, havia uma chance. A mensagem final do Senhor Soberano, a última ajuda que ele deixara para seu povo. Se Elend pudesse descobrir uma maneira de conseguir essa ajuda sem derrubar os portões da cidade, matando milhares, ele a aproveitaria.

Os homens terminaram seus relatórios, e Elend os dispensou. Ham saiu rapidamente, querendo participar da sessão matutina de treinos. Cett os deixou alguns momentos depois, carregado de volta para sua tenda. Demoux, no entanto, ficou. Às vezes era difícil lembrar como ele era jovem — apenas pouco mais velho que Elend. O escalpo calvo e as diversas cicatrizes faziam-no parecer muito mais velho do que de fato era, bem como os efeitos ainda visíveis da doença prolongada.

Demoux parecia hesitar sobre alguma coisa. Elend esperou, e, finalmente, o homem baixou os olhos, parecendo envergonhado.

— Majestade. Sinto que preciso pedir baixa do meu posto como general.

— E por que diz isso? — Elend perguntou com cuidado.

— Não acho que seja mais digno da posição.

Elend endureceu o rosto.

— Apenas um homem de confiança do Sobrevivente deveria comandar este exército, milorde — Demoux afirmou.

— Tenho certeza de que ele confia em você, Demoux.

Demoux negou com a cabeça.

— Então, por que ele me enviou a doença? Por que me escolheu dentre todos os homens do exército?

— Já disse que foi aleatório, Demoux.

— Milorde, odeio discordar, mas nós dois sabemos que não é verdade. No fim das contas, o senhor foi quem enfatizou que os escolhidos adoeciam a critério de Kelsier.

Elend hesitou.

— Enfatizei?

Demoux assentiu.

— Naquela manhã, quando expusemos nosso exército às brumas, o senhor gritou para eles lembrarem que Kelsier é o Lorde das Brumas, e que, portanto, a doença devia ser sua vontade. Acho que o senhor estava certo. O Sobrevivente *é* o Lorde das Brumas. Ele se proclamou assim, durante as noites antes de sua morte. Ele está por trás da doença, milorde. Sei que está. Ele enxergou aqueles que não tinham fé e os amaldiçoou.

— Não foi isso que eu quis dizer, Demoux. Concluí que Kelsier queria que sofrêssemos esse revés, não que ele tenha mirado em indivíduos específicos.

— De qualquer forma, milorde, foi o que o senhor disse.

Elend fez um gesto de desdém com a mão.

— Então, como o senhor explica os estranhos números, milorde?

— Não sei — Elend respondeu. — Vou admitir que o número de pessoas que caíram doentes produziu uma estatística estranha, mas isso não diz nada sobre você em particular, Demoux.

— Não digo esse número, milorde — Demoux disse, ainda de cabeça baixa. — Digo o número que permaneceu doente enquanto os outros se recuperavam.

Elend ficou calado por um momento.

— Espere um pouco. Como assim?

— O senhor não soube, milorde? — Demoux perguntou na tenda silenciosa. — Os escribas estavam falando sobre isso, e a notícia circulou no exército. Não acho que a maioria entenda de números e tudo o mais, mas entende ainda assim que *algo* estranho está acontecendo.

— Que números? — Elend insistiu.

— Seis mil pessoas ficaram doentes, milorde.

Exatamente 16% do exército, Elend pensou.

— Desses, mais de quinhentos morreram. Dos outros, quase todos recuperaram-se em um dia.

— Mas alguns não. Você, por exemplo — Elend confirmou.

— Sim, eu — Demoux disse com tranquilidade. — Trezentos e sessenta e três de nós permanecemos doentes enquanto os outros melhoraram.

— E?

— Isso é exatamente dezesseis por cento daqueles que ficaram doentes, milorde. Trinta e seis morreram, mas os outros trezentos e vinte e sete de nós ficamos doentes por *exatamente* dezesseis dias. Nenhum dia a mais ou a menos.

A porta da tenda farfalhou baixinho na brisa. Elend ficou em silêncio, sem conseguir reprimir um calafrio.

— Coincidência — disse por fim. — Os estatísticos que buscam relações *sempre* conseguem encontrar coincidências estranhas e anomalias estatísticas caso se esforcem o bastante.

— Isso não parece uma simples anomalia, milorde. É exato. O mesmo número continua aparecendo sem parar. Dezesseis.

Elend fez que não com a cabeça.

— Mesmo que seja verdade, Demoux, não significa *nada*. É apenas um número.

— É o número de meses que o Sobrevivente passou nos Fossos de Hathsin — Demoux lembrou.

— Coincidência.

— A idade que Lady Vin tinha quando se tornou uma Nascida da Bruma.

— De novo, coincidência — Elend insistiu.

— Parece haver um número espantoso de coincidências relacionado a esse número, milorde — Demoux retrucou.

Elend franziu o cenho e cruzou os braços. Demoux tinha razão. *Minha negação não está nos levando a lugar nenhum. Preciso saber o que as pessoas estão pensando, não apenas contrariá-las.*

— Tudo bem, Demoux — Elend disse. — Digamos que nenhuma dessas coisas seja coincidência. Você parece ter uma teoria do que elas significam.

— É o que eu disse antes, milorde. As brumas são do Sobrevivente. Pegam certas pessoas e as matam; outras elas adoecem, deixando o número dezesseis como prova de que ele realmente está por trás do evento. Por isso, as pessoas que ficaram mais doentes são aquelas que o desagradaram mais.

— Bem, exceto por aqueles que *morreram* da doença — Elend observou.

— Verdade — Demoux disse, erguendo os olhos. — Então... talvez haja esperança para mim.

— Não era para ser um comentário de consolação, Demoux. Eu ainda não aceito tudo isso. Talvez *haja* coisas estranhas, mas sua interpretação se baseia em especulação. Por que o Sobrevivente estaria contrariado com você? É um dos sacerdotes mais fiéis dele.

— Eu assumi essa posição por conta própria, milorde. Ele não me escolheu. Eu apenas... comecei a ensinar o que vi, e as pessoas me ouviram. Talvez tenha sido o que o ofendeu. Se ele quisesse isso de mim, teria me escolhido em vida, não acha?

Não acho que o Sobrevivente se importava muito com isso em vida, pensou Elend. *Ele apenas queria incitar raiva o bastante nos skaa para que eles se rebelassem.*

— Demoux, você sabe que o Sobrevivente não organizou esta religião em vida. Apenas homens e mulheres como você, aqueles que se inspiraram em seus ensinamentos *depois* de ele ter morrido, que foram capazes de formar uma comunidade de fiéis.

— Verdade. Mas ele *apareceu* para algumas pessoas após a morte. Eu não estava entre essas pessoas.

— Ele não apareceu para ninguém. Era OreSeur, o kandra, usando o corpo dele. Você sabe disso, Demoux.

— Sei. Mas aquele kandra agiu a pedido do Sobrevivente. E eu não estava na lista dos que receberam a visita dele.

Elend pousou a mão no ombro de Demoux, fitando os olhos do homem. Já tinha visto aquele general, desgastado e grisalho além da idade, encarar com determinação um koloss selvagem com um metro e meio a mais que ele. Demoux não era um homem fraco, fosse em corpo ou em fé.

— Demoux, quero dizer isso da forma mais gentil possível, mas sua autopiedade está atrapalhando. Se essas brumas pegaram *você*, então precisamos usar isso como prova de que seus efeitos não têm *nada* a ver com o descontentamento de Kelsier. Não temos tempo para que você se questione agora. Nós dois sabemos que é duas vezes mais devoto que qualquer outro homem neste exército.

Demoux corou.

— Pense nisso — Elend disse, dando a Demoux um empurrãozinho alomântico extra nas emoções. Em vez de deixá-lo remoendo esse assunto, precisamos seguir em frente e descobrir o motivo *real* de as brumas estarem se comportando dessa forma.

Demoux não se moveu por um momento. Então, por fim, assentiu.

— Talvez o senhor tenha razão, milorde. Talvez eu esteja tirando conclusões precipitadas.

Elend sorriu. Depois refletiu sobre suas palavras. *Prova óbvia de que a fé de uma pessoa não tem nada a ver com ela ser ou não atingida pelas brumas...*

Não era exatamente verdade. Demoux era um dos mais fiéis no acampamento. E os outros que haviam ficado tão doentes quanto ele? Seriam, talvez, homens de extrema fé também? Elend abriu a boca para fazer a pergunta a Demoux. Foi quando a gritaria começou.

A deterioração hemalúrgica era menos óbvia nos Inquisidores criados a partir de Nascidos da Bruma. Como já tinham poderes alomânticos, o acréscimo de outras habilidades os tornava incrivelmente fortes.

No entanto, na maioria dos casos, Inquisidores eram criados a partir de Brumosos. Parece que os Buscadores, como Marsh, eram os recrutas favoritos. Pois, quando um Nascido da Bruma não estava disponível, um Inquisidor com capacidades de bronze aguçadas era uma ferramenta poderosa para procurar Brumosos skaa.

37

GRITOS SURGIRAM A DISTÂNCIA. VIN se ergueu em sua cabine, assustada. Estivera quase dormindo. Outra noite de reconhecimento na Cidade de Fadrex a havia deixado exausta.

Toda a fadiga desapareceu quando os sons de batalha soaram ao norte. *Finalmente!*, ela pensou, jogando os cobertores longe e saindo às pressas da cabine. Usava as costumeiras calças e camisa. Ela tomou um de seus frascos de metal enquanto cambaleava pelo convés do barco.

— Lady Vin! — chamou um dos barqueiros. — O acampamento está sendo atacado!

— E já não era sem tempo — disse Vin enquanto se *empurrava* dos calços do barco, lançando-se no ar. Ela cruzou as brumas matutinas, os volteios e filetes brancos fazendo com que ela se sentisse como um pássaro atravessando uma nuvem.

Com estanho, ela logo encontrou a batalha. Vários grupos de homens a cavalo haviam entrado na parte norte do acampamento, aparentemente tentando abrir caminho até as barcaças de suprimentos que flutuavam em uma curva bem protegida do canal. Um grupo de alomânticos de Elend havia coberto um perímetro de um lado, Brutamontes na frente, Lança-moedas atacando os cavaleiros por trás. Os soldados seguravam o meio, lutando bem, uma vez que os cavaleiros estavam sendo obstruídos pelas barricadas e fortificações do acampamento.

Elend tinha razão, Vin pensou com orgulho ao descer pelo ar. *Se não tivéssemos exposto os homens às brumas, estaríamos enrascados agora.*

O plano dele salvara os suprimentos e atraíra uma das forças saqueadoras de Yomen. Os cavaleiros provavelmente tinham esperado entrar com facilidade no acampamento, pegando os soldados de surpresa e emboscados pela bruma, e depois atear fogo nas barcaças de suprimentos. Em vez disso, os batedores e as patrulhas de Elend deram o alerta a tempo, e a cavalaria inimiga foi confrontada em uma luta frontal.

Os soldados de Yomen estavam tentando entrar no acampamento pelo lado sul. Embora os soldados de Elend lutassem bem, os inimigos estavam montados. Vin desceu dos céus, avivando peltre e fortalecendo o corpo. Lançou uma moeda, *empurrando* para diminuir a própria velocidade, e atingiu o chão escuro, erguendo uma grande quantidade de cinzas. O flanco sul de cavaleiros havia chegado até a terceira fileira de tendas. Vin escolheu aterrissar bem no meio deles.

Sem ferraduras, Vin pensou, conforme os soldados começaram a se voltar para ela. *E lanças com pontas de pedra em vez de espadas. Yomen é mesmo cuidadoso.*

Quase parecia um desafio. Vin sorriu, a adrenalina fazendo bem, depois de tantos dias de espera. Os comandantes de Yomen começaram a gritar, direcionando seu ataque para Vin. Em segundos, tinham uma força de trinta cavaleiros galopando na direção dela.

Vin os encarou. Em seguida, saltou. Não precisava de aço para se manter no alto — seus músculos fortalecidos pelo peltre eram suficientes. Ergueu-se sobre a lança do soldado à frente, sentindo-a passar embaixo de seu corpo. Cinzas rodopiaram nas brumas matutinas quando Vin acertou o pé no rosto do soldado, derrubando-o da sela. Ela aterrissou ao lado do corpo em queda e, em seguida, soltou uma moeda e se *empurrou* para o lado, para longe dos cascos galopantes. O infeliz cavaleiro que ela havia derrubado gritou quando os amigos o pisotearam inadvertidamente.

O *empurrão* de Vin a levou para dentro das portas abertas de uma grande tenda-dormitório de lona. Ela rolou até se erguer. *Empurrou* as estacas de metal da tenda, arrancando-as do chão.

As paredes sacudiram e ouviu-se um estalar das lonas quando a tenda voou, esticando-se quando todas as estacas foram em diferentes direções. Cinzas voaram devido ao vento provocado, e os soldados dos dois lados do conflito viraram-se para Vin. De pé, ela esperou até que a tenda fosse pelos ares à sua frente, então *empurrou*. A lona subiu, inflando-se, e as estacas se soltaram da tenda, voando para empalar cavalos e cavaleiros.

Homens e animais caíram. A lona tremeu até chegar ao chão, antes de Vin. Ela sorriu e saltou sobre o emaranhado descartado enquanto os cavaleiros tentavam organizar outro ataque. Ela não lhes deu tempo. Os soldados de Elend na área haviam recuado, apoiando o centro da linha de defesa, deixando Vin livre para atacar sem medo de ferir um de seus homens.

Ela correu entre os cavaleiros, as montarias imensas impedindo que eles a acompanhassem com o olhar. Homens e cavalos giraram, e Vin *puxou*, arrancando tendas do chão e usando as estacas de metal como flechas. Dezenas caíram diante dela.

O som de galope veio de trás, e Vin girou para ver que um dos oficiais inimigos havia conseguido organizar outro ataque. Dez homens vinham direto para ela, alguns com lanças erguidas, outros puxando arcos.

Vin não gostava de matar. Mas amava a Alomancia — amava o desafio de usar suas capacidades, a força e a emoção de *empurrões* e *puxões*, a sensação eletrizante de poder que surgia apenas de um corpo avivado com peltre. Quando homens como aqueles lhe davam uma desculpa para lutar, ela não se refreava.

As flechas não tinham chance. O peltre lhe deu velocidade e equilíbrio enquanto se esquivava, *puxando* uma fonte de metal atrás de si. Saltou no ar enquanto uma tenda ondulante passava sob ela, carregada pelo *puxão* anterior. Ela aterrissou e *empurrou* várias das estacas nas extremidades da tenda, que se dobrou como um guardanapo cujas pontas alguém puxa com força.

A tenda atingiu as pernas dos cavalos como um arame. Vin queimou duralumínio e *empurrou*. Os cavalos na frente gritaram, a arma improvisada espalhando-os pelo chão. A lona rasgou e as estacas se soltaram, mas o estrago estava feito — os cavalos tropeçaram uns nos outros e os homens tombaram ao lado de seus animais.

Vin tomou outro frasco para reabastecer o aço. Em seguida, *puxou*, atraindo outra tenda. Quando se aproximou, ela saltou, girou e *empurrou* a tenda na direção de outro grupo de homens montados atrás dela. As estacas da tenda atingiram um homem no peito, lançando-o para trás. Ele despencou sobre outros soldados, semeando o caos.

O homem foi ao chão, despencando sem vida nas cinzas. Ainda presa a ele pelas estacas no peito, a tenda de lona abaixou, cobrindo seu corpo como uma mortalha. Vin girou, buscando mais inimigos. Os cavaleiros estavam começando a bater em retirada, porém. Ela avançou, com a intenção de persegui-los, mas hesitou. Alguém a observava — ela conseguia sentir sua sombra na bruma. Vin queimou bronze.

A figura pulsava com o poder dos metais. Alomântico. Nascido da Bruma. Era baixo demais para ser Elend, mas ela não conseguia discernir mais que isso em meio à sombra das brumas e das cinzas. Vin não parou para pensar. Soltou uma moeda e lançou-se na direção do estranho.

Ele saltou para trás, também *empurrando-se* no ar. Vin seguiu, deixando o campo rapidamente para trás e pulando atrás do alomântico. Ele se dirigiu às pressas na direção da cidade e ela foi atrás, movendo-se em grandes saltos sobre a paisagem coberta de cinzas. Sua presa escalou as formações rochosas diante da cidade, e Vin seguiu, aterrissando apenas a poucos metros de uma patrulha surpresa, para então lançar-se sobre os penhascos e rochas ao vento para o interior de Fadrex.

O outro alomântico permanecia à frente. Ele não estava de brincadeira com aqueles movimentos, como os de Zane. Aquele homem estava realmente tentando escapar. Vin seguiu, agora saltando sobre telhados e ruas. Ela cerrou os dentes, frustrada por não conseguir acompanhá-lo. Dava um ritmo perfeito a cada salto, mal parando para escolher novas âncoras e *empurrar-se* de arco para arco.

Mas ele era bom. Rodeou a cidade, fazendo-a se esforçar para acompanhar. *Ótimo!*, ela pensou, por fim, preparando o duralumínio. Estava perto o bastante da figura, que não estava mais escondida pelas brumas, de forma que ela conseguia ver que ele era real, de carne e osso, não um espírito fantasmagórico. Era cada vez maior sua certeza de que era o homem que ela sentira observando-a em sua primeira noite em Fadrex. Yomen tinha um Nascido da Bruma.

Para combater o homem, primeiro Vin precisava pegá-lo. Esperou o momento certo, quando ele estava começando a se erguer em um dos pulos arqueados, para exaurir os metais e queimar duralumínio. Então *empurrou*.

Um estalo soou atrás dela quando seu empurrão sobrenatural estilhaçou a porta que ela havia usado como âncora. Ela foi lançada para a frente com um surto terrível de velocidade, como uma flecha lançada de um arco. Aproximou-se do adversário com velocidade assustadora.

E não encontrou nada. Xingou, reavivando seu estanho. Não podia deixá-lo queimando enquanto avivava o duralumínio, ou seu estanho queimaria num único lampejo, deixando-a cega. Mas extingui-lo teve basicamente o mesmo efeito. *Puxou* a si mesma para baixo do *empurrão* de duralumínio para aterrissar meio sem jeito em um telhado próximo. Agachou-se enquanto esquadrinhava o ar brumoso.

Para onde você foi?, pensou, queimando bronze, confiando em sua capacidade inata — mas ainda inexplicável — de perfurar nuvens de cobre para revelar seu adversário. Nenhum alomântico conseguia esconder-se de Vin a menos que extinguisse totalmente seus metais.

O que, aparentemente, o homem havia feito. Novamente. Era a segunda vez que ele a enganava.

Aquilo indicava uma possibilidade inquietante. Vin tentara de todas as formas manter sua habilidade de perfurar nuvens de cobre em segredo, mas já fazia quase quatro anos desde que a descobrira. Zane soubera sobre ela, e Vin não tinha como saber quem mais poderia ter inferido essa informação com base nas coisas que ela era capaz de fazer. Seu segredo poderia muito bem ter vazado.

Vin permaneceu naquele telhado por alguns momentos, mas sabia que não encontraria nada. Um homem esperto o bastante para escapar no exato momento em que ela extinguira o estanho também seria esperto o suficiente para permanecer escondido até que ela fosse embora. Na verdade, aquele fato a fez imaginar por que ele teria se deixado flagrar em primeiro lugar...

Vin se levantou, empertigada, tomou um frasco de metal e se *empurrou* do telhado, saltando com ansiedade furiosa de volta para o acampamento.

Encontrou os soldados limpando a bagunça e os corpos no perímetro do acampamento. Elend caminhava entre eles dando ordens, cumprimentando os homens e, como de costume, se deixando admirar. De fato, a visão do uniforme branco trouxe a Vin uma sensação imediata de alívio.

Ela aterrissou ao lado dele.

— Elend, você foi atacado?

Ele a encarou.

— Quê? Eu? Não, estou bem.

Então, o alomântico não foi enviado para me distrair, ela pensou, franzindo a testa. Parecera tão óbvio. Era...

Elend a puxou de lado, parecendo preocupado.

— *Eu* estou bem, Vin, mas tem uma coisa... algo aconteceu.

— O quê? — Vin perguntou.

Elend meneou a cabeça.

— Acho que tudo foi apenas uma distração... todo o ataque ao acampamento.

— Mas se não estavam atrás de você e não estavam atrás de nossos suprimentos, do que poderiam nos distrair?

Elend fitou os olhos dela.

— Os koloss.

— COMO NÃO REPARAMOS *NISSO*? — Vin perguntou, soando frustrada.

Elend estava com uma tropa de soldados sobre um planalto, esperando enquanto Vin e Ham inspecionavam os equipamentos queimados do cerco. Lá embaixo, conseguia distinguir seu exército acampado do lado de fora da Cidade de Fadrex. As brumas haviam desaparecido pouco tempo antes. Era perturbador que, daquela distância, ele não conseguisse divisar o canal — as cinzas que caíam haviam obscurecido as águas e coberto a paisagem ao ponto de tudo parecer preto.

Na base dos penhascos do planalto estava o que sobrara do exército koloss. Os vinte mil haviam se tornado dez mil nos poucos momentos em que uma engenhosa armadilha lançou destruição sobre as feras enquanto as tropas de Elend estavam distraídas. As brumas matutinas impediram que os homens enxergassem o que estava acontecendo até ser tarde demais. Elend sentira as mortes, mas as interpretara equivocadamente, supondo que eram os koloss sentindo a batalha.

— Cavernas ao fundo daqueles penhascos — Ham disse, empurrando um pedaço de madeira queimada. — Yomen provavelmente tinha catapultas nas cavernas, prevendo nossa chegada, embora eu ache que tenham sido originalmente construídas para um ataque a Luthadel. De qualquer forma, esse planalto era uma área perfeita para uma barragem. Eu diria que Yomen as montou aqui pretendendo atacar nosso exército, mas quando acampamos os koloss bem embaixo do planalto...

Elend ainda conseguia ouvir os gritos na cabeça — os koloss, sedentos de sangue e fervilhando para lutar, mas incapazes de atacar seus inimigos, que estavam no topo do planalto. As rochas que caíram causaram muito dano. E, então, as criaturas tinham escapado de seu controle. A frustração fora poderosa demais e, por um tempo, ele não conseguira impedir que se voltassem uns contra os outros. Mais ou menos metade morrera nesse frenesi de combates e mortes uns nas mãos dos outros.

Perdi o controle deles, pensou Elend. Fora apenas por um breve momento, e havia acontecido apenas porque eles não haviam conseguido atacar seus inimigos. No entanto, aquilo abria um precedente perigoso.

Vin, frustrada, chutou um pedaço grande de madeira queimada, fazendo-o se chocar contra a lateral do planalto.

— Foi um ataque *muito* bem planejado, El — Ham disse, falando num tom suave. — Yomen deve ter visto quando enviamos patrulhas extras pela manhã e inferiu corretamente que estávamos esperando um ataque durante essas horas. Então, ele nos deu esse ataque e em seguida nos atingiu no que teríamos de mais forte.

— Custou muito para ele também — Elend comentou. — Teve de queimar o próprio equipamento de cerco para impedir que caísse em nossas mãos e perdeu centenas de soldados, mais as montarias, no ataque ao nosso acampamento.

— Verdade. Mas você trocaria um punhado de armas de cerco e quinhentos homens por dez mil koloss? Além disso, Yomen deve estar preocupado em manter a cavalaria em movimento... só o Sobrevivente sabe como ele conseguiu grãos suficientes para alimentar aqueles cavalos até agora. Melhor para ele atacar agora e perdê-los em batalha do que vê-los morrer de fome.

Elend assentiu lentamente. *Isso torna as coisas mais difíceis. Com dez mil koloss a menos...* De repente, as forças ficaram muito mais niveladas. Elend poderia manter o cerco, mas atacar a cidade seria muito mais arriscado.

Ele suspirou.

— Não deveríamos ter deixado os koloss tão afastados do acampamento principal. Vamos levá-los para lá.

Ham não pareceu gostar daquela ideia.

— Eles não são perigosos — Elend afirmou. — Vin e eu podemos controlá-los.

Quase sempre.

Ham deu de ombros. Ele voltou para os escombros fumegantes, preparando-se para enviar mensageiros. Elend avançou, aproximando-se de Vin, que estava bem à beira do abismo. Estar tão alto o deixava um pouco desconfortável. Ainda assim, ela mal notava o precipício abrupto diante dela.

— Eu deveria ter sido capaz de ajudar você a controlá-los — ela disse em voz baixa, olhos ao longe. — Yomen me distraiu.

— Ele distraiu a todos nós. Senti os koloss na minha cabeça, mas, mesmo assim, não consegui perceber o que estava acontecendo. Já tinha controlado quando você voltou, mas àquela altura muitos já estavam mortos.

— Yomen tem um Nascido da Bruma — Vin alertou.

— Tem certeza?

Ela assentiu.

Mais uma coisa, ele pensou, mas conteve a frustração. Seus homens precisavam vê-lo confiante.

— Estou entregando mil koloss para você — ele disse. — Devíamos tê-los dividido antes.

— Você é mais forte.

— Não o suficiente, pelo visto.

Vin suspirou e assentiu.

— Vou lá embaixo.

Haviam descoberto que a proximidade ajudava a controlar os koloss.

— Vou destacar uma seção de mais ou menos mil, então soltá-la. Fique pronta para assumi-los assim que eu soltar.

Vin assentiu e, em seguida, saltou na lateral do abismo.

EU DEVERIA TER PERCEBIDO QUE *estava me deixando levar pela empolgação da luta*, Vin pensou enquanto caía pelo ar. Parecia tão óbvio agora. E, infelizmente, os resultados do ataque deixaram-na sentindo-se ainda mais reprimida e ansiosa que antes.

Ela lançou uma moeda e aterrissou. Mesmo cair de muitas centenas de metros não a incomodava mais. Era estranho pensar nisso. Ela se lembrava de ficar em pé, timidamente, sobre a muralha de Luthadel, com medo de usar a Alomancia para saltar, apesar da persuasão de Kelsier. Agora conseguia saltar de um penhasco e refletir durante a queda.

Caminhou pelo chão poeirento. As cinzas chegavam até as panturrilhas, e teria sido difícil caminhar por ali sem peltre para lhe dar forças. As chuvas de cinzas estavam ficando cada vez mais densas.

Humano se aproximou dela quase de imediato. Ela não conseguia saber se o koloss estava simplesmente reagindo aos laços que os uniam ou se estava de fato consciente e interessado a ponto de abordá-la. Ele tinha um ferimento novo no braço, resultado das lutas, e acompanhou seus passos enquanto Vin avançava para os outros koloss, sua forma gigantesca obviamente sem ter problemas com as cinzas altas.

Como de costume, havia pouca emoção no acampamento koloss. Apenas pouco tempo antes, eles estiveram gritando, sedentos de sangue, atacando uns aos outros enquanto as pedras caíam lá de cima. Agora estavam sentados nas cinzas, reunidos em pequenos grupos, ignorando os ferimentos. Teriam feito fogueiras se houvesse madeira disponível. Alguns cavavam, encontrando punhados de terra para mascar.

— Seu povo não se importa, Humano? — Vin perguntou.

O gigante koloss baixou os olhos para ela, o rosto rasgado sangrando um pouco.

— Se importar?

— Que tantos de vocês tenham morrido — Vin disse. Ela conseguia ver os cadáveres espalhados, esquecidos nas cinzas, exceto pelo esfolamento ritual que era a forma de enterro dos koloss. Vários deles ainda trabalhavam, movendo-se entre os corpos, arrancando peles.

— Nós cuidamos deles — Humano respondeu.

— Sim. Vocês arrancam a pele. Aliás, por que fazem isso?

— Eles estão mortos — Humano respondeu, como se fosse explicação suficiente.

Ao lado deles, um grupo de koloss se levantou, comandado pelas ordens silenciosas de Elend. Eles se separaram do acampamento principal, arrastando os pés pelas cinzas. Um momento depois, começaram a olhar ao redor, sem se mover em conjunto.

Vin reagiu rapidamente. Ela extinguiu seus metais e queimou duralumínio, em seguida avivou zinco em um *empurrão* gigantesco, *tumultuando* as emoções dos koloss. Como esperado, eles foram puxados para seu controle junto a Humano.

Controlar tantos era mais difícil, mas ainda dentro de sua capacidade. Vin ordenou que se acalmassem e não matassem, então fez com que voltassem ao acampamento. A partir daquele momento, eles permaneceriam no fundo de sua mente, não mais exigindo a Alomancia para manipulá-los. Eram fáceis de ignorar, a menos que se agitassem.

Humano os observou.

— Nós somos... menos — ele disse, por fim.

Vin ficou surpresa.

— Sim. Você percebe?

— Eu... — Humano parou de falar, os olhos brilhantes e pequenos observando o acampamento. — Nós lutamos. Nós morremos. Precisamos de mais. Temos muitas espadas. — Ele apontou à distância para uma pilha grande de metal. Espadas koloss, moldadas como porretes e agora sem dono.

Você pode controlar uma população de koloss pelas espadas, Elend havia lhe dito certa vez. *Eles lutam para ficar com espadas maiores quando crescem. Espadas sobressalentes vão para koloss menores e mais jovens.*

Mas ninguém sabe de onde eles vêm.

— Você precisa de koloss para usar essas espadas, Humano.

Humano assentiu.

— Bem — ela disse. — Então vocês precisam ter mais filhos.

— Filhos?

— Mais — Vin insistiu. — Mais koloss.

— Você precisa entregar mais para nós — Humano falou, olhando para ela.

— Eu?

— Você lutou — ele disse, apontando para a camisa de Vin. Havia sangue, mas não dela.

— Sim, lutei.

— Dê mais para nós.

— Não entendo. Por favor, me mostre como.

— Não posso — Humano disse, negando com a cabeça enquanto falava em seu tom lento. — Não é certo.

— Espere. Não é certo?

Era a primeira verdadeira declaração sobre valores que ela ouvia de um koloss.

Humano a encarou, e ela pôde ver a consternação no rosto da fera. Então, Vin lhe deu um cutucão alomântico. Ela não sabia exatamente o que pedir para ele fazer, e aquilo deixava seu controle sobre o koloss mais fraco. Mesmo assim, ela o *empurrou* para que fizesse o que estava pensando, confiando — por algum motivo — que a mente do monstro estava em luta com seus instintos.

Ele gritou.

Vin se afastou, em choque, mas Humano não a atacou. Ele correu para dentro do acampamento, um monstro gigante e azul sobre duas pernas, chutando cinzas para o ar. Os outros se afastaram dele — não de medo, pois continuavam com sua característica expressão impassível. Simplesmente pareciam ter noção o bastante para ficar fora do caminho de um koloss enfurecido do tamanho de Humano.

Vin seguiu cautelosamente enquanto Humano aproximava-se de um dos cadáveres koloss que ainda estavam com pele. No entanto, Humano não o esfolou, mas jogou o cadáver no ombro e partiu correndo na direção do acampamento de Elend.

Ai, ai, Vin pensou, soltando uma moeda e lançando-se no ar. Ela partiu atrás de Humano, tomando o cuidado de não o ultrapassar. Considerou mandá-lo voltar, mas não o fez. Ele estava agindo de forma estranha, verdade, mas aquilo era uma coisa boa. Os koloss em geral não faziam *nada* de estranho. Eram excessivamente previsíveis.

Ela aterrissou no posto de guarda do acampamento e acenou para os soldados se afastarem. Humano continuou, entrando apressadamente no acampamento e assustando os soldados. Vin ficou ao lado dele, mantendo os soldados longe.

Humano parou no meio do acampamento, a agitação já diminuindo um pouco. Vin instigou de novo. Após olhar ao redor, Humano partiu para a parte derrubada do acampamento, onde os soldados de Yomen haviam atacado.

Vin seguiu, cada vez mais curiosa. Humano não havia sacado a espada. De fato, ele não parecia nervoso, apenas... determinado. Chegou à parte onde as tendas haviam caído, e os homens, morrido. A batalha acabara apenas algumas horas antes, e os soldados estavam andando de um lado a outro, limpando a bagunça. Tendas de emergência haviam sido erguidas ao lado do campo de batalha. Humano seguiu na direção delas.

Vin correu na frente, interpelando-o assim que ele chegou à tenda com os feridos.

— Humano — ela disse, com cuidado. — O que você está fazendo?

Ele a ignorou, jogando o cadáver koloss no chão. Por fim, arrancou a pele do cadáver. Ela saiu com facilidade — era um koloss pequeno, cuja pele pendia em dobras, grande demais para o corpo.

Humano soltou toda a pele, fazendo os vários soldados que assistiam grunhirem de nojo. Vin observava de perto, apesar da visão repugnante. Ela se sentia a ponto de entender algo muito importante.

Humano se abaixou e puxou algo do cadáver koloss.

— Espere — Vin disse, avançando. — O que era aquilo?

Humano a ignorou. Ele puxou mais uma coisa, e desta vez Vin teve um vislumbre de metal ensanguentado. Ela seguiu os dedos enquanto ele se movia, e desta vez viu o item antes que ele o arrancasse e o escondesse na palma da mão.

Uma estaca. Uma pequena estaca de metal enterrada na lateral do koloss morto. Havia um pedaço de pele azul na estaca, como se...

Como se as estacas mantivessem a pele no lugar, Vin pensou. *Como pregos segurando um tecido numa parede.*

Estacas. Estacas como...

Humano tirou uma quarta estaca, em seguida avançou para dentro da tenda. Os homens se afastaram de medo, gritando para Vin fazer alguma coisa enquanto Humano se aproximava da cama de um soldado ferido. Humano olhou de um homem inconsciente para outro, em seguida se aproximou de um deles.

Pare!, Vin comandou em sua mente.

Humano ficou paralisado. Apenas então ela percebeu o completo horror do que estava acontecendo.

— Pelo Senhor Soberano — ela sussurrou. — Você ia transformá-los em koloss, não ia? É daí que vocês vêm. É por isso que não existem crianças koloss.

— Eu sou *humano* — a grande fera disse em voz baixa.

A Hemalurgia pode ser usada para roubar poderes alomânticos ou feruquêmicos e repassá-los a outra pessoa. No entanto, uma estaca hemalúrgica também pode ser criada matando uma pessoa normal, uma que não seja nem alomântico nem feruquemista. Nesse caso, a estaca rouba o poder de Preservação existente na alma das pessoas. (O poder que, de fato, dá consciência a todas as pessoas.)

Uma estaca hemalúrgica pode extrair esse poder e em seguida transferi-lo a outro, concedendo habilidades residuais semelhantes às da Alomancia. No fim das contas, o corpo de Preservação — cujo traço mínimo cada ser humano carrega — é a mesma essência que abastece a Alomancia.

E, assim, um kandra que recebe a Bênção da Potência de fato está adquirindo um pouco da força inata semelhante àquela da queima de peltre. A Bênção da Presença concede capacidade mental de forma semelhante, enquanto a Bênção da Consciência é a capacidade de sentir com acuidade maior, e a Bênção da Estabilidade, raramente utilizada, traz fortaleza emocional.

38

ÀS VEZES, FANTASMA ESQUECIA QUE as brumas estavam lá. Haviam se transformado em uma coisa pálida e translúcida para ele. Quase invisíveis. As estrelas no céu reluziam como um milhão de holofotes brilhando. Era uma beleza que apenas ele conseguia ver.

Virou-se, passando os olhos pelos restos queimados do prédio. Trabalhadores skaa vasculhavam cuidadosamente a bagunça. Era difícil para Fantasma lembrar que eles não podiam ver bem na escuridão da noite. Precisava mantê-los bem perto uns dos outros, trabalhando tanto pelo toque quanto pela visão.

O cheiro, claro, era terrível. Ainda assim, queimar peltre parecia ajudar a atenuá-lo. Talvez a força que o metal lhe dava estendesse a capacidade de evitar reações não intencionais, como tosses e ânsia de vômito. Durante a juventude, ele imaginou como seria juntar estanho e peltre. Outros pares alomânticos eram opostos — aço *empurrava* metais, ferro os *puxava*. Cobre escondia alomânticos, bronze os revelava. Zinco inflamava emoções, latão as reprimia. Porém, estanho e peltre não pareciam opostos — um aguçava o corpo, o outro, os sentidos.

E, por outro lado, eles *eram* opostos. Estanho tornara seu tato tão sensível que cada passo de outrora fora desconfortável. Peltre fortalecia seu corpo, tornando-o resistente à dor — de forma que caminhava agora pela ruína carbonizada sem sentir os pés doerem tanto. De forma semelhante, onde a luz antes o cegava, o peltre fazia com que aguentasse muito mais sem precisar da venda.

Os dois eram opostos, mas complementares — como os outros pares de metais alomânticos. *Parecia* certo ter um para acompanhar o outro. Como sobrevivera sem o peltre? Era um homem com apenas metade de uma capacidade. Agora, estava completo.

E, ainda assim, ele imaginava como seria ter os outros poderes também. Kelsier lhe dera peltre. Talvez também pudesse abençoar Fantasma com ferro e aço?

Um homem conduzia a fila de trabalhadores. Seu nome era Franson, aquele que havia pedido a Fantasma que resgatasse a irmã. A execução estava programada para o dia seguinte. Logo, a criança seria jogada num prédio em chamas, mas Fantasma estava trabalhando em maneiras de impedir uma tragédia. Não havia muito o que pudesse fazer no momento. Então, naquele meio-tempo, Franson e seus homens cavavam.

Fazia um tempo desde que Fantasma fora espionar o Cidadão e seus conselheiros. Havia compartilhado as informações que ouvira com Sazed e Brisa, e eles pareceram apreciar seus resultados. No entanto, com a segurança intensificada ao redor da casa do Cidadão, eles sugeriram que era ousado demais arriscar espionagem até que determinassem seus planos para a cidade. Fantasma havia aceitado a orientação, embora estivesse ficando cada vez mais ansioso. Sentia falta de ver Beldre, a mulher silenciosa com olhos solitários.

Ele não a conhecia. Não podia ficar se iludindo, acreditando que sim. Mesmo assim, na ocasião em que haviam se encontrado e conversado, ela não gritara nem o traíra. Parecera intrigada com ele. Era um bom sinal, certo?

Tolo, pensou. *Ela é a irmã do Cidadão! Falar com ela quase o matou. Concentre-se na missão atual.*

Fantasma observou o trabalho por mais um tempo. Por fim, Franson — sujo e exausto à luz das estrelas — aproximou-se dele.

— Milorde, repassamos essa seção quatro vezes. Os homens no porão retiraram todos os escombros e cinzas e o vasculharam duas vezes. Tudo que tínhamos para encontrar, já encontramos.

Fantasma assentiu. Franson provavelmente estava certo. Fantasma retirou uma sacolinha do bolso, entregou-a ao outro. Ela tilintou, e o grande skaa ergueu uma sobrancelha.

— Pagamento — Fantasma disse — para os outros homens. Eles trabalharam aqui por três noites.

— São meus amigos, milorde. Só querem ver minha irmã resgatada.

— Não importa, pague-os. E diga a eles para gastar as moedas em comida e suprimentos o mais rápido que puderem, antes que Quellion decida seguir em frente com seus planos de abolir a cunhagem na cidade.

— Sim, milorde. — Franson aquiesceu. Em seguida, ele olhou para o lado, onde um corrimão bastante queimado ainda estava em pé. Era onde os trabalhadores haviam colocados os objetos localizados nas ruínas: nove crânios humanos. Lançavam uma sombra sinistra sob a luz das estrelas. Tinham um olhar fixo, sem olhos, todos queimados e escuros.

— Milorde — Franson disse. — Posso perguntar o motivo de tudo isso?

— Eu vi esse prédio queimar — Fantasma falou. — Eu estava lá quando essas pobres pessoas foram jogadas na mansão e trancadas lá dentro. Não pude fazer nada.

— Eu... sinto muito, milorde.

Fantasma meneou a cabeça.

— Isso é passado, agora. Porém, há algo que essas mortes podem nos ensinar.

— Milorde?

Conte os crânios, dissera Durn.

Fantasma sabia que Durn provavelmente se explicaria, se pressionado, mas os dois pareciam entender algo importante: Fantasma precisava ver por conta própria. Precisava saber o que o Cidadão estava fazendo.

E agora ele sabia.

— Dez pessoas foram enviadas para morrer neste prédio, Franson — Fantasma explicou. — Dez pessoas. Nove crânios.

O homem franziu a testa.

— O que isso revela?

— Revela que há uma maneira de salvar sua irmã da execução.

— NÃO SEI AO CERTO o que pensar disso, Lorde Brisa — Sazed disse.

Estavam sentados a uma das mesas de um dos bares skaa de Urteau. O álcool rolava solto, e operários skaa enchiam o lugar, apesar da escuridão e das brumas.

— Como assim? — Brisa perguntou. Estavam sentados a sós, embora Goradel e três de seus fortes soldados estivessem à paisana na mesa ao lado.

— É muito estranho para mim — Sazed disse. — Skaa possuindo bares já é bem esquisito. Mas skaa saindo à noite?

Brisa deu de ombros.

— Talvez seu medo da noite fosse mais um produto da influência do Senhor Soberano do que das brumas. Com as tropas dele nas ruas atrás dos ladrões, havia outros motivos que não as brumas para ficar dentro de casa à noite.

Sazed negou com a cabeça.

— Eu estudei essas coisas, Lorde Brisa. O temor que os skaa tinham das brumas era uma mentalidade supersticiosa arraigada; uma parte da vida deles. E Quellion acabou com isso em pouco mais de um ano.

— Ah, acho que quem acabou com isso provavelmente foi o vinho junto com a cerveja — Brisa observou. — Você ficaria surpreso com o que os homens são capazes de fazer para se embriagar de verdade.

Sazed olhou para a taça de Brisa — o homem estava mesmo gostando dos bares skaa, apesar de ter sido forçado a usar roupas bem ordinárias. Claro, as vestimentas simples provavelmente não eram mais necessárias. Se a cidade tivesse uma rede de rumores razoável, as pessoas já teriam ligado Brisa aos visitantes que haviam se reunido com Quellion poucos dias antes. E agora que Sazed havia chegado ao bar, qualquer suspeita teria sido confirmada. Não havia como esconder a identidade dele; a nacionalidade era óbvia. Era alto demais, careca demais e tinha o rosto longo com feições caídas, típico de Terris, além de lóbulos das orelhas esticados pelo uso de vários brincos.

O tempo do anonimato havia passado, embora Brisa o tivesse usado bem. Nos poucos dias em que não se sabia quem ele era, o Abrandador tinha conseguido construir tanto uma boa fama quanto uma rede de contatos no submundo local. Agora, ele e Sazed podiam se sentar e tomar uma bebida tranquilos, sem chamar muita atenção. Brisa, claro, estava *abrandando* as pessoas, só para garantir, mas, mesmo assim, Sazed estava impressionado. Para alguém tão afeito à alta sociedade, Brisa fazia um trabalho notável em criar um relacionamento com operários skaa.

Um grupo de homens gargalhava na mesa ao lado, e Brisa sorriu, levantou-se e caminhou para se juntar a eles. Sazed permaneceu no lugar, uma caneca de vinho intocada na mesa à sua frente. Em sua opinião, havia um motivo óbvio pelo qual os skaa não tinham mais medo de sair nas brumas. As superstições haviam sido superadas por algo mais forte: Kelsier. Aquele que agora chamavam de Lorde das Brumas.

A Igreja do Sobrevivente se espalhara muito mais do que Sazed havia esperado. Não era organizada da mesma forma em Urteau e em Luthadel, e o foco parecia ser diferente, mas restava o fato de que os homens estavam idolatrando Kelsier. Na verdade, as diferenças eram parte do que tornava todo o fenômeno fascinante.

O que não estou enxergando?, pensou Sazed. *Qual a relação aqui?*

As brumas matavam. Ainda assim, essas pessoas saíam nas brumas. Por que não morriam de medo delas?

Não é problema meu, Sazed disse a si mesmo. *Preciso permanecer concentrado. Deixei meus estudos das religiões na pasta.* Estava chegando ao fim, e aquilo o preocupava. Até então, todas as religiões haviam se provado cheias de incoerências, contradições e falhas lógicas. Estava ficando cada vez mais preocupado com a possibilidade de nunca encontrar a verdade, mesmo entre as centenas de religiões em suas mentes de metal.

Um aceno de Brisa o distraiu. Então, Sazed se levantou — forçando-se a não mostrar o desespero que sentia — e foi até a mesa. Os homens abriram espaço.

— Obrigado — Sazed disse, sentando-se.

— Esqueceu sua caneca, amigo terrisano — um dos homens apontou.

— Desculpe. Nunca fui muito afeito aos inebriantes. Por favor, não se ofendam. De qualquer maneira, seu agrado cuidadoso foi muito apreciado.

— Ele sempre fala desse jeito? — um dos homens perguntou, olhando para Brisa.

— Nunca viu um terrisano antes, não é? — perguntou outro.

Sazed enrubesceu, e Brisa riu ao perceber, pousando uma das mãos no ombro do amigo.

— Tudo bem, cavalheiros, eu trouxe o terrisano como pediram. Vão em frente, façam suas perguntas.

Havia seis homens na mesa — todos operários das minas, pelo que Sazed podia dizer. Um dos homens se inclinou adiante, as mãos entrelaçadas à frente, os nós dos dedos marcados por tanto raspar em pedra.

— Brisa vem dizendo muita coisa — o homem disse em voz baixa. — Mas pessoas como ele sempre fazem promessas. Quellion disse muitas das mesmas coisas um ano atrás, ao tomar o controle depois da partida de Straff Venture.

— Sim — Sazed confirmou. — Posso entender seu ceticismo.

— Mas — o homem disse, erguendo a mão — terrisanos não mentem. São boas pessoas. Todo mundo sabe disso: lordes, skaa, ladrões e obrigadores.

— Então, queríamos falar com o senhor — outro homem disse. — Talvez seja diferente; talvez minta para nós. Mas é melhor ouvir de um terrisano que de um Abrandador.

Brisa piscou, revelando apenas um pequeno traço de surpresa. Ele, aparentemente, não havia percebido que todos estavam cientes de suas capacidades.

— Façam suas perguntas — Sazed pediu.

— Por que vocês vieram para esta cidade?

— Para tomar o controle dela.

— Por que vocês se importam? — outro homem questionou. — Por que o filho de Venture tem interesse em Urteau?

— Por dois motivos. Primeiro, pelos recursos que a região oferece. Não posso entrar em detalhes, mas basta dizer que sua cidade é muito desejável por razões econômicas. O segundo motivo é tão importante quanto. Lorde Elend Venture é um dos melhores homens que já conheci. Ele acredita que pode fazer melhor por este povo do que o atual governo.

— Não seria difícil — um dos homens murmurou.

Outro negou com a cabeça.

— Quê? Quer dar a cidade de volta para os Venture? Em um ano você já esqueceu das coisas que Straff costumava fazer por aqui?

— Elend Venture não é o pai — Sazed interrompeu. — É um homem que vale a pena seguir.

— E o povo terrisano? — um dos skaa perguntou. — Segue Venture?

— De certa forma. No passado, meu povo tentou se autogovernar, como seu povo faz agora. No entanto, perceberam as vantagens de uma aliança. Agora se mudaram para o Domínio Central, tendo aceitado a proteção de Elend Venture.

Claro, Sazed pensou, *eles prefeririam me seguir. Se eu aceitasse ser rei deles.*

A mesa ficou em silêncio.

— Não sei — um dos homens disse. — Por que estamos aqui falando disso? Digo, Quellion está no comando, e esses estranhos não têm um exército para tomar seu trono. De que adianta?

— Derrubamos o Senhor Soberano sem exército nenhum — Brisa enfatizou —, e o próprio Quellion tomou o governo da nobreza. Coisas assim podem mudar.

— Não estamos tentando formar um exército ou uma rebelião. — Sazed acrescentou rapidamente. — Queremos apenas que os senhores comecem a... pensar. Falar com seus amigos. Obviamente, os senhores são homens influentes. Talvez, se Quellion ouvir sobre descontentamento entre seu povo, ele comece a mudar seu jeito de lidar com as coisas.

— Talvez — um dos homens disse.

— Não precisamos desses forasteiros — outro comentou. — O Sobrevivente das Chamas veio para cuidar de Quellion.

Sazed piscou. *Sobrevivente das Chamas?* Ele percebeu um sorriso leve nos lábios de Brisa — o Abrandador aparentemente já tinha ouvido o termo e agora parecia estar esperando uma reação de Sazed.

— O Sobrevivente não vai entrar nessa questão — um dos homens disse. — Não consigo acreditar que estamos sequer *pensando* em uma rebelião. A maior parte do mundo está um caos, se você tiver ouvido as notícias! Não deveríamos estar felizes com o que conseguimos?

— Você está começando a ficar agitado, Sazed — Brisa sussurrou. — Talvez devesse perguntar. Não faz mal perguntar, certo?

Não faz mal perguntar.

— O... Sobrevivente das Chamas? — Sazed perguntou. — Por que chamam Kelsier assim?

— Não é Kelsier — um dos homens respondeu. — O outro Sobrevivente. O novo.

— O Sobrevivente de Hathsin veio para derrubar o Senhor Soberano — outro dos homens explicou. — Então por que não podemos supor que o Sobrevivente das Chamas veio para derrubar Quellion? Talvez nós *devêssemos* ouvir esses homens.

— Se o Sobrevivente está aqui para derrubar Quellion, ele não vai precisar da ajuda desses tipos. Eles só querem a cidade para si — outro homem concluiu.

— Desculpe — Sazed disse. — Mas... podemos encontrar esse novo Sobrevivente?

O grupo de homens se entreolhou.

— Por favor. Eu era amigo do Sobrevivente de Hathsin. Gostaria muito de encontrar um homem que vocês consideram digno da estatura de Kelsier — Sazed insistiu.

— Amanhã — um dos homens disse. — Quellion está tentando manter as datas em segredo, mas elas sempre vazam. Haverá execuções perto do Fosso do Mercado. Esteja lá.

Mesmo agora, mal posso absorver a extensão de tudo isso. Os eventos que cercam o fim do mundo parecem ainda maiores do que o Império Final e as pessoas dentro dele. Sinto os Fragmentos de algo muito antigo, uma presença fraturada, algo se espalhando pelo vazio.

Investiguei e busquei e fui capaz apenas de chegar a um único nome: Adonalsium. Quem ou o que era, não sei ainda.

39

TENSOON SE SENTOU SOBRE AS patas traseiras. Horrorizado.

Cinzas choviam como lascas de um céu estilhaçado, flutuando, dando ao ar um aspecto manchado e doente. Mesmo onde estava, no topo de uma colina varrida pelo vento, havia uma camada de cinza sufocando a vida vegetal. Algumas árvores tinham galhos quebrados pelo peso de repetidas aglomerações de cinzas.

Como não enxergaram?, ele pensou. *Como podem se esconder em seu buraco da Terra Natal, contentes em deixar a terra acima deles morrer?*

TenSoon vivera centenas de anos, porém, e parte dele entendia a complacência cansada da Primeira e da Segunda Gerações. Às vezes, ele mesmo a sentia. Um desejo de simplesmente esperar. De passar anos em puro ócio, satisfeito na Terra Natal. Já tinha visto o mundo exterior — mais do que qualquer ser humano ou koloss jamais veria. Que necessidade havia de mais?

Os Segundos o tinham visto como mais ortodoxo e obediente que seus irmãos, porque TenSoon sempre queria deixar a Terra Natal e cumprir

Contratos. A Segunda Geração sempre o entendera mal. Não cumprira todos aqueles Contratos pelo desejo de ser obediente. Fizera tudo por medo: medo de se tornar acomodado e apático como os da Segunda Geração e começar a pensar que o mundo lá fora não importava para o povo kandra.

Ele sacudiu a cabeça, levantou-se nas quatro patas e seguiu trotando pela lateral da colina, espalhando cinzas no ar a cada passo. Por mais que as coisas tivessem ficado assustadoras, estava feliz por um motivo: o corpo do cão de caça lhe dava uma sensação ótima. Havia um poder nele, uma capacidade de movimento, que nenhuma forma humana podia igualar. Era quase como se esta fosse a forma que ele *sempre* deveria ter usado. Que corpo seria melhor para um kandra com desejo irrefreável de viajar? Um kandra que havia deixado sua Terra Natal para trás mais vezes que qualquer outro, servindo sob as mãos odiosas de mestres humanos, tudo por causa de seu medo da complacência?

Ele seguiu até a escassa cobertura da floresta, atravessando colinas e esperando que o tapete de cinzas não dificultasse muito a localização. A chuva de cinzas afetava o povo kandra; muito. Eles tinham lendas sobre o acontecimento. De que adiantava o Primeiro Contrato, de que adiantava a espera, a proteção da Confiança? Para a maioria dos kandra, aparentemente, essas coisas haviam se tornado autossuficientes.

Ainda assim, essas coisas *tinham um sentido*. Tinham uma origem. Fora antes de TenSoon nascer, mas ele conhecia a Primeira Geração e fora criado pela Segunda. Crescera durante os dias em que o Primeiro Contrato — a Confiança, a Resolução — havia sido mais do que simples palavras. Fora um conjunto de instruções. Ações a serem tomadas quando o mundo começasse a ruir. Não apenas cerimônia, não apenas metáfora. Ele sabia que seu conteúdo assustava alguns kandra. Para eles, era melhor que o Primeiro Contrato fosse algo filosófico, abstrato — porque, se ainda fosse concreto, relevante, exigiria grandes sacrifícios.

TenSoon parou de correr. Estava mergulhado até os joelhos caninos nas cinzas pretas. Aquele lugar lhe parecia vagamente familiar. Ele foi para o Sul, movendo-se por uma pequena depressão rochosa — as pedras agora apenas montículos escuros —, procurando um lugar onde estivera um ano antes. Um lugar que visitara após ter se voltado contra Zane, seu mestre, e deixado Luthadel para voltar à Terra Natal.

Cambaleou por algumas pedras e, em seguida, contornou a lateral de um afloramento de rochas, derrubando montinhos de cinza com sua passagem. Eles se partiam ao cair, lançando ainda mais flocos no ar.

E lá estava. O buraco na pedra, o lugar onde havia parado um ano antes. Ele lembrava, apesar da transformação que a paisagem havia sofrido. A Bênção da Presença servindo-lhe de novo. Como se viraria sem ela?

Não teria consciência sem ela, ele pensou, sorrindo com amargura. Era a concessão de uma Bênção a um espectro das brumas que fazia a criatura despertar e a trazia à vida verdadeira. Cada kandra tinha uma das quatro: Presença, Potência, Estabilidade ou Consciência. Não importava qual um kandra ganhava: qualquer das quatro lhe tornava racional, transformando o espectro das brumas em um kandra totalmente consciente.

Além disso, cada Bênção dava algo a mais. Um poder. Mas havia histórias de kandra que haviam ganhado mais de um ao tomá-los dos outros.

TenSoon enfiou uma pata na depressão, cavando as cinzas, trabalhando para revelar as coisas que havia escondido no ano anterior. Ele as encontrou rapidamente, rolando uma — e então a outra — para fora do ressalto de rocha à sua frente. Duas estacas pequenas de ferro polido. Eram necessárias duas para formar uma Bênção. TenSoon não sabia por quê. Era simplesmente o jeito como as coisas funcionavam.

Ele se deitou, ordenando que a pele do ombro se abrisse, e absorveu as estacas para dentro do corpo. Ele as moveu através dos músculos e ligamentos — dissolvendo vários órgãos e, em seguida, reformando-os com as estacas enterradas neles.

Sentiu o poder tomá-lo de imediato. Seu corpo ficou mais forte. Era mais do que simplesmente acrescentar músculos — isso ele podia fazer remodelando o corpo. Não, aquilo dava a cada músculo mais força inata, fazendo tudo funcionar muito melhor, com muito mais poder do que músculos teriam se não fosse pelas estacas.

A Bênção da Potência. Ele havia roubado as duas estacas do corpo de OreSeur. Sem essa Bênção, TenSoon jamais teria sido capaz de seguir Vin, como fizera durante o ano que passaram juntos, pois a Bênção mais que dobrava o poder e a resistência de cada músculo. Ele não tinha como regular ou mudar o nível daquela força adicional — não se tratava de Feruquemia ou Alomancia, mas algo diferente. Hemalurgia.

Uma pessoa havia morrido para criar cada estaca. TenSoon tentava não pensar muito naquilo, assim como tentava evitar a lembrança de que apenas tinha essa Bênção porque havia matado um kandra de sua geração. O Senhor Soberano oferecia as estacas a cada século, entregando o número solicitado para que os kandra pudessem formar uma nova geração.

Agora ele tinha quatro estacas, duas Bênçãos, e era um dos kandra vivos mais poderosos no mundo. Com músculos fortalecidos, TenSoon pulou com confiança do topo de uma formação rochosa, despencando seis metros até aterrissar com segurança no chão coberto de cinzas. Ele partiu, correndo com muito mais rapidez agora. A Bênção da Potência lembrava o poder de um alomântico queimando peltre, mas não era igual. Não manteria TenSoon se movendo indefinidamente, e ele tampouco poderia avivá-la para uma explosão extra de poder. Por outro lado, não exigia metais para abastecê-lo.

Seguiu para Leste. O Primeiro Contrato era muito explícito. Quando Ruína retornasse, os kandra deviam procurar o Pai para servi-lo. Infelizmente, o Pai estava morto. O Primeiro Contrato não aventava essa possibilidade. Então — impossibilitado de ir até o Pai — TenSoon fez o melhor que podia. Saiu em busca de Vin.

Originalmente, presumíramos que um koloss era uma combinação de duas pessoas em uma. Estávamos errados. Os koloss não são a fusão de duas pessoas, mas de cinco, como comprovado pelas quatro estacas necessárias para fazê-los. Não cinco corpos, é claro, mas cinco almas.

Cada par de estacas concede o que os kandra chamaria de Bênção da Potência. No entanto, cada uma também distorce o corpo do koloss, deixando-o cada vez mais desumano. Esse é o custo da Hemalurgia.

40

— NINGUÉM SABE EXATAMENTE COMO os Inquisidores são feitos — Elend disse na frente da tenda, abordando um pequeno grupo que incluía Ham, Cett, o escriba Noorden e o quase recuperado Demoux.

Vin estava sentada ao fundo, ainda tentando digerir o que havia descoberto. Humano... todos os koloss... haviam sido pessoas no passado.

— Há muitas teorias, porém — Elend continuou. — Assim que o Senhor Soberano caiu, Sazed e eu fizemos algumas pesquisas e descobrimos alguns fatos interessantes com os obrigadores que entrevistamos. Por exemplo, Inquisidores são feitos de homens comuns, homens que se lembram de quem eram, mas que ganham novas capacidades alomânticas.

— Nossa experiência com Marsh também prova isso — Ham afirmou. — Ele se lembrava de quem era, mesmo com todas aquelas estacas cravadas no corpo. E ganhou os poderes de um Nascido da Bruma.

— Desculpe — Cett interrompeu —, mas alguém pode me explicar o que essa porcaria tem a ver com nosso cerco à cidade? Não há nenhum Inquisidor aqui.

Elend cruzou os braços.

— Isso é importante, Cett, porque não estamos em guerra apenas com Yomen. É algo que não compreendemos, algo muito maior que aqueles soldados lá dentro de Fadrex.

Cett bufou.

— Você ainda acredita nessa história de perdição e deuses e tudo mais?

— Noorden — Elend disse, olhando para o escriba. — Por favor, diga a Lorde Cett o que você me disse hoje mais cedo.

O ex-obrigador assentiu.

— Bem, milorde, é o seguinte: o número relacionado ao percentual de pessoas que caem doentes nas brumas é simplesmente regular *demais* para ser natural. A natureza trabalha em caos organizado, aleatoriedade em escala pequena com tendências na escala maior. Não consigo acreditar que qualquer evento natural poderia ter produzido resultados tão precisos.

— Como assim? — Cett perguntou.

— Bem, milorde, imagine que o senhor ouça um estalo repetitivo em algum lugar fora de sua tenda. Se ele se repetir ocasionalmente, sem um padrão exato definido, então talvez seja o vento soprando uma aba solta contra um poste. No entanto, se ele se repetir com exata regularidade, o senhor sabe que deve ser uma pessoa batendo contra alguma coisa. O senhor seria capaz de fazer a distinção imediatamente, pois aprendeu que a natureza pode ser repetitiva em um caso assim, mas não *exata*. Esses números são assim, milorde. Organizados demais, repetitivos demais, para serem obra da natureza. Precisam ter sido produzidos por alguém.

— Você está me dizendo que uma pessoa deixou os soldados doentes? — Cett questionou.

— Uma pessoa...? Não, não uma pessoa, acho eu — Noorden respondeu. — Mas *algo* inteligente deve ter feito isso. É a única conclusão que posso tirar. Algo com um projeto, algo que faz questão de ser preciso.

O recinto ficou silencioso.

— E isso tem alguma relação com os Inquisidores, milorde? — Demoux questionou com cautela.

— Tem — Elend respondeu. — Ao menos, se você pensar como eu... o que, admito, não é muito comum.

— Para o bem ou para o mal... — Ham disse, sorrindo.

— Noorden, o que você sabe sobre como os Inquisidores são feitos? — Elend perguntou.

O escriba ficou desconfortável.

— Eu estava no Cantão da Ortodoxia, como o senhor talvez saiba, não no Cantão da Inquisição.

— Com certeza havia rumores — Elend insistiu.

— Bem, claro — Noorden confessou. — Mais que rumores, na verdade. Os obrigadores superiores estavam *sempre* tentando descobrir como os Inquisidores conseguiam seu poder. Sabe, havia uma rivalidade entre os Cantões, e... bem, eu pensei que o senhor não se importasse com isso. De qualquer forma, nós *de fato* ouvíamos rumores.

— E? — Elend perguntou.

— Eles diziam... Eles diziam que um Inquisidor era uma fusão de muitas pessoas diferentes. Para fazer um Inquisidor, o Cantão da Inquisição precisava conseguir um grupo inteiro de alomânticos e combinar o poder deles em um.

Silêncio novamente no recinto. Vin encolheu as pernas, abraçando os joelhos. Ela não gostava de falar sobre Inquisidores.

— Senhor Soberano! — Ham praguejou em voz baixa. — É isso! Por *isso* os Inquisidores eram tão ferrenhos na caça aos Brumosos skaa! Não veem? Não era só porque o Senhor Soberano ordenava que mestiços fossem mortos, mas para que os Inquisidores pudessem se perpetuar! Eles precisavam de alomânticos para matar e fazer novos Inquisidores!

Elend assentiu de seu lugar.

— De alguma forma, essas estacas no corpo dos Inquisidores transferem capacidades alomânticas. Matam oito Brumosos e dão todos os poderes a um homem, como Marsh. Sazed me disse uma vez que Marsh sempre hesitava em falar sobre o dia em que se tornou Inquisidor, mas disse que foi... "sujo".

Ham assentiu.

— E quando Kelsier e Vin descobriram o quarto dele no dia em que foi levado e transformado em Inquisidor, encontraram um cadáver lá, que eles a princípio pensaram que fosse Marsh!

— Mais tarde, Marsh disse que mais de uma pessoa havia sido morta ali — Vin murmurou. — Só não havia restado... o suficiente delas para contar.

— Novamente, tudo isso tem algum objetivo? — Cett questionou.

— Bem, parece estar conseguindo irritá-lo bastante — Ham falou, tranquilo. — *Precisamos* de outro?

Elend lançou olhares sérios para os dois.

— O objetivo, Cett, é relacionar isso a algo que Vin descobriu esta semana.

O grupo se virou para ela.

— Os koloss são feitos de seres humanos — Vin explicou.

— Quê? — Cett perguntou com uma careta. — Isso é absurdo.

— Não — Vin disse, meneando a cabeça. — Tenho certeza. Chequei em koloss vivos. Escondido naquelas dobras e cortes de pele do corpo, eles são perfurados por estacas. Menores que as dos Inquisidores e feitas de metais diferentes, mas todos as têm.

— Ninguém até hoje foi capaz de imaginar de onde vinham os novos koloss — Elend disse. — O Senhor Soberano guardava o segredo, e esse se tornou um dos grandes mistérios do nosso tempo. Os koloss pareciam matar uns aos outros com regularidade quando ninguém os controlava ativamente. Ainda assim, sempre parece haver mais das criaturas. Como?

— Porque estão constantemente reabastecendo suas fileiras — Ham disse, assentindo devagar. — Dos vilarejos que saqueiam.

— Vocês já se perguntaram, durante o cerco a Luthadel, por que o exército koloss de Jastes atacou um vilarejo aleatório antes de vir até nós? As criaturas precisavam repor seus números — Elend acrescentou.

— Eles estão sempre por aí — Vin disse. — Vestidos, falando sobre serem humanos. Ainda assim, não conseguem lembrar como eram antes. Suas mentes foram violadas.

— Outro dia — Elend disse —, Vin finalmente conseguiu fazer um deles mostrar como novos koloss eram feitos. Pelo que ele fez e pelo que falou naquele momento, acreditamos que tentaria *combinar* dois homens em um, o que formaria uma criatura com a força de dois homens, mas a mente de nenhum.

— Uma terceira arte — disse Ham, erguendo os olhos. — Uma terceira maneira de usar os metais. Há Alomancia, que extrai poder dos metais em si. Há a Feruquemia, que usa os metais para extrair poder do próprio corpo, e há...

— Marsh a chamou de Hemalurgia — Vin disse em voz baixa.

— Hemalurgia... — Ham repetiu. — Que usa o metal para extrair poder do corpo de *outra pessoa*.

— Ótimo — Cett disse. — E daí?

— O Senhor Soberano criava servos para ajudá-lo — disse Elend. — Usando essa arte... essa Hemalurgia... ele fez soldados, que chamamos de koloss. Fez espiões, que chamamos de kandra. E fez sacerdotes, que chamamos de Inquisidores. Fez todos com fraquezas, para que pudesse controlá-los.

— Só aprendi como controlar os koloss por causa de TenSoon — Vin disse. — Ele, sem saber, me mostrou o segredo. Mencionou que os kandra e os koloss eram primos, e eu percebi que podia controlar tanto uns como os outros.

— Eu... ainda não vejo onde vocês querem chegar — Demoux confessou, olhando de Vin para Elend.

— Os Inquisidores devem ter a mesma fraqueza, Demoux — Elend respondeu. — Essa Hemalurgia deixa a mente... ferida. Permite que um alomântico entre e tome o controle. A nobreza sempre se perguntou o que tornava os Inquisidores serem tão fanaticamente devotos do Senhor Soberano. Eles não eram como obrigadores comuns... eram muito mais obedientes. Devotos em excesso.

— Aconteceu com Marsh — Vin sussurrou. — Da primeira vez que o vi depois de ter se tornado um Inquisidor, ele parecia diferente. Mas ficou ainda mais estranho durante o ano seguinte ao Colapso. Por fim, ele se voltou contra Sazed e tentou matá-lo.

— O que estamos tentando dizer — Elend continuou — é que algo está controlando os Inquisidores e os koloss. Algo está explorando a fraqueza que o Senhor Soberano embutiu nas criaturas e usando-as como peões. Os problemas que estamos sofrendo, o caos que se instalou após o Colapso... *não* é simplesmente caos. Nem os padrões de pessoas que adoecem com as brumas são caóticos. Sei que parece óbvio, mas o importante aqui é que agora sabemos o método. Entendemos por que eles podem ser controlados e como estão sendo controlados.

Elend continuou a caminhar, seus pés marcando o chão de terra da tenda.

— Quanto mais penso sobre a descoberta de Vin, mais tendo a acreditar que tudo está ligado. Os koloss, os kandra e os Inquisidores não são três aberrações separadas, mas parte de um fenômeno único e coeso. Agora, logo de cara, o conhecimento dessa terceira arte... da Hemalurgia... não parece importar tanto. Não pretendemos usá-la para fazer mais koloss, então para que serve esse conhecimento?

Cett assentiu, uma expressão séria no rosto. O imperador, no entanto, havia devaneado um pouco, encarando as abas abertas da tenda, mergulhado em pensamentos. Era algo que fazia com frequência no passado, quando passava mais tempo em seus estudos. Não estava respondendo às perguntas de Cett. Estava expressando suas preocupações, seguindo a própria lógica.

— Essa guerra que estamos combatendo — Elend continuou —, não se trata apenas de soldados. Não se trata apenas de koloss ou de tomar a Cidade de Fadrex. Trata-se de uma sequência de eventos que iniciamos sem querer no momento em que derrubamos o Senhor Soberano. Hemalurgia, a origem dos koloss, é parte do padrão. Os percentuais dos que caem doentes com as brumas são também parte do padrão. Quanto menos virmos caos e mais virmos o *padrão*, melhor conseguiremos entender o que estamos combatendo e a maneira de derrotá-lo.

Elend se voltou para o grupo.

— Noorden, quero que você mude o foco da pesquisa. Até agora, achávamos que os movimentos dos koloss eram aleatórios. Não acho mais que seja verdade. Pesquise os relatórios antigos dos batedores. Faça listas e identifique movimentos. Preste atenção especialmente aos grupos de koloss que sabemos *não estar* sob o controle de um Inquisidor. Quero ver se conseguimos descobrir por que foram aonde foram.

— Sim, milorde.

— Os outros permaneçam vigilantes. Não quero outro erro como o da semana passada. Não podemos nos dar ao luxo de perder mais tropas, mesmo as de koloss.

Eles assentiram, e a postura de Elend indicou o fim da reunião. Cett foi carregado para sua tenda, Noorden saiu às pressas para começar a nova pesquisa, e Ham foi buscar algo para comer. Demoux, porém, permaneceu. Vin levantou-se e seguiu, caminhando até Elend e tomando o braço do marido enquanto ele se voltava para falar com o general.

— Milorde... — Demoux disse, parecendo um pouco envergonhado. — Suponho que o general Hammond falou com o senhor, não foi?

O que é isso?, Vin pensou, interessada.

— Sim, Demoux — Elend respondeu com um suspiro. — Mas, de verdade, não acho que seja algo com que se preocupar.

— O quê? — Vin quis saber.

— Há certo nível de... exclusão acontecendo no acampamento, milady — Demoux respondeu. — Aqueles de nós que ficaram doentes por duas semanas em vez de poucos dias estão sendo olhados com um tanto de desconfiança.

— Desconfiança com a qual você não concorda mais, certo, Demoux? — Elend enfatizou essa observação com um olhar sério e muito régio.

Demoux assentiu.

— Confio em sua interpretação, milorde. É que... bem, é difícil liderar homens que desconfiam da gente. E é muito mais difícil para os outros como eu. Eles começaram a comer juntos, a ficar distantes durante o tempo livre. Isso está reforçando a segregação.

— O que acha? — Elend perguntou. — Devemos tentar forçar a reintegração?

— Depende, milorde.

— De quê?

— De vários fatores. Se o senhor estiver planejando atacar logo, a reintegração seria uma má ideia. Não quero homens lutando com aqueles em quem não confiam. No entanto, se formos continuar o cerco por algum tempo, forçá-los a se unir de novo talvez faça sentido. Um grande segmento do exército teria tempo de reaprender a confiar nos Caídos da Bruma.

Caídos da Bruma, Vin pensou. *Nome interessante*.

Elend olhou para ela, e Vin soube o que ele estava pensando. O baile no Cantão de Recursos aconteceria em poucos dias. Se o plano de Elend corresse bem, talvez nem tivessem de atacar Fadrex.

Vin não tinha grandes esperanças quanto a isso. Além do mais, sem reabastecimento vindo de Luthadel, não tinham muitas certezas. Poderiam continuar o cerco conforme planejado por meses ou talvez acabassem tendo que atacar dentro de poucas semanas.

— Organize uma nova companhia — Elend disse para Demoux. — Com os Caídos da Bruma. Vamos nos preocupar em lidar com a superstição depois de tomarmos Fadrex.

— Sim, milorde — Demoux confirmou. — Acredito que...

Eles continuaram falando, mas Vin parou de prestar atenção quando ouviu vozes se aproximando da tenda de comando. Provavelmente não era nada. Mesmo assim, ela caminhou para ficar entre as pessoas que se aproximavam e Elend, verificando suas reservas de metal. Dentro de momentos, pôde determinar quem estava falando. Um deles era Ham. Ela relaxou quando a porta da tenda se abriu, revelando Ham em suas calças e colete padrão, trazendo consigo um soldado ruivo esgotado. O homem exausto estava sujo de cinzas e vestia as roupas de couro de um batedor.

— Conrad? — Demoux perguntou, surpreso.

— Conhece este homem? — Elend perguntou.

— Sim, milorde. É um dos tenentes que deixei em Luthadel com o rei Penrod.

Conrad o saudou.

— Milorde — o homem disse —, trago notícias da capital.

— Finalmente! — disse Elend. — O que diz Penrod? Onde estão as barcaças com suprimentos que eu pedi?

— Barcaças com suprimento, milorde? Milorde, o rei Penrod me enviou para pedir que o *senhor* enviasse suprimentos. Há revoltas na cidade, e alguns dos armazéns de comida foram saqueados. O rei Penrod me enviou para buscar um contingente de tropas para ajudá-lo a restaurar a ordem.

— Tropas? — Elend perguntou. — E a guarnição que deixei com ele? Deveria ter muitos homens!

— Não são o suficiente, milorde — Conrad disse. — Não sei por quê. Posso apenas transmitir o recado que me mandaram entregar.

Elend praguejou, batendo com o punho sobre a mesa da tenda de comando.

— Penrod não consegue fazer a *única* coisa que pedi a ele? Tudo que precisava era manter as terras que já havíamos assegurado!

O soldado saltou com a explosão, e Vin assistiu, preocupada. Elend, no entanto, conseguiu manter o temperamento sob controle. Deu um suspiro profundo, acenando para o soldado.

— Descanse, tenente Conrad, e coma um pouco. Quero conversar melhor mais tarde.

VIN ENCONTROU ELEND MAIS TARDE naquela noite parado às margens do acampamento, olhando para as fogueiras de vigilância nos penhascos de Fadrex. Ela pousou a mão no ombro dele, e o fato de o marido não ter tido um sobressalto indicava que a tinha ouvido chegar. Ainda lhe era um pouco estranho que Elend, que sempre parecera um pouco distraído do mundo ao redor, agora fosse um Nascido da Bruma habilidoso, com estanho para aguçar os ouvidos e permitir que escutasse até mesmo os passos mais suaves se aproximando.

— Falou com o mensageiro? — ela perguntou enquanto ele a abraçava. As cinzas caíam ao redor. Alguns dos soldados Olhos de Estanho de Elend faziam a patrulha sem carregar lampiões, caminhando em silêncio pelo perímetro do acampamento. Vin havia acabado de voltar de uma patrulha semelhante, embora a dela tivesse sido ao redor do perímetro de Fadrex. Fazia algumas rondas toda noite, procurando qualquer atividade estranha nos arredores da cidade.

— Sim — Elend disse. — Depois que descansou, falei bastante com ele.

— Más notícias?

— Muito do que havia dito antes. Penrod aparentemente nunca chegou a receber minhas ordens para enviar comida e tropas. Conrad é um dos quatro mensageiros que Penrod nos enviou. Não sabemos o que aconteceu aos outros três. O tenente foi perseguido por um grupo de koloss, tendo conseguido fugir apenas dando seu cavalo como isca, fazendo-o correr em uma direção e escondendo-se enquanto os monstros perseguiam e despedaçavam o animal. Ele se esgueirou para longe enquanto os koloss se banqueteavam.

— Corajoso — Vin disse.

— Sortudo, também — Elend comentou. — De qualquer forma, parece improvável que Penrod consiga nos mandar ajuda. Há depósitos de comida em Luthadel, mas, se as notícias das revoltas forem verdadeiras, Penrod não conseguirá separar soldados necessários para manter os suprimentos seguros, se nos enviasse alguns.

— Então... como ficamos? — Vin perguntou.

Elend olhou para Vin, e ela ficou surpresa em ver determinação, não frustração, nos olhos dele.

— Ficamos sabendo.

— Quê?

— Nosso inimigo se expôs, Vin. Atacando nossos mensageiros diretamente com grupos de koloss escondidos? Tentando minar nossa base de suprimentos em Luthadel? — Elend sacudiu a cabeça. — Nosso inimigo *quer* que pareça aleatório, mas eu vejo o padrão. É focado demais, inteligente demais para ser casualidade. Está tentando nos afastar de Fadrex.

Vin sentiu um calafrio. Elend fez menção de falar mais, mas ela pousou um dedo nos lábios dele, calando-o. Ele pareceu confuso, mas em seguida aparentemente entendeu, pois assentiu com a cabeça. *Seja lá o que dissermos, Ruína pode ouvir*, Vin pensou. *Não podemos revelar o que sabemos.*

Ainda assim, algo passou de um para o outro. A informação de que tinham de ficar em Fadrex, de que *tinham* de descobrir o que havia naquela caverna, pois seu inimigo estava empenhado em impedir que eles o fizessem. Vin assentiu para Elend, indicando que concordava com sua determinação em ficar. Ainda assim, estava preocupada. Luthadel era para ser a rocha em toda essa história, o porto seguro deles. Se a capital caísse, o que eles teriam?

Entendia cada vez mais que não haveria batida em retirada. Nenhum recuo para desenvolver planos alternativos. O mundo estava desmoronando ao redor deles, e Elend havia se comprometido com Fadrex.

Se falhassem ali, não haveria aonde ir.

Por fim, Elend apertou o ombro dela, em seguida adentrou nas brumas, para verificar alguns dos postos de guarda. Vin permaneceu sozinha, encarando as fogueiras com um pressentimento preocupante. Os pensamentos de antes, da quarta caverna-depósito, voltaram. Guerrear, fazer cercos a cidades, jogos políticos — aquilo não era o suficiente. Essas coisas não os salvariam se a terra em si morresse.

Mas o que mais poderiam fazer? A única opção que tinham era conquistar Fadrex e esperar que o Senhor Soberano tivesse deixado alguma pista. Ela ainda sentia um desejo inexplicável de encontrar atium. Por que tinha tanta certeza de que ajudaria?

Fechou os olhos, pois não estava disposta a encarar as brumas, que, como sempre, afastavam-se dela, deixando alguns centímetros de ar vazio ao seu redor. Vin estendeu a mão para elas, tentando atraí-las novamente, como fizera quando lutou contra o Senhor Soberano. Chamou-as, como tantas vezes fizera, implorou por elas em pensamento, esforçando-se para acessar seu poder. E sentiu como se *devesse* poder fazê-lo. Havia uma força nas brumas. Presa dentro delas. Mas não se rendia a Vin. Era como se algo a mantivesse longe. Algum bloqueio, talvez? Ou um simples capricho das brumas?

— Por quê? — ela sussurrou, os olhos ainda cerrados. — Por que me ajudaram daquela vez e nunca mais? Estou louca ou vocês realmente me deram poder quando eu exigi?

A noite não lhe deu respostas. Por fim, ela suspirou e se afastou, buscando refúgio dentro da tenda.

As estacas hemalúrgicas mudam fisicamente as pessoas, dependendo dos poderes que são concedidos, de onde a estaca é inserida e de quantas estacas se tem. Inquisidores, por exemplo, são extremamente diferentes dos seres humanos que costumavam ser. Têm o coração em outro lugar, e o cérebro se rearranja para acomodar os pedaços de metal cravados nos olhos. Os koloss são alterados de formas ainda mais drásticas.

É possível pensar que são os kandra que sofrem as maiores mudanças. No entanto, deve-se recordar que novos kandra são feitos de espectros das brumas e não de seres humanos. As estacas usadas por eles causam apenas uma pequena transformação nos hospedeiros — deixando os corpos ainda parecidos com os de um espectro das brumas, mas permitindo que sua mente comece a funcionar. Ironicamente, embora as estacas desumanizem os koloss, dão uma medida de humanidade aos kandra.

41

— VOCÊ NÃO PERCEBE, BRISA? — Sazed perguntou, ansioso. — Esse é um exemplo do que chamamos de ostensão, uma lenda sendo emulada na vida real. As pessoas acreditam no Sobrevivente de Hathsin e por isso criaram para si *outro* sobrevivente para ajudá-las em seus tempos de necessidade.

Brisa ergueu uma sobrancelha. Estavam ao fundo de uma multidão reunida no distrito do mercado, esperando pela chegada do Cidadão.

— É fascinante — Sazed disse. — É uma evolução da lenda do Sobrevivente que jamais imaginei. Sabia que eles poderiam deificá-lo; que, na verdade, isso era quase inevitável. Mas como Kelsier foi uma pessoa "comum" antes, aqueles que o adoram podem imaginar *outras* pessoas alcançando essa mesma condição.

Brisa assentiu, distraído. Allrianne estava ao lado dele, parecendo bastante irritada por ter de usar as roupas desmazeladas de uma skaa.

Sazed ignorou aquela falta de entusiasmo.

— Imagino o que será no futuro. Talvez haja uma *sucessão* de Sobreviventes para este povo. Essa pode ser a fundação de uma religião com verdadeiro potencial de duração, já que poderia se reinventar para atender às necessidades do povo. Claro, novos Sobreviventes significariam novos líderes, cada um com opiniões diversas. Em vez de uma linhagem de sacerdotes promovendo uma ortodoxia, cada novo Sobrevivente buscaria se estabelecer como diferente daqueles que o precederam. Poderia criar numerosas facções e divisões no corpo dos adoradores.

— Sazed — Brisa interrompeu. — O que houve com sua decisão de não coletar religiões?

Sazed hesitou.

— Não estou coletando essa religião. Estou apenas teorizando sobre seu potencial. — Brisa ergueu novamente a sobrancelha. — Além disso, talvez tenha a ver com nossa missão atual. Se esse novo Sobrevivente for de fato uma pessoa real, pode ser que ele nos ajude a derrubar Quellion.

— Ou — Allrianne observou — pode ser que ele seja um empecilho para a nossa liderança na cidade assim que Quellion cair.

— Verdade — Sazed admitiu. — De qualquer forma, não vejo o porquê da reclamação, Brisa. Você não *queria* que eu voltasse a me interessar por religiões?

— Isso foi antes de eu ter percebido que você passaria a noite e a manhã seguinte inteiras falando sobre isso. Onde está Quellion, afinal? Se eu perder o almoço por causa dessas execuções, vou ficar bem irritado.

Execuções. Em meio à empolgação, Sazed quase esqueceu o que eles tinham ido ver ali. Seu entusiasmo minguou, e ele se lembrou de por que Brisa estava agindo de forma tão solene. O Abrandador falava com suavidade, mas a preocupação em seus olhos indicava que estava perturbado pela consciência de que o Cidadão estava prestes a incendiar inocentes.

— Lá — disse Allrianne, apontando para o outro lado do mercado.

Algo estava causando uma agitação: o Cidadão, vestindo um traje azul-brilhante. Era a nova cor permitida — uma cor que apenas ele podia usar. Seus conselheiros ao redor vestiam vermelho.

— Finalmente — Brisa disse, seguindo a multidão que se apinhava ao redor do Cidadão.

Sazed seguiu, seus passos cada vez mais relutantes. Agora que pensava nisso, estava tentado a usar tropas para tentar impedir o que estava prestes a acontecer. Mas sabia que seria tolice. Interferir para salvar poucos arruinaria as chances de salvar a cidade inteira. Com um suspiro, seguiu Brisa e Allrianne, movendo-se com a multidão. Também suspeitava que assistir aos assassinatos o lembraria da natureza urgente de suas obrigações em Urteau. Os estudos teológicos ficariam para outro momento.

— VOCÊ VAI TER QUE matá-los — Kelsier disse.

Fantasma se agachou discretamente sobre um prédio na área mais abastada de Urteau. Lá embaixo, a procissão do Cidadão se aproximava. Fantasma a observou através da venda nos olhos. Foram necessárias muitas moedas — quase as últimas que havia trazido consigo de Luthadel — para descobrir a localização das execuções com antecedência suficiente para que pudesse se pôr em posição.

Ele via os tristes indivíduos que Quellion havia decidido assassinar. Muitos deles eram como a irmã de Franson — pessoas que tiveram seu parentesco nobre descoberto. Vários outros, no entanto, eram apenas cônjuges daqueles que tinham sangue nobre. Fantasma também sabia que um dos homens do grupo havia falado alto demais contra Quellion. A relação do homem com a nobreza era tênue; ele fora um artesão que certa vez servira uma clientela nobre.

— Sei que não quer fazer isso — Kelsier disse. — Mas você não pode perder a coragem agora.

Fantasma se sentia poderoso — o peltre lhe emprestava um ar de invencibilidade que ele nunca havia imaginado. Apesar de ter dormido poucas horas nos últimos seis dias, não estava cansado. Tinha um senso de equilíbrio de dar inveja a qualquer gato e uma força que seus músculos não deveriam conseguir produzir.

Ainda assim, o poder não era tudo. As palmas de suas mãos suavam embaixo da capa, e ele sentia as gotículas de transpiração escorrerem pela testa. Não era um Nascido da Bruma. Não era Kelsier ou Vin. Era apenas Fantasma. O que estava pensando?

— Não consigo — ele sussurrou.

— Consegue — Kelsier afirmou. — Você praticou com o bastão; eu vi. Além disso, enfrentou aqueles soldados no mercado. Eles quase o mataram, mas você estava lutando com dois Brutamontes. Você se saiu muito bem.

— Eu...

— Você precisa salvar aquelas pessoas, Fantasma. Pergunte a si mesmo: o que *eu* faria se estivesse aí?

— Eu não sou você.

— Não ainda.

Não ainda.

Lá embaixo, Quellion pregava contra as pessoas que estavam prestes a ser executadas. Dava para ver Beldre, a irmã do Cidadão, ao lado dele. Fantasma se inclinou para a frente. Havia mesmo um olhar de compaixão, até de dor, nos olhos dela, enquanto observava os prisioneiros infelizes conduzidos ao prédio? Ou era apenas o que Fantasma queria enxergar nela? Ele seguiu o olhar da moça, observando os prisioneiros. Um deles era uma criança, amedrontada e agarrada a uma mulher enquanto o grupo era empurrado para dentro do prédio que se tornaria sua pira mortuária.

Kelsier tem razão, pensou Fantasma. *Não posso deixar que isso aconteça. Posso não ter êxito, mas preciso ao menos tentar*. Suas mãos continuaram a tremer enquanto ele entrava pela portinhola no topo do prédio em que estava e descia às pressas as escadas, a capa esvoaçando às suas costas. Entrou em um corredor, seguindo para a adega.

Nobres eram criaturas estranhas. Durante os dias do Senhor Soberano, eles com frequência temiam por sua vida tanto quanto os ladrões skaa, pois não era raro que a intriga na corte levasse a encarceramentos ou assassinatos. Fantasma devia ter percebido desde o início o detalhe que deixara passar. Nenhum bando de ladrões construiria um esconderijo sem um alçapão para fugas emergenciais.

Por que a nobreza faria diferente?

Ele saltou, a capa agitando-se conforme descia os últimos degraus. Atingiu o chão empoeirado, e seus sentidos aguçados ouviram Quellion começar seu sermão inflamado lá em cima. As multidões de skaa murmuravam. As chamas haviam sido acesas. Ali, no porão escuro do prédio, Fantasma encontrou uma parte da parede já aberta, uma passagem secreta que levava para o prédio ao lado. Um grupo de soldados estava diante da passagem.

— Rápido — Fantasma ouviu um deles dizer —, antes que o fogo chegue aqui.

— Por favor! — outra voz gritou, suas palavras ecoando através da passagem. — Ao menos levem a criança!

Pessoas grunhiram. Os soldados se moveram para o lado oposto ao que Fantasma estava na passagem, impedindo que as pessoas no outro porão escapassem. Haviam sido enviados por Quellion para poupar um dos prisioneiros. Para o público, o Cidadão denunciava com toda pompa qualquer um com sangue nobre. Mas, na verdade, alomânticos eram valiosos demais para que os matasse. Portanto, ele escolhia os prédios com cautela e queimava apenas aqueles com saídas secretas através das quais podia retirar os alomânticos.

Era a maneira perfeita de exibir ortodoxia e, ao mesmo tempo, manter o controle do recurso mais poderoso da cidade. Mas não foi essa hipocrisia que fez as mãos de Fantasma pararem de tremer ao avançar sobre os soldados.

Foi o choro da criança.

— *Mate-os!* — Kelsier gritou.

Fantasma sacou um de seus bastões de duelo. Um dos soldados finalmente o percebeu, virando-se em choque.

Foi o primeiro a cair.

Fantasma não havia percebido como podia golpear com força. O capacete do soldado voou pela passagem secreta, apenas metal esmagado. Os outros soldados gritaram quando Fantasma saltou sobre o companheiro caído naquele espaço exíguo. Eles carregavam espadas, mas tinham dificuldade para desembainhá-las.

Fantasma, por sua vez, havia trazido adagas.

Ele puxou uma, empunhando-a com um giro impulsionado pelo peltre e pela fúria, sentidos aguçados guiando seus passos. Ele passou cortando dois soldados, acotovelando os moribundos para o lado, aproveitando a vantagem. No fim da passagem, quatro soldados estavam com um skaa baixinho.

O medo brilhou nos olhos deles.

Fantasma se lançou para a frente, e os soldados assustados por fim superaram a surpresa e abriram a porta secreta com tudo, tropeçando uns nos outros ao entrarem no porão do prédio vizinho.

A estrutura já estava a ponto de desmoronar sob as chamas. Fantasma sentiu o cheiro da fumaça. O restante dos condenados estava no recinto — provavelmente tentando chegar à passagem para seguir o amigo que havia escapado. Foram forçados a se afastar quando os soldados os empurraram para dentro do porão, por fim sacando as espadas.

Fantasma estripou o mais lento dos quatro, deixou a adaga no cadáver e puxou um segundo bastão de duelo. A extensão firme de madeira se encaixou bem em sua mão conforme girava entre civis apavorados, atacando os soldados.

— Os soldados não podem escapar — Kelsier sussurrou. — Do contrário, Quellion saberá que as pessoas foram resgatadas. Você precisa deixá-lo confuso.

Chamas tremeluziram no corredor atrás do porão bem mobiliado. Fantasma já conseguia sentir o calor. Enfurecidos, os três soldados iluminados pelo fogo ergueram as espadas. A fumaça começou a se esgueirar pelo teto, espalhando-se como uma bruma preta e espessa. Os prisioneiros se encolheram, confusos.

Fantasma avançou, girando conforme golpeava um dos soldados com os dois bastões. O homem caiu na isca, esquivando-se de lado do ataque, e depois investiu. Em uma luta comum, Fantasma teria sido empalado.

O peltre e o estanho o salvaram, porém. Moveu-se com pés leves, sentindo o vento da espada se aproximando e sabendo onde ela passaria. O coração palpitou no momento em que a espada cortou ao meio o tecido em seu flanco, mas não atingiu a carne. Ele abaixou o bastão, quebrando o braço do homem, e em seguida atingiu o crânio de outro.

O soldado caiu, a surpresa visível nos olhos moribundos enquanto Fantasma passava por ele.

O próximo já estava atacando. Fantasma levantou os dois bastões, cruzando-os para bloquear o golpe. A espada cortou um, mandando metade do bastão pelos ares, mas ficou presa no segundo. Fantasma puxou a arma para o lado, afastando a lâmina, e girou próximo ao homem, derrubando-o com uma cotovelada na barriga.

Fantasma socou a cabeça do homem enquanto ele caía. O som de osso com osso estalou na sala em chamas. O soldado caiu aos pés de Fantasma.

Eu posso mesmo fazer isso!, Fantasma pensou. *Sou como eles. Vin e Kelsier. Não vou mais me esconder em porões ou fugir do perigo. Posso lutar!*

Ele girou, sorrindo.

E encontrou o último soldado em pé com a adaga de Fantasma junto ao pescoço de uma garota. O soldado estava de costas para o corredor em chamas, de olho na possibilidade de fuga através da passagem oculta. Atrás dele, as chamas rodopiavam no batente de madeira, tomando o cômodo.

— O restante de vocês, saia! — Fantasma disse sem tirar os olhos do soldado. — Saiam pela porta traseira do prédio no fim do túnel. Vocês vão encontrar uns homens lá. Eles vão escondê-los e depois tirá-los da cidade. Vão!

Alguns já haviam fugido, e os outros que permaneceram partiram ao comando do rapaz. O soldado estava parado, observando, obviamente tentando decidir o que fazer. Devia saber que estava enfrentando um alomântico — nenhum homem comum poderia ter derrubado tantos soldados com tamanha rapidez. Felizmente, parecia que Quellion não havia enviado seus próprios alomânticos para dentro do prédio. Provavelmente os havia mantido lá em cima para protegê-lo.

Fantasma parou. Ele soltou o bastão de duelo quebrado, mas segurou o outro com força para impedir que a mão tremesse. A garota choramingava.

O que Kelsier teria feito?

Atrás dele, o último dos prisioneiros estava fugindo pela passagem.

— Você! — Fantasma falou sem se virar. — Barre a porta por fora. Rápido!

— Mas...

— Vá! — Fantasma gritou.

— Não! — o soldado disse, apertando a faca no pescoço da menina. — Eu mato ela!

— Mate-a e você também morrerá — Fantasma retrucou. — Sabe disso. Olhe para mim. Você não vai passar por mim. Você...

A porta se fechou com um baque.

O soldado berrou, soltando a garota e correndo na direção da porta, obviamente tentando sair antes que a tábua fosse encaixada do outro lado.

— É a única saída! Você vai nos...

Fantasma quebrou os joelhos do homem com um único golpe do bastão de duelo. O soldado gritou e foi ao chão. As chamas queimavam três das paredes agora. O calor já era intenso.

A tábua da porta bateu forte no encaixe. Fantasma olhou para o soldado. Ainda vivo.

— Deixe-o — Kelsier disse. — Deixe-o queimar no prédio.

Fantasma hesitou.

— Ele teria deixado todos morrerem — Kelsier disse. — Deixe-o sentir o que teria feito com eles... o que já fez várias vezes por ordem de Quellion.

Fantasma deixou o homem gemendo no chão, avançando para a porta secreta. Jogou seu peso contra ela.

E parou.

Fantasma xingou baixinho, erguendo a bota e chutando a porta. Ela permaneceu imóvel.

— Essa porta foi construída por nobres que temiam ser perseguidos por assassinos — Kelsier falou. — Sabiam da Alomancia e fizeram a porta forte o bastante para resistir ao chute de um Brutamontes.

O fogo estava cada vez mais quente. A garota se agachou no chão, chorando. Fantasma rodopiou, encarando as chamas, sentindo seu calor. Ele avançou, mas seus sentidos aguçados eram tão fortes que o calor parecia incrivelmente poderoso para ele.

Ele cerrou os dentes, pegando a garota nos braços.

Tenho peltre agora, ele pensou. *Ele pode equilibrar a força dos meus sentidos.*

Vai ter que bastar.

FUMAÇA SUBIA PELAS JANELAS DO prédio condenado. Sazed esperava com Brisa e Allrianne atrás da multidão solene. As pessoas se mantinham estranhamente silenciosas enquanto observavam as chamas consumirem tudo. Talvez sentissem a verdade.

Que poderiam ser levadas e assassinadas com a mesma facilidade que os pobres coitados que morriam ali dentro.

— Como mudamos rápido de lado — Sazed sussurrou. — Não faz muito tempo que homens eram forçados a assistir ao Senhor Soberano cortando a cabeça de inocentes. Agora fazemos isso nós mesmos.

Silêncio. Gritos ecoaram de dentro do prédio. Gritos de homens morrendo.

— Kelsier estava errado — Brisa comentou.

Sazed franziu o cenho, virando-se para ele.

— Ele culpava os nobres — Brisa disse. — Pensava que, se nos livrássemos deles, esse tipo de coisa não aconteceria mais.

Sazed assentiu. A multidão começou a ficar inquieta, a se agitar e remexer, murmurando. E Sazed sentiu que concordava com eles. Algo precisava ser feito sobre essa atrocidade. Por que ninguém lutava? Quellion estava lá, cercado por seus homens orgulhosos vestidos de vermelho. Sazed cerrou os dentes, ficando cada vez mais furioso.

— Allrianne, querida, não é hora para isso — disse Brisa.

Sazed ficou perplexo. Virou-se, olhando para a jovem. Ela estava chorando.

Pelos Deuses Esquecidos, pensou Sazed, finalmente reconhecendo o toque dela nas próprias emoções, *tumultuando-as* para deixá-lo furioso com Quellion. *Ela é tão boa nisso quanto Brisa.*

— Por que não? — ela perguntou. — Ele merece. Eu poderia fazer essa multidão parti-lo em pedaços.

— E o subcomandante tomaria o controle — Brisa disse — e executaria essas pessoas. Não estamos preparados ainda.

— Parece que você nunca para de se preparar, Brisa — ela comentou, irritada.

— Essas coisas exigem...

— Esperem — Sazed interrompeu, erguendo a mão.

Ele fixou seu olhar no prédio. Uma das janelas fechadas por tábuas do edifício, na protuberância do sótão no alto do telhado, parecia estar tremendo.

— Olhem! — disse Sazed. — Ali!

Brisa ergueu a sobrancelha.

— Talvez nosso Sobrevivente das Chamas esteja prestes a aparecer, hein? — Ele sorriu para o que obviamente achava uma ideia ridícula. — Imagino o que tínhamos a aprender com essa experienciazinha revoltante. Pessoalmente, acho que os homens que nos mandaram para cá não sabiam do que...

Uma das tábuas subitamente voou da janela, girando no ar e arrastando fumaça atrás de si. Em seguida, a janela explodiu para fora.

Uma figura em roupas escuras saltou em meio à confusão de estilhaços de madeira e fumaça, aterrissando no telhado. Sua longa capa parecia estar em chamas em alguns pontos, e ela carregava um pequeno embrulho nas mãos. Uma criança. A figura correu pelo alto do telhado em chamas e em seguida saltou da frente do prédio, deixando um rastro de fumaça ao despencar até o chão.

Aterrissou com a graça de um homem queimando peltre, sem sequer cambalear, apesar da queda de dois andares, sua capa fumegante lançando fumaça ao redor. As pessoas recuaram com surpresa, e Quellion se virou, assustado.

O capuz do homem caiu sobre seus ombros quando ele se ergueu. Só então Sazed o reconheceu.

Fantasma se empertigou, parecendo mais velho do que realmente era à luz do sol. Ou, talvez, fosse Sazed que nunca o tivesse enxergado como nada além de uma criança até aquele momento. De qualquer forma, o jovem encarou Quellion com orgulho, os olhos vendados, o corpo esfumaçando, a criança, que tossia, nos braços. Ele não parecia nem um pouco intimidado pela tropa de vinte soldados cercando o prédio.

Brisa praguejou.

— Allrianne, no fim das contas vamos precisar daquele *tumulto*!

Sazed de repente sentiu um peso sendo pressionado contra ele. Brisa *abrandava* as emoções que o distraíam — sua confusão, sua preocupação —, deixando Sazed, juntamente com a multidão, totalmente aberto à explosão de ódio enfurecido e concentrado de Allrianne.

A multidão estourou em um movimento, pessoas gritando o nome do Sobrevivente, correndo na direção dos guardas. Por um momento, Sazed temeu que Fantasma não aproveitasse a oportunidade para fugir. Apesar da estranha bandagem nos olhos do rapaz, Sazed sabia que ele estava olhando direto para Quellion — como se o desafiasse.

Felizmente, Fantasma se virou. A multidão distraiu os soldados em investida, e Fantasma correu com uma rapidez que lhe pareceu além do possível. Ele virou em um beco, carregando a garota que havia salvado, sua capa deixando um rastro de fumaça. Assim que Fantasma estava com uma vantagem segura, Brisa sufocou a vontade da multidão de se rebelar, impedindo que ela fosse derrubada pelos soldados. As pessoas recuaram, dispersando-se. Os soldados do Cidadão, no entanto, ficaram perto do líder. Sazed conseguiu ouvir frustração na voz de Quellion enquanto ele instruía a inevitável retirada. Não podia dispensar mais que alguns poucos homens para perseguir Fantasma; não com a possibilidade de uma revolta. Precisava garantir a própria segurança.

Enquanto os soldados marchavam para longe, Brisa olhou para Sazed de soslaio.

— Bem — observou ele —, *isso* foi inesperado.

Penso que os koloss eram mais inteligentes do que queríamos acreditar. Por exemplo, originalmente, eles usavam apenas as estacas que o Senhor Soberano lhes dera para criar novos membros. Ele oferecia o metal e os infelizes prisioneiros skaa, e os koloss criavam novos "recrutas".

Com a morte do Senhor Soberano, os koloss deveriam ter sido rapidamente extintos. Foi como ele os projetara. Esperava que, caso se libertassem de seu controle, se matariam até se extinguirem na própria violência. No entanto, de alguma forma eles deduziram que as estacas nos corpos de koloss caídos podiam ser coletadas e reutilizadas.

Não precisavam mais de um suprimento novo de estacas. Sempre me pergunto qual efeito o reuso constante das estacas teria sobre a população. Uma estaca pode reter apenas um tanto de imbuição hemalúrgica, de forma que eles não seriam capazes de criar estacas que concedessem força infinita, não importando quantas pessoas aquelas estacas houvessem matado e quanto poder pudessem ter absorvido. No entanto, será que o reuso repetitivo das estacas teria trazido mais humanidade aos koloss criados?

42

QUANDO MARSH ENTROU EM LUTHADEL, tomou muito mais cuidado do que quando invadira a cidade sem nome na fronteira oeste do domínio. Um Inquisidor atravessando a capital do império de Elend não passaria despercebido e talvez chamasse atenção indesejada. O imperador estava longe e havia deixado seu quintal aberto para que outros o usassem. Não havia necessidade de estragar tudo.

Assim sendo, Marsh movia-se à noite, encapuzado, queimando aço e saltando com moedas. Mesmo assim, a visão da cidade magnífica — expansiva, suja e, ainda assim, seu *lar* — era difícil para a parte espectadora dele, que continuava à espera. No passado, ele mesmo fora uma figura central na rebelião skaa naquela cidade. Sentia-se responsável por seus habitantes, e o pensamento de Ruína fazendo com eles o que ele fizera às pessoas da outra cidade, aquela onde a Montanha de Cinzas havia estourado...

Não havia Montanha de Cinzas tão próxima de Luthadel. Infelizmente, havia coisas que Ruína podia fazer com a cidade que não envolvia forças naturais. Em seu caminho para Luthadel, Marsh havia parado em no mínimo quatro vilarejos, onde se incumbira de matar discretamente os homens que guardavam os estoques de comida e em seguida atear fogo nos prédios que os mantinham. Sabia que os outros Inquisidores rodavam o mundo cometendo atrocidades semelhantes enquanto buscavam aquilo que Ruína desejava mais que tudo. Aquilo que Preservação havia tirado dele.

Ainda não encontrara.

Marsh saltou sobre uma rua e aterrissou em um telhado pontudo. Em seguida, correu pela beirada da construção em direção ao nordeste da cidade. Luthadel havia mudado durante o ano que passara longe. Os projetos de trabalhos forçados do Senhor Soberano haviam brutalizado os skaa, mas por outro lado tinham mantido o local limpo das cinzas, dando à grande cidade uma certa sensação de ordem. Não havia mais nada daquilo. Cultivar alimentos era a prioridade óbvia — a limpeza da cidade poderia ficar para mais tarde, se é que haveria um mais tarde.

Havia muito mais pilhas de lixo do que antes, e cinzas — que outrora teriam sido jogadas no rio que cortava a cidade — agora se acumulavam em becos e contra os edifícios. Marsh sentiu um sorriso despontando no rosto com a beleza daquele desleixo, e sua pequena parte rebelde recuou e se escondeu.

Ele não podia lutar. Não era hora para isso.

Logo chegou à Fortaleza Venture, sede do governo de Elend. Havia sido invadida por koloss no cerco a Luthadel, as janelas baixas de vitral estilhaçadas pelas feras. Haviam sido substituídas por tábuas. Marsh sorriu e deu um salto impulsionado pelo aço até uma sacada no segundo andar. Antes de ser tomado por Ruína, havia passado muitos meses vivendo ali, ajudando o imperador a manter o controle da cidade.

Encontrou com facilidade os aposentos de Penrod. Eram os únicos ocupados e vigiados. Agachou-se alguns corredores antes, observando com olhos desumanos enquanto ponderava suas próximas ações.

Era uma perspectiva muito complicada empalar uma vítima relutante com uma estaca hemalúrgica. O tamanho da estaca, neste caso, era irrelevante. Assim como apenas uma pitada do pó de metal podia abastecer a Alomancia por um tempo ou um pequeno anel conseguia reter carga feruquêmica, um pedaço bem pequeno de metal bastava para a Hemalurgia. As estacas de Inquisidores eram grandes para serem intimidadoras, mas uma pequena agulha poderia, em muitos casos, ser tão eficaz quanto uma estaca enorme. Dependia de quanto tempo a estaca permanecia fora do corpo de uma pessoa após ter sido usada para matar alguém.

Para os objetivos de Marsh naquele dia, uma pequena era preferível. Ele não queria dar poderes a Penrod, apenas espetá-lo com metal. Marsh puxou uma estaca que havia feito com o alomântico na cidade condenada, poucos dias antes. Tinha cerca de quinze centímetros — maior do que precisava ser, estritamente falando. No entanto, Marsh precisaria enterrar a estaca à força no corpo de um homem, o que significava ser no mínimo grande o bastante para não entortar. Havia duzentos ou trezentos pontos de ligação pelo corpo humano. Marsh não conhecia todos; Ruína se encarregaria de guiar sua mão quando chegasse o momento, garantindo que a estaca fosse inserida no lugar certo. A atenção direta do mestre estava concentrada em outro lugar no momento, e ele dava a Marsh os comandos gerais para se posicionar e se preparar para o ataque.

Estacas hemalúrgicas. A parte escondida dele estremeceu, lembrando-se do dia em que fora inesperadamente transformado em um Inquisidor. Tinha pensado que fora descoberto, trabalhando como espião para Kelsier no Ministério do Aço. Não imaginava que fora selecionado como um suspeito, mas como alguém extraordinário.

Os Inquisidores foram até ele à noite, enquanto esperava nervosamente para encontrar Kelsier e transmitir o que acreditara ser sua mensagem final para a rebelião. Eles irromperam porta adentro, movendo-se mais rápido do que Marsh fora capaz de reagir. Não lhe deram opção. Simplesmente prenderam-no no chão e jogaram uma mulher aos berros sobre ele.

Em seguida, enterraram uma estaca bem no coração da mulher e no olho de Marsh.

A dor era grande demais para lembrar. Aquele momento era um buraco em sua memória, preenchida com imagens vagas dos Inquisidores repetindo o processo, matando outros alomânticos infelizes e bombeando seus poderes — suas próprias almas, ao que parecia — para dentro do corpo de Marsh. Quando acabou, ele estava gemendo no chão, uma nova enxurrada de informações sensoriais dificultando seus pensamentos. Ao redor, os outros Inquisidores dançavam para lá e para cá, esquartejando os outros corpos com machados, alegres pela inclusão de mais um membro às suas fileiras.

Aquele, de certa forma, foi o dia de seu nascimento. Que dia maravilhoso. Porém, Penrod não teria tal felicidade. Ele não seria feito um Inquisidor; receberia apenas uma pequena estaca, que Marsh fizera dias atrás e que pôde ficar fora do corpo — vazando poder — todo esse tempo.

Marsh esperou Ruína tomá-lo. A estaca não apenas teria de ser plantada precisamente, mas Penrod teria de deixá-la no lugar tempo suficiente para Ruína começar a influenciar seus pensamentos e emoções. Depois que fosse cravada, a pele se curaria ao redor do metal, e a estaca ainda funcionaria. Mas, para começar, precisava tocar o sangue.

Como era possível fazer alguém esquecer quinze centímetros de metal projetando-se do próprio corpo? Como fazer os outros a ignorarem? Ruína tentara cravar uma estaca em Elend Venture em várias ocasiões e sempre falhara. De fato, a maioria das tentativas no geral fracassaram. As poucas pessoas adquiridas pelo processo, contudo, valiam o esforço.

Ruína veio, e ele perdeu o controle do corpo. Moveu-se sem saber o que estava fazendo, seguindo ordens diretas. *Atravesse o corredor. Não ataque os guardas. Atravesse a porta.*

Marsh empurrou para o lado dois vigias, derrubando a porta com um chute e irrompendo na antecâmara.

Certo. Vá até o dormitório.

Marsh entrou na sala em um piscar de olhos, os dois soldados do lado de fora gritando por ajuda tarde demais. Penrod era um homem de meia-idade com um ar altivo. Teve a presença de espírito de saltar da cama com os ruídos, agarrando um bastão de duelo de madeira maciça sobre a mesinha de cabeceira.

Marsh sorriu. Um bastão de duelo? Contra um Inquisidor? Ele puxou o machado de obsidiana da bainha no quadril.

Lute com ele, Ruína disse, *mas não o mate. Faça com que seja uma batalha difícil, mas deixe-o sentir que está conseguindo segurá-lo.*

Era um pedido estranho, mas a mente de Marsh estava tão diretamente controlada que não conseguia nem parar para pensar. Simplesmente avançou em ataque.

Era mais difícil do que parecia. Tinha de fazer questão de sempre golpear com o machado de forma que Penrod pudesse bloquear. Várias vezes, precisou acessar a velocidade de uma de suas estacas — que também servia como uma mente de metal feruquêmica — para afastar repentinamente o machado na direção correta em milímetros para não decapitar o rei de Luthadel.

Ainda assim, Marsh conseguiu. Cortou Penrod algumas vezes, lutando o tempo todo com a pequena estaca escondida na palma da mão direita, deixando o rei pensar que estava se saindo bem. Dentro de poucos momentos, os guardas se juntaram ao combate, permitindo que Marsh mantivesse as aparências ainda melhor. Três homens normais ainda não eram páreo para um Inquisidor, mas, da perspectiva deles, talvez parecesse que fossem.

Não demorou muito para que uma tropa de dezenas de guardas irrompesse na antecâmara, vindo ao auxílio do rei.

Agora, Ruína disse. *Aja como se estivesse assustado, prepare-se para encaixar a estaca e em seguida fugir pela janela.*

Marsh acessou a velocidade e se moveu. Ruína guiou precisamente sua mão esquerda enquanto golpeava o peito de Penrod, enterrando a estaca diretamente no coração do homem. Marsh ouviu Penrod gritar, sorriu com o som e saltou pela janela.

POUCO TEMPO DEPOIS, MARSH ESTAVA pendurado do lado de fora da mesma janela, invisível e despercebido pelas numerosas patrulhas. Era habilidoso demais, cuidadoso demais para ser identificado quando escutava com ouvidos aguçados pelo estanho, pendurado sob uma saliência de pedra próxima à janela. Lá dentro, cirurgiões confabulavam.

— Quando tentamos puxar a estaca, o sangramento aumenta drasticamente, milorde — uma voz explicou.

— A lasca de metal chegou perigosamente perto do seu coração — outra disse.

Perigosamente perto? Marsh sorriu pendurado de cabeça para baixo. Como Penrod estava consciente, os cirurgiões presumiriam que a estaca havia chegado perto, mas, de alguma forma, errara o coração por pouco. Embora o tivesse atingido.

— Estamos com medo de retirá-la — o primeiro cirurgião disse. — Como... o senhor se sente?

— Notavelmente bem, na verdade — respondeu Penrod. — Sinto dor e um pouco de desconforto. Mas eu me sinto forte.

— Então, vamos deixar a lasca por ora — o primeiro cirurgião sugeriu, parecendo preocupado. Mas o que mais poderia fazer? Se ele *chegasse* a puxar a estaca, *de fato* mataria Penrod. Um movimento inteligente de Ruína.

Eles esperariam até Penrod retomar suas forças e tentariam remover novamente a estaca. E, de novo, aquilo ameaçaria a vida do rei. Assim, teriam que deixá-la. E, com Ruína agora capaz de tocar a mente do monarca — não controlá-la, mas apenas proporcionar pequenos empurrõezinhos nas direções certas —, Penrod logo esqueceria a estaca. O desconforto cessaria, e, com a estaca sob a roupa, ninguém estranharia.

E, então, ele seria tão vassalo de Ruína quanto qualquer Inquisidor. Marsh sorriu, soltou a saliência de pedra e caiu nas ruas escuras da cidade.

Por mais que tudo isso me enoje, não posso deixar de ficar impressionado pela Hemalurgia como uma arte.

Na Alomancia e na Feruquemia, habilidade e sutileza vêm através da aplicação dos poderes de alguém. O melhor pode não ser o mais poderoso, mas, em vez disso, o que manipula com maior maestria os empurrões *e* puxões *dos metais. O melhor feruquemista é aquele que melhor separa informações em suas mentes de metal ou manipula seu peso com ferro.*

A arte que é única para a Hemalurgia é o conhecimento de onde enterrar as estacas.

43

VIN ATERRISSOU COM UM FARFALHAR abafado de tecidos. Ela se agachou em meio à noite, erguendo o vestido para que não encostasse no telhado sujo de cinzas, e em seguida espreitou as brumas.

Elend aterrissou ao lado, caindo agachado, sem fazer perguntas. Ela sorriu, percebendo a melhora nos instintos do marido. Ele também fitava as brumas, apesar de obviamente não saber o que estava procurando.

— Ele está nos seguindo — Vin sussurrou.

— O Nascido da Bruma de Yomen?

Ela assentiu.

— Onde? — ele perguntou.

— Três casas para trás.

Elend estreitou os olhos, e ela sentiu um dos pulsos alomânticos dele repentinamente aumentar em velocidade. Estava avivando estanho.

— Aquele montinho no lado direito? — Elend perguntou.

— Bem perto — Vin disse.

— Então...

— Então ele sabe que o vimos. Do contrário, eu não teria parado. Neste momento, estamos nos observando.

Elend alcançou o cinto, desembainhando a faca de obsidiana.

— Ele não vai atacar — ela disse.

— Como sabe?

— Quando tiver a intenção de nos matar, vai tentar enquanto estivermos longe um do outro ou dormindo.

Aquilo pareceu deixar Elend mais nervoso.

— É por isso que você tem ficado acordada até tarde da noite?

Vin assentiu. Forçar Elend a dormir sozinho era um preço pequeno a pagar para mantê-lo em segurança. *É você nos seguindo aí atrás, Yomen?*, ela se perguntou. *Na noite da sua própria festa? Seria um feito e tanto*. Não parecia provável, mas ainda assim Vin desconfiava. Tinha o hábito de suspeitar que *todos* eram Nascidos da Bruma. Ela pensava que era um costume saudável, mesmo se estivesse errada com mais frequência.

— Vamos — ela disse, erguendo-se. — Assim que chegarmos à festa, não precisaremos nos preocupar com ele.

Elend assentiu, e os dois continuaram seu caminho até o Cantão de Recursos, que ficava no topo de uma pequena elevação.

O plano é simples, dissera Elend mais cedo. *Vou confrontar Yomen, e a nobreza não poderá evitar se juntar ao redor e assistir boquiaberta. Nesse momento, você se esgueira para fora da festa e vê se consegue encontrar o depósito.*

Era de fato um plano simples — como costumavam ser os melhores planos. Se Elend confrontasse Yomen, atrairia a atenção dos guardas, com sorte deixando espaço para Vin sair de fininho. Ela teria de se mover com rapidez e em silêncio, além de provavelmente eliminar alguns guardas no processo — tudo sem que ninguém percebesse. Ainda assim, aquela parecia ser a única maneira. Não apenas a quase fortaleza de Yomen era bem iluminada e particularmente bem vigiada, mas seu Nascido da Bruma também era habilidoso. O homem a havia detectado todas as outras vezes que ela tentara se esgueirar — sempre permanecendo à distância, sua mera presença um alerta de que ele poderia soar um alarme em um piscar de olhos.

A melhor chance deles era o tal baile. As defesas de Yomen, e seu Nascido da Bruma, estariam concentrados em manter a segurança do mestre.

Eles aterrissaram no pátio, fazendo carruagens pararem e guardas voltarem-se, assustados. Vin olhou para Elend em meio à escuridão brumosa.

— Elend — ela disse baixinho —, preciso que você me prometa uma coisa.

Ele franziu a testa.

— O quê?

— Serei flagrada mais cedo ou mais tarde — Vin disse. — Vou me esgueirar o máximo que puder, mas duvido que consigamos passar por isso sem criar uma perturbação. Quando isso acontecer, quero que você vá embora.

— Vin, não posso fazer isso. Eu tenho que...

— Não — Vin interrompeu, ríspida. — Elend, você não tem que me ajudar. Você *não pode* me ajudar. Eu te amo, mas você não é tão bom nisso quanto eu. Posso cuidar de mim mesma, mas preciso saber que não vou precisar cuidar de você também. Se qualquer coisa der errado, ou se tudo der certo, mas o prédio entrar em alerta, quero que você vá embora. Nos encontramos no acampamento.

— E se você se meter em problemas? — Elend perguntou.

Vin sorriu.

— Confie em mim.

Ele hesitou, mas então assentiu. Acreditar nela era a única coisa que poderia fazer — algo que sempre fizera.

Os dois avançaram a passos largos. Parecia estranho estar participando de um baile em um prédio do Ministério. Vin estava acostumada aos vitrais e aos ornamentos, mas os gabinetes do Cantão em geral eram austeros — e aquele não era exceção. Tinha apenas um andar e paredes finas e lisas com janelas muito pequenas deste lado. Não havia holofotes iluminando o lado de fora, e, embora alguns grandes estandartes de tapeçaria tremulassem frente às paredes de pedra, a única indicação de que aquela era uma noite especial era a aglomeração de carruagens e de nobres no pátio. Os soldados na área observaram Vin e Elend, mas não fizeram nenhum movimento para impedi-los ou atrasá-los.

Os observadores, tanto da nobreza quanto da guarda, demonstraram interesse, mas quase nenhuma surpresa. Vin e Elend eram esperados. Vin teve o pressentimento confirmado quando subiu as escadas e ninguém se moveu para interceptá-los. Os guardas à porta observaram com desconfiança, mas os deixaram entrar.

Lá dentro, ela encontrou um longo corredor de entrada iluminado por lampiões. O fluxo de pessoas se virou à esquerda, então Vin e Elend o seguiram, serpenteando por um punhado de corredores labirínticos até se aproximarem de um dos grandes salões de reunião.

— Não parece exatamente o lugar mais impressionante para um baile, não é? — Elend comentou enquanto esperavam sua vez de serem anunciados.

Vin assentiu. A maioria das fortalezas nobres tinha entradas que davam diretamente no salão de baile. O cômodo diante deles — pelo que ela conseguia ver — era uma sala de reuniões padrão do Ministério que havia sido adaptada. Rebites cobriam o chão onde antes houvera bancos, e havia um tablado do outro lado do salão, no qual os obrigadores provavelmente se posicionavam outrora para dar instruções a seus subordinados. Era onde estava montada a mesa de Yomen.

O recinto era pequeno demais para ser um salão de baile adequado. As pessoas lá dentro não estavam exatamente apinhadas, mas não tinham o espaço que a nobreza preferia para formar pequenos grupos separados onde pudesse fofocar.

— Parece que há outros salões de festa — Elend disse, meneando a cabeça para vários corredores que saíam do "salão de baile" principal. As pessoas entravam e saíam deles.

— Lugares para as pessoas irem, caso se sintam apertadas — Vin comentou. — Pode ser difícil de se escapar deste edifício, Elend. Não permita que o encurralem. Parece que há uma saída lá adiante, à esquerda.

Elend seguiu o olhar dela enquanto caminhavam até o salão principal. Tochas tremeluzentes e rastros de bruma indicavam um pátio ou átrio.

— Vou me manter perto dali — ele disse. — E evitar ir para as salas menores ao lado.

— Ótimo — respondeu Vin.

Ela também havia observado outra coisa: duas vezes durante o percurso pelos corredores até o salão de baile, vira escadarias levando para baixo. Aquilo indicava um porão bem grande, algo incomum em Luthadel. *O prédio do Cantão desce, em vez de subir*, ela concluiu. Fazia sentido, supondo que houvesse realmente um depósito lá embaixo.

O arauto à porta os anunciou sem precisar de cartão, e os dois entraram no salão. A festa não era nem de perto tão luxuosa quanto a da Fortaleza Orielle. Havia petiscos, mas não um jantar — provavelmente porque não havia espaço para mesas. Havia música e dança, mas o salão não estava coberto por adornos refinados de tecido. Yomen optara por deixar as paredes simples e sóbrias do Ministério descobertas.

— Me pergunto por que ele se dá ao trabalho de dar bailes — Vin sussurrou.

— Provavelmente precisou começá-los — comentou Elend. — Para induzir os outros nobres. Agora ele faz parte do rodízio. É esperto da parte dele, porém. Ser capaz de atrair a nobreza para sua casa e ser seu anfitrião dá a um homem um pouco de poder.

Vin concordou com um aceno de cabeça e olhou para a pista de dança.

— Uma dança antes de nos separarmos?

Elend hesitou.

— Para dizer a verdade, estou um pouco nervoso demais para isso.

Vin sorriu e o beijou com suavidade, quebrando por completo o protocolo da nobreza.

— Me dê uma hora antes da distração. Quero sentir a festa antes de desaparecer.

Os dois se separaram, Elend seguindo direto para um grupo de homens que ela não reconheceu. Vin decidiu circular pelo salão. Não queria ser soterrada por conversas, então evitou as mulheres que reconhecia da Fortaleza Orielle. Sabia que deveria trabalhar para reforçar seus contatos, mas a verdade era que se sentia um pouco como Elend. Não de fato nervosa, mas queria evitar atividades comuns de bailes. Ela não estava ali para se misturar. Tinha coisas mais importantes com que se preocupar.

Assim sendo, vagueou pelo salão, bebericando de uma taça de vinho e observando os guardas. Havia muitos deles, o que provavelmente era bom. Quanto mais guardas houvesse no salão de baile, menos haveria no restante do prédio. Na teoria.

Vin continuou a perambular, acenando para pessoas, mas se retirando sempre que alguém tentava conversar com ela. Se ela fosse Yomen, teria ordenado que alguns soldados ficassem de olho nela para garantir que não escaparia para nenhum lugar perigoso. No entanto, nenhum dos homens parecia muito concentrado em Vin. Com o passar da hora, foi ficando cada vez mais frustrada. Yomen era realmente tão incompetente que não manteria sob vigia uma Nascida da Bruma conhecida que entrava em seu quartel-general?

Irritada, Vin queimou bronze. Talvez houvesse alomânticos nas proximidades. Quase pulou de susto ao sentir os pulsos bem ao seu lado.

Havia dois, vindos de duas mulheres com vestidos bufantes cujos nomes ela não sabia, mas que pareciam muito comuns. Essa provavelmente era a ideia. Estavam conversando com duas outras mulheres perto de Vin. Uma queimava cobre, a outra, estanho. Vin nunca as teria descoberto se não tivesse a capacidade de perfurar nuvens de cobre.

À medida que perambulava pelo salão, as duas a seguiam, movendo-se com um nível impressionante de destreza ao deslizar pelas conversas. Sempre paravam perto o bastante de Vin para estar ao alcance de audições aguçadas pelo estanho, ainda assim longe o suficiente para que Vin nunca tivesse conseguido descobri-las sem ajuda alomântica.

Interessante, pensou, recuando para as margens do salão. Ao menos Yomen não a estava subestimando. Mas, agora, como se afastar dessas mulheres? Elas não se distrairiam com a balbúrdia de Elend, e certamente não deixariam Vin se esgueirar pelo prédio sem soar o alarme.

Enquanto caminhava, pensando no problema, Vin notou uma figura familiar sentada a um canto do salão. Lentoveloz estava em seu terno de costume, fumando um cachimbo enquanto relaxava em uma das cadeiras postas para os idosos ou para aqueles que estivessem cansados de dançar. Ela foi até ele.

— Pensei que você não viesse a essas coisas — ela observou, sorrindo. Atrás de si, as duas sombras se posicionaram habilmente em uma roda de conversa próxima.

— Venho apenas quando é meu rei que as organiza — Lentoveloz respondeu.

— Ah — disse Vin, afastando-se em seguida.

De canto de olho, ela observou Lentoveloz franzir a testa. Obviamente esperava que ela continuasse a conversa, mas não podia arriscar que ele dissesse algo incriminador. Ao menos, não agora. Suas espiãs se afastaram da rodinha, a velocidade da partida de Vin forçando-as a fazê-lo de forma desajeitada. Após caminhar um pouco, Vin parou, dando às mulheres a chance de entrarem em outra roda de conversa.

Em seguida, Vin girou e voltou rapidamente até Lentoveloz, tentando fingir que havia se lembrado de algo. As perseguidoras, tentando parecer naturais, tiveram dificuldade em seguir. Elas hesitaram, e Vin ganhou apenas alguns segundos de liberdade.

Ela se inclinou para Lentoveloz enquanto passava.

— Preciso de dois homens — ela disse. — Dois que você saiba estarem contra Yomen. Peça para me encontrarem em uma parte da festa que seja mais afastada, um lugar onde as pessoas possam se sentar e conversar.

— O pátio — Lentoveloz disse. — Atravesse o corredor à esquerda e saia.

— Ótimo. Diga aos seus homens para saírem, mas que esperem até que eu me aproxime deles. Por favor, envie também alguém a Elend. Diga que eu preciso de mais meia hora.

Lentoveloz assentiu, e Vin sorriu enquanto suas sombras se aproximavam.

— Espero que se recupere logo — ela disse, abrindo um sorriso carinhoso.

— Obrigado, minha querida — Lentoveloz disse, tossindo um pouco.

Vin se afastou novamente. Caminhou sem pressa na direção que Lentoveloz havia indicado, a saída que ela descobrira pouco antes. Alguns momentos depois, ela passou pelas brumas e viu-se em um pátio ajardinado iluminado por lampiões. Embora houvesse mesas postas para as pessoas relaxarem, o pátio estava parcamente ocupado. Criados não saíam às brumas, e a maior parte da nobreza — embora não gostasse de admitir — as achava desconcertantes. Vin caminhou até uma balaustrada ornamentada de metal e se recostou nela, erguendo os olhos para o céu, sentindo as brumas ao seu redor e mexendo tranquilamente em seu brinco.

Logo, as duas mulheres apareceram, conversando baixo, e o estanho de Vin permitiu que ela ouvisse que estavam falando sobre como o outro salão estava abafado. Vin sorriu, mantendo a postura enquanto as duas mulheres se sentavam à distância e continuavam a conversar. Depois disso, dois homens saíram e sentaram-se em outra mesa. Não agiam tão naturalmente quanto as mulheres, mas Vin esperava que não fossem suspeitos a ponto de chamar a atenção.

Então, ela esperou.

A vida como uma ladra — uma vida preparando-se para trabalhos, espreitando por portinholas e escolhendo com cuidado a oportunidade certa para roubar uma carteira — a ensinara a ter paciência. Era um atributo de garota de rua que nunca havia perdido. Estava parada, encarando o céu, sem dar indícios de que pretendia sair. Agora, simplesmente precisava esperar a distração.

Você não deveria ter confiado nele para a distração, Reen sussurrou em sua mente. *Ele vai fracassar. Nunca deixe que sua vida dependa da competência de alguém cuja vida também não esteja em risco.*

Era um dos dizeres favoritos de Reen. Ela não pensava nele com tanta frequência, não mais — na verdade, em ninguém de sua antiga vida. Aquela vida era de dor e sofrimento. Um irmão que batia nela para mantê-la em segurança; uma mãe louca que inexplicavelmente assassinara a irmã bebê de Vin.

No entanto, aquela vida era um eco distante agora. Ela sorriu para si, feliz por ter chegado aonde estava. Reen talvez a chamasse de tola, mas ela confiava em Elend — confiava que teria sucesso, confiava sua vida a ele. Era algo que nunca teria feito durante a juventude.

Após dez minutos, alguém saiu da festa e foi até as duas mulheres. Falou com elas rapidamente, em seguida voltou ao salão. Outro homem veio vinte minutos depois, fazendo o mesmo. Com sorte, as mulheres estariam passando as informações que Vin desejava: aparentemente ela havia decidido passar um tempo indeterminado lá fora, encarando as brumas. Aqueles que estavam lá dentro não deveriam esperar sua volta tão cedo.

Poucos momentos depois de o segundo mensageiro voltar à festa, um homem correu e aproximou-se de uma das mesas.

— Vocês precisam ouvir isso! — ele sussurrou para as pessoas na mesa, as únicas que estavam no pátio naquele momento e que nada tinham a ver com Vin. O grupo saiu. Vin sorriu. A distração de Elend estava acontecendo.

Vin saltou no ar e em seguida *empurrou-se* contra a balaustrada atrás de si, lançando-se pelo pátio.

Era evidente que as mulheres tinham ficado entediadas, conversando distraidamente. Levou alguns momentos para perceberem seu movimento. Naqueles momentos, ela disparou através do pátio vazio, o vestido esvoaçando enquanto voava. Uma das mulheres abriu a boca para gritar.

Vin extinguiu os metais, em seguida queimou duralumínio e latão, *empurrando* as emoções das mulheres.

Ela havia feito aquilo uma vez antes, com Straff Venture. Um *empurrão* de latão abastecido por duralumínio era algo terrível: esmagava as emoções da pessoa, fazendo-a se sentir vazia, totalmente desprovida de sentimentos. As mulheres arfaram, e a que estava se levantando foi ao chão, caindo em silêncio.

Vin aterrissou com tudo, o peltre ainda desativado para que não se misturasse com o duralumínio, mas avivou-o de imediato rolando até ficar em pé. Ela acertou uma das mulheres no estômago com o cotovelo, em seguida pegou a cabeça da espiã e a bateu na mesa, fazendo-a desmaiar. A outra mulher estava sentada no chão, zonza. Vin fez uma careta, em seguida agarrou a mulher pela garganta e a sufocou.

Pareceu-lhe demasiado brutal, mas não a soltou até que a mulher ficasse inconsciente — o que foi comprovado pelo fato de ela ter deixado a nuvem de cobre alomântica se dissipar. Vin suspirou, soltando a mulher. A espiã inconsciente foi ao chão.

Vin girou o corpo. Os jovens de Lentoveloz se ergueram, ansiosos. Ela acenou para que se aproximassem.

— Levem as duas para os arbustos — Vin disse, rapidamente —, depois sentem-se à mesa. Se alguém perguntar por elas, digam que as viram me seguindo para dentro da festa. Se der certo, isso manterá todo mundo confuso.

Os homens coraram.

— Nós...

— Façam o que eu disse ou fujam — Vin falou, ríspida. — Não discutam comigo. Eu deixei as duas vivas, e elas não podem relatar que escapei da vigilância. Se elas se mexerem, vocês terão que apagá-las de novo.

Os homens assentiram, relutantes.

Vin desabotoou o vestido, deixando o traje cair ao chão e revelar a roupa justa e escura que usava por baixo. Ela entregou o vestido para os homens esconderem também, em seguida seguiu para dentro do prédio, longe da festa. Dentro do corredor brumoso, encontrou uma escada e desceu. A distração de Elend estaria a todo vapor naquele momento. Ela esperava que durasse tempo suficiente.

— É ISSO MESMO — Elend disse, braços cruzados, encarando Yomen. — Um duelo. Por que fazer exércitos lutarem pela cidade? Você e eu podemos resolver essa questão por conta própria.

Yomen não riu da ideia ridícula. Simplesmente ficou sentado à mesa, os olhos pensativos naquela cabeça careca e tatuada, a conta de atium atada à testa, reluzindo à luz dos lampiões. O restante da plateia estava reagindo como Elend esperava. As conversas tinham morrido, e as pessoas apressaram-se em se reunir, enchendo o salão principal para assistir ao confronto entre o imperador e o rei.

— Por que acha que eu concordaria com uma coisa dessas? — Yomen finalmente perguntou.

— Todos os relatos dizem que você é um homem honrado.

— Mas você não é — Yomen disse, apontando para Elend. — Essa proposta prova o fato. Você é um alomântico, não haveria disputa entre nós. Que honra haveria nisso?

Elend não se importava. Queria apenas que Yomen ficasse ocupado o máximo de tempo possível.

— Então, escolha um campeão — ele respondeu. — Assim, luto com ele.

— Apenas um Nascido da Bruma seria páreo para você — Yomen disse.

— Então, mande um para o combate.

— Infelizmente, não tenho um. Conquistei meu reino com justiça, legalidade e com a graça do Senhor Soberano, não com ameaça de assassinato, como você.

Sem Nascido da Bruma, hein?, pensou Elend, sorrindo. *Então, sua "justiça, legalidade e graça" não impedem a mentira?*

— Você deixaria mesmo seu povo morrer? — Elend disse em voz alta, estendendo a mão para o salão. Cada vez mais pessoas se juntavam à plateia. — Tudo por orgulho?

— Orgulho? — questionou Yomen, inclinando-se para frente. — Você chama de orgulho defender o próprio governo? Eu chamo de orgulho marchar com seus exércitos para atacar o reino de outro homem, buscando intimidá-lo com monstros bárbaros.

— Monstros que seu Senhor Soberano criou e usava para intimidar e conquistar também — Elend retrucou.

Yomen hesitou.

— Sim, o Senhor Soberano criou os koloss. Era prerrogativa dele determinar como eram usados. Além disso, ele os mantinha longe das cidades civilizadas, mas você os trouxe direto para nossa porta.

— Sim, e eles não atacaram, porque eu posso controlá-los, como fazia o Senhor Soberano. Isso não indicaria que herdei seu direito de governar?

Yomen franziu o cenho, talvez percebendo que os argumentos de Elend mudavam a todo momento — que ele dizia o que viesse à mente para manter a discussão viva.

— Você pode não estar disposto a salvar esta cidade — o imperador continuou —, mas há outras pessoas nela que são mais sábias. Não acha que cheguei até aqui sem aliados, acha?

Yomen voltou a ficar reticente.

— Sim — Elend disse, examinando a multidão. — Você não está combatendo apenas a mim, Yomen. Está combatendo sua corte. Aquela que o trairá quando chegar a hora. Como pode confiar neles?

Yomen bufou.

— Ameaças vazias, Venture. O que você pretende dizer com isso?

No entanto, Elend percebeu que suas palavras incomodaram Yomen. Ele *não* confiava na nobreza local. Teria sido um tolo se o fizesse.

Elend sorriu, preparando seu próximo argumento. Poderia manter essa discussão por um bom tempo. Pois, se havia uma coisa em especial que ele aprendera crescendo na casa de seu pai, foi isto: como importunar os outros.

Você terá sua distração, Vin, Elend pensou. *Vamos esperar que possa acabar com a luta por esta cidade antes que ela realmente comece.*

Cada estaca, posicionada com muito cuidado, pode determinar como o corpo do receptor será alterado pela Hemalurgia. Uma estaca em um lugar cria uma fera monstruosa, quase maquinal. Em outro, criará um Inquisidor astuto e homicida.

Sem o conhecimento instintivo obtido ao tomar o poder no Poço da Ascensão, Rashek nunca teria sido capaz de usá-la. Com a mente expandida e um pouco de prática, era capaz de intuir onde enfiar as estacas que criariam os servos que queria.

Poucos sabem que as câmaras de tortura dos Inquisidores eram, na verdade, laboratórios hemalúrgicos. O Senhor Soberano tentava a todo momento desenvolver novas raças de criados. É uma prova da complexidade da Hemalurgia que, apesar de mil anos de tentativa, ele nunca tenha conseguido nada além das três espécies de criaturas que desenvolveu durante aqueles breves momentos em que se manteve com o poder.

44

VIN SE ESGUEIROU PELA ESCADARIA de pedra, sons baixos ecoando de um jeito sinistro ao longe. Não tinha tocha ou lampião, e a escadaria não era iluminada, mas luz suficiente vinha lá debaixo para permitir que seus olhos aguçados pelo estanho enxergassem.

Quanto mais pensava a respeito, mais o porão imenso fazia sentido. Aquele era o Cantão de Recursos, o braço do Ministério responsável por alimentar as pessoas, manter os canais e abastecer outros Cantões. Vin acreditava que aquele porão, no passado, ficava lotado de suprimentos. Se o depósito fosse realmente ali, seria o primeiro escondido embaixo de um prédio do Cantão de Recursos. Vin esperava coisas grandiosas daquele local. Que lugar seria melhor para esconder o atium e os recursos mais importantes do que em uma organização responsável pelo transporte e armazenamento de todo o império?

A escadaria era simples, utilitária e bastante íngreme. Vin torceu o nariz para o ar com cheiro de bolor, que também parecia abafado para seu olfato aguçado pelo estanho. Ainda assim, estava feliz com a visão, sem mencionar a audição melhorada, que lhe permitiu distinguir o estalo de armaduras lá embaixo — uma indicação de que precisava avançar com muito cuidado.

Assim fez. Chegou ao fim da escadaria e espreitou pela quina da parede. Três corredores estreitos de pedra dividiam a câmara ao fim da escada, cada qual rumando em diferentes direções, em ângulos de noventa graus. Os sons vinham da direita e, quando Vin avançou um pouco mais, quase saltou ao ver um par de guardas recostados preguiçosamente contra a parede a uma pequena distância.

Guardas nos corredores, pensou Vin, voltando para a escadaria. *Yomen definitivamente quer proteger algo aqui.*

Vin se agachou na pedra fria e rústica. Peltre, aço e ferro eram pouco úteis naquele momento. Poderia derrubar os dois guardas, mas correria um risco ao fazê-lo, pois devia evitar qualquer barulho. Não sabia onde estava o depósito e, portanto, ainda não podia causar nenhuma perturbação.

Vin fechou os olhos, queimando latão e zinco. Cuidadosa e lentamente, *abrandou* as emoções dos dois soldados. Ouviu-os se recostar na lateral do corredor. Em seguida, *tumultuou* a sensação de tédio, incitando essa única emoção. Olhou atrás da parede de novo, mantendo a pressão, aguardando.

Um dos homens bocejou. Segundos depois, o outro também. Em seguida, ambos bocejaram juntos. E Vin correu direto da escadaria até o corredor obscuro além dela. Encostou-se bem rente à parede, o coração palpitando, e esperou. Não ouviu nenhum grito, mas um dos guardas murmurou algo sobre estar cansado.

Ela sorriu, empolgada. Fazia muito tempo que não precisava realmente se esgueirar. Servira como espiã e batedora, mas havia contado com as brumas, a escuridão e sua capacidade de se mover rapidamente para protegê-la. Ali era diferente. Lembrava os dias em que ela e Reen invadiam casas para saqueá-las.

O que meu irmão diria agora?, ela se perguntou, percorrendo o corredor com um passo de leveza e quietude incomuns. *Ele acharia que eu fiquei louca, esgueirando-me em um prédio para buscar informações, não riquezas.* Para Reen, a vida significara sobrevivência — os fatos simples e severos da sobrevivência. Não confiar em ninguém. Tornar-se insubstituível para sua turma, mas não ser ameaçador demais. Ser implacável. Ficar vivo.

Ela não havia abandonado suas lições. Sempre seriam parte dela — foram o que a mantivera viva e cautelosa, mesmo durante os anos com o bando de Kelsier. Porém, Vin não dava ouvidos a elas exclusivamente, misturando-as à confiança e esperança.

Sua confiança vai matá-la qualquer dia, Reen parecia sussurrar no fundo da mente. Mas, claro, nem mesmo Reen seguira perfeitamente o próprio código. Ele morrera protegendo Vin, recusando-se a entregá-la aos Inquisidores, embora isso pudesse salvar a vida dele.

Vin avançou. Logo ficou claro que o porão era uma rede extensa de corredores estreitos cercando salões maiores. Ela olhou dentro de um deles, abrindo uma fresta de porta, e encontrou alguns suprimentos. Eram coisas básicas, como farinha e afins — não os suprimentos não perecíveis enlatados, organizados e catalogados de um depósito.

Deve haver uma plataforma de carga em um desses corredores, Vin imaginou. *Provavelmente descendo em direção ao afluente do canal da cidade, na base da elevação onde está o edifício.*

Vin continuou, mas sabia que não teria tempo de procurar em cada um dos muitos salões do porão. Aproximou-se de outra interseção de corredores e se agachou, buscando foco. A distração de Elend não duraria para sempre, e alguém descobriria que as mulheres haviam sido nocauteadas. Ela precisava chegar ao depósito logo.

Olhou ao redor. Os corredores eram parcamente iluminados por lampiões ocasionais. Ainda assim, parecia haver mais luz vindo da esquerda. Ela avançou por aquele corredor, e os lampiões ficaram mais frequentes. Logo, ouviu vozes e continuou com mais cuidado, aproximando-se de outra interseção. Espiou a antecâmara. À esquerda, viu um par de soldados ao longe. À direita, eram quatro.

Então, é à direita, pensou. No entanto, seria um pouco mais difícil.

Ela fechou os olhos, ouvindo com cuidado. Conseguia escutar os dois grupos de soldados, mas parecia haver outra coisa. Outros grupos à distância. Vin escolheu um deles e começou um *tumulto* poderoso de emoções. Abrandamento e Tumulto não eram bloqueados por pedra ou aço, então as paredes no meio do caminho não seriam obstáculo.

Ela esperou, mas nada aconteceu. Estava tentando *tumultuar* as sensações de raiva e irritabilidade dos homens, mas não sabia se estava *puxando* na direção correta. Além disso, Tumulto e Abrandamento não eram tão precisos como *empurrões* de aço. Brisa sempre explicava que a constituição emocional de uma pessoa era uma balbúrdia complexa de pensamentos, instintos e sentimentos. Um alomântico não conseguia controlar mentes ou ações. Ela podia apenas cutucar.

A menos que...

Respirando fundo, Vin extinguiu todos os metais. Em seguida, queimou zinco e duralumínio e *puxou* na direção dos guardas distantes, atingindo-os com uma explosão incrivelmente aumentada de Alomancia emocional.

De pronto, um xingamento ecoou pelo corredor. Vin se encolheu. Felizmente, o ruído não era direcionado a ela. Os guardas no corredor olharam, interessados, e a briga à distância ficou maior, mais fervorosa. Vin não precisou queimar estanho para ouvir o irromper da discussão, homens gritando uns com os outros.

Os guardas à esquerda se afastaram, seguindo para descobrir onde estava a fonte da barulheira. Os dois à sua direita deixaram dois homens para trás, e Vin tomou um frasco de metais para em seguida *tumultuar* suas emoções, aumentando a curiosidade ao ponto de ruptura.

Os dois correram apressados atrás dos companheiros, e Vin avançou pelo corredor. Logo ela viu que seus instintos estiveram corretos — os quatro homens guardavam uma porta que levava a uma das salas de depósito. Ela respirou fundo antes de abrir a porta e entrar agachada. O alçapão lá dentro estava fechado, mas Vin sabia como encontrá-lo. Abriu-o com um puxão e pulou para o escuro.

Ela *empurrou* uma moeda abaixo enquanto caía, usando o tilintar para saber a que distância estava do chão. Aterrissou em pedras rústicas, na completa escuridão — tudo preto como breu, além do que o estanho permitiria que enxergasse. Ela tateou ao redor e encontrou um lampião na parede. Puxou sua pederneira e logo veio a luz.

E lá estava, a porta que levava ao depósito. O monte de pedras havia sido rompido, e a porta, forçada. A parede ainda estava lá, a porta estava intacta, mas abri-la certamente havia custado um bom trabalho. A passagem estava entreaberta, de forma que quase não era possível entrar uma pessoa pela fresta. Estava claro que Yomen havia se esforçado muito para chegar até ali.

Ele devia saber que estava aqui, Vin pensou, empertigando-se. *Mas... por que abri-la desse jeito? Ele tem um Nascido da Bruma que poderia ter aberto a porta com um* puxão *de ferro.*

O coração palpitava de ansiedade. Vin se esgueirou pela abertura e entrou no depósito silencioso. Imediatamente saltou para o chão do depósito e começou a procurar a placa que continha as informações do Senhor Soberano. Ela precisava apenas...

Pedra raspou contra pedra atrás dela.

Vin girou, sentindo um instante de compreensão aguda e terrível.

A porta de pedra se fechou.

— ...E *POR ISSO* — Elend disse — o sistema de governo do Senhor Soberano *precisava* cair.

Ele percebeu que não conseguia mais segurá-los — mais e mais pessoas estavam se afastando da contenda. O problema era que Yomen estava *realmente* interessado.

— Você cometeu um erro, jovem Venture — disse o obrigador, batendo com o garfo sobre a mesa. — O programa de mordomos do século VI não foi projetado pelo Senhor Soberano. O recém-formado Cantão da Inquisição o propôs como meio de controle populacional em Terris, e o Senhor Soberano concordou provisoriamente.

— Essa disposição se transformou numa maneira de subjugar uma raça inteira — Elend afirmou.

— A submissão começou muito antes — Yomen retrucou. — Todos conhecem essa história, Venture. Os terrisanos eram um povo que se recusava absolutamente a submeter-se ao governo imperial e, por isso, tiveram de ser firmemente controlados. No entanto, você consegue dizer, com honestidade, que os mordomos terrisanos eram maltratados? São os criados mais honrados em todo o império!

— Mal posso chamar de recompensa justa ser transformado em escravo favorito em troca de perder a virilidade — Elend disse, erguendo uma sobrancelha e cruzando os braços.

— Há no mínimo uma dúzia de fontes que eu poderia citar sobre isso — Yomen falou com um aceno de mão. — Que tal Trendalan? Ele alegou que ter sido feito eunuco o deixou livre para perseguir pensamentos lógicos e harmônicos mais potentes, pois não tinha como se distrair com luxúrias mundanas.

— Ele não teve escolha. — Elend disse.

— Poucos de nós tivemos escolha em nossos postos. — replicou Yomen.

— Prefiro que as pessoas tenham essa opção — Elend afirmou. — Vai perceber que dei liberdade aos skaa em minhas terras e um conselho parlamentar à nobreza, pelo qual eles têm participação no governo da cidade em que vivem.

— Ideais elevados — Yomen disse —, e reconheço as palavras do próprio Trendalan nisso que você alega ter feito. Porém, mesmo ele disse que seria improvável tal sistema continuar estável por muito tempo.

Elend sorriu. Fazia muito tempo que não tinha uma boa disputa como aquela. Ham nunca se aprofundava nos assuntos — gostava de questões filosóficas, mas não de debates eruditos —, e Sazed simplesmente não gostava de discutir.

Queria poder ter conhecido Yomen alguns anos atrás, pensou Elend. *Quando eu tinha tempo para me preocupar com filosofia. Ah, as discussões que poderíamos ter entabulado...*

Claro, aquelas discussões provavelmente teriam acabado com Elend nas mãos dos Inquisidores de Aço por ser um revolucionário. Ainda assim, ele precisava admitir que Yomen não era um tolo. Ele conhecia história e política; apenas tinha, por acaso, crenças totalmente errôneas. Em outra situação, Elend teria ficado feliz em persuadi-lo.

Infelizmente, aquela discussão em especial estava ficando cada vez mais tensa para Elend. Estava falhando em segurar a atenção tanto de Yomen quanto da plateia. Cada vez que tentava fazer algo para trazer a plateia de volta, Yomen parecia ficar desconfiado — e, cada vez que Elend tentava envolver o rei, a multidão ficava entediada com o debate filosófico.

Por isso, Elend ficou realmente aliviado quando gritos de surpresa finalmente ecoaram. Segundos depois, dois soldados correram para dentro do salão, carregando uma jovem tonta e ensanguentada em vestido de baile.

Pelo Senhor Soberano, Vin!, pensou Elend. *Isso foi mesmo necessário?*

Elend e Yomen se entreolharam. Então, o rei se levantou:

— Onde está a imperatriz Venture? — ele questionou.

Hora de ir, pensou Elend, lembrando-se de sua promessa a Vin. No entanto, uma ideia lhe ocorreu. *Provavelmente não terei outra chance de ficar tão perto de Yomen*, pensou Elend. *E só há uma maneira de comprovar se ele é ou não um alomântico.*

Tentando matá-lo.

Era ousado, talvez tolo, mas ele já estava quase certo de que nunca convenceria Yomen a entregar a cidade. O rei havia alegado não ser Nascido da Bruma, e era muito importante saber se ele estava mentindo ou não. Então, confiando em seus instintos para tal questão, Elend soltou uma moeda e *empurrou-se* para cima do palco. Os convidados começaram a gritar, seu mundo idílico se estilhaçando quando Elend puxou um par de adagas de vidro. Yomen empalideceu e se afastou. Dois guardas, que vinham fingindo ser convidados para o jantar, ergueram-se de suas poltronas, puxando bastões de sob a mesa.

— Seu mentiroso — Yomen berrou quando Elend aterrissou na mesa de jantar. — Ladrão, carniceiro, *tirano*!

Elend deu de ombros e atirou duas moedas nos guardas, derrubando-os com facilidade. Saltou para cima de Yomen, agarrando o homem pelo pescoço, empurrando-o para trás. Gritos e exclamações vieram da multidão.

Elend apertou, sufocando Yomen. Nenhuma força invadiu os membros do homem. Nenhum *puxão* ou *empurrão* alomântico tentou livrá-lo dos braços de Elend. O obrigador mal se debateu.

Ou ele não é alomântico, Elend pensou, *ou é um excelente ator.*

Ele soltou Yomen, empurrando o rei para a mesa de jantar. Elend meneou a cabeça — aquele era um mistério que estava...

Yomen saltou para a frente, puxando uma faca de vidro e golpeando. Elend se assustou, desviando para trás, mas a faca o atingiu, abrindo uma fenda em seu antebraço. O corte queimou de dor, aumentada pelo estanho, e o imperador praguejou, cambaleando para longe.

Yomen golpeou novamente, e Elend *deveria* ter sido capaz de desviar. Tinha peltre, e Yomen ainda se movia com a lentidão de um homem sem forças extraordinárias. Ainda assim, o ataque acompanhou Elend, conseguindo de alguma forma atingi-lo na lateral. O imperador grunhiu, o sangue escorrendo quente pela pele, e ele encarou os olhos de Yomen. O rei retirou a faca, desviando com facilidade do contra-ataque. Parecia até que...

Elend queimou electrum, dando-lhe uma bolha de imagens falsas de atium. Yomen hesitou de imediato, parecendo confuso.

Ele está queimando atium, pensou Elend em choque. *Significa que ele é Nascido da Bruma!*

Parte de Elend queria ficar e lutar, mas a estocada na lateral havia sido séria, o suficiente para ele saber que precisaria cuidar dela logo. Praguejando contra a própria estupidez, se *empurrou* no ar, pingando sangue sobre a nobreza aterrorizada lá embaixo. Deveria ter dado ouvidos a Vin — ele tomaria uma bela bronca quando chegasse ao acampamento.

Ele aterrissou e observou que Yomen escolhera não o seguir. O rei-obrigador estava em pé atrás da mesa, segurando a faca vermelha com o sangue de Elend, observando-o com raiva.

Elend se virou, lançando um punhado de moedas e *empurrando-as* no ar sobre a cabeça dos convidados, com cuidado para não acertar nenhum. Eles se encolheram de medo, lançando-se ao chão. Assim que as moedas caíram, Elend as *empurrou* para se jogar em um salto curto e baixo até a porta e na direção da saída que Vin indicara. Em seguida, entrou no pátio externo coberto de brumas.

Olhou para o prédio, sentindo-se frustrado, embora não soubesse por quê. Tinha feito sua parte, mantendo Yomen e seus convidados distraídos por meia hora. Claro, havia sido ferido, mas *descobrira* que Yomen era um alomântico. Era uma informação preciosa.

Ele soltou uma moeda e lançou-se no ar.

TRÊS HORAS DEPOIS, ELEND ESTAVA sentado na tenda de comando com Ham, esperando em silêncio.

Curativos foram feitos em seu flanco e no braço. Vin não chegava.

Ele contou aos outros o que havia acontecido. Vin não chegava.

Ham insistiu para que ele comesse algo. Elend caminhou para lá e para cá por uma hora depois disso, e Vin ainda não havia retornado.

— Vou voltar lá — Elend disse, erguendo-se.

Ham ergueu os olhos.

— El, você perdeu *muito* sangue. Acho que só o peltre o está mantendo em pé.

Era verdade. Elend conseguia sentir pontas de fadiga sob o véu do peltre.

— Eu consigo.

— Vai se matar desse jeito — Ham retrucou.

— Não importa. Eu... — Elend parou de falar quando seus ouvidos aguçados pelo estanho escutaram alguém se aproximar da tenda. Ele puxou as abas antes de o homem chegar, assustando-o.

— Milorde! — disse o homem. — Mensagem da cidade.

Elend pegou a carta e a abriu.

Venture, seu hipócrita,

Estou com ela, como talvez você já esteja imaginando. Há uma coisa que sempre notei nos Nascidos da Bruma. Para um homem, eles são confiantes demais. Obrigado pela conversa estimulante. Fico feliz em ter distraído você por tanto tempo.

Rei Yomen.

VIN ESTAVA SENTADA, EM SILÊNCIO, na caverna escura. Descansava as costas contra o bloco de rocha que era a porta de sua prisão. Ao lado dela, ao chão, estava o lampião quase apagado que havia trazido para dentro do gigantesco cômodo.

Ela tinha *empurrado* e *puxado*, tentando forçar saída. No entanto, logo percebera que as pedras quebradas que vira do lado de fora — o projeto que ela supusera ter sido usado para abrir a porta — tinham na verdade servido para um propósito diferente. Yomen aparentemente havia removido as placas de metal de dentro da porta, aquelas que um alomântico podia *puxar* ou *empurrar* para abri-la. Aquilo transformava a porta em um simples bloco de pedra. Com o peltre fortalecido pelo duralumínio, ela teria conseguido empurrá-la até abrir. Infelizmente, achou difícil conseguir uma alavancagem no chão, que era inclinado a partir do bloco. Além disso, eles deviam ter feito algo com as dobradiças — ou talvez empilhado mais pedras do outro lado —, pois ela não conseguia fazer a porta se mover.

Cerrou os dentes de frustração, sentando-se com as costas para a porta de pedra. Yomen havia preparado uma armadilha para ela. Teriam ela e Elend sido assim tão previsíveis? Independentemente disso, era uma jogada brilhante. Yomen sabia que não tinha como lutar com eles. Em vez disso, simplesmente capturara Vin. Tinha o mesmo efeito, mas sem nenhum risco. E ela caíra direitinho na cilada.

Vin vasculhou o salão inteiro em busca de uma saída, mas não descobriu nada. Pior ainda, ela não localizou o estoque escondido de atium. Era difícil dizer com todas as latas de comida e outras fontes de metal, mas sua busca inicial não havia sido promissora.

— Claro que não vai estar aqui — ela murmurou. — Yomen não teria tido tempo de abrir todas essas latas, mas, se estava planejando uma emboscada para mim, certamente tirou o atium. Eu sou tão *idiota*!

Ela se recostou, irritada, frustrada, exausta.

Espero que Elend tenha feito o que falei, Vin pensou. Se tivesse sido capturado também...

Vin bateu a cabeça nas pedras com frustração.

Algo estalou na escuridão.

Vin paralisou por um momento, em seguida se remexeu rapidamente até ficar agachada. Verificou as reservas de metal — tinha muitas, por ora.

Provavelmente só estou...

De novo. Um passo suave. Vin estremeceu, percebendo que tinha apenas verificado apressadamente a câmara à procura de atium e uma saída. Poderia alguém ter estado escondido ali o tempo inteiro?

Ela queimou bronze e o sentiu. Um alomântico. Nascido da Bruma. Aquele que ela havia sentido antes. O homem que perseguira.

Então é isso!, ela pensou. *Yomen queria que seu Nascido da Bruma lutasse conosco, mas sabia que precisava nos separar primeiro!* Ela sorriu, erguendo-se. Não era uma situação perfeita, mas era melhor do que pensar na porta imóvel. Um Nascido da Bruma ela poderia derrotar, então fazer de refém até que a soltassem.

Ela esperou o homem se aproximar — percebia pelas batidas dos pulsos alomânticos e esperava que ele não soubesse que ela podia sentir —, em seguida girou, chutando o lampião na direção do homem. Ela saltou para frente, guiando-se na direção do inimigo, iluminado pelas últimas fagulhas do lampião. Ele ergueu os olhos enquanto Vin subia pelos ares, as adagas desembainhadas.

E ela reconheceu o rosto do homem.

Reen.

FIM DA TERCEIRA PARTE

QUARTA PARTE

BELA DESTRUIDORA

Um homem com determinado poder — como uma capacidade alomântica — que ganhasse uma estaca hemalúrgica que concedia o mesmo poder seria duas vezes mais forte que um alomântico natural não fortalecido.

Um Inquisidor que fosse um Buscador antes de sua transformação teria, assim, uma capacidade aumentada para usar o bronze. Esse simples fato explica como muitos Inquisidores eram capazes de perfurar nuvens de cobre.

45

VIN ATERRISSOU, INTERROMPENDO O ATAQUE, mas ainda tensa, com os olhos estreitados pela desconfiança. Reen estava iluminado por um lampião tremeluzente atrás de si, muito parecido com o que ela lembrava. Os quatro anos o haviam mudado, claro — estava mais alto e mais largo —, mas tinha o mesmo rosto endurecido e sem qualquer humor. A postura era semelhante à dela. Durante a infância de Vin, ele sempre ficava como estava naquele momento, de braços cruzados e expressão de reprovação no rosto.

Tudo voltou a ela. Coisas que pensava ter banido para as partes escuras e isoladas da mente: os golpes da mão de Reen, a crítica ferina de sua língua, os movimentos furtivos de cidade em cidade.

E, ainda assim, fortalecer essas lembranças deixou algo claro. Ela não era mais a garotinha que havia aguentado as pancadas em silêncio confuso. Olhando para trás, podia ver o medo que Reen havia mostrado nas coisas que fizera. Ficava aterrorizado com a possibilidade de que sua irmã mestiça alomântica fosse descoberta e assassinada pelos Inquisidores de Aço. Batia nela quando a menina se sobressaía. Gritava com ela quando era competente demais. Tirava-a de onde haviam se estabelecido quando temia que o Cantão da Inquisição tivesse captado seus rastros.

Reen havia morrido para protegê-la. Ele a ensinara sua paranoia e desconfiança por um senso deturpado de obrigação, pois acreditava que era a única maneira de ela sobreviver nas ruas do Império Final. E ela ficara ao lado dele, aguentando o tratamento. Em seu íntimo — nem tão profundamente enterrado —, sabia de algo muito importante. Reen a amara.

Seu olhar encontrou o do homem que estava na caverna. Em seguida, sacudiu lentamente a cabeça. *Não*, ela pensou. *Parece ele, mas esses olhos* não *são os dele.*

— Quem é você? — questionou.

— Seu irmão — a criatura disse, franzindo a testa. — Foram apenas poucos anos, Vin. Você ficou insolente... pensei que minhas lições tivessem sido boas.

Ele certamente dominou os maneirismos, pensou Vin, avançando com cautela. *Como ele os aprendeu? Ninguém ligava para Reen em vida. Eles não o teriam estudado.*

— Onde conseguiu os ossos dele? — Vin perguntou, circulando a criatura. O chão da caverna era áspero, coberto por várias estantes cheias. A escuridão se estendia em todas as direções. — E como conseguiu fazer o rosto tão perfeito? Pensei que os kandras tivessem de digerir um corpo para fazerem boas cópias.

Ele tinha de ser um kandra, afinal. Quem mais conseguiria uma imitação tão perfeita? A criatura se virou, encarando-a com uma expressão confusa.

— Que bobagem é essa? Vin, sei que não somos o tipo de irmãos que se reencontram com um abraço carinhoso, mas eu *realmente* esperava que você me reconhecesse.

Vin ignorou as reclamações. Reen e, depois dele, Brisa a haviam ensinado bem demais. Ela reconheceria Reen se o visse.

— Preciso de informações — ela disse. — Sobre um de sua espécie. Ele se chama TenSoon e voltou para sua Terra Natal um ano atrás. Disse que seria julgado. Sabe o que aconteceu? Gostaria de entrar em contato com ele, se possível.

— Vin — o falso Reen disse com firmeza. — Eu *não* sou um kandra.

Veremos, pensou Vin, avivando zinco e atingindo o impostor com uma explosão de Alomancia emocional abastecida com duralumínio.

Ele nem sequer cambaleou. Tal ataque teria posto um kandra sob o controle de Vin, como fazia com os koloss. Vin titubeou. Estava ficando difícil ver o impostor à luz fraca do lampião, mesmo avivando estanho.

O fracasso da Alomancia emocional significava que ele não era um kandra. Mas também não era Reen. Parecia haver apenas uma atitude lógica a tomar.

Ela atacou.

Quem quer que fosse o impostor, conhecia-a bem a ponto de antecipar o movimento. Embora tivesse exclamado uma surpresa fingida, imediatamente saltou para trás, saindo do alcance dela. Movia-se com pés leves, leves o bastante para ela ter quase certeza de que estava queimando peltre. De fato, ainda conseguia sentir os pulsos alomânticos vindo dele, mas por algum motivo era difícil saber exatamente que metais estava queimando.

De qualquer forma, a Alomancia era uma confirmação adicional de suas suspeitas. Reen não era alomântico. Verdade, ele poderia ter *estalado* durante o tempo que ficaram separados, mas Vin não acreditava que Reen tivesse sangue nobre para transmitir uma herança alomântica. Ela recebera seus poderes do pai, que não era o mesmo do irmão.

Experimentou investidas para testar a habilidade do impostor. Ele se manteve fora de seu alcance, observando com cuidado enquanto ela alternava ronda e ataques. Tentou encurralá-lo contra as prateleiras, mas ele era cuidadoso demais para se colocar nessa situação.

— Isso é inútil — o impostor disse, saltando para longe dela novamente.

Sem moedas, Vin pensou. *Ele não usa moedas para saltar*.

— Você teria de se expor demais para me atingir, Vin, e, obviamente, sou bom o bastante para ficar fora do seu alcance. Não podemos parar com isso e ir para assuntos mais importantes? Você não está nem um pouco curiosa com o que andei fazendo nesses últimos quatro anos?

Vin recuou até se agachar, como um gato preparando para dar o bote, e sorriu.

— Que foi? — o impostor perguntou.

Naquele momento, toda aquela enrolação compensou. Atrás dele, o lampião virado finalmente apagou, lançando a caverna na escuridão. Mas Vin, com sua capacidade de perfurar nuvens de cobre, ainda conseguia sentir o inimigo. Ela havia soltado a bolsa de moedas ao sentir alguém na caverna — não carregava metais para alertá-lo de sua aproximação.

Ela se lançou para frente com a intenção de agarrar o inimigo pelo pescoço e prendê-lo. Os pulsos alomânticos não deixavam que ela o visse, mas diziam exatamente onde ele estava, o que já era vantagem suficiente.

Ela se enganou. Ele desviou com tanta facilidade quanto tinha feito antes.

Vin caiu em silêncio. *Estanho*, ela pensou. *Ele consegue ouvir quando me aproximo.*

Então, ela chutou uma estante, em seguida atacou de novo quando o barulho do móvel em queda ecoou alto na câmara, espalhando latas pelo chão.

O impostor se esquivou dela de novo. Vin ficou paralisada. Algo estava muito errado. De alguma forma, ele sempre a sentia. A caverna ficou em silêncio. Nenhum som ricocheteava nas paredes, tampouco luz. Vin agachou-se, os dedos de uma das mãos pousados levemente na pedra fria do chão. Ela conseguia sentir o pulsar, o poder alomântico dele a alcançando em ondas. Concentrou-se nisso, tentando diferenciar os metais que produziam aquele efeito. Ainda assim, os pulsos pareciam opacos. Confusos.

Há alguma coisa familiar neles, ela percebeu. *Quando senti esse impostor pela primeira vez, pensei... pensei que era o espectro das brumas.*

Havia um motivo para os pulsos parecerem familiares. Sem a luz para distraí-la, fazendo-a conectar a figura a Reen, ela conseguia ver o que não enxergara até então.

Seu coração começou a palpitar e, pela primeira vez naquela noite — inclusive com a prisão —, Vin sentiu medo. Os pulsos eram iguais àqueles que ela sentira um ano antes. Os pulsos que a levaram até o Poço da Ascensão.

— Por que veio até aqui? — ela sussurrou para a escuridão.

Gargalhadas. Elas soaram na caverna vazia, altas, livres. Os pulsos se aproximaram, embora nenhum passo marcasse o movimento da criatura. De repente, as gargalhadas ficaram enormes e assoladoras. Elas se derramavam sobre Vin sem se limitar aos ecos da caverna, um som irreal que atravessava coisas vivas e mortas. Ela recuou na escuridão e quase tropeçou nas prateleiras que havia derrubado.

Eu deveria saber que você não seria enganada, uma voz gentil ecoou em sua cabeça. A voz daquela coisa. Ela a ouvira apenas uma vez, um ano antes, quando a libertou de sua prisão no Poço da Ascensão.

— O que você quer? — Vin perguntou num sussurro.

Você sabe o que quero. Sempre soube.

E sabia mesmo. Havia sentido no momento em que tocara a criatura. Ruína. Tinha desejos muito simples. Ver o mundo chegar ao fim.

— Vou impedir você — ela disse. Ainda assim, era difícil não se sentir estúpida ao dirigir essas palavras a uma força que ela não compreendia, a uma coisa que existia além dos homens e além dos mundos.

Ruína gargalhou novamente, embora desta vez o som fosse apenas dentro da mente de Vin. Ela ainda sentia a pulsação, mas não de um lugar específico. Cercava-a completamente. Vin se esforçou para levantar.

Ah, Vin, disse Ruína, sua voz quase paternal. *Você age como se eu fosse seu inimigo.*

— Você é meu inimigo. Quer acabar com as coisas que eu amo.

E um final é sempre ruim? Todas as coisas, até mesmo os mundos, não precisam terminar um dia?

— Não há necessidade de apressar esse fim — Vin disse. — Não há motivo para forçá-lo.

Todas as coisas estão sujeitas à própria natureza, Vin, respondeu Ruína, parecendo fluir ao seu redor. Vin sentia o toque sobre ela, úmido e delicado, como as brumas. *Você não pode me culpar por ser o que sou. Sem mim, nada terminaria. Nada* poderia *terminar. E, portanto, nada poderia crescer. Eu sou a vida. Você combateria a própria vida?*

Vin ficou em silêncio.

Não lamente porque o dia do fim deste mundo chegou, disse Ruína. *Esse fim foi decretado no momento em que o mundo nasceu. Há uma beleza na morte, a beleza da finalidade, a beleza da conclusão.*

Pois nada é realmente completo até o dia em que finalmente é destruído.

— Chega — Vin interrompeu, ríspida, sentindo-se sozinha e sufocada pela escuridão fria. — Pare de zombar. Por que veio até aqui?

Vir até aqui?, a coisa perguntou. *Por que pergunta?*

— O que pretende ao aparecer agora? Veio simplesmente para ficar se gabando por eu estar presa?

Eu não simplesmente apareci, Vin, disse Ruína. *Ora, eu nunca fui embora. Sempre estive com você. Sou parte de você.*

— Que bobagem — Vin retrucou. — Você acabou de aparecer.

Eu apareci aos seus olhos, sim, Ruína disse. *Mas vejo que você não entende. Eu sempre estive com você, mesmo quando não conseguia me enxergar.*

A criatura parou, e o silêncio se fez dentro e fora da cabeça de Vin.

Quando você está sozinha, ninguém pode enganá-la, uma voz sussurrou no fundo da mente. A voz de Reen. A voz que ela ouvia às vezes, quase real, como uma consciência. Ela já havia aceitado que a voz era apenas parte de sua psique, algo que ficou dos ensinamentos de Reen. Um instinto.

Qualquer um vai traí-la, Vin, a voz disse, repetindo um conselho que frequentemente enunciava. Enquanto falava, passou lentamente da voz de Reen à voz de Ruína. *Qualquer um*.

Eu sempre estive com você. Você vem me ouvindo em sua mente desde os primeiros anos de vida.

A fuga de Ruína merece uma explicação. Essa é uma coisa que até mesmo eu tive problemas em entender.

Ruína não poderia ter usado o poder no Poço da Ascensão. Era de Preservação, seu oposto fundamental. De fato, um confronto direto dessas duas forças teria causado a destruição de ambas.

A prisão de Ruína, no entanto, foi fabricada a partir daquele poder. Portanto, estava sintonizada com o poder de Preservação, o poder do Poço. Quando aquele poder foi liberado e dispersado, em vez de utilizado, funcionou como uma chave. A posterior "abertura" foi o que libertou Ruína.

46

— TUDO BEM — BRISA disse. — Então, alguém quer especular sobre como nosso espião acabou se tornando um pseudorreligioso vigilante combatente da liberdade?

Sazed sacudiu a cabeça. Estavam sentados em seu esconderijo na caverna embaixo do Cantão da Inquisição. Brisa, declarando estar cansado de rações de viagem, ordenou que vários dos soldados abrissem alguns dos suprimentos da caverna para preparar uma refeição mais adequada. Sazed poderia ter reclamado, mas a verdade era que a caverna estava tão cheia que, mesmo se Brisa estivesse determinado a comer muito, não seria capaz de fazer nenhum estrago.

Ficaram esperando Fantasma retornar ao esconderijo o dia todo. As tensões na cidade estavam altas, e a maioria dos contatos havia desaparecido, prevendo a paranoia do Cidadão quanto a uma rebelião. Soldados caminhavam nas ruas, e um contingente considerável havia acampado bem diante do prédio do Ministério. Sazed estava preocupado com a possibilidade de o Cidadão associar Brisa e Sazed com a aparição de Fantasma nas execuções. Parecia que seus dias de perambulação livre na cidade haviam terminado.

— Por que ele não voltou? — perguntou Allrianne.

Ela e Brisa sentavam-se a uma mesa refinada, furtada da mansão vazia de um nobre. Tinham vestido de novo suas roupas bonitas: um terno em Brisa, um vestido cor de pêssego em Allrianne. Sempre se trocavam o mais rápido possível, talvez ansiosos para reafirmar a si mesmos quem realmente eram.

Sazed não jantou com eles. Não estava com muito apetite. O Capitão Goradel estava recostado em uma estante de livros a uma curta distância, determinado a manter um olho em seus protegidos. Embora o homem amigável estivesse com seu sorriso habitual, Sazed tinha percebido, pelas ordens que ele dera aos soldados, que estava preocupado com a possibilidade de um ataque. Fizera questão de que Brisa, Allrianne e Sazed ficassem dentro do confinamento protetor da caverna. Antes presos do que mortos.

— Tenho certeza de que o garoto está bem, querida — Brisa comentou, respondendo à pergunta de Allrianne. — Provavelmente não voltou porque teme nos implicar no que fez hoje.

— Ou isso — Sazed disse —, ou não consegue passar pelos soldados de vigília lá fora.

— Ele se esgueirou para dentro de um prédio em chamas enquanto estávamos assistindo, meu caro — Brisa falou. — Duvido que tenha problemas com um bando de soldados, especialmente agora que está escuro.

Allrianne balançou a cabeça.

— Teria sido melhor se ele também tivesse conseguido se esgueirar para *fora* daquele prédio em vez de saltar do telhado às vistas de todos.

— Talvez — Brisa respondeu. — Mas parte de ser um rebelde combatente é deixar que seus inimigos saibam que você está por aí. O efeito psicológico produzido pelo salto de um prédio em chamas carregando uma criança é bem forte. E fazer isso na frente do tirano que tentou executar a tal criança? Eu não sabia que o pequeno e querido Fantasma tinha tanto jeito para o teatro!

— Ele não é mais tão pequeno, creio — Sazed retrucou em voz baixa. — Temos o hábito de ignorar demais Fantasma.

— Hábitos vêm do reforço, meu caro — Brisa disse, agitando um garfo na direção de Sazed. — Prestamos pouca atenção no menino porque ele raramente tinha um papel importante a desempenhar. Não é culpa dele; Fantasma simplesmente era jovem demais.

— Vin era jovem também — Sazed observou.

— Vin, você tem que admitir, é meio que um caso à parte.

Sazed não tinha como discordar.

— De qualquer forma, se analisarmos os fatos, o que aconteceu não é tão surpreendente assim. Fantasma passou meses se familiarizando com o submundo de Urteau, e ele é do bando do Sobrevivente. É lógico que começariam a procurá-lo como salvação, da mesma forma que Kelsier salvou Luthadel.

— Estamos nos esquecendo de uma coisa, Lorde Brisa — Sazed disse. — Ele saltou da beirada de um telhado a dois andares de altura e aterrissou em uma rua de paralelepípedos. Homens não sobrevivem a quedas como esta sem quebrar ossos.

Brisa hesitou.

— Algum artifício, você acha? Talvez tenha desenvolvido algum tipo de plataforma de pouso para suavizar a queda?

Sazed negou com a cabeça.

— Creio que seja demais assumir que Fantasma pudesse planejar e executar um resgate encenado como aquele. Ele teria precisado de ajuda do submundo, o que teria arruinado o efeito. Se soubessem que o salvamento foi um truque, não teríamos ouvido os rumores que ouvimos sobre ele.

— O que, então? — Brisa perguntou, dando uma olhada para Allrianne. — Você não está sugerindo que Fantasma seja um *Nascido da Bruma* esse tempo todo, está?

— Não sei — Sazed respondeu baixinho.

Brisa sacudiu a cabeça, rindo.

— Duvido que ele pudesse ter escondido isso de nós, meu caro. Ora, ele teria passado por aquela balbúrdia toda na derrubada do Senhor Soberano, depois pela queda de Luthadel, sem sequer revelar que era qualquer coisa além de um Olho de Estanho? Eu me recuso a aceitar isso.

Ou, pensou Sazed, *você se recusa a aceitar que não tenha detectado a verdade*. Ainda assim, Brisa tinha razão. Sazed conhecia Fantasma desde jovenzinho. O garoto era desajeitado e tímido, mas não era traiçoeiro. Era realmente demais imaginá-lo como um Nascido da Bruma desde o início.

Ainda assim, Sazed vira aquela queda. Vira a graça do salto, a pose distinta e a habilidade natural de alguém queimando peltre. Sazed flagrou-se querendo estar com as mentes de cobre para poder buscar referências sobre pessoas manifestando espontaneamente poderes alomânticos. Um homem poderia ser um Brumoso no início da vida e, em seguida, se transformar em um Nascido da Bruma completo?

Era algo simples, relacionado às suas obrigações de embaixador. Talvez pudesse passar apenas um pouco de tempo procurando as memórias armazenadas, buscando exemplos...

Ele hesitou. *Não seja tolo*, pensou. *Está apenas procurando desculpas. Sabe que é impossível um alomântico ganhar novos poderes. Não vai encontrar exemplo nenhum, pois não existe.*

Ele não precisava buscar em suas mentes de metal. Ele as deixara de lado por um motivo muito bom — não podia ser um Guardador, não podia compartilhar o conhecimento que havia coletado, até ser capaz de separar a verdade das mentiras.

Eu acabei ficando distraído nos últimos tempos, pensou com determinação, levantando-se e deixando os outros para trás. Ele foi até seu "quarto" no depósito, lençóis pendurados impedindo sua visão dos outros. Sobre a mesa estava sua pasta. No canto, perto de uma estante cheia de latas, estava sua bolsa com as mentes de metal.

Não, pensou Sazed. *Fiz uma promessa a mim mesmo e vou mantê-la. Não posso me tornar um hipócrita só porque uma nova religião qualquer aparece e acena para mim. Serei forte.*

Ele se sentou à mesa, abriu a pasta e tirou a próxima página da fila. Listava os princípios do povo Nelazan, que adorava o deus Trell. Sazed sempre fora parcial com essa religião por seu foco em aprender e no estudo da matemática e do céu. Ele havia guardado a religião para o fim, mas o fizera mais por preocupação do que por outra coisa. Queria protelar o que ele sabia que aconteceria.

E de fato, conforme lia sobre a religião, via os furos nas doutrinas. Verdade que os Nelazans conheciam muito de astronomia, mas seus ensinamentos sobre a vida após a morte eram duvidosos, quase volúveis. A doutrina era propositalmente vaga. Eles ensinavam, então permitiam que todos os homens descobrissem a verdade por si. No entanto, ler aquilo o deixou frustrado. Para que servia uma religião sem respostas? Por que acreditar em algo se a resposta para metade de suas questões era "Pergunte a Trell e ele responderá"?

Ele não dispensou a religião de imediato. Forçou-se a colocá-la de lado, reconhecendo que não estava com cabeça para estudar. Não estava com disposição para quase nada.

E se Fantasma realmente tiver se tornado um Nascido da Bruma?, ele se perguntou, a mente voltando à conversa anterior. Parecia impossível. Ainda assim, muitas das coisas que eles pensavam que sabiam sobre a Alomancia — como a existência de apenas dez metais — haviam se revelado ensinamentos falsos do Senhor Soberano, difundidos para esconder alguns segredos poderosos.

Talvez *fosse* possível para um alomântico manifestar espontaneamente novos poderes. Ou, talvez, houvesse um motivo mais mundano para Fantasma ter conseguido sobreviver àquela grande queda. Talvez estivesse relacionado àquela coisa que deixava os olhos dele tão sensíveis. Drogas, talvez?

De qualquer forma, a preocupação de Sazed sobre o que estava acontecendo impediu que se concentrasse no estudo da religião dos Nelazan como deveria. Continuava sentindo que algo muito importante estava acontecendo. E Fantasma pairava no centro de tudo.

Onde estava o garoto?

— SEI POR QUE VOCÊ está tão triste — Fantasma falou.

Beldre se virou, a surpresa estampada no rosto. Ela não o viu de pronto. Ele devia estar muito embrenhado nas sombras brumosas. Estava cada vez mais difícil dizer.

Ele avançou, movendo-se pelo terreno, outrora jardim, da casa do Cidadão.

— Descobri — Fantasma disse. — Primeiro, pensava que a tristeza tinha a ver com este jardim. Deve ter sido bonito no passado. Você provavelmente o viu em seu auge, antes de seu irmão ordenar que todos os jardins ornamentais fossem podados. Você tinha relação com a nobreza e provavelmente vivia em meio a eles.

Ela pareceu surpresa.

— Sim, eu sei — Fantasma afirmou. — Seu irmão é um alomântico. É um Lançamoedas. Eu senti os *empurrões* naquele dia, no Fosso do Mercado.

Ela permaneceu em silêncio — mais linda do que o jardim jamais poderia ter sido —, embora tivesse dado um passo para trás quando seus olhos finalmente o encontraram nas brumas.

— No fim — Fantasma continuou —, concluí que eu devia estar errado. Ninguém lamenta tanto por um simples jardim, não importa quão lindo tenha sido um dia. Pensei que a tristeza em seus olhos devia vir do fato de ser proibida de participar dos conselhos de seu irmão. Ele sempre a manda para fora, para o jardim, quando se reúne com os oficiais mais importantes. Sei o que é se sentir inútil e excluído entre pessoas importantes.

Ele deu outro passo para frente. A terra áspera estendia-se revirada sob seus pés, coberta por alguns centímetros de cinzas, os restos lúgubres do que fora no passado solo fértil. À direita havia o arbusto solitário que Beldre fitava com frequência. Ele não olhou para o arbusto; manteve os olhos nela.

— Eu estava errado. Ser proibida de participar das conferências do seu irmão levaria à frustração, mas não a essa dor. Não a essa mágoa. Conheço essa tristeza, agora. Matei pela primeira vez esta manhã. Ajudei a derrubar impérios, depois a construir novos. E nunca havia matado um homem. Até hoje.

Ele parou, então fitou os olhos dela.

— É, eu conheço essa tristeza. O que estou tentando imaginar é *por que* você a sente.

Ela se afastou.

— Você não deveria estar aqui. Há guardas vigiando...

— Não. Não mais. Quellion enviou homens demais para a cidade. Está com medo de haver uma revolução como a que aconteceu em Luthadel. Como a que ele inspirou aqui ao tomar o poder. Está certo em ter medo, mas errado em deixar seu palácio tão desprotegido.

— Mate-o — Kelsier sussurrou. — Quellion está lá dentro; é a chance perfeita. Ele merece, você sabe que merece.

Não, pensou Fantasma. *Não hoje. Não na frente dela.*

Beldre o encarou novamente, os olhos sérios.

— Por que veio até aqui? Para me torturar?

— Para dizer a você que entendo.

— Como pode dizer uma coisa dessas? Você não me entende... não me conhece.

—Acho que conheço. Vi seus olhos hoje, quando observava aquelas pessoas sendo levadas à morte. Sentiu culpa. Culpa pelos assassinatos de seu irmão. Fica triste porque sente que deveria impedi-lo. — Fantasma deu um passo adiante. — Você não pode, Beldre. Ele foi corrompido pelo poder. Talvez tenha sido um bom homem um dia, mas não mais. Percebe o que ele está fazendo? Seu irmão está assassinando pessoas para conseguir alomânticos. Ele as captura, ameaça matar suas famílias a menos que façam o que ele manda. Esses são os atos de um bom homem?

— Você é um tolo simplista — Beldre sussurrou, embora não o encarasse nos olhos.

— Eu sei. O que são algumas mortes quando se trata de garantir a estabilidade de um reino? — Ele balançou a cabeça. — Ele está matando crianças, Beldre. E está fazendo isso apenas para encobrir o fato de que está reunindo alomânticos.

Beldre ficou em silêncio por um momento.

— Vá embora — ela pediu por fim.

— Quero que venha comigo.

Ela ergueu os olhos.

— Vou derrubar seu irmão — Fantasma disse. — Sou membro do bando do Sobrevivente. Derrubamos o Senhor Soberano; Quellion dificilmente será um desafio para nós. Você não precisa estar aqui quando ele cair.

Beldre bufou baixinho em sinal de escárnio.

— Não é apenas pela sua segurança. Se você se juntar a nós, será um grande golpe em seu irmão. Talvez isso o convença de que está errado. Poderia haver uma maneira pacífica de fazer com que isso aconteça.

— Vou contar até três e começar a gritar — Beldre disse.

— Não tenho medo de seus guardas — Fantasma retrucou.

— Não duvido. Mas, se eles vierem, você terá que matar novamente.

Fantasma titubeou. Mas ficou onde estava, desafiando o blefe de Beldre.

Então ela começou a gritar.

— Vá matá-lo! — disse Kelsier mais alto que os gritos. — Agora, antes que seja tarde demais! Aqueles guardas que você matou estavam apenas cumprindo ordens. *Quellion* é o verdadeiro monstro.

Fantasma cerrou os dentes, frustrado, para finalmente correr, fugindo de Beldre e de seus gritos, deixando Quellion vivo.

Por ora.

O GRUPO DE ANÉIS, PULSEIRAS, brincos, braceletes e outros artigos de metal brilhava na mesa como um tesouro lendário. Claro, a maioria dos metais era bem mundana. Ferro, aço, estanho, cobre. Pouco ouro e nenhum atium.

Ainda assim, para um feruquemista, os metais valiam muito mais que seu preço. Eram baterias, receptáculos que podiam ser preenchidos para uso posterior. Aquele feito de peltre, por exemplo, podia ser preenchido com força. Enchê-lo drenava as forças do feruquemista por um tempo — deixando-o tão fraco que tarefas simples se tornavam quase impossíveis —, mas o preço valia a pena. Pois, quando necessário, ele podia lançar mão daquela energia.

Muitas daquelas mentes de metal espalhadas na mesa diante de Sazed, exceto os anéis, estavam vazias naquele momento. Ele as usara pela última vez durante a horrenda batalha que terminara com a queda — e o resgate — de Luthadel, no ano anterior. Aquela batalha o deixara exausto de várias formas.

No centro da coleção estavam as mentes de metal mais importantes de todas. Quatro braçadeiras — para serem presas no braço ou no antebraço —, feitas do mais puro cobre, brilhavam polidas. Eram as maiores de suas mentes de metal, pois guardavam o principal. Imagens, pensamentos ou sons armazenados como mentes de cobre não se degenerariam ou mudariam, como as lembranças mantidas na mente.

Quando Sazed era jovem, um feruquemista mais velho lera em voz alta todo o conteúdo de suas mentes de metal. Sazed armazenou o conhecimento em suas próprias mentes. Continham a soma do conhecimento do Guardador. O Senhor Soberano tentara com afinco sufocar as lembranças do passado dos povos. Mas os Guardadores as tinham reunido — histórias de como o mundo tinha sido antes de as cinzas chegarem e o sol ficar vermelho. Os Guardadores tinham memorizado os nomes de lugares e reinos, a sabedoria daqueles agora perdidos.

E haviam memorizado as religiões proibidas pelo Senhor Soberano. Essas o tirano trabalhara com mais diligência para destruir, e os Guardadores lutaram com semelhante diligência para resgatar e protegê-las de forma que, um dia, pudessem ser novamente ensinadas. Acima de tudo, os Guardadores haviam buscado uma coisa: conhecimentos da própria religião, das crenças do povo de Terris, que tinham sido esquecidas durante o caos destrutivo que se seguira à ascensão do Senhor Soberano. No entanto, apesar de séculos de trabalho, os Guardadores nunca foram capazes de recuperar esse conhecimento, o mais precioso de todos.

Imagino o que teria acontecido se a tivéssemos encontrado, pensou Sazed, pegando uma mente de aço e polindo-a em silêncio. *Nada, provavelmente.* Ele havia desistido de seu trabalho com as religiões da pasta, por ora, sentindo-se desanimado demais para estudar.

Ainda havia cinquenta religiões lá dentro. Por que ele se enganava, esperando encontrar mais verdades nelas do que nas duzentas e cinquenta anteriores? Nenhuma das religiões conseguira sobreviver à passagem dos anos. Não seria melhor simplesmente deixá-las de lado? Buscá-las parecia ser parte da grande falácia no trabalho dos Guardadores. Tinham lutado para se lembrar das crenças dos homens, mas essas crenças já haviam provado por conta própria que não tinham a resiliência necessária para sobreviver. Por que trazê-las de volta? Aquilo parecia tão inútil quanto reviver um animal adoentado para que pudesse ser novamente vítima dos predadores.

Enquanto polia, Sazed viu, de soslaio, como Brisa o observava. O Abrandador viera ao "quarto" de Sazed, reclamando de não conseguir dormir, não com Fantasma ainda em algum lugar lá fora. O embaixador assentira, mas continuara polindo. Não desejava conversar; queria ficar sozinho.

Infelizmente, Brisa se levantou e se aproximou.

— Às vezes, não entendo você, Sazed.

— Não me empenho para ser misterioso, Lorde Brisa — Sazed respondeu, pegando um pequeno anel de bronze para polir.

— Por que cuidar tanto delas? Nunca mais as usou. Na verdade, mais parece rejeitá-las.

— Eu não rejeito as mentes de metal, Lorde Brisa. De certa forma, são a única coisa sagrada que restou em minha vida.

— Mas você também não as usa.

— Não. Não uso.

— Por quê? — Brisa quis saber. — Acha que ela iria querer isso? Ela era Guardadora também... você acha honestamente que iria querer que você desistisse de suas mentes de metal?

— Este hábito particular *não* tem a ver com Tindwyl.

— É mesmo? — Brisa questionou, suspirando enquanto se sentava à mesa. — O que quer dizer? Porque, honestamente, Sazed, você está me confundindo. Entendo as pessoas. Me incomoda que não eu consiga entender você.

— Depois da morte do Senhor Soberano — Sazed disse, abaixando o anel —, você sabe com o que gastei meu tempo?

— Ensinando. Você partiu para restaurar o conhecimento perdido dos povos do Império Final.

— E eu alguma vez lhe contei como foram minhas aulas?

Brisa negou com a cabeça.

— Péssimas — Sazed disse, pegando outro anel. — As pessoas não se importavam de verdade. Não estavam interessadas nas religiões do passado. E por que estariam? Por que adorar algo em que as pessoas *costumavam* acreditar?

— As pessoas sempre se interessam pelo passado, Sazed.

— Talvez se interessem, mas interesse não é fé. Estas mentes de metal, elas são coisa de museus e velhas bibliotecas. São de pouco uso para as pessoas modernas. Durante os anos de reinado do Senhor Soberano, nós, Guardadores, fingíamos que estávamos fazendo um trabalho vital. *Acreditávamos* realizar um trabalho vital. Ainda assim, no fim das contas, nada que fizemos teve qualquer valor de verdade. Vin não precisou desse conhecimento para matar o Senhor Soberano.

"Os pensamentos nestas mentes de metal morrerão comigo. E, às vezes, não consigo me entristecer com esse fato. Esta não é uma era de estudiosos e filósofos. Estudiosos e filósofos não ajudam a alimentar crianças famintas."

— Então, você não vai mais usá-las? — Brisa perguntou. — Porque acha que são inúteis?

— Mais que isso. Usar essas mentes de metal seria fingir. Estaria fingindo que encontro coisas nelas que serão úteis, e não me decidi ainda se isso é verdade. Usá-las agora pareceria uma traição. Deixo-as de lado, pois não posso fazer jus a elas. Não estou pronto para acreditar, como acreditávamos antes, que reunir conhecimento e religiões seja mais importante do que agir. Quem sabe se os Guardadores tivessem lutado, em vez de apenas memorizado, o Senhor Soberano teria caído séculos atrás?

— Mas *você* resistiu, Sazed. Você lutou.

— Eu não me represento mais, Lorde Brisa — Sazed disse baixinho. — Represento todos os Guardadores, já que aparentemente sou o último. E, como último, não acredito nas coisas que ensinei no passado. Não posso insinuar, com consciência tranquila, que sou o Guardador que já fui.

Brisa suspirou, sacudindo a cabeça.

— Não faz sentido.

— Faz sentido para mim.

— Não; acho que você está apenas confuso. Este mundo talvez não lhe pareça adequado para estudiosos, meu caro amigo, mas acho que verá que está equivocado. Parece-me que agora, enquanto sofremos na escuridão que talvez seja o fim de tudo, é quando mais precisamos de conhecimento.

— Para quê? — questionou Sazed. — Para que eu possa ensinar a um moribundo uma religião na qual não acredito? Falar de um deus quando sei que não existe esse tipo de ser?

Brisa inclinou o corpo para a frente.

— Realmente acredita nisso? Que não há nada olhando por nós?

Sazed ficou em silêncio, polindo lentamente.

— Ainda não me decidi — disse por fim. — Algumas vezes alimentei a esperança de encontrar a verdade. Hoje, porém, essa esperança me parece muito distante. Há uma escuridão sobre esta terra, Brisa, e não tenho certeza de que podemos combatê-la. Não tenho certeza se quero combatê-la.

Isso pareceu inquietar Brisa. Ele abriu a boca, mas, antes que pudesse responder, um ribombar percorreu a caverna. Os anéis e as braçadeiras na mesa tremeram e tilintaram uns nos outros quando o espaço inteiro chacoalhou, e houve um ruído alto quando alguns alimentos caíram, embora não muitos, já que os homens do Capitão Goradel haviam feito um bom trabalho em tirar a maior parte do estoque das estantes e colocá-la no chão para quando viessem os terremotos.

Certo tempo depois, o tremor diminuiu. Brisa continuava sentado, pálido, olhando para o teto da caverna.

— Digo-lhe uma coisa, Sazed. Todas as vezes que um desses terremotos acontece, fico pensando se é sábio que nos escondamos em uma caverna. Não me parece o lugar mais seguro durante um tremor.

— Não temos outra opção no momento.

— Verdade, suponho. Você... você acha que os terremotos estão ficando mais frequentes?

— Sim — Sazed confirmou, pegando alguns braceletes caídos no chão. — Sim, estão.

— Talvez... esta região seja apenas mais propensa — disse Brisa, incerto. Ele se virou, olhando para o lado enquanto o Capitão Goradel contornava uma estante e se aproximava deles às pressas.

— Ah, veio ver como estávamos, não é? — Brisa brincou. — Sobrevivemos tranquilamente ao terremoto. Não precisa se apressar, caro capitão.

— Não é isso — Goradel disse, um pouco ofegante. — É Lorde Fantasma. Ele voltou.

Sazed e Brisa se entreolharam e se levantaram das cadeiras, seguindo Goradel para a frente da caverna. Encontraram Fantasma descendo as escadas. Tinha os olhos descobertos, e Sazed percebeu uma rigidez nova na expressão do jovem.

Realmente não vínhamos prestando a devida atenção no rapaz.

Os soldados recuaram. Havia sangue nas roupas de Fantasma, embora ele não parecesse ferido. Sua capa estava queimada em alguns pontos, e a barra terminava em um rasgo chamuscado.

— Ótimo — Fantasma falou, notando Brisa e Sazed —, vocês estão aqui. Aquele tremor causou algum dano?

— Fantasma? — Brisa perguntou. — Não, estamos todos bem aqui. Sem danos. Mas...

— Temos pouco tempo para conversa, Brisa — Fantasma interrompeu, passando por eles. — O imperador Venture quer Urteau, e nós vamos entregá-la a ele. Preciso que você comece a espalhar rumores na cidade. Deve ser fácil; alguns dos elementos mais importantes no submundo já sabem a verdade.

— Que verdade? — Brisa quis saber, juntando-se a Sazed conforme seguiam Fantasma pela caverna.

— Que Quellion está usando alomânticos — Fantasma falou, sua voz ecoando na caverna. — Confirmei agora o que suspeitava antes: Quellion recruta Brumosos entre as pessoas que prende. Ele os resgata dos incêndios e em seguida pega as famílias como reféns. Ou seja, depende exatamente daquilo contra o que prega. Toda a fundação de seu governo é uma mentira e expor isso deve fazer o sistema inteiro entrar em colapso.

— Isso é fundamental. Podemos fazer isso, claro... — Brisa comentou, olhando novamente para Sazed. Fantasma continuou caminhando, e o terrisano o seguiu, acompanhando-o em sua volta pela caverna. Brisa se afastou, provavelmente para buscar Allrianne.

Fantasma parou às margens da água. Ficou ali por um momento antes de se virar para Sazed.

— Você disse que esteve estudando a construção que trouxe a água até aqui embaixo, desviando-a dos canais.

— Estive — Sazed confirmou.

— Existe uma maneira de reverter o processo? Fazer a água voltar para as ruas?

— Talvez. Mas não sei se tenho o conhecimento de engenharia necessário para isso.

— Há informações em suas mentes de metal que ajudariam? — Fantasma quis saber.

— Bem... há.

— Então use-as.

Sazed hesitou, parecendo desconfortável.

— Sazed, não temos muito tempo — Fantasma comentou. — Temos que tomar esta cidade antes que Quellion decida atacar e nos destruir. Brisa vai espalhar os rumores e, em seguida, vou encontrar uma maneira de expor Quellion como um mentiroso diante de seu povo. Ele é um alomântico.

— Será o suficiente?

— Será se eu der a eles outra pessoa a quem seguir — Fantasma falou, virando-se para fitar as águas. — Alguém que possa sobreviver a incêndios, que possa restaurar a água para as ruas da cidade. Daremos a eles milagres e um herói, então vamos expor seu líder como um hipócrita tirano. Confrontado com isso, o que *você* faria?

Sazed não respondeu de imediato. Fantasma tinha razão em muitas coisas — até no fato de as mentes de metal ainda serem úteis. Ainda assim, Sazed não sabia ao certo o que pensar sobre as mudanças no jovem. Ele parecia ter ficado muito mais competente, mas...

— Fantasma — Sazed chamou, aproximando-se, falando baixo o bastante para que os soldados atrás deles não pudessem ouvir. — O que é que você não nos contou ainda? Como sobreviveu àquele salto do prédio? Por que vem cobrindo os olhos com vendas?

— Eu... — Fantasma hesitou, mostrando um resquício do garoto inseguro que fora outrora. Por algum motivo, ver aquilo deixou Sazed mais à vontade. — Eu não sei se consigo explicar, Sazed — Fantasma disse, um pouco de sua pretensão evaporando. — Eu mesmo ainda estou tentando entender. Vou explicar mais cedo ou mais tarde. Por ora, pode apenas confiar em mim?

O rapaz sempre fora sincero. Sazed examinou aqueles olhos tão ávidos. E encontrou algo importante. Fantasma se importava. Importava-se com a cidade, com a derrubada do Cidadão. Ele salvara aquelas pessoas no prédio, enquanto Sazed e Brisa só ficaram do lado de fora assistindo.

Fantasma se importava, e Sazed não. Sazed tentava — ficava cada vez mais frustrado consigo mesmo por conta de sua depressão, que naquela noite estava pior do que o normal.

Nos últimos tempos, suas emoções o traíam. Tinha dificuldade de estudar, de liderar, de ter qualquer utilidade. Mas, olhando nos olhos ávidos de Fantasma, ele quase foi capaz de esquecer os próprios problemas por um momento.

Se o rapaz queria tomar a liderança, quem era Sazed para discutir?

Ele olhou para seu quarto, onde estavam as mentes de metal. Passara muito tempo sem elas. Elas o tentavam com seus conhecimentos.

Contanto que eu não pregue as religiões que elas contêm, pensou, *não serei um hipócrita. Usar o conhecimento específico que Fantasma requer trará, ao menos, um pouco de sentido ao sofrimento daqueles que trabalharam para reunir os conhecimentos de engenharia.*

Parecia uma desculpa esfarrapada. Mas, diante de Fantasma assumindo a liderança e oferecendo um bom motivo para usar as mentes de metal, era suficiente.

— Muito bem — Sazed disse. — Farei o que você pede.

A prisão de Ruína não era como as que prendem os homens. A força não era retida por barras, podendo, na verdade, mover-se livremente.

Sua prisão era a da impotência. Em termos de forças e deuses, isso significava equilíbrio. Se Ruína empurrasse, a prisão empurraria de volta, tornando Ruína, para todos os fins, impotente. E, como muito de seus poderes haviam sido tomados e escondidos, ele não conseguia afetar o mundo de qualquer forma, exceto das maneiras mais sutis.

Devo fazer uma pausa e esclarecer uma coisa. Falamos de Ruína ser "libertado" de sua prisão. Mas isso é um erro. Liberar o poder no Poço tombou o supracitado equilíbrio na direção de Ruína, mas ele ainda estava muito fraco para destruir o mundo num piscar de olhos como ansiava fazer. Essa fraqueza era causada pelo fato de parte de seu poder, seu próprio corpo, ter sido tirado e escondido dele.

Por isso Ruína ficou obcecado em encontrar a parte escondida do seu eu.

47

ELEND ESTAVA PARADO EM MEIO às brumas.

No passado, ele as considerava desconcertantes. Eram o desconhecido, algo misterioso e invasivo, que pertencia aos alomânticos e não aos homens comuns.

Agora ele era um alomântico, porém. Ele encarou as orlas inconstantes, rodopiantes, giratórias de vapor. Rios no céu. Sentia-se quase como se pudesse ser levado em uma correnteza fantasma. Quando exibira poderes alomânticos pela primeira vez, Vin explicara o agora famigerado lema de Kelsier: *As brumas são nossas amigas. Elas nos escondem. Nos protegem. Nos dão poder.*

Elend continuou olhando para cima. Três dias tinham se passado desde a captura de Vin.

Eu não devia tê-la deixado ir, pensou novamente com o coração apertado. *Não deveria ter concordado com um plano tão arriscado.*

Vin sempre fora quem o protegia. O que fariam agora, quando era ela quem estava em perigo? Elend se sentiu muito despreparado. Se a situação fosse o inverso, Vin teria encontrado uma maneira de entrar na cidade e resgatá-lo. Ela teria assassinado Yomen, teria feito *alguma coisa*.

Porém, Elend não tinha aquele mesmo instinto de determinação ousada. Era muito mais um planejador e versado demais em política. Ele *não poderia* arriscar-se a salvá-la. Já havia se colocado em perigo uma vez e, ao fazê-lo, arriscado o destino de todo o seu exército. Não poderia fazer isso de novo, especialmente indo até Fadrex, onde Yomen já provara ser um manipulador habilidoso.

Nenhuma palavra mais viera do rei. Elend esperava exigências de resgate e ficou aterrorizado com o que ele poderia ser obrigado a fazer se elas chegassem. Seria capaz de trocar o destino do mundo pela vida de Vin? Não. Vin enfrentara uma decisão semelhante no Poço da Ascensão e fizera a escolha certa. Elend precisava seguir seu exemplo; precisava ser forte.

Ainda assim, pensar nela capturada chegava a quase paralisá-lo de medo. Apenas as brumas rodopiantes pareciam confortá-lo de alguma forma.

Ela vai ficar bem, disse a si mesmo, não pela primeira vez. *Ela é Vin. Ela vai descobrir um jeito de escapar. Ela vai ficar bem...*

Parecia-lhe que, após uma vida inteira considerando as brumas inquietantes, agora ele se sentiria tão reconfortado entre elas. Vin não as via da mesma forma, não mais. Elend conseguia sentir sua inquietação na maneira como ela agia, nas palavras que proferia. Desconfiava das brumas. Até as odiava. E Elend não a culpava por isso. No fim das contas, elas haviam mudado — trazendo destruição e morte.

Ainda assim, Elend achava difícil desconfiar das brumas. Elas simplesmente lhe transmitiam uma *sensação* boa. Como poderiam ser inimigas? Giravam, rodopiando levemente ao seu redor quando ele queimava metais, como folhas girando em um vento brincalhão. Ali, em pé, elas pareciam aliviá-lo de suas preocupações com o sequestro de Vin, dando a ele a confiança de que ela encontraria uma forma de escapar.

Ele suspirou, balançando a cabeça. Quem era ele para confiar em seus instintos sobre as brumas e não nos de Vin? Os instintos dela se criaram em uma vida lutando pela sobrevivência. O que Elend tinha? Instintos natos de uma vida de festas e danças?

Um som veio de trás dele. Pessoas caminhando. Elend se virou, discernindo um par de servos carregando Cett em sua cadeira.

— Aquele maldito Brutamontes não está por aqui, está? — Cett perguntou enquanto os criados o baixavam.

Elend negou com a cabeça enquanto Cett dispensava os criados com um aceno.

— Não. Ele está investigando um tipo de perturbação nas fileiras.

— O que aconteceu desta vez? — Cett perguntou.

— Uma briga — Elend disse, virando-se, olhando novamente para as fogueiras de vigilância da Cidade de Fadrex.

— Os homens estão inquietos — Cett falou. — São um pouco como os koloss, sabe? Deixe-os tempo demais sozinhos, e eles se metem em confusão.

Na verdade, os koloss são como eles, pensou Elend. *Deveríamos ter percebido isso antes. São homens; embora reduzidos às suas emoções mais primitivas.*

Cett se manteve em silêncio em meio às brumas por um tempo, enquanto Elend continuava com suas contemplações.

Por fim, Cett falou, sua voz estranhamente suave:

— Para todos os efeitos ela está morta, filho. Você sabe disso.

— Não, não sei.

— Ela não é invencível. É uma alomântica boa à beça, sim. Mas, se tirar os metais...

Você ficaria surpreso, Cett.

— Você nem parece preocupado — Cett comentou.

— Claro que estou preocupado — Elend disse, com cada vez mais certeza. — Eu só... bem, eu confio nela. Se alguém pode sair de lá, esse alguém é Vin.

— Você está em negação.

— Talvez.

— Vamos atacar? — Cett perguntou. — Tentar trazê-la de volta?

— Isso é um cerco, Cett. A questão é *não* atacar.

— E nossos suprimentos? Demoux precisou deixar os soldados com meia ração hoje. Teremos sorte se nós próprios não morremos de forme antes de conseguirmos fazer Yomen ceder.

— Ainda temos tempo.

— Não muito. Não com Luthadel em revolta. — Cett ficou em silêncio por um momento, então continuou: — Outros dos meus grupos de incursão voltaram hoje. Relataram as mesmas coisas.

As mesmas notícias que todos os outros. Elend havia autorizado Cett a enviar soldados a vilarejos próximos, assustar o povo, talvez saquear alguns suprimentos. No entanto, cada um dos grupos de ataque voltou de mãos vazias e com a mesma história.

O povo de Yomen estava morrendo de fome. Os vilarejos mal sobreviviam. Os soldados não tiveram coragem de massacrá-los ainda mais, e não havia nada para trazer.

Elend se virou para Cett.

— Você me acha um líder ruim, não é?

Cett ergueu os olhos, em seguida coçou a barba.

— Acho. Mas, bem... Elend, você tem uma coisa a seu favor, como rei, que eu nunca tive.

— Que é?

Cett deu de ombros.

— As pessoas gostam de você. Seus soldados confiam em você, e sabem que tem um coração bom até demais. Tem um efeito estranho sobre eles. Rapazes como aqueles deveriam estar ávidos para roubar vilarejos, independentemente de quão pobres fossem. Especialmente considerando como nossos homens estão ansiosos e quantas brigas têm havido no acampamento. E, ainda assim, não roubaram. Maldição, um dos grupos ficou tão condoído com os aldeões que ficou no vilarejo alguns dias e ajudou a aguar os campos e consertar algumas casas!

— Cett suspirou, balançando a cabeça.

— Alguns anos atrás, eu teria rido de qualquer um que escolhesse a lealdade como base para governar. Mas, bem... com o mundo desmoronando como está, acho que até *eu* iria preferir alguém para confiar em vez de alguém para temer. Acho que por isso os soldados agem desse jeito.

Elend assentiu.

— Pensei que o cerco fosse uma boa ideia — Cett disse. — Mas não acho mais que vá funcionar, filho. As cinzas estão caindo com mais intensidade agora, e não temos suprimentos. Essa questão toda está virando uma grande bagunça. Precisamos atacar e tomar o que pudermos de Fadrex, depois temos que nos retirar para Luthadel e tentar aguentar até o verão, enquanto nosso povo cuida das plantações.

Elend ficou em silêncio, em seguida se virou, como se tivesse ouvido algo nas brumas. Gritos e xingamentos. Era muito baixo; Cett provavelmente não conseguia escutar. Elend saiu, apressando-se na direção do som e deixando seu interlocutor para trás.

Outra briga, percebeu conforme se aproximava de uma das fogueiras. Ouvia gritos, ameaças e sons de homens lutando. *Cett tem razão. Benevolentes ou não, nossos homens estão ficando inquietos demais. Preciso...*

— Parem com isso imediatamente! — uma nova voz gritou. Adiante, através das brumas escuras, Elend conseguiu ver as figuras movendo-se ao redor da fogueira. Reconheceu a voz. O General Demoux havia chegado na cena.

Elend reduziu o passo. Melhor deixar que ele lidasse com a balbúrdia. Havia uma grande diferença entre ser disciplinado por um superior militar e por um imperador. Seria melhor se fosse Demoux a puni-los.

Porém, a briga não parou.

— Parem com isso! — Demoux gritou novamente, entrando no conflito. Uns poucos brigões ouviram-no, retirando-se. Mas o restante nem prestou atenção. Demoux forçou a entrada na peleja, separando os dois combatentes.

E um deles o esmurrou. Bem no rosto, jogando o general no chão.

Elend praguejou, soltando uma moeda no chão e lançando-se para a frente. Caiu bem no meio da luz da fogueira, *empurrando* um *abrandamento* para atenuar as emoções daqueles que brigavam.

— Chega! — urrou.

Eles se interromperam, ficando paralisados, um dos soldados em pé sobre o caído General Demoux.

— O que está havendo aqui? — questionou Elend, furioso. Os soldados baixaram a cabeça. — Então? — ele insistiu, virando-se para o homem que havia socado Demoux.

— Perdão, milorde — o homem grunhiu. — Estávamos apenas...

— Fale, soldado — Elend disse, apontando, *abrandando* as emoções do homem, deixando-o submisso e dócil.

— Bem, milorde. Esses aí estão amaldiçoados, sabe? Por isso Lady Vin foi capturada. Estavam falando do Sobrevivente e das bênçãos dele, e isso me pareceu hipocrisia, sabe? Então, *claro*, o líder deles apareceu, exigindo que parássemos. Eu só... bem, estou cansado de ouvi-los, é isso.

Elend franziu o cenho, furioso. Um grupo dos Brumosos do exército — com Ham à frente — adentrou a aglomeração. Ham olhou para Elend, e o imperador meneou a cabeça para os homens que estavam lutando. Ham trabalhou rapidamente, ajuntando-os para uma reprimenda. Elend foi até Demoux e ajudou o general a se erguer. O homem marcado pelas batalhas parecia mais atônito que qualquer outra coisa.

— Desculpe, milorde — Demoux disse em voz baixa. — Eu deveria ter previsto isso... deveria estar preparado.

Elend apenas sacudiu a cabeça. Os dois observaram em silêncio até Ham se juntar a eles, seus Brumosos empurrando os agitadores para longe. O restante da multidão se dispersou, voltando aos afazeres. A fogueira queimava solitária na noite, renegada como símbolo de má sorte.

— Reconheci alguns daqueles homens — Ham falou, juntando-se a Elend e Demoux enquanto os agitadores eram levados. — Caídos da bruma.

— Isso é *ridículo* — Elend disse. — E daí que ficaram doentes um pouco mais tempo? Isso não os torna amaldiçoados!

— O senhor não entende de superstição, milorde — Demoux falou, coçando o queixo. — Os homens *procuram* alguém para culpar por sua má sorte. E... bem, é fácil ver por que estão sentindo que a sorte anda ruim nos últimos tempos. Têm sido duros com *qualquer um* que tenha ficado doente com as brumas, e mais duros ainda conosco, que ficamos acamados por mais tempo.

— Eu me recuso a aceitar essa imbecilidade no meu exército — Elend declarou. — Ham, você viu um daqueles homens bater em Demoux?

— *Bateram* nele? — Ham perguntou, surpreso. — No general deles?

Elend assentiu.

— O homem grande com quem eu estava falando. Seu nome é Bilg, eu acho. Você sabe o que terá de ser feito.

Ham praguejou, virando-se.

Demoux parecia desconfortável.

— Talvez possamos apenas... jogá-lo na solitária ou algo assim.

— Não — Elend disse entre dentes. — Não, vamos nos ater à lei. Se ele tivesse batido em seu comandante, poderíamos deixar passar. Mas acertar deliberadamente um dos meus generais? O homem terá de ser executado. A disciplina já está desmoronando do jeito que está.

Ham não o encarava.

— A outra briga que tive de interromper foi também entre um grupo de soldados normais e um grupo de Caídos da Bruma.

Elend cerrou os dentes em frustração. Demoux fitou seus olhos. *O senhor sabe o que precisa ser feito*, ele parecia dizer.

Ser um rei não é sempre fazer o que você quer, Tindwyl sempre dizia. *É fazer o que precisa ser feito.*

— Demoux — Elend disse. — Acho que os problemas em Luthadel são ainda mais sérios do que nossas dificuldades com a disciplina. Penrod anseia pelo nosso apoio. Quero que você reúna um grupo e leve-o de volta pelo canal com o mensageiro, Conrad. Ajude Penrod a retomar o controle da cidade.

— Sim, milorde — Demoux falou. — Quantos soldados devo levar?

Elend fitou seus olhos.

— Cerca de trezentos devem bastar.

Era o número dos Caídos da Bruma. Demoux assentiu, em seguida retirou-se para dentro da noite.

— É a coisa certa a fazer, El — Ham disse em voz baixa.

— Não, não é. Assim como não é certo mandar executar um soldado por um simples lapso de julgamento. Mas precisamos manter este exército unido.

— Estou de acordo — Ham afirmou.

Elend se virou, erguendo os olhos para as brumas. Na direção da Cidade de Fadrex.

— Cett tem razão — ele disse, por fim. — Não podemos continuar aqui parados, não enquanto o mundo está morrendo.

— Então, o que faremos? — Ham perguntou.

Elend titubeou. O que fazer, de fato? Bater em retirada e deixar Vin — e provavelmente o império inteiro — entregues ao próprio destino? Atacar, causando a morte de milhares, tornando-se o conquistador que ele temia virar? Não haveria outra maneira de tomar a cidade?

Elend se virou e caminhou noite adentro. Foi até a tenda de Noorden, enquanto Ham o seguia, curioso. O ex-obrigador estava acordado — ele tinha horários estranhos. Quando Elend entrou na tenda, ele se ergueu depressa e se curvou respeitosamente.

Na mesa de Noorden, Elend encontrou o que queria. Aquilo que havia ordenado que o homem fizesse. Mapas. Movimentos de tropas.

A localização de bandos de koloss.

Yomen se recusa a se intimidar com as minhas forças, pensou. *Bem, vamos ver se posso virar o jogo contra ele.*

Após ser "libertado", Ruína se tornou capaz de afetar o mundo mais diretamente. A maneira mais óbvia foi fazendo as Montanhas de Cinzas emitirem mais cinzas e a terra começar a se despedaçar. Na realidade, acredito que grande parte da energia de Ruína durante aqueles últimos dias tenha sido dedicada a essas tarefas.

Também foi capaz de afetar e controlar mais pessoas que antes. Se anteriormente havia influenciado apenas alguns indivíduos seletos, pôde então controlar exércitos inteiros de koloss.

48

CONFORME OS DIAS FORAM PASSANDO na caverna, Vin se arrependeu de ter chutado o lampião. Tentou resgatá-lo, tateando com dedos cegos à sua procura. Mas a querosene havia se derramado. Estava presa na escuridão.

Com uma coisa que queria destruir o mundo.

Às vezes podia senti-la pulsando ao seu lado, observando em silêncio — como um mecenas fascinado observando uma apresentação que patrocinou. Outras vezes, ela desaparecia. Paredes não lhe serviam de empecilho. A primeira vez que a coisa desapareceu, Vin teve uma sensação de alívio. No entanto, momentos depois, ouviu a voz de Reen na mente. *Eu não fui embora*, dizia. *Estou sempre aqui*.

As palavras a deixaram arrepiada, e ela pensou, apenas por um breve momento, que a coisa lera sua mente. Porém, logo concluiu que seus pensamentos teriam sido fáceis de adivinhar. Olhando para seu passado, percebeu que Ruína não poderia ter falado todas as vezes que ouvira a voz de Reen na cabeça. Em várias ocasiões que ouvira o irmão, fora em resposta ao que estivera pensando e não ao que estivera fazendo ou falando. Como não podia ler mentes, aqueles comentários não poderiam ter vindo de Ruína.

Mas Ruína vinha falando com Vin havia tanto tempo que era difícil separar as próprias lembranças da influência dele. Ainda assim, confiava na certeza do Senhor Soberano de que Ruína não podia ler mentes. Do contrário, teria de abandonar qualquer esperança, e não faria aquilo. Todas as vezes que Ruína falava com ela, dava-lhe pistas sobre sua natureza. Aquelas pistas talvez lhe oferecessem meios de derrotá-lo.

Derrotá-lo?, Vin pensou, recostando-se à parede rústica de pedra da caverna. *É uma força da natureza, não um homem. Como eu poderia pensar em derrotar algo assim?*

Era difícil de imaginar que horas seriam, naquela escuridão perpétua, mas Vin deduziu, pelos próprios padrões de sono, que já haviam passado entre três ou quatro dias desde seu confinamento.

Todos chamavam o Senhor Soberano de deus, Vin lembrou. *Eu o matei.*

Ruína fora aprisionado uma vez. Significava que *podia* ser derrotado ou ao menos controlado. Mas como seria prender uma abstração — uma força — como Ruína? Fora capaz de falar com Vin enquanto estava presa. Mas suas palavras pareciam menos potentes na época. Menos... direcionadas. Ruína agira mais como uma influência na infância de Vin, dando-lhe impressões que se manifestavam através das lembranças de Reen. Quase como se... influenciasse suas emoções. Significava que ele usava a Alomancia? De fato ele pulsava com poder alomântico.

Zane ouvia vozes, Vin se lembrou. *Pouco antes de morrer, parecia estar falando com alguém.* Ela sentiu um calafrio quando recostou na parede.

Zane estivera louco. Talvez não houvesse relação entre as vozes que ouvia e Ruína. Ainda assim, parecia muita coincidência. O homem tinha tentado levar Ruína com ele à busca pela fonte das pulsações — as que no final a levaram a libertar Ruína.

Então, pensou Vin, *Ruína pode me influenciar independentemente da distância ou dos métodos de contenção. E agora que está livre pode se manifestar diretamente. Isso traz à tona outra questão. Por que ainda não destruiu a todos nós? Por que fazer joguetes com exércitos?*

A resposta àquela pergunta parecia óbvia. Ela sentia o desejo ilimitado de Ruína por destruição. Sentia que conhecia sua mente. Uma vontade.

Um impulso: arruinar. Então, se não havia concluído seu objetivo ainda, significava que não podia. Algo impedia. Limitava a meios indiretos e graduais de destruição — como as chuvas de cinzas e as brumas obscuras.

Ainda assim, no fim das contas, aqueles métodos *seriam* eficazes. A menos que Ruína fosse impedido. Mas como?

Fora aprisionado antes... mas o que o aprisionou? No passado, Vin tinha acreditado que fora o Senhor Soberano. Mas estava errada. Ruína *já* estava aprisionado quando Rashek viajou ao Poço da Ascensão para assassinar Alendi e impedir o suposto Herói das Eras de fazer o que Vin acabara fazendo: soltar acidentalmente Ruína.

Ironicamente, teria sido *melhor* que um homem egoísta como Rashek tivesse tomado o poder. Pois ele manteria o poder para si, em vez de abrir mão dele e libertar o inimigo que agora encaravam.

A prisão anterior de Ruína significava que as Profundezas — as brumas — não tinham relação com Ruína. Ou, ao menos, a relação não era tão simples como ela havia suposto. Soltar Ruína não havia sido o que induziu as brumas começarem a vir durante o dia e matar as pessoas. De fato, as brumas vespertinas haviam começado a aparecer mais de um ano *antes* de ela ter libertado Ruína, começado a matar pessoas em Luthadel algumas horas antes de Vin ter encontrado o caminho até o Poço.

Então... o que sei? Ruína foi aprisionado há muito tempo. Talvez por algo que eu possa encontrar e usar novamente?

Ela se levantou. Ficar sentada demais, pensando demais, a havia deixado inquieta. E começou a caminhar, tateando a parede.

Durante seu primeiro dia de cárcere, ela tinha começado, aos toques, a fazer um reconhecimento da caverna. Era imensa, como os outros depósitos, e o processo demorou vários dias. Por outro lado, não tinha nada mais a fazer. Diferente do depósito de Urteau, aquele não tinha lago ou fonte d'água. E, enquanto Vin investigava, descobriu que Yomen havia removido todos os barris d'água do que ela presumia ser o lugar deles, no canto direito mais ao fundo. Ele deixara comida enlatada e outros suprimentos — a caverna era tão enorme que ele teria problemas em encontrar tempo para retirar tudo, sem contar em descobrir um lugar para armazená-lo —, mas não água.

O que deixava Vin com um problema. Ela tateou a parede, localizando uma estante onde havia deixado aberta uma lata de ensopado. Mesmo com peltre e uma pedra, levava um tempo terrivelmente longo para abri-la. Yomen tivera a astúcia de remover as ferramentas que ela poderia ter usado para abrir os estoques de comida, e Vin tinha apenas o equivalente a um frasco de peltre restante. Ao abrir umas dez latas de comida no primeiro dia, exaurira o peltre que tinha dentro de si. Aquela comida já estava minguando, e ela sentia a necessidade de água — o ensopado de pouco adiantava para saciar a sede.

Ela ergueu a lata, comendo com cautela apenas uma bocada. Já estava quase no fim. O gosto a lembrava da fome que era um complemento cada vez maior da sede. Ela tentou esquecer a sensação. Havia lidado com a fome a infância inteira. Não era novidade nenhuma, embora não a sentisse havia anos.

Ela continuou, correndo os dedos na parede para manter o equilíbrio. Parecia uma maneira inteligente de matar um Nascido da Bruma. Yomen não podia derrotá-la, então, em vez disso, a aprisionou. Agora, poderia simplesmente esperar que ela morresse desidratada. Simples, eficaz.

Talvez Ruína esteja falando com Yomen, também, ela pensou. *Minha prisão talvez seja parte do plano dele.*

Seja ele qual for.

Por que Ruína a teria escolhido? Por que não levar outra pessoa ao Poço da Ascensão? Alguém mais fácil de controlar? Ela conseguia entender por que escolhera Alendi, todos aqueles anos antes. Durante o tempo dele, o Poço fora isolado no alto das montanhas. Teria sido uma viagem difícil, e Ruína teria precisado da pessoa certa para planejar e então sobreviver à expedição.

No entanto, durante os tempos de Vin, o Poço de alguma forma havia sido movido para Luthadel. Ou, talvez, Luthadel tivesse sido construída sobre o Poço. De qualquer forma, estava lá, bem embaixo do palácio do Senhor Soberano. Por que Ruína teria esperado tanto tempo para se libertar? E, de todas as pessoas que poderia ter escolhido como marionete, por que Vin?

Ela sacudiu a cabeça quando chegou ao seu destino — a única outra coisa que interessava na vasta caverna. Uma placa de metal na parede. Ela estendeu a mão, trilhando os dedos sobre o metal polido. Nunca fora uma leitora excelente e, no último ano — passado em guerra e viagem — não tivera muito tempo para aperfeiçoar suas habilidades. Portanto, demorara um pouco, tateando cada sulco talhado no metal, para discernir o que estava escrito na placa.

Não havia mapa. Ou, ao menos, não como aqueles das cavernas-depósitos anteriores. Em vez disso, havia um círculo simples com um ponto no centro. Vin não sabia ao certo o que significava. O texto era igualmente frustrante. Vin correu os dedos pelos sulcos, embora já tivesse memorizado aquelas palavras muito antes.

Eu falhei com vocês.

Planejei estas cavernas, sabendo que a calamidade estava a caminho, esperando que pudesse encontrar algum segredo que fosse útil, caso eu caísse devido às maquinações daquela coisa. Nada tenho, porém. Não sei como derrotá-la. A única coisa em que posso pensar é mantê-la sob controle tomando o poder do Poço para mim quando ela retornar.

Se estiverem lendo isto, contudo, eu falhei. Ou seja, estou morto. Enquanto escrevo isto, acredito que a perspectiva seja menos trágica do que eu considerava antes. Prefiro não lidar com a coisa. Ela tem sido minha companheira constante, a voz que sempre sussurra em meus ouvidos, dizendo-me para destruir, implorando para que eu lhe dê liberdade.

Temo que tenha corrompido meus pensamentos. Não consegue sentir o que penso, mas pode falar dentro da minha cabeça. Oitocentos anos assim tornam difícil para mim confiar na minha própria mente. Às vezes, ouço vozes e simplesmente acho que estou louco.

O que certamente seria preferível.

Sei que estas palavras devem ser escritas em aço para que sejam preservadas. Escrevi-as em uma folha de aço, então ordenei que fossem talhadas em uma placa, sabendo que, ao fazê-lo, revelo minha fraqueza aos meus próprios sacerdotes. A coisa sussurrou para mim que sou um tolo de me expor, escrevendo isto e deixando que os outros vejam.

Por isso decidi recorrer à criação desta placa. Fazê-lo pareceu deixar a coisa irritada. Só tal motivo basta, creio eu. É bom que alguns poucos sacerdotes leais saibam da minha fraqueza, nem que seja pelo bem do império, caso eu caia de alguma forma.

Tentei ser um bom governante. No início, eu era jovem demais, irritadiço demais. Cometi erros. Ainda assim, me esforcei. Quase destruí o mundo com minha arrogância e temo que quase o destruí novamente com meu governo. Posso fazer melhor. Farei melhor. Criarei uma terra de ordem.

Porém, meus pensamentos me fazem imaginar o quanto do que faço terá sido desviado das minhas intenções originais. Às vezes, meu império parece um lugar de paz e justiça. Porém, se assim é, por que não consigo impedir as rebeliões? Elas não podem me derrotar, e eu preciso ordenar que sejam massacradas a cada vez que se amotinam. Não conseguem enxergar a perfeição do meu sistema?

De qualquer forma, este não é lugar para justificativa. Não preciso de justificativa, pois eu sou — de certa forma — Deus. Mesmo assim, sei que há algo maior que eu. Se posso ser destruído, isso será a causa da minha destruição.

Não tenho conselhos para dar. É mais poderoso que eu. Mais poderoso que este mundo. Na verdade, alega ter criado este mundo. E, no fim, vai nos destruir a todos.

Talvez esses estoques permitam que a humanidade sobreviva um pouco mais. Talvez não. Estou morto. Duvido que precise me importar.

Ainda assim, me importo. Pois vocês são o meu povo. Eu sou o Herói das Eras. É isso que deve significar: Herói das Eras, um herói que vive através das eras, como eu vivo.

Saibam que o poder da coisa não está completo. Felizmente, escondi muito bem seu corpo.

E esse era o fim. Vin bateu na placa com irritação. Tudo naquelas palavras parecia tramado para frustrá-la. O Senhor Soberano os tinha levado nesta grande caçada para não oferecer nenhuma esperança no final? Elend estava apostando muito no conteúdo daquela placa, mas era praticamente inútil. Ao menos as outras continham algumas informações relevantes sobre um novo metal ou algo parecido.

Eu falhei com vocês. Era algo de se enfurecer — era quase devastador — percorrer todo esse caminho para descobrir que o Senhor Soberano havia ficado tão desconcertado quanto eles. E, se sabia mais, como as palavras insinuavam, por que não *compartilhar* esse fato na placa? Ela sentia a instabilidade dele através daquelas palavras, porém, como oscilava entre o remorso e a arrogância. Talvez fosse Ruína o influenciando. Ou, talvez, ele tivesse sido assim desde sempre. De qualquer forma, Vin suspeitava que o Senhor

Soberano não poderia ter lhe dito muito mais coisas úteis. Ele fizera o que podia, controlando Ruína por mil anos, e a coisa o havia corrompido; talvez o deixado maluco.

Isso não impediu que ela ficasse fortemente decepcionada com o conteúdo da placa. O Senhor Soberano tivera mil anos para se preocupar com o que aconteceria na terra se ele fosse morto antes de o poder retornar ao Poço e não fora capaz de pensar em uma maneira de evitar o problema.

Ela ergueu os olhos para a placa, invisível na escuridão.

Tem de haver um jeito!, pensou, recusando-se a aceitar a insinuação do Senhor Soberano de que estavam condenados. *O que foi isso que você escreveu no fim? "Escondi muito bem seu corpo."?*

Aquela parte parecia importante. No entanto, ela não estava...

Um som ecoou na escuridão.

Vin se virou de pronto, ficando tensa, tocando seu último frasco de metais. A proximidade com Ruína a deixara sobressaltada, e ela sentiu o coração palpitar com ansiedade ao ouvir o eco de sons — pedra rangendo contra pedra.

A porta da caverna estava se abrindo.

Talvez alguém se pergunte por que Ruína não poderia ter usado os Inquisidores para se libertar. A resposta é muito simples, se entendermos o funcionamento do poder.

Antes da morte do Senhor Soberano, ele mantinha um controle rígido demais sobre os Inquisidores para que Ruína os pudesse controlar diretamente. Mesmo após a morte do Senhor Soberano, porém, um servo de Ruína jamais poderia tê-lo resgatado. O poder no Poço era de Preservação, e um Inquisidor poderia tomá-lo apenas depois de remover suas estacas hemalúrgicas, o que, claro, o teria matado.

Portanto, Ruína precisava de uma maneira muito mais indireta de chegar ao seu objetivo. Precisava de alguém que não tivesse maculado tanto, mas que ainda assim pudesse controlar, manipular cuidadosamente.

49

SAZED FEZ UMA PEQUENA ANOTAÇÃO em seu diagrama, comparando medidas do canal. Pelo que podia dizer, o Senhor Soberano não havia precisado de muito para criar o lago subterrâneo. Um pouco de água já corria naturalmente para dentro da caverna. Os engenheiros do Senhor Soberano apenas alargaram as passagens, trazendo um fluxo mais contínuo e seguro que ultrapassava a drenagem natural.

O resultado foi um aquífero de bom tamanho. Algumas engrenagens em uma caverna lateral provaram ser na verdade um mecanismo para tampar os drenos no fundo — possivelmente para impedir que a reserva d'água escapasse, caso algo acontecesse ao fluxo de abastecimento. Infelizmente, não havia maneira de bloquear esses dutos que davam para dentro da reserva.

Antes da criação do reservatório, a maior parte da água fluiu, em vez disso, para os canais que agora eram as ruas-canal. Sazed supôs, se ele pudesse impedir que a água entrasse na caverna, os canais se encheriam novamente.

Preciso saber mais sobre pressão d'água, ele pensou, *para poder oferecer peso suficiente para tampar aqueles dutos*. Pensou ter visto um livro sobre o assunto dentro da mente de metal.

Recostou-se na cadeira, tocando a mente de metal. As lembranças floresciam conforme ele retirava um trecho: um índice que havia feito com a relação dos títulos armazenados. Assim que puxou o texto, as palavras ficaram claras para ele, como se as tivesse acabado de ler e memorizar. Percorreu rapidamente a lista, buscando o título de que precisava. Quando o encontrou, rabiscou-o num pedaço de papel. Em seguida, recolocou a lista na mente de cobre.

A experiência era peculiar. Após recolocar a lista, ele conseguia lembrar-se de ter extraído material, mas não guardava memória alguma do conteúdo do índice em si. Ficava um branco na mente. Somente as palavras rabiscadas no papel explicavam coisas que soubera apenas segundos antes. Com aquele título, ele conseguia buscar o livro adequado completo na mente. Selecionou os capítulos que queria e guardou o restante de volta na mente de cobre para que não se deteriorasse.

E, com aqueles capítulos, seu conhecimento de engenharia se mostrava recente como se ele tivesse acabado de ler e estudar o livro. Descobriu com facilidade os pesos e oscilações de que precisava para criar as barreiras que devolveriam a água para as ruas acima.

Ele trabalhava sozinho, sentado em uma bela escrivaninha restaurada, um lampião iluminando a caverna ao redor. Mesmo com o conhecimento fornecido pelas mentes de cobre, aquele era um trabalho difícil, com muitos cálculos — não exatamente o tipo de pesquisa com que estava acostumado. Felizmente, as mentes de cobre de um Guardador não se limitavam aos interesses dele ou dela. Cada Guardador preservava todo o conhecimento. Sazed lembrava-se vagamente dos anos que passara ouvindo e memorizando. Ele apenas precisava conhecer bem as informações a ponto de lembrá-las por um curto período, então podia despejá-las em uma mente de cobre. Dessa forma, era ao mesmo tempo um dos homens mais inteligentes e mais ignorantes que jamais existiu — havia memorizado muito, mas intencionalmente esquecido tudo.

De qualquer forma, Sazed tinha acesso tanto a textos sobre engenharia como sobre religião. Saber essas coisas não fazia dele um matemático ou arquiteto brilhante, mas lhe dava competência o bastante para ser muito melhor que um leigo.

E, enquanto trabalhava, descobriu que ficava cada vez mais difícil negar que a erudição era algo em que se sobressaía. Não era um líder. Não era um diplomata. Embora atuasse como embaixador-chefe de Elend, tinha passado a maior parte do tempo examinando suas religiões. Naquele momento, enquanto deveria estar liderando a equipe em Urteau, mais e mais ele se via passando a liderança para Fantasma.

Sazed era um homem das pesquisas e das letras. Contentava-se em seus estudos. Embora a engenharia não fosse uma área da qual realmente gostasse, a verdade era que preferia estudar — o assunto que fosse — a fazer qualquer outra coisa. *É algo tão vergonhoso assim*, ele pensou, *ser o homem que gosta de oferecer informações aos outros em vez de ser aquele que precisa aplicá-las?*

O estalo de uma bengala no chão anunciou a chegada de Brisa. O Abrandador não precisava de bengala para caminhar, mas preferia carregar uma para parecer ainda mais cavalheiresco. De todos os ladrões skaa que Sazed conhecera, Brisa era de longe o que melhor agia como um nobre.

O terrisano rabiscou com agilidade mais algumas anotações e devolveu os capítulos sobre pressão da água à mente de cobre. Não precisava deixá-los se deteriorarem durante a conversa com Brisa. Pois, claro, Brisa viera para conversar. E, de fato, ao sentar-se à mesa de Sazed, o Abrandador examinou os diagramas e ergueu uma sobrancelha.

— Isso está ficando excelente, meu caro. Acho que perseguiu a vocação errada.

Sazed sorriu.

— É muito gentil, Lorde Brisa, embora eu tema que um engenheiro achasse esse esboço feio. Ainda assim, creio que seja suficiente.

— Você pode mesmo fazer isso? — Brisa perguntou. — Fazer as águas fluírem como o rapaz pediu? É possível?

— Ah, é bem possível. Minha experiência, não a viabilidade da tarefa, é que está em questão. As águas enchiam aqueles canais no passado e podem voltar a enchê-los. Na verdade, acredito que o retorno será muito mais espetacular que a corrente original. Antes, muito da água já era desviada para dentro destas cavernas. Eu poderia bloquear a maior parte dela e devolver as águas lá para cima à força. Claro, se Lorde Fantasma desejar manter os canais fluindo, então teremos de deixar um pouco de água escapar aqui para baixo. As obras de canal em geral não têm muita corrente, especialmente em uma área onde existem muitas comportas.

Brisa ergueu ainda mais a sobrancelha.

— Na verdade — Sazed continuou —, os canais são muito mais fascinantes do que se costuma imaginar. Pegue, por exemplo, os métodos de transformar um rio natural em um canal, possibilitando o que chamam de navegação, ou veja os métodos de escavação usados para remover lodo e cinzas do fundo. Tenho um livro específico do infame Lorde Fedre, que, apesar de sua reputação, era um gênio absoluto quando o assunto era a arquitetura de canais. Ora, eu teria que... — Sazed parou, em seguida abriu um sorriso sem graça. — Desculpe. Não está interessado nisso, está?

— Não — Brisa confessou —, mas basta que *você* esteja, Sazed. É bom vê-lo novamente entusiasmado com seus estudos. Não sei no que esteve trabalhando antes, mas sempre me incomodou que não compartilhasse com ninguém. Parecia que estava quase envergonhado de fazer o que estava fazendo. Agora, por outro lado, este é o Sazed que eu conheço!

Sazed baixou os olhos para as notas e diagramas rabiscados. Era verdade. A última vez que ficara tão empolgado com uma linha de estudos fora...

Quando estava com ela. Trabalhando na coleção de mitos e referências relacionada ao Herói das Eras.

— Na verdade, Lorde Brisa, eu me sinto um tanto culpado.

Brisa revirou os olhos.

— Sazed. Você *sempre* precisa sentir culpa sobre alguma coisa? Na época do bando original, você sentia que não estava fazendo o bastante para nos ajudar a derrubar o Senhor Soberano. Depois, quando matamos o sujeito, você ficava perturbado porque não estava fazendo o que os outros Guardadores lhe disseram. Como exatamente você se sente culpado por *estudar*, por mais incrível que isso pareça?

— Porque eu gosto.

— Isso é maravilhoso, meu caro. Por que ficar envergonhado por esse prazer? Não é como gostar de matar filhotinhos ou algo assim. Claro, eu acho que você é um pouco maluco, mas, se gosta de algo tão esotérico, sinta-se livre para fazê-lo. Deixa mais espaço para aqueles de nós que preferem prazeres mais mundanos, como nos embriagar com os mais finos vinhos de Straff Venture.

Sazed sorriu. Sabia que Brisa estava *empurrando* suas emoções, fazendo-o se sentir melhor, mas não se rebelou contra esses sentimentos. A verdade era que ele se *sentia* bem. Melhor do que há muito tempo não se sentia.

Mesmo que...

— Não é tão simples, Lorde Brisa — Sazed disse, pondo a pena de lado. — Eu fico feliz por poder simplesmente me sentar e ler, sem ter de estar no comando. É por isso que me sinto culpado.

— Nem todo mundo nasceu para ser líder, Sazed.

— Não. Mas Lorde Elend me encarregou de tomar esta cidade. Eu deveria estar planejando a derrubada do Cidadão, não deixar Lorde Fantasma fazê-lo.

— Meu caro! — Brisa disse. — Eu não lhe ensinei nada? Estar encarregado de algo não significa *fazer* algo, mas sim garantir que outras pessoas façam o que devem! Delegar, meu amigo. Sem delegar, teríamos de assar nosso pão e limpar nossas latrinas! — Brisa se inclinou um pouco mais. — E, confie em mim, você não gostaria de experimentar nada que eu assasse com as minhas próprias mãos. Nunca. Especialmente depois que eu tenha limpado uma latrina.

Sazed sacudiu a cabeça.

— Não é o que Tindwyl teria desejado de mim. Ela respeitava líderes e políticos.

— Corrija-me se eu estiver errado, mas ela se apaixonou por *você*, não por um rei ou príncipe, certo?

— Bem, "se apaixonar" talvez seja um pouco dema...

— Não comece, Sazed. Você ficava sonhando acordado como um menino com um brinquedo novo. E, embora Tindwyl fosse um pouco mais reservada, ela o amava. Ninguém precisava ser um Abrandador para enxergar isso.

Sazed suspirou e baixou os olhos.

— É isso que ela iria desejar para você, Sazed? — Brisa perguntou. — Que ficasse negando quem você é? Que se tornasse outro político limitado?

— Não sei, Lorde Brisa — disse Sazed, baixinho. — Eu... eu não a tenho mais. E, talvez, eu consiga me lembrar dela estando envolvido naquilo que ela amava.

— Sazed, como você consegue ser tão sábio em muitas áreas e completamente *estúpido* nesse assunto?

— Eu...

— Um homem *é* a sua paixão — Brisa interrompeu. — Eu descobri que, se você desistir do que mais deseja e trocar pelo que *acha* que mais deveria desejar, vai acabar simplesmente infeliz.

— E se o que eu quero não for do que a sociedade precisa? Às vezes, somos solicitados a fazer o que não gostamos. É um fato simples da vida, creio.

Brisa deu de ombros.

— Eu não me preocupo com isso. Faço apenas aquilo em que sou bom. No meu caso, é fazer com que outras pessoas façam coisas que elas não querem. No fim das contas, tudo se encaixa.

Sazed negou com a cabeça. Não era tão simples, e sua depressão nos últimos tempos não estava *apenas* ligada à Tindwyl e sua morte. Ele deixara de lado o estudo das religiões, mas sabia que seria induzido a voltar para elas. O trabalho com os canais era uma distração bem-vinda, mas, mesmo assim, Sazed sentia seus trabalhos e conclusões de antes assomando sobre si.

Ele não *queria* descobrir que as últimas religiões no grupo não continham as respostas. Parcialmente, era o motivo pelo qual era tão relaxante estudar outra coisa; a engenharia não ameaçava sua visão de mundo. No entanto, não podia se distrair para sempre. No fim das contas, encontraria as respostas ou a falta delas. Sua pasta estava embaixo da mesa, encostada à bolsa de mentes de metal.

Por ora, ele se permitia um descanso. Mas, mesmo com a preocupação sobre as religiões apaziguada no momento, havia outras que precisavam ser abordadas. Ele acenou a cabeça na direção do lago. Fantasma, quase invisível, estava em pé às margens, falando com Goradel e alguns dos soldados.

— E o que dizer sobre ele, Lorde Brisa? — Sazed perguntou num sussurro, tão baixo que nem mesmo Fantasma seria capaz de ouvir. — Como eu disse, o imperador Venture me incumbiu dessa questão. E se eu deixar Fantasma assumir o controle e ele falhar? Temo que o jovem não seja... experiente o bastante para essa tarefa.

Brisa deu de ombros.

— Ele parece estar se saindo bem até agora. Lembre-se de como Vin era jovem quando matou o Senhor Soberano.

— Sim — sussurrou Sazed —, mas esta situação é diferente. Fantasma parece estranho ultimamente. Com certeza está escondendo algo de nós. Por que está tão determinado a tomar esta cidade?

— Acho que é bom para o garoto mostrar um pouco de determinação — Brisa comentou, recostando-se na cadeira. — Esse moleque foi retraído demais durante grande parte da vida.

— Não se preocupa com o plano dele? Poderia facilmente desmoronar sobre todos nós.

— Sazed, você se lembra da nossa reunião poucas semanas atrás? Fantasma me perguntou por que não poderíamos simplesmente derrubar Quellion como fizemos com o Senhor Soberano.

— Eu lembro — Sazed disse. — Você lhe disse que era porque não tínhamos mais Kelsier ao nosso lado.

Brisa assentiu.

— Bem — ele falou em voz baixa, apontando a bengala para Fantasma —, minha opinião mudou. Não temos mais Kelsier, mas cada vez mais parece que temos algo semelhante.

Sazed franziu o cenho.

— Não estou dizendo que o garoto tem a força de personalidade de Kelsier. Sua... presença. No entanto, você viu a reputação que ele está ganhando entre o povo. Kelsier foi bem-sucedido não por quem ele era, mas por quem o povo *pensava* que ele era. É algo que eu não acreditava que poderíamos replicar. Estou começando a achar que estava errado.

Sazed não se convencia tão fácil. Ainda assim, manteve suas reservas para si e voltou para sua pesquisa. Fantasma devia ter percebido que olhavam para ele, pois alguns minutos depois foi até a mesa de Sazed. O garoto piscou diante da luz do lampião, por mais suave que fosse, e puxou uma cadeira. A mobília refinada parecia estranha a Sazed, contrastando com as fileiras de estantes empoeiradas e utilitárias.

Fantasma parecia exausto. *Há quanto tempo ele não dorme?*, pensou Sazed. *Sempre está de pé quando me deito e acordado quando me levanto.*

— Há algo errado aqui — Fantasma disse.

— Ah, é? — Brisa perguntou. — Tirando o fato de que estamos conversando ao lado de um lago subterrâneo em um depósito construído pelo Senhor Soberano embaixo de uma fortaleza de Inquisidores?

Fantasma lançou um olhar irritado para o Abrandador antes de fitar Sazed.

— Sinto que já deveríamos ter sido atacados.

— O que o faz pensar assim? — Sazed quis saber.

— Eu conheço Quellion, Sazed. O homem é um típico valentão. Conquistou o poder à força e o mantém dando às pessoas muito álcool e pequenas liberdades, como deixar que frequentem bares à noite. Ao mesmo tempo, mantém todo mundo amedrontado.

— Como ele *assumiu* o comando, aliás? — Brisa perguntou. — Como conseguiu tomar o controle antes de um nobre com um bom conjunto de guardas fazê-lo?

— Brumas — respondeu Fantasma. — Ele saiu nas brumas e declarou que qualquer um que fosse fiel ao Sobrevivente estaria seguro em meio a elas. Quando as brumas começaram a matar, deram uma confirmação útil do que ele tinha dito. Quellion fez um escarcéu sobre as brumas matarem aqueles que tinham maldade no coração. As pessoas estavam tão assustadas com o que estava acontecendo que deram ouvidos. Ele conseguiu criar uma lei que obrigou todos a saírem nas brumas para que pudessem ver quem morria e quem sobrevivia. Aqueles que sobreviveram eram, segundo declarou, puros. Ele lhes disse que poderiam criar uma bela utopia. Foi então que começou a assassinar a nobreza.

— Ah — Brisa disse. — Esperto.

— É mesmo — Fantasma disse. — Ele ignorou solenemente o fato de que a nobreza sobreviveu às brumas.

— Espere aí. O *quê?* — Sazed perguntou.

Fantasma deu de ombros.

— É difícil confirmar agora, mas é o que as histórias dizem. A nobreza parecia imune à doença das brumas. Não os skaa que tinham sangue nobre, mas a nobreza de fato.

— Que esquisito — Brisa observou.

Mais que esquisito, pensou Sazed. *Totalmente estranho. Será que Elend sabe dessa conexão?* Enquanto Sazed considerava, parecia improvável que Elend soubesse. Seu exército e aliados eram todos formados por skaa. A única nobreza que conheciam era aquela que estava em Luthadel, e todos escolheram ficar dentro de casa à noite em vez de arriscar sair nas brumas.

— De qualquer forma — Fantasma disse —, Quellion é um valentão. E valentões não gostam de ninguém em seu território que possa desafiá-los. Por isso, já deveríamos ter sofrido um atentado a esta altura.

— O garoto tem razão — Brisa comentou. — Gente como Quellion não mata apenas em execuções elaboradas. Aposto que, para cada pessoa que ele joga em um daqueles prédios, três são mortas em um beco em algum lugar e deixadas para ser enterradas sob as cinzas.

— Falei com Goradel e seus homens para tomar cuidado especial e rastreei nosso perímetro — Fantasma avisou. — No entanto, não encontrei assassinos nos espiando. As tropas de Quellion estão lá fora, observando, mas sem fazer nada.

Brisa coçou o queixo.

— Talvez Quellion tenha mais medo da gente do que você acredita.

— Talvez — Fantasma disse, suspirando e esfregando a testa.

— Lorde Fantasma — Sazed falou com cuidado —, você deveria dormir.

— Estou bem.

Se eu não soubesse ser impossível, diria que ele está queimando peltre para ficar acordado, pensou Sazed. *Ou estou apenas buscando sinais para confirmar a minha preocupação de antes?*

Nunca questionamos quando Vin ou Kelsier manifestaram poderes além do que alomânticos normais eram capazes. Por que deveria suspeitar de Fantasma? Simplesmente porque o conheço muito bem? Estou me concentrando nas lembranças do garoto quando obviamente ele se tornou um homem?

— Mas enfim — Fantasma continuou —, como vai a pesquisa?

— Na verdade, muito bem — Sazed respondeu, virando vários diagramas para que o outro pudesse vê-los. — Estou quase pronto para começar o trabalho na construção.

— Quanto tempo acha que levará?

— Algumas semanas, talvez — Sazed respondeu. — Considerando tudo, um tempo curto. Felizmente, as pessoas que drenaram os canais deixaram para trás uma grande quantidade de entulho que posso usar. Além disso, o Senhor Soberano abasteceu muito bem este depósito. Há madeira, bem como suprimentos básicos de carpintaria e até algumas redes de polias.

— O que a criatura estava preparando? — Brisa perguntou. — Comida e água eu entendo. Mas cobertores? Madeira? *Polias*?

— Desastre, Lorde Brisa — Sazed comentou. — Ele incluiu tudo que uma pessoa precisaria no caso de a cidade em si ter sido destruída. Tem sacos de dormir e suprimentos para hospital. Talvez temesse ataques de koloss.

— Não — Fantasma disse. — Ele se preparava exatamente para o que está acontecendo. Agora, você vai construir algo para barrar a água? Tinha pensado que era só questão de destruir os túneis.

— Ah, pelos deuses, não — Sazed comentou. — Não temos força de trabalho ou equipamentos para causar um desmoronamento. Também não gostaria de fazer nada que arriscasse derrubar a caverna sobre nós. Meus planos são construir um mecanismo de barragem de madeira que possa ser abaixado dentro da corrente. Peso suficiente, junto com a estrutura adequada, deve fornecer reforço o bastante para impedir o fluxo. É parecido com os mecanismos usados nas eclusas de canais.

— Cujo funcionamento — Brisa acrescentou — ele ficará feliz em explicar. Detalhadamente.

Sazed sorriu.

— Acho que...

Ele foi interrompido quando o Capitão Goradel chegou, parecendo um pouco mais solene que o normal.

— Lorde Fantasma — Goradel disse —, há uma pessoa esperando pelo senhor lá em cima.

— Quem? — Fantasma perguntou, tirando os óculos e as bandagens de um bolso. — Durn?

— Não, milorde. Ela diz que é a irmã do Cidadão.

— NÃO ESTOU AQUI PARA me juntar a vocês — Beldre disse.

Estavam sentados em uma câmara de audiências austera no prédio da Inquisição, acima da caverna. As cadeiras do salão não tinham nenhum estofamento, e somente placas de aço pendendo das paredes de madeira serviam como decoração — para Sazed, eram lembretes desconfortáveis do que vira ao visitar o Convento de Seran.

Beldre era uma jovem de cabelos castanho-avermelhados. Trajava um vestido simples, aprovado pelo Cidadão, tingido de vermelho. Estava com as mãos sobre o colo e, embora olhasse seus interlocutores nos olhos, havia uma apreensão nervosa nela que enfraquecia consideravelmente sua posição.

— Então, *por que* está aqui, minha cara? — Brisa perguntou com cautela. Estava sentado em uma cadeira diante de Beldre. Allrianne estava ao lado, observando a mulher com um ar de desaprovação. Fantasma caminhava ao fundo, às vezes lançando olhares para a janela.

Ele acha que é um estratagema, percebeu Sazed. *Que a mulher é uma distração para nos confundir antes de sermos atacados.* O garoto tinha os bastões de duelo amarrados à cintura como espadas. Quão bem ele sabia lutar?

— Estou aqui... — Beldre disse, baixando o olhar. — Estou aqui porque vocês vão matar o meu irmão.

— Ora, de onde você tirou uma ideia dessas? — Brisa questionou. — Estamos na cidade para selar um acordo com seu irmão, não para assassiná-lo! Parecemos pessoas boas nesse tipo de coisa?

Beldre lançou um olhar para Fantasma.

— Muito menos ele — Brisa disse. — Fantasma é inofensivo. Sério, você não deveria...

— Brisa — o rapaz interrompeu, olhando com seus estranhos olhos vendados. — Já chega. Você está nos fazendo parecer idiotas. Beldre sabe por que estamos aqui; todos na cidade sabem.

Fez-se silêncio no salão.

Ele... se parece um pouco com um Inquisidor, usando esses óculos sob as bandagens, pensou Sazed com um arrepio.

— Beldre — Fantasma falou. — Você honestamente espera que pensemos que você veio até aqui apenas para implorar pela vida de seu irmão?

Ela olhou para Fantasma, fitando em desafio seus olhos... ou melhor, a venda.

— Pode tentar soar ríspido, mas sei que não vai me ferir. Você é do bando do Sobrevivente.

Fantasma cruzou os braços.

— Por favor — Beldre disse —, Quellion é um bom homem, como vocês. Precisam dar mais tempo a ele. Não o matem.

— Acabou de dizer que acha que jamais machucaríamos você — disse Sazed. — Por que seria diferente com seu irmão?

Beldre abaixou a cabeça.

— Foram vocês que mataram o Senhor Soberano. Derrubaram todo o império. Meu irmão não acredita nisso; ele acha que estão se aproveitando da popularidade do Sobrevivente, alegando ter sido seus amigos depois de ele ter se sacrificado.

Fantasma bufou.

— Não sei de onde seu irmão tirou essa ideia. Talvez ele conheça alguém mais que alegue ter a bênção do Sobrevivente, *matando* pessoas em nome dele...

Beldre enrubesceu.

— Seu irmão não confia em nós — Sazed comentou. — Por que você confia?

Ela deu de ombros.

— Não sei — respondeu em voz baixa. — Acho... que homens que mentem não salvam crianças de prédios em chamas.

Sazed olhou para Fantasma, mas não conseguia vislumbrar nada na expressão enrijecida do jovem. Por fim, o rapaz se pronunciou:

— Brisa, Sazed, Allrianne, venham para fora comigo. Goradel, vigie-a.

Fantasma abriu caminho para o corredor, e Sazed o seguiu com os outros. Assim que a porta se fechou, Fantasma se virou para encará-los.

— E então?

— Eu não gosto dela — Allrianne assumiu, cruzando os braços.

— Claro que não, querida — Brisa retrucou. — Nunca gostou de concorrência.

— Concorrência? — Allrianne bufou de raiva. — De uma coisinha tímida daquelas? Francamente...

— O que acha, Brisa? — Fantasma perguntou.

— Sobre a garota ou sobre você ter me insultado lá dentro?

— A primeira opção — Fantasma disse —, seu orgulho não é importante agora.

— Meu estimado colega, meu orgulho *sempre* é importante. Quanto à garota, vou lhe dizer uma coisa: ela está apavorada. Apesar do que diz, está muito, muito assustada, o que significa que ela não faz esse tipo de coisa com frequência. Meu palpite é que ela é nobre.

Allrianne assentiu.

— Sem dúvida. Olhe para as mãos dela; quando não estão tremendo de medo, dá para ver que são limpas e macias. Ela cresceu sendo mimada.

— Obviamente é um pouco ingênua — Sazed constatou. — Do contrário, não teria vindo até aqui, esperando que a ouvíssemos e a deixássemos partir.

Fantasma assentiu. Ele inclinou a cabeça, como se ouvisse algo. Depois avançou, abrindo a porta do salão com um empurrão.

— Então? — Beldre perguntou, mantendo seu falso ar determinado. — Decidiram me dar ouvidos?

— De certa forma — Fantasma respondeu. — Vou lhe dar mais tempo para explicar o que quer dizer. Muito tempo, na verdade.

— Eu... não tenho muito tempo — Beldre disse. — Preciso voltar ao meu irmão. Eu não lhe disse que estava saindo e... — Ela parou de falar, aparentemente percebendo algo na expressão de Fantasma. — Vocês vão me manter prisioneira, não vão?

— Brisa — Fantasma disse, virando-se —, como você acha que as pessoas vão reagir se eu começar a espalhar o rumor de que a própria irmã do Cidadão se voltou contra ele, procurando proteção em nossa embaixada?

Brisa sorriu.

— Ora essa. Isso é sagaz! Quase me faz perdoar o jeito como me tratou. Já mencionei como foi rude?

— Você não pode! — Beldre falou, levantando-se e encarando Fantasma. — Ninguém vai acreditar que desertei!

— Ah, é? Você falou com os soldados lá fora antes de entrar aqui?

— Claro que não. Eles teriam tentado me impedir. Eu corri pelas escadas antes que pudessem fazer qualquer coisa.

— Então, eles podem confirmar que você entrou no prédio por livre e espontânea vontade — Fantasma observou. — Esgueirando-se por um posto da guarda.

— Não me parece bom — Brisa concordou.

Beldre esmoreceu levemente, voltando a se sentar. *Pelos Deuses Esquecidos*, pensou Sazed. *Ela é realmente ingênua. O Cidadão deve ter se esforçado muito para mantê-la protegida assim.*

Claro; pelo que Sazed tinha ouvido, Quellion raramente a deixava sair de suas vistas. Estava sempre com ele, sendo vigiada. *Como ele reagirá?*, pensou Sazed, um arrepio percorrendo sua espinha. *O que ele fará quando souber que estamos com ela? Atacará?*

Talvez fosse esse o plano. Se Fantasma pudesse forçar um ataque direto do Cidadão, pegaria mal. Pior ainda se Quellion fosse contido por apenas um punhado de soldados — ele não poderia saber o quanto a posição deles era fortificada

Quando Fantasma ficou tão esperto?

Beldre ergueu os olhos, algumas lágrimas de frustração brilhavam no rosto.

— Não podem fazer isso. É traiçoeiro! O que o Sobrevivente diria se soubesse o que estão planejando?

— O Sobrevivente? — Fantasma perguntou, rindo baixinho. — Tenho a sensação de que ele aprovaria. Se estivesse aqui, tenho a impressão de que ele sugeriria exatamente o que estamos fazendo...

É possível ver a astúcia de Ruína na meticulosidade de seus planos. Conseguiu orquestrar a queda do Senhor Soberano apenas pouco tempo antes do poder de Preservação retornar ao Poço da Ascensão. E, então, menos de dois anos depois daquele evento, se libertou.

Na escala de tempo de deuses e seus poderes, essa sincronia bem tramada foi tão precisa quanto uma incisão feita pelo mais talentoso dos cirurgiões.

50

A PORTA DA CAVERNA SE abriu.

Vin tomou imediatamente o último frasco de metais.

Ela saltou, lançando uma moeda atrás de si e pulando para cima de uma das estantes. A caverna ecoou com o som de pedra contra pedra conforme a porta se abria. Vin se lançou para a frente, *empurrando* a moeda, para voar na direção da entrada da caverna. Um feixe de luz delineou a porta.

Ela cerrou os dentes para a luz, piscando enquanto aterrissava. Encostou-se na parede bem ao lado da porta, puxando as facas e avivando peltre para ajudar a lidar com a dor repentina da luz após tanto tempo no escuro. Lágrimas corriam pelo seu rosto.

A porta parou de se mover. Um homem solitário entrou na caverna, erguendo um lampião. Vestia um terno preto fino e um chapéu de cavalheiro.

Vin o ignorou.

Ela se esgueirou ao redor do homem e passou pela porta, entrando na pequena câmara ao lado. Um grupo de trabalhadores assustados recuou, soltando as cordas presas ao mecanismo de abertura da porta. Vin ignorou esses homens também, abrindo caminho entre eles aos empurrões. Soltando uma moeda, ela se *empurrou* para cima. Os degraus da escada de madeira viraram um borrão ao seu lado conforme ela subia e ia de encontro ao alçapão que ficava no teto.

Para então ricochetear com um grunhido de dor.

Ela agarrou desesperadamente os degraus da escada ao começar a cair, ignorando a pontada repentina no ombro por ter batido com tanta força. Avivou peltre e deu impulso em um degrau, em seguida batendo de volta no alçapão e tentando abri-lo à força.

Empurrou. O degrau embaixo de seus pés quebrou, fazendo-a despencar novamente. Ela praguejou, *empurrando* a moeda para segurar a queda, então chegou ao chão e se agachou.

Os trabalhadores se encolheram, talvez relutantes em permanecer na pequena câmara com uma Nascida da Bruma, mas também sem saber se queriam se aventurar na caverna escura. O nobre de terno havia se virado. Ele mantinha a lanterna erguida, iluminando Vin. Um pedaço da escada quebrada se soltou e caiu no chão de pedra ao lado dela com um estrépito.

— O alçapão está bem seguro com uma pedra muito grande sobre ele, Lady Venture — o nobre disse. Vin o reconheceu vagamente. Estava um pouco acima do peso, mas bem arrumado, com cabelos muito curtos e um rosto pensativo.

— Diga aos homens lá em cima para retirarem a pedra — Vin ordenou em voz baixa, erguendo uma adaga.

— Temo que isso não vá acontecer.

— Eu posso fazer acontecer — Vin retrucou, avançando. Os trabalhadores afastaram-se ainda mais.

O nobre sorriu.

— Lady Venture, deixe-me garantir várias coisas para a senhora. A primeira delas é que você é a única alomântica entre nós, por isso não tenho dúvida de que poderia nos massacrar sem o mínimo esforço. A segunda é que a pedra lá em cima não vai se mover tão cedo, então seria melhor nos sentarmos e termos uma conversa agradável, em vez de brandirmos armas e ameaçarmos uns aos outros.

Havia algo de... afável naquele homem. Vin verificou o bronze, mas ele não estava queimando metais. Apenas para garantir, ela *puxou* um pouco suas emoções, deixando-o mais confiável e amigável, em seguida tentou *abrandar* qualquer sensação de astúcia que ele pudesse ter sentido.

— Vejo que está ao menos considerando minha oferta — o nobre disse, acenando para um dos trabalhadores. Ele rapidamente abriu sua bolsa, puxando duas cadeiras dobráveis e em seguida as abrindo no chão diante da porta de pedra aberta. O nobre deixou o lampião de lado e se sentou.

Vin se aproximou um pouco mais.

— Por que tenho a impressão de conhecê-lo?

— Sou amigo de seu marido — o nobre respondeu.

— Telden — Vin disse, lembrando-se. — Telden Hasting.

Telden assentiu. Ela o vira no primeiro baile do qual tinham participado ali. Mas ela o conhecia de algum lugar antes disso. Ele fora um dos amigos de Elend em Luthadel, antes do Colapso.

Desconfiada, Vin aceitou a cadeira oferecida, tentando deduzir qual era o jogo de Yomen. Ele achava que ela não mataria Telden apenas porque era amigo de Elend?

O homem se reclinou na cadeira, um tanto menos empertigado que um nobre comum. Acenou para um trabalhador adiante, e o homem apresentou duas garrafas.

— Vinho — Telden disse. — Um é puro, e o outro contém um sedativo extremamente poderoso.

Vin ergueu a sobrancelha.

— É algum tipo de jogo de adivinhação?

— Não — Telden respondeu, abrindo uma das garrafas. — Estou com muita sede, e, pelo que ouvi falar, você não é do tipo que tem demasiada paciência para jogos.

Vin inclinou a cabeça quando Telden aceitou duas taças de um criado e serviu um pouco de vinho cor de rubi em cada uma. Enquanto observava, entendeu por que ele era tão afável. Lembrava-a Elend — o Elend antigo e despreocupado. Pelo que parecia, Telden ainda era genuinamente assim.

Tenho que dar o braço a torcer para Yomen nesse sentido, ela pensou. *Sua cidade pode não ser perfeita, mas ele criou um lugar onde homens como Telden podem manter um pouco da própria inocência.*

Telden tomou um gole do vinho, oferecendo a outra taça para Vin. Ela devolveu uma das facas para o estojo e pegou a taça. Não bebeu e não tinha nenhuma intenção de fazê-lo.

— Este é o vinho sem sedativo — Telden explicou. — Uma boa safra, também. Yomen é mesmo um cavalheiro: se vai enviar um dos amigos para a morte, ao menos oferece um vinho caro para abrandar o golpe.

— Quer que eu acredite que está aqui como prisioneiro também? — Vin perguntou sem rodeios.

— Claro que não. Embora muitos considerem minha missão vã.

— E essa missão é?

— Fazer com que você tome um pouco do vinho batizado para que possa ser transportada em segurança lá para cima.

Vin bufou.

— Vejo que concorda com meus detratores.

— Você simplesmente se entregou. Você disse que eu deveria beber o vinho e cair inconsciente. Isso significa que tem uma maneira de sinalizar para quem está lá em cima que eu caí na armadilha para que possam remover a pedra e deixá-lo sair. Você tem o poder de nos libertar. E eu tenho o poder de fazer com que você faça o que eu quiser.

— Alomancia emocional não pode me controlar a esse ponto. Não sou alomântico, mas conheço um pouco da arte. Suspeito que a senhora esteja manipulando minhas emoções neste momento, o que não é de fato necessário, já que estou sendo totalmente franco.

— Não preciso de Alomancia para fazê-lo falar — Vin disse, olhando para a faca ainda em sua outra mão.

Telden riu.

— Acha que o rei Yomen... sim, ele está lá em cima... não será capaz de adivinhar se eu estiver falando sob coerção? Não tenho dúvida de que você poderia me fazer ceder, mas não vou trair minha palavra somente com ameaças, então você teria de cortar alguns dedos ou algo assim antes de eu fazer o que me pede. Tenho certeza de que Yomen e os outros me ouviriam gritar.

— Posso matar seus criados. Um por vez até você concordar em dizer a Yomen que estou inconsciente e fazê-lo abrir a porta.

Telden sorriu.

— Acha que eu me importo se matá-los?

— Você é um dos amigos de Elend. Um daqueles que discutiam filosofia com ele.

— Filosofia e política. Mas só Elend se interessava pelos skaa. Garanto que os outros de nós jamais entendemos de onde ele tirava aquela fascinação. — Ele deu de ombros. — Porém, não sou um homem desnaturado. Se matar o bastante deles, quem sabe eu *acabe* cedendo e fazendo o que me pede. É melhor que comece logo, então.

Vin olhou para os criados. Pareciam apavorados, e as palavras de Telden não tinham ajudado. Após alguns momentos de silêncio, o nobre deu uma risadinha.

— Você é esposa de Elend. Yomen está ciente disso, sabe? Está quase totalmente convencido de que você não mataria nenhum de nós, apesar de sua reputação amedrontadora. Pelo que ouvimos, você tem o hábito de matar reis e deuses, talvez um soldado de vez em quando. Criados skaa, por outro lado...

Vin desviou os olhos dos criados, mas não fitou os de Telden, temendo que ele visse a confirmação neles. Ele estava errado; Vin mataria aqueles criados se achasse que aquilo a tiraria dali. No entanto, não tinha certeza disso. Se gritos impedissem que Yomen abrisse o alçapão, Vin teria massacrado inocentes sem motivo nenhum.

— Então, estamos num impasse — comentou Telden, terminando o vinho. — Supomos que você estivesse com pouca comida aqui embaixo, a menos que tenha encontrado uma maneira de abrir aquelas latas. E se encontrou, não há nada que possa fazer aqui embaixo para ajudar lá em cima. Meu palpite é que, a menos que você tome o vinho, vamos todos acabar morrendo de fome nesta caverna.

Vin descansou as costas na cadeira. *Tem de haver uma maneira de sair — uma chance de tirar proveito desta situação.*

No entanto, era incrivelmente improvável que ela conseguisse atravessar aquele alçapão. *Talvez* pudesse usar duralumínio e aço para atravessar. No entanto, seu aço e seu peltre acabariam, e ela estava sem frascos de metal.

As palavras de Telden, infelizmente, tinham uma grande parcela de verdade. Mesmo se Vin pudesse sobreviver na caverna, ela estaria inerte e inútil. O cerco continuaria lá em cima — ela no fazia ideia de como estava indo — e o mundo continuaria a morrer pelas maquinações de Ruína.

Ela precisava sair. Mesmo que isso significasse parar nas mãos de Yomen. Encarou a garrafa de vinho com sedativo.

Maldição, pensou. *Aquele obrigador é muito mais esperto do que esperávamos.* O vinho certamente havia sido preparado com força suficiente para derrubar um alomântico.

No entanto...

O peltre deixava o corpo resistente a todos os tipos de drogas. Se ela avivasse peltre com duralumínio após beber o vinho, será que ele queimaria o sedativo e a deixaria acordada? Ela poderia fingir estar inconsciente, em seguida escapar lá em cima.

Parecia um risco. Porém o que mais ela poderia fazer? A comida estava prestes a terminar, e suas chances de escapar eram mínimas. Ela não sabia o que Yomen queria — e era improvável que Telden falasse —, mas ele não a queria morta. Se fosse o caso, simplesmente a teria deixado morrer de fome.

Vin tinha uma escolha. Esperar mais tempo na caverna ou arriscar uma chance melhor de escapar lá em cima. Ela pensou por um momento, então decidiu. Pegou a garrafa. Mesmo se seu truque com peltre não funcionasse, ela preferia apostar em uma situação melhor lá em cima.

Telden deu uma risadinha.

— Disseram que você era muito decidida. É muito revigorante; tenho passado tempo demais com nobres enfadonhos que levam anos para tomar qualquer decisão firme.

Vin o ignorou. Tirou com facilidade a rolha da garrafa, ergueu-a e tomou um gole. O sedativo começou a fazer efeito quase imediatamente. Ela se recostou na cadeira, deixando os olhos baixarem, tentando dar a impressão de que estava caindo no sono. De fato, estava muito difícil permanecer acordada. Sua mente estava nebulosa apesar do peltre avivado.

Ela se curvou, sentindo-se à deriva. *Lá vai*, ela pensou e queimou duralumínio. Seu corpo despertou com peltre hiperativado. Imediatamente, a sensação de cansaço desapareceu. Ela quase pulou de pé pela explosão repentina de energia. Telden estava rindo.

— Nossa — ele disse para um dos criados. — Ela realmente tomou.

— O senhor estaria morto se não tivesse tomado, milorde — o criado comentou. — Todos nós estaríamos.

E então o duralumínio se esgotou. O peltre desapareceu com um sopro, e com ele sua imunidade à droga, que não havia se esgotado. Bem, fora mesmo um grande risco.

Ela mal ouviu sua arma fazer um estrépito ao deslizar de seus dedos e atingir o chão. Em seguida, perdeu a consciência.

Assim que Ruína se viu livre da prisão, foi capaz de influenciar as pessoas com mais força, mas empalar alguém com uma estaca hemalúrgica era difícil, independentemente das circunstâncias.

Para conseguir, ele aparentemente começou com pessoas que já tinham uma compreensão tênue da realidade. Sua insanidade as tornava mais abertas ao seu toque, e ele conseguia usá-las para inserir estacas em pessoas mais estáveis. De qualquer forma, é impressionante quantas pessoas importantes Ruína conseguiu espetar. Rei Penrod, que governava Luthadel à época, é um bom exemplo.

51

ELEND VOOU ATRAVÉS DAS BRUMAS. Nunca fora capaz de imitar o truque das ferraduras de Vin. De alguma forma, ela conseguia se manter no ar, saltando de *empurrão* em *empurrão*, *puxando* em seguida cada ferradura atrás dela depois de tê-la usado. Para Elend, o processo parecia um ciclone de pedaços de metal potencialmente letais com Vin no centro.

Ele soltou uma moeda e se *empurrou* num salto poderoso. Havia desistido do método da ferradura depois de quatro ou cinco tentativas fracassadas. Vin parecia confusa por ele não conseguir — ela aparentemente descobrira aquilo por conta própria, precisando de menos de uma hora de prática para dominar a técnica.

Mas, bem, ela era Vin.

Elend se virava com as moedas, que carregava em uma bolsa bem grande. Tostões de cobre, a menor das moedas imperiais antigas, funcionavam perfeitamente para seus objetivos, em especial por ele aparentemente ser muito mais poderoso que outros Nascidos da Bruma. Cada *empurrão* o levava para mais longe do que qualquer outro iria, e assim ele realmente não usava tantas moedas, mesmo quando atravessava longas distâncias.

Era bom estar longe. Sentia-se livre ao saltar e mergulhar na escuridão, para então avivar peltre e aterrissar com um baque abafado. O chão naquele vale estava quase despido de cinzas em comparação a outros lugares — ela havia pairado para longe, deixando um pequeno corredor onde chegava apenas até metade da panturrilha. Então ele correu por alguns minutos, para variar.

Uma capa de bruma revoava atrás dele. Usava roupas escuras em vez de um de seus uniformes brancos. Parecia adequado. Além disso, nunca tivera a chance de ser um verdadeiro Nascido da Bruma. Desde a descoberta de seus poderes, passara a vida na guerra. Não havia muita necessidade de sair em ronda na escuridão, especialmente não com Vin por perto, que fazia isso muito melhor.

Posso ver por que Vin acha isso tão inebriante, ele pensou, soltando outra moeda e saltando sobre dois topos de colina. Mesmo com o estresse da captura de Vin e a ameaça ao império, havia uma liberdade revigorante em cruzar as brumas. Quase fazia com que esquecesse as guerras, a destruição e a responsabilidade.

Ele aterrissou, as cinzas chegando quase até a cintura. Ficou parado por alguns momentos, olhando para o pó preto macio. Ele não tinha como escapar. Vin estava em perigo, o império estava em colapso e seu povo, morrendo de fome. Era sua função consertar essas coisas — aquele era o fardo que assumira ao se tornar imperador.

Elend se *empurrou* no ar, deixando uma trilha de cinzas flutuando nas brumas atrás de si.

Espero, de verdade, que Sazed e Brisa estejam melhor em Urteau, pensou. Estava preocupado com seus possíveis resultados em Fadrex, e o Domínio Central precisaria dos grãos do depósito de Urteau se quisesse plantar comida o bastante para durar o inverno.

Ele não podia se preocupar com aquilo no momento. Simplesmente precisava contar com a eficiência de seus amigos. O trabalho de Elend era fazer algo para ajudar Vin. Não podia ficar sentado e esperar no acampamento, deixando Yomen controlar todo o restante. Ainda assim, ele não ousava tentar assassinar Yomen — não depois de o homem ter enganado os dois com tanta destreza.

Então Elend avançava a nordeste, na direção da última localização conhecida de um exército koloss. O tempo da sutileza e da diplomacia havia acabado. Elend precisava de uma ameaça — algo que pudesse usar para coagir Yomen e, se necessário, derrubá-lo. E nada era melhor do que koloss para derrubar uma cidade. Talvez fosse um tolo por ir atrás daqueles brutos por conta própria. Talvez fosse errado desistir da diplomacia. A decisão estava tomada, porém. Ele havia fracassado em muitas coisas nos últimos tempos: em proteger Vin, em manter Luthadel segura, em defender seu povo. Ele simplesmente *precisava* agir.

Lá adiante, ele viu uma luz nas brumas. Aterrissou, correndo por um campo de cinzas na altura dos joelhos. Apenas o peltre avivado lhe dava força para conseguir correr. Quando se aproximou, viu um vilarejo. Ouviu gritos. Viu sombras cambaleando, aterrorizadas.

Ele saltou, soltando uma moeda e avivando seus metais. Passou pelas brumas rodopiantes, pairando sobre a vila e seus ocupantes assustados, a capa de bruma se espalhando. Várias casas estavam em chamas. E, por aquela luz, conseguiu enxergar as formas gigantes e escuras dos koloss movendo-se pelas ruas. Elend escolheu uma fera que estava erguendo a arma para golpear e *puxou*. Lá embaixo, ouviu o koloss grunhir, mas conseguir manter a arma na mão. No entanto, o koloss não era muito mais pesado que Elend, então foi *puxado* para o ar por um braço, enquanto Elend despencava. O imperador *puxou* uma dobradiça de porta enquanto caía, esquivando-se para desviar do confuso koloss voador. Ele o atingiu com várias moedas ao passar.

Monstro e arma giraram no ar. Elend aterrissou na rua diante de um grupo encolhido de skaa. A arma do koloss voador atingiu a terra cheia de cinzas ao lado dele. O koloss caiu morto do outro lado da rua.

Um grande grupo das feras se virou, olhos injetados reluzindo à luz do fogo, o furor deixando-os entusiasmados com a perspectiva de uma disputa. Ele teria de assustá-los antes de conseguir controlá-los. Daquela vez, estava ansioso por esse momento.

Como podem ter sido pessoas no passado?, Elend se perguntou, avançando e arrancando a espada koloss do chão ao passar por ela, erguendo pedaços de solo preto. O Senhor Soberano havia feito as criaturas. Era isso que acontecia com aqueles que se opunham a ele? Transformavam-se em koloss para formar seu exército? As criaturas tinham grande força e resistência e podiam sobreviver com o mínimo de recursos. Ainda assim, transformar homens, mesmo que seus inimigos, em monstros como aqueles?

Elend investiu, agachando-se e derrubando uma das feras ao decepar suas pernas na altura dos joelhos. Em seguida saltou, arrancando o braço de outro. Girou, acertando a espada rústica no peito de um terceiro. Não sentia remorso em matar o que antes foram homens inocentes. Aquelas pessoas estavam mortas. As criaturas que permaneceram se propagariam usando outros seres humanos, a menos que fossem eliminadas.

Ou controladas.

Elend gritou, girando através do grupo de koloss, empunhando uma espada que deveria ser pesada demais para ele. Cada vez mais criaturas o percebiam, virando-se para partir com passos pesados pelas ruas iluminadas pelos prédios em chamas. Era um grupo muito grande, segundo os relatórios de batedores — cerca de trinta mil em número. Aquele tanto derrubaria um pequeno vilarejo em pouquíssimo tempo, aniquilando-o como uma nuvem de cinzas diante de ventos tempestuosos.

Elend não deixaria aquilo acontecer. Ele lutou, matando fera após fera. Viera para conquistar um novo exército, mas, com o passar do tempo, se viu lutando por outro motivo. Quantos vilarejos como este teriam sido destruídos sem que ninguém em Luthadel sequer parasse para pensar naquilo? Quantos súditos — reclamados por Elend, mesmo que não soubessem — ele havia perdido para os koloss? Quantos já havia deixado de proteger?

Elend decepou a cabeça de um koloss e girou, *empurrando* duas feras menores para longe das espadas. Um gigante de mais de três metros e meio avançava com a arma em riste. Elend cerrou os dentes e ergueu a própria espada, avivando peltre.

As armas se chocaram em meio à vila incendiada, o metal retinindo como uma bigorna sob o martelo de um ferreiro. E Elend ficou firme, medindo forças com um monstro com o dobro de sua altura.

O koloss estacou, atônito.

Sou mais forte do que deveria ser, Elend pensou, girando e arrancando o braço da criatura surpresa. *Por que essa força não consegue proteger o povo que governo?*

Ele gritou, partindo o koloss ao meio pela cintura, como se apenas para mostrar que podia. A fera caiu em duas partes sangrentas.

Por quê?, pensou Elend, enfurecido. *Que força preciso possuir, o que preciso fazer para protegê-los?*

As palavras de Vin, ditas meses antes na cidade de Vetitan, voltaram aos seus ouvidos. Ela dissera que tudo que ele fazia era de curto prazo. Mas o que mais poderia fazer? Não era um assassino de deuses nem um herói divino de profecias. Era apenas um homem.

E, naqueles dias, parecia que homens comuns, mesmo alomânticos, não valiam muita coisa. Ele gritava enquanto matava, retalhando outro grupo de koloss. Mas, como seus esforços em Fadrex, tudo aquilo não parecia suficiente.

Ao redor dele, a vila ainda queimava. Lutando, ele conseguia ouvir mulheres aos prantos, gritos de crianças, homens agonizantes. Mesmo os esforços de um Nascido da Bruma tinham um efeito mínimo. Ele podia matar, matar, mas aquilo não salvaria as pessoas da vila. Elend berrava, *empurrando* com um Abrandamento, mas os koloss ainda resistiam. Ele não havia conseguido controlar nenhum. Significava que um Inquisidor os controlava? Ou que não estavam assustados o suficiente?

Continuou a lutar. E, enquanto o fazia, a prevalência da morte ao seu redor parecia uma metáfora de tudo que havia feito nos últimos três anos. Deveria ter sido capaz de proteger as pessoas; empenhara-se *tanto* para isso. Impedira exércitos, derrubara tiranos, retrabalhara leis e resgatara suprimentos. Ainda assim, tudo aquilo era uma gotícula de salvação em um oceano imenso de morte, caos e dor. Não conseguiria salvar o império protegendo um canto dele, como não poderia salvar a vila matando uma pequena fração dos koloss.

Do que adiantava matar outro monstro se este era substituído por mais dois? Do que adiantava a comida para alimentar o povo, se as cinzas simplesmente sufocavam tudo? Do que adiantava ele, um imperador que não conseguia nem defender o povo de um único vilarejo?

Elend nunca fora sedento por poder. Ele era um teórico e um estudioso — governar um império lhe fora em grande parte um exercício acadêmico. Ainda assim, enquanto lutava naquela noite escura em meio às brumas flamejantes e sob a chuva de cinzas, ele começou a compreender. Enquanto as pessoas morriam ao seu redor e apesar de seus esforços mais frenéticos, ele conseguia ver o que movia os homens em busca de cada vez mais poder.

Poder para proteger. Naquele momento, ele teria aceitado os poderes da divindade, se isso significasse ter força para salvar as pessoas ao seu redor.

Derrubou outro koloss, em seguida girou ao ouvir um grito. Uma jovem estava sendo puxada de uma casa próxima, apesar de um homem mais velho estar agarrado ao braço da moça, ambos gritando por ajuda. Elend puxou a bolsa de moedas. Jogou-a no ar, em seguida *empurrou* algumas das moedas lá dentro e *puxou* outras. A bolsa explodiu em pedacinhos brilhantes de metal, e Elend atirou algumas para frente no corpo do koloss que puxava a mulher.

Ele grunhiu, mas não parou. Moedas raramente funcionavam contra koloss. Era necessário acertá-los com precisão para matá-los. Vin conseguia.

Elend não estava com humor para tal sutileza, mesmo se a tivesse. Berrou em desafio, acertando a fera com mais moedas. Ele as puxou do chão para si e então jogou-as para a frente, acertando os projéteis brilhantes no corpo azul da criatura. As costas dela se transformaram numa massa reluzente de sangue muito vermelho, e, finalmente, o bicho caiu.

Elend girou o corpo, virando-se do pai e da filha aliviados para enfrentar outro koloss. A criatura erguia a arma para golpear, mas, diante da cena, Elend apenas soltou um grito enfurecido.

Eu deveria ser capaz de protegê-los!, pensou. Precisava assumir o controle do grupo inteiro, não perder tempo combatendo-os um a um. Mas eles resistiam à sua Alomancia, mesmo quando ele *empurrou* novamente suas emoções. Onde estava o guardião Inquisidor?

Quando o koloss girou a arma, Elend avivou peltre e lançou-se de lado, em seguida arrancou a mão da criatura na altura do pulso. Enquanto a fera gritava de dor, Elend voltou à batalha. Os aldeões começaram a se reunir ao redor dele. Obviamente não tinham treinamento de guerra — provavelmente estavam sob a proteção de Yomen e não precisavam se preocupar com bandidos ou exércitos dissidentes. Ainda assim, apesar de sua falta de habilidade, obviamente sabiam que era melhor ficar próximos do Nascido da Bruma. Seus olhos desesperados e suplicantes incentivavam Elend, levavam-no a derrubar koloss atrás de koloss.

Naquele momento, ele não precisava se preocupar com certo ou errado. Podia simplesmente *lutar*. O desejo de batalha queimava dentro dele como metal, incluindo o desejo de matar. Então continuou a luta, pela surpresa nos olhos dos aldeões, pela esperança que cada um de seus golpes parecia inspirar. Eles já tinham dado a vida por perdida quando um homem caiu do céu para defendê-los.

Mais de um ano antes, durante o cerco de Luthadel, Vin atacara a fortaleza de Cett, massacrando trezentos de seus soldados. Elend confiara que ela tivera bons motivos para o ataque, mas nunca entendera como fora capaz de fazer aquilo. Ao menos, não até aquela noite, lutando em um vilarejo sem nome, com tanta cinza no céu escuro, as brumas em chamas, os koloss morrendo em fileiras à sua frente.

O Inquisidor não aparecia. Frustrado, Elend se afastou de um grupo de koloss, deixando um morrendo em seu rastro e em seguida extinguiu os metais. As criaturas o cercaram, e ele queimou duralumínio, em seguida zinco, e *puxou*.

O vilarejo silenciou.

Elend parou, cambaleando de leve ao terminar seu giro. Olhou através da chuva de cinzas, virando-se para os koloss remanescentes — milhares e milhares deles — que agora estavam imóveis e calmos ao seu redor, finalmente sob seu controle.

Não há maneira de eu ter tomado todos de uma vez, ele pensou, desconfiado. O que teria acontecido ao Inquisidor? Em geral, havia um com um grupo de koloss daquele tamanho. Havia fugido? Isso explicaria por que de repente Elend fora capaz de controlar os koloss.

Preocupado, ainda sem saber ao certo o que fazer, ele se virou para olhar o vilarejo. Algumas pessoas tinham se reunido para encará-lo. Pareciam em choque — em vez de fazer algo sobre os prédios em chamas, simplesmente ficavam paradas, paralisadas em meio às brumas, observando.

Ele deveria ter se sentido triunfante. Contudo, sua vitória tinha sido arruinada pela ausência do Inquisidor. E àquela altura poucas estruturas na vila estavam livres das chamas. Elend não havia salvado a vila. Encontrara o exército koloss, conforme havia planejado, mas se sentia fracassado em uma escala ainda maior. Suspirou, deixando cair a espada de seus dedos cansados e ensanguentados, em seguida caminhou até os aldeões. Durante o trajeto, ficou perturbado com o número de corpos koloss pelos quais passou. Havia matado tantos assim?

Outra parte dele — calma, mas ainda ardente — sentia muito que o tempo da matança houvesse terminado. Ele parou diante de um grupo silencioso de aldeões.

— Você é ele, não é? — um idoso perguntou.

— Quem? — Elend devolveu a pergunta.

— O Senhor Soberano — o homem sussurrou.

Elend olhou para o uniforme preto envolvido na capa de bruma; os dois estavam recobertos de sangue.

— Quase isso — ele disse, virando-se para o leste, na direção de seu exército humano que, a muitos quilômetros de distância, esperava que ele voltasse com uma nova força koloss para auxiliá-lo. Havia apenas um motivo para ele fazer isso. Por fim, ele reconheceu o que havia decidido, inconscientemente, no momento em que partira para encontrar mais criaturas.

O tempo da matança está longe de terminar, pensou. *Acabou de começar.*

Perto do fim, as cinzas começaram a se empilhar em quantidades assustadoras. Falei dos micróbios que o Senhor Soberano desenvolveu para ajudar o mundo a lidar com as chuvas de cinzas. Eles não se alimentavam propriamente de cinzas, mas quebravam-nas como um aspecto de suas funções metabólicas. A cinza vulcânica é boa para o solo, dependendo do que se deseja plantar.

No entanto, qualquer coisa em demasia é fatal. Água é necessária para a sobrevivência, mas em demasia afoga. Durante a história do Império Final, a terra se equilibrou na corda bamba do desastre por meio das cinzas. Os micróbios quebravam-nas assim que caíam, mas, quando havia uma quantidade a ponto de supersaturar o solo, ficava mais difícil para as plantas sobreviverem.

No fim, o sistema inteiro ruiu. As cinzas caíam em tal constância que sufocavam e matavam, e a vida vegetal no mundo se extinguiu. Os micróbios não tiveram como acompanhar, pois necessitavam de tempo e nutrientes para se reproduzir.

52

DURANTE OS DIAS DO SENHOR Soberano, Luthadel fora a cidade mais povoada do mundo. Cheia de edifícios de três e quatro andares, havia sido lotada por skaa que trabalhavam em suas numerosas fornalhas e forjas, por mercadores nobres que vendiam seus produtos e pela alta nobreza, que queria estar próxima da corte imperial. TenSoon acreditava que, naquele momento, com o Senhor Soberano morto e o governo imperial estilhaçado, a população de Luthadel teria ficado muito menos densa.

Aparentemente, ele estava enganado.

Ainda usando o corpo do cão de caça, trotou maravilhado enquanto explorava as ruas. Parecia que cada canto — cada beco, cada esquina, todo e cada prédio — havia se tornado lar de uma família skaa. O cheiro da cidade era terrível, e dejetos apinhavam-se nas ruas, enterrados pelas cinzas.

O que está acontecendo?, se perguntou. Os skaa viviam na sujeira, e muitos deles pareciam doentes, tossindo penosamente nas sarjetas repletas de cinzas. TenSoon partiu para a Fortaleza Venture. Se havia respostas a encontrar, esperava que fosse lá. Às vezes, precisava soltar rosnados para skaa que lhe lançavam olhares famintos, e duas vezes chegou a ter de correr de gangues que ignoraram os alertas.

Com certeza, Vin e Elend não teriam deixado esta cidade chegar ao fundo do poço assim, ele pensava enquanto se escondia em um beco. Era um mal sinal. Tinha deixado Luthadel sem saber se seus amigos sobreviveriam ao cerco da cidade. O estandarte de Elend — a lança e o pergaminho — tremulava na frente da cidade, mas alguém teria tomado o símbolo de Elend para si? E que fim levou o exército koloss que ameaçara destruir Luthadel no ano anterior?

Eu nunca deveria tê-la deixado, TenSoon pensou, sentindo uma pontada de ansiedade. *Meu estúpido senso de obrigação kandra. Eu deveria ter ficado aqui e dito a ela o que eu sei, por pouco que seja.*

O mundo pode acabar por causa da minha honra estúpida.

Ele pôs a cabeça para fora do beco, olhando para a Fortaleza Venture. O coração de TenSoon ficou apertado ao ver que suas lindas janelas de vitrais haviam sido estilhaçadas. Tábuas grosseiras bloqueavam os vãos quebrados. No entanto, havia guardas nos portões principais, o que parecia um bom sinal.

TenSoon se esgueirou até lá, tentando parecer um vira-lata sarnento. Manteve-se nas sombras, margeando os muros até o portão. Então, deitou no lixo para observar os soldados. Ele expandiu os tímpanos, esticando o pescoço para ouvir o que os homens estavam dizendo.

No fim, não era nada. Os dois guardas estavam em silêncio, parecendo entediados e um pouco desconsolados enquanto se recostavam nas lanças com ponta de obsidiana. TenSoon esperou, torcendo para que Vin estivesse lá para *puxar* as emoções dos guardas e deixá-los mais falantes.

Claro, se Vin estivesse aqui, eu não teria de vasculhar por aí em busca de informações, pensou TenSoon, frustrado. Então, ele aguardou. Aguardou enquanto as cinzas caíam, aguardou até mesmo o céu escurecer e as brumas chegarem. A aparição delas finalmente acendeu alguma vida nos guardas.

— Odeio o turno da noite — um deles murmurou.

— Nada de errado com a noite — o outro disse. — Não para nós. As brumas não nos mataram. Estamos em segurança.

Quê?, pensou TenSoon, franzindo a testa.

— Estamos seguros, a salvo do rei? — O primeiro guarda falou, baixinho.

O companheiro lançou um olhar para ele.

— Não diga essas coisas.

O primeiro guarda deu de ombros.

— Só espero que o imperador volte logo.

— O rei Penrod tem toda a autoridade do imperador — o segundo guarda disse, sério.

Ah, TenSoon pensou. *Então Penrod conseguiu manter o trono. Mas... e esse imperador?* TenSoon temia que o imperador fosse Straff Venture. Aquele homem terrível estivera prestes a tomar Luthadel quando TenSoon fora embora.

Mas e Vin? TenSoon não conseguia acreditar que havia sido derrotada. Ele a vira matar Zane Venture, um homem que estava queimando atium quando ela, não. Pelas contas de TenSoon, Vin fizera o impossível três vezes. Assassinara o Senhor Soberano. Derrotara Zane.

E fizera amizade com um kandra determinado a odiá-la.

Os guardas ficaram quietos novamente. *Isso é tolice*, pensou TenSoon. *Não tenho tempo para me esconder pelos cantos e espreitar. O mundo está acabando!* Ele se ergueu, sacudindo as cinzas do corpo — assustando os guardas, fazendo-os erguerem as lanças com ansiedade, como se buscassem a origem do som na escuridão da noite.

TenSoon hesitou, seu nervosismo trazendo uma ideia. Ele se virou e trotou noite adentro. Conhecera a cidade muito bem durante o ano em que servira a Vin — ela gostava de patrulhar a área, especialmente no entorno da Fortaleza Venture. Contudo, TenSoon levou algum tempo para encontrar o caminho para onde se dirigia. Nunca havia visitado o local, mas tinha ouvido sua descrição.

Ouvira da boca de alguém que TenSoon estava prestes a matar à época.

OreSeur, seu irmão de geração ajudara a derrubar o Pai. Ao comando de Kelsier, OreSeur fingira ser um nobre chamado Lorde Renoux para que Kelsier tivesse um nobre aparente como fachada. Mas havia um papel mais importante para o kandra desempenhar na trama do Sobrevivente. Um papel secreto que nem mesmo os outros membros do bando sabiam até depois da morte dele.

Chegou no antigo depósito. Estava onde OreSeur disse que estaria. TenSoon estremeceu, lembrando-se dos gritos. O kandra morrera sob a tortura de TenSoon, tortura necessária, pois ele precisara aprender tudo que podia à época. Cada segredo. Tudo de que precisaria para imitar convincentemente seu irmão.

Naquele dia, o ódio de TenSoon pelos seres humanos — e por si mesmo por servi-los — queimara mais profundamente que nunca. Como Vin superara esse ódio, ele ainda não sabia.

O depósito diante de si agora era um lugar sagrado, ornamentado e mantido pela Igreja do Sobrevivente. Uma placa pendia diante dele, mostrando o sinal da lança — a arma que tirara tanto a vida de Kelsier quanto a do Senhor Soberano — e explicando por escrito a razão de o local ser importante.

TenSoon já conhecia a história. Era o lugar onde o bando havia encontrado um estoque de armas, deixado pelo Sobrevivente para armar o povo skaa para a revolução. Fora descoberto no mesmo dia da morte de Kelsier, e os boatos diziam que o espírito do Sobrevivente havia aparecido naquele lugar, orientando seus seguidores. Aqueles boatos eram verdadeiros, de certo modo. TenSoon circulou o prédio, seguindo as instruções que OreSeur dera quando morreu. A Bênção da Presença permitiu que TenSoon lembrasse as palavras precisas, e, apesar das cinzas, ele encontrou o ponto — um local onde as pedras de cantaria estavam desarranjadas. Então, começou a cavar.

Kelsier, o Sobrevivente de Hathsin, de fato havia aparecido para seus seguidores naquela noite, anos antes. Ou ao menos seu corpo havia, assumido por OreSeur para aparecer aos fiéis skaa e encorajá-los. As lendas do Sobrevivente, toda a religião que surgiu em torno dele, tinham sido iniciadas por um kandra.

E TenSoon acabara matando aquele kandra. Mas apenas depois de conhecer seus segredos. Segredos como onde OreSeur havia enterrado os ossos do Sobrevivente e qual era a aparência do homem.

TenSoon sorriu ao desenterrar o primeiro osso. Eram antigos, e ele odiava usar ossos velhos. Além disso, não haveria cabelos, então o corpo que ele criaria seria careca. Ainda assim, a oportunidade era valiosa demais para se perder. Ele vira o Sobrevivente apenas uma vez, mas, com sua habilidade em imitação...

Não custava tentar.

WELLEN SE RECOSTOU À LANÇA, observando aquelas brumas. Rittle — seu companheiro de guarda — dizia que não eram perigosas, mas Rittle não vira o que eram capazes de fazer. O que podiam revelar. Wellen presumia que havia sobrevivido porque as respeitava. Por isso e porque não pensava demais nas coisas que tinha visto.

— Você acha que Skiff e Jaston vão se atrasar para nos cobrir de novo? — Wellen perguntou, tentando retomar a conversa.

Rittle grunhiu.

— Sei lá, Wells. — Rittle não era chegado em conversa fiada.

— Acho que talvez um de nós devesse ir ver isso — Wellen insistiu, encarando as brumas. — Sabe, perguntar se eles estão vindo... — ele parou de falar.

Havia algo lá adiante.

Senhor Soberano!, ele pensou, encolhendo-se. *De novo, não!*

Mas nenhum ataque veio das brumas. Em vez disso, uma figura indefinida avançou. Rittle se empertigou e abaixou a lança.

— Parado aí!

Um homem saiu das brumas vestindo uma capa de um preto profundo, braços ao lado do corpo, encapuzado. Seu rosto, no entanto, estava visível. Wellen o perscrutou. Aquele rosto não lhe era estranho...

Rittle arfou e caiu de joelhos, agarrando algo no pescoço — o pingente em forma de lança de prata que sempre usava. Wellen franziu o cenho. Em seguida, observou as cicatrizes nos braços do recém-chegado.

Pelo Senhor Soberano!, Wellen pensou, em choque, lembrando-se de onde tinha visto o rosto daquele homem. Numa pintura, uma das muitas que podiam ser encontradas pela cidade, que retratava o Sobrevivente de Hathsin.

— Levante — o estranho disse com voz benevolente.

Rittle levantou-se com pernas trêmulas. Wellen recuou, indeciso entre o respeito e o terror, sentindo um pouco dos dois.

— Vim para elogiar sua fé — o Sobrevivente falou.

— Milorde... — Rittle disse com a cabeça ainda abaixada.

Erguendo um dedo, Kelsier continuou:

— Também vim para dizer a vocês que não aprovo a maneira como esta cidade está sendo governada. Meu povo está doente, passando fome, e morrerá.

— Milorde, não há comida suficiente e houve revoltas para saquear o que estava estocado — Rittle observou. — Milorde, e as brumas, elas matam! Por favor, por que o senhor as enviou para nos matar?

— Eu não fiz isso — Kelsier respondeu. — Sei que a comida é escassa, mas vocês precisam dividir o que têm e ter esperança. Falem-me sobre o homem que governa esta cidade.

— Rei Penrod? — Rittle perguntou. — Ele governa em nome do imperador Elend Venture, que está longe, guerreando.

— Lorde *Elend* Venture? E ele aprova o jeito com que esta cidade está sendo tratada? — Kelsier parecia irritado. Wellen se encolheu.

— Não, milorde! — Rittle respondeu, tremendo. — Eu...

— Lorde Penrod está louco — Wellen se flagrou dizendo.

O Sobrevivente virou-se para ele.

— Wells, você não deveria... — Rittle começou a falar, mas parou quando o Sobrevivente lhe lançou um olhar sério.

— Fale — o Sobrevivente disse para Wellen.

— Ele fala com o ar, milorde — Wellen informou, desviando os olhos. — Fala consigo mesmo, diz que consegue ver o Senhor Soberano ao lado dele. Penrod... vem dando muitas ordens estranhas ultimamente. Forçando os skaa a lutarem entre si por comida, alegando que apenas os fortes deviam sobreviver. Matando aqueles que discordam dele. Esse tipo de coisa.

— Sei — o Sobrevivente falou.

Claro que ele já sabe, pensou Wellen. *Por que se dá ao trabalho de perguntar?*

— Onde está minha Herdeira? — o Sobrevivente perguntou. — O Herói das Eras, Vin.

— A Lady Imperadora? — Wellen perguntou. — Está com o imperador.

— Onde?

— Ninguém sabe ao certo, milorde — Rittle respondeu, ainda trêmulo. — Ela não retorna há muito tempo. Meu sargento diz que ela e o imperador estão no sul, combatendo os koloss. Mas ouvi outros homens dizerem que o exército rumou para o oeste.

— Essas informações não são muito úteis — Kelsier comentou.

Wellen empertigou-se, lembrando-se de algo.

— O que foi? — o Sobrevivente questionou, aparentemente percebendo a mudança de postura em Wellen.

— Uma tropa do exército passou pela cidade há um mês — Wellen falou, sentindo-se orgulhoso. — Eles não falaram muita coisa, mas eu estava no grupo que ajudou com o reabastecimento. Lorde Brisa estava com eles e falou sobre reunir-se com os outros do seu bando.

— Onde? Aonde estavam indo? — Kelsier perguntou.

— Para o norte — Wellen respondeu. — Urteau. Deve ser onde está o imperador, milorde. O Domínio do Norte está em rebelião. Devem ter levado exércitos para reprimi-la.

O Sobrevivente assentiu.

— Muito bem. — Ele virou-se como se fosse partir, mas olhou para trás. — Passem as notícias que puderem. Não resta muito tempo. Diga ao povo que, quando as brumas forem embora, eles devem buscar abrigo imediatamente. Um lugar subterrâneo, se possível.

Wellen hesitou, em seguida assentiu.

— As cavernas — ele disse. — Onde o senhor treinou seu exército?

— Será o bastante — Kelsier falou. — Adeus.

E o Sobrevivente desapareceu nas brumas.

TENSOON DEIXOU PARA TRÁS OS portões da Fortaleza Venture, correndo para dentro das brumas. Talvez pudesse conseguir entrar no prédio. No entanto, não sabia ao certo o quanto essa imitação do Sobrevivente resistiria a uma revista mais apurada.

Ele não poderia dizer o quanto as informações dos dois guardas eram confiáveis. Porém, não tinha pistas melhores. Outras pessoas com quem falara não conseguiram oferecer nenhuma informação sobre os movimentos do exército. Era evidente que Vin e Elend estavam longe de Luthadel havia um tempo considerável.

Ele se apressou até o pedaço de terra atrás do depósito onde encontrara o corpo de Kelsier. Ajoelhou-se na escuridão, descobrindo o saco em que havia enfiado vários ossos. Precisava pegar o corpo do cachorro e partir para norte. Felizmente, ele...

— Você aí! — uma voz disse.

TenSoon ergueu os olhos por reflexo. Um homem estava na porta do depósito, olhando para o kandra através das brumas. Um lampião foi aceso atrás dele, revelando um grupo de pessoas que aparentemente residia no lugar sagrado.

Ai, ai... pensou TenSoon quando aqueles que estavam à sua frente adotaram expressões chocadas.

— Milorde! — o homem na dianteira gritou, ajoelhando-se rapidamente em sua túnica de dormir. — O senhor voltou!

TenSoon se levantou, posicionando-se cuidadosamente de forma a esconder o saco de ossos atrás de si.

— Voltei.

— Sabíamos que voltaria — o homem falou enquanto os outros começaram a sussurrar e chorar atrás dele. Muitos se ajoelharam. — Ficamos neste lugar, orando para o senhor vir nos aconselhar. O rei está louco, milorde! O que devemos fazer?

TenSoon ficou tentado a revelar que era um kandra, mas, ao encarar aqueles olhos esperançosos, descobriu que não poderia. Além disso, talvez pudesse fazer algum bem.

— Penrod foi corrompido por Ruína — constatou. — A coisa que busca destruir o mundo. Vocês precisam reunir os fiéis e fugir desta cidade antes que Penrod mate-os todos.

— Milorde, aonde devemos ir?

TenSoon hesitou. Aonde?

— Há dois soldados na frente da Fortaleza Venture. Eles sabem de um lugar. Ouçam-nos. Vocês *precisam* encontrar um lugar subterrâneo. Entenderam?

— Sim, milorde — o homem respondeu. Atrás dele, mais e mais pessoas estavam avançando, esforçando-se para ter um vislumbre de TenSoon, que ficou um pouco nervoso com os olhares examinadores. Por fim, ele disse para terem cuidado e fugiu noite adentro.

Encontrou um prédio vazio e rapidamente voltou para os ossos do cachorro antes que mais alguém pudesse vê-lo. Quando terminou, encarou os ossos do Sobrevivente, sentindo uma estranha... reverência.

Não seja tolo, disse a si mesmo. *São apenas ossos, como centenas de outros que você já usou*. Ainda assim, parecia uma tolice deixar essa ferramenta potencialmente poderosa para trás. Com cuidado, ele os embrulhou no saco que havia roubado e, usando as patas que havia criado para ter mais destreza que um cão de caça real, amarrou o saco nas costas.

Depois disso, TenSoon deixou a cidade pelo portão norte, correndo à toda velocidade do cão de caça. Iria para Urteau, na esperança de estar no caminho certo.

O pacto entre Preservação e Ruína é algo dos deuses, difícil de explicar em termos humanos. De fato, no início, houve um impasse entre eles. Por um lado, cada qual sabia que apenas trabalhando juntos poderiam criar. Por outro, os dois sabiam que nunca ficariam completamente satisfeitos com aquilo que criavam. Preservação não poderia manter as coisas perfeitas e imutáveis, e Ruína não poderia destruí-las completamente.

Ruína, claro, adquiriu por fim a capacidade de acabar com o mundo e teve a satisfação que queria. Porém, isso não era originalmente parte do acordo.

53

FANTASMA A ENCONTROU SENTADA ÀS margens de pedra do lago, olhando para as águas escuras e profundas, imóvel no ar parado da caverna. A pouca distância, podia ouvir Sazed, com um grande contingente de homens de Goradel, trabalhando no projeto para barrar o fluxo de água para dentro da caverna.

Fantasma se aproximou silenciosamente de Beldre, segurando uma caneca de chá quente. Quase parecia queimar sua pele, o que significava que estaria apenas na temperatura ideal para pessoas normais. Ele deixava sua própria comida e bebidas esfriarem à temperatura ambiente antes de consumi-las.

Não estava usando as vendas nos olhos. Com peltre, descobriu que poderia aguentar uma luz baixa de lampião. Ela não se virou quando ele se aproximou, então Fantasma pigarreou. Beldre teve um leve sobressalto. Não era surpresa que Quellion se esforçasse tanto para protegê-la — ninguém conseguiria fingir o nível de inocência de Beldre. Ela não sobreviveria a um minuto no submundo. Mesmo Allrianne, que se esforçava para parecer mimada, evidenciava a capacidade de ser dura quando necessário para sobreviver. Beldre, por sua vez...

Ela é normal, pensou Fantasma. *É como as pessoas seriam se não tivessem que lidar com Inquisidores, exércitos e assassinos.* Por isso, ele na verdade a invejava. Era uma sensação estranha, depois de tantos anos desejando ser alguém mais importante.

Ela voltou a olhar para as águas, e ele se aproximou e se sentou ao lado dela.

— Tome — disse, entregando a caneca. — Sei que fica um pouco frio aqui embaixo com toda essa água.

Ela hesitou antes de, enfim, pegar a caneca.

— Obrigada — sussurrou.

Fantasma a deixava andar livremente pela caverna. Havia pouco que pudesse sabotar, embora ele tivesse alertado os homens de Goradel para ficarem de olho. De qualquer forma, não havia como Beldre escapar. Fantasma mantinha duas dúzias de homens vigiando a saída e ordenara que a escada até o alçapão fosse removida e recolocada apenas com devida autorização.

— É difícil acreditar que este lugar estivesse embaixo da cidade todo o tempo, não é? — Fantasma comentou, tentando puxar conversa. Estranhamente, parecera mais fácil falar com ela quando a confrontava nos jardins, cercado de perigos.

Beldre assentiu.

— Meu irmão teria amado encontrar este lugar. Ele se preocupa com o abastecimento de comida. Os lagos do norte estão dando cada vez menos peixe. E as plantações... bem, ouvi dizer que não estão indo muito bem.

— As brumas — Fantasma falou. — Elas não deixam passar a luz do sol que a maioria das plantas precisa.

Beldre olhou para a caneca. Ela ainda não dera um gole sequer.

— Beldre, me desculpe. Eu tinha pensado em sequestrar você daqueles jardins, mas acabei desistindo. Entretanto, quando você apareceu aqui, sozinha...

— Foi uma oportunidade boa demais para desperdiçar — ela completou com amargura. — Eu entendo. Foi minha culpa. Meu irmão sempre diz que confio demais nas pessoas.

— Há momentos em que isso é uma vantagem.

Beldre fungou baixinho.

— Nunca vi tais momentos. Parece que, durante toda a minha vida, só confiei e fui enganada. Aqui não é diferente.

Fantasma ficou quieto, sentindo-se frustrado consigo mesmo. *Kelsier, me fale o que dizer!*, ele pensou. Ainda assim, Deus permaneceu em silêncio. O Sobrevivente não parecia ter muitos conselhos sobre coisas que não tinham relação com a conquista da cidade.

Parecera tudo tão simples quando Fantasma dera a ordem de capturá-la. Por que então, naquele momento, estava sentado ali sentindo tanto frio na barriga?

— Eu acreditava nele, sabe — Beldre disse.

— No seu irmão?

— Não — ela falou. — No Senhor Soberano. Eu era uma boa nobrezinha. Sempre pagava aos obrigadores, até mais do que o necessário, e os convocava para testemunhar mesmo as coisas menores. Também pagava para me ensinarem a história do império. Pensava que tudo estava perfeito. Tão bom, tão pacífico. E, então, tentaram me matar. Descobriram que eu era meio skaa. Meu pai queria desesperadamente uma filha, e minha mãe era estéril. Teve dois filhos com uma das criadas, e com aprovação da minha mãe.

Ela balançou a cabeça.

— Por que alguém faria isso? — continuou. — Digo, por que não escolher uma nobre? Não. Meu pai escolheu uma criada. Acho que ele gostava dela ou algo assim... — Ela baixou os olhos.

— No meu caso, foi o meu avô — Fantasma disse. — Nunca o conheci. Cresci nas ruas.

— Já desejei que *eu* tivesse crescido nas ruas — Beldre comentou. — Quem sabe então tudo isso fizesse sentido. O que fazer quando os sacerdotes a quem você pagava para serem seus tutores desde criança, homens em quem você confiava mais que em seus próprios pais, levam você para ser executada? Eu teria morrido, aliás. Simplesmente fui com eles. Então...

— Então, o quê? — Fantasma perguntou.

— Vocês me salvaram — ela sussurrou. — O bando do Sobrevivente. Vocês derrubaram o Senhor Soberano e, no caos, todos se esqueceram de gente como eu. Os obrigadores estavam ocupados demais tentando agradar Straff.

— E, então, seu irmão assumiu a cidade.

Ela assentiu com a cabeça.

— Pensei que ele seria um bom governante. Ele é um bom homem, de verdade! Só quer que tudo seja estável e seguro. Paz para todos. Mas, às vezes, as coisas que ele *faz* com o povo... as coisas que ele *pede* para o povo...

— Sinto muito — Fantasma disse.

— Daí você chegou. Resgatou aquela criança, bem na frente de Quellion e eu. Você veio até meus jardins e nem me ameaçou. Pensei... talvez ele seja realmente como as histórias dizem. Talvez ele vá ajudar. E, como a idiota que sempre fui, eu vim.

— Eu queria que as coisas fossem simples, Beldre — Fantasma disse. — Queria poder deixar você ir embora. Mas é pelo bem maior.

— É exatamente o que Quellion sempre diz, sabe?

Fantasma hesitou.

— Vocês são muito parecidos, os dois. Rigorosos. Controladores.

Fantasma soltou uma risadinha.

— Você não me conhece muito bem, não é?

Ela corou.

— Você é o Sobrevivente das Chamas. Não pense que não ouvi os boatos. Meu irmão não consegue me manter fora de *todas* as reuniões.

— Boatos raramente são confiáveis.

— Você é membro do bando do Sobrevivente.

Fantasma deu de ombros.

— É verdade. Mas eu me tornei membro por acidente.

Ela franziu o cenho, olhando para ele.

— Kelsier escolheu os outros a dedo — Fantasma comentou. — Ham, Brisa, Sazed... e Vin. Ele escolheu meu tio também. E me levou de brinde. Eu... eu nunca fui realmente parte disso tudo, Beldre. Era mais um observador. Eles me colocavam para vigiar e coisas assim. Eu participava das reuniões de planejamento, mas todos me tratavam como um garoto de recados. Devo ter enchido a taça de Brisa uma centena de vezes durante aquele primeiro ano!

Uma fagulha de graça apareceu no rosto da mulher.

— Faz parecer que você era um criado.

— Era bem isso — Fantasma falou, sorrindo. — Eu não conseguia falar muito bem; fui criado falando a gíria de rua do Leste, e tudo que eu dizia soava confuso. Eu ainda tenho um sotaque, eles dizem. Então só ficava quieto a maior parte do tempo, envergonhado. O bando foi gentil comigo, mas eu sabia que era solenemente ignorado.

— E agora você está no comando deles todos.

Fantasma deu uma gargalhada.

— Não. Sazed é quem está no comando de verdade. Brisa também está acima de mim, mas me deixa dar ordens porque é preguiçoso demais para fazer isso por conta própria. Ele gosta de fazer as pessoas botarem a mão na massa sem perceber. Metade do tempo eu acho que as coisas que digo são ideias que de alguma forma ele enfiou na minha cabeça.

Beldre sacudiu a cabeça.

— O terrisano está no comando? Mas ele parece lhe obedecer!

— Ele apenas me deixa fazer qualquer coisa à qual não esteja disposto — Fantasma confessou. — Sazed é um grande homem, um dos melhores que já conheci. Mas, bem, ele é um estudioso. É muito melhor estudando um projeto e fazendo anotações do que dando ordens. Então, só sobro eu. Estou fazendo o trabalho que todos os outros estão ocupados demais para fazer.

Beldre ficou em silêncio por um momento, em seguida tomou um gole do chá.

— Ah, é gostoso!

— Pelo que sabemos, da safra do próprio Senhor Soberano. Encontramos aqui embaixo junto com o resto das coisas.

— Foi por isso que vocês vieram, não foi? — perguntou Beldre, meneando a cabeça para a caverna. — Fiquei pensando por que seu imperador se importaria com Urteau. Não somos uma força realmente importante no mundo desde que a linhagem dos Venture estabeleceu sua sede em Luthadel.

Fantasma assentiu.

— Em parte é isso, embora Elend também esteja preocupado com a rebelião. É perigoso ter um inimigo massacrando nobres e controlando uma das maiores cidades a uma distância tão pequena de Luthadel. Mas isso é tudo que eu posso dizer. A maior parte do tempo, sinto como se eu *ainda* fosse apenas um espectador. Vin e Elend são os que sabem de verdade tudo o que está acontecendo. Para eles, sou o cara que pode poupar meses de espionagem em Urteau enquanto eles fazem o trabalho importante no sul.

— Eles não deviam tratar você assim.

— Não, tudo bem. Eu gosto de estar aqui. Sinto como se finalmente fosse capaz de fazer a diferença.

Ela assentiu. Depois de um tempo, deixou a caneca de lado e abraçou os joelhos.

— Como eles são? — perguntou. — Ouvi tantas histórias. Dizem que o imperador Venture sempre usa branco, e que as cinzas se recusam a grudar nele! Que consegue conter um exército apenas olhando para ele. E a mulher dele, a herdeira do Sobrevivente. Uma Nascida da Bruma...

Fantasma sorriu.

— Elend é um estudioso distraído, duas vezes pior do que Sazed. Se perde nos livros e esquece as reuniões que convocou. Só se veste com alguma noção de moda porque uma terrisana renovou o guarda-roupa dele. A guerra o mudou um pouco, mas, por dentro, ele continua sendo um sonhador preso num mundo violento demais.

"E Vin... bem, ela realmente é *diferente*. Nunca soube ao certo como enxergá-la. Às vezes, parece frágil como uma criança. E aí ela vai e mata um Inquisidor. Consegue ser fascinante e assustadora ao mesmo tempo. Tentei cortejar ela uma vez."

— Sério? — Beldre quis saber, interessada.

Fantasma sorriu.

— Eu lhe dei um lenço. Ouvi dizer que é como se faz na alta sociedade.

— Apenas se você for romântico — Beldre disse, sorrindo com tristeza.

— Bem, eu dei um lenço a ela. Mas não acho que ela tenha entendido o que quis dizer. E, claro, assim que ela *descobriu*, me rejeitou. Não sei onde eu estava na cabeça. Digo, eu sou apenas o Fantasma. O Fantasma quieto, incompreensível, esquecível.

Ele fechou os olhos. *O que estou dizendo?* Mulheres não queriam ouvir homens falarem o quanto eram insignificantes. Ele tinha ouvido falar daquilo. *Eu não deveria ter vindo falar com ela. Deveria estar por aí dando ordens. Fazendo parecer que estou no comando.*

O estrago já estava feito. Ela já sabia a verdade. Ele suspirou, abrindo os olhos.

— Não acho que você é esquecível. Claro, provavelmente eu gostaria *mais* de você se me deixasse ir embora.

Fantasma sorriu.

— Quando isso acabar. Eu prometo.

— Vocês vão me usar contra ele? Ameaçar me matar se ele não ceder?

— Ameaças como essa são vazias se você sabe que nunca vai fazer o que diz. Honestamente, Beldre, não vou machucá-la. Na verdade, tenho a sensação de que você estará mais segura aqui do que no palácio do seu irmão.

— Por favor, não o mate, Fantasma. Talvez... talvez você possa ajudá-lo de alguma forma, ajudá-lo a enxergar que está sendo extremo demais.

Fantasma assentiu.

— Eu vou... tentar.

— Promete?

— Combinado. Prometo ao menos tentar salvar seu irmão. Se eu puder.

— E a cidade também.

— E cidade também. Confie em mim. Já fizemos isso antes... a transição vai ser bem tranquila.

Beldre meneou a cabeça, parecendo de fato acreditar nele. *Que tipo de mulher ainda é capaz de acreditar nas pessoas depois de tudo pelo que passou?* Se fosse Vin, ela o teria apunhalado pelas costas na primeira oportunidade, e aquilo provavelmente teria sido a coisa certa a fazer. Ainda assim, aquela mulher simplesmente continuava a acreditar. Era como encontrar uma bela planta crescendo sozinha em um campo de cinzas queimadas.

— Assim que terminarmos, talvez você possa me apresentar para o imperador e a imperatriz — Beldre disse. — Eles parecem pessoas interessantes.

— Isso é indiscutível. Elend e Vin... Bem, eles são mesmo *interessantes*. Pessoas interessantes com fardos pesados. Às vezes, eu queria ser poderoso o bastante para fazer coisas importantes como eles.

Beldre pousou a mão no braço de Fantasma, e ele olhou para baixo, um pouco surpreso. *Quê?*

— Às vezes, o poder é uma coisa terrível, Fantasma — ela falou, baixinho. — Eu... não fico contente com o que ele fez ao meu irmão. Não o deseje com tanto ardor.

Fantasma fitou seus olhos, meneou a cabeça e se levantou.

— Se precisar de alguma coisa, peça a Sazed. Ele vai poder te ajudar.

Ela ergueu os olhos.

— Aonde você vai?

— Ser visto.

— QUERO A CONCESSÃO DE todos os canais — disse Durn. — E um título do imperador.

— Você? — Fantasma perguntou. — Um título? Acha que um "lorde" na frente do seu nome vai fazer essa sua cara menos feia?

Durn ergueu a sobrancelha.

Fantasma deu uma risadinha.

— Consigo os dois. Aprovei isso com Sazed e Brisa. Eles vão até preparar um contrato, se você quiser.

Durn meneou a cabeça, agradecido.

— Eu quero. Lordes prestam atenção nesse tipo de coisa.

Estavam sentados em uma das muitas câmaras dos fundos — não na casa dele, mas em um anexo de uma estalagem específica. Um velho conjunto de tambores estava pendurado na parede.

Fantasma quase não tivera problemas para se esgueirar pelos soldados de Quellion que montavam guarda na frente do prédio do Ministério. Antes de ganhar capacidades aprimoradas com o estanho e muito antes de ser capaz de queimar peltre, ele aprendera a se esgueirar pela noite e espionar. Um grupo de soldados não era obstáculo. Não podia permanecer enjaulado na caverna como os outros. Tinha muito trabalho a fazer.

— Quero Tormentos represado — Fantasma falou. — Vamos inundar os canais durante a noite, quando os mercados estiverem vazios. Ninguém vive nas ruas-canal exceto por aqueles que estão nos guetos. Se quiser impedir que esse lugar inunde, você vai precisar providenciar um bom bloqueio *à prova d'água*.

— Já cuidamos disso — Durn afirmou. — Quando Tormentos era novo, arrancamos o sistema de eclusas da entrada, mas sei onde está. Vai se encaixar no lugar certo para manter a água lá fora, desde que possamos instalá-lo corretamente.

— Melhor que consigam — Fantasma observou. — Não quero a morte de metade das pessoas mais pobres da cidade pesando na minha consciência. Vou avisar no dia em que pretendemos realizar o feito. Veja se consegue tirar alguns dos produtos do mercado e manter as pessoas fora das ruas-canal. Isso, além do que você está fazendo pela minha reputação, vai garantir os títulos que você quer.

Durn assentiu, levantando-se.

— Bem, vamos trabalhar essa reputação, então.

Ele foi na frente, em direção às áreas comuns do bar. Como sempre, o rapaz usava sua capa chamuscada, que havia se tornado uma espécie de símbolo para ele. Nunca vestira uma capa de bruma, mas, de alguma forma, aquela parecia ainda melhor.

As pessoas se levantaram quando ele entrou. Ele sorriu, acenando para os homens mostrarem seus odres de vinho — tomados da caverna-depósito e levados por Fantasma ao longo de várias noites seguidas quando ele escapava.

— Hoje à noite, vocês não precisam pagar pela bebida roubada de Quellion. É como ele mantém vocês felizes e amistosos.

E aquele foi o único discurso que ele fez. Não era Kelsier, capaz de impressionar as pessoas com as palavras. Em vez disso — por sugestão de Brisa — mantinha-se em silêncio. Passava nas mesas, tentando não ficar distante, mas também falava pouco. Parecia pensativo e perguntava às pessoas sobre os problemas que enfrentavam. Ouvia as histórias de perda e dificuldades e bebia com elas em memória daqueles que Quellion havia assassinado. E, com o peltre, nunca ficava bêbado. Já tinha uma reputação por isso — as pessoas observavam esse feito como algo místico, como faziam com sua capacidade de sobreviver ao fogo.

Depois, eles visitaram outro bar, e mais um, Durn tomando cuidado para mantê-lo nos locais mais seguros — e mais cheios. Alguns ficavam em Tormentos, outros em cima. Ao passar por tudo, Fantasma sentiu uma coisa incrível: sua confiança crescia. Ele era *realmente* um pouco como Kelsier. Vin talvez tenha sido treinada pelo Sobrevivente, mas Fantasma era aquele que estava fazendo exatamente o que ele fizera — incentivando as pessoas, levando-as a lutar pelo próprio bem.

Enquanto a noite passava, os diversos bares se transformaram em um borrão. Fantasma praguejava baixinho contra Quellion, falando dos assassinatos e dos alomânticos que o Cidadão recrutava. Não espalhava os rumores de que Quellion era um alomântico — deixou Brisa fazê-lo com mais cuidado. Dessa forma, não pareceria que Fantasma estava ansioso demais para derrubar o homem.

— AO SOBREVIVENTE!

Fantasma olhou para cima, segurando sua caneca de vinho, sorrindo enquanto os clientes do bar comemoravam.

— Ao Sobrevivente! — outro disse, apontando para Fantasma. — Ao Sobrevivente das Chamas!

— À morte do Cidadão! — Durn falou, erguendo sua caneca, embora raramente bebesse dela. — Abaixo ao homem que disse que nos deixaria governar e tomou tudo para si!

Fantasma sorriu, pegando uma bebida. Não havia percebido como poderia ser exaustivo simplesmente sentar e falar com as pessoas. Seu peltre avivado mantinha o cansaço físico sob controle, mas não podia impedir a fadiga mental.

O que Beldre pensaria se visse isso?, pensou. *Os homens brindando a mim. Ficaria impressionada, não? Esqueceria como resmunguei sobre o quanto eu era inútil.*

Talvez as visitas aos bares fossem cansativas porque tinha outra coisa que ele preferia estar fazendo. Aquilo era tolice; ela era sua prisioneira. Ele traíra sua confiança. Beldre obviamente estava sendo simpática apenas em um esforço para convencê-lo a deixá-la partir. Ainda assim, ele não conseguia parar de pensar na conversa que tiveram mais cedo, repassada repetidas vezes em sua mente. Apesar das coisas estúpidas que dissera, ela havia pousado a mão em seu braço. Aquilo significava alguma coisa, não?

— Você está bem? — Durn perguntou, inclinando-se para ele. — É sua décima caneca hoje.

— Estou bem — Fantasma respondeu.

— Parece um pouco distante.

— Muita coisa na cabeça.

Durn se recostou de volta, franzindo o cenho, mas não falou de novo.

Algumas coisas sobre a conversa com Beldre incomodavam Fantasma mais do que seus próprios comentários estúpidos. Ela parecia realmente preocupada com as coisas que o irmão tinha feito. Quando Fantasma estivesse no poder, será que ela o veria como via Quellion? Aquilo seria bom ou ruim? Ela já havia dito que eles eram parecidos.

O poder pode ser uma coisa terrível...

Ergueu os olhos, vendo as pessoas do bar brindarem a ele de novo, como os homens tinham feito nos outros bares. Kelsier conseguia lidar com esse tipo de adulação. Se Fantasma queria ser como Kelsier, também precisaria fazê-lo, certo?

Não era bom ser amado? Ter as pessoas dispostas a segui-lo? Finalmente poderia romper com o antigo Fantasma. Poderia deixar de ser aquele garoto insignificante e esquecível. Poderia deixar aquela criança para trás e se tornar um homem respeitado. E por que não seria respeitado? Ele *não era* mais aquele garoto. Usava as vendas nos olhos, o que aumentava a reputação mística como um homem que não precisava de luz para ver. Alguns até diziam que, em qualquer lugar em que o fogo queimasse, Fantasma poderia enxergar.

— Eles amam você — Kelsier sussurrou. — Você merece.

Fantasma sorriu. Era a confirmação de que precisava. Ele se levantou, erguendo os braços diante da multidão, que respondeu com vivas.

Demorou muito para chegar até ali. E a espera deixava tudo ainda mais doce.

O desejo de Preservação de criar vida sapiente foi o que acabou rompendo o impasse. Para dar aos humanos consciência e pensamento independente, ele sabia que teria de abrir mão de parte de si mesmo — de sua própria alma — para conviver com a humanidade. Aquilo o deixou um pouco mais fraco que seu oposto, Ruína.

Esse pouco parecia irrisório se comparado às vastas quantidades totais de poder. No entanto, com o passar dos éons, essa pequenina falha permitiu que Ruína sobrepujasse Preservação, trazendo assim o fim do mundo.

Esse, então, foi o acordo. Preservação ficou com a humanidade, as únicas criações que tinham mais Preservação que Ruína nelas, em vez de puro equilíbrio. Era vida independente que podia pensar e sentir. Em troca, Ruína recebeu uma promessa, e uma prova, de que poderia dar fim a tudo que haviam criado juntos. Foi esse o pacto.

Que Preservação acabou rompendo.

54

QUANDO VIN ACORDOU, NÃO FICOU surpresa por se ver presa. Mas *ficou* surpresa ao sentir que estava usando algemas de *metal.*

A primeira coisa que fez — mesmo antes de abrir os olhos — foi buscar os metais dentro de si. Com aço e ferro, talvez ela pudesse usar as algemas como armas. Com peltre...

Seus metais haviam se esgotado.

Ela manteve os olhos fechados, tentando não demonstrar o pânico que sentia, pensando em tudo que havia acontecido. Estivera na caverna, presa com Ruína. O amigo de Elend havia entrado, lhe dado o vinho e ela aceitara. Arriscara.

Quanto tempo havia passado desde que ficara inconsciente?

— Sua respiração mudou — uma voz comentou. — Você está obviamente acordada.

Vin praguejou em silêncio. Havia um método muito fácil de esgotar os poderes de um alomântico — mais fácil até do que fazê-lo queimar duralumínio. Bastava mantê-lo drogado tempo suficiente para que os metais se dissolvessem no corpo. Ao pensar nisso, a mente afastando os efeitos do sono prolongado, ela percebeu que fora provavelmente aquilo o que sucedera.

O silêncio se prolongou. Por fim, Vin abriu os olhos. Esperava ver barras e uma cela. Em vez disso, deparou-se com um quarto utilitário — no canto do edifício, a julgar pelas janelas. Estava deitada em um banco, a cabeça acomodada em um travesseiro duro. As algemas estavam presas a uma corrente de vários metros, que, por sua vez, estava amarrada à base do banco. Ela puxou a corrente com cautela e concluiu que estava muito bem afixada.

O movimento chamou a atenção dos dois guardas que estavam ao lado do banco. Eles tiveram um leve sobressalto, erguendo os bastões e olhando-a com cautela. Vin sorriu para si mesma. Parte dela estava orgulhosa de poder evocar uma reação dessas acorrentada e sem metais.

— A senhora, Lady Venture, representa um belo problema.

A voz vinha de seu lado. Vin se ergueu com um cotovelo, olhando por sobre o descanso de braço do banco. Na outra extremidade da sala, a pouco menos de cinco metros de distância, uma figura careca de túnica estava de costas para ela. Encarava a grande janela voltada para o oeste, o sol poente uma violenta chama vermelha demarcando sua silhueta.

— O que faço? — Yomen perguntou, ainda sem se virar para ela. — Um único floco de aço e a senhora poderia massacrar meus guardas com os botões das camisas deles. Uma raspa de peltre e a senhora poderia erguer esse banco e arrebentar tudo até sair desta sala. A coisa lógica a fazer seria amordaçá-la, mantê-la drogada constantemente ou matá-la.

Vin abriu a boca para responder, mas tudo que saiu foi uma tosse. Imediatamente tentou queimar peltre para fortalecer o corpo. A falta de metais era como estar sem um membro. Quando se sentou, tossindo mais e ficando cada vez mais zonza, ela se viu ansiando por eles mais do que imaginava ser possível. A Alomancia não deveria ser viciante, não como certas ervas e poções. No entanto, naquele momento, ela poderia jurar que todos os cientistas e filósofos estavam completamente equivocados.

Yomen fez um gesto rápido com o braço, sem se desviar do sol. Um criado se aproximou, levando uma caneca para Vin. Ela a encarou com hesitação.

— Se eu quisesse envenená-la, Lady Venture, eu poderia fazê-lo sem joguetes — Yomen disse.

Ele tem razão, ela pensou com amargura, aceitando a caneca d'água e bebendo.

— Água — Yomen comentou. — Coletada da chuva, filtrada e purificada. Não encontrará vestígios de metais para queimar. Ordenei especificamente que a mantivessem somente em barris de madeira.

Esperto, pensou Vin.

A água matou a sede e aliviou a tosse.

— Então — ela disse por fim —, se está preocupado se vou ingerir metais, por que me deixar sem mordaça?

Yomen se manteve em silêncio por um momento. Então ele se virou, e ela pôde ver as tatuagens nos olhos e no rosto, a pele refletindo as cores vívidas do sol poente. Na testa, usava uma conta única e prateada de atium.

— Por vários motivos — o rei-obrigador respondeu.

Vin o examinou, em seguida ergueu a caneca para outro gole. O movimento provocou um ruído das algemas, que ela encarou incomodada quando a restringiram novamente.

— São feitas de prata — Yomen disse. — Um metal especialmente frustrante para um Nascido da Bruma, pelo que me dizem.

Prata era inútil. Não queimava. Como chumbo, era um dos metais que não ofereciam nenhum poder alomântico.

— De fato, um metal nada popular... — Yomen continuou, assentindo para alguém ao lado.

Um criado se aproximou de Vin, trazendo algo em um pequeno prato. O brinco de sua mãe. Era algo alomanticamente obtuso, feito de bronze com laminação em prata. O prateado havia se desgastado com o passar dos anos, e o bronze amarronzado já se mostrava, fazendo o brinco parecer a bugiganga barata que era.

— E por isso fiquei muito curioso para saber por que você se dava ao trabalho de usar um ornamento como este. Mandei que o testassem. Prata por fora, bronze por dentro. Por que esses metais? Um inútil para alomânticos, o outro com o poder alomântico considerado mais fraco entre todos. Não faria mais sentido usar um brinco de aço ou peltre?

Vin encarou o brinco. Seus dedos queriam tocá-lo, apenas para sentir o metal entre os dedos. Se tivesse aço, poderia ter *empurrado* o brinco, usando-o como arma. Kelsier uma vez lhe dissera para continuar usando aquele brinco por esse simples motivo. De qualquer forma, fora um presente de sua mãe. Uma mulher que Vin não chegara a conhecer. Uma mulher que tentara matá-la.

Vin baixou a caneca e agarrou o brinco. Yomen observou, curioso, enquanto ela o colocava na orelha. Ele parecia... desconfiado. À espera de algo.

Se eu tivesse realmente algum truque planejado, ela pensou, *ele estaria morto num instante. Como pode aparentar tanta calma? Por que me dar o brinco? Mesmo que não seja feito de metais úteis, eu poderia encontrar uma maneira de usá-lo contra ele.*

Seus instintos lhe disseram que ele estava tentando empregar uma antiga tática das ruas: lançar uma adaga ao inimigo para fazê-lo atacar. Yomen queria provocar as armadilhas que ela tivesse planejado. Parecia um movimento tolo. Como ele esperava poder superar um Nascido da Bruma?

A menos que ele seja um Nascido da Bruma, pensou Vin. *Ele sente que consegue me derrotar.*

Ele tem atium e está pronto para queimá-lo se eu tentar qualquer coisa.

Vin não fez nada. Não atacou. Ela não sabia se seus instintos quanto a Yomen estavam certos, mas aquilo não importava. Não podia atacar, pois o brinco não escondia nenhum segredo. A verdade era que o queria de volta simplesmente porque se sentia confortável com ele na orelha. Estava acostumada a usá-lo.

— Interessante. De qualquer forma, você está prestes a descobrir um dos motivos pelos quais a deixei sem mordaça... — Com isso, Yomen ergueu a mão na direção da porta. Depois levou os braços para trás do corpo quando um criado abriu a passagem, mostrando um soldado desarmado com o uniforme branco e marrom do exército Elend.

Você deveria matá-lo, Ruína sussurrou em sua mente. *Todos eles.*

— Lady Venture — Yomen falou sem olhar para ela. — Peço para que não fale com este homem, exceto quando eu indicar, e responda apenas quando eu solicitar. Do contrário, ele terá de ser executado, e um novo mensageiro terá de ser enviado de seu exército.

O soldado empalideceu. Vin franziu a testa, encarando o rei-obrigador. Yomen era obviamente um homem calmo e queria parecer duro. Quanto disso era encenação?

— Você pode ver que ela está viva, conforme prometido — Yomen disse ao soldado.

— Como saberemos que não é um kandra disfarçado? — o soldado perguntou.

— Pode fazer sua pergunta — Yomen permitiu.

— Lady Venture, o que a senhora jantou na noite antes de vir para a festa na cidade?

Era uma boa pergunta. Um kandra a teria interrogado sobre momentos importantes, como o primeiro encontro com Elend. Algo como uma refeição, por outro lado, era tão aleatório que nenhum kandra teria pensado em perguntar. Agora, se Vin conseguisse lembrar...

Ela olhou para Yomen. Ele assentiu; ela podia responder.

— Ovos — ela disse. — Ovos frescos que comprei na cidade durante uma das minhas incursões de espionagem.

O homem assentiu.

— Tem sua resposta, soldado — Yomen falou. — Diga ao seu rei que a esposa dele ainda está viva.

O soldado se retirou, e os criados fecharam a porta. Vin se recostou no banco, esperando uma mordaça.

Yomen permaneceu onde estava, olhando para ela.

Vin o encarou. Por fim, disse:

— Quanto tempo o senhor acha que pode refrear Elend? Se conhecesse o mínimo dele, perceberia que ele é primeiro rei, depois homem. Fará o que for necessário, mesmo que isso traga a minha morte.

— No fim das contas, talvez — Yomen comentou. — Mas, por ora, esse bloqueio está se mostrando eficaz. Dizem que a senhora é uma mulher direta e gosta da brevidade. Portanto, serei direto. Meu objetivo em capturá-la não era usar a senhora como vantagem contra seu marido.

— É mesmo? *Por que* me capturou, então?

— É simples, Lady Venture. Eu a capturei para poder executá-la.

Se ele esperava alguma surpresa, ficou desapontado. Vin apenas deu de ombros.

— Parece um termo formal desnecessário. Por que não simplesmente cortar minha garganta enquanto eu estava drogada?

— A cidade é um lugar da lei. Não matamos indiscriminadamente.

— Estamos em guerra — Vin disse. — Se esperar uma "discriminação" antes de matar, terá muitos soldados infelizes.

— Seu crime não é de guerra, Lady Venture.

— Ah é? E eu posso saber qual é o crime?

— O mais simples de todos. Assassinato.

Vin ergueu uma sobrancelha. Ela havia matado alguém próximo a este homem? Talvez um dos soldados nobres no séquito de Cett, no ano anterior, durante o ataque à Fortaleza Hasting?

Yomen fitou seus olhos, e ela viu algo neles. Um ódio que ele mantinha escondido por trás da fachada calma. Não; ela não havia matado um de seus amigos ou parentes. Ela havia assassinado alguém muito mais importante.

— O Senhor Soberano — ela falou.

Yomen deu-lhe as costas novamente.

— O senhor não pode querer honestamente me julgar por *isso*. É ridículo.

— Não haverá julgamento — Yomen retrucou. — Sou a autoridade nesta cidade e não preciso de cerimônia para me dar instruções ou permissão.

Vin bufou.

— Pensei que tinha dito que era um lugar da lei.

— E eu sou a lei. Acredito na retidão de deixar uma pessoa falar por si antes de tomar minha decisão. Darei tempo para que a senhora organize seus pensamentos. No entanto, os homens que estão vigiando a senhora têm ordens para matá-la se sequer parecer que está colocando algo não aprovado na boca.

Yomen olhou de novo para ela.

— Eu teria muito cuidado ao comer ou beber, se fosse a senhora. Os guardas foram instruídos a pecar por excesso, e eles sabem que eu não os punirei caso um deles a mate por acidente.

Mate-o, sussurrou a voz de Ruína. *Você pode fazê-lo. Pegue a arma de um dos soldados e a use contra Yomen.*

Vin franziu o cenho. Ruína ainda estava usando a voz de Reen. Era familiar; algo que sempre parecera parte dela. Descobrir que ela pertencia àquela *coisa*... era como descobrir que seu reflexo na verdade pertencia a outra pessoa e que ela nunca tinha se visto de verdade.

Ignorou a voz. Não sabia ao certo por que Ruína queria que ela tentasse matar Yomen. No fim das contas, ele a havia capturado — o rei-obrigador estava trabalhando para Ruína. Além disso, Vin duvidava de sua capacidade de causar algum dano no homem. Acorrentada, sem seus metais ofensivos... seria tola se atacasse.

Ela também não confiava nos comentários de Yomen sobre mantê-la viva para que pudesse se defender da execução. Ele estava armando alguma coisa. Ainda assim, Vin não imaginava o que poderia ser. Por que deixá-la viva? Ele era esperto demais para não ter um motivo.

Sem dar nenhuma pista de suas motivações, Yomen se virou novamente, olhando pela janela.

— Levem-na.

Sacrificando a maior parte de sua consciência, Preservação criou a prisão de Ruína, rompendo seu acordo e tentando impedir que Ruína destruísse o que haviam criado. Esse evento deixou seus poderes quase equilibrados novamente — Ruína aprisionado, apenas um leve vestígio seu capaz de vazar. Preservação, por sua vez, tornou-se um mero traço do que fora no passado, mal capaz de pensar e agir.

Essas duas mentes eram independentes da força pura de seus poderes. Na verdade, não sei ao certo como pensamentos e personalidades se aliam a forças, para começar, mas acredito que eles não existiam originalmente. Pois as duas forças podiam ser separadas das mentes que as controlavam.

55

ELEND DEMOROU MUITO MAIS PARA voltar do vilarejo do que para chegar até lá. Para começar, havia deixado muitas de suas moedas com os aldeões. Não sabia ao certo como dinheiro ajudaria nas próximas semanas, mas sentia que precisava fazer alguma coisa. Teriam tempos difíceis a enfrentar nos próximos meses. Os estoques de comida estavam quase vazios, as casas, queimadas pelos koloss, as fontes de água contaminadas pelas cinzas, sua capital — e seu rei — sitiadas por Elend...

Preciso me concentrar, disse a si mesmo, caminhando através das cinzas cadentes. *Não posso ajudar cada vilarejo. Preciso pensar no cenário maior.*

Um cenário que incluía usar uma força de koloss para destruir a cidade de outro homem. Elend cerrou os dentes e continuou sua caminhada. O sol rastejava em direção ao horizonte, e as brumas já começavam a aparecer, iluminadas pela luz chamejante do astro vermelho. Atrás dele, cerca de trinta mil koloss caminhavam pesadamente. Seu novo exército.

Esse foi outro motivo que o fez demorar mais para voltar. Queria caminhar com o exército koloss em vez de saltar diante dele, caso seu Inquisidor aparecesse para tomá-lo de volta. Ele ainda não conseguia acreditar que um grupo tão grande não estivera sob nenhum tipo de controle.

Ataquei um exército koloss sozinho, pensou enquanto abria caminho por um terreno tomado de cinzas até a altura da coxa. *Consegui sem a ajuda de Vin, determinado a derrotar seu Inquisidor por conta própria.*

Como pensara em lutar com um Inquisidor sozinho? O próprio Kelsier mal conseguira derrotar uma dessas coisas.

Vin matou três até agora, ele pensou. *Nós os abordamos juntos, mas foi ela quem matou cada um.*

Ele não se ressentia das habilidades de Vin, mas sentia indícios leves de inveja ocasional. Aquilo o divertia. Nunca o incomodara quando era um homem comum, mas, agora que era um Nascido da Bruma também, ele se via invejando as habilidades dela.

E, mesmo com toda aquela habilidade, ela fora capturada.

Elend andava com passos fortes, sentindo um peso do qual não conseguia se livrar. Tudo lhe parecia *errado*. Vin aprisionada, enquanto ele estava livre. Bruma e cinzas sufocando a terra. Elend, apesar de seus poderes, era incapaz de fazer qualquer coisa para proteger o povo — e a mulher que amava.

E esse era o terceiro motivo pelo qual caminhava lentamente com os koloss em vez de retornar de imediato para o acampamento. Precisava de tempo para pensar. Um tempo sozinho. Talvez tivesse sido isso a fazê-lo partir, em primeiro lugar.

Ele sabia que seu trabalho era perigoso, mas nunca pensou *realmente* que poderia perdê-la. Era Vin. Sempre escapava. Sobrevivia.

Mas e se desta vez não sobrevivesse?

Ele sempre fora o vulnerável, a pessoa comum em um mundo de Nascidos da Bruma e koloss. O estudioso incapaz de lutar, dependente da proteção de Vin. Mesmo durante o último ano de lutas, ela se mantivera por perto. Quando ela passara por perigos, ele também estivera junto, de forma que nunca houve tempo para pensar sobre o que aconteceria se ele sobrevivesse e ela não.

Elend sacudiu a cabeça, abrindo caminho pelas cinzas. Poderia ter usado os koloss para abrir uma trilha. No entanto, por ora, queria ficar sozinho. Então, caminhava na frente, uma figura solitária de preto em um campo de coberto de cinzas, iluminado pelo sol poente e vermelho.

A chuva de cinzas estava cada vez pior. Antes de ter deixado o vilarejo para trás, passara um dia fazendo os koloss limparem as ruas e reconstruírem algumas casas. Ainda assim, com a quantidade de cinzas que caíam, as brumas e até mesmo a possibilidade de outros koloss perdidos se tornavam problemas secundários. As cinzas sozinhas os matariam. Já enterravam árvores e montes. Chegavam à cintura em alguns lugares.

Talvez se eu tivesse ficado em Luthadel, ele pensou, *trabalhando com meus estudiosos, poderíamos ter descoberto uma maneira de parar isso...*

Não; aquilo era bobagem. O que fariam? Tampariam as Montanhas de Cinzas? Encontrariam uma maneira de varrer toda aquela cinza para dentro do mar? Na paisagem diante dele, através das brumas noturnas, conseguia ver um brilho vermelho no céu, embora o sol tivesse se posto no horizonte contrário. Podia apenas supor que a luz à leste vinha do fogo e da lava que subiam das Montanhas de Cinzas.

O que faria a respeito de um céu moribundo, de cinzas tão espessas que ele mal conseguia se mover em meio a elas, de vulcões em erupção? Até aquele momento, seu jeito de lidar com essas coisas havia sido ignorá-las.

Ou, na verdade, deixar que Vin se preocupasse com elas.

É isso o que realmente me preocupa, ele pensou. *Perder a mulher que amo é muito ruim. Mas perder aquela em quem eu confiei para resolver tudo isso... é realmente apavorante.*

Era uma percepção estranha. A grande verdade era que ele *de fato* enxergava em Vin mais do que uma pessoa. Era uma força. Quase uma deusa? Parecia tolo pensar dessa forma. Era sua esposa. Embora fosse membro da Igreja do Sobrevivente, parecia errado adorá-la, pensar nela como algo divino.

E não pensava, não de verdade. Mas confiava nela. Vin era uma pessoa de instintos, enquanto Elend era de lógica e pensamentos. Às vezes, parecia que ela podia fazer o impossível simplesmente porque não parava para *pensar* sobre como aquilo era mesmo inalcançável. Quando Elend chegava à beira de um abismo, parava para medir a distância até o outro lado. Vin seguia adiante e pulava.

O que aconteceria no dia em que ela não chegasse ao outro lado? E se os acontecimentos nos quais estavam envolvidos fossem maiores do que duas pessoas poderiam esperar resolver, mesmo que uma delas fosse Vin?

Pensando bem, mesmo a possibilidade de descobrir informações úteis no depósito em Fadrex era uma esperança mínima.

Precisamos de ajuda, pensou Elend, frustrado. Parou em meio às cinzas, a escuridão fechando-se ao redor dele com a chegada da noite. As brumas rodopiavam.

Ajuda. O que isso significava? Ajuda de algum deus misterioso como aqueles sobre os quais Sazed pregava no passado? Elend nunca conhecera um deus que não fosse o Senhor Soberano. E nunca tivera fé de verdade na criatura, embora o encontro com Yomen tivesse mudado sua perspectiva sobre como algumas pessoas adoravam o Senhor Soberano.

Elend parou, olhando para o céu, observando a queda dos flocos de cinza. Continuando sua chuva silenciosa, mas incessante, contra a terra. Como as penas de corvo de um travesseiro macio usado para sufocar uma vítima adormecida.

Estamos condenados, ele pensou. Atrás dele, os koloss pararam sua marcha, esperando sua ordem silenciosa. *É isso, tudo vai acabar.*

Aquela ideia não era esmagadora. Era gentil, como um filete final de fumaça de uma vela que se apagava. De súbito, ele entendeu que não tinham como lutar — que tudo que haviam feito no último ano era inútil.

Elend caiu de joelhos. As cinzas chegaram ao seu peito. Talvez aquela fosse a razão final pela qual queria caminhar de volta sozinho. Quando os outros estavam por perto, sentia como se precisasse ser otimista. Mas, sozinho, podia enfrentar a verdade.

E ali, nas cinzas, ele finalmente desistiu.

Alguém ajoelhou ao seu lado.

Elend saltou para trás, cambaleando para ficar em pé e espalhando as cinzas. Ele avivou peltre com atraso, dando a si mesmo a força tensa de um Nascido da Bruma prestes a atacar. Mas não havia ninguém ali. Ele ficou paralisado, perguntando-se se estava imaginando coisas. E, então, queimando estanho e estreitando os olhos para enxergar na escuridão da noite cinzenta, finalmente viu. Uma criatura de bruma.

Não era *composta* de brumas. Era, na verdade, delineada por elas. Curvas aleatórias insinuavam sua figura, que era mais ou menos a de um homem. Elend vira a criatura duas vezes antes. A primeira vez, aparecera para ele nas terras isoladas do Domínio do Norte.

A segunda, ela o apunhalara na barriga, deixando-o sangrar até a morte.

Mesmo assim, aquela fora uma tentativa de fazer Vin tomar o poder no Poço da Ascensão e usá-lo para curar Elend. As intenções da coisa haviam sido boas, embora quase o tivesse matado. Além do mais, Vin tinha lhe contado que aquela criatura levara para ela o pedaço de metal que, de alguma forma, transformara Elend em alomântico.

O espectro das brumas o fitava, sua figura mal distinguível nos padrões das brumas flutuantes.

— O quê? — Elend perguntou. — O que você quer de mim?

O espectro das brumas ergueu o braço e apontou para o sudeste.

Foi tudo o que ele fez da primeira vez que me encontrou. Apenas apontou, como se tentasse me levar a algum lugar. Também não entendi o que queria na época.

— Olha só — Elend disse, de repente se sentindo exausto. — Se quer dizer algo, por que não diz?

O espectro das brumas ficou parado em meio a elas.

— Ao menos escreva — Elend insistiu. — Apontar não está funcionando. — Ele sabia que a criatura, fosse o que fosse, tinha alguma corporeidade. Afinal, havia conseguido apunhalar Elend facilmente.

Ele esperava que a criatura fosse continuar parada. No entanto, para surpresa de Elend, ela obedeceu a seu comando, ajoelhando-se nas cinzas. Ela estendeu a mão brumosa e começou a riscar as cinzas. Elend deu um passo adiante, inclinando a cabeça para ver o que a coisa estava escrevendo.

Vou matar você, eram as palavras. *Morte, morte, morte.*

— Bem... que agradável — Elend comentou, sentindo um arrepio sinistro.

O espectro das brumas parecia se encurvar. Ajoelhou-se, sem deixar marcas no chão.

Palavras estranhas de se escrever, Elend pensou, *quando parecia estar tentando me fazer confiar nele...*

— Ela pode mudar suas palavras, não é? — Elend perguntou. — A outra força. Ela pode reescrever pedaços de texto em papel, então por que não mudaria coisas riscadas nas cinzas?

O espectro das brumas olhou para cima.

— É por isso que você arrancou pedaços dos papéis de Sazed — Elend disse. — Não podia escrever uma nota para ele, pois as palavras seriam alteradas. Então, você precisou fazer outras coisas. Coisas mais diretas e simples, como apontar.

A criatura se levantou.

— Então, escreva mais lentamente — Elend falou. — Use movimentos exagerados. Vou observar os movimentos do seu braço e formar as letras na minha mente.

O espectro das brumas começou imediatamente, brandindo os braços. Elend inclinou a cabeça, observando os movimentos. Não conseguia concatenar seus sentidos, muito menos formar letras com eles.

— Espere — pediu, erguendo a mão. — Não está funcionando. Ou ela está mudando as coisas, ou você não conhece as letras.

Silêncio.

Espere. Elend olhou para o texto no chão. *Se o texto mudou...*

— Ela está aqui, não é? — perguntou, sentindo um calafrio. — Está aqui conosco, agora.

O espectro continuou parado.

— Gire para dizer sim — Elend falou.

O espectro das brumas começou a agitar os braços como havia feito antes.

— Isso serve — Elend comentou, sentindo um arrepio. Olhou ao redor, mas não conseguia ver nada mais nas brumas. Se a coisa que Vin libertara estivesse ali, não dava nenhum indício. Ainda assim, Elend pensou *poder* sentir algo diferente. Um aumento leve no vento, um toque de gelo no ar, as brumas movendo-se com mais agitação. Talvez estivesse apenas imaginando coisas.

Ele concentrou a atenção no espectro das brumas.

— Você... não está tão sólido como antes.

A criatura permaneceu parada.

— Isso é um não? — Elend perguntou, frustrado. A criatura permaneceu parada.

Elend fechou os olhos, forçando-se a se concentrar, relembrando os quebra-cabeças lógicos de sua juventude. *Preciso abordar a questão mais diretamente. Usando perguntas que podem ser respondidas com um simples sim ou não.* Por que estava mais difícil enxergar o espectro das brumas do que antes? Elend abriu os olhos.

— Você está mais fraco que antes? — perguntou.

A criatura abanou os braços.

Sim, pensou Elend.

— É porque o mundo está acabando?

Mais acenos.

— Você é mais fraco que a outra coisa? A coisa que Vin libertou?

Acenos.

— *Muito* mais fraco?

Ele acenou, embora parecesse um pouco desconsolado desta vez.

Ótimo, pensou Elend. Claro; deveria ter imaginado. O que quer que fosse o espectro das brumas, não era uma resposta mágica aos seus problemas. Se fosse, ele já os teria salvado.

O que mais falta é informação, pensou. *Preciso descobrir o que puder dessa coisa.*

— Você tem relação com as cinzas?

Sem movimentos.

— Você está causando as chuvas de cinza?

Sem movimentos.

— A outra coisa as está causando?

Desta vez, ela acenou os braços.

Certo.

— Ela está fazendo as brumas virem durante o dia também?

Sem movimentos.

— Você está fazendo as brumas virem durante o dia?

O espectro pareceu refletir sobre aquilo, então acenou com menos vigor que antes.

Isso é um "talvez"?, ponderou Elend. *Ou um "mais ou menos"?*

A criatura ficou parada. Estava ficando cada vez mais difícil vê-la nas brumas. Elend avivou estanho, mas a criatura não ficou mais distinta por isso. Parecia estar... desaparecendo.

— Aonde você quer que eu vá? — perguntou Elend, mais para si do que esperando resposta. — Você apontou para... o sudeste? Quer que eu volte para Luthadel?

Ele acenou novamente com pouco entusiasmo.

— Quer que eu ataque a Cidade de Fadrex?

Não se moveu.

— Quer que eu *não* ataque a Cidade de Fadrex?

Ele acenou com vigor.

Interessante, pensou Elend.

— As brumas. Elas têm relação com tudo isso, não têm?

Acenos.

— Elas estão matando meus homens.

A criatura avançou, depois parou, parecendo pressionada de alguma forma.

Elend franziu a testa.

— Você reagiu a essa pergunta. Quer dizer que elas *não* estão matando meus homens?

Ela acenou.

— Isso é ridículo. Eu *vi* os homens caindo mortos.

O espectro avançou, apontando para Elend. Ele olhou para o cinturão.

— As moedas? — ele perguntou, erguendo os olhos.

O espectro apontou outra vez. Elend segurou o cinturão. Tudo que havia ali eram seus frascos de metais. Tirou um do cinturão.

— Metais?

O espectro se agitou vigorosamente. E continuou a acenar e acenar. Elend olhou para o frasco.

— Não estou entendendo.

A criatura parou. Estava ficando cada vez mais translúcida, como se evaporasse.

— Espere! — Elend disse, avançando. — Tenho outra pergunta. Mais uma antes de você partir!

O espectro parecia encará-lo.

— Podemos vencê-la? — perguntou baixinho. — Podemos sobreviver?

Silêncio. Então, a criatura acenou com rapidez. Não um aceno vigoroso, e sim hesitante. Incerto. E evaporou, mantendo aquele mesmo aceno, as brumas ficando indistintas, sem deixar sinal de que a criatura estivera ali.

Elend ficou em silêncio na escuridão. Ele se virou e olhou para o exército koloss, que esperava como troncos de árvores obscuras à distância. Em seguida, olhou ao redor, tentando encontrar outros sinais do espectro das brumas. Por fim, ele girou o corpo novamente e partiu com passos pesados de volta para Fadrex. E os koloss o seguiram.

Ele se sentia... mais forte. Era uma tolice — o espírito das brumas não lhe dera nenhuma informação útil. Era quase como uma criança. As coisas que havia dito eram em sua maioria confirmações do que ele já suspeitava.

Ainda assim, ele avançou, movendo-se com mais determinação. Mesmo que fosse porque sabia que havia coisas no mundo que não entendia e, talvez, isso significasse que havia possibilidades que não via. Possibilidades de sobrevivência.

Possibilidades de aterrissar em segurança do outro lado do abismo, mesmo quando a lógica lhe dizia para não saltar.

Não sei por que Preservação decidiu usar seu último suspiro de vida para se mostrar a Elend durante sua viagem de volta a Fadrex. Pelo que entendo, ele acabou não descobrindo muitas coisas naquele encontro. Na época, Preservação era apenas uma sombra do que já fora — e aquela sombra estava sob uma imensa pressão destrutiva de Ruína.

Talvez Preservação — ou o que havia restado dele — quisesse abordar Elend sozinho. Ou talvez o tivesse visto caindo de joelhos naquele campo e entendido que o imperador dos homens estava a ponto de deitar-se nas cinzas e nunca mais se levantar.

De qualquer forma, Preservação apareceu e, ao fazê-lo, se expôs aos ataques de Ruína. Já haviam ficado para trás os dias em que Preservação podia despachar um Inquisidor apenas com um simples gesto, até mesmo os dias em que podia golpear um homem fazendo-o sangrar até morrer.

Quando Elend viu o "espectro das brumas", Preservação mal devia ter estado coerente. Imagino o que Elend teria feito, caso soubesse que estava na presença de um deus moribundo — que, naquela noite, foi a última testemunha da morte de Preservação. Se tivesse esperado apenas alguns minutos a mais naquele campo de cinzas, teria visto um corpo, de estatura baixa, cabelos pretos e nariz avantajado, caindo das brumas, morto sobre as cinzas.

Mas, como não o fez, o cadáver foi deixado sozinho para ser enterrado nas cinzas. O mundo estava morrendo. Seus deuses precisavam morrer com ele.

56

FANTASMA ESTAVA NA CAVERNA ESCURA, olhando para a lousa e o papel. Ele havia montado a lousa como uma tela sobre um cavalete, mas não estava rabiscando imagens, e sim ideias. Kelsier tivera o hábito de esboçar seus planos para o bando em uma lousa com carvão. Parecia uma boa ideia, embora Fantasma não estivesse explicando os planos para uma gangue e sim somente tentando organizá-las para si mesmo.

O truque seria levar Quellion a se expor como alomântico diante do povo. Durn espalhara o que precisavam, e a multidão estaria pronta, esperando a confirmação do que tinham sido informados. No entanto, para o plano de Fantasma funcionar, ele teria de pegar o Cidadão em um local público e levar o homem a usar seus poderes de forma que fosse óbvia para quem assistisse.

Não posso simplesmente deixá-lo empurrar *um metal distante*, pensou, rabiscando uma anotação para si a carvão na lousa. *Precisarei que ele voe pelos ares ou talvez lance algumas moedas. Algo visível, algo que possamos dizer a todos para observar.*

Seria difícil, mas Fantasma estava confiante. Tinha muitas ideias escritas no quadro, desde atacar Quellion em um discurso até fazê-lo usar seus poderes quando achasse que ninguém estava olhando. Lentamente, os pensamentos iam tomando a forma de um plano coeso.

Eu posso mesmo fazer isso, pensou Fantasma, sorrindo. *Sempre senti muita admiração pelas capacidades de liderança de Kelsier. Mas não é tão difícil quanto pensei que fosse.*

Ou ao menos era o que ele dizia a si mesmo. Evitava pensar sobre as consequências, caso fracassasse. Evitava pensar no fato de que ainda mantinha Beldre como refém. Evitava se preocupar com o fato de que, quando acordava em algumas manhãs, o estanho tendo queimado durante a noite, seu corpo ficava completamente dormente, incapaz de sentir qualquer coisa até conseguir mais metal como combustível. Evitava se concentrar nas revoltas e incidentes que suas aparições, discursos e trabalho entre o povo estavam provocando.

Kelsier continuava dizendo para ele não se preocupar. Isso deveria bastar. Certo?

Após alguns minutos, ele ouviu alguém se aproximar, os passos silenciosos nas pedras, mas não tão silenciosos para ele. O farfalhar de um vestido, mesmo que sem perfume, informava para ele exatamente quem era.

— Fantasma?

Ele abaixou o carvão e se virou. Beldre estava do outro lado do "quarto". Ele fizera uma alcova para si mesmo entre as várias estantes do depósito, dividindo-a com lençóis — seu escritório pessoal.

A irmã do Cidadão usava um belo vestido de nobre verde e branco.

Fantasma sorriu.

— Gostou dos vestidos?

Ela baixou os olhos, corando levemente.

— Eu... não vestia algo assim há anos.

— Você e ninguém na cidade — Fantasma comentou, soltando o carvão e limpando os dedos em um trapo. — Mas, por outro lado, isso torna mais fácil consegui-los, caso se saiba quais prédios saquear. Parece que acertei seu tamanho direitinho, não?

— Sim — ela disse baixinho, avançando. O vestido realmente havia ficado muito bem na moça, e Fantasma sentiu um pouco de dificuldade em se concentrar quando ela chegou perto. Beldre olhou para a lousa de carvão e franziu a testa. — Isso... deveria fazer algum sentido?

Fantasma saiu do transe. O quadro de carvão era uma bagunça de riscos e anotações. Só aquilo teria dificultado a leitura. Porém, havia algo além que o deixava mais incompreensível.

— A maioria está escrito na gíria de rua do Leste — Fantasma comentou.

— O dialeto que você cresceu falando? — ela perguntou, correndo o dedo pelas margens da lousa, com cuidado para não tocar os escritos e acabar borrando-os.

Fantasma assentiu.

— Até as palavras são diferentes. Estavando?

— Meio que significa "estava fazendo" — Fantasma explicou. — Você começa frases com ela. "Estavando o correr de lá" significa "Eu estava correndo para aquele lugar".

— Estavando o onde de como dos encontros — Beldre falou, sorrindo levemente para si mesma enquanto lia o quadro. — Parece uma falação sem sentido!

— Estavando como de querendo o fazer — Fantasma disse, sorrindo, entrando no dialeto por inteiro. Em seguida, corou e se afastou.

— Como? — ela perguntou.

Por que sempre ajo como um tolo perto dela?, pensou. *Os outros sempre tiravam sarro da minha gíria; até mesmo Kelsier pensava que era um tanto bobo. E agora eu começo a falar na frente dela?*

Ele estivera se sentindo confiante, enquanto estudava os planos, antes de ela ter chegado. Por que ela sempre conseguia fazê-lo sair do papel de liderança e voltar a ser o velho Fantasma? O Fantasma que nunca fora importante.

— Não deveria ter vergonha do dialeto — Beldre disse. — Acho que tem seu charme.

— Acabou de dizer que parece falação sem sentido — Fantasma retrucou, virando-se para ela.

— Mas essa é a melhor parte! É uma falação sem sentido de *propósito*, certo?

Fantasma se lembrou com carinho de como os pais haviam reagido quando ele adotara a gíria. Era uma espécie de poder ser capaz de dizer coisas que apenas seus amigos entendiam. Claro, começara a falar nela com tamanha frequência que mais tarde fora difícil voltar ao normal.

— Então — Beldre falou, olhando o quadro. — O que quer dizer?

Fantasma hesitou.

— Apenas pensamentos aleatórios — ele comentou. Ela era sua inimiga; precisava se lembrar disso.

— Ah — disse ela. Algo ilegível passou pelo rosto da garota, que então se afastou do quadro.

Seu irmão sempre a bania de suas reuniões, pensou Fantasma. *Nunca lhe disse nada importante. Fazia com que ela se sentisse inútil...*

— Preciso que você faça seu irmão usar a Alomancia na frente do povo. — Fantasma se flagrou dizendo. — Deixar que eles vejam que é um hipócrita.

Beldre olhou para trás.

— O quadro está cheio de ideias minhas — Fantasma disse. — A maioria delas não é muito boa. Estou tentado a simplesmente atacá-lo, fazendo-o se defender.

— Não vai funcionar — Beldre concluiu.

— Por que não?

— Ele não vai usar a Alomancia contra você. Não se exporia assim.

— Se eu ameaçá-lo o suficiente, ele vai.

Beldre negou com a cabeça.

— Você prometeu não o ferir. Lembra?

— Não — Fantasma respondeu, erguendo um dedo. — Prometi *tentar* encontrar outra maneira. E não pretendo matá-lo. Preciso apenas fazer com que ele *pense* que vou matá-lo.

Beldre ficou em silêncio novamente. O coração de Fantasma palpitou.

— Não vou fazer isso, Beldre. Não vou matá-lo.

— É uma promessa?

Fantasma assentiu.

Ela ergueu os olhos para ele e sorriu.

— Quero escrever uma carta para ele. Talvez eu possa convencê-lo a te ouvir. Poderíamos evitar a necessidade disso tudo.

— Tudo bem... — Fantasma disse. — Mas você sabe que terei de ler a carta para ter certeza de que não vai revelar nada que possa prejudicar minha posição.

Beldre assentiu.

Claro, Fantasma faria mais que somente ler. Ele a reescreveria em outra folha, mudando a ordem das linhas, e, em seguida, acrescentaria algumas poucas palavras desimportantes. Trabalhara em muitos bandos de ladrões para ignorar a possibilidade de mensagens cifradas. Mas, supondo que Beldre estivesse sendo honesta com ele, uma carta dela para Quellion era uma boa ideia. Poderia não ajudar, mas fortaleceria a posição de Fantasma.

Ele abriu a boca para perguntar se as acomodações dela estavam aceitáveis, mas se refreou ao ouvir alguém se aproximar. Passos pesados desta vez. Capitão Goradel, pensou.

E, como imaginado, o capitão apareceu no quarto de Fantasma instantes depois.

— Milorde — disse. — O senhor precisa ver isso.

OS SOLDADOS HAVIAM PARTIDO.

Sazed olhou pela janela com os outros, inspecionando o terreno vazio no qual as tropas de Quellion tinham ficado acampadas pelas últimas semanas, vigiando o prédio do Ministério.

— Quando foram embora? — Brisa perguntou, coçando o queixo, pensativo.

— Agora mesmo — Goradel explicou.

O movimento pareceu agourento a Sazed. Estava ao lado de Fantasma, Brisa e Goradel, embora os outros parecessem ver bons indícios na retirada dos soldados.

— Bem, assim ficará mais fácil de se esgueirar para fora — Goradel observou.

— Mais que isso. Significa que posso incorporar nossos soldados ao plano contra Quellion. Nunca os tiraríamos do prédio secretamente com metade de um exército na nossa porta, mas agora...

— Exato — o Capitão disse. — Mas para onde foram? Acreditam que Quellion suspeita de nós?

Brisa bufou.

— Isso, meu caro, parece uma questão para seus batedores. Por que não faz com que se informem da localização daquele exército?

Goradel assentiu. Mas o que surpreendeu um pouco Sazed foi que o soldado olhou para Fantasma, buscando confirmação. O rapaz assentiu, e o capitão saiu para distribuir as ordens.

Ele obedece mais ao garoto que a Brisa e a mim, pensou Sazed. Não deveria estar surpreso. Sazed concordara em deixar Fantasma assumir a liderança, e, para Goradel, todos os três — Sazed, Brisa e Fantasma — provavelmente estavam no mesmo nível hierárquico. Todos eram do círculo íntimo de Elend, e, dos três, Fantasma era o melhor guerreiro. Fazia sentido buscá-lo como fonte de autoridade.

Mas era estranho ver Fantasma dando ordens aos soldados. O rapaz sempre fora tão quieto durante os dias do bando original. Ainda assim, Sazed estava começando a respeitá-lo também. Fantasma sabia como dar ordens de forma que Sazed não conseguia, além de ter mostrado perspicácia em seus preparativos em Urteau, bem como em seus planos para derrubar Quellion. Tinha um talento para as encenações que Brisa dizia o tempo todo ser notável.

No entanto, havia aquela venda nos olhos do garoto e as outras coisas que ele não havia explicado. Sazed sabia que deveria tê-lo pressionado mais em busca de respostas, mas a verdade era que confiava em Fantasma. Conhecia-o desde quando ele mal era capaz de se comunicar com os outros.

Quando Goradel se afastou, Fantasma olhou para Sazed e Brisa.

— O que acham?

— Quellion está planejando alguma coisa — Brisa disse. — Mas me parece cedo demais para tirar conclusões.

— Concordo. Por ora, seguimos com o plano — Fantasma respondeu.

Com isso, eles se separaram. Sazed se virou, voltando à parte mais distante da caverna — onde um grupo considerável de soldados trabalhava na área bem iluminada com lampiões. Nos braços, sentia o peso familiar das mentes de cobre — duas nos braços, duas nos antebraços. Nelas repousava o conhecimento de engenharia de que precisava para concluir a tarefa que Fantasma lhe havia incumbido.

Ultimamente, Sazed não sabia o que pensar. Cada vez que subia as escadas e olhava para a cidade, via sinais piores. As chuvas de cinzas estavam mais pesadas. Os terremotos ficavam cada vez mais frequentes e violentos. As brumas se demoravam mais e mais durante o dia. O céu estava escuro, e o sol vermelho, mais parecido com uma vasta ferida do que com uma fonte de luz e vida. As Montanhas de Cinzas deixavam o horizonte vermelho durante a noite.

Para ele, parecia que o fim do mundo deveria ser um tempo em que os homens *encontravam* fé, não um tempo em que a perdiam. Ainda assim, o pouco que ele havia dedicado a estudar religiões em sua pasta não foi encorajador. Mais vinte religiões eliminadas, deixando apenas trinta potenciais candidatas.

Ele sacudiu a cabeça, movendo-se entre os soldados ocupados. Vários grupos trabalhavam em dispositivos de madeira cheios de pedras — sistemas de peso que cairiam para bloquear a água que corria para a caverna. Outros trabalhavam no sistema de polias que abaixaria o mecanismo. Depois de mais ou menos meia hora, Sazed considerou que estavam todos cumprindo bem suas tarefas e voltou aos cálculos. No entanto, enquanto se dirigia à mesa, Fantasma se aproximou.

— Revoltas — o rapaz disse, passando a caminhar ao lado de Sazed.

— Como, Lorde Fantasma?

— É para onde os soldados foram. Algumas pessoas começaram um incêndio, e os soldados que estavam nos vigiando foram chamados para apagá-lo antes que a cidade toda ardesse em chamas. Há muito mais madeira aqui do que nas cidades do Domínio Central.

Sazed franziu o cenho.

— Nossos atos aqui estão se tornando perigosos, creio eu.

Fantasma deu de ombros.

— Parece uma coisa boa para mim. Esta cidade está à beira de estourar, Sazed. Como Luthadel, quando assumimos o controle.

— Apenas a presença de Elend Venture impediu que a cidade se destruísse — Sazed disse em voz baixa. — A revolução de Kelsier poderia facilmente ter se transformado em um desastre.

— Vai ficar tudo bem — Fantasma garantiu.

Sazed encarou o jovem enquanto os dois caminhavam pela caverna. Fantasma parecia estar se esforçando bastante para transparecer um ar de confiança. Talvez Sazed estivesse ficando cético, mas achava difícil ser tão otimista quanto ele.

— Você não acredita em mim — Fantasma concluiu.

— Desculpe, Lorde Fantasma. Não é que... é só que tem sido difícil ter fé em qualquer coisa ultimamente.

— Ah.

Eles caminharam em silêncio por um tempo, vendo-se por fim à beira da superfície vítrea do lago subterrâneo. Sazed parou à margem das águas, as preocupações o corroendo por dentro. Ficou em silêncio por um longo tempo, sentindo-se frustrado, mas sem ter de fato uma válvula de escape.

— Você não se preocupa, Fantasma? — finalmente Sazed perguntou. — Com a possibilidade de falharmos?

— Não sei — Fantasma disse, arrastando os pés.

— E é muito mais que *isso* — Sazed comentou, brandindo a mão em direção às equipes de trabalho. — O próprio céu parece estar nos hostilizando. A terra está morrendo. Você não se pergunta de que vai adiantar tudo isso? Para que lutamos? Estamos todos condenados, de qualquer forma!

Fantasma enrubesceu. Em seguida, abaixou a cabeça.

— Não sei — repetiu. — Eu... eu entendo o que você está fazendo, Sazed. Está tentando descobrir se duvido de mim mesmo. Acho que você consegue enxergar por trás da minha máscara.

Sazed fez uma careta, mas Fantasma não estava olhando.

— Você tem razão — o jovem falou, esfregando a testa. — Eu *de fato* me preocupo com a possibilidade de falharmos. Acho que Tindwyl ficaria chateada comigo, não? Ela achava que líderes não deveriam duvidar de si mesmos.

Aquilo fez Sazed hesitar. *O que estou fazendo?*, pensou, horrorizado com seu surto. *Foi isso que me tornei? Durante a maior parte da minha vida, resisti ao Sínodo, rebelando-me contra meu próprio povo. Ainda assim, eu me mantive em paz interior, confiante de que estava fazendo a coisa certa.*

Agora, venho aqui, onde as pessoas mais precisam de mim e fico sentado, repreendendo meus amigos, dizendo para eles que estamos todos prestes a morrer?

— Mas, mesmo que eu duvide de mim mesmo — Fantasma disse, erguendo os olhos —, ainda acho que tudo vai ficar bem.

Sazed ficou surpreso com a esperança que viu nos olhos do garoto. *Foi isso que eu perdi.*

— Como pode dizer isso? — Sazed perguntou.

— Não sei, de verdade. Eu só... Bem, lembra a pergunta que você me fez assim que chegou aqui? Estávamos ao lado do lago, bem ali. Você me perguntou sobre fé. Perguntou do que adiantava, se levava as pessoas a ferirem umas às outras, como a fé de Quellion no Sobrevivente tem feito.

Sazed olhou para o lago.

— Sim — falou com suavidade. — Me lembro.

— Tenho pensado nisso desde aquele dia — Fantasma disse. — E... acho que talvez eu tenha uma resposta.

— Por favor.

— Fé — Fantasma começou a falar — significa que não importa o que aconteça. Você pode confiar que alguém está olhando. Confiar que alguém fará tudo dar certo.

Sazed fez uma cara estranha.

— Significa que sempre haverá um caminho — Fantasma sussurrou, olhando fixamente para a frente, os olhos vidrados como se visse coisas que Sazed não conseguia enxergar.

Sim, pensou Sazed. *Foi isso que eu perdi. E é isso que preciso recuperar.*

Entendi que cada poder tem três aspectos: um físico, que pode ser visto nas criações de Ruína e de Preservação; um espiritual, na energia invisível que permeia todo o mundo; e um cognitivo, nas mentes que controlam essa energia.

Há muito mais além disso. Muito mais que nem mesmo eu pude compreender ainda.

57

VOCÊ DEVERIA MATÁ-LOS.

Vin ergueu os olhos ao ouvir dois guardas passarem pela porta da cela. Havia uma coisa boa sobre a voz de Ruína — acabava alertando-a da presença de pessoas próximas, mesmo que sempre dissesse para matá-las.

Uma parte dela se perguntava se, na verdade, estava louca. No fim das contas, vira e ouvira coisas que ninguém mais conseguia ver e ouvir. No entanto, se estivesse louca, não havia uma maneira confiável de perceber. Então, decidiu simplesmente aceitar o que ouvia e seguir em frente.

Na verdade, estava grata pela voz de Ruína que aparecia às vezes. Além dessa voz, estava sozinha na cela. A quietude era total. Os soldados não conversavam, provavelmente por ordem de Yomen. Além disso, cada vez que Ruína falava, ela sentia que aprendia alguma coisa. Por exemplo, aprendera que Ruína podia se manifestar em pessoa ou afetá-la à distância. Quando a presença real não estava com ela na cela, as palavras eram muito mais simples e vagas.

Por exemplo, a ordem de Ruína de matar os guardas. Ela não poderia seguir aquela sugestão, não de dentro da cela. Não era bem uma ordem específica, e sim mais uma tentativa de mudar suas inclinações. Novamente, aquilo a lembrava da forma como a Alomancia podia exercer uma influência geral sobre as emoções de uma pessoa.

Influência geral...

Algo lhe ocorreu. Ela alcançou com sua mente e, de fato, ainda conseguia sentir os milhares de koloss que Elend lhe dera. Ainda estavam sob seu controle, distantes, obedecendo às ordens gerais que ela lhes dera antes.

Poderia usá-los de alguma forma? Para entregar uma mensagem a Elend, talvez? Levá-los a atacar a cidade e libertá-la? Quando ela ponderou seriamente, os dois planos pareceram ruins. Trazê-los a Fadrex apenas os mataria, além de arriscar a frustração dos planos que Elend tivesse para um ataque em potencial. Ela poderia enviá-los para encontrar Elend, mas provavelmente também seriam mortos pelos guardas do acampamento, que teriam medo de que estivessem em furor de sangue. E o que ela ordenaria que fizessem, caso o encontrassem? Podia ordenar que tomassem atitudes, como atacar ou pegar alguém, mas ninguém tentara antes algo tão delicado como ordenar que falassem palavras específicas.

Ela tentou formar essas palavras na cabeça e levá-las até os koloss, mas tudo que recebeu de volta foi confusão. Precisava trabalhar naquilo um pouco mais. Pensando nisso, imaginou se levar uma mensagem a Elend realmente seria a melhor maneira de usá-los. Revelaria a Ruína uma ferramenta em potencial que tinha e que, talvez, ele ainda não tivesse percebido.

— Vejo que ele encontrou uma cela para você — uma voz disse.

Vin ergueu os olhos, e ele estava lá. Ainda usando a forma de Reen, Ruína estava na pequena cela com ela. Mantinha uma postura empertigada, assomando-se quase benevolente sobre ela. Vin se sentou no catre. Nunca pensou que, de todos os seus metais, sentiria tanta falta do bronze. Quando Ruína voltava para visitá-la "pessoalmente", queimar bronze permitia que o sentisse por meio de pulsos de bronze e ficasse alerta para sua presença, mesmo que não se manifestasse.

— Tenho de admitir que estou desapontado com você, Vin — Ruína falou.

Usou a voz de Reen, mas a imbuía com uma carga de... idade. De sabedoria silenciosa. A natureza paternal daquela voz, misturada ao rosto de Reen e à consciência do desejo que a coisa tinha de destruir, era perturbadora.

— Da última vez que foi capturada e trancafiada sem metais — Ruína continuou —, não passou nem uma noite até que você matasse o Senhor Soberano e derrubasse o império. Agora você está trancafiada há... uma semana, já?

Vin não respondeu. *Por que você vem me perturbar? Espera que eu aprenda algo?*

Ruína sacudiu a cabeça.

— Eu pensaria, no mínimo, que você já teria matado Yomen.

— Por que está tão preocupado com a morte dele? — Vin perguntou. — Parece que ele está do seu lado.

Ruína negou com a cabeça novamente, permanecendo com as mãos entrelaçadas às costas.

— Vejo que você ainda não entende. Vocês *todos* estão do meu lado, Vin. Eu criei vocês. São minha ferramenta, cada um. Zane, Yomen, você, seu querido imperador Venture...

— Não. Zane era seu, e Yomen obviamente está sendo enganado. Mas Elend... ele vai lutar contra você.

— Mas ele não pode. É isso que você se recusa a entender, menina. Vocês *não podem* me combater, pois com o mero ato de lutar vocês adiantam meus objetivos.

— Homens malignos, talvez, ajudem você — disse Vin. — Mas não Elend. Ele é uma boa pessoa, e nem você pode negar isso.

— Vin, Vin. *Por que* você não enxerga? Não tem nada a ver com bem e mal. A moralidade nem mesmo entra nessa história. Homens bons matarão tão rápido pelo que eles desejam quanto homens maus; a única diferença é o que eles querem.

Vin ficou em silêncio. Ruína balançou a cabeça.

— Eu continuo tentando explicar. Esse processo no qual estamos envolvidos, o fim de todas as coisas... não é uma *luta*, mas a simples culminação da inevitabilidade. Consegue imaginar um homem que faça um relógio de bolso que não acabe perdendo a corda? Consegue imaginar um lampião que não acabe se apagando? Todas as coisas terminam. Pense em mim como um cuidador, que vigia a loja e garante que as luzes sejam apagadas, que tudo seja limpo assim que chega o horário de fechar.

Por um momento, Ruína fez Vin hesitar. Havia um tanto de verdade naquelas palavras, e ver as mudanças na terra durante os últimos anos, mudanças começadas antes da libertação de Ruína, de fato a fez se questionar.

Ainda assim, algo naquela conversa a incomodava. Se o que Ruína havia dito era inteiramente verdade, então por que se importava com Vin? Por que voltar e falar com ela?

— Acho que você venceu, então — ela disse baixinho.

— Vencer? — Ruína questionou. — Você não entende? Não há nada para eu vencer, menina. As coisas acontecem como precisam acontecer.

— Entendo.

— Sim, talvez entenda — Ruína disse. — Acho que *você* talvez seja capaz. — Ele se virou e começou a andar de um lado da cela para outro. — Você é parte de mim, sabia? Bela destruidora. Direta e eficaz. De todos aqueles que recrutei durante esses breves mil anos, você é a única que acredito ser capaz de me entender.

Ora, pensou Vin, *Ruína está se gabando! Por isso está aqui: quer ter certeza de que alguém entende o que conseguiu fazer!* Havia um sentimento de orgulho e vitória nos olhos de Ruína. Eram emoções humanas; emoções que Vin conseguia entender.

Naquele momento, Ruína parou de ser uma *coisa* em sua mente e passou a ser algo *humano*.

Vin começou a pensar, pela primeira vez, que poderia encontrar uma maneira de derrotar Ruína. Ele era poderoso, talvez até mesmo incompreensível. Mas Vin havia visto humanidade nele, e essa humanidade podia ser enganada, manipulada e dobrada. Talvez fosse a mesma conclusão alcançada por Kelsier após fitar os olhos do Senhor Soberano na noite fatídica em que fora capturado. Ela finalmente sentia como se o entendesse, como se entendesse como devia ter sido empreitar algo tão ousado quanto a derrota do Senhor Soberano.

Mas Kelsier teve anos para planejar, pensou Vin. *Eu... não faço ideia de quanto tempo tenho. Não muito, creio.* Enquanto ela pensava, outro terremoto começou. As paredes tremeram, e Vin ouviu os guardas praguejando no corredor quando algo caiu e quebrou. E Ruína... parecia estar num estado de êxtase, os olhos fechados, a boca levemente aberta e um prazer estampado no rosto enquanto o prédio e a cidade chacoalhavam.

Passado algum tempo, tudo ficou em silêncio. Ruína abriu os olhos, encarando Vin.

— Esse trabalho que faço, isso diz respeito à *paixão*, Vin. São eventos dinâmicos, mudanças! Por isso você e seu Elend são tão importantes para mim. Pessoas com paixão são as que destroem, pois a paixão de um homem não é *verdadeira* até ele provar o quanto está disposto a sacrificar por ela. Chegará a matar? A ir para a guerra? A quebrar e descartar aquilo que tem, em nome do que ele *precisa*?

Ruína não sente apenas que conseguiu realizar algo, pensou Vin. *Ele sente que foi além. Apesar do que alega, sente que venceu... que derrotou algo... mas quem ou o quê? Nós? Não seríamos páreos para uma força como ele.*

Uma voz pareceu sussurrar para ela de um passado distante. *Primeiramente, há algo que você precisa entender a respeito da Alomancia.*

Consequência. Ação e reação. Se Ruína tinha o poder para destruir, então havia algo que o opunha. Tinha de haver. Ruína tinha um oposto, um oponente. Ou tivera no passado.

— O que você fez com ele? — Vin perguntou.

Ruína hesitou, franzindo a testa ao se virar para a mulher.

— Seu oposto — Vin disse. — Aquele que o impediu de destruir o mundo no passado.

Ruína ficou em silêncio por um bom tempo. Em seguida sorriu, e Vin enxergou algo arrepiante naquele sorriso. Uma noção de que ele estava certo. Vin *era* parte dele, o entendia.

— Preservação está morto — Ruína disse.

— Você o matou?

Ruína deu de ombros.

— Sim, mas não. Ele se entregou para produzir uma prisão. Embora seus espasmos de agonia tenham durado vários milhares de anos, agora, finalmente, se foi. E o acordo se tornou realidade.

Preservação, pensou Vin, uma peça de um todo gigantesco finalmente se encaixando. *O oposto de Ruína. Uma força como essa não poderia ter* destruído *seu inimigo, pois representava o oposto da destruição. Prisão, por outro lado, estaria dentro de seus poderes.*

Prisão que terminou quando eu abri mão do poder no Poço.

— E assim você vê a inevitabilidade — Ruína falou com suavidade.

— Você não poderia ter criado sozinho, não é? — Vin perguntou. — O mundo, a vida? Você não pode criar, só destruir.

— Ele também não podia criar — Ruína respondeu. — Ele só podia preservar. Preservação não é criação.

— Então, vocês trabalharam juntos.

— Os dois com uma promessa — Ruína concordou. — Minha promessa foi trabalhar com ele para criar vocês: a vida que pensa, a vida que ama.

— E a promessa dele? — Vin perguntou, temendo já saber a resposta.

— Que, no fim, eu poderia destruir tudo — Ruína contou. — E eu vim reivindicar o que me foi prometido. A única razão para se criar algo é observá-lo morrer. Como uma história que precisa chegar a um clímax, o que eu fiz não será completo até o fim ter chegado.

Não pode ser verdade, pensou Vin. *Preservação. Se ele realmente representa um poder no universo, então não poderia ter sido destruído de verdade, certo?*

— Sei o que está pensando — Ruína comentou. — Você não pode recorrer ao poder de Preservação. Ele está morto. Não podia me matar, entende? Era capaz apenas de me aprisionar.

Sim, eu já entendi essa parte. Você realmente não pode ler minha mente, não é?

Ruína continuou.

— Foi um ato abominável, devo dizer. Preservação tentou romper o nosso acordo. Não chamaria isso de um ato maldoso? É como eu disse antes: bem e mal têm pouco a ver com ruína ou preservação. Um homem mau protegerá aquilo que deseja com tanta determinação quanto um homem bom.

Mas algo ainda impede Ruína de destruir o mundo agora, ela pensou. *Com todas essas palavras sobre histórias e finais, ele não é uma força que esperaria um momento "apropriado". Há algo mais aí, algo que ainda não entendi. O que o está refreando?*

— Vim até você — Ruína disse —, pois quero que, no mínimo, observe e veja. Saiba. Pois ele chegou.

Vin mostrou interesse.

— O quê? O fim?

Ruína assentiu.

— Quanto tempo falta? — Vin perguntou.

— Dias. Mas não semanas — Ruína respondeu.

Vin sentiu um calafrio, percebendo algo. Ruína tinha vindo até ela, finalmente se revelando, pois Vin fora capturada. Ruína pensava que não havia mais chance para a humanidade. Já presumia que havia vencido.

O que significa que existe uma maneira de derrotá-lo, pensou Vin com determinação. *E estou implicada nisso. Mas não posso fazer nada aqui, ou ele não teria vindo se gabar.*

O que significava que ela precisava se libertar. E rápido.

Uma vez que você começa a entender essas coisas, consegue enxergar como Ruína estava aprisionado, mesmo que a mente de Preservação tivesse se dissipado, sacrificada na criação da prisão. Embora a consciência de Preservação tivesse sido em grande parte destruída, seu espírito e seu corpo ainda estavam em vigor. E, como uma força oposta a Ruína, ainda podia impedir a destruição que o outro queria causar.

Ou ao menos impedir que ele destruísse as coisas muito rapidamente. Assim que a mente dele se libertou da prisão, a destruição se acelerou às pressas.

58

— JOGUE SEU PESO AQUI — Sazed disse, apontando para uma alavanca de madeira. — Os contrapesos vão cair, abaixando as quatro comportas e obstruindo o fluxo para dentro da caverna. Porém, aviso a vocês, a explosão de água lá em cima será bem espetacular. Acredito que seremos capazes de encher os canais da cidade em questão de horas, e suspeito que uma parte da extremidade norte da cidade será inundada.

— Em níveis perigosos? — Fantasma perguntou.

— Não creio — Sazed respondeu. — A água vai sair pelos dutos na construção de alternação acima de nós. Inspecionei os equipamentos de lá, e me parecem sólidos. A água *deve* fluir diretamente para os canais e, então, sair para a cidade. De qualquer forma, eu não gostaria de estar naquelas ruas-canal quando a água chegar. As correntes serão bem rápidas.

— Já cuidei disso — Fantasma avisou. — Durn vai garantir que as pessoas saiam do caminho das águas.

Sazed assentiu. Fantasma ficou mesmo impressionado. A estrutura de madeira, engrenagens e cabos parecia ter levado meses para ser construída, não semanas. Grandes redes de pedras baixavam quatro comportas que, no momento, estavam suspensas e prontas para bloquear o rio.

— Isso é incrível, Sazed — disse, enfim. — Com um sinal tão espetacular quanto o reaparecimento das águas, as pessoas *com certeza* vão nos escutar e parar de dar ouvidos ao Cidadão.

Brisa e os homens de Durn estavam trabalhando com afinco nas últimas semanas, sussurrando às pessoas para ficarem atentas a um milagre do Sobrevivente das Chamas. Algo extraordinário, algo que provaria, de uma vez por todas, quem era o mestre da cidade por direito.

— É o melhor que pude fazer — Sazed disse com uma modesta reverência. — As tampas não ficarão perfeitamente fechadas, claro. Mas isso não deve influenciar muito.

— Homens? — Fantasma disse, virando-se para os quatro soldados de Goradel. — Entenderam o que devem fazer?

— Sim, senhor — o líder dos soldados respondeu. — Aguardaremos o mensageiro e, em seguida, abaixaremos a alavanca.

— Se o mensageiro não vier, abaixem a alavanca ao anoitecer — Fantasma ordenou.

— E — Sazed começou a falar, erguendo o indicador — não se esqueçam de girar o mecanismo de bloqueio na outra sala, impedindo o fluxo d'água para *fora* desta câmara. Do contrário, o lago vai se esvaziar. Melhor mantermos este reservatório cheio, só para garantir.

— Sim, senhor — o soldado disse, com um aceno de cabeça.

Fantasma se virou e olhou para a caverna. Soldados corriam para lá e para cá com os preparativos. Ele precisaria da maioria deles para as atividades daquela noite. Pareciam ávidos; haviam passado tempo demais entocados na caverna e no prédio acima dela. De lado, Beldre observava o maquinário de Sazed com interesse. Fantasma se separou dos soldados, aproximando-se dela com passos rápidos.

— Você vai mesmo fazer isso? — ela perguntou. — Devolver a água para os canais?

Fantasma concordou com um aceno de cabeça.

— Às vezes eu imaginava como seria ter as águas de volta — ela comentou. — A cidade não pareceria tão seca; seria importante, como durante o início do Império Final. Todos aqueles lindos canais. Sem aquelas valas feias no chão.

— Será uma bela visão — Fantasma disse, sorrindo.

Beldre meneou a cabeça.

— Me surpreende... que você possa ser tantas pessoas diferentes ao mesmo tempo. Como o homem que fez uma coisa tão bela para a minha cidade também planeja tal destruição?

— Beldre, não estou planejando destruir sua cidade.

— Apenas o governo dela.

— Estou fazendo o que precisa ser feito.

— Os homens dizem isso com tanta leviandade — Beldre falou. — Ainda assim, todos parecem ter uma opinião diferente do que "precisa ser feito".

— Seu irmão teve a chance dele — Fantasma retrucou.

Beldre baixou os olhos. Ainda carregava consigo a carta que havia recebido mais cedo — uma resposta de Quellion. O pedido de Beldre fora sincero, mas o Cidadão respondera com insultos, insinuando que ela fora forçada a escrever aquelas palavras devido ao cativeiro.

Não temo o usurpador, dizia a carta. *Sou protegido pelo Sobrevivente. Você não terá esta cidade, tirano.*

Beldre ergueu os olhos.

— Não faça isso — ela sussurrou. — Dê mais tempo a ele. Por favor.

Fantasma hesitou.

— Não há mais tempo — Kelsier sussurrou. — Faça o que precisa ser feito.

— Desculpe — Fantasma disse, afastando-se dela. — Fique com os soldados. Deixarei quatro homens para vigiá-la. Não para impedir que você fuja, embora eles tenham ordens para fazer isso. Quero você dentro desta caverna. Não posso prometer que as ruas ficarão seguras.

Ele a ouviu suspirar baixinho atrás de si. Deixou-a para trás e caminhou até um grupo de soldados que se reunia. Um homem lhe trouxe os bastões de duelo e a capa chamuscada. Goradel estava à frente dos soldados, ostentando um ar orgulhoso.

— Estamos prontos, milorde.

Brisa parou ao lado dele, meneando a cabeça e batendo o bastão de duelo no chão, depois suspirou.

— Bem, lá vamos nós de novo...

O EVENTO DA NOITE ERA um discurso que Quellion vinha anunciando já fazia um tempo. Havia parado com as execuções pouco antes, como se finalmente tivesse percebido que as mortes contribuíam para a instabilidade de seu governo. Aparentemente pretendia voltar para a atitude benevolente, realizando discursos, enfatizando as coisas maravilhosas que estava fazendo pela cidade.

Fantasma caminhou sozinho, um pouco à frente de Brisa, Allrianne e Sazed, que conversavam atrás. Alguns dos soldados de Goradel também seguiam, usando os trajes comuns de Urteau. Fantasma dividiu a força, enviando-a por caminhos diferentes. Não havia escurecido ainda — para Fantasma o sol poente estava reluzente, forçando-o a usar a venda e os óculos. Quellion gostava de fazer seus discursos à noite, para que as brumas chegassem durante eles. Gostava de insinuar relações com o Sobrevivente.

Uma figura saiu caminhando pesadamente de uma rua-canal lateral próxima a Fantasma. Durn caminhava com uma postura inclinada, uma capa obscurecendo sua silhueta. Fantasma respeitava a insistência deturpada do sujeito em deixar a segurança de Tormentos, saindo para realizar trabalhos sozinho. Talvez fosse por isso que acabara se tornando o líder do submundo da cidade.

— As pessoas estão se reunindo conforme esperado — Durn disse, tossindo baixo. — Alguns dos seus soldados já estão lá.

Fantasma assentiu.

— As coisas estão... agitadas na cidade — Durn contou. — Isso me preocupa. Facções que não posso controlar já começaram a saquear algumas das mansões nobres proibidas. Meus homens estão todos ocupados tentando tirar as pessoas das ruas-canal.

— Vai ficar tudo bem — Fantasma disse. — A maioria do povo estará no discurso.

Durn ficou em silêncio por um momento.

— Corre o boato de que Quellion usará o discurso para denunciar você e, em seguida, ordenar um ataque ao prédio do Ministério em que vocês estão.

— Que bom que não estamos lá, então — Fantasma comentou. — Ele não deveria ter retirado os soldados, não importa o quanto precisasse deles para manter a ordem na cidade.

Durn assentiu.

— O que foi? — Fantasma perguntou.

— Só espero que você consiga lidar com isso, rapaz. Quando esta noite terminar, a cidade será sua. Trate-a melhor do que Quellion.

— Conte com isso — Fantasma garantiu.

— Meus homens vão fazer tumulto para você na reunião. Adeus.

Durn virou na próxima à esquerda, desaparecendo em outro beco da rua-canal.

Lá adiante, as pessoas já estavam se reunindo. Fantasma puxou o capuz da capa, mantendo os olhos escondidos enquanto ziguezagueava pela multidão. Rapidamente deixou Sazed e os outros para trás, abrindo caminho até uma rampa que dava na antiga praça da cidade — o lugar que Quellion havia escolhido para o discurso. Seus homens haviam erguido um palco de madeira, de onde o Cidadão poderia encarar o povo. O discurso já estava em andamento. Fantasma parou não muito longe de uma patrulha. Muitos dos soldados de Quellion cercavam o palco, encarando a multidão.

Minutos se passaram, e Fantasma ouviu o tom da voz de Quellion, ainda que não prestasse atenção às palavras. As cinzas caíam ao redor, cobrindo a multidão. As brumas começaram a rodopiar pelo ar.

Ele escutou, escutou com ouvidos que nenhum outro homem tinha. Aplicou a estranha capacidade alomântica de filtrar e ignorar — ouvir através de conversas e sussurros, pés arrastando e tosses, bem como, de alguma forma, ele enxergara através das brumas turvas. Fantasma ouvia a cidade. Gritos a distância.

Estava começando.

— Rápido demais! — uma voz sussurrou, um pedinte que caminhava ao lado de Fantasma. — Durn mandou avisar. Revoltas nas ruas, revoltas que ele não começou! Durn não consegue controlar. Milorde, a cidade está começando a ferver!

— Era uma noite parecida com esta — outra voz sussurrou. A voz de Kelsier. — Uma noite gloriosa. Quando tomei a cidade de Luthadel e ela foi minha.

Uma perturbação começou ao fundo da multidão. Os homens de Durn estavam causando a distração. Alguns guardas de Quellion se separaram da aglomeração para suprimir a revolta próxima. O Cidadão continuava a gritar suas acusações. Fantasma ouviu o próprio nome nas palavras, mas o contexto era apenas ruído.

Ele inclinou a cabeça, erguendo os olhos para o céu. As cinzas caíam até ele, como se o próprio rapaz estivesse à deriva entre elas no ar. Como um Nascido da Bruma.

O capuz caiu. Os homens ao seu redor sussurraram, surpresos.

Um relógio soou à distância. Os soldados de Goradel se apressaram até o palco. Fantasma conseguia sentir um brilho se erguendo nos arredores. Os fogos da rebelião, ardendo pela cidade. Como na noite em que ele derrubara o Senhor Soberano. As tochas da revolução. Em seguida, o povo colocou Elend no trono.

Desta vez, seria Fantasma quem eles elevariam.

Fraco, nunca mais, ele pensou. *Nunca serei fraco de novo!*

Os últimos soldados de Quellion correram do palco, avançando para combater os homens de Goradel. A multidão se afastou da batalha, mas ninguém correu. O povo tinha sido bem preparado para os eventos daquela noite. Muitos esperariam, à procura dos sinais que Fantasma e Durn haviam prometido — sinais revelados poucas horas antes para minimizar o risco de espiões de Quellion saberem dos planos de Fantasma. Um milagre nos canais, e a prova de que Quellion era um alomântico.

Se o Cidadão — ou qualquer de seus guardas no palco — lançasse moedas ou usasse a Alomancia para saltar no ar, as pessoas veriam. Saberiam que tinham sido enganadas. E aquilo seria o fim. A multidão avançou para longe dos soldados, e seu afastamento deixou Fantasma sozinho. A voz de Quellion finalmente se interrompeu. Alguns dos soldados estavam correndo para tirá-lo do palco.

Os olhos de Quellion encontraram Fantasma. Apenas então revelaram medo.

Fantasma saltou. Podia não ser capaz de *empurrar* aço, mas suas pernas estavam abastecidas pelo poder do peltre avivado. Ele se ergueu, escalando com facilidade a beira do palco e aterrissou agachado. Puxou um bastão de duelo e, em seguida, correu para o Cidadão.

Atrás dele, as pessoas começaram a gritar. Fantasma ouviu seu nome, Sobrevivente das Chamas. Sobrevivente. Ele não simplesmente mataria Quellion, mas o destruiria. Minando seu governo, como Brisa sugeriu. Naquele momento, o Abrandador e Allrianne estariam manipulando a multidão, impedindo que fugisse em pânico. Mantendo-a no lugar.

Para que pudessem assistir ao show que Fantasma estava prestes a dar.

Os guardas ao lado de Quellion viram sua aproximação tarde demais. Ele derrubou o primeiro com facilidade, esmagando o crânio do homem dentro do capacete. Quellion gritou, pedindo mais ajuda.

Fantasma lançou um golpe em outro homem, mas o alvo se esquivou com velocidade incrível. Fantasma desviou a tempo de não ser atingido por uma pancada, a arma raspando sua bochecha. O homem era um alomântico — um queimador de peltre. O grandalhão não carregava espada, mas sim um bastão afiado de obsidiana.

O peltre não é espetacular o bastante, pensou Fantasma. *As pessoas não sabem discernir um homem que golpeia rápido demais ou aguenta golpes demais. Preciso fazer Quellion lançar moedas.*

O Brutamontes se afastou, obviamente notando a velocidade aumentada de Fantasma. Ele manteve a arma em riste com desconfiança, mas não atacou. Apenas precisava servir de impedimento, para que o companheiro tivesse tempo para levar Quellion para longe. Não seria fácil derrubar o Brutamontes; ele era mais habilidoso que Fantasma e ainda mais forte.

— Sua família está livre — Fantasma mentiu, em voz baixa. — Nós a salvamos mais cedo. Ajude-nos a capturar Quellion; ele não terá mais nenhum controle sobre vocês.

O Brutamontes parou, abaixando a arma.

— Mate-o! — Kelsier disse, brusco.

Não era o plano de Fantasma, mas ele reagiu à ordem. Avançou para dentro do alcance do Brutamontes. O homem virou-se em choque e, quando o fez, Fantasma deu um golpe de costas no crânio dele. O bastão de duelo se estilhaçou. O Brutamontes tombou ao chão, e Fantasma agarrou a arma do homem caído, o bastão de obsidiana afiado.

Quellion estava na beirada do palco. Fantasma saltou, atravessando a plataforma de madeira. Ele não tinha problema em usar a Alomancia; não havia pregado contra ela. Apenas Quellion, o hipócrita, precisava temer o uso de seus poderes.

Fantasma derrubou o outro guarda ao aterrissar — as lascas dentadas de obsidiana rasgando a carne. O soldado caiu, e Quellion girou.

— Não tenho medo de você! — disse o Cidadão, com voz trêmula. — Sou protegido!

— Mate-o! — Kelsier ordenou, aparecendo no palco a uma curta distância. Em geral, o Sobrevivente apenas falava em sua mente; nunca havia aparecido desde aquele dia no prédio em chamas. Significava que coisas importantes estavam acontecendo.

Fantasma agarrou o Cidadão pela frente da camisa, puxando-o para si. Ele ergueu o cabo de madeira, o sangue pingando das pontas de obsidiana na mão.

— *Não!*

Fantasma ficou paralisado com a voz, em seguida olhou para o lado. Ela estava lá, abrindo caminho pela multidão, aproximando-se do espaço aberto diante do palco.

— *Beldre*? — Fantasma perguntou. — Como você saiu da caverna?

Mas, claro, ela não conseguia ouvi-lo. Apenas a audição sobre-humana de Fantasma permitia que ele ouvisse a voz da moça entre os ruídos de medo e de batalha. Ele encontrou os olhos dela à distância, e mais viu do que ouviu as palavras sussurradas:

— *Por favor. Você prometeu.*

— Mate-o!

Quellion escolheu aquele momento para tentar se safar. Fantasma se virou, puxando-o de volta, mais forte desta vez, quase rasgando a camisa dele enquanto jogava o homem para baixo da plataforma de madeira. O Cidadão gritou de dor, e Fantasma ergueu a arma brutal com as duas mãos.

Algo brilhou à luz dos incêndios. Fantasma mal sentiu o impacto, embora o tivesse balançado. Ele tombou, olhando para baixo, vendo o sangue. Algo havia perfurado a carne de seu braço esquerdo e ombro. Não uma flecha, embora tivesse se movido como uma. O braço baixou e, embora ele não pudesse sentir a dor, parecia que seus músculos não estavam funcionando direito.

Algo me atingiu. Uma... moeda.

Ele se virou. Beldre estava na frente da multidão, chorando, a mão erguida na sua direção.

Ela estava lá no dia em que fui capturado, pensou Fantasma, atordoado, *ao lado do irmão. Ele sempre a mantinha por perto. Para protegê-la, segundo o que pensamos.*

Ou teria sido o contrário?

Fantasma se empertigou, Quellion choramingando diante dele. O braço de Fantasma pingava sangue onde a moeda de Beldre havia atingido, mas ele ignorou o ferimento, encarando-a.

— Era você a alomântica esse tempo todo — ele sussurrou. — Não seu irmão.

E, nesse instante, a multidão começou a gritar, provavelmente incitada por Brisa.

— A irmã do Cidadão é uma Lançamoedas!

— Hipócrita!

— Mentiroso!

— Ele matou meu tio e deixou a própria irmã viva!

Beldre gritou quando as pessoas, cuidadosamente preparadas e provocadas, viram a prova que Fantasma havia lhes prometido. Não era o alvo que ele pretendia, mas a máquina que ele pusera em movimento não poderia ser parada agora. As pessoas juntaram-se ao redor de Beldre, gritando furiosas, empurrando-a entre eles.

Fantasma avançou, erguendo o braço ferido. Então, uma sombra caiu sobre ele.

— Ela sempre planejou traí-lo, Fantasma — Kelsier disse.

Fantasma se virou, olhando para o Sobrevivente. Ele se postava alto e orgulhoso, como no dia em que enfrentara o Senhor Soberano.

— Você ficou esperando um assassino — Kelsier continuou — e não percebeu que Quellion já havia mandado um. A irmã dele. Não pareceu estranho que a tenha deixado fugir das suas vistas e entrar na base inimiga? Ela foi enviada para matá-lo. Você, Sazed e Brisa. O problema é que ela foi criada como uma garota rica e mimada. Não está acostumada a matar. Nunca esteve. Vocês nunca estiveram em perigo real.

A multidão se agitou, e Fantasma virou, preocupado com Beldre. No entanto, ele se acalmou um pouco quando percebeu que as pessoas apenas a estavam empurrando ao palco.

— Sobrevivente! — as pessoas entoavam. — Sobrevivente das Chamas!

— Rei!

Eles jogaram Beldre diante dele, empurrando-a para cima da plataforma. Sua roupa escarlate estava rasgada; sua figura, surrada; os cabelos castanho-avermelhados, desgrenhados. Ao lado dela, Quellion grunhiu, o braço aparentemente quebrado. Fantasma não tinha percebido que fizera aquilo.

Fantasma avançou para ajudar Beldre, que sangrava de vários pequenos cortes, mas estava viva. E chorando.

— Ela era a guarda-costas — Kelsier disse, aproximando-se de Beldre. — Por isso sempre estava com ele. Quellion não é um alomântico. Nunca foi.

Fantasma se ajoelhou ao lado dela, curvando-se sobre a moça escoriada.

— Agora, você precisa matá-la — Kelsier sugeriu.

Fantasma ergueu os olhos, o sangue que escorria do corte no rosto onde o Brutamontes o acertara de raspão pingou de seu queixo.

— *O quê?*

— Você quer poder, Fantasma? — Kelsier perguntou, dando um passo à frente. — Você quer ser um alomântico melhor? Bem, esse poder deve vir de algum lugar. Nunca é gratuito. Esta mulher é uma Lançamoedas. Mate-a e poderá ter a capacidade dela. Eu lhe darei.

Fantasma baixou os olhos para a mulher em prantos. Parecia surreal, como se ele não estivesse ali. Sua própria respiração era difícil, cada suspiro, ofegante, o corpo trêmulo apesar do peltre. As pessoas entoavam seu nome. Quellion estava murmurando algo, e Beldre continuou a chorar.

Fantasma estendeu a mão ensanguentada, arrancando a venda, os óculos caindo sem impedimento. Ele cambaleou, olhando para a cidade.

E a viu queimando.

Os sons da revolta ecoavam pelas ruas. Chamas incendiavam a cidade em dezenas de locais diferentes, iluminando as brumas, lançando uma neblina infernal sobre a cidade. Não eram incêndios da rebelião. Eram chamas de destruição.

— Está errado... — Fantasma sussurrou.

— Você vai tomar a cidade, Fantasma — Kelsier falou. — Terá o que sempre quis! Será como Elend, como Vin. Melhor que os dois! Terá os títulos de Elend e o poder de Vin! Será como um deus!

Fantasma virou de costas para a cidade em chamas quando algo chamou sua atenção. Quellion estava erguendo o braço bom, estendendo a mão para...

Para Kelsier.

— Por favor — Quellion sussurrou. Parecia capaz de *ver* o Sobrevivente, embora ninguém mais ao redor deles pudesse. — Milorde Kelsier, por que o senhor me abandonou?

— Eu lhe dei peltre, Fantasma — Kelsier disse, agora com irritação, sem olhar para Quellion. — E você me renega agora? Tem que arrancar uma estaca de aço que segura este palco. Em seguida, deve pegar a garota e cravar a estaca no peito dela. Mate-a com a estaca e enterre-a em seu próprio corpo. É a única maneira!

Matá-la com a estaca... pensou Fantasma, sentindo-se atordoado. *Tudo começou naquele dia, quando eu quase morri. Eu estava lutando com um Brutamontes no mercado. Eu o usei como escudo. Mas... o outro soldado atacou ainda assim, atravessando o companheiro e me perfurando.*

Fantasma se afastou de Beldre, ajoelhando-se ao lado de Quellion. O homem gritou quando Fantasma o forçou contra as tábuas.

— Isso, mate-o primeiro — Kelsier disse.

Mas Fantasma não estava ouvindo. Ele arrancou a camisa de Quellion, olhando para o ombro e o peito. Não havia nada de estranho nos dois. O braço do Cidadão, no entanto, tinha um pedaço de metal que o perfurava. Parecia ser bronze. Com a mão trêmula, Fantasma puxou o metal. Quellion gritou.

Mas Kelsier também.

Fantasma se virou, a estaca de bronze ensanguentada na mão. Kelsier ficou enfurecido, mãos em forma de garras enquanto ele avançava.

— O que *é* você? — Fantasma perguntou.

A coisa gritou, mas Fantasma a ignorou e olhou para o próprio peito. Ele arrancou a camisa, expondo a ferida, quase completamente cicatrizada, perto do ombro. Um brilho de metal ainda brilhava ali: a ponta da espada. A espada que atravessara um alomântico, matando o homem e em seguida perfurando o corpo de Fantasma. Kelsier lhe dissera para manter a lasca quebrada ali, como um símbolo do que Fantasma sofrera.

A ponta da lasca saía da pele de Fantasma. Como tinha esquecido aquilo? Como ignorara um pedaço considerável de metal dentro do próprio corpo? Fantasma estendeu a mão para pegá-lo.

— Não! — Kelsier falou. — Fantasma, quer voltar a ser normal? Quer voltar a ser inútil de novo? Vai perder seu peltre e voltar a ser fraco, como era quando deixou seu tio morrer!

Fantasma hesitou.

Não, pensou Fantasma. *Tem algo errado. Eu deveria expor Quellion, fazê-lo usar sua Alomancia, mas eu apenas ataquei. Quis matar. Esqueci os planos e os preparativos. Trouxe destruição para a cidade.*

Isso não está certo!

Ele puxou a adaga de vidro da bota. Kelsier soltou um grito terrível em seus ouvidos, mas Fantasma ainda assim ergueu a mão, cortando a carne do próprio peito. Enfiou os dedos fortalecidos pelo peltre na ferida e agarrou a lasca de aço que estava lá dentro.

Em seguida, arrancou o pedaço de metal e jogou-o no palco e soltando um berro pela dor que sentiu. Kelsier desapareceu de imediato. E a capacidade de Fantasma de queimar peltre se foi com ele.

Fantasma foi atingido de uma vez: a fadiga do esforço exagerado durante seu tempo em Urteau. Os ferimentos que vinha ignorando. A repentina explosão de luz, som, cheiros e sensações que o peltre ajudava a segurar. Tudo isso o sacudiu como uma força física, esmagando-o. Ele caiu na plataforma.

Gemeu, incapaz de pensar. Conseguiu apenas deixar a escuridão tomá-lo...

A cidade está queimando.

Escuridão...

Milhares morrerão nas chamas.

As brumas faziam cócegas em suas bochechas. Em meio à balbúrdia, Fantasma tinha reduzido o estanho, aliviando as sensações, deixando-o sentir aquele glorioso atordoamento. Era melhor daquele jeito.

Você quer ser como Kelsier? Realmente como Kelsier? Então lute quando estiver derrotado.

— Lorde Fantasma! — A voz era distante.

Sobreviva!

Com um grito de dor, Fantasma avivou estanho. Como o metal sempre fazia, trouxe uma onda de sensações — milhares delas, abatendo-se sobre ele de uma vez. Dor. Sentimentos. Audição. Sons, cheiros, luzes.

E lucidez.

Fantasma se esforçou para ficar de joelhos, tossindo. O sangue ainda corria de seu braço. Ele ergueu os olhos. Sazed corria até ele na plataforma.

— Lorde Fantasma! — o terrisano disse, ofegando ao chegar. — Lorde Brisa está tentando abafar as revoltas, mas acho que provocamos a cidade demais! As pessoas vão destruí-la em sua fúria.

— As chamas — Fantasma gemeu. — Temos que apagar os incêndios. A cidade é seca demais, tem madeira demais. Ela vai queimar com todo mundo dentro dela.

Sazed olhou com seriedade.

— Não há como. Precisamos ir embora! A revolta vai nos destruir.

Fantasma olhou para o lado. Beldre estava ajoelhada perto do irmão. Havia atado seu ferimento e em seguida feito uma tipoia improvisada para o braço. Quellion olhou para Fantasma, parecendo zonzo. Como se tivesse acabado de acordar de um sonho.

Fantasma cambaleou até ficar em pé.

— Não vamos abandonar a cidade, Sazed.

— Mas...

— *Não!* — Fantasma gritou. — Fugi de Luthadel e deixei Trevo morrer. Não vou fugir novamente! Podemos parar as chamas. Precisamos apenas de água.

Sazed hesitou.

— Água — Beldre disse, erguendo-se.

— Os canais logo se encherão — Fantasma constatou. — Podemos organizar brigadas de incêndio... usar a enchente para impedir as chamas.

Beldre ergueu os olhos.

— Não vai haver enchente, Fantasma. Os guardas que você deixou... eu os ataquei com moedas.

Fantasma sentiu um calafrio.

— Estão mortos?

Ela sacudiu a cabeça, os cabelos desgrenhados, o rosto arranhado.

— Não sei — ela disse, baixinho. — Não olhei.

— As águas não vieram ainda — Sazed falou. — Elas... já deveriam ter sido liberadas.

— Então, nós as traremos! — Fantasma respondeu num repente. Ele se virou para Quellion e cambaleou, sentindo-se zonzo. — Você! — Ele apontou para o Cidadão. — Você queria ser rei desta cidade? Bem, lidere o povo, então. Tome o controle deles e prepare-os para apagar os incêndios.

— Não posso — Quellion disse. — Eles vão me matar pelo que fiz.

Fantasma bambeou com a tontura. Apoiou-se em uma viga, segurando a cabeça. Beldre deu um passo na direção dele.

Fantasma ergueu os olhos, encontrando os de Quellion. Os incêndios da cidade eram tão brilhantes que seu estanho avivado dificultava a visão. Ainda assim, ele não ousou soltar o metal — apenas o poder do ruído, do calor e da dor o mantinha consciente.

— Você *vai* até eles — Fantasma falou. — Não quero saber se vão rasgá-lo ao meio, Quellion. Você vai tentar salvar esta cidade. Do contrário, eu vou matá-lo com as minhas próprias mãos. *Entendeu?*

O Cidadão se retesou, em seguida assentiu.

— Sazed — Fantasma disse —, leve-o até Brisa e Allrianne. Vou até o depósito. Vou trazer as águas para o canal, de um jeito ou de outro. Peça para Brisa e os outros formarem brigadas para apagar as chamas assim que houver água.

— É um bom plano — Sazed disse. — Mas Goradel vai levar o Cidadão. Eu vou com você.

Fantasma assentiu, exausto. Em seguida, quando Sazed se afastou para buscar o capitão da guarda, que aparentemente havia estabelecido um perímetro defensivo ao redor da praça, Fantasma desceu do palco e se esforçou para rumar de volta à caverna.

Não demorou para perceber que alguém o alcançava. Depois de alguns momentos, a pessoa o ultrapassou e começou a correr. Parte de sua mente sabia que era uma coisa boa Sazed ter decidido seguir na frente — o terrisano havia criado o mecanismo que inundaria a cidade. Ele puxaria a alavanca. Fantasma não era mais necessário.

Continue a se mover.

Foi o que fez, continuou a andar, cada passo em penitência pelo que havia feito à cidade. Depois de um tempo, percebeu que alguém estava ao seu lado, atando uma bandagem ao seu braço.

Ele piscou.

— Beldre?

— Eu traí você — ela falou, baixando os olhos. — Mas não tive escolha. Eu não poderia deixar que você o matasse. Eu...

— Você fez a coisa certa — Fantasma disse. — Algo... algo estava interferindo, Beldre. Estava dominando o seu irmão. Quase me dominou. Não sei. Mas agora temos que continuar andando. O esconderijo está próximo. Logo acima da rampa.

Ela o apoiou enquanto eles caminhavam. Fantasma sentiu o cheiro de fumaça antes de chegar até lá. Viu a luz e sentiu o calor. Ele e Beldre foram até o alto da rampa, praticamente rastejando, pois ela estava quase tão surrada quanto ele. No entanto, Fantasma sabia o que encontraria.

O prédio do Ministério, como grande parte da cidade, estava em chamas. Sazed estava parado diante dele, a mão erguida diante dos olhos. Para os sentidos aguçados de Fantasma, o brilho das chamas era tão intenso que ele precisava desviar o olhar. O calor o fazia sentir como se estivesse a poucos centímetros do próprio sol.

Sazed tentou se aproximar do prédio, mas teve de se afastar. Virou-se para Fantasma, cobrindo o rosto.

— Está quente demais! — comentou. — Precisamos encontrar um pouco d'água ou talvez areia. Apagar o incêndio antes que ele se espalhe lá para baixo.

— Tarde demais... — Fantasma sussurrou. — Vai demorar muito.

Beldre se virou, olhando para a cidade. Aos olhos de Fantasma, a fumaça parecia girar e se erguer por todo o lado no céu brilhante, alçando-se para cima para encontrar as chuvas de cinzas.

Ele cerrou os dentes e tombou na direção do fogo.

— Fantasma! — Beldre gritou. Mas não precisava se preocupar. As chamas eram quentes demais. A dor foi tão forte que ele recuou antes que pudesse cruzar metade da distância. Cambaleou para longe, juntando-se a Beldre e Sazed, arfando baixinho, piscando com olhos marejados. Seus sentidos aguçados dificultavam ainda mais a aproximação das chamas.

— Não há nada que possamos fazer agora — Sazed disse. — Precisamos juntar equipes e tentar de novo.

— Eu falhei — Fantasma sussurrou.

— Não mais que qualquer um de nós — Sazed falou. — É minha culpa. O imperador me colocou no comando.

— Deveríamos ter trazido segurança à cidade — Fantasma comentou. — Não destruição. Eu deveria ter sido capaz de impedir esses incêndios. Mas dói muito.

Sazed sacudiu a cabeça.

— Ah, Lorde Fantasma. Você não é deus para comandar o fogo segundo sua vontade. É um homem, como nós. Somos todos apenas... homens.

Fantasma deixou que eles o levassem. Sazed estava certo, claro. Era apenas um homem. Apenas Fantasma.

Kelsier escolhera seu bando com cuidado. Deixara uma nota para eles quando morreu. Listara os outros — Vin, Brisa, Dockson, Trevo e Ham. Falara deles e do motivo pelo qual os escolhera.

Mas não Fantasma. O único que não se encaixava.

Eu lhe dei um nome, Fantasma. Você era meu amigo.

Isso não basta?

Fantasma paralisou, forçando os outros a pararem. Sazed e Beldre olharam para ele. Fantasma encarou a noite. Uma noite que era brilhante demais. O fogo queimava. A fumaça era pungente.

— Não — Fantasma sussurrou, sentindo lucidez plena pela primeira vez desde que a violência da noite havia começado. Ele se soltou das mãos de Sazed e correu de volta para o prédio em chamas.

— Fantasma! — Duas vozes gritaram na noite.

Fantasma se aproximou das chamas. Sua respiração ficou cada vez mais difícil, e a pele, cada vez mais quente. O fogo era brilhante, devorador, e Fantasma avançou direto para ele. Em seguida, no momento em que a dor ficou forte demais, ele extinguiu o estanho.

E ficou entorpecido.

Aconteceu como antes, quando ele foi aprisionado no prédio sem nenhum metal. Avivar estanho por tanto tempo havia expandido seus sentidos, mas então, no momento em que parava de queimar tudo, aqueles mesmos sentidos se embotavam. O corpo inteiro ficava amortecido, sem sentidos ou sensações.

Ele irrompeu pela porta do prédio, as chamas chovendo ao redor.

Seu corpo queimava. Mas ele não conseguia sentir as chamas, e a dor não podia afastá-lo. O fogo era brilhante a ponto de até seus olhos enfraquecidos conseguirem enxergar. Ele continuou, ignorando o fogo, o calor e a fumaça.

Sobrevivente das Chamas.

Sabia que as chamas o estavam matando. Ainda assim, ele se forçou a seguir adiante, continuando a correr mesmo muito depois do limiar da dor. Ele chegou à sala aos fundos e patinou pela escada quebrada.

A caverna estava escura. Ele tropeçou através dela, abrindo caminho por estantes e móveis, passando pela parede, movendo-se com um desespero que alertava que o tempo era curto. O corpo não estava mais funcionando direito — ele exigira demais de si e o peltre já não podia compensar a diferença.

Ficou grato pela escuridão. Quando finalmente tropeçou na máquina de Sazed, soube que ele ficaria horrorizado ao ver o que as chamas haviam feito com seus braços.

Gemendo baixo, ele tateou no escuro com as mãos entorpecidas e encontrou o que ele esperava que fosse a alavanca. Os dedos não funcionavam o suficiente para agarrá-la. Mas ele simplesmente jogou o próprio peso contra ela, movendo as engrenagens conforme necessário.

Em seguida, foi ao chão, sozinho com o frio e a escuridão.

FIM DA QUARTA PARTE

QUINTA PARTE

CONFIANÇA

Não sei o que passava pela mente dos koloss — quais lembranças retinham, quais emoções humanas eles ainda vivenciavam. Sei que nossa descoberta daquela criatura, que chamava a si mesma de Humano, foi tremendamente afortunada. Sem sua luta para se tornar um ser humano novamente, talvez nunca tivéssemos entendido a relação entre os koloss, a Hemalurgia e os Inquisidores.

Claro, havia outra parte na qual ele atuaria. Verdade que não era grande, mas foi ainda assim importante, se levarmos tudo o mais em consideração.

59

URTEAU JÁ TINHA VISTO DIAS melhores.

Vin certamente fez bem seu trabalho aqui, TenSoon pensou enquanto atravessava a cidade, chocado com a destruição. Cerca de dois anos atrás, antes de ser enviado para espionar Vin, ele fora o kandra de Straff Venture e visitara Urteau com frequência. Embora nunca tivesse sido páreo para a majestade nobre ou a pobreza disseminada de Luthadel, fora uma bela cidade, digna de ser a sede de uma Grande Casa.

Agora, boa parte da cidade era uma ruína carbonizada. Os prédios que não haviam queimado estavam abandonados ou lotados — uma mistura estranha, na opinião de TenSoon. Aparentemente, as casas dos nobres eram evitadas, enquanto os edifícios skaa abrigavam verdadeiras aglomerações.

No entanto, o mais notável eram os canais. Estavam cheios novamente. TenSoon se sentou sob as patas traseiras, observando um barco improvisado ocasional percorrer o canal, deslocando a pátina de cinzas que cobria a água. Aqui e acolá, escombros e dejetos se acumulavam, mas os canais continuavam navegáveis na maioria dos lugares.

Ele se ergueu, sacudindo a cabeça canina e continuou seu caminho. Enterrou os ossos de Kelsier do lado de fora antes de entrar, pois não queria parecer estranho carregando uma bolsa nas costas.

Qual fora o objetivo de queimar a cidade e em seguida reativar seus canais? Provavelmente teria que esperar para encontrar a resposta. Não havia visto nenhum exército acampado nos arredores. Se Vin passara por ali, já havia se deslocado para outra localidade. O objetivo de TenSoon agora era encontrar quem havia assumido a liderança dos restos da cidade, para então continuar seu caminho em busca do Herói das Eras.

Enquanto caminhava, ouviu o povo conversar, falar sobre como conseguiram sobreviver aos incêndios que derrubaram muito da cidade. Pareciam até felizes. Havia desespero também, mas muitos aparentavam uma estranha felicidade. Não era uma cidade cujo povo fora conquistado.

Eles sentem que derrotaram o fogo, TenSoon pensou, caminhando por uma rua mais movimentada. *Não veem a perda de um terço da cidade como um desastre; veem salvar dois terços dela como um milagre.*

Ele seguiu o fluxo do tráfego na direção do centro da cidade, onde finalmente encontrou os soldados que esperava. Eram definitivamente de Elend, com a lança e o pergaminho no brasão dos uniformes. No entanto, defendiam um local improvável: um prédio do Ministério.

TenSoon parou e olhou para ele, inclinando a cabeça. O prédio era obviamente um centro de operações. As pessoas entravam e saíam sob os olhos de soldados vigilantes. Se quisesse respostas, precisaria entrar lá. Considerou por um momento buscar os ossos de Kelsier. Porém, descartou o pensamento; não sabia se queria lidar com os desdobramentos de fazer o Sobrevivente aparecer aqui. Havia outra maneira de entrar, no entanto — igualmente chocante, talvez, mas muito menos teologicamente perturbadora.

Ele foi até a frente do prédio e subiu as escadas, atraindo alguns olhares assustados. Quando se aproximou das portas, um dos guardas gritou com ele, sacudindo o cabo da lança na sua direção.

— Fora! — o homem gritou. — Aqui não é lugar para cães. De quem é esse cachorro?

TenSoon se sentou.

— Não pertenço a homem nenhum — disse.

O guarda saltou para trás, e TenSoon teve uma sensação deturpada de prazer. Imediatamente desaprovou a própria conduta. O mundo estava acabando, e ele estava andando por aí assustando soldados aleatórios. Ainda assim, aquela *era* uma vantagem de usar o corpo de um cão que ele nunca havia parado para considerar...

— Quê...? — o soldado perguntou, olhando ao redor para verificar se não havia sido vítima de uma piada.

— Eu disse que não pertenço a homem nenhum. Sou meu próprio mestre.

Era um conceito estranho, cujo peso o soldado sem dúvida nunca conseguiria compreender. TenSoon, um kandra, estava fora da Terra Natal sem um Contrato. Pelo que sabia, era o primeiro de seu povo a fazer algo assim em sete séculos. Parecia-lhe estranhamente... gratificante.

Várias pessoas o encaravam agora. Outros guardas se aproximaram, olhando para o camarada e esperando uma explicação.

TenSoon arriscou.

— Vim em nome do imperador Venture — ele disse. — Trago uma mensagem para seus líderes aqui.

Para satisfação de TenSoon, vários dos outros guardas tiveram um sobressalto. O primeiro, porém, agora já um veterano em conversar com cães, ergueu um dedo hesitante, apontando para o prédio.

— Lá dentro.

— Obrigado — TenSoon falou, erguendo-se e atravessando uma multidão agora silenciosa conforme caminhava para dentro dos gabinetes do Ministério.

Ouviu comentários sobre "truque" e "bem treinado" atrás dele, e percebeu vários guardas correndo ao redor, os rostos indicando pressa. Abriu caminho por grupos e filas de pessoas, todas ignorantes da estranha ocorrência na entrada do prédio. No fim das filas, TenSoon encontrou...

Brisa. O Abrandador estava sentado em uma cadeira similar a um trono, segurando uma taça de vinho e parecendo muito satisfeito consigo mesmo enquanto fazia declarações e colocava fim a contendas. Tinha quase a mesma aparência da época em que TenSoon havia servido a Vin. Um dos guardas estava sussurrando algo para ele. Os dois olharam TenSoon enquanto ele se punha à frente da fila. O guarda empalideceu um pouco, mas Brisa inclinou-se para a frente, sorrindo.

— Então... — ele disse, batendo levemente o bastão no assoalho de mármore — você sempre foi kandra ou só comeu os ossos do cão de Vin há pouco tempo?

TenSoon se sentou.

— Sempre fui kandra.

Brisa assentiu.

— Eu sabia que havia algo de estranho em você... comportado demais para ser um cão de caça comum. — Ele sorriu, bebericando o vinho. — Lorde Renoux, presumo? Já faz um tempo.

— Sou outro kandra. — TenSoon comentou. — É... complicado.

Aquilo fez Brisa hesitar. Ele encarou TenSoon, que sentiu um momento de pânico. Brisa era um Abrandador e, como todos os Abrandadores, tinha o poder de controlar o corpo de TenSoon. O segredo.

Não, disse TenSoon a si mesmo com vigor. *Brumosos hoje são fracos demais para controlar um de nós.*

— Bebendo em serviço, Brisa? — perguntou, erguendo uma sobrancelha canina.

— Claro — disse Brisa, erguendo a taça. — Do que adiantaria estar no comando se não pudesse estabelecer minhas próprias condições de trabalho?

TenSoon bufou. Ele nunca chegara realmente a gostar de Brisa, mas talvez o sentimento viesse de seu preconceito contra Abrandadores. Ou, talvez, de seu preconceito contra todos os seres humanos. Independentemente de tudo, não estava ali para conversa fiada.

— Onde está Vin? — ele quis saber.

Brisa franziu a testa.

— Pensei que tivesse trazido uma mensagem dela.

— Menti para os guardas — TenSoon disse. — Na verdade, vim procurá-la. Trago notícias que ela precisa ouvir; notícias relacionadas às brumas e às cinzas.

— Bem, meu caro rapaz... hm... suponho que eu deva dizer meu caro *cachorrinho*. De qualquer forma, vamos para um local reservado. Assim você poderá falar com Sazed. Ele é muito mais útil que eu nesse tipo de coisa.

— ... E COM FANTASMA mal tendo sobrevivido à provação — o terrisano falou —, pensei que seria melhor deixar Lorde Brisa assumir o comando. Montamos o gabinete em outro prédio do Ministério, que parecia ser mais bem equipado para ser um centro burocrático, e Brisa começou a ouvir as petições. Creio que ele é melhor lidando com pessoas do que eu, e parece gostar de cuidar dos assuntos do dia a dia da população.

O terrisano estava sentado em uma cadeira, uma pasta aberta na mesa diante dele, uma pilha de anotações ao lado. Por algum motivo que não conseguia divisar, Sazed parecia diferente para TenSoon. O Guardador usava as mesmas túnicas e tinha os mesmos braceletes feruquêmicos nos braços. No entanto, havia algo faltando.

Aquele, porém, era o menor dos problemas de TenSoon.

— *Cidade de Fadrex?* — perguntou, sentado numa cadeira. Estavam em um dos cômodos menores no prédio do Ministério, um que fora no passado os aposentos de um obrigador. Agora, contava apenas com uma mesa e cadeiras, as paredes e o assoalho, tão austero quanto se poderia esperar da mobília do Ministério.

Sazed assentiu.

— Ela e o imperador esperavam encontrar outra dessas cavernas-depósito lá.

TenSoon se curvou em derrota. Fadrex ficava do outro lado do império. Mesmo com a Bênção da Potência, levaria semanas para chegar até lá. Tinha uma caminhada muito, muito longa à sua frente.

— Posso perguntar que tipo de negócio você teria com Lady Vin, kandra? — Sazed perguntou.

TenSoon hesitou. Parecia estranho, de certa forma, falar tão abertamente com Brisa e então com Sazed. Ambos foram homens que TenSoon observara por meses enquanto agia como cachorro. Eles nunca o tinham conhecido, embora ele os conhecesse.

Sabia, por exemplo, que Sazed era perigoso. O terrisano era um Guardador — um grupo que TenSoon e seus irmãos foram treinados a evitar. Guardadores sempre estavam fuçando em busca de rumores, lendas e histórias. Os kandra tinham muitos segredos; se os Guardadores chegassem algum dia a descobrir a riqueza da cultura kandra, o resultado poderia ser desastroso. Eles sempre queriam estudar, fazer perguntas e registrar o que encontravam.

TenSoon abriu a boca para dizer "Nada". Mas ele não *queria* alguém para ajudá-lo com a cultura kandra? Alguém que se concentrasse em religiões e que talvez soubesse muito de teologia? Alguém que conhecesse as lendas do Herói das Eras? De todos os membros do bando, além de Vin, Sazed era o que ele mais estimava.

— Tem a ver com o Herói das Eras — TenSoon falou com cuidado. — E com o advento do fim do mundo.

— Ah — Sazed disse, erguendo-se. — Muito bem, então. Darei a você todas as provisões que precisar. Vai partir imediatamente? Ou ficará aqui para descansar um pouco?

Quê?, pensou TenSoon. Sazed não havia movido nenhum dedo para mencionar questões religiosas. Aquilo não era do feitio dele.

Ainda assim, Sazed continuou a falar, como se TenSoon não tivesse acabado de indicar ter consigo um dos maiores segredos religiosos de sua era.

Nunca entenderei os seres humanos, ele pensou, sacudindo novamente a cabeça.

A prisão que Preservação criou para Ruína não foi feita a partir de seu poder, embora pertencesse a Preservação. Em vez disso, Preservação sacrificou sua consciência — poderíamos dizer sua mente — para fabricar essa prisão. Deixou uma sombra de si, mas Ruína, assim que escapou, começou a sufocar e isolar esse pequeno vestígio do rival. Pergunto-me se Ruína alguma vez estranhou Preservação ter limado a própria força, abdicando dela e deixando-a no mundo para ser reunida e usada pela humanidade.

Nessa aposta de Preservação, vejo nobreza, inteligência e desespero. Ele sabia que não tinha como derrotar Ruína. Dera muito de si e, além disso, era a incorporação da estase e da estabilidade. Não podia destruir, nem mesmo proteger. Era contra sua natureza. Por isso a prisão.

A humanidade, no entanto, havia sido criada por Ruína e Preservação juntos — com um traço da própria alma de Preservação para lhe dar sabedoria e honra. Para que o mundo sobrevivesse, Preservação sabia que dependia de suas criaturas. Tinha que depositar sua confiança nelas.

Imagino o que Preservação pensou quando essas criaturas falharam repetidamente com ele.

60

A MELHOR MANEIRA DE ENGANAR alguém, na opinião de Vin, era dar o que esse alguém queria. Ou, ao menos, o que esperava. Contanto que o rival pensasse que estava um passo adiante, não olharia para trás para ver se havia algum passo que ignorava completamente.

Yomen havia projetado bem sua prisão. Todos os metais usados na construção de seu catre ou instalações eram alomanticamente inúteis. Prata, embora cara, parecia o metal favorecido ali — e havia pouquíssimo até dele. Apenas alguns parafusos no catre que Vin conseguira soltar com as unhas.

Suas refeições — um mingau gorduroso e sem gosto — eram servidas em tigelas de madeira com colheres de madeira. Os guardas eram mata-brumas treinados para combater alomânticos, carregando bastões e sem usar nada de metal no corpo. A cela era uma construção simples de pedra com um assoalho de madeira sólida e parafusos e dobradiças de prata.

Pelo comportamento dos guardas, ela sabia que esperavam uma tentativa de fuga. Yomen os preparara bem, de forma que, quando deslizavam sua comida pelo vão da porta, ela percebia a tensão no corpo e a velocidade com que recuavam. Era como se estivessem alimentando uma víbora.

Então, na vez seguinte em que a levaram até Yomen, ela atacou.

Vin se moveu assim que a porta foi aberta, usando uma perna de madeira que tirara do catre. Derrubou o primeiro guarda com um golpe no braço e depois outra pancada na nuca. Os golpes lhe pareceram fracos sem o peltre, mas era o melhor que podia fazer. Ela passou pelo segundo guarda na fila com um esbarrão e bateu com o cotovelo na barriga do terceiro. Não estava pesando muito, mas o golpe foi suficiente para fazê-lo soltar o bastão — que ela agarrou de imediato.

Ham passara um bom tempo treinando-a com o bastão e sempre a fazia lutar sem Alomancia. Mesmo com toda a preparação, os guardas ficaram obviamente surpresos em ver uma alomântica sem metais causar tanto alvoroço, e ela derrubou mais dois deles.

Infelizmente, Yomen não era tolo. Enviara tantos guardas para levá-la que derrubar quatro deles fez pouca diferença. Devia haver no mínimo vinte homens no corredor fora da cela, apinhados na saída. Serviam, pelo menos, para obstruir completamente a passagem.

Seu objetivo era lhes dar o que esperavam, mas não ser morta. Então, assim que confirmou que sua "tentativa de fuga" estava realmente condenada, ela deixou um dos soldados atingi-la no ombro e soltou o bastão com um grunhido. Desarmada, ela ergueu as mãos e se afastou de costas. Os soldados, claro, deram uma rasteira em Vin e pularam sobre ela, segurando-a enquanto um deles a algemava.

Vin aguentou o tratamento com o ombro pulsando de dor. Quanto tempo teria que ficar sem metais antes de parar de tentar instintivamente queimar peltre? Esperava que nunca chegasse a descobrir.

No fim, os soldados colocaram-na em pé e empurraram-na pelo corredor. Os três que tinha derrubado — sem mencionar aquele que chegara a desarmar — grunhiram um pouco, esfregando os ferimentos. Todos os vinte homens a encararam com ainda mais desconfiança, como se isso fosse possível.

Ela não causou mais nenhum problema até chegarem à câmara de audiência de Yomen. Quando se moveram para acorrentar as algemas ao banco, ela se contorceu um pouco, ganhando uma joelhada na barriga. Soltou o ar de uma vez, depois caiu no chão perto do banco. Ali, gemendo, ela esfregou as mãos e os pulsos com a pasta de mingau com que ela havia empapado a camiseta. Era fedida e suja, mas muito viscosa — e os guardas, distraídos pela tentativa de fuga, tinham se esquecido completamente de revistá-la.

— Certamente a senhora não pensou em escapar sem metais para queimar, não é? — Yomen perguntou.

Vin ergueu a cabeça. Ele estava em pé, de costas para ela novamente, embora desta vez estivesse olhando por uma janela escura. Vin achou muito estranho ver as brumas rodopiando contra o vidro. A maioria dos skaa não tinha como comprar vidro, e a maioria dos nobres preferiam vitrais. A escuridão diante da janela de Yomen parecia uma fera à espreita, as brumas, seus pelos raspando no vidro conforme ela se movia.

— Acreditei que a senhora ficaria lisonjeada — Yomen continuou. — Não sabia se era realmente tão perigosa quanto relataram, mas decidi presumir que fosse. Entende, eu...

Vin não lhe deu mais tempo. Havia apenas duas maneiras de escapar da cidade: a primeira, encontrando metais; a segunda, tomando Yomen como refém. Planejava tentar ambas.

Ela puxou as mãos meladas das algemas, que haviam sido presas aos seus pulsos quando eles estavam retorcidos e flexionados. Ignorou a dor e o sangue das algemas raspando em suas mãos e pulou em pé, tirando de uma dobra na camisa os parafusos de prata que pegara do catre e lançando-os na direção dos soldados.

Os homens gritaram surpresos e se jogaram no chão, desviando de um suposto *empurrão* de aço; sua preparação e a preocupação tiveram um efeito indesejado, pois Vin não tinha aço. Os parafusos ricochetearam na parede, ineficazes, e os guardas ficaram caídos e confusos com seu truque. Só quando ela já estava na metade do caminho até Yomen o primeiro deles pensou em se erguer.

Yomen se virou. Como sempre, usava a pequena conta de atium na testa. Vin avançou nela.

Yomen saiu do caminho casualmente. Vin avançou de novo, desta vez fazendo uma finta, em seguida tentou dar uma cotovelada na barriga do homem. Seu ataque não deu certo, pois Yomen, com as mãos ainda cruzadas nas costas, esquivou-se dela de novo.

Ela conhecia aquele olhar no rosto dele: o olhar de controle completo, de poder. Yomen obviamente tinha pouco treinamento de batalha, mas se desviava dela mesmo assim.

Estava queimando atium.

Vin parou. *Não surpreende que ele use aquela conta na testa*, ela pensou. *É para emergências.* Ela via em seu sorriso que ele de fato havia antecipado aquilo. Sabia que ela tentaria algo e jogara a isca, deixando-a se aproximar. Mas nunca esteve realmente em perigo.

Os guardas finalmente a agarraram, mas Yomen ergueu a mão, fazendo--os se afastar. Em seguida, apontou para o banco. Em silêncio, Vin voltou e se sentou. Precisava pensar e certamente não chegaria a lugar nenhum com Yomen queimando atium.

Quando se sentou, Ruína apareceu ao seu lado — materializando-se como se viesse de uma fumaça escura, usando o corpo de Reen. Ninguém reagiu; obviamente, não podiam vê-lo.

— Que pena — Ruína disse. — De certa forma, você quase conseguiu. Mas, por outro lado, nunca esteve nem perto.

Ela ignorou Ruína, erguendo os olhos para Yomen.

— Você é um Nascido da Bruma.

— Não — ele falou, sacudindo a cabeça, mas sem voltar a olhar a janela. Ele a encarou, desconfiado. Provavelmente havia extinguido o atium; era valioso demais para mantê-lo queimando. Tinha-o em reserva, porém, atento cuidadosamente a sinais de outro ataque.

— Não? — Vin questionou, erguendo a sobrancelha com ceticismo. — Você estava queimando atium, Yomen. Eu vi.

— Acredite no que quiser — Yomen retrucou. — Mas saiba de uma coisa, mulher: eu não minto. Nunca precisei de mentiras e acho que isso é especialmente importante agora, quando o mundo inteiro está mergulhado no caos. As pessoas precisam de verdade daqueles que seguem.

Vin franziu a testa.

— Independentemente disso, chegou o momento — Yomen concluiu.

— Momento?

Yomen assentiu.

— Sim. Perdoe-me por deixá-la tanto tempo em sua cela. Eu me... distraí.

Elend, pensou Vin. *O que ele vem fazendo? Eu me sinto tão cega!*

Ela olhou para Ruína, que estava do outro lado do banco, balançando a cabeça como se soubesse muito mais do que dizia. Ela se voltou para Yomen.

— Ainda não entendi. Momento para quê?

Yomen fitou seus olhos.

— Momento para eu tomar uma decisão sobre sua execução, Lady Venture.

Ah, ela pensou. *Certo*. Entre as conversas com Ruína e os planos para fugir, ela quase se esquecera da declaração de Yomen sobre sua intenção de deixá-la se defender antes de executá-la.

Ruína percorreu a sala, circulando Yomen com passos calmos. O rei-obrigador ainda encarava Vin. Se podia ver Ruína, não demonstrava. Em vez disso, acenou para um guarda, que abriu uma porta lateral, deixando entrar vários obrigadores em túnicas cinza. Eles se sentaram em um banco diante de Vin.

— Diga, Lady Venture — Yomen disse, voltando-se para ela —, por que vieram à Cidade de Fadrex?

Vin inclinou a cabeça.

— Pensei que não haveria um julgamento. Você disse não precisar desse tipo de coisa.

— Pensei que a senhora poderia gostar de qualquer postergação no processo — Yomen retrucou.

Uma postergação significava mais tempo para pensar; mais tempo para uma possível fuga.

— Por que viemos? — Vin perguntou. — Sabíamos que vocês tinham um dos depósitos de suprimento do Senhor Soberano embaixo da cidade.

Yomen ergueu uma sobrancelha.

— Como sabiam disso?

— Encontramos outro. Tinha indicações sobre Fadrex.

Yomen assentiu para si mesmo. Ela notou que ele acreditava, mas havia algo mais. Ele parecia estar fazendo ligações que ela não entendia e provavelmente não tinha informações suficientes para entender.

— E o perigo que meu reino apresentava ao seu? — Yomen perguntou. — Não tem nada a ver com sua invasão às minhas terras?

— Eu não diria isso — Vin respondeu. — Há um tempo Cett vem forçando Elend a avançar sobre este domínio.

Os obrigadores discutiram em voz baixa esse comentário, embora Yomen estivesse distante, braços cruzados enquanto a observava. Vin achou a experiência angustiante. Fazia anos, desde os dias do bando de Camon, que ela não se sentia tão completamente sob o poder de outra pessoa. Mesmo quando enfrentara o Senhor Soberano, a sensação fora diferente. Yomen parecia vê-la como um instrumento.

Mas um instrumento para quê? E como ela poderia manipular as necessidades dele de forma que ele a mantivesse viva tempo o suficiente para que fugisse?

Torne-se indispensável, Reen sempre ensinara. *Então, um líder de bando não conseguirá se livrar de você sem perder força.* A voz do irmão ainda parecia sussurrar palavras em sua mente. Seriam lembranças, interpretações de sua sabedoria ou efeitos da influência de Ruína? De qualquer forma, era um bom conselho para aquele momento.

— Então, vocês vieram com o objetivo expresso de invadir? — Yomen perguntou.

— Elend pretendia tentar a diplomacia primeiro — Vin disse com cautela. — No entanto, nós sabíamos que seria um pouco difícil bancar o diplomata com um exército acampado nos portões.

— Você admite serem conquistadores, então. A senhora *é* mais honesta que seu marido.

— Elend é mais sincero que nós dois juntos, Yomen — Vin retrucou. — Só porque ele interpreta as coisas de forma diferente de você ou de mim não significa que seja um homem desonesto ao expressar seu ponto de vista.

Yomen ergueu a sobrancelha, talvez pela prontidão da resposta.

— Um argumento válido.

Vin se recostou no banco, enrolando as mãos cortadas em um pedaço de tecido limpo da camisa. Era uma sensação muito peculiar estar conversando com ele. Por um lado, os dois aparentavam muitas diferenças. Ele era um obrigador burocrata cuja falta de músculos ou de ar guerreiro indicava uma vida passada em preocupações com formulários e registros. Ela fora uma menina de rua e era uma adulta treinada para guerras e assassinatos.

Ainda assim, seus maneirismos, seu jeito de falar, faziam com que Vin se lembrasse de si mesma. *Será que é assim que eu teria ficado se não tivesse nascido skaa? Uma burocrata direta, brusca, em vez de uma guerreira sem papas na língua?*

Enquanto Yomen a observava, Ruína lentamente rodeava o rei-obrigador.

— Esse aqui é uma decepção — disse.

Vin olhou de relance para Ruína, que balançou a cabeça.

— Tanta destruição que poderia ter causado se tivesse atacado em vez de ficar encolhido nesta cidadezinha, orando para seu deus morto. Homens o teriam seguido. Eu nunca consegui atingi-lo no longo prazo, infelizmente. Nem toda trama pode ser bem-sucedida, especialmente quando a vontade de tolos como ele deve ser levada em conta.

— Então — Yomen falou, chamando a atenção de volta para si —, vocês vieram tomar minha cidade porque ouviram falar do meu depósito e porque temiam uma volta do poder do Senhor Soberano.

— Eu não disse isso — Vin retorquiu de cara fechada.

—Ainda assim vocês tinham medo de mim.

— Como uma força estrangeira com capacidade comprovada de minar um governo e usurpá-lo.

— Não usurpei. Devolvi esta cidade e o domínio ao seu governo de direito. Mas isso não faz parte desta discussão. Quero que me fale sobre a religião que seu povo prega.

— A Igreja do Sobrevivente?

— Exato. A senhora é uma das líderes, correto?

— Não. Eles me reverenciam. Mas eu nunca me senti parte da religião. Em grande parte, ela se concentra em Kelsier.

— O Sobrevivente de Hathsin — Yomen disse. — Ele morreu. Como esse povo pode adorá-lo?

Vin deu de ombros.

— Os antigos tinham o costume de adorar deuses que não podiam ver.

— Talvez. Eu... li essas coisas, embora ache difícil entendê-las. Fé num deus invisível; que sentido isso faz? Por que rejeitar o deus com quem viveram por tanto tempo, aquele que podiam ver e sentir, em prol de um que morreu? Um que o Senhor Soberano matou?

— Você faz isso. Ainda adora o Senhor Soberano.

— Ele não morreu.

Vin franziu o cenho.

— Não — Yomen falou, aparentemente percebendo a confusão de Vin. — Eu não o vi ou ouvi falar dele desde seu desaparecimento. No entanto, também não acredito nos relatos de sua morte.

— Ele estava bem morto. Acredite em mim.

— Temo que não acredite em você. Conte-me daquela noite. Diga-me precisamente o que aconteceu.

E Vin contou. Contou sobre a prisão e sua fuga com Sazed. Contou de sua decisão de combater o Senhor Soberano e da sua confiança no Décimo Primeiro Metal. Deixou de fora a capacidade de extrair poder das brumas, mas explicou todo o restante, inclusive a teoria de que o Senhor Soberano alcançara a imortalidade por uma manipulação inteligente de uma combinação de Feruquemia e Alomancia.

E Yomen realmente ouviu. O respeito pelo homem crescia enquanto ela falava, pois ele não a interrompia. Ele queria ouvir a história, mesmo que não acreditasse nela. Era um homem que aceitava as informações pelo que eram: um instrumento a ser usado, embora não confiasse nela mais do que em qualquer outro instrumento.

— E, assim — Vin terminou —, ele morreu. Eu mesma o empalei no coração. Sua fé nele é admirável, mas não tem como mudar o que aconteceu.

Yomen ficou em silêncio. Os obrigadores mais velhos, sentados nos bancos, ficaram pálidos. Vin sabia que seu testemunho talvez a tivesse condenado, mas, por algum motivo, ela sentiu que aquela honestidade pura, direta, lhe serviria melhor que a astúcia. Era como geralmente se sentia.

Uma convicção estranha para alguém que cresceu em bandos de ladrões, ela pensou. Ruína aparentemente tinha ficado entediado com o relato e ido até a janela.

— O que preciso descobrir — Yomen disse, finalmente — é por que o Senhor Soberano pensou ser necessário fazer com que você *acreditasse* que o assassinou.

— Não ouviu o que acabei de contar? — Vin questionou.

— Ouvi — Yomen disse com calma. — E não se esqueça de que a senhora é prisioneira aqui; uma prisioneira que está muito perto da morte.

Vin se esforçou para ficar calada.

— Acha minhas palavras ridículas? — Yomen perguntou. — Mais ridículas que as suas próprias? Pense em como eu a vejo, alegando ter assassinado um homem que eu *sei* ser Deus. Não é plausível que ele tenha desejado que isso acontecesse? Que ele ainda esteja lá fora, olhando por nós, esperando...

É isso, ela percebeu. *Por isso ele me capturou, por isso está tão ávido para conversar. Ele está convencido de que o Senhor Soberano ainda está vivo. Apenas quer descobrir onde me encaixar nessa história toda. Ele quer que eu lhe dê a prova que tanto deseja.*

— Por que não acha que deveria fazer parte da religião skaa, Vin? — Ruína perguntou num sussurro.

Vin se virou, tentando não olhar diretamente para ele, não deixar que Yomen a visse encarar o ar.

— Por quê? — Ruína perguntou. — Por que não quer que eles a adorem? Todos aqueles skaa felizes? Vendo em você um símbolo de esperança?

— O Senhor Soberano *deve* estar por trás de tudo isso. — Yomen refletia em voz alta. — Significa que ele desejou que o mundo a visse como sua assassina. Queria que os skaa a adorassem.

— Por quê? — Ruína repetiu. — Por que ficar tão desconfortável? É porque você sabe que *não pode* lhes oferecer esperança? Como eles o chamam, aquele que você deveria ter substituído? O Sobrevivente? Uma palavra de Preservação, creio eu.

— Talvez ele pretenda voltar num ato dramático — Yomen ponderou. — Para destituí-la e derrubá-la, provar que a fé nele é a única fé verdadeira.

Por que não se encaixa?, Ruína sussurrou na mente de Vin.

— Por que mais ele desejaria que a adorassem? — Yomen perguntou.

— *Eles estão errados!* — Vin disse com rispidez, levando as mãos à cabeça, tentando refrear aqueles pensamentos. Tentando refrear a culpa.

Yomen hesitou.

— Estão errados sobre mim — Vin disse. — Eles não me adoram; adoram o que acham que eu deveria ser. Mas eu não sou a Herdeira do Sobrevivente. Eu não fiz o que Kelsier fez. Ele os libertou.

Você os conquistou, sussurrou Ruína.

— Sim — Vin disse, erguendo o olhar. — Você está procurando na direção errada, Yomen. O Senhor Soberano não vai voltar.

— Eu lhe disse que...

— Não — Vin falou, levantando-se. — Não, ele não vai voltar. Ele não precisa. *Eu* tomei o lugar dele.

Elend se preocupava com o fato de estar se tornando outro Senhor Soberano, mas tal preocupação sempre parecera equivocada para Vin. Não fora ele que conquistara e reforjara um império, mas ela. Fora ela quem fizera os outros reis se submeterem.

Fizera exatamente como o Senhor Soberano. Um Herói surgiu, e o Senhor Soberano o matou e em seguida tomou o poder do Poço da Ascensão. Vin matou o Senhor Soberano e depois tomou o mesmo poder. Abriu mão dele, verdade, mas desempenhou o mesmo papel.

Tudo se encaixou. O motivo pelo qual parecia muito errado os skaa a adorarem e a chamarem de sua salvadora. De repente, seu verdadeiro papel em toda aquela história pareceu se encaixar.

— Não sou a Herdeira do Sobrevivente, Yomen — ela disse, enojada. — Sou a Herdeira do Senhor Soberano.

Ele balançou a cabeça com desdém.

— Quando você me capturou, eu me perguntei por que teria me mantido viva. Uma inimiga Nascida da Bruma? Por que não simplesmente me matar e acabar com isso? Você alegou querer me dar um julgamento, mas enxerguei a fachada. Sabia que tinha outro motivo. E agora eu sei qual é. — Ela fitou seus olhos. — Você disse antes que planejava me executar por ter matado o Senhor Soberano, mas admitiu acreditar que ele está vivo. Diz que ele vai voltar para me derrubar, então você não pode me matar, a não ser que queira interferir nos planos do seu deus.

Yomen se afastou dela.

— Você *não pode* me matar — ela repetiu. — Não até ter certeza do meu lugar na sua teologia. Por isso me mantém viva e por isso arrisca me trazer aqui para falar. Precisa das informações que apenas eu posso dar, precisa tomar meu depoimento em uma espécie de julgamento, porque quer saber o que aconteceu naquela noite. Para poder tentar se convencer de que seu deus ainda vive.

Yomen não reagiu.

— Admita. Não estou em perigo aqui. — Ela avançou.

E Yomen se moveu. Seus passos de repente ficaram mais fluidos. Ele não tinha a graça do peltre ou o conhecimento de um guerreiro, mas se movia *corretamente*. Ela se esquivou por instinto, mas o atium fez com que ele se antecipasse e, antes que ela pudesse pensar, Yomen a jogou no chão, mantendo-a presa com o joelho nas costas de Vin.

— Não posso matá-la ainda — ele disse calmamente —, mas isso não significa que não esteja em perigo, Lady Venture.

Vin grunhiu.

— Quero algo de você. Algo além de tudo isso que discutimos. Quero que diga ao seu marido para mandar o exército embora.

— Por que eu faria isso? — perguntou Vin, com o rosto pressionado contra a pedra fria do chão.

— Porque vocês alegam querer meu depósito, mas também dizem ser bons. Sabem que usarei a comida do depósito com sabedoria para alimentar o meu povo. Se seu Elend realmente é tão altruísta quanto a senhora diz, certamente não será egoísta a ponto de descartar inúmeras vidas apenas para que possam roubar nossa comida e usá-la para alimentar os seus.

— Precisamos dele para plantar — Vin disse. — Temos luz suficiente no Domínio Central, e vocês não. O estoque de sementes será inútil para você!

— Então negociem comigo.

— Você nem sequer *fala* conosco!

Yomen recuou, soltando a pressão nas costas de Vin. Ela esfregou o pescoço e se sentou, sentindo-se frustrada.

— É mais que uma questão de comida, Yomen. Os outros depósitos estão sob nosso controle. O Senhor Soberano deixou pistas neles. Existe algo em todos juntos que pode nos salvar.

Yomen bufou.

— Você ficou lá embaixo por todo aquele tempo e não leu a placa deixada pelo Senhor Soberano?

— Claro que li.

— Então sabe que não há *nada* mais naqueles depósitos — Yomen falou. — Eles são todos parte do plano dele, claro. E, por algum motivo, esse plano precisa que os homens pensem que está morto. Bem, você sabe agora o que ele disse. Então por que tomar a cidade de mim?

Por que tomar a cidade de mim? O motivo real deixava Vin incomodada. Elend sempre achara aquilo desimportante, mas, para ela, tinha um apelo poderoso.

— Você sabe muito bem por que temos de tomar a cidade. Enquanto você o tiver, teremos motivo para conquistá-los.

— Tiver o quê?

Ruína avançou, curioso.

— Você sabe do que estou falando. O atium. O estoque do Senhor Soberano.

— É isso? — Yomen perguntou, rindo. — Tudo isso pelo atium? Atium não tem valor nenhum!

Vin franziu a testa.

— Valor nenhum? É a mercadoria mais valiosa no Império Final!

— É mesmo? — Yomen perguntou. — E quantas pessoas existem por aí que podem queimá-lo? Quantas casas nobres restaram para fazer o jogo das pequenezas políticas e competir pelo poder mostrando quanto atium podem sugar do Senhor Soberano? O valor do atium se baseava na economia de um império, Lady Vin. Sem as retenções de um sistema de reserva e uma classe superior dando ao metal seu valor implícito, o atium não tem valor real. — Yomen sacudiu a cabeça. — Para um homem faminto, o que é mais importante? Um filão de pão ou um jarro inteiro de atium que ele não poderá usar, comer ou vender?

Ele acenou para os guardas levarem-na. Os homens a colocaram em pé, e ela se debateu, mantendo os olhos nos de Yomen.

O rei virou as costas para ela.

— Aqueles pedaços inúteis de metal não me servem de nada; exceto, talvez, para mantê-la sob controle. Não, a comida era o recurso real. O Senhor Soberano me deixou as riquezas necessárias para restabelecer seu poder. Apenas preciso descobrir o que ele quer que eu faça em seguida.

Por fim, os soldados conseguiram arrastá-la para fora.

Não fico surpreso por termos nos concentrado tanto nas brumas durante aqueles dias. Mas, pelo que hoje sei sobre luz do sol e desenvolvimento de plantas, percebo que nossas colheitas não estavam tão ameaçadas naqueles dias brumosos quanto temíamos. Poderíamos bem ter encontrado plantas para comer que não precisassem de tanta luz para sobreviver.

Sim, as brumas também causaram a morte de alguns que foram às ruas na presença delas, mas o número de mortos não era um percentual tão grande da população a ponto de ameaçar nossa sobrevivência como espécie. As cinzas, por outro lado, eram nosso problema real. A fumaça enchendo a atmosfera, os flocos pretos cobrindo tudo, as erupções das Montanhas de Cinzas vulcânicas... Era isso que mataria o mundo.

61

— ELEND! — HAM GRITOU, correndo até ele. — Você voltou!

— Surpreso? — Elend perguntou, percebendo a expressão do amigo.

— Claro que não — Ham respondeu, um pouco rápido demais. — Os batedores relataram sua aproximação.

Minha chegada pode não o surpreender, pensou Elend, exausto, *mas o fato de que ainda estou vivo, sim. Será que pensou que eu havia fugido para me matar ou que simplesmente vagaria para longe e os abandonaria?*

Não era uma linha de raciocínio na qual ele queria insistir. Então sorriu, pousando a mão no ombro de Ham e olhando para o acampamento. Parecia estranho, enterrado como estava, as cinzas empilhando-se do lado de fora. Era como se estivesse enterrado a vários metros no chão. Havia tanta cinza...

Não posso me preocupar com tudo ao mesmo tempo, pensou Elend com determinação. *Eu tenho de ter confiança. Tenho que acreditar em mim mesmo e continuar.*

Ele havia refletido sobre o espectro das brumas no restante da viagem. Realmente havia lhe dito para não atacar Fadrex ou Elend estava apenas interpretando mal seus gestos? O que estivera querendo informar ao apontar para os frascos de metais?

Ao lado dele, Ham observava a massa de novos koloss. Perto do exército sentaram os outros koloss de Elend, ainda sob controle. Embora tivesse se tornado muito hábil em manter controle sobre as criaturas, era bom estar perto deles. Fazia com que se sentisse mais à vontade.

Ham soltou um assobio baixinho.

— Vinte e oito mil? — ele perguntou. — Ou, ao menos, foi o que os batedores disseram.

Elend assentiu.

— Eu não havia percebido como o grupo era grande. Com esse tanto...

Trinta e sete mil no total, pensou Elend. *Mais que suficiente para arrasar Fadrex.*

Ele começou a descer a rampa na direção do acampamento. Embora não precisasse de muito peltre para ajudá-lo com a caminhada, ainda estava cansado.

— Alguma notícia de Vin? — perguntou, esperançoso, ainda que soubesse que, se ela tivesse escapado, já o teria encontrado.

— Enviamos um mensageiro para a cidade enquanto você esteve fora — Ham disse quando começaram a caminhar. — Yomen disse que um soldado poderia ir e confirmar que ela ainda estava viva. Concordamos em seu nome, pensando que seria melhor ele pensar que você estava aqui.

— Fez bem.

— Já faz um tempo — Ham comentou. — Não soubemos mais nada dela desde então.

— Ela ainda está viva — Elend falou.

Ham assentiu.

— Também acredito nisso.

Elend sorriu.

— Não é apenas fé, Ham — ele falou, meneando a cabeça para os koloss que haviam ficado para trás. — Antes de ela ser capturada, eu lhe dei mil desses. Se ela morresse, eles teriam saído de controle. Enquanto ela viver, tenha ou não metais, permanecerá ligada às criaturas.

Ham fez uma pausa.

— Teria sido... bom ter nos dito isso antes, El.

— Eu sei — Elend disse. — É fácil demais esquecer quantos estou controlando; nem me lembrava de que nem todos eram meus. Deixe batedores aqui de olho neles. Eu os tomo de volta caso se revoltem.

Ham assentiu.

— Você pode entrar em contato com ela através deles?

Elend negou com a cabeça. Como explicar? Controlar os koloss não era sutil; as mentes deles eram rústicas demais para qualquer coisa além de comandos simples. Ele podia ordenar um ataque ou que ficassem parados, segui-lo ou carregar coisas. Mas não podia direcioná-los precisamente, não podia mandar que enunciassem uma mensagem nem instruí-los sobre *como* atingir um objetivo. Ele podia dizer apenas "faça isso" e observá-los fazendo.

— Temos relatos de batedores do Domínio Central, El — Ham disse, um tom perturbado na voz.

Elend o encarou.

— A maioria dos batedores não retornou. Ninguém sabe o que aconteceu a Demoux e aos homens que você enviou. Esperamos que eles tenham chegado a Luthadel, mas a capital está em um estado deplorável. Os batedores que voltaram trouxeram notícias frustrantes. Perdemos muitas das cidades que você conquistou no ano passado. As pessoas estão morrendo de fome, e muitos vilarejos estão vazios, exceto pelos cadáveres. Aqueles que conseguiram fugir para Luthadel deixaram trilhas de corpos na estrada, enterrados sob as cinzas.

Elend fechou os olhos. Mas Ham ainda não havia acabado.

— Há histórias de cidades engolidas pelos terremotos — ele falou, a voz quase um sussurro. — O rei Lekal e sua cidade foram tomados pela lava de uma das Montanhas de Cinzas. Não ouvimos falar de Janarle há semanas; seus seguidores todos parecem ter desaparecido, e o Domínio do Norte está um caos. Dizem que todo o Domínio do Sul está em chamas... Elend, o que faremos?

Elend continuou a avançar, caminhando por uma trilha sem cinzas e adentrando o acampamento. Soldados estavam se reunindo ao redor dele, sussurrando, olhando. Ele não sabia como responder à pergunta de Ham. O que faria? O que *poderia* fazer?

— Vamos ajudar, Ham — ele disse. — Não vamos desistir.

Ham assentiu, parecendo levemente mais animado.

— Mas, antes de qualquer coisa, você deveria trocar essas roupas...

Elend olhou para si mesmo, lembrando-se de que ainda usava o uniforme preto, ensanguentado pelo massacre de koloss e manchado de cinzas. Sua aparência estava causando uma agitação nos homens. *Eles só me viram no uniforme branco, imaculado. Muitos nunca me viram lutar, nunca me viram ensanguentado ou sujo de cinzas.*

Ele não sabia bem o que o incomodava naquilo.

Lá adiante, Elend pôde ver uma figura barbada, sentada em uma cadeira ao lado da trilha, como se estivesse ali fora para o repasto da tarde. Cett o encarou quando passou.

— Mais koloss?

Elend assentiu.

— Vamos atacar, então?

Elend parou.

O espectro das brumas aparentemente não queria que atacasse. Mas ele não tinha certeza do que aquela força queria que soubesse ou pensasse; nem mesmo sabia se deveria confiar no espectro. Poderia basear o futuro do império em impressões vagas recebidas de um fantasma nas brumas?

Precisava entrar naquele depósito e não podia mais esperar no cerco; não mais. Além disso, atacar parecia a melhor maneira de trazer Vin de volta. Yomen jamais a devolveria — ou Elend se sentaria e esperaria ou atacaria, torcendo para que, no caos da batalha, Yomen a deixasse em alguma masmorra. Sim, um ataque arriscava a execução dela, mas deixar Yomen usá-la como moeda de troca parecia igualmente perigoso para Vin.

Preciso ser o homem que toma decisões difíceis, ele disse a si mesmo. *É o que Vin estava tentando me ensinar no baile: que posso ser tanto Elend, o homem, quanto Elend, o rei. Busquei esses koloss por um objetivo. Agora preciso usá-los.*

— Informe os soldados — Elend disse. — Mas não diga para formarem fileiras. Atacaremos pela manhã, mas faremos de surpresa: koloss primeiro, rompendo com as defesas. Os homens podem entrar em formação depois disso, então avançar e tomar o controle.

Vamos resgatar Vin, entrar naquela caverna, depois chegar a Luthadel com os suprimentos.

E sobreviver o quanto pudermos.

Suspeito que Alendi, o homem que Rashek assassinou, tenha sido um Brumoso — um Buscador. A Alomancia, no entanto, era uma coisa diferente naqueles dias, e muito mais rara. Os alomânticos vivos em nossos dias são descendentes dos homens que comeram aquelas poucas contas do poder de Preservação. Eles formaram a base da nobreza e foram os primeiros a nomear Rashek imperador.

O poder daquelas poucas contas era tão concentrado que duraram dez séculos de procriação e hereditariedade.

62

SAZED ESTAVA DO LADO DE fora do quarto, olhando para dentro. Fantasma estava deitado na cama, ainda enrolado em bandagens. O garoto não havia acordado desde a provação pela qual passara, e Sazed não sabia se ele acordaria. Mesmo se vivesse, ficaria com cicatrizes horrendas pelo resto da vida.

Porém, pensou Sazed, *isso prova uma coisa. O garoto não tem peltre.* Se Fantasma *fosse* capaz de queimar peltre, teria se curado com muito mais rapidez. Sazed havia administrado um frasco de peltre só para garantir, mas não fizera diferença nenhuma. O garoto não havia misticamente se tornado um Brutamontes.

De certa forma, aquilo era reconfortante. Significava que o mundo de Sazed ainda fazia sentido.

Dentro do quarto, Beldre estava sentada ao lado de Fantasma. Ela vinha todos os dias passar um tempo com o rapaz. Mais tempo até do que passava com o irmão, Quellion. O Cidadão estava com o braço quebrado e alguns outros ferimentos, mas nada letal. Embora Brisa governasse Urteau, Quellion ainda era uma autoridade, e ficava cada vez mais... gentil. Agora ele parecia disposto a considerar uma aliança com Elend.

Era estranho para Sazed que Quellion tivesse ficado tão transigente. Eles haviam entrado na cidade, semeado o caos e quase o matado. Agora ele ouvia suas ofertas de paz? Sazed nutria certa desconfiança, claro. O tempo diria se estava certo.

Lá dentro, Beldre se virou um pouco e percebeu a presença de Sazed à porta. Ela sorriu e se levantou.

— Por favor, Lady Beldre — ele disse, já entrando. — Não precisa se levantar.

A moça voltou a se sentar enquanto Sazed avançava. Ele se inclinou e examinou as ataduras em Fantasma, verificando a condição do jovem e comparando observações retiradas dos textos médicos nas mentes de cobre. Beldre observava em silêncio.

Assim que terminou, Sazed levantou-se para sair.

— Obrigada — Beldre falou.

Ela olhou para Fantasma e perguntou:

— Acha... digo, o quadro dele mudou?

— Temo que não, Lady Beldre. Não posso prometer nada no que tange à recuperação dele.

Ela abriu um leve sorriso, virando-se para o rapaz ferido.

— Ele vai conseguir.

Sazed franziu a testa.

— Ele não é apenas um homem — Beldre comentou. — É algo especial. Não sei o que Fantasma fez para trazer meu irmão de volta, mas ele é o antigo Quellion... o homem que era antes de toda essa insanidade começar. E a cidade... As pessoas têm esperança de novo. Era isso que Fantasma queria.

Esperança... pensou Sazed, observando os olhos da jovem. *Ela realmente o ama.*

De certa forma, aquilo parecia estúpido para Sazed. Quanto tempo fazia que ela conhecia o garoto? Poucas semanas? Naquele espaço de tempo, Fantasma não apenas ganhara o amor de Beldre, mas se transformara em um herói para o povo de toda uma cidade.

Ela fica sentada, esperando, com fé na recuperação de Fantasma, pensou Sazed. *Ainda assim, ao vê-lo, a primeira coisa que pensei foi em como estava aliviado por ele não ser um Braço de Peltre.* Teria ele realmente ficado assim tão insensível? Um ano e meio antes, estivera disposto a se apaixonar desesperadamente por uma mulher que passara a maior parte da vida punindo-o. Uma mulher com quem tivera apenas poucos preciosos dias.

Ele se virou e saiu da sala.

Sazed caminhou até seus aposentos que, antes, haviam pertencido a um obrigador. Era ótimo ter paredes normais e degraus novamente, em vez de estantes infinitas cercadas pelas paredes de uma caverna.

Na mesa estava a pasta aberta, sua capa de tecido manchada de cinzas. Uma pilha de páginas à sua esquerda, outra à direita. Havia apenas dez restantes na pilha à direita.

Tomando fôlego, Sazed se aproximou e se sentou. Era hora de pôr fim àquilo.

JÁ ERA FIM DA MANHÃ do dia seguinte quando ele pousou a última folha no topo da pilha esquerda. Havia passado rapidamente por essas últimas dez, mas fora capaz dar a elas atenção total, sem ser distraído por passeios ou outras preocupações. Ele sentia ter dado a cada uma a devida consideração.

Ficou sentado por um tempo, sentindo-se fatigado e não apenas pela falta de sono. Sentia-se... entorpecido. Sua tarefa estava terminada. Após o trabalho de um ano, ele havia examinado cada religião em seu estoque. E eliminado todas.

Era estranho quantas características comuns elas tinham. A maioria alegava ter a autoridade definitiva, denunciando as outras fés. A maioria ensinava a existência de uma vida após a morte, mas não conseguia oferecer provas. A maioria falava sobre deus ou deuses, mas ainda assim — de novo — tinham poucas justificativas para os próprios ensinamentos. E cada uma delas era coalhada de incoerências e falácias lógicas.

Como os homens acreditavam em algo que pregava o amor de um lado e a destruição de infiéis do outro? Como alguém racionalizava a crença sem provas? Como poderiam honestamente esperar fé em algo que falava sobre milagres e maravilhas no passado remoto, mas dava desculpas cuidadosas para essas coisas não ocorrerem nos dias atuais?

E, então, claro, havia o floco final de cinza na pilha — o fato de que todas as fés não tinham, em sua opinião, conseguido se provar. Todas ensinavam que os fiéis seriam abençoados. E nenhuma delas tinha resposta do motivo pelo qual seus deuses teriam permitido que fossem capturados, aprisionados, escravizados e massacrados por um herege conhecido como o Senhor Soberano.

A pilha de páginas jazia virada para baixo na mesa diante dele. Significava que não havia verdade. Nenhuma fé que trouxesse Tindwyl de volta. Nada que olhasse pelos homens, ao contrário do que Fantasma havia afirmado com tanto afinco. Sazed correu os dedos pela última página e de repente a depressão que ele combatia — mal controlada por tanto tempo — se mostrou forte demais para ser superada. A pasta havia sido sua última linha de defesa.

Dor. Era como ele sentia a perda. Dor e entorpecimento, ao mesmo tempo. Um fio de arame farpado enrolado no peito combinado com a incapacidade absoluta de fazer qualquer coisa a respeito. Ele queria se encolher em um canto, chorar e apenas se deixar morrer.

Não!, ele pensou. *Deve haver algo...*

Ele estendeu a mão sob a mesa, os dedos trêmulos em busca da bolsa de mentes de metal. Não puxou uma delas, mas em vez disso um livro. Colocou-o na mesa perto da pasta e o abriu em uma página aleatória. As palavras escritas em duas caligrafias diferentes o confrontaram. Uma era cuidadosa e fluida. A dele. A outra era concisa e determinada. A de Tindwyl.

Ele descansou os dedos na página. Ele e Tindwyl haviam compilado aquele livro juntos, decifrando a história, as profecias e os significados que delineavam o Herói das Eras. Antes de Sazed parar de se importar.

É uma mentira, ele pensou, fechando o punho. *Por que eu minto para mim mesmo? Eu ainda me importo. Nunca parei de me importar. Se tivesse parado, não continuaria buscando. Se eu não me importasse tanto, ser traído não seria tão doloroso.*

Kelsier havia falado disso. E Vin também. Sazed nunca esperara ter sentimentos semelhantes. Quem podia feri-lo de forma tão profunda a ponto de ele se sentir traído? Não era como os outros homens. Reconhecia isso não por arrogância, mas por uma noção de autoconhecimento. Ele perdoava as pessoas, talvez até demais para seu próprio bem. Não era do tipo que se amargurava.

Então havia presumido que jamais teria de lidar com tais emoções. Por isso ele estava tão despreparado para ser traído pela única coisa que não conseguia aceitar como imperfeita.

Não podia acreditar. Se acreditasse, significaria que Deus — ou o universo ou o que quer que olhasse pelos homens — havia falhado. Melhor acreditar que não havia nada, absolutamente nada. Então, todos os defeitos do mundo seriam mero acaso, não causados por um deus que falhara com eles.

Sazed olhou para o livro aberto, observando um pequeno pedaço de papel se projetando entre as páginas. Ele o puxou, surpreso por encontrar a imagem de flor que Vin havia lhe dado, aquela outrora carregada pela esposa de Kelsier. Que ela usara para se dar esperança. Para lembrá-la de um mundo que existia antes da chegada do Senhor Soberano.

Ele ergueu os olhos. O teto era de madeira, mas a luz do sol vermelho, refratada pela janela, espalhava-se por ele.

— Por quê? — ele sussurrou. — Por que me deixar assim? Estudei tudo sobre você. Aprendi as crenças de *quinhentos* povos e seitas diferentes. Ensinei sobre você quando outros homens haviam desistido mil anos antes.

"Por que *me* deixar sem esperança, quando os outros ainda podem tê-la? Por que *me* deixar com essas dúvidas? Não deveria ser eu o mais seguro de todos? Meu conhecimento não deveria ter me protegido?"

Mesmo assim, sua fé apenas o tornara mais suscetível. *Isso é confiança*, pensou Sazed. *É dar a alguém poder sobre você. Poder para feri-lo.* Por isso havia desistido das mentes de metal. Por isso havia decidido examinar as religiões uma por vez, tentando encontrar aquela que não tivesse falhas. Nada que o desapontasse.

Aquilo fazia sentido. Antes ser um cético do que ver que estava errado. Sazed baixou os olhos. Por que estava falando com os céus? Não havia nada lá.

Nunca houvera.

Lá fora, no corredor, pôde ouvir vozes.

— Meu caro cãozinho — Brisa disse —, claro que você ficará mais um dia.

— Não — TenSoon falou, o kandra, falando em sua voz rosnada. — Preciso encontrar Vin o mais rápido possível.

Até o kandra, pensou Sazed. *Até uma criatura não humana tem mais fé que eu.*

Mas como eles poderiam entender? Sazed fechou os olhos com força, sentindo algumas lágrimas escorrerem pelos cantos. Como alguém poderia entender a dor de uma fé traída? Ele *acreditara*. Ainda assim, quando mais precisava de esperança, encontrara apenas o vazio.

Ele pegou o livro, em seguida fechou a pasta, trancando os resumos falhos dentro dela. Virou-se para a lareira. Era melhor queimar tudo isso.

Crença... Ele se lembrou de uma voz do passado. Sua própria voz, falando com Vin naquele dia terrível após a morte de Kelsier. *A crença não é simplesmente uma coisa para os momentos felizes e dias brilhantes, creio. O que é a crença, o que é a fé, se você não continuar com ela após o fracasso?*

Como ele fora inocente.

Melhor confiar e ser traído, Kelsier parecia sussurrar. Fora um dos lemas do Sobrevivente. *Melhor amar e ser ferido.*

Sazed agarrou o livro. Era uma coisa sem sentido. Aquele texto poderia ser alterado por Ruína a qualquer momento. *E eu acredito nisso?*, pensou Sazed com frustração. *Tenho mesmo fé em Ruína, mas não em algo melhor?*

Ele ficou em silêncio no quarto, segurando o livro, ouvindo Brisa e TenSoon lá fora. O livro era um símbolo para ele. Representava o que ele fora no passado. Representava o fracasso. Ergueu os olhos novamente. *Por favor*, pensou. *Eu quero acreditar. Realmente quero. Eu só... só preciso de algo. Algo além de sombras e lembranças. Algo real.*

Algo verdadeiro. Por favor?

— Adeus, Abrandador — TenSoon disse. — Deixe meus cumprimentos ao Arauto.

Em seguida, Sazed ouviu Brisa se afastar a passos pesados. TenSoon atravessou o corredor com as patas silenciosas de cachorro.

Arauto...

Sazed ficou paralisado.

Aquela palavra...

Sazed se levantou, perplexo por um momento. Depois abriu a porta com tudo e irrompeu pelo corredor. A porta bateu contra a parede, fazendo

Brisa ter um sobressalto. TenSoon parou no final do corredor, próximo às escadas. Ele se virou, olhando para Sazed.

— Do que me chamou? — Sazed perguntou.

— De Arauto — TenSoon disse. — Foi o senhor, não foi, aquele que nomeou Lady Vin como Herói das Eras? Então, esse é seu título.

Sazed caiu de joelhos, batendo com o livro no chão diante de si. Ele folheou as páginas e localizou uma em especial, escrita de próprio punho. *Pensei em mim mesmo como a Primeira Testemunha Sagrada*, constava na página, *o profeta destinado a descobrir o Herói das Eras*. Eram as palavras de Kwaan, o homem que originalmente indicara Alendi como o Herói. Daqueles escritos, que eram as únicas pistas sobre a religião terrisana original, Sazed e os outros haviam juntado o pouco que sabiam das profecias sobre o Herói das Eras.

— O que é isso? — Brisa perguntou, abaixando-se e examinando as palavras. — Parece que você usou o termo errado, meu caro cãozinho. Não é "Arauto", é "Primeira Testemunha Sagrada".

Sazed ergueu os olhos.

— É uma das passagens que Ruína mudou, Brisa — ele disse. — Quando escrevi, era diferente, mas Ruína a alterou, tentando fazer eu e Vin cumprirmos suas profecias. Os skaa haviam começado a me chamar de Primeira Testemunha Sagrada, o termo que eles usam. Ruína mudou os escritos de Kwaan retroativamente para que parecessem fazer uma referência a mim de forma profética.

— É mesmo? — Brisa perguntou, coçando o queixo. — O que dizia antes?

Sazed ignorou a pergunta, fitando em vez disso os olhos caninos de TenSoon.

— Como você sabia? Como você sabe das palavras das antigas profecias terrisanas?

TenSoon se sentou sobre as patas traseiras.

— Que coisa estranha, terrisano. Há uma grande incoerência nisso tudo, um problema que *ninguém* jamais pensou em enfatizar. O que aconteceu com os carregadores que viajaram com Rashek e Alendi até o Poço da Ascensão?

Rashek. O homem que se transformara no Senhor Soberano.

Brisa se empertigou.

— Essa é fácil, kandra — disse, agitando o bastão. — Todos sabem que, quando o Senhor Soberano assumiu o trono de Khlennium, transformou seus amigos de confiança em nobres. Por isso a nobreza do Império Final era tão mimada; eram descendentes dos bons amigos de Rashek.

TenSoon ficou em silêncio.

Não, pensou Sazed, espantado. *Não... não pode ser!*

— Ele *não* poderia ter transformado aqueles carregadores em nobres.

— Por que não? — Brisa questionou.

— Porque a nobreza ganhou a Alomancia — Sazed respondeu, erguendo-se. — Os amigos de Rashek eram *feruquemistas*. Se ele os transformasse em nobres, então...

— Eles poderiam tê-lo desafiado — TenSoon disse. — Poderiam ter se transformado em alomânticos e feruquemistas como ele e ter os mesmos poderes.

— Exato — Sazed confirmou. — Ele passou dez séculos tentando *extirpar* a Feruquemia da população terrisana pelo medo de algum dia alguém nascer com Feruquemia e Alomancia! Seus amigos, que foram ao Poço com ele, seriam perigosos, pois eram obviamente feruquemistas poderosos e sabiam o que Rashek fizera com Alendi. Rashek teria que ter feito outra coisa com eles. Como sequestrá-los, talvez até matá-los...

— Não — TenSoon retrucou. — Ele não os matou. Vocês chamam o Pai de monstro, mas ele não era um homem ruim. Ele não matou seus amigos, embora reconhecesse a ameaça que seus poderes representavam para ele. Então, forjou um acordo, falando diretamente com suas mentes enquanto estava com o poder da criação.

— Que acordo? — Brisa perguntou, claramente confuso.

— Imortalidade — TenSoon disse em voz baixa. — Em troca da Feruquemia. Eles abriram mão dela e de mais uma coisa.

Sazed encarou a criatura no corredor, uma criatura que pensava como um homem, mas tinha a forma de um animal.

— Eles abriram mão da humanidade — Sazed sussurrou.

TenSoon assentiu.

— Eles continuam vivos? — Sazed perguntou, avançando. — Os companheiros do Senhor Soberano? Os mesmos terrisanos que escalaram até o Poço com ele?

— Nós os chamamos de Primeira Geração — TenSoon disse. — Os fundadores do povo kandra. O Pai transformou todo feruquemista vivo em espectro das brumas, dando início àquela raça. Seus bons amigos, no entanto, ele devolveu à consciência com algumas estacas hemalúrgicas. O senhor fez um trabalho fraco, Guardador. Eu esperava que já tivesse tirado essa informação de mim *muito* antes de eu precisar partir.

Eu fui um tolo, pensou Sazed, deixando lágrimas escorrerem pelo rosto. *Um tolo.*

— Quê? — Brisa perguntou, franzindo a testa. — O que está acontecendo? Sazed? Meu caro, por que está tão agitado? O que significam as palavras desta criatura?

— Significam esperança — Sazed disse, correndo para seu quarto e apressadamente jogando roupas em sua bolsa de viagem.

— Esperança? — Brisa perguntou, espiando o cômodo.

Sazed olhou para trás, na direção de Brisa. O kandra havia se aproximado e estava atrás dele no corredor.

— A religião de Terris, Brisa — Sazed falou. — Aquilo para que minha seita foi fundada, aquilo que meu povo passou gerações buscando descobrir. Está viva. Não em palavras escritas que podem ser corrompidas e alteradas, mas na mente dos homens que de fato a praticaram no passado. *A fé terrisana não está morta!*

Havia mais uma religião para acrescentar em sua lista. Sua busca ainda não estava encerrada.

— Rápido, Guardador — TenSoon disse. — Eu estava pronto para ir sem o senhor, pois todos haviam me dito que já não se importava com essas coisas. Mas, se vier, vou mostrar a estrada para a minha Terra Natal, que fica no caminho que preciso percorrer para encontrar Vin. Espero que consiga convencer a Primeira Geração daquilo que eu não consegui.

— Que é? — Sazed perguntou, ainda se arrumando.

— De que o fim chegou.

Ruína tentou muitas vezes cravar estacas em outros membros do bando. Embora um pouco do que aconteceu faça parecer fácil para ele conseguir tomar controle das pessoas, na verdade não era.

Inserir uma estaca precisamente no lugar certo, no momento correto, era incrivelmente difícil, mesmo para uma criatura tão sutil como Ruína. Por exemplo, tentou com muito afinco cravar estacas em Elend e Yomen. Elend conseguiu evitá-las todas as vezes, como fizera no campo fora da pequena cidade que continha o penúltimo depósito.

Ruína chegou a conseguir cravar uma estaca em Yomen, certa vez. O rei-obrigador, porém, a removeu antes de Ruína tomar firme controle sobre ele. Era muito mais fácil controlar pessoas que eram passionais e impulsivas em vez das que eram lógicas e tendiam a repassar e trabalhar mentalmente as próprias ações.

63

— O QUE NÃO ENTENDO — Vin disse — é por que você me escolheu. Teve mil anos e centenas de milhares de pessoas para escolher. Por que *me* levar ao Poço da Ascensão para te libertar?

Ela estava na cela, sentada no catre — que agora ficava no chão, sem pernas, pois havia despencado quando ela removera os parafusos. Vin pedira um novo e fora ignorada.

Ruína se voltou para ela. Vinha com frequência, usando o corpo de Reen, ainda se dando ao luxo do que Vin poderia apenas supor ser uma espécie de autocongratulação. Porém, como frequentemente fazia, ignorou a pergunta. Em vez disso, virou-se para o leste, seus olhos parecendo enxergar diretamente através da parede da cela.

— Queria que você pudesse ver — ele disse. — As chuvas de cinzas estão lindas e profundas, como se o céu tivesse se estilhaçado, lançando lascas do cadáver dele na forma de flocos escuros. Está sentindo o chão tremer?

Vin não respondeu.

— Aqueles terremotos são os últimos suspiros da terra — Ruína falou. — Como um velho, gemendo enquanto morre, chamando os filhos para poder transmitir seus últimos sábios conselhos. O solo está se partindo ao meio. O Senhor Soberano é responsável por muito disso. Pode culpá-lo, se quiser.

Vin ficou interessada. Não chamou atenção para si fazendo mais perguntas, mas, em vez disso, deixou Ruína tagarelar. Novamente, observou como alguns maneirismos dele pareciam *humanos*.

— Ele pensou que poderia resolver os problemas sozinho — Ruína continuou. — E me rejeitou, sabe?

Isso aconteceu exatamente mil anos atrás, pensou Vin. *Mil anos se passaram desde que Alendi fracassou em sua busca. Mil anos desde que Rashek tomou o poder para si e se transformou no Senhor Soberano. Essa é parte da resposta à minha pergunta. O líquido brilhante no Poço da Ascensão desapareceu no momento em que terminei de libertar Ruína. Deve ter desaparecido após Rashek usá-lo também.*

Mil anos. Tempo para o Poço regenerar seu poder? Mas o que era aquele poder? De onde vinha?

— O Senhor Soberano não salvou o mundo de verdade. Ele apenas postergou sua destruição e, ao fazer isso, me ajudou. É a maneira como sempre deve ser, como eu lhe disse. Quando homens acham que estão ajudando o mundo, na verdade fazem mais mal que bem. Assim como você. Tentou ajudar, mas acabou me libertando.

Ruína olhou para ela, então sorriu paternalmente. Vin não reagiu.

— As Montanhas de Cinzas — Ruína continuou —, a paisagem agonizante, as pessoas submissas... tudo foi obra de Rashek. A deturpação dos homens para se tornarem koloss, kandra e Inquisidores, tudo obra dele...

— Mas você o odiava — Vin disse. — Ele não libertou você, então você precisou esperar mais mil anos.

— Verdade — Ruína concordou. — Mas mil anos não é muito tempo. Não é muito tempo mesmo. Além disso, eu não podia recusar ajudar Rashek. Eu ajudo a todos, pois meu poder é um instrumento; o único através do qual as coisas podem mudar.

Está tudo acabando, pensou Vin. *Está mesmo. Não tenho tempo para ficar aqui à espera. Preciso fazer alguma coisa.* Vin se levantou, fazendo Ruína olhar em sua direção enquanto ela caminhava para a porta da cela.

— Guardas! — chamou. Sua voz ecoou pela câmara. — Guardas!

Passado algum tempo, ouviu um barulho lá fora no corredor.

— O que foi? — uma voz ríspida inquiriu.

— Diga a Yomen que quero negociar.

Houve uma pausa.

— Negociar? — o guarda perguntou.

— Sim — respondeu Vin. — Diga a ele que tenho informações que quero lhe dar.

Ela não sabia como interpretar a reação do guarda, pois não houve resposta. Pensou tê-lo ouvido se afastar, mas sem estanho não tinha como saber ao certo.

O guarda acabou retornando, porém. Ruína observou Vin, curioso, quando a porta se destrancou e abriu. A tropa costumeira de soldados estava lá fora.

— Venha conosco.

QUANDO ENTROU NA CÂMARA DE audiência de Yomen, Vin ficou surpresa com as diferenças no sujeito. Parecia muito mais cansado do que da última vez que tinham se encontrado, como se tivesse ficado muito tempo sem dormir.

Mas... ele é um Nascido da Bruma, pensou Vin, confusa. *Significa que ele poderia queimar peltre para controlar a fadiga.*

Por que ele não queima? A menos que... ele não possa queimar. A menos que haja apenas um único metal disponível para ele.

Vin sempre ouvira dizer que não existia Brumoso de atium. Mas cada vez mais ela percebia que o Senhor Soberano perpetuava muita desinformação para se manter no controle e no poder. Ela tinha de aprender a parar de confiar no que lhe *disseram* ser verdade e se concentrar nos fatos que descobria.

Yomen a observou entrar, guardas ao seu redor. Ela via a expectativa de uma enganação nos olhos dele. Mesmo assim, como sempre, o rei-obrigador esperava que ela agisse primeiro. Pairar próximo do perigo parecia ser seu *modus operandi*. Os guardas se postaram às portas, deixando-a em pé no meio da sala.

— Sem algemas? — ela perguntou.

— Sim. Não espero que se demore muito aqui. Os guardas me disseram que ofereceu informações.

— Sim.

— Bem — Yomen falou com os braços para trás. — Eu lhes disse para trazê-la, mesmo se suspeitassem que era um truque. Aparentemente, eles não acreditam em seu pedido de negociação. Imagino por quê. — Ele ergueu uma sobrancelha.

— Faça uma pergunta — Vin disse. Ruína atravessou a parede num passo tranquilo, despreocupado.

— Muito bem — Yomen começou. — Como Elend controla os koloss?

— Alomancia. Alomancia emocional, quando usada em koloss, deixa-os sob controle do alomântico.

— Acho isso difícil de acreditar. Se fosse tão simples, alguém já teria descoberto.

— A maioria dos alomânticos é muito fraca para conseguir. É preciso usar um metal que aumente seu poder.

— Tal metal não existe.

— Conhece alumínio?

Yomen hesitou, mas Vin percebeu nos olhos dele que sabia do que estava falando.

— Duralumínio é a liga alomântica do alumínio — Vin revelou. — Enquanto o alumínio amortece o poder de outros metais, o duralumínio o aumenta. Misture duralumínio e zinco ou latão, em seguida *puxe* ou *empurre* as emoções de um koloss e ele será seu.

Yomen não descartou os comentários como mentiras. Ruína avançou, espreitando Vin em círculos.

— Vin, Vin. Qual é o seu jogo agora? — ele perguntou, provocando. — Dar migalhas para ele e depois traí-lo?

Yomen aparentemente chegou à mesma conclusão.

— Seus fatos são interessantes, imperatriz, mas completamente inverificáveis na minha atual situação. Portanto, eles são...

— Há cinco dessas cavernas-depósito — Vin disse, avançando um passo. — Encontramos as outras. Elas nos trouxeram até aqui.

Yomen balançou a cabeça.

— E? Por que eu me importaria?

— Seu Senhor Soberano planejou algo para elas; dá para ver na própria placa que deixou nesta. Ele diz que não encontrou maneira de combater o que está acontecendo conosco no mundo, mas você acredita nisso? Sinto que deve haver mais, alguma pista escondida nos textos de todas as cinco placas.

— Espera que eu acredite que *a senhora* se importa com o que o Senhor Soberano escreveu? — Yomen perguntou. — A senhora, a suposta assassina dele?

— Eu não poderia me importar menos com ele — Vin admitiu. — Mas, Yomen, *precisa* acreditar que eu me importo com o que acontece com o povo do império! Se juntou informações sobre Elend ou sobre mim, sabe que é verdade.

— Seu Elend é um homem que se dá muita importância. Leu muitos livros e acha que seu conhecimento o capacita a ser um rei. A senhora... eu ainda não sei o que pensar da senhora. — Seus olhos mostraram um pouco do ódio que ela vira durante o último encontro. — Alega ter matado o Senhor Soberano. Ainda assim... ele não pode ter morrido. A senhora é parte de tudo isso, de alguma forma.

É isso, pensou Vin. *É assim que vou fisgá-lo.*

— Ele queria que nos encontrássemos — Vin disse. Ela não acreditava naquilo, mas Yomen acreditaria.

O rei ergueu a sobrancelha novamente.

— Não percebe? Elend e eu descobrimos outras cavernas, a primeira sob Luthadel. Em seguida, viemos para cá. Esta era a *última* das cinco. O fim da trilha. Por algum motivo, o Senhor Soberano quis nos trazer até aqui. Até você.

Yomen ficou em silêncio por alguns momentos. Ao lado, Ruína fingia aplausos.

— Busquem Lellin — Yomen disse, virando-se para um dos soldados. — Diga para que traga os mapas.

Os soldados bateram continência e saíram. Yomen se virou para Vin, ainda demonstrando desconfiança nas feições.

— Isso não será uma troca. A senhora me dará as informações que eu pedir, e eu decidirei o que fazer com elas.

— Que seja. Mas você mesmo disse que eu estou ligada a tudo isso. Está *tudo* conectado, Yomen. As brumas, os koloss, eu, você, as cavernas-depósito, as cinzas...

Ele se encolheu levemente quando Vin mencionou as últimas palavras.

— As cinzas estão piorando, não é? — ela perguntou. — Caindo cada vez mais espessas?

Yomen assentiu.

— Sempre nos preocupamos com as brumas — Vin disse. — Mas são as cinzas que vão nos matar. Vão bloquear a luz do sol, enterrar nossas cidades, cobrir as ruas, sufocar os campos...

— O Senhor Soberano não permitirá que isso aconteça.

— E se ele estiver realmente morto?

Yomen a encarou.

— Nesse caso, a senhora condenou a todos nós.

Condenou... O Senhor Soberano havia dito algo semelhante pouco antes de Vin assassiná-lo. Ela estremeceu, esperando no silêncio incômodo, suportando a face sorridente de Ruína até um escriba entrar, segurando vários mapas enrolados.

Yomen pegou um dos mapas, acenando para dispensar o homem. Ele o estendeu sobre a mesa e acenou para Vin se aproximar.

— Mostre-me — ele pediu, recuando para se manter fora do alcance dela.

Ela pegou um pedaço de carvão e começou a marcar as localizações das cavernas-depósitos. Luthadel. Cidade de Statlin. Vetitan. Urteau. Todas as cinco que encontrou: todas próximas ao Domínio Central; uma no meio, as outras quatro formando um quadrado ao redor dele. Ela pôs o último "X" ao lado da Cidade de Fadrex.

Em seguida, com o carvão entre os dedos, ela percebeu uma coisa. *Claro que há muitas minas indicadas no mapa nos arredores de Fadrex*, pensou ela. *Muito metal na área.*

— Afaste-se — Yomen disse.

Vin recuou. Ele se aproximou, examinando o mapa. Vin ficou em silêncio, pensando. *Os escribas de Elend nunca conseguiram encontrar um padrão para as localizações dos depósitos. Dois estavam em cidades pequenas, dois em cidades grandes. Alguns próximos a canais, outros não. Os escribas alegavam que não tinham uma amostra grande o bastante para identificar padrões.*

— Parece completamente aleatório — Yomen falou, ecoando os pensamentos de Vin.

— Eu não inventei essas localizações, Yomen — ela respondeu, cruzando os braços. — Seus espiões podem confirmar para onde Elend levou seus exércitos e enviou emissários.

— Nem todos nós temos recursos para extensas redes de espiões, imperatriz — Yomen retorquiu. Ele olhou de volta para o mapa. — Deveria haver algum padrão...

Vetitan, pensou Vin. *O lugar onde encontramos a caverna antes de Fadrex. Era uma cidade de mineração também. Urteau também.*

— Yomen? — ela questionou, erguendo os olhos. — Algum desses mapas relaciona depósitos de minerais?

— Claro — ele confirmou, distraído. — *Somos* o Cantão de Recursos, afinal.

— Mostre.

Yomen levantou uma sobrancelha, indicando o que achava de receber ordens dela. No entanto, acenou para o escriba fazer o que ela havia pedido. Um segundo mapa cobriu o primeiro, e Vin avançou. Yomen imediatamente recuou, mantendo-se fora de alcance.

Ele tem bons instintos para um burocrata, ela pensou, tirando o carvão de debaixo do mapa. Rapidamente fez as cinco marcas novamente. A cada uma, sua mão ficava mais tensa. Cada caverna ficava em uma área rochosa, próxima de minas de metais. Mesmo Luthadel tinha ricos depósitos minerais. Rezava a lenda que o Senhor Soberano havia construído a capital naquela localização *devido* aos minerais contidos na região, especialmente nos lençóis freáticos. Muito melhor para alomânticos.

— O que está tentando insinuar? — Yomen perguntou. Aproximara-se o bastante para ver o que ela havia marcado.

— Esta é a relação — Vin respondeu. — Ele construiu os depósitos perto de fontes de metal.

— Ou foi um simples acaso.

— Não — Vin disse, erguendo os olhos para Ruína. — Não, metal quer dizer Alomancia. Há um padrão aqui.

Yomen acenou para ela se afastar novamente e aproximou-se do mapa. Ele bufou.

— Você incluiu marcas perto das minas mais produtivas do império central. Espera que eu acredite que não está me fazendo de bobo, oferecendo uma "evidência" falsa de que essas são realmente as localizações das cavernas-depósito?

Vin o ignorou. *Metal. As palavras de Kwaan eram escritas em metal, porque ele disse que estariam a salvo. A salvo. A salvo de serem alteradas, foi o que acreditamos.*

Ou ele quis dizer a salvo de serem lidas?

O Senhor Soberano desenhara os mapas em placas de metal.

E se Ruína não pudesse encontrar os depósitos sozinho porque o metal os protegia? Ele precisaria de alguém para levá-lo até eles. Alguém para visitar cada um, ler o mapa que continha, em seguida levá-lo até o próximo...

Senhor Soberano! Cometemos o mesmo erro! Fizemos exatamente o que ele queria. Por isso nos deixou viver!

No entanto, em vez de se sentir envergonhada, desta vez Vin ficou furiosa. Ela olhou para Ruína, que estava lá com seu ar de sabedoria cósmica. Os olhos de quem sabia demais, o tom paternal e a arrogância divina.

De novo não, pensou Vin, cerrando os dentes. *Agora, sei o que pretende. Significa que posso enganá-lo. Mas... preciso saber por quê. Por que está tão interessado nos depósitos? Do que precisa para vencer esta batalha? Por que esperou tanto tempo?*

De repente, a resposta lhe pareceu óbvia. Conforme investigava os próprios sentimentos, percebia que uma das principais razões pelas quais ela buscava os depósitos havia sido descreditada de novo e de novo por Elend. Mesmo assim, Vin continuara a procurá-los, buscando por essa única coisa. Ela *sentia*, por motivos que não conseguia explicar, que era importante.

A coisa que impulsionara a economia imperial por mil anos. O mais poderoso dos metais alomânticos.

Atium.

Por que estivera tão encantada por ele? Elend e Yomen tinham razão: o atium era irrelevante no mundo atual. Mas seus sentimentos negavam essa noção. Por quê? Seria porque *Ruína* o desejava, e Vin tinha alguma relação inexplicável com ele?

O Senhor Soberano dissera que Ruína não podia ler mentes. Mas Vin sabia que ele podia afetar suas emoções. Mudar a forma como ponderava as coisas, impulsioná-la. Levá-la a buscar aquilo que *ele* desejava.

Ao examinar as emoções que a tinham afetado, Vin conseguia enxergar o plano de Ruína, a maneira como havia manipulado ela e seus pensamentos. Ruína queria o atium! E, com um calafrio de terror, Vin percebeu que o tinha levado direto até a fonte. *Por isso estava tão convencido antes!*, pensou Vin. *Por isso supôs que já havia vencido!*

Por que uma força divina estaria tão interessada em algo tão simples como um metal alomântico? A pergunta fez com que duvidasse um pouco de suas conclusões. Mas, naquele momento, as portas da câmara se abriram com um estrondo.

Revelando um Inquisidor.

Imediatamente, Yomen e cada um dos soldados caíram de joelhos. Vin deu um passo involuntário para trás. A criatura era alta, como era comum em sua espécie, e ainda vestia as túnicas cinza de seu cargo de antes do Colapso. A cabeça lisa era riscada com tatuagens intrincadas, a maioria delas preta, uma de um vermelho forte. E, claro, havia as estacas cravadas nos olhos. Uma delas fora enterrada mais que a outra, destruindo a órbita ao redor da cabeça da estaca. O rosto da criatura, retorcido por um olhar de desdém desumano, era familiar para Vin.

— Marsh? — Vin sussurrou, horrorizada.

— Milorde — Yomen disse, estendendo as mãos. — O senhor finalmente chegou! Enviei mensageiros, buscando...

— Silêncio — disse Marsh rispidamente, avançando. — Levante-se, obrigador.

Yomen se pôs rapidamente de pé. O Inquisidor olhou para Vin e sorriu de leve, mas em seguida a ignorou ostensivamente. No entanto, olhou diretamente para Ruína e curvou a cabeça, subserviente.

Vin estremeceu. As feições de Marsh, mesmo deformadas como estavam, lembravam-na do irmão dele. Kelsier.

— Você está prestes a ser atacado, obrigador — o Inquisidor disse, avançando, abrindo bruscamente uma das grandes janelas ao longo da parede lateral. Através dela, do ponto de vista elevado pela localização do edifício, Vin pôde ver as plataformas de rocha onde o exército de Elend havia acampado, ao lado do canal.

Exceto que não havia canal. Não havia plataformas rochosas. Tudo era preto e uniforme. Cinzas enchiam o céu, densas como uma tempestade de neve.

Senhor Soberano!, pensou Vin. *A coisa está muito feia!*

Yomen se apressou até a janela.

— Atacado, milorde? Mas eles nem mesmo levantaram acampamento!

— Os koloss atacarão de surpresa — o Inquisidor disse. — Não precisam formar fileiras; eles simplesmente atacam.

Yomen ficou paralisado por um segundo antes de se dirigir aos soldados.

— Apressem as defesas. Reúnam os homens nas elevações frontais!

Os soldados correram da sala. Vin estava em silêncio. *O homem que conheço como Marsh está morto*, pensou. *Ele tentou matar Sazed e agora faz parte deles. Ruína...*

...assumiu o controle sobre ele...

Uma ideia começou a faiscar em sua mente.

— Rápido, obrigador — Marsh disse. — Não vim proteger sua cidadezinha estúpida. Vim pelo que você descobriu naquele depósito.

— Milorde? — Yomen perguntou, surpreso.

— Seu atium, Yomen — o Inquisidor falou. — Dê-me o atium. Ele *não pode* ficar nesta cidade quando o ataque vier, caso vocês caiam. Vou levar para algum lugar seguro.

Vin fechou os olhos.

— Mi... lorde? — Yomen disse, por fim. — Claro que o senhor tem direito a tudo que possuo. Mas não há atium na caverna-depósito. Eu tinha apenas as sete contas que eu reuni, como uma reserva para o Cantão de Recursos.

Vin abriu os olhos.

— *O quê?*

— Impossível! — Marsh rugiu. — Mas você disse à garota que o tinha!

Yomen empalideceu.

— Foi desinformação, milorde. Ela parecia convencida de que eu tinha uma abundância em atium, então deixei que pensasse que estava certa.

— NÃO!

Vin teve um sobressalto com o grito repentino. No entanto, Yomen nem mesmo se encolheu. E, um segundo depois, ela percebeu por quê. Fora Ruína que havia gritado. Tornara-se indistinto, perdendo a forma de Reen, sua figura florescendo em uma tempestade de escuridão rodopiante. Quase como a bruma, só que muito, muito mais escura.

Ela vira aquela escuridão antes. Caminhara por ela, na caverna sob Luthadel, no seu caminho até o Poço da Ascensão.

Um segundo depois, Ruína estava usando a imagem de Reen novamente. Cruzou os braços atrás e não olhou para ela, como se tentasse fingir que não havia perdido o controle. Em seus olhos, porém, Vin conseguia ver a frustração. A raiva. Vin se afastou dele, chegando *mais perto* de Marsh.

— Seu tolo! — Marsh disse, afastando-se dela para falar com Yomen. — Seu idiota!

Droga, pensou Vin, irritada.

— Eu... — disse Yomen, confuso. — Milorde, por que o senhor se importa com o atium? Não vale nada sem alomânticos e políticos que paguem por ele.

— Você não sabe de nada — Marsh rebateu, ríspido. Em seguida, sorriu. — Mas você está condenado. Sim... condenado...

Lá fora, a chuva de cinzas se acalmou, e ela viu o exército de Elend levantar acampamento. Yomen se virou para a janela, e Vin se aproximou, aparentemente para olhar melhor. As forças de Elend estavam se reunindo, homens e koloss. Haviam provavelmente percebido o aumento das defesas da cidade e deduzido que qualquer oportunidade de fazer um ataque surpresa fora perdida.

— Ele vai arrasar com esta cidade — Ruína disse, aproximando-se de Vin. — Seu Elend é um bom servo, menina. Um dos meus melhores. Deveria se orgulhar dele.

— Tantos koloss... — Yomen sussurrou. — Milorde, não temos como enfrentar tantos. Precisamos de sua ajuda.

— Por que eu deveria ajudá-lo? — Marsh perguntou. — Você não entregou o que eu preciso.

— Mas permaneci fiel — Yomen disse. — Quando todos os outros abandonaram o Senhor Soberano, eu continuei a servi-lo.

Marsh bufou.

— O Senhor Soberano está morto. Era um servo inútil também.

Yomen empalideceu.

— Que esta cidade queime diante da fúria de quarenta mil koloss — Marsh disse.

Quarenta mil koloss, pensou Vin. Ele encontrara mais em algum lugar. Atacar parecia a coisa lógica a se fazer; finalmente poderia capturar a cidade, talvez dando a Vin a chance de escapar em meio ao caos. Muito lógico, muito inteligente. Ainda que de repente, Vin teve certeza de uma coisa.

— Elend não atacará — ela anunciou.

Seis olhos — dois de aço, dois de carne, dois incorpóreos — se voltaram para ela.

— Elend não vai soltar tantos koloss na cidade. Ele está tentando intimidá-lo, Yomen. E você deveria prestar atenção. Ainda obedece a esta criatura, este Inquisidor? Ele desdenha de você. Quer que você morra. Junte-se a nós em vez disso.

Yomen franziu a testa.

— Poderia combatê-lo comigo — Vin disse. — Você é um alomântico. Esses monstros *podem* ser derrotados.

Marsh sorriu.

— Idealismo, vindo de você, Vin?

— Idealismo? — ela perguntou, encarando a criatura. — Acha que é idealismo acreditar que posso matar um Inquisidor? Você sabe que já consegui antes.

Marsh acenou com desprezo.

— Não estou aqui para falar de suas ameaças tolas. Estou falando sobre *ele*. — Indicou o exército com a cabeça. — Seu Elend pertence a Ruína, como eu... como você. Todos resistimos, mas, no final, nos curvamos diante dele. Apenas então entendemos a beleza que há na destruição.

— Seu deus não controla Elend — Vin disse. — Vive tentando dizer que sim, mas isso apenas faz dele um mentiroso. Ou, talvez, um idealista.

Yomen observou, confuso.

— E se ele *de fato* atacar? — perguntou Marsh com uma voz baixa e ansiosa. — O que isso significaria, Vin? E se ele enviar seus koloss contra esta cidade em um furor de sangue, enviar todos para massacrar e matar, tudo para conseguir ter o que ele *acha* que precisa tanto? Atium e comida poderiam falhar em fazê-lo vir... mas você? Como você se sentiria? Matou por ele. O que a faz pensar que Elend não fará o mesmo por você?

Vin fechou os olhos. Lembranças do ataque à torre de Cett voltaram à sua mente. Lembranças da matança desumana ao lado de Zane. Lembranças de fogo, de morte e de um alomântico desenfreado.

Ela nunca mais havia matado daquele jeito.

Vin abriu os olhos. Por que Elend não atacaria? Atacar fazia muito sentido. Ele sabia que poderia tomar a cidade com facilidade. No entanto, também sabia que teria problemas em controlar os koloss se eles chegassem a um furor muito intenso...

— Elend não vai atacar — ela repetiu em voz baixa. — Porque ele é uma pessoa melhor do que eu.

Nota-se que Ruína só enviou seus Inquisidores a Fadrex depois de Yomen ter aparentemente confirmado que o atium estava na cidade. Por que não os enviou assim que o depósito final foi localizado? Onde estavam seus lacaios esse tempo todo?

Deve-se entender que Ruína considerava que todas as pessoas eram suas lacaias, especialmente aquelas que ele conseguia manipular diretamente. Ele não enviou um Inquisidor porque elas estavam ocupadas cumprindo outras tarefas. Em vez disso, enviou alguém que, na sua opinião, era exatamente a mesma coisa.

Tentou cravar uma estaca em Yomen, falhou e, nessa época, o exército de Elend chegou. Então, usou um peão diferente para investigar o depósito e descobrir se o atium realmente estava lá ou não. Não delegou muitos recursos à cidade no início, temendo uma isca falsa do Senhor Soberano. Ainda me pergunto, como fez Ruína, se os depósitos tinham, em parte, aquela intenção — distraí-lo e mantê-lo ocupado.

64

— ... E POR ISSO você *precisa* de qualquer jeito enviar essa mensagem, Fantasma. As peças dessa coisa estão todas girando, lançadas ao vento. Você tem uma pista que ninguém mais tem. Passe ela adiante.

Fantasma assentiu, sentindo-se zonzo. Onde estava? O que estava acontecendo? E por que, de repente, tudo doía tanto?

— Bom rapaz. Você foi muito bem, Fantasma. Estou orgulhoso.

Ele tentou menear a cabeça novamente, mas tudo era confuso e escuro. Ele tossiu, causando alguns sobressaltos distantes. Ele gemeu. Partes dele doíam bastante, outras apenas formigavam. Outras ainda... bem, essas ele não conseguia sentir de forma alguma, embora achasse que *deveria*.

Eu estava sonhando, ele percebeu enquanto lentamente voltava à consciência. *Por que eu estava dormindo? Eu estava no turno? Deveria estar no turno? A loja...*

Aquela linha de pensamento desapareceu quando ele abriu os olhos. Havia alguém em pé diante dele. Um rosto. Um rosto... bem mais feio do que o que tinha esperado ver.

— Brisa? — Ele tentou dizer, mas a palavra saiu como um grasnado.

— Há! — Brisa disse com lágrimas atípicas escorrendo. — Ele *está* acordando!

Outro rosto pairou sobre ele, e Fantasma sorriu. *Esse* era o que estava esperando ver. Beldre.

— O que está acontecendo? — sussurrou.

Mãos levaram algo a seus lábios: um odre d'água. Eles a verteram com cuidado, dando-lhe um gole. Fantasma tossiu, mas engoliu.

— Por que... por que não consigo me mexer? — perguntou. A única coisa que parecia conseguir mexer era a mão esquerda.

— Seu corpo está coberto por gesso e bandagens, Fantasma — Beldre respondeu. — Ordens de Sazed.

— As queimaduras — Brisa disse. — Bem, elas não são assim *tão* ruins, mas...

— Danem-se as queimaduras. Estou vivo. Já é mais do que eu esperava — Fantasma grasnou.

Brisa ergueu os olhos para Beldre, sorrindo.

Passe ela adiante...

— Onde está Sazed? — Fantasma perguntou.

— Você precisa descansar — Beldre disse, tocando a bochecha do rapaz com suavidade. — Passou por muita coisa.

— E muito mais coisa ainda aconteceu enquanto eu dormia, imagino — Fantasma disse. — Sazed?

— Partiu, meu caro — Brisa disse. — Foi para o oeste com o kandra de Vin.

Vin.

Passos ressoaram no assoalho e, um segundo depois, o rosto do Capitão Goradel apareceu ao lado dos outros dois. O soldado de queixo quadrado abriu um largo sorriso.

— E bota "Sobrevivente das Chamas" nisso!

Você tem uma pista que ninguém mais tem...

— Como está a cidade? — Fantasma perguntou.

— Em grande parte, segura — respondeu Beldre. — Os canais encheram, e meu irmão organizou brigadas de incêndio. A maioria dos prédios incendiados não estavam habitados, de toda forma.

— Você salvou a cidade, milorde — Goradel disse.

Estou orgulhoso...

— As cinzas estão caindo mais forte, não é? — perguntou Fantasma.

Os três se entreolharam. As expressões perturbadas eram confirmação suficiente.

— Estamos recebendo muitos refugiados na cidade — Beldre disse. — Das cidades e dos vilarejos próximos, alguns vindo até de Luthadel...

— Preciso enviar uma mensagem — Fantasma disse. — Para Vin.

— Tudo bem — Brisa concordou, tentando acalmá-lo. — Faremos isso assim que você estiver melhor.

— Ouça, Brisa — Fantasma falou, olhando para o teto, incapaz de fazer mais que uma contração muscular. — Algo estava controlando a mim e ao Cidadão. Eu a *vi*; a coisa que Vin libertou no Poço da Ascensão. A coisa que está trazendo as cinzas para nos destruir. Ela queria esta cidade, mas nós a expulsamos. Agora preciso alertar Vin.

Por isso fora enviado a Urteau. Descobrir informações e mandá-las de volta para Vin e Elend. Apenas naquele momento estava começando a entender o quanto essa tarefa podia ser importante.

— Viajar será bem difícil agora, meu rapaz — Brisa comentou. — Não são condições ideais para enviar mensagens.

— Descanse um pouco mais — Beldre disse. — Vamos nos preocupar com isso quando você estiver curado.

Fantasma rangeu os dentes, frustrado.

Você precisa *enviar essa mensagem, Fantasma...*

— Eu levo — Goradel disse em voz baixa.

Fantasma olhou para ele. Às vezes, era fácil ignorar o soldado, com suas maneiras simples e diretas e sua conduta agradável. No entanto, a determinação em sua voz fez Fantasma sorrir.

— Lady Vin salvou a minha vida — Goradel continuou. — Na noite da rebelião do Sobrevivente, ela poderia ter me deixado para morrer nas mãos da multidão. Poderia ter me matado ela mesma. Mas parou para dizer que entendia pelo que eu havia passado e me convenceu a mudar de lado. Se essas informações são necessárias, Sobrevivente, então eu *vou* levá-las até ela ou morrer tentando.

Fantasma tentou assentir, mas a cabeça estava bem presa por bandagens e curativos. Ele dobrou a mão. Pareceu funcionar... ou, ao menos, o suficiente.

Ele olhou para Goradel.

— Vá até o arsenal e pegue uma chapa de metal bem fina. Em seguida, volte aqui com algo para poder riscar o metal. Essas palavras devem ser escritas em aço, e não posso dizê-las em voz alta.

Naqueles momentos em que o Senhor Soberano tinha o poder do Poço mas sentia que tal poder estava sendo drenado dele, entendeu muitas coisas. Viu o poder da Feruquemia e o temeu com razão. Ele sabia que muitos dos terrisanos o rejeitariam como Herói, pois ele não se encaixava nas profecias. Eles o veriam como o usurpador que ele era — aquele que assassinara o Herói que haviam enviado.

Acredito que, com o passar dos anos, Ruína o tenha sutilmente deturpado de modo que ele praticasse atos terríveis contra seu povo. Mas, no início, suspeito que seu antagonismo contra os feruquemistas tenha sido motivada mais pela lógica que pela emoção. Ele estava prestes a revelar um grande poder, na forma dos Nascidos da Bruma.

Suponho que ele poderia ter mantido a Alomancia em segredo e usado os feruquemistas como seus guerreiros e assassinos primários. No entanto, acredito que Rashek tenha sido sagaz em sua escolha. Os feruquemistas, pela própria natureza de seus poderes, têm uma tendência à erudição. Com memórias incríveis, teriam sido muito difíceis de controlar por séculos. De fato, eram *difíceis de controlar, mesmo quando estavam oprimidos. A Alomancia não apenas ofereceu uma nova e espetacular habilidade sem esse inconveniente; ofereceu um poder místico que ele poderia usar para subornar os reis a ficarem do seu lado.*

65

ELEND ESTAVA EM PÉ SOBRE um pequeno ressalto de rocha, observando suas tropas. Lá embaixo, os koloss avançavam, abrindo um caminho nas cinzas que os seres humanos poderiam usar após o ataque inicial das criaturas.

Elend esperou, Ham parado a apenas poucos passos abaixo.

Eu visto branco, pensou. *A cor da pureza. Tento representar o que é bom e direito. Para os meus homens.*

— Os koloss não terão problemas com aquelas fortificações — Ham disse em voz baixa. — Eles podem subir ao topo das muralhas da cidade. Vão conseguir escalar aquelas reentrâncias de pedras quebradas.

Elend assentiu. Provavelmente não haveria necessidade de os soldados humanos atacarem. Apenas com seus koloss, tinha vantagem numérica, e era improvável que os soldados de Yomen tivessem combatido as criaturas antes.

Os koloss pressentiam uma luta se aproximando. Elend conseguia senti-los entusiasmados. Eles o pressionavam, desejando atacar.

— Ham — ele disse, olhando para baixo. — Estamos fazendo a coisa certa?

Ham deu de ombros.

— O movimento faz sentido, El — ele respondeu, coçando o queixo. — Atacar é nossa única chance real de salvar Vin. E não podemos manter o cerco, não por muito mais tempo. — Ham hesitou, em seguida sacudiu a cabeça e seu tom de voz assumiu a incerteza que sempre surgia quando ponderava um de seus problemas lógicos. — Ainda assim, soltar um grupo de koloss em uma cidade me parece imoral. Será que você vai conseguir manter o controle sobre eles assim que começarem a enlouquecer? Salvar Vin vale a possibilidade de matar sequer uma criança inocente? Não sei. Por outro lado, talvez salvemos mais crianças ao trazê-las para o nosso império...

Eu não devia ter me dado ao trabalho de perguntar para Ham, pensou Elend. *Ele nunca foi capaz de dar uma resposta direta.* Ele olhou para o campo, os koloss azuis se destacando contra uma planície negra. Com estanho, ele conseguia ver os homens agachando-se no topo das encostas da Cidade de Fadrex.

— Não — Ham falou.

Elend olhou para o Brutamontes.

— Não — Ham repetiu. — Não devemos atacar.

— Ham? — Elend disse, achando uma graça surreal na coisa toda. — Você realmente chegou a uma *conclusão*?

Ham assentiu.

— Sim. — Ele não ofereceu explicação ou justificativa.

Elend ergueu os olhos. *O que Vin faria?* Seu primeiro instinto foi pensar que ela atacaria. Porém, ele se lembrou de quando a encontrara havia mais de um ano, após seu ataque à torre de Cett. Estivera encolhida em um canto, chorando.

Não, pensou. *Não, ela não faria isso. Não para me proteger. Ela aprendeu essa lição.*

— Ham — ele disse, surpreendendo-se. — Diga aos homens para recuar e levantar acampamento. Estamos voltando para Luthadel.

Ham olhou para ele, surpreso — claramente sem esperar que Elend fosse chegar à mesma conclusão.

— E Vin?

— Não vou atacar esta cidade, Ham — Elend disse. — Não vou conquistar essas pessoas, nem que seja para seu próprio bem. Descobriremos outra maneira de libertar Vin.

Ham sorriu.

— Cett vai ficar furioso.

Elend deu de ombros.

— Ele é paraplégico. O que vai fazer? Nos morder? Venha, vamos descer desta pedra e lidar com Luthadel.

— ESTÃO RECUANDO, MILORDE — o soldado avisou.

Vin suspirou, aliviada. Ruína estava parado, sem expressão, as mãos às costas. Marsh estava com a mão pousada como uma garra no ombro de Yomen, os dois observando a janela.

Ruína trouxe um Inquisidor, ela pensou. *Deve ter ficado cansado dos meus esforços de tirar a verdade de Yomen e em vez disso decidiu usar alguém que sabia que o obrigador obedeceria.*

— Isso é muito estranho — Ruína disse, por fim.

Vin suspirou e, em seguida, arriscou.

— Não percebe? — ela perguntou em voz baixa.

Ruína se virou para ela.

Vin sorriu.

— Você realmente não entende, não é?

Desta vez, Marsh também se virou.

— Acha que eu não percebi? — Vin perguntou. — Acha que não sei que você está atrás do atium desde o início? Que vinha nos seguindo de caverna em caverna, *empurrando* minhas emoções, forçando-me a procurá-lo para você? Foi tão óbvio. Seus koloss sempre se aproximando de uma cidade logo *depois* de descobrirmos que aquela era a próxima. Você fazia movimentos para nos ameaçar, obrigando-nos a ir mais rápido, mas sem nunca levar seus koloss rápido *demais* até lá. O fato é que sabíamos desde o início.

— Impossível — Ruína sussurrou.

— Não, é bem possível. Atium é metal, Ruína. Você não consegue enxergá-lo. Sua visão fica confusa quando há muito dele por perto, não é? Metal é seu poder, usado para criar Inquisidores, mas é como a luz para você: ofuscante. Nem viu quando de fato descobrimos o atium. Apenas seguiu nosso ardil.

Marsh soltou Yomen e correu pela sala, agarrando Vin pelos braços.

— ONDE ESTÁ? — o Inquisidor exigiu, erguendo-a, sacudindo-a.

Ela riu, distraindo Marsh enquanto estendia a mão cuidadosamente até seu cinturão. Porém, o tremor era muito forte, e seus dedos não conseguiam encontrar o que procuravam.

— Vai me dizer onde o atium está, menina — Ruína disse calmamente. — Eu já não expliquei? Não há como lutar contra mim. Você se acha esperta, mas na verdade não entende. Nunca soube o que é aquele atium.

Vin cerrou os dentes.

— Acha mesmo que eu o levaria até ele?

Marsh a sacudiu novamente, chacoalhando, fazendo-a cerrar os dentes. Quando parou, a visão de Vin estava turva. Ela mal conseguia divisar Yomen observando com o cenho franzido.

— Yomen — ela disse. — Seu povo está seguro, agora. É capaz de finalmente confiar que Elend é um bom homem?

Marsh a jogou de lado. Ela caiu com tudo e rolou no chão.

— Ah, menina — Ruína falou, ajoelhando-se ao lado dela. — Preciso *provar* que você não é capaz de me combater?

— Yomen! — Marsh gritou, virando-se. — Prepare seus homens. Quero que você ordene um ataque!

— Quê? — Yomen perguntou. — Um ataque, milorde?

— Sim. Quero que você reúna todos os soldados e os mande atacar a posição de Elend Venture.

Yomen empalideceu.

— Deixar para trás nossas fortificações? Marchar com meu exército contra os *koloss*?

— Essa é minha ordem — Marsh disse.

O rei-obrigador se manteve em silêncio por um instante.

— Yomen... — Vin disse, engatinhando. — Não vê que ele está manipulando você?

Yomen não respondeu. Parecia perturbado. *O que o faria considerar uma ordem dessas?*

— Vê? — Ruína sussurrou. — Vê meu poder? Vê como até mesmo a fé deles serve a mim?

— Dê a ordem — Yomen disse, virando as costas para Vin e encarando os comandantes dos soldados. — Mande-os atacar. Diga a eles que o Senhor Soberano os protegerá.

— BEM — HAM DISSE, ao lado de Elend no acampamento. — Por essa eu não esperava.

Elend assentiu devagar, observando a multidão atravessando os portões de Fadrex. Alguns tropeçavam nas cinzas altas enquanto outros abriam caminho nelas, sua investida reduzida a um lento rastejar.

— Alguns ficaram para trás — Elend disse, apontando para o alto das plataformas rochosas. Sem estanho, Ham não era capaz de ver os homens que se alinhavam nas muralhas, mas ainda assim confiava nas palavras de Elend. Ao redor deles, seus soldados humanos estavam levantando acampamento. Os koloss ainda esperavam em silêncio nas posições, cercando o local.

— O que Yomen está pensando? — Ham perguntou. — Está jogando uma força inferior contra um exército de koloss?

Como eu fiz, atacando o acampamento koloss em Vetitan. Algo naquilo deixava Elend muito pouco à vontade.

— Bater em retirada — Elend ordenou.

— Hein? — Ham questionou.

— Eu disse para soar o toque de retirada! — Elend disse. — Abandonar posição. Recuar com os soldados!

Ao seu comando silencioso, os koloss começaram a avançar para longe da cidade. Os soldados de Yomen ainda estavam abrindo caminho entre as cinzas. No entanto, os koloss de Elend abririam caminho para seus homens. Deviam ser capazes de se manter afastados.

— Essa é a recuada mais estranha que *eu* já vi — Ham observou, mas foi transmitir as ordens.

É isso, Elend pensou, contrariado. *É hora de descobrir que diabos está acontecendo naquela cidade.*

YOMEN ESTAVA CHORANDO. ERAM LÁGRIMAS pequenas, silenciosas. Ele estava empertigado, sem encarar as janelas.

Ele teme ter lançado seus homens para a morte, pensou Vin. Ela foi até ele, mancando devido ao seu impacto com o chão mais cedo. Marsh observava sua janela. Ruína a encarou, curioso.

— Yomen — Vin disse.

Yomen se voltou para ela.

— É uma provação — ele falou. — Os Inquisidores são os principais sacerdotes sagrados do Senhor Soberano. Farei o que me mandarem, e o Senhor Soberano vai proteger meus homens e esta cidade. E, então, você verá.

Vin cerrou os dentes. Em seguida, afastou-se e se forçou a caminhar até Marsh. Olhou pela janela e ficou surpresa ao ver que o exército de Elend estava recuando para longe dos soldados de Fadrex. A força de Yomen não estava atacando com muita convicção. Obviamente, estavam contentes em deixar o inimigo superior fugir diante deles. O sol finalmente se punha.

Marsh não pareceu se divertir com a retirada de Elend. Foi o bastante para fazer Vin sorrir, o que fez o Inquisidor agarrá-la novamente.

— Acha que venceu? — Marsh perguntou, inclinando-se, a cabeça das estacas pendendo bem diante do rosto de Vin.

Vin estendeu a mão para o cinturão. *Só mais um pouco...*

— Você diz que está jogando comigo, menina — Ruína disse, caminhando até perto dela. — Mas é você que está sendo feita de boba. Os koloss que a servem tiram sua força do *meu* poder. Acha que eu deixaria você controlá-los se não fosse para o meu eventual benefício?

Vin sentiu um calafrio.

Ai, não...

ELEND SENTIU UMA SENSAÇÃO TERRÍVEL de *rompimento*. Era como se uma parte de suas vísceras tivesse sido repentina e forçosamente arrancada dele. Arfou, soltando seu *empurrão* de aço. Sentiu-se atravessar o céu cheio de cinzas e aterrissou cambaleando sobre uma plataforma rochosa do lado de fora da Cidade de Fadrex.

Ele arfou, ofegante, trêmulo.

Que diabos foi isso?, pensou ele, erguendo-se, segurando a própria cabeça, que pulsava.

E, em seguida, percebeu. Não conseguia mais sentir os koloss. À distância, as criaturas azuis gigantescas pararam de correr. E, em seguida, para horror de Elend, ele assistiu aos monstros se virarem.

E começarem a correr até seus homens.

MARSH A SEGUROU.

— Hemalurgia é o poder *dele*, Vin! — ele disse. — O Senhor Soberano a usou de forma inconsciente! Aquele tolo! Cada vez que criava um Inquisidor ou um koloss, fazia outro servo para o próprio inimigo! Ruína esperou com paciência, sabendo que, quando finalmente fosse libertado, teria um exército inteiro esperando por ele!

Yomen foi em direção à outra janela. Ele arfou em silêncio, observando.

— Você salvou mesmo meus homens! — o rei-obrigador falou. — Os koloss se viraram para atacar o próprio exército!

— Eles virão atrás de seus homens logo em seguida, Yomen — Vin disse, zonza. — Então, destruirão sua cidade.

— Está acabando — Ruína sussurrou. — Tudo precisa entrar no lugar. Onde está o atium? Ele é a última peça.

Marsh sacudiu Vin. Finalmente ela conseguiu alcançar o cinturão do Inquisidor, então deslizou os dedos nele. Dedos treinados pelo irmão e por uma vida inteira nas ruas.

Dedos de uma ladra.

— Você não pode me enganar, Vin — Ruína disse. — Eu sou Deus.

Marsh ergueu uma das mãos, soltando o braço de Vin, em seguida movendo-a na direção dela. O gesto tinha força, o peltre alomântico obviamente queimando dentro dele.

Vin girou a mão para cima e engoliu o conteúdo do frasco de metais que havia roubado do cinturão.

Marsh ficou paralisado, e Ruína em silêncio.

Vin sorriu.

O peltre se avivou em seu estômago, devolvendo-a à vida. Marsh repetiu o gesto na direção dela, mas ela se afastou e em seguida tirou o equilíbrio do Inquisidor puxando o outro braço, que ele ainda segurava . Ele mal se segurou, mas, quando se virou para encarar Vin, viu-a segurando seu brinco em uma das mãos.

E ela o *empurrou* com duralumínio direto na testa de Marsh. Era um pedacinho de metal, mas tirou uma gota de sangue no choque, atravessando a cabeça e saindo pelo outro lado.

Marsh caiu, e Vin foi lançada para trás com o próprio *empurrão*. Bateu na parede, fazendo os soldados se afastarem aos gritos, erguendo armas. Yomen se virou para ela, surpreso.

— Yomen! — ela chamou. — Ordene o retorno de seus homens! Fortifique a cidade!

Ruína havia desaparecido em meio ao caos de sua fuga. Talvez estivesse inspecionando o controle dos koloss.

Yomen parecia indeciso.

— Eu... Não. Não perderei a minha fé. Preciso ser forte.

Vin cerrou os dentes, erguendo-se. *Quase tão frustrante quanto Elend é, às vezes*, ela pensou, cambaleando até o corpo de Marsh. Alcançando o cinturão, pegou o último frasco que ele tinha armazenado e o tomou, restaurando os metais extintos com o duralumínio.

Então saltou no peitoril da janela. As brumas rodopiavam ao redor dela — o sol ainda não tinha se posto, mas as brumas chegavam cada vez mais cedo. Ela viu as forças de Elend cercadas por koloss enfurecidos de um lado, pelos homens de Yomen sem atacar — mas ainda bloqueando o recuo — do outro. Ela se aprontou para saltar e juntar-se à batalha, mas percebeu algo.

Um pequeno grupo de koloss. Mil, aparentemente pequeno o bastante para ser ignorado pelas forças de Elend e Yomen. Mesmo Ruína parecia não ter prestado atenção neles, pois estavam parados nas cinzas, parcialmente enterrados, como uma coleção de pedras silenciosas.

Os koloss de Vin. Aqueles que Elend lhe dera, Humano à frente. Com um sorriso malicioso, ela ordenou que avançassem.

Para atacar os homens de Yomen.

— Estou lhe dizendo, Yomen — ela falou, saltando do peitoril para dentro da sala novamente. — Aqueles koloss não se importam de que lado os seres humanos estão; vão matar todos. Os Inquisidores enlouqueceram, agora que o Senhor Soberano está morto. Não prestou atenção no que aquele disse?

Yomen parecia pensativo.

— Ele admitiu que o Senhor Soberano estava morto, Yomen — Vin disse, exasperada. — Sua fé é notável, mas, às vezes, é preciso saber quando *desistir e seguir em frente!*

Um dos comandantes dos soldados gritou alto, e Yomen se voltou para a janela novamente e praguejou.

Imediatamente, Vin sentiu algo *puxando* seus koloss. Ela gritou quando foram arrancados dela, mas o dano que queria já estava feito. Yomen vira os koloss atacarem seus soldados. Perturbado, olhou nos olhos de Vin, em silêncio por um instante.

— Diga-lhes que recuem para a cidade! — ele finalmente gritou para os capitães. — E ordenem que os homens permitam que os soldados de Venture se refugiem aqui também!

Vin suspirou, aliviada. E, em seguida, algo agarrou sua perna. Ela olhou para baixo, em choque, vendo Marsh se erguer de joelhos. O brinco dela havia cortado o cérebro dele, mas os incríveis poderes de cura do Inquisidor lidaram até mesmo com aquilo.

— Tola — Marsh disse, erguendo-se. — Se Yomen se voltar contra mim, posso matá-lo, e seus soldados me obedecerão. Ele lhes deu a crença no Senhor Soberano, o que me torna chefe entre seus sacerdotes.

Vin respirou fundo, em seguida atingiu Marsh com um *abrandamento* com duralumínio. Se funcionava com koloss e kandra, por que não com Inquisidores?

Marsh cambaleou. O *empurrão* de Vin durou somente um breve momento, mas nesse tempo ela *sentiu* algo. Uma muralha, como sentira da primeira vez que tentara controlar TenSoon ou da primeira vez que tomara um grupo de koloss.

Ela *empurrou* com tudo que tinha. Em uma explosão de poder, chegou perto de tomar o controle do corpo de Marsh, mas não o bastante. As muralhas dentro de sua mente eram fortes demais, e Vin tinha apenas um frasco de metais para usar. A muralha a empurrou para trás. Ela gritou, frustrada.

Marsh estendeu a mão, rosnando, e agarrou o pescoço dela. Vin arfou, os olhos arregalando-se conforme Marsh começava a crescer. Ficar mais forte, como...

Um feruquemista, ela percebeu. *Estou seriamente encrencada.*

As pessoas na sala estavam berrando, mas ela não conseguia ouvi-las. A mão de Marsh — agora grande e musculosa — agarrava sua garganta, estrangulando-a. Apenas o peltre queimando a mantinha viva. Ela se lembrou daquele dia, anos antes, quando fora agarrada por outro Inquisidor. Na sala do trono do Senhor Soberano.

Naquele dia, fora Marsh quem salvara sua vida. Parecia uma ironia deturpada que ele agora era o responsável por dar fim a ela.

Ainda. Não.

As brumas começaram a rodopiar ao redor dela.

Marsh teve um sobressalto, mas continuou a segurá-la.

Vin extraiu força das brumas.

Aconteceu novamente. Ela não saiba como ou por que, mas simplesmente *aconteceu*. Ela inspirou as brumas para dentro do corpo como fizera naquele dia, tanto tempo antes, ao assassinar o Senhor Soberano. De alguma forma, ela as puxava para si e as usava para abastecer seu corpo com uma incrível onda alomântica de poder.

E, com esse poder, ela *empurrou* as emoções de Marsh.

As muralhas dentro dele racharam e desmoronaram. Por um momento, Vin sentiu um surto de vertigem. Viu coisas através dos olhos de Marsh — de fato, sentiu como se o *compreendesse*. Seu amor pela destruição, seu ódio por si mesmo. E, através dele, teve um vislumbre de algo. Uma coisa odiosa e destrutiva que se escondia atrás de uma máscara de civilidade.

Ruína *não* era a mesma coisa que as brumas.

Marsh berrou, soltando-a. A estranha explosão de poder dela se dissipara, mas não importava, pois Marsh fugiu pela janela e se *empurrou* para longe através das brumas. Vin se ergueu, tossindo.

Consegui. Extraí poderes das brumas de novo. Mas por que agora? Por que, após tentar de tudo, aconteceu justo agora?

Não era hora de pensar naquilo; não com os koloss atacando. Ela se virou para o perplexo Yomen.

— Continue a retirada para a cidade! — ela disse. — Vou lá ajudá-los.

ELEND LUTAVA DESESPERADAMENTE, DERRUBANDO KOLOSS atrás de koloss. Era um trabalho difícil e perigoso, até mesmo para ele. Esses koloss não podiam ser controlados — não importava o quanto ele empurrasse ou puxasse as emoções, não era capaz de trazer nenhum para o seu controle.

A única coisa que restava era lutar. E seus homens não estavam preparados para a batalha. Ele os forçara a abandonar o acampamento rápido demais.

Um koloss golpeou, a espada zunindo perigosamente próxima da cabeça de Elend. Ele praguejou, lançando uma moeda e *empurrando-se* para trás pelo ar, por sobre os homens lutando e para o acampamento. Eles haviam conseguido recuar para a posição de sua fortificação original; ou seja, tinham uma pequena elevação para defesa e não precisavam lutar nas cinzas. Um grupo de Lançamoedas — tinha apenas dez — lançava onda atrás de onda de moedas no grupo principal de koloss, e arqueiros lançavam saraivadas semelhantes. A frente principal de soldados era apoiada por Atraidores lá atrás, que *puxavam* as armas koloss e os desequilibravam, dando novas aberturas aos homens normais. Brutamontes corriam ao redor do perímetro em grupos de dois ou três, apoiando pontos fracos e agindo como reservas.

Eles ainda estavam encrencados. Seu exército não poderia enfrentar tantos koloss com mais facilidade do que Fadrex conseguiria. Elend aterrissou no centro do acampamento meio desmantelado, ofegante, coberto de sangue koloss. Homens berravam enquanto lutavam a uma curta distância, mantendo o perímetro do acampamento com a ajuda dos alomânticos. Grande parte do exército koloss ainda estava agrupado ao redor da seção norte do acampamento, mas Elend não conseguiria levar seus homens de volta a Fadrex sem expô-los aos arqueiros de Yomen.

Elend tentou tomar fôlego quando um servo correu com uma caneca d'água para ele. Cett estava sentado a uma curta distância, coordenando as táticas de batalha. Elend jogou para o lado a caneca vazia e avançou até o general, sentado a uma pequena mesa. Nela havia um mapa da área, mas nada de marcações. Os koloss estavam muito próximos, a batalha acontecendo a poucos metros de distância, e não havia muito sentido em manter um mapa abstrato dela.

— Nunca gostei de ter essas coisas no exército — Cett disse, tomando de uma vez a água de uma caneca. Um criado se aproximou, trazendo um cirurgião com uma atadura para começar o curativo no braço de Elend — que, até aquele momento, não havia percebido o sangramento.

— Bem — Cett observou—, ao menos morreremos em batalha e não de fome!

Elend riu, tomando a espada novamente. O céu estava quase escuro. Eles não tinham muito tempo antes que...

Uma figura aterrissou sobre a mesa diante de Cett.

— Elend! — Vin disse. — Recue para a cidade. Yomen permitirá sua entrada.

Elend teve um sobressalto.

— Vin! — Em seguida, ele sorriu. — Por que demorou tanto?

— Um Inquisidor e um deus tenebroso me atrasaram — ela respondeu. — Agora, rápido. Veremos se posso distrair alguns daqueles koloss.

Os Inquisidores tinham pouca chance de resistir a Ruína. Tinham mais estacas que qualquer outra de suas criações hemalúrgicas, e isso os colocava totalmente sob seu domínio.

Sim, seria necessária uma suprema força de vontade para qualquer pessoa resistir a Ruína, mesmo que levemente, enquanto usava as estacas de um Inquisidor.

66

SAZED TENTAVA NÃO PENSAR EM como estavam escuras as cinzas no céu ou em quão terrível estava o aspecto da terra.

Fui tão tolo, pensou. *De todos os tempos em que o mundo precisou de algo para acreditar, este é o principal. E eu não estava lá para lhe dar isso.*

Já estava dolorido de tanto cavalgar, mas ainda assim se agarrava à sela, um tanto surpreso com a criatura que corria sob ele. Quando decidira ir com TenSoon para o oeste, desesperou-se com a viagem. As cinzas caíam como nevasca e se empilhavam de modo horrendo na maioria dos lugares. Sazed soubera que a viagem seria difícil e temera atrasar TenSoon, que obviamente poderia viajar muito mais rapidamente como o cão de caça que era.

TenSoon ponderou esse problema e pediu que lhe trouxessem um cavalo e um grande porco. Primeiro ingeriu o porco para lhe dar massa extra, em seguida moldou a carne gelatinosa ao redor do cavalo para digeri-lo também. Dentro de uma hora, havia transformado seu corpo em uma réplica do cavalo — mas um com peso e músculos fortalecidos, criando a maravilha enorme e superforte que Sazed cavalgava naquele momento.

Vinham correndo sem parar desde então. Felizmente, Sazed tinha um pouco de prontidão que havia armazenado em uma mente de metal um ano antes, depois do cerco a Luthadel. Estava-a empregando para impedir que dormisse. Ainda surpreendia que TenSoon pudesse fortalecer um corpo de cavalo tão bem. Movia-se com facilidade através das brumas espessas, onde um cavalo real — e certamente um ser humano — teriam enfrentado certa dificuldade. *Outra coisa em que fui tolo. Nesses últimos dias, eu poderia ter interrogado TenSoon sobre seus poderes. O que mais há que não sei?*

No entanto, apesar de sua vergonha, Sazed sentia uma paz. Se tivesse continuado a ensinar religiões quando não mais acreditava nelas, teria sido um verdadeiro hipócrita. Tindwyl acreditara em dar esperança às pessoas, mesmo se fosse necessário mentir. Esse era o crédito que ela dava à religião: as mentiras que faziam as pessoas se sentirem melhor.

Sazed não podia ter agido da mesma maneira, não permanecendo a pessoa que queria ser. No entanto, ele agora tinha esperança em si mesmo. A religião terrisana era a que havia pregado sobre o Herói das Eras, em primeiro lugar. Se alguma tivesse a verdade, seria ela. Sazed precisava questionar a Primeira Geração de kandra e descobrir o que sabiam.

Mas, se eu encontrar a verdade, o que farei com ela?

As árvores pelas quais passavam estavam despidas de folhas. A paisagem estava coberta por quase um metro e meio de cinza.

— Como você consegue continuar avançando assim? — Sazed perguntou enquanto o kandra galopava para o topo de uma colina, jogando cinzas para o lado e ignorando os obstáculos.

— Meu povo é criado a partir de espectros das brumas — TenSoon explicou, sem nem ofegar. — O Senhor Soberano transformou os feruquemistas em espectros das brumas, e eles começaram a se reproduzir como uma espécie. Você adiciona uma Bênção a um espectro das brumas, e eles despertam, transformando-se em um kandra. Um como eu, criado séculos após a Ascensão, nasci como espectro das brumas, mas despertei ao receber minha Bênção.

— Bênção? — perguntou Sazed.

— Duas pequenas estacas de metal, Guardador — TenSoon disse. — Somos criados como Inquisidores ou koloss. No entanto, somos criações mais sutis do que esses dois. Fomos feitos por último, quando o poder do Senhor Soberano já minguava.

Sazed franziu a testa, inclinando-se conforme o cavalo corria por baixo dos galhos esqueléticos de uma árvore.

— Qual é a diferença entre vocês?

— Nossa vontade é mais independente do que os outros dois — TenSoon falou. — Podemos ter apenas duas estacas em nós, enquanto os outros têm mais. Um alomântico ainda pode nos tomar o controle, mas, quando livres, continuamos com a mente mais independente do que os koloss ou os Inquisidores, que são afetados pelos impulsos de Ruína mesmo quando ele não os controla diretamente. Nunca imaginou por que os dois têm uma pulsão tão poderosa por matar?

— Isso não explica como você consegue carregar a mim e a toda a nossa bagagem e ainda correr através destas cinzas.

— As estacas de metal que carregamos nos dão habilidades — TenSoon explicou. — Da mesma forma que a Feruquemia lhe dá força, ou a Alomancia dá força a Vin, minha Bênção me dá força. Ela nunca se esgota, mas não é tão espetacular como as explosões de poder que vocês podem provocar. Ainda assim, minha Bênção, misturada com minha capacidade de formar meu corpo da forma como eu desejar, me permite um alto nível de resistência.

Por um instante, Sazed voltou-se a seus pensamentos. Eles continuaram a galopar.

— Não resta muito tempo — TenSoon observou.

— Estou vendo — Sazed comentou. — Fico me perguntando o que podemos fazer.

— Este é o único momento em que podemos ter sucesso. Precisamos estar a postos, prontos para atacar. Prontos para ajudar o Herói das Eras quando ela vier.

— Vier?

— Ela vai liderar um exército de alomânticos até a Terra Natal — TenSoon disse — e lá salvará a todos nós: kandra, seres humanos, koloss e Inquisidores.

Um exército de alomânticos?

— Então... o que devo fazer?

— Precisa convencer os kandra de como nossa situação está lúgubre — TenSoon explicou, reduzindo a velocidade até parar nas cinzas. — Pois tem... algo que eles precisam estar preparados para fazer. Algo muito difícil, mas necessário. Meu povo vai resistir, mas talvez você possa lhes mostrar o caminho.

Sazed assentiu, então desceu do kandra para esticar as pernas.

— Reconhece este local? — TenSoon perguntou, virando-se para olhá-lo com a cabeça equina.

— Não — Sazed respondeu. — Com as cinzas... bem, há dias eu não consigo discernir nosso trajeto.

— Lá naquela encosta, vai encontrar o lugar onde o povo terrisano ergueu o acampamento de refugiados deles.

Sazed se virou, surpreso.

—Os Fossos de Hathsin?

TenSoon assentiu.

— Nós chamamos de Terra Natal.

— Os *Fossos*? — Sazed perguntou, chocado. — Mas...

— Bem, não os Fossos propriamente ditos — TenSoon disse. — Sabe que esta área inteira tem complexos de cavernas sob ela?

Sazed assentiu. O local onde Kelsier havia treinado seu exército original de soldados skaa ficava apenas um pouco mais a norte.

—Um desses complexos de cavernas é a Terra Natal dos kandra. Fica ao lado dos Fossos de Hathsin. Na verdade, várias das passagens kandra desembocam nos Fossos e precisavam ser mantidas fechadas, para que os trabalhadores de lá não acabem encontrando um jeito de entrar na Terra Natal.

— Sua Terra Natal produz atium? — Sazed perguntou.

— Produzir? Não, não produz. Suponho que seja isso o que separa a Terra Natal dos Fossos. De qualquer forma, a entrada para a caverna do meu povo é bem ali.

Sazed se virou, sobressaltado.

— Onde?

— Naquela depressão nas cinzas — TenSoon falou, indicando o local com a grande cabeça. — Boa sorte, Guardador. Tenho minhas próprias obrigações a cumprir.

Sazed assentiu, espantado por terem viajado tão rápido para tão longe, e desamarrou sua bagagem das costas do kandra. Deixou a bagagem que continha os ossos do cão de guarda e outro conjunto que era humano. Provavelmente um corpo que TenSoon carregava em caso de necessidade.

O enorme cavalo se virou para partir.

— Espere! — Sazed pediu, erguendo a mão. TenSoon olhou para trás. — Boa sorte. Que... nosso deus o proteja.

O kandra sorriu com uma expressão equina estranha e partiu, galopando entre as cinzas.

Sazed se virou para a depressão no solo. Em seguida, ergueu a bolsa — cheia de mentes de metal e apenas um livro — e avançou. Mesmo aquela curta distância era difícil de cruzar nas cinzas. Ele chegou à depressão e, tomando fôlego, começou a cavar as cinzas.

Não demorou muito até ele deslizar para dentro de um túnel. A passagem não se abria de uma vez, felizmente, e ele não caiu muito. A caverna ao redor dele seguia por uma inclinação, abrindo-se para o exterior em um buraco que parecia um fosso. Sazed se pôs de pé na caverna, pegou a bolsa e puxou uma mente de estanho. Com ela, acionou a visão, melhorando-a enquanto caminhava no escuro.

Uma mente de estanho não funcionava tão bem quanto estanho alomântico; ou melhor, não funcionava da mesma maneira. Permitia que se enxergasse a distâncias muito longas, mas era menos útil com iluminação fraca. Logo, apesar da sua mente de estanho, Sazed caminhava na escuridão, tateando pelo túnel.

E, então, ele viu a luz.

— Parado aí! — uma voz gritou. — Quem retorna do Contrato?

Sazed continuou caminhando. Parte dele estava assustada, mas outra parte apenas curiosa. Sabia de um fato muito importante.

Os kandra não podiam matar seres humanos.

Sazed entrou na luz, cuja fonte se revelou uma rocha do tamanho de um melão sobre um poste, seu material poroso coberto com algum tipo de fungo brilhante. Dois kandra bloqueavam seu caminho. Eram facilmente identificáveis, pois não usavam roupas e sua pele era translúcida. Pareciam ter ossos esculpidos a partir de alguma rocha.

Fascinante!, pensou Sazed. *Eles fazem os próprios ossos. Tenho de fato uma nova cultura a explorar. Uma sociedade totalmente nova: arte, religião, hábitos sociais, interações entre gêneros...*

A perspectiva era tão empolgante que, por um momento, até o fim do mundo lhe pareceu banal em comparação. Ele teve de se lembrar de manter o foco. Precisava investigar a religião primeiro. Outras coisas eram secundárias.

— Kandra, quem é você? Que ossos você usa?

— Vocês vão se surpreender, creio eu — Sazed disse, da forma mais gentil que pôde. — Pois não sou kandra. Meu nome é Sazed, Guardador de Terris, e fui enviado para falar com a Primeira Geração.

Os dois guardas kandra se sobressaltaram.

— Não precisam me deixar passar — Sazed continuou. — Claro, se não me levarem até sua Terra Natal, eu terei de ir embora e dizer a todos lá fora onde fica...

Os guardas se entreolharam.

— Venha conosco — um deles disse, por fim.

Os koloss também tinham pouca chance de se libertar. Quatro estacas e uma capacidade mental diminuída faziam com que fossem abertos à dominação. Apenas em seus ataques de furor sangrento eles tinham uma amostra de verdadeira autonomia.

Quatro estacas faziam deles alvo fácil para o controle de alomânticos. Em nossa época, era preciso um empurrão *de duralumínio para controlar um kandra. Os koloss, no entanto, podiam ser tomados por um* empurrão *normal determinado, especialmente quando estavam com medo.*

67

ELEND E VIN ESTAVAM SOBRE as fortificações da Cidade de Fadrex. A plataforma de rocha no passado mantivera as fogueiras que costumavam observar no céu noturno; a cicatriz enegrecida de uma delas à sua esquerda.

Era bom ser abraçada por Elend de novo. Seu calor era um conforto, especialmente ao olhar para fora da cidade, sobre o campo que o exército deles ocupara antes. As fileiras de koloss estavam crescendo. Mantinham-se parados e silenciosos sob a tempestade de cinzas, uma força de milhares. Mais e mais criaturas chegavam a cada dia, acumulando-se em um exército avassalador.

— Por que não atacam? — Yomen perguntou com irritação. Ele era a única outra pessoa de vigia com eles. Ham e Cett estavam na cidade, preparando o exército. Precisavam estar prontos para o momento que os koloss atacassem.

— Ele quer que conheçamos a força com a qual vai nos atingir — Vin disse. *Além disso*, acrescentou em pensamento, *está esperando. Esperando pela última informação.*

Onde está o atium?

Ela havia enganado Ruína; provara que era possível. De qualquer forma, ainda estava frustrada. Sentia como se tivesse gastado os últimos anos da vida reagindo a cada estalar dos dedos de Ruína. Cada vez que pensara estar sendo esperta, sábia ou abnegada, descobria que estava atendendo ao desejo de Ruína o tempo todo. Aquilo a deixava furiosa.

Mas o que poderia fazer?

Preciso fazer Ruína abrir o jogo, ela pensou. *Fazê-lo agir, se expor.*

Por um breve momento, na sala do trono de Yomen, Vin sentira algo incrível. Com o estranho poder que ganhara das brumas, ela tocara a mente do próprio Ruína, através de Marsh, e vira algo lá dentro.

Medo. Ela se lembrava dele, distinto e puro. Naquele momento, Ruína estava com medo dela. E, por isso, Marsh fugira.

De alguma forma, ela tinha extraído o poder das brumas e o usado para executar Alomancia de força inigualável. Havia feito isso antes, ao combater o Senhor Soberano em seu palácio. Por que conseguia retirar aquele poder em momentos aleatórios e imprevisíveis? Ela quisera usá-lo contra Zane, sem sucesso. Tentara dezenas de vezes durante os últimos dias, assim como durante os dias que se seguiram à morte do Senhor Soberano. Nunca fora capaz de acessar um traço daquela força...

Um som rugiu como a força de um trovão.

O terremoto gigantesco e esmagador sacudiu a terra. As plataformas de pedra ao redor de Fadrex se romperam, algumas delas indo ao chão. Vin permaneceu em pé, com a ajuda do peltre, e quase não conseguiu agarrar Yomen pelo colarinho de sua túnica de obrigador quando ele tombou, prestes a cair da plataforma. Elend agarrou o braço de Vin, equilibrando-a enquanto o terremoto continuava a chacoalhar a terra. Na cidade, vários prédios desmoronaram.

Em seguida, tudo ficou em silêncio. Vin ofegava, a testa coberta de suor, a túnica de Yomen enrolada nas mãos. Ela olhou para Elend.

— Esse foi pior do que os anteriores — ele disse, praguejando em voz baixa.

— Estamos condenados — Yomen concluiu, esforçando-se para ficar em pé. — Se as coisas que vocês dizem forem verdade, não só o Senhor Soberano está morto, mas a coisa que ele passou a vida combatendo agora veio para destruir o mundo.

— Sobrevivemos até aqui — Elend respondeu com firmeza. — Vamos conseguir. Terremotos podem nos ferir, mas ferem os koloss também. Olhe e verá que alguns deles foram esmagados pelas rochas que tombaram. Se as coisas ficarem difíceis aqui, podemos nos abrigar na caverna.

— E ela aguentará terremotos como este? — Yomen perguntou.

— Melhor do que os prédios aqui em cima. Nada aqui foi construído para suportar terremotos, mas, se conheço o Senhor Soberano, ele previu os tremores e escolheu cavernas que fossem sólidas e capazes de aguentá-los.

Yomen não parecia encontrar muito consolo naquelas palavras, mas Vin sorriu. Não pelo que Elend havia dito, mas pelo jeito como dissera. Algo nele havia mudado. Parecia confiante de uma maneira que nunca fora antes. Tinha um pouco do mesmo ar idealista que ostentava quando era um jovem na corte e, ao mesmo tempo, a solidez do homem que liderara seu povo em guerra.

Ele enfim havia encontrado o equilíbrio. Por mais estranho que parecesse, tinha vindo da decisão de bater em retirada.

— Ele tem razão numa coisa, Vin — Elend disse, em um tom mais suave. — Precisamos pensar em nosso próximo passo. Ruína obviamente pretende nos derrotar aqui, mas ele foi afastado, ao menos por um tempo. E agora?

Temos de enganá-lo, ela pensou. *Talvez... usar a mesma estratégia que Yomen usou comigo?*

Ela ficou em silêncio, considerando a ideia. Ergueu a mão, mexendo no brinco. Havia se entortado depois da viagem através da cabeça de Marsh, mas fora simplesmente questão de pedir a um ferreiro que o desentortasse.

A primeira vez que ela se encontrara com Yomen no cativeiro, ele lhe devolvera o brinco. Parecera um gesto estranho, dar um metal a uma alomântica. Ainda assim, em um ambiente controlado, fora inteligente. Ele havia sido assim capaz de testá-la, ver se tinha metais escondidos, ao mesmo tempo em que ele próprio podia queimar atium para se proteger.

Mais tarde, ele fora capaz de fazer com que ela abrisse o jogo, atacasse e lhe mostrasse o que estava planejando para que ele pudesse neutralizá-la em uma situação em que estava no comando. Teria ela como fazer o mesmo com Ruína?

Aquele pensamento misturou-se a outro. Em ambas as situações em que as brumas a ajudaram, o momento era de puro desespero, era como se elas reagissem a uma necessidade. Então, haveria uma maneira de se colocar em uma situação em que sua necessidade fosse ainda maior que antes? Havia uma esperança ínfima, mas, junto com o desejo de forçar Ruína a abrir o jogo, ela criou um plano na cabeça.

Colocar-se em perigo. Fazer Ruína trazer seus Inquisidores, pôr Vin em uma situação em que as brumas *teriam* de ajudá-la. Se não funcionasse, talvez ela pudesse fazer Ruína abrir o jogo ou desarmar quaisquer armadilhas escondidas que ele tivesse à espera de Vin.

Era incrivelmente arriscado, mas Vin sentia que não tinha muito tempo. Ruína venceria muito em breve, a menos que ela fizesse *alguma coisa*. E isso era tudo que podia pensar em fazer. Mas como ela poderia fazer tudo acontecer sem explicar a Elend? Não poderia falar sobre o plano sem revelar a Ruína o que pretendia.

Ela olhou para Elend, um homem que parecia conhecer melhor que a si mesma. Ele não havia precisado lhe dizer que tinha se reconciliado com suas duas metades; ela simplesmente fora capaz de perceber olhando para ele. Com uma pessoa assim, ela realmente precisava contar seus planos? Talvez...

— Elend, acho que há apenas uma maneira de salvar esta cidade.

— Que é...? — ele perguntou lentamente.

— Eu preciso ir buscar *aquilo*.

Elend franziu o cenho e abriu a boca. Ela olhou fundo nos olhos dele, torcendo. Ele hesitou.

— O... atium? — perguntou.

Vin sorriu.

— Sim. Ruína sabe que o temos. Vai descobri-lo, mesmo se não o usarmos. Mas, se o trouxermos para cá, poderemos ao menos lutar.

— Ele estaria mais seguro aqui de qualquer forma — Elend disse devagar, seus olhos demonstrando confusão, mas também confiança. — Eu me sentiria melhor com um exército entre aquelas riquezas e nossos inimigos. Talvez possamos usar o metal para subornar alguns senhores da guerra locais para nos ajudarem.

O ardil lhe parecia frágil. Embora soubesse que era porque pôde ver a confusão de Elend, pôde ler as mentiras nos olhos dele. Ela o entendia, como ele a entendia. Era uma compreensão vinda do amor.

E ela suspeitava que isso era algo que Ruína nunca seria capaz de entender.

— Preciso ir, então — ela disse, abraçando-o forte e fechando os olhos.

— Eu sei.

Ela o manteve bem perto por mais alguns momentos, sentindo as cinzas caírem ao seu redor, soprando contra a pele e o rosto. Sentindo o coração de Elend bater sob o ouvido. Ela se empertigou e o beijou. Por fim, afastou-se e verificou seus metais. Olhou nos olhos de Elend, que assentiu, e saltou para dentro da cidade para reunir ferraduras.

Alguns minutos depois, ela estava pairando no ar cheio de cinzas na direção de Luthadel, um redemoinho de metal ao seu redor. Elend ficou para trás, em silêncio sobre a plataforma de rocha, observando sua partida.

Agora, ela pensou em Ruína, que ela sabia estar lhe vigiando cuidadosamente, embora não se revelasse desde que ela extraíra a força das brumas. *Vamos encenar uma caçada, você e eu.*

Quando o Senhor Soberano propôs seu plano a seus amigos feruquemistas — o plano de transformá-los em espectros das brumas —, fez com que falassem em nome de todos os feruquemistas da terra. Embora tivesse transformado seus amigos em kandra para restaurar sua mente e lembranças, o restante ele deixou como espectros das brumas inconscientes. Eles criaram mais de sua espécie, vivendo e morrendo, tornando-se uma raça em si. Dos filhos dos espectros originais, ele fez a geração seguinte de kandra.

No entanto, aprendi que até os deuses podem cometer erros. Rashek, o Senhor Soberano, pensou em transformar todos os feruquemistas vivos em espectros das brumas. Porém, ele não pensou na herança genética deixada no restante do povo terrisano, que ele deixou vivo. Por isso, feruquemistas continuaram a nascer, mesmo que raramente.

Esse descuido lhe custou muito, mas proporcionou ao mundo muito mais.

68

SAZED CAMINHAVA MARAVILHADO, CONDUZIDO PELOS guardas. Via kandra após kandra, cada um com um corpo mais interessante que o anterior. Alguns eram altos e esguios, com ossos feitos de madeira branca. Outros eram parrudos, com ossos mais grossos que os de qualquer ser humano. Todos, porém, mantinham o formato do corpo humano em linhas gerais.

Eles costumavam ser *humanos*, ele lembrou. *Ou, ao menos, seus ancestrais eram.*

As cavernas ao redor pareciam estranhas. Os caminhos haviam sido gastos até ficarem lisos, e, embora não houvesse "edifícios" reais, Sazed passou por muitas cavernas menores, com cortinas diversas penduradas em suas aberturas. Havia uma noção de habilidade artesanal sofisticada em tudo aquilo, dos postes esculpidos que mantinham as luzes de fundo até os ossos dos kandra à sua volta. Não era a ornamentação detalhada de uma fortaleza nobre, pois não havia padrões, folhas ou nós esculpidos nas pedras ou nos ossos. Em vez disso, as coisas eram polidas, esculpidas com lados arredondados ou tramadas em amplas linhas e formas.

Os kandra pareciam temê-lo. Era uma experiência estranha para Sazed. Tinha sido muitas coisas na vida: rebelde, servo, amigo, estudioso. Mas nunca fora visto como objeto de temor. Os kandra espiavam-no dos cantos. Outros ficavam paralisados, em choque, observando-o passar. Claro que as notícias de sua chegada tinham se espalhado rapidamente; do contrário, teriam presumido que ele era um kandra usando ossos humanos.

Os guardas o levaram até uma porta de aço embutida em uma grande parede da caverna. Um deles entrou, enquanto o outro ficou para vigiar o terrisano. Sazed observou lascas de metal brilhando nos ombros do kandra. Pareciam ser estacas.

Menores que as de Inquisidor, pensou Sazed. *Mas ainda muito eficazes. Interessante*.

— O que você faria se eu tentasse correr? — perguntou.

O kandra se assustou.

— Hum...

— Posso supor pela hesitação que vocês ainda são proibidos de ferir ou ao menos de matar um ser humano? — Sazed questionou.

— Seguimos o Primeiro Contrato.

— Ah — Sazed disse. — Muito interessante. E com quem vocês fizeram o Primeiro Contrato?

— Com o Pai.

— O Senhor Soberano?

O kandra assentiu.

— Infelizmente, ele de fato morreu. Nesse caso, seu Contrato continua válido?

— Não sei — o kandra disse, desviando o olhar.

Então, pensou Sazed, *nem todos têm a personalidade forte de TenSoon. Mesmo quando estava se fazendo passar por um simples cão de caça, eu já o achava intenso*.

O outro soldado retornou.

— Venha comigo — ele disse.

Levaram Sazed pelas portas de metal. O salão depois delas tinha um grande pedestal de metal a poucos metros de altura. Os guardas não subiram nele, mas levaram Sazed ao redor da plataforma até um local diante de um punhado de púlpitos de pedra. Muitos estavam vazios, embora kandra com ossos brilhantes estivessem atrás de dois deles. Aquelas criaturas eram altas — ou, ao menos, usavam ossos altos — e tinham feições muito finas.

Aristocratas, pensou Sazed. Ele achava fácil identificar classes em diferentes povos, não importando cultura ou, aparentemente, espécie.

Os guardas de Sazed gesticularam para que ficasse diante dos púlpitos. Sazed ignorou os gestos, caminhando em círculo pelo salão. Como esperava, os guardas não sabiam o que fazer: seguiram-no, mas evitaram encostar nele.

— Há placas de metal ao redor da câmara inteira — Sazed observou. — São ornamentais ou têm uma função?

— Nós que faremos as perguntas aqui, terrisano! — um dos kandra aristocratas disse.

Sazed parou, virando-se.

— Não. Não, não farão. Sou Sazed, Guardador de Terris. No entanto, entre o seu povo, tenho outro nome. O Arauto.

O outro líder kandra bufou.

— O que um forasteiro sabe sobre essas coisas?

— Forasteiro? — Sazed perguntou. — Deviam conhecer melhor sua própria doutrina, creio eu. — Ele começou a avançar. — Sou terrisano, como vocês. Sim, eu sei de suas origens. Sei como foram criados e da herança que carregam consigo.

Ele parou diante dos púlpitos.

— Venho anunciar a vocês que descobri o Herói. Ou melhor, Heroína. Vivi com ela, trabalhei com ela e olhei por ela. Entreguei a própria lança que ela usou para assassinar o Senhor Soberano. Eu a vi subjugar reis, derrotar exércitos de homens e de koloss. Vim anunciar isso para que se preparem.

Ele fez uma pausa, os encarou e acrescentou:

— Pois o fim chegou.

Os dois kandra ficaram em silêncio por alguns minutos.

— Vá buscar os outros — um disse por fim, com voz trêmula.

Sazed sorriu. Quando um dos guardas partiu correndo, Sazed se virou para o segundo.

— Por favor, traga-me uma mesa e uma cadeira. E também algo com que eu possa escrever.

Minutos depois, tudo estava pronto. Seus espectadores kandra haviam aumentado de quatro para mais de vinte — doze deles sendo aristocratas com ossos brilhantes. Alguns haviam alojado uma pequena mesa para Sazed, e ele se sentou enquanto os nobres kandra conversavam em sussurros ansiosos.

Com cuidado, Sazed deixou a bolsa sobre a mesa e começou a remover as mentes de metal. Pequenos anéis, brincos menores e braceletes volumosos logo estavam alinhados sobre a mesa. Ele dobrou as mangas da túnica e prendeu as mentes de cobre — dois grandes braceletes nos braços e dois nos antebraços. Por fim, retirou o livro da bolsa e o pousou na mesa. Alguns kandra se aproximaram com placas finas de metal. Sazed observou com curiosidade quando as entregaram a ele, junto com o que parecia uma pena de aço que podia fazer entalhes em metal suave de escrita. Os criados kandra se curvaram e se retiraram.

Excelente, pensou Sazed, pegando a pena de metal e pigarreando. Os líderes se viraram para ele.

— Suponho que vocês sejam a Primeira Geração, correto?

— Somos a Segunda Geração, terrisano — um dos kandra respondeu.

— Bem, peço desculpas por tomar seu tempo. Onde posso encontrar seus superiores?

O líder kandra bufou.

— Não ache que nos dominou apenas por ter sido capaz de nos reunir. Não vejo motivo pelo qual você precise falar com a Primeira Geração, mesmo que possa blasfemar com tanta precisão.

Sazed ergueu uma sobrancelha.

— Blasfemar?

— Você não é o Arauto — o kandra disse. — Este não é o fim.

— Já viram as cinzas lá em cima? — Sazed perguntou. — Ou elas pararam na entrada do complexo de cavernas de forma tão sólida que ninguém é capaz de escapar para ver que o mundo está se desfazendo?

— Já vivemos muito tempo, terrisano — outro kandra disse. — Vimos períodos em que as cinzas caíram mais copiosamente que em outros.

— Ah, é? E vocês por acaso viram o Senhor Soberano morrer antes também?

Alguns kandra ficaram desconfortáveis com essas palavras, embora aquele que os liderava somente balançasse a cabeça.

— TenSoon o enviou?

— Sim — Sazed admitiu.

— Você não pode apresentar argumentos diferentes dos dele — o kandra disse. — Por que ele acreditou que você, um estrangeiro, poderia nos persuadir, se ele não conseguiu?

— Talvez porque ele tenha entendido algo sobre mim — Sazed respondeu, tocando o livro com a pena. — Vocês têm familiaridade com os costumes dos Guardadores, kandra?

— Meu nome é KanPaar. E, claro, entendo o que os Guardadores fazem, ou, ao menos, o que faziam antes de o Pai ser morto.

— Então talvez saibam que cada Guardador é especialista numa área. A intenção era que, quando o Senhor Soberano finalmente caísse, fôssemos divididos em especialistas que poderiam transmitir conhecimento ao povo.

— Sim — KanPaar disse.

— Muito bem — Sazed falou, esfregando os dedos sobre o livro. — Minha especialidade era a religião. Sabem quantas religiões havia antes da Ascensão do Senhor Soberano?

— Não. Centenas.

— Registramos quinhentas e sessenta e três. Embora inclua seitas da mesma religião. Em uma contagem mais estrita, há cerca de trezentas.

— E daí? — KanPaar questionou.

— Sabem quantas dessas sobreviveram até os dias de hoje?

— Nenhuma?

— Uma — Sazed disse, erguendo o dedo indicador. — A sua. A religião terrisana. Vocês acreditam ser coincidência que a religião que vocês seguem não só ainda exista, como também preveja exatamente a chegada deste dia?

KanPaar bufou de novo.

— Você não diz nenhuma novidade. Então, minha religião é real, enquanto as outras eram mentira. O que isso explica?

— Que vocês deveriam ouvir, talvez, os membros de sua fé que lhe trazem notícias. — Sazed começou a folhear o livro. — No mínimo, pensei que vocês teriam interesse neste livro, pois ele contém uma compilação de todas as informações sobre o Herói das Eras que eu consegui descobrir. Como pouco sabia sobre a verdadeira religião de Terris, tive de extrair minhas informações de relatos de segunda mão, de contos e histórias e de textos escritos durante o período intermediário. Infelizmente, muitos desses textos foram alterados por Ruína em sua tentativa de persuadir o Herói a visitar o Poço da Ascensão e libertá-lo. Portanto, estão bem corrompidos e maculados pelo toque dele.

— E por que eu me interessaria? — KanPaar perguntou. — Você acabou de me dizer que suas informações estão corrompidas e são inúteis.

— Inúteis? — Sazed retrucou. — Não, não são inúteis. Corrompidas, sim. Alteradas por Ruína. Meu amigo, tenho um livro aqui cheio das mentiras de Ruína. Você tem a mente cheia com as verdades originais. Isolados, sabemos pouco. No entanto, se formos *comparar* nossas informações e descobrirmos precisamente quais itens Ruína alterou, isso não nos contaria exatamente o que ele planeja? No mínimo, nos contaria o que ele não quer que vejamos, acredito.

O salão ficou em silêncio.

— Bem — KanPaar falou, por fim —, eu...

— Já chega, KanPaar — uma voz disse.

Sazed hesitou, inclinando a cabeça. A voz não tinha vindo de nenhum daqueles que estavam nos púlpitos. Sazed passou os olhos pela sala, tentando descobrir quem havia falado.

— Podem sair, Segundos — outra voz disse.

Um membro da Segunda Geração arfou.

— Sair? Deixá-los com este homem, um estrangeiro?

— Um descendente — uma das vozes respondeu. — Um Portador do Mundo. Vamos ouvi-lo.

— Saiam — outra voz disse.

Sazed ergueu a sobrancelha e se sentou enquanto os kandra da Segunda Geração, parecendo agitados, saíam dos púlpitos e silenciosamente se retiravam da sala. Dois guardas fecharam as portas, bloqueando a visão dos kandra que estiveram observando de fora. Sazed foi deixado sozinho na sala com os fantasmas que falavam.

Ouviu um som de arranhões. O ruído ecoou pela sala de paredes de aço, e então uma porta ao fundo se abriu. Dela vieram o que ele supôs serem os da Primeira Geração. Pareciam... velhos. Era visível que a carne kandra pendia dos corpos, como musgos translúcidos pingando de galhos ósseos. Eram curvados e claramente mais velhos que todos os outros kandra que ele já vira. Não caminhavam, se arrastavam.

Usavam túnicas simples, sem mangas, mas os trajes ainda caíam de forma estranha neles. Além disso, embaixo da pele translúcida, ele conseguia ver que tinham esqueletos brancos e normais.

— Ossos humanos? — Sazed perguntou enquanto as criaturas anciãs avançavam, caminhando com o apoio de cajados.

— Nossos próprios ossos — um deles disse, falando com uma voz cansada, quase um sussurro. — Não tínhamos habilidade ou conhecimento para formar Corpos Verdadeiros quando tudo isso começou, então retomamos nossos ossos originais quando o Senhor Soberano os entregou para nós.

A Primeira Geração parecia ter dez membros. Acomodaram-se nos bancos. Por respeito, Sazed moveu sua mesa para ficar diante deles, como um apresentador diante de sua plateia.

— Agora — falou, erguendo a pena de metal —, vamos começar. Temos muito trabalho a fazer.

A questão permanece: de onde vieram as profecias originais sobre o Herói das Eras? Agora sei que Ruína as alterou, mas não as inventou. Quem primeiro disse que um Herói viria, um que seria imperador de toda a humanidade, ainda que fosse rejeitado por seu próprio povo? Quem primeiro declarou que ele carregaria o futuro do mundo nos braços ou que consertaria o que fora quebrado?

E quem decidiu usar pronomes neutros, na língua original de Terris, para que não soubéssemos se o Herói seria mulher ou homem?

69

MARSH SE AJOELHOU EM UMA pilha de cinzas, odiando a si mesmo e ao mundo. As cinzas caíam sem cessar, pairando sobre suas costas, cobrindo-o, ainda assim ele não se moveu.

Fora deixado de lado, obrigado a sentar-se e esperar. Como uma ferramenta esquecida no jardim, sendo lentamente coberta de neve.

Eu estava lá, ele pensou. *Com Vin. Ainda assim... não consegui falar com ela. Não consegui lhe dizer nada.*

Pior... ele não quisera. Durante toda a conversa com ela, seu corpo e sua mente pertenceram totalmente a Ruína. Marsh não fora capaz de resistir, não pudera fazer nada que permitisse que Vin o matasse.

Exceto em um momento. Um momento próximo ao fim, quando ela quase conseguira tomar controle dele. Um momento em que ele vira algo dentro de seu mestre, seu deus, seu *eu*, que lhe dera esperança.

Naquele momento, Ruína temera Vin.

E, então, forçara Marsh a fugir, deixando para trás seu exército de koloss, o exército que Marsh fora obrigado a deixar Elend Venture roubar e levar para Fadrex. O exército que Ruína acabara roubando de volta.

E agora Marsh esperava nas cinzas.

Por quê?, ele pensou. Seu mestre queria algo... precisava de algo... e temia Vin. Aquelas duas coisas davam esperança a Marsh, mas o que ele poderia fazer? Mesmo no momento de fraqueza de Ruína, ele se vira incapaz de assumir o controle.

O plano de Marsh — esperar, manter o seu pequeno segredo rebelde até o momento certo, para então puxar a estaca de esteio de entre suas escápulas e se matar — parecia cada vez mais estúpido. Como poderia esperar se libertar, mesmo depois de tanto tempo?

Levante.

O comando veio sem palavras, mas Marsh reagiu instantaneamente. E Ruína estava de volta, controlando seu corpo. Com esforço, Marsh reteve um pequeno controle da mente, embora apenas porque Ruína parecia distraído. Começou a soltar moedas, a *empurrá-las*, usando e reusando da mesma maneira que Vin usava as ferraduras. Ferraduras — que tinham muito mais metal — teriam sido melhores, pois permitiriam *empurrões* maiores com cada uma. Mas conseguia se virar com as moedas.

Ele se lançou através do céu de fim de tarde. O ar estava desagradavelmente abrasivo, atolado de cinzas. Marsh o observou, tentando se impedir de ver beleza na destruição sem alertar Ruína de que não estava totalmente dominado.

Era difícil.

Passado algum tempo — depois que a noite já havia caído —, Ruína ordenou que Marsh fosse para o chão. Ele desceu rapidamente, sua túnica revoando, e aterrissou sobre uma pequena colina. As cinzas chegavam à altura da cintura, e mesmo seus pés provavelmente já estavam sobre alguns metros de cinzas compactadas no chão.

À distância, no declive, uma figura solitária estava determinada em abrir caminho pelas cinzas. O homem trazia uma bolsa e puxava um cavalo exausto.

Quem é esse?, pensou Marsh, examinando com mais cuidado. O homem tinha a constituição de um soldado, com rosto quadrado, barba de muitos dias e uma careca. Quem quer que fosse, tinha uma determinação impressionante. Poucas pessoas enfrentariam as brumas, e ainda assim aquele homem não apenas andava por elas, como também abria seu caminho por cinzas que chegavam à altura do peito. O uniforme estava manchado de preto, como sua pele. Escuro... cinzento...

Belo.

Marsh se lançou do topo da colina, atravessando as brumas e as cinzas com um *empurrão* de aço. O homem lá embaixo deve tê-lo ouvido se aproximar, pois girou, pegando a espada com nervosismo.

Marsh aterrissou sobre o cavalo. A criatura berrou e se inclinou para trás. O Inquisidor saltou, encaixando um pé no rosto do animal, dando uma cambalhota sobre ele e aterrissando nas brumas. O soldado havia aberto um caminho bem adiante, e Marsh se sentiu olhando para um corredor estreito.

O homem desembainhou a espada. O cavalo relinchou nervosamente, batendo os cascos nas cinzas.

Marsh sorriu e puxou um machado de obsidiana da bainha lateral. O soldado se afastou, talvez tentando abrir espaço nas cinzas para lutar. Marsh viu a preocupação nos olhos do homem, a ansiedade aterrorizada.

O cavalo relinchou novamente. Marsh girou e cortou as pernas dianteiras do animal, fazendo-o berrar de dor. Atrás dele, o soldado se moveu. E, surpreendentemente, em vez de correr, ele atacou.

O homem bateu a espada nas costas de Marsh, atingindo uma estaca e se desviando para o lado, mas ainda o empalou. Marsh virou a cabeça, sorrindo, e acionou sua cura para se manter em pé.

O homem moveu-se para a estaca de esteio de Marsh, obviamente com a intenção de tentar puxá-la. O Inquisidor queimou peltre e girou, arrancando a arma do soldado.

Devia ter deixado que agarrasse a estaca... a parte livre pensou, .

Marsh golpeou na direção da cabeça do homem, querendo arrancá-la com uma machadada, mas o soldado rolou e sacou uma adaga da bota, tentando golpear e cortar a perna do Inquisidor. Um movimento inteligente, que teria deixado Marsh no chão, com ou sem poder curativo.

No entanto, Marsh acionou sua velocidade. De repente, estava se movendo muitas vezes mais rápido do que uma pessoa normal e se esquivou com facilidade do corte, acertando um chute no peito do soldado.

O homem grunhiu quando suas costelas estalaram. Ele foi ao chão, rolando e tossindo com sangue nos lábios. Então parou, coberto de cinzas. Fraco, levou a mão ao bolso.

Outra adaga?, pensou Marsh. No entanto, o homem puxou uma chapa dobrada. Metal?

Marsh teve um desejo repentino e dominante de agarrar a chapa de metal. O soldado lutou para esmagar a chapa fina, destruir seu conteúdo, mas Marsh gritou e desceu o machado, cortando o braço do homem. O machado se ergueu de novo e, desta vez, decapitou o soldado.

Ele não parou, a fúria sangrenta levando-o a acertar o machado no cadáver várias vezes. No fundo da mente, conseguia sentir Ruína regozijando-se com a morte, ainda que pudesse também sentir a frustração que ecoava dele. Ruína tentou afastá-lo do assassinato, fazer com que pegasse a chapa de metal, mas, durante a sede de sangue, Marsh não podia ser controlado. Como um koloss.

Não pode ser controlado... Isso é...

Ele ficou paralisado, e Ruína reassumiu o controle. Marsh sacudiu a cabeça, o sangue do homem escorrendo em seu rosto, pingando do queixo. Ele se virou e olhou para o cavalo agonizante, que berrava na noite silenciosa. Marsh cambaleou e pegou o braço cortado, puxando a chapa de metal que o soldado tentara destruir com suas últimas forças.

Leia!

As palavras soaram diferente na mente de Marsh. Raramente Ruína se dignava a falar com ele — quase sempre o usava apenas como uma marionete.

Leia em voz alta!

Marsh franziu a testa, desdobrando com cuidado a carta, tentando ganhar tempo para pensar. Por que Ruína precisaria que ele lesse? A menos que... Ruína não pudesse ler. Mas não fazia sentido. A criatura podia mudar as palavras nos livros.

Ele podia ler. Então, seria o metal que o impedia?

Ele desdobrara a aba de metal. Havia de fato palavras talhadas na superfície interna. Marsh tentou resistir à leitura. Na verdade, ele ansiava em agarrar o machado onde havia caído, pingando sangue nas cinzas, e usá-lo para acabar com a própria vida. Mas não conseguia. Não tinha nem liberdade o bastante para soltar a carta. Ruína *empurrava* e *puxava*, manipulando as emoções de Marsh, deixando-o de tal forma que...

Sim. Por que ele se importaria em discordar? Por que discutir com seu deus, seu senhor, seu eu? Marsh ergueu a chapa, avivando estanho, aço e ferro para enxergar melhor seu conteúdo com uma estranha visão metálica do Inquisidor.

— "Vin" — ele leu. — "Minha mente está confusa. Parte de mim se pergunta o que é real. Ainda assim, uma coisa parece me pressionar cada vez mais. Preciso contar uma coisa. Não sei se importa, mas preciso dizê-la de qualquer forma.

"'A coisa que combatemos é real. Eu a vi. Tentou me destruir e tentou acabar com o povo de Urteau. Ela me controlou através de um método que eu não esperava. Metal. Uma lasca de metal perfurando meu corpo. Com isso, foi capaz de deturpar meus pensamentos. Não conseguiu me controlar por completo, como você controla os koloss, mas fez algo semelhante, creio eu. Talvez o pedaço de metal não fosse grande o bastante, sei lá.

"'De qualquer forma, ela apareceu para mim na forma de Kelsier. Fez o mesmo com o rei daqui de Urteau. Ela é esperta. É sutil.

"'Tenha cuidado, Vin. Não confie em ninguém perfurado por metal! Mesmo o menor pedaço pode macular um homem.

"'Fantasma.'"

Marsh, novamente controlado por Ruína, esmagou a chapa de metal até seus escritos ficarem ilegíveis. Em seguida, jogou-a nas cinzas e usou-a como âncora para *empurrar-se* através dos ares. Para Luthadel.

Ele deixou os cadáveres do cavalo, do homem e a mensagem jazerem nas cinzas, sendo lentamente enterrados.

Como ferramentas esquecidas.

Na verdade, Quellion cravou a estaca em si mesmo, pelo que entendi. O sujeito nunca foi totalmente estável. Seu fervor em seguir Kelsier e matar a nobreza foi alimentado por Ruína, mas Quellion já tinha os impulsos. Às vezes, sua paranoia passional beirava a insanidade, e Ruína foi capaz de influenciá-lo a ponto de enterrar aquela estaca crucial.

Sua estaca era de bronze, e ele a fez de um dos primeiros alomânticos que capturou. Aquela estaca fez dele um Buscador, que foi uma das maneiras pelas quais foi capaz de encontrar e chantagear tantos alomânticos durante seu governo em Urteau.

Minha questão aqui é que as pessoas com personalidade instável eram mais suscetíveis à influência de Ruína, mesmo se não tivessem estaca nenhuma cravada. De fato, é provável que tenha sido assim que Zane conseguiu a estaca dele.

70

— AINDA NÃO ENTENDO DO que isso adianta — Yomen disse, caminhando ao lado de Elend, enquanto passavam pelos portões de Fadrex.

Elend ignorou o comentário, acenando para um grupo de soldados. Parou ao lado de outro grupo — não dele, mas de Yomen — e inspecionou suas armas. Ofereceu algumas palavras de incentivo e continuou. Yomen observou em silêncio, caminhando ao lado de Elend como um igual, não como um rei cativo.

Os dois haviam chegado a uma trégua frágil, mas o campo cheio de koloss lá fora era motivação mais que suficiente para mantê-los trabalhando em conjunto. Elend tinha o maior exército dos dois, mas por pouco — e as forças de ambos pareciam cada vez menores frente aos koloss que não paravam de chegar.

— Deveríamos estar trabalhando no problema de saneamento — Yomen continuou assim que estavam longe do alcance do ouvido dos homens. — Um exército existe baseado em dois princípios: saúde e alimentação. Forneça ambas e terá a vitória.

Elend sorriu, reconhecendo a referência. *Abastecimento em escala*, de Trentison. Poucos anos antes, ele teria concordado com Yomen, e os dois provavelmente passariam a tarde discutindo a filosofia de liderança no palácio do rei-obrigador. No entanto, Elend aprendera coisas nos últimos anos que simplesmente não teria sido capaz de extrair dos estudos.

Infelizmente, isso significava que ele não era capaz de simplesmente explicá-las a Yomen, não no período que tinham. Então, em vez disso, ele assentiu para a rua.

— Podemos seguir para o hospital agora, se quiser, Lorde Yomen.

Yomen assentiu, e os dois se dirigiram à outra área da cidade. O obrigador tinha uma abordagem pragmática para quase tudo. Problemas deviam ser enfrentados de forma rápida e direta. Tinha uma mente boa, apesar de sua tendência a fazer julgamentos precipitados.

Enquanto caminhavam, Elend tomou o cuidado de prestar atenção nos soldados nas ruas, em serviço e fora dele. Assentiu para as continências, olhando-os nos olhos. Muitos trabalhavam para reparar os danos causados pelos terremotos cada vez mais poderosos. Talvez fosse apenas impressão de Elend, mas parecia que os soldados caminhavam um pouco mais eretos depois que ele passava.

Yomen franziu levemente o cenho ao observar Elend fazendo aquilo. O obrigador ainda usava a túnica de seu posto, apesar da pequena conta de atium na testa que marcava sua posição de rei. As tatuagens na cabeça do homem quase pareciam se curvar na direção da conta, como se tivessem sido feitas considerando o metal.

— Você não sabe muito como liderar soldados, não é, Yomen? — Elend perguntou.

O obrigador ergueu uma sobrancelha.

— Sei mais do que você jamais saberá sobre tática, linhas de abastecimento e direcionamento de soldados entre pontos distintos.

— Ah, é? — Elend disse suavemente. — Então você leu *Exércitos em movimento*, de Bennitson, não foi?

Os "pontos distintos" revelavam a origem da referência.

As rugas na testa de Yomen se aprofundaram.

— Uma coisa que nós, estudiosos, tendemos a esquecer, Yomen, é o impacto que as *emoções* podem ter em uma batalha. Não se trata apenas de comida, sapatos e água limpa, por mais necessários que sejam. Trata-se de esperança, coragem e vontade de viver. Soldados precisam saber que seu líder estará na luta, se não matando inimigos, dando instruções pessoalmente atrás das fileiras. Eles não podem pensar nele como uma força abstrata no alto de uma torre distante, olhando tudo por uma janela e ponderando sobre as profundezas do universo.

Yomen não disse nada enquanto caminhavam pelas ruas que, apesar de estarem limpas das cinzas, estavam abandonadas. A maioria da população havia se retirado para os fundos da cidade, onde os koloss chegariam por último caso invadissem. Estavam acampados ao léu, pois, com os terremotos, os edifícios se mostravam cada vez menos seguros.

— Você é um homem... interessante, Elend Venture — Yomen falou por fim.

— Sou um bastardo.

Yomen ergueu a sobrancelha.

— Em composição, não em temperamento ou nascimento — Elend disse com um sorriso. — Sou uma amálgama do que precisei ser. Parte estudioso, parte rebelde, parte nobre, parte Nascido da Bruma e parte soldado. Às vezes, nem eu sei quem sou. Foi um verdadeiro inferno fazer todas as peças funcionarem juntas. E, bem quando eu estou começando a entender tudo isso, o mundo vai e desmorona nas minhas costas. Ah, chegamos.

O hospital de Yomen era um prédio do Ministério adaptado, o que, na opinião de Elend, mostrava que Yomen estava disposto a ser flexível. Seus prédios religiosos não eram sagrados a ponto de ele não conseguir reconhecer que eram as melhores instalações para cuidar de doentes e feridos. Lá dentro, encontraram médicos atendendo àqueles que haviam sobrevivido ao embate inicial com os koloss. Yomen saiu às pressas para falar com os burocratas do hospital. Aparentemente, estava preocupado com o número de infecções com que os homens estavam sofrendo. Elend foi até a ala de casos mais sérios e começou a visitá-los, oferecendo palavras de incentivo.

Era um trabalho difícil olhar para os soldados que sofriam por conta de sua tolice. Como ele pôde ter ignorado a possibilidade de Ruína tirar os koloss dele? Fazia muito sentido. Ainda assim, Ruína o havia manipulado bem, fazendo-o pensar que os Inquisidores controlavam os koloss. Fazendo-o sentir que podia contar com as criaturas.

O que teria acontecido, ele pensou, *se eu tivesse atacado esta cidade com eles, como originalmente planejado?* Ruína teria saqueado Fadrex, massacrando todos ali e *depois* virado os koloss contra os soldados de Elend. Agora, as fortificações defendidas pelos homens de Elend e de Yomen haviam-no feito parar por tempo suficiente para que precisasse reunir suas forças antes de atacar.

Condenei esta cidade, pensou Elend, sentado ao lado do leito de um homem que havia perdido o braço para a lâmina de um koloss.

Aquilo o frustrava. Ele sabia que havia tomado a decisão correta. E, na verdade, preferia estar na cidade — quase certo de sua condenação — a estar lá fora em um cerco vitorioso. Pois sabia que o lado vencedor nem sempre era o certo.

Ainda assim, aquilo o levava de volta à frustração contínua pela incapacidade de proteger seu povo. E, apesar do governo de Yomen em Fadrex, Elend considerava aquele povo seu também. Assumira o trono do Senhor Soberano, nomeando-se imperador. O Império Final inteiro estava sob seus cuidados. Do que adiantava um governante que não conseguia proteger sequer uma cidade, quanto mais um império cheio delas?

Uma agitação em frente ao hospital chamou sua atenção. Ele deixou os pensamentos obscuros de lado e se despediu do soldado. Correu para a entrada, onde Yomen já havia aparecido para ver o que acontecia. Uma mulher segurava um garoto, que tremia descontroladamente com convulsões. Um dos médicos correu, pegando o menino.

— Doença das brumas? — ele perguntou.

A mulher assentiu, chorando.

— Eu o mantive dentro de casa até hoje. Eu sabia! Sabia que elas o queriam! Ai, por favor...

Yomen sacudiu a cabeça enquanto o médico levava o garoto para um leito.

— Deveria ter me ouvido, mulher — ele disse com firmeza. — Todos na cidade deviam ter sido expostos às brumas. Agora seu filho tomará um leito de que podemos precisar para soldados feridos.

A mulher se encolheu, ainda chorando. Yomen suspirou, mas Elend podia ver a preocupação nos olhos dele. Yomen não era insensível, apenas pragmático. Além disso, suas palavras faziam sentido. Não tinha lógica esconder alguém dentro de casa a vida toda, apenas pela possibilidade de ele cair nas brumas.

Cair nas brumas... pensou Elend, sem motivo, olhando para o garoto no leito. Ele havia parado de convulsionar, mas o rosto ainda se contorcia de dor. Parecia estar sofrendo muito. Elend havia sentido dor assim apenas uma vez na vida.

Nunca descobrimos o que causa a doença das brumas, ele pensou. O espectro das brumas jamais voltara. Mas, talvez, Yomen soubesse alguma coisa.

— Yomen — ele disse, caminhando até o sujeito, tirando-o de sua discussão com cirurgiões. — Alguém por aqui descobriu a razão para a doença das brumas?

— Razão? Precisa haver razão para uma doença?

— Deve haver para uma tão estranha. Você percebeu que ela atinge exatamente dezesseis por cento da população? Dezesseis por cento, exatamente.

Em vez de se surpreender, Yomen deu de ombros.

— Faz sentido.

— Faz?

— Dezesseis é um número poderoso, Venture — Yomen disse, olhando para os relatórios. — Foi o número de dias que o Senhor Soberano levou para chegar ao Poço da Ascensão, por exemplo. Tem certo destaque na doutrina da Igreja.

Claro, pensou Elend. *Yomen não ficaria surpreso ao descobrir ordem na natureza — ele acredita em um deus que a ordenou.*

— Dezesseis... — Elend disse, olhando para o garoto doente.

— O número dos Inquisidores originais — Yomen comentou. — O número de Preceitos em cada carta de Cantão. O número de metais alomânticos. O...

— Espere — Elend disse. — Como é?

— Metais alomânticos.

— Há apenas catorze metais.

Yomen negou com a cabeça.

— Catorze que conhecemos, supondo que sua lady esteja certa sobre o metal ligado ao alumínio. No entanto, catorze não é um número de poder. Os metais alomânticos vêm em duplas, com agrupamentos em quartetos. Parece que há mais dois que ainda não descobrimos, o que leva o número a dezesseis. Dois vezes dois vezes dois vezes dois. Quatro metais físicos, quatro metais mentais, quatro metais fortalecedores e quatro metais temporais.

Dezesseis metais...

Elend olhou para o garoto novamente. Dor. A única vez que Elend sentira aquela dor foi no dia em que seu pai ordenara que lhe batessem. Batessem para lhe causar tamanha dor a ponto de ele pensar que poderia morrer. Batessem para levar seu corpo à beira da morte, para que ele *estalasse*.

Batessem para descobrir se ele era um alomântico.

Senhor Soberano!, pensou Elend, em choque. Ele correu para longe de Yomen, voltando à ala de soldados do hospital.

— Quem aqui foi atingido pelas brumas? — Elend questionou.

Os feridos o olharam com expressões desconfiadas.

— Algum de vocês ficou doente? — Elend perguntou. — Quando eu os expus às brumas? Por favor, preciso saber!

Lentamente, o homem com um braço ergueu a mão remanescente.

— Fui atingido, milorde. Desculpe. Este ferimento provavelmente foi uma punição por...

Elend o interrompeu, correndo até ele, puxando o frasco de metal sobressalente.

— Beba isto — ele ordenou.

O homem hesitou, em seguida fez como ordenado. Elend ajoelhou-se ao lado do leito, ansioso, à espreita. O coração palpitava no peito.

— Então? — ele finalmente perguntou.

— Então... o quê, milorde? — O soldado devolveu a pergunta.

— Sente alguma coisa? — Elend questionou.

O soldado deu de ombros.

— Cansaço, milorde?

Elend fechou os olhos, suspirando. *Era uma ideia tola...*

— Bem, isso é estranho — o soldado disse de repente. Elend abriu os olhos, arregalando-os. — É... — o soldado continuou, parecendo um pouco distraído. — Eu... não sei o que fazer com *isso*.

— Queime — Elend disse, acionando o bronze. — Seu corpo saberá como, se você permitir.

O soldado franziu a testa ainda mais e inclinou a cabeça. Em seguida, começou a pulsar com poder alomântico.

Elend fechou os olhos novamente, exalando de leve.

Yomen veio atrás dele.

— O que foi?

— As brumas nunca foram nossas inimigas, Yomen — Elend disse, os olhos ainda fechados. — Estavam apenas tentando ajudar.

— Ajudar? Ajudar como? Do que você está falando?

Elend abriu os olhos, virando-se.

— Elas não estavam nos matando, Yomen. Não estavam nos deixando doentes. Estavam nos *estalando*. Trazendo poder. Capacitando-nos para lutar.

— Milorde! — uma voz chamou de repente. Elend se virou quando um soldado exausto entrou aos tropeços na sala. — Milordes! Os koloss estão atacando! Estão avançando sobre a cidade!

Elend sentiu um calafrio. *Ruína. Ele sabe o que acabei de descobrir; sabe que precisa atacar agora em vez de aguardar mais tropas.*

Porque eu sei do segredo!

— Yomen, junte cada pitada de metal em pó que puder encontrar nesta cidade! — Elend gritou. — Peltre, estanho, aço e ferro! Leve-os para todos que foram atingidos pelas brumas! Façam-nos beber!

— Por quê? — Yomen perguntou, ainda confuso.

Elend se virou, sorrindo.

— Porque agora eles são alomânticos. Esta cidade não vai cair tão facilmente como todos achavam. Se precisar de mim, estarei na frente de batalha!

Havia algo de especial no número dezesseis. Em primeiro lugar, era o sinal de Preservação para a humanidade.

Preservação sabia, antes de ter aprisionado Ruína, que não conseguiria se comunicar com a humanidade assim que tivesse se diminuído. Então, deixou pistas — pistas que não poderiam ser alteradas por Ruína. Pistas relacionadas às leis fundamentais do universo. O número tinha como objetivo ser a prova de que algo não natural estava acontecendo e que ajuda podia ser encontrada.

Pode ter levado muito tempo para descobrirmos, mas, quando finalmente entendemos a pista — por mais tarde que fosse —, ela forneceu um impulso mais que necessário.

Quanto aos outros aspectos do número... bem, ainda estou investigando. Basta dizer que tem grandes ramificações relacionadas a como o mundo e o universo em si funcionam.

71

SAZED BATEU A PENA CONTRA a folha de metal, franzindo a testa de leve.

— Muito pouco desta última parte é diferente do que eu já sabia. Ruína mudou poucas coisas, talvez para impedir que eu percebesse as alterações. É óbvio que ele quis me fazer perceber que Vin era o Herói das Eras.

— Ele quis que Vin o libertasse — Haddek disse, líder da Primeira Geração. Seus companheiros assentiram.

— Talvez ela nunca tenha sido o Herói — um dos outros comentou.

Sazed negou com a cabeça.

— Acredito que seja. Essas profecias ainda se referem a ela, mesmo as inalteradas que os senhores expuseram. Elas falam de alguém separado do povo de Terris, um rei dos homens, um rebelde preso entre dois mundos. Ruína *enfatizou* que Vin era a escolhida, pois queria que ela fosse até lá e o libertasse.

— Sempre acreditamos que o Herói seria um homem — Haddek falou com sua voz ofegante.

— Todos acreditavam — Sazed respondeu. — Mas o senhor mesmo disse que todas as profecias usavam pronomes neutros. Deve ter sido intencional, pois não se usa essa linguagem na velha Terris por acidente. O caso neutro foi escolhido para que não soubéssemos se o Herói seria homem ou mulher.

Vários dos terrisanos anciãos assentiram. Eles trabalhavam à luz azul serena das pedras brilhantes, sentados na câmara com paredes de metal que, pelo que Sazed fora capaz de perceber, era uma espécie de lugar sagrado para os kandra.

Ele bateu a pena, franzindo o cenho. O que o incomodava? *Dizem que tenho o futuro do mundo inteiro nos braços...* As palavras de Alendi, de seu diário escrito tanto tempo antes. As palavras da Primeira Geração confirmavam que era uma informação precisa.

Ainda havia algo para Vin fazer. No entanto, o poder no Poço da Ascensão havia desaparecido. Esgotado. Como ela poderia lutar sem ele? Sazed olhou para seu público de kandra anciãos.

— Aliás, o que *era* o poder no Poço da Ascensão?

— Não estamos certos do que era, jovem — Haddek disse. — Na época em que vivíamos como homens, nossos deuses já haviam partido deste mundo, deixando Terris apenas com a esperança do Herói.

— Contem-me — Sazed pediu, inclinando-se para frente. — Como seus deuses partiram deste mundo?

— Ruína e Preservação — outro respondeu. — Eles criaram nosso mundo e nosso povo.

— Nenhum deles poderia criar sozinho — Haddek explicou. — Pois preservar algo não é criá-lo, e nem se pode criar apenas com a destruição.

Era um tema comum na mitologia — Sazed lera isso em dezenas das religiões que havia estudado. O mundo sendo criado por um embate entre duas forças, às vezes mencionadas como caos e ordem, às vezes chamadas de destruição e proteção. Aquilo o incomodava um pouco. Esperava descobrir algo *novo* nas coisas que esses homens lhe diziam.

E, ainda assim... apenas porque algo era comum, isso o tornava falso? Ou todas essas mitologias poderiam ter uma raiz compartilhada verdadeira?

— Eles criaram o mundo — Sazed disse — e então partiram?

— Não imediatamente — Haddek respondeu. — Mas, eis o truque, jovem: eles tinham um acordo. Preservação queria criar homens; vida capaz de sentir emoções. Conseguiu que Ruína prometesse ajudá-lo a fazê-los.

— Mas a um custo — um dos outros sussurrou.

— Que custo? — Sazed perguntou.

— Que Ruína pudesse destruir o mundo um dia — Haddek respondeu.

A câmara circular silenciou.

— Daí a traição — Haddek comentou. — Preservação deu a própria vida para aprisionar Ruína e impedi-lo de destruir o mundo.

Outro tema mitológico comum — o deus mártir. Algo que o próprio Sazed vira nascer com a Igreja do Sobrevivente.

Ainda assim... desta vez é a minha própria religião, ele pensou. Franziu a testa, recostando-se na cadeira, tentando decidir como se sentia a esse respeito. Por algum motivo, supusera que a verdade seria *diferente*. O lado erudito dele contestava o desejo de acreditar. Como poderia crer em algo tão repleto de clichês mitológicos?

Ele viera até ali acreditando que receberia a última chance de encontrar a verdade. Porém, agora que a estudava, descobriu que era incrivelmente semelhante às religiões que havia refutado como falsas.

— Parece perturbado, rapaz — Haddek constatou. — Está preocupado com as coisas que dissemos?

— Peço desculpas — Sazed disse. — É um problema pessoal não relacionado ao destino do Herói das Eras.

— Fale, por favor — um dos anciãos pediu.

— É complicado. Por algum tempo, eu venho pesquisando religiões da humanidade, tentando decidir quais de seus ensinamentos eram verdadeiros. Comecei a me desesperar com a possibilidade de não encontrar uma religião que oferecesse as respostas que eu buscava. Então, soube que minha religião ainda existia, protegida pelos kandra. Vim aqui esperando encontrar a verdade.

— Esta é a verdade — um dos kandra disse.

— É o que *toda* religião ensina — Sazed respondeu, sua frustração ainda maior. — Ainda assim, em cada uma delas encontro incoerências, saltos lógicos e exigências de fé que acho impossíveis de aceitar.

— Para mim, jovem, parece que você está buscando algo que não pode ser encontrado — Haddek disse.

— A verdade?

— Não. Uma religião que não exija a fé de seus fiéis.

Outros dos anciões kandra assentiram.

— Seguimos o Pai e o Primeiro Contrato, mas nossa fé não está neles. Está em... algo maior. Confiamos que Preservação tenha planejado este dia e que seu desejo de proteger se provará mais poderoso que o desejo de Ruína de destruir.

— Mas os senhores não têm como saber — Sazed disse. — Os senhores recebem prova apenas quando acreditam, mas, se acreditam, podem encontrar provas em qualquer coisa. É um dilema lógico.

— A fé não tem relação com a lógica, filho — Haddek comentou. — Talvez seja este o seu problema. Você não tem como "desprovar" as coisas que estuda assim como não podemos provar que o Herói nos salvará. Simplesmente devemos acreditar e aceitar as coisas que Preservação nos ensinou.

Não era suficiente para Sazed. No entanto, por ora, decidiu seguir em frente. Não tinha todos os fatos sobre a religião terrisana ainda. Talvez, assim que tivesse, pudesse organizar tudo aquilo.

— Os senhores falaram da prisão de Ruína — Sazed falou. — Contem-me como isso se relaciona ao poder que Lady Vin utilizou.

— Os deuses não têm corpos como os dos homens — Haddek começou. — São... forças. Pode-se dizer que *são* poderes. A mente de Preservação partiu, mas deixou seu poder para trás.

— Na forma de um poço de líquido? — Sazed perguntou.

Os membros da Primeira Geração assentiram.

— E a fumaça escura do lado de fora? — Sazed questionou.

— Ruína — Haddek explicou. — Esperando, observando durante a prisão.

Sazed fez cara de dúvida.

— A caverna de fumaça era muito maior do que o Poço da Ascensão. Por que a disparidade? Ruína era *tão* mais poderoso assim?

Haddek bufou baixo.

— Eram igualmente poderosos, jovem. Eram *forças*, não homens. Dois aspectos de um único poder. Um lado da moeda é mais "poderoso" que o outro? Eles influenciaram o mundo ao redor com a mesma intensidade.

— Mas — outro acrescentou — existe uma história de que Preservação doou muito de si para fazer a humanidade, para criar algo que tivesse *mais* de Preservação em si do que Ruína. Ainda assim, seria apenas uma pequena quantidade em cada indivíduo. Mínima... fácil de perder de vista, exceto se observando por um longo, longo período...

— Então, por que a diferença em tamanho? — Sazed perguntou.

— Você não está entendendo, jovem — Haddek disse. — O poder naquele poço não era Preservação.

— Mas o senhor acabou de dizer...

— Era *parte* de Preservação, com certeza — Haddek continuou. — Mas ele era uma força; sua influência está em todo lugar. Um pouco dela estava concentrado naquele poço. O restante está... em outros lugares e em todos os lugares.

— Mas Ruína tinha a mente concentrada lá — outro kandra disse. — E, assim, seu poder tendia a se reunir naquele local. Muito mais dele do que de Preservação.

— Mas não ele inteiro — outro disse, rindo.

Sazed inclinou a cabeça.

— Não ele inteiro? Ele também estava espalhado pelo mundo, suponho?

— De certa forma — Haddek respondeu.

— Agora, vamos falar das coisas do Primeiro Contrato — outro kandra alertou.

Haddek hesitou, em seguida se virou, analisando os olhos de Sazed.

— Se o que este homem diz é verdade, então Ruína escapou. Significa que ele virá buscar seu corpo. Seu... poder.

Sazed sentiu um calafrio.

— Está aqui? — perguntou baixinho.

Haddek assentiu.

— Nós o recolhemos. O Primeiro Contrato, como o Senhor Soberano o nomeou... nosso fardo neste mundo.

— Os outros Filhos tinham um objetivo — outro kandra acrescentou. — Os koloss foram criados para lutar. Os Inquisidores, para serem sacerdotes. Nossa tarefa era outra.

— Reunir o poder — Haddek disse. — E protegê-lo. Escondê-lo. Mantê-lo. Pois o Pai sabia que Ruína escaparia um dia. E, nesse dia, ele começaria a buscar o próprio corpo.

O grupo de kandra envelhecidos olhou para além de Sazed. Ele franziu o cenho, virando-se para seguir seus olhos. Encaravam a plataforma de metal.

Lentamente, Sazed se levantou e caminhou pelo chão de pedra. A plataforma era grande — talvez três metros de comprimento —, mas não alta. Ele subiu nela, fazendo um dos kandra arfar. Nenhum ergueu a voz para impedi-lo, porém.

Havia uma fresta bem no meio da plataforma circular, um buraco do tamanho de uma moeda grande no centro. Sazed espiou através do buraco, mas era escuro demais para ver qualquer coisa.

Ele se afastou.

Talvez eu ainda tenha um pouco sobrando, pensou, olhando para as coisas sobre a mesa. *Eu enchi aquele anel por alguns meses antes de parar de usar minhas mentes de metal.*

Ele foi até a mesa rapidamente e escolheu um pequeno anel de peltre, que encaixou no dedo. Olhou, então, para os membros da Primeira Geração. Eles se desviaram do olhar inquiridor.

— Faça o que precisa fazer, rapaz — Haddek disse, sua voz envelhecida ecoando na sala. — Não poderíamos impedi-lo, mesmo que quiséssemos.

Sazed voltou para a plataforma e acionou na mente de peltre a força que havia armazenado um ano antes. Seu corpo imediatamente ficou várias vezes maior que o tamanho normal, e suas túnicas de repente ficaram apertadas. Com as mãos grossas e musculosas, ele se abaixou, apoiando os pés no chão áspero, e empurrou um dos lados do disco.

O metal raspou contra a pedra ao se mover, revelando um grande fosso. Algo reluzia lá embaixo.

Sazed ficou paralisado, sua força — e corpo — voltando ao normal conforme liberava a mente de peltre. As túnicas ficaram largas novamente. Fez-se silêncio na sala. Sazed encarou o fosso meio coberto e a enorme pilha de pepitas escondidas no chão.

— A Confiança, como a chamamos — Haddek falou com voz suave. — Entregue pelo Pai para que a guardássemos.

Atium. Milhares e milhares de contas. Sazed arfou.

— O estoque de atium do Senhor Soberano... estava aqui o tempo todo.

— A maior parte nunca saiu dos Fossos de Hathsin — Haddek disse. — Havia obrigadores na equipe o tempo todo, mas nunca Inquisidores, pois o Pai sabia que podiam ser corrompidos. Os obrigadores quebravam os geodos em segredo, dentro de uma sala metálica construída para esse fim e em seguida tiravam o atium. A família nobre então transportava os geodos vazios para Luthadel, sem saber que não tinham atium nenhum em sua posse. Todo atium que o Senhor Soberano de fato tinha e distribuía à nobreza era trazido pelos obrigadores. Eles disfarçavam o atium como recursos do Ministério e escondiam as contas em pilhas de moedas para que Ruína não as visse quando eram transportadas para Luthadel em comboios de novos acólitos.

Sazed ficou em silêncio, abismado. *Aqui... o tempo todo. A uma curta distância das mesmas cavernas onde Kelsier formou seu exército. A uma curta jornada de Luthadel, completamente desprotegido por todos esses anos.*

Ainda assim, tão bem escondido.

— Vocês trabalhavam por atium — disse Sazed, erguendo os olhos. — Os Contratos dos kandra eram pagos em atium.

Haddek assentiu.

— Devíamos reunir tudo o que conseguíssemos. O que não acabava em nossas mãos, os Nascidos da Bruma queimavam. Algumas das casas guardavam pequenos estoques, mas os impostos e taxas do Pai mantinham a maior parte do atium correndo de volta para ele através de pagamentos. E, no fim, quase tudo acabou aqui.

Sazed olhou para baixo. *Que fortuna*, pensou ele. *Que... poder*. O atium nunca havia se encaixado com os outros metais. Cada um deles, até mesmo o alumínio e o duralumínio, podia ser minerado ou criado através de processos naturais. No entanto, o atium sempre viera apenas de um lugar, seu surgimento misterioso e estranho. Seu poder permitia que se fizesse algo totalmente diferente de qualquer outra coisa em Alomancia e Feruquemia.

Permitia a previsão do futuro. Não uma coisa dos homens; era mais... uma coisa de deuses.

Era mais que apenas um metal. Era poder condensado, concentrado.

Poder que Ruína queria. E muito.

TENSOON AVANÇAVA ATÉ O CUME da colina, movendo-se através das cinzas tão altas que o deixavam grato por ter trocado para o corpo do cavalo, pois um cão de caça jamais conseguiria se mover por camadas tão profundas.

Nunca chegarei a Fadrex nessa velocidade, pensou, furioso. Mesmo empurrando com força seu enorme corpo equino, avançava muito lentamente para se afastar da Terra Natal.

Quando finalmente venceu a colina, seu fôlego vinha em bufadas pelo focinho do cavalo.

No cume, porém, ele ficou paralisado, em choque. A paisagem adiante estava ardendo em chamas.

Tyrian, a Montanha de Cinzas mais próxima de Luthadel, ficava na direção sul a uma curta distância, e tinha metade do topo arrancado por alguma erupção violenta. O próprio ar parecia queimar com as línguas das chamas, e a planície aberta a oeste de TenSoon estava coberta por um fluxo de lava. Era de um vermelho vibrante, poderoso. Mesmo à distância, ele conseguia sentir o calor bafejando até seu corpo.

Ficou por um bom tempo afundado nas cinzas, fitando uma paisagem que um dia contivera vilarejos, florestas, estradas e a parte norte do lago Tyrian. Tudo coisa do passado, incendiado como estava. A terra havia rachado à distância, e mais lava jorrava da fenda.

Pelo Primeiro Contrato, ele pensou em desespero. Poderia desviar para o sudeste, contornando todo o caminho até onde deveria estar o lago Tyrian, continuar até Fadrex como se viesse em linha reta de Luthadel, mas, por algum motivo, ele achou difícil reunir ânimo para tanto.

Era tarde demais.

Sim, há dezesseis metais. Acredito que seja muito improvável que o Senhor Soberano não tivesse conhecimento de todos eles. O fato de ele ter falado de vários nas placas dos depósitos significava que ele conhecia ao menos aqueles.

Devo supor que não tenha contado deles para a humanidade antes por um motivo. Talvez os mantivesse escondidos para ter uma vantagem secreta, bem como guardara aquela única pepita do corpo de Preservação capaz de transformar homens em Nascidos da Bruma.

Ou, talvez, ele tenha decidido que a humanidade já tinha poder demais nos dez metais que conhecia. Algumas coisas nunca saberemos. Parte de mim ainda acha o que ele fez lamentável. Durante o reinado de mil anos do Senhor Soberano, quantas pessoas nasceram, estalaram, viveram e morreram sem saber que eram Brumosos, simplesmente porque seus metais eram desconhecidos?

Claro, isso nos deu uma pequena vantagem, no fim das contas. Ruína teve muita dificuldade em dar duralumínio a seus Inquisidores, pois eles precisavam de um alomântico que pudesse queimá-lo para matar, antes que pudessem usá-lo. E, como nenhum dos Brumosos de duralumínio no mundo sabia sobre seu poder, eles não o queimavam e não se revelavam para Ruína. Aquilo deixou a maioria dos Inquisidores sem duralumínio, exceto em poucos casos importantes — como Marsh —, que os tomaram de Nascidos da Bruma. Em geral, era considerado um desperdício, pois, se um Nascido da Bruma fosse morto por Hemalurgia, apenas um dos dezesseis poderes poderia ser extraído e se perdia o restante. Ruína considerava uma barganha muito melhor tentar corrompê-los e ter acesso a todos os poderes.

72

COMEÇOU A CHOVER LOGO ANTES de Vin chegar a Luthadel. Uma garoa silenciosa e fria que umedecia a noite, mas não bania as brumas.

Ela avivou bronze. À distância, conseguia sentir os alomânticos. Nascidos da Bruma. Perseguindo-a. Havia no mínimo uma dúzia deles, dirigindo-se até onde estava.

Ela aterrissou na muralha da cidade, pés descalços escorregando de leve nas pedras. Adiante, Luthadel se estendia, mesmo agora orgulhosa em sua paisagem. Fundada mil anos antes pelo Senhor Soberano, fora construída sobre o Poço da Ascensão. Durante os dez séculos de seu reinado, Luthadel floresceu, tornando-se o lugar mais importante — e mais populoso — em todo o império.

E estava morrendo.

Vin se empertigou, olhando para a vasta cidade. Bolsões de chamas brilhavam onde prédios haviam incendiado. O fogo desafiava a chuva, iluminando os diversos guetos e outras vizinhanças como tochas de vigilância na noite escura. À sua luz, ela conseguia ver que a cidade estava em frangalhos.

Trechos inteiros haviam se partido, os prédios em ruínas ou queimados. As ruas estavam assustadoramente vazias; ninguém combatia os incêndios, ninguém se aglomerava nas sarjetas.

A capital, no passado lar de centenas de milhares, parecia deserta. O vento soprou pelos cabelos molhados de chuva de Vin, e ela sentiu um arrepio. As brumas, como sempre, mantinham-se longe — empurradas pela Alomancia. Ela estava sozinha na maior cidade do mundo.

Não. Não sozinha. Conseguia senti-los se aproximar: os asseclas de Ruína. Ela os levara até ali, fizera com que supusessem que os guiaria até o atium. Haveria muito mais deles do que ela conseguiria combater. Estava condenada.

Aquela era a ideia.

Ela se lançou da muralha, cruzando as brumas, as cinzas e a chuva. Vestia sua capa de bruma, mais por nostalgia que por utilidade. Era a mesma de sempre, aquela que Kelsier lhe dera em sua primeira noite de treinamento.

Ela aterrissou com um barulho da água no alto de um prédio e saltou novamente, ricocheteando pela cidade. Não sabia ao certo se era poético ou nefasto que estivesse chovendo aquela noite. Houvera outra vez em que visitara Kredik Shaw na chuva. Parte dela ainda achava que deveria ter morrido na época.

Vin aterrissou na rua e se levantou, sua capa de bruma franjada caindo ao redor, escondendo braços e peito. Ficou em silêncio, olhando para Kredik Shaw, a Colina das Mil Torres. O palácio do Senhor Soberano, o local do Poço da Ascensão.

O prédio era um conjunto de várias alas baixas com dúzias de torres, pináculos e mastros. A quase simetria terrível daquela amálgama ficava mais perturbadora ainda pela presença das brumas e das cinzas. A edificação havia ficado abandonada desde a morte do Senhor Soberano: as portas estavam quebradas, e ela podia ver as janelas estilhaçadas. Kredik Shaw estava tão morto quanto a cidade sobre a qual no passado havia se assomado.

Uma figura se aproximou dela.

— Aqui? — Ruína perguntou. — É para cá que você me traz? Já vasculhamos este lugar.

Vin permaneceu em silêncio, fitando os pináculos. Dedos escuros de metal erguendo-se para o céu ainda mais escuro.

— Meus Inquisidores estão a caminho — Ruína sussurrou.

— Não deveria ter se revelado — Vin disse, sem olhar para ele. — Deveria ter esperado até eu ter buscado o atium. Nunca o farei agora.

— Ah, mas eu não acredito mais que você o *tenha* — Ruína respondeu, empregando aquele tom paternal. — Menina... menina. Acreditei em você no início... de fato, cheguei a reunir meus poderes, pronto para enfrentá-la. Mas, quando você se dirigiu para cá, entendi que havia me enganado.

— Você não tem certeza disso — Vin falou suavemente, a voz complementada pela chuva baixinha.

Silêncio.

— Não — Ruína disse finalmente.

— Então terá de tentar me fazer falar.

— *Tentar?* Você percebe as forças que posso trazer para atacá-la, menina? Percebe o poder que tenho, a destruição que represento? Sou as montanhas que esmagam. Sou as ondas que avassalam. Sou as tempestades que estilhaçam. Sou *o fim*.

Vin continuou a observar o cair da chuva. Não questionou o próprio plano; não era do seu feitio. Havia decidido o que fazer. Era hora de desarmar a armadilha de Ruína.

Estava cansada de ser manipulada.

— Nunca vai tê-lo — Vin disse. — Não enquanto eu viver.

Ruína berrou, um som de fúria primitiva, de algo que *precisava* destruir. Em seguida, desapareceu. Raios brilharam, uma onda de poder que atravessou as brumas. Ao fazê-lo, iluminou as figuras de túnica na chuva sombria, que caminhavam em sua direção. Cercando-a.

Vin se virou para olhar um prédio arruinado a uma curta distância, observando uma figura escalar os escombros. Agora iluminada apenas levemente pela luz das estrelas, a figura estava com o peito nu, revelando um peitoral forte e músculos rígidos. A chuva escorria por sua pele, pingando das estacas que se projetavam do peito. Uma entre cada par de costelas. O rosto trazia estacas nos olhos — uma das quais atravessava o crânio, rachando a órbita.

Inquisidores normais tinham dez ou onze estacas. Marsh parecia ter mais de vinte. Ele rosnou baixinho.

E a luta começou.

Vin jogou a capa para trás, esguichando a água acumulada nas franjas, e *empurrou-se* para a frente. Treze Inquisidores voaram violentamente pelo céu noturno na direção dela. Vin se esquivou de uma saraivada de golpes de machado e em seguida *empurrou* na direção de dois Inquisidores, queimando duralumínio. As criaturas foram arremessadas pelas estacas, e Vin acelerou em uma guinada repentina para o lado.

Atingiu outro Inquisidor, pés contra o peito. A água se espalhou, manchada pelas cinzas, quando Vin estendeu a mão e agarrou a estaca no olho esquerdo do Inquisidor. Em seguida, ela se *puxou* para trás e avivou peltre.

Quando recuou, a estaca se soltou. O Inquisidor gritou, mas não caiu morto. Olhou para ela, o lado esquerdo do seu rosto com um buraco, e sibilou. Aparentemente, retirar uma estaca de olho não era o bastante para matar.

Ruína riu dentro de sua mente.

O Inquisidor agora sem a estaca avançou, e Vin se *puxou* para o céu usando um dos pináculos de metal de Kredik Shaw. Tomou um frasco de metal enquanto voava, restaurando o aço.

Uma dúzia de figuras em túnicas pretas saltaram pela chuva para segui-la. Marsh permaneceu lá embaixo, assistindo.

Vin cerrou os dentes e sacou um par de adagas; *empurrou-se* para baixo, diretamente na direção dos Inquisidores. Passou entre eles, surpreendendo vários, que provavelmente tinham esperado que ela fugisse aos saltos. Atingiu diretamente a criatura da qual havia puxado a estaca, girando-a no ar e enterrando as adagas no peito. O Inquisidor cerrou os dentes, rindo, abriu os braços de Vin e a chutou para o chão.

Ela caiu junto com a chuva.

Vin atingiu o solo com tudo, mas conseguiu aterrissar de pé. O Inquisidor bateu nos paralelepípedos deitado de costas, as adagas ainda no peito. Mas ele se levantou facilmente e jogou as lâminas de lado e estilhaçando-as no chão.

Então ele se moveu repentinamente. Rápido *demais*. Vin não teve tempo de pensar enquanto ele corria pela chuva brumosa e a agarrava pela garganta.

Já vi essa velocidade antes, ela pensou enquanto lutava para sair daquele aperto. *Não dos Inquisidores. De Sazed. É um poder feruquêmico. Como a força que Marsh usou antes.*

Aquele era o motivo para as novas estacas. Os outros Inquisidores não tinham tantas quanto Marsh, mas claramente contavam com novos poderes. Força. Velocidade. Cada uma daquelas criaturas era, em essência, outro Senhor Soberano.

Está entendendo?, Ruína perguntou.

Vin gritou, *empurrando* o Inquisidor com duralumínio, soltando-se daquele abraço. O movimento deixou seu pescoço arranhado e sangrando devido às unhas do monstro, e ela precisou tomar outro frasco de metais — o último — para restaurar o aço enquanto deslizava pelo chão molhado.

Depósitos feruquêmicos acabam, ela disse a si mesma. *Até mesmo alomânticos cometem erros. Eu tenho como vencer.*

Ainda assim, ela hesitou, ofegando ao parar para descansar, uma das mãos no chão, água fria da chuva até o pulso. Kelsier tivera dificuldades em combater um Inquisidor. O que ela estava fazendo ao lutar com treze?

Figuras com túnicas encharcadas aterrissaram ao redor dela. Vin chutou, batendo o pé no peito de um Inquisidor e se *puxando* em um giro para longe de outro, logo em seguida. Rolou pelos paralelepípedos escorregadios, um machado de obsidiana quase acertando sua cabeça quando ela se ergueu e deu com dois pés fortalecidos pelo peltre nos joelhos de um adversário.

Ossos estalaram. O Inquisidor berrou e caiu. Apenas com uma das mãos, Vin deu impulso para ficar de pé, em seguida *puxou* os pináculos lá em cima, lançando-se a cerca de três metros para se esquivar dos múltiplos golpes que desciam sobre ela.

Aterrissou no chão, agarrando o cabo do machado caído de um Inquisidor. Golpeou para cima, espirrando água, manchando a pele com cinzas úmidas ao bloquear uma machadada.

Você não pode lutar, Vin, Ruína disse. *Cada golpe só me ajuda. Sou Ruína.*

Ela gritou, avançando em um ataque descuidado, usando o ombro para afastar para o lado um Inquisidor, em seguida batendo com o machado no flanco de outro. Eles rosnavam e golpeavam, mas ela continuava um passo à frente, mal se desviando dos ataques. Aquele que ela havia derrubado já estava em pé, os joelhos curados. Ele sorria.

Uma pancada imprevista a acertou no ombro, jogando-a para frente. Sentiu o sangue morno correr pelas costas, mas o peltre amorteceu a dor. Lançou-se para o lado, recuperando o equilíbrio e agarrando o machado.

Os Inquisidores continuaram avançando. Marsh assistia em silêncio, a chuva pingando do rosto, estacas projetando-se do seu corpo como as torres de Kredik Shaw. Ele não se juntou à luta.

Vin rosnou, em seguida alçou-se ao céu novamente. Partiu à frente dos inimigos e ricocheteou de torre em torre, usando o metal delas como âncoras. Os doze Inquisidores a seguiram como uma revoada de corvos, saltando entre os pináculos, túnicas esvoaçando, cada um tomando caminhos diferentes do dela. Vin se balançava através das brumas, que continuavam a rodopiar ao seu redor, desafiando a chuva.

Um Inquisidor aterrissou em uma torre que ela estava mirando. Vin gritou, golpeando com o machado para cima quando pousou, mas ele se *empurrou* para longe, esquivando-se do golpe, em seguida *puxou-se* de volta. Ela chutou os pés dele, mandando a si e ao adversário pelos ares. Em seguida, agarrou a túnica da criatura enquanto caíam.

O Inquisidor ergueu os olhos, dentes cerrados num sorriso, e derrubou o machado das mãos de Vin com um golpe de força sobre-humana. Seu corpo começou a inchar, ganhando o volume anormal de um feruquemista acionando sua força. Ele riu para Vin e agarrou o pescoço dela. Nem percebeu Vin *puxando* os dois levemente para o lado em sua queda pelo ar.

Atingiram um dos pináculos menores, o metal perfurando o peito do Inquisidor surpreso. Vin se contorceu para o lado, para fora do caminho, mas se pendurou na cabeça do inimigo. Não assistiu à ponta do pináculo lhe rasgar o corpo, mas, quando chegou ao chão, estava segurando apenas uma cabeça. Uma estaca solta caiu em uma poça cinzenta ao lado dela, e Vin soltou a cabeça da criatura morta ao lado da arma.

Marsh berrou, furioso. Quatro outros Inquisidores aterrissaram ao redor dela. Vin chutou um, mas ele se moveu com rapidez feruquêmica, agarrando seus pés. Outro a agarrou pelo braço, torcendo-o. Ela berrou, tentando se soltar aos chutes, mas um terceiro a segurou, seu aperto fortalecido por força alomântica e feruquêmica. Os outros três seguiram, prendendo-a com dedos em forma de garras.

Inspirando profundamente, Vin extinguiu o estanho, queimou duralumínio, aço e peltre. *Empurrou* os arredores com uma onda repentina de poder e os Inquisidores foram lançados para trás pelas estacas. Eles se esparramaram, indo ao chão e praguejando.

Vin bateu nos paralelepípedos. De repente, a dor nas costas e na garganta parecia forte demais. Ela avivou estanho para clarear a mente, mas ainda assim cambaleou, zonza, para se erguer. Havia consumido todo o peltre naquela explosão.

Fez menção de correr e se deparou com uma figura diante de si. Marsh estava em silêncio, embora outra onda de raios iluminasse as brumas.

Ela sangrava de um ferimento que provavelmente teria matado qualquer outra pessoa. Sem peltre para curá-lo ela estava verdadeiramente desesperada.

Tudo bem. Agora!, ela pensou quando Marsh a estapeou. O golpe a lançou no chão.

Nada aconteceu.

Vamos lá!, pensou Vin, tentando extrair força das brumas. O terror se retorcia dentro dela conforme Marsh avançava, uma figura obscura na noite. *Por favor!*

Toda vez que as brumas a tinham ajudado, foi quando ela estava mais desesperada. Aquele era seu plano, por mais frágil que parecesse: colocar-se em mais perigo do que jamais estivera antes e, em seguida, contar com as brumas para ajudá-la. Como haviam feito duas vezes antes.

Marsh ajoelhou sobre ela. Imagens se iluminavam como estouros de relâmpago em sua mente cansada.

Camon, erguendo a mão gorducha para espancá-la. A chuva caindo, ela encolhida num canto escuro, o flanco ardendo de um corte profundo. Zane se virando para ela enquanto estavam no topo da Fortaleza Hasting, uma de suas mãos pingando um fio lento de sangue.

Vin tentou cambalear para longe nas pedras frias e escorregadias, mas seu corpo não funcionava direito. Ela mal conseguia rastejar. Marsh desferiu um soco na perna de Vin, estilhaçando os ossos, e ela berrou em choque com a dor penetrante. Nenhum peltre atenuou o golpe. Ela tentou se erguer para agarrar uma das estacas de Marsh, mas ele puxou a perna da mulher — a quebrada — e o próprio esforço a fez gritar de agonia.

Agora, Ruína disse com voz gentil, *vamos começar. Onde está o atium, Vin? O que sabe sobre ele?*

— Por favor... — Vin sussurrou, estendendo a mão para as brumas. — Por favor, por favor, por favor...

Mas elas permaneciam distantes. No passado, elas costumavam girar alegres ao redor de seu corpo, mas agora se afastavam. Como fizeram durante todo o ano que passara. Vin chorava, esticando as mãos, mas elas se distanciavam. Evitando-a como a uma vítima da praga.

Era como as brumas tratavam os Inquisidores.

As criaturas se ergueram; silhuetas na noite escura cercaram-na. Marsh a puxou para perto e tomou seu braço. Ela ouviu o osso estalar antes de sentir a dor. Então ela veio, e Vin berrou.

Fazia muito tempo que ela não sabia o que era tortura. As ruas não haviam sido gentis, mas, durante os últimos anos, conseguira reprimir a maioria dessas experiências. Transformara-se numa Nascida da Bruma. Poderosa. Protegida.

Não desta vez, ela percebeu através das névoas de agonia. *Sazed não virá me ajudar. Kelsier não me salvará. Até as brumas me abandonaram. Estou sozinha.*

Seus dentes começaram a bater, e Marsh ergueu o outro braço. Ele a encarou com os olhos de estaca, a expressão impávida. Em seguida, partiu o osso.

Vin gritou novamente, mais pelo terror que pela dor.

MARSH A OBSERVOU GRITAR, OUVINDO sua doçura. Ele sorriu, em seguida alcançou a perna ainda intacta. Se Ruína não o estivesse refreando, ele a mataria. O Inquisidor se debatia contra as amarras, desejando causar mais dor.

Não..., um pedaço mínimo dele pensou.

A chuva caía, acentuando a beleza da noite. A cidade de Luthadel estava coberta com sua melhor mortalha, ardendo, algumas partes ainda queimando apesar da chuva. Como ele desejou ter chegado a tempo para ver as revoltas e a morte... Sorriu, o amor apaixonado de uma morte fresca aumentando dentro dele.

Não, pensou.

Sabia, de alguma forma, que o fim estava muito próximo. O chão tremeu embaixo dos pés, e ele precisou se equilibrar com uma das mãos antes de continuar seu trabalho: quebrar a outra perna de Vin. O dia final havia chegado. O mundo não sobreviveria àquela noite. Ele riu com alegria, imerso nos espasmos de um furor de sangue, mal sendo controlado enquanto partia o corpo de Vin.

NÃO!

Marsh despertou. Embora suas mãos ainda se movessem conforme ordenado, a mente se rebelou. Ela absorveu as cinzas e a chuva, o sangue e a fuligem, e teve nojo. Vin jazia quase morta.

Kelsier a tratava como uma filha, ele pensou enquanto quebrava os dedos dela, um por vez. Ela berrava. *A filha que ele nunca teve com Mare.*

Eu desisti. Como fiz com a rebelião.

Foi a grande vergonha de sua vida, abrindo mão da rebelião skaa apenas um ano antes — com Kelsier à frente —, até enfim derrubar o Império Final. Marsh fora o líder, mas perdera as esperanças poucos meses antes da vitória.

Não, ele pensou enquanto quebrava os dedos da outra mão. *De novo não. Desistir, de novo, não!*

Sua mão esquerda se moveu para a clavícula. E, então, ele enxergou. Um pedacinho de metal, brilhando na orelha de Vin. O brinco. Ela o explicara para ele uma vez.

Não me lembro dela, a voz de Vin sussurrou para ele do passado. Vinha de quando ele estivera sentado com ela em uma varanda silenciosa na Mansão Renoux, vendo Kelsier organizar uma caravana lá embaixo, logo antes de Marsh partir para se infiltrar nas fileiras do Ministério do Aço.

Vin falara da mãe insana. *Reen disse que chegou um dia e encontrou minha mãe coberta de sangue. Ela matara minha irmãzinha. Em mim, no entanto, não tocou... exceto para dar o brinco...*

Não confie em ninguém perfurado por metal. A carta de Fantasma. *Mesmo o menor pedaço pode macular um homem.*

O menor pedaço.

Quando olhou de perto, o brinco, embora estivesse retorcido e lascado, parecia quase uma pequenina estaca.

Ele não pensou. Não deu a Ruína tempo de reagir. Em meio ao furor de matar o Herói das Eras, o controle dele estava mais fraco do que jamais havia sido. Reunindo toda a vontade que ainda lhe restava, Marsh estendeu a mão.

E arrancou o brinco da orelha de Vin.

VIN ABRIU OS OLHOS DE uma vez.

Cinzas e água caíam sobre ela. O corpo queimava de dor, e os gritos das exigências de Ruína ainda reverberavam em sua cabeça.

Mas a voz não falava mais. Fora reprimida na metade de uma frase.

O quê?

As brumas voltaram para ela num estalo. Flutuavam ao seu redor, sentindo a Alomancia do estanho, que ela ainda queimava de leve. Elas giravam ao redor de Vin, como haviam feito no passado: brincalhonas, amigáveis.

Ela estava morrendo. Sabia disso. Marsh acabara com seus ossos, e obviamente sua impaciência crescia. Ele gritou, segurando a própria cabeça. Em seguida, agarrou o machado da poça ao lado. Vin não poderia correr, nem mesmo se quisesse.

Felizmente, a dor diminuía. Tudo estava diminuindo. Ficando escuro.

Por favor, ela pensou, erguendo os braços para as brumas com um apelo final. De repente, elas ficaram muito familiares. Onde tivera aquela sensação antes? De onde as conhecia?

Do Poço da Ascensão, claro, uma voz sussurrou em seu ouvido. *É o mesmo poder, afinal. Sólido no metal que você deu para Elend. Líquido no poço que você queimou. E vapor no ar, confinado à noite. Escondendo você. Protegendo você.*

Dando poder!

Vin arfou, puxando o ar — um fôlego que inspirou as brumas. De repente, sentiu calor, as brumas crescendo dentro dela, dando-lhe força. Seu corpo inteiro queimou como metal, e a dor desapareceu de súbito.

Marsh brandiu o machado na direção da cabeça de Vin, espalhando água.

E ela o segurou pelo braço.

Falei sobre a capacidade dos Inquisidores de perfurar nuvens de cobre. Como eu disse, esse poder é facilmente compreendido quando se percebe que muitos Inquisidores eram Buscadores antes da transformação, que tinham o bronze duas vezes mais forte.

Existe ao menos um outro caso de pessoa que podia perfurar nuvens de bronze. No caso dela, entretanto, a situação era um pouco diferente. Era uma Nascida da Bruma de nascença, e sua irmã era a Buscadora. A morte daquela irmã — e a herança subsequente do poder dela através da estaca hemalúrgica usada para matá-la — a deixou duas vezes melhor em queimar bronze do que um Nascido da Bruma normal. E aquilo permitia que ela enxergasse através das nuvens de cobre de alomânticos mais fracos.

73

AS BRUMAS MUDARAM.

TenSoon olhou através das cinzas. Estava deitado, exausto e entorpecido, sobre a colina diante do campo de lava que barrava seu caminho para o oeste. Seus músculos pareciam letárgicos — um sinal de que havia forçado demais o corpo. A Bênção da Potência tinha seus limites.

Ele se levantou, forçando o corpo do cavalo a se erguer, encarando os arredores da noite. Campos de cinzas sem fim se estendiam atrás dele. Mesmo a trilha que havia aberto até o topo da colina estava começando a ser preenchida. A lava queimava à sua frente. No entanto, algo parecia diferente. O quê?

As brumas fluíam, flutuavam, rodopiavam. Em geral, tinham um padrão caótico. Algumas partes fluíam de um jeito, enquanto outras giravam em outras direções. Havia frequentemente rios de movimento, mas elas nunca se conformavam a um ou outro. Na maior parte das vezes, seguiam o vento. Naquela noite, não havia nenhum.

Ainda assim, as brumas pareciam fluir para uma direção. Assim que percebeu isso, TenSoon descobriu uma das visões mais singularmente peculiares que já tivera. Em vez de giros ou rodopios, as brumas se moviam juntas em um fluxo aparentemente intencional. Passavam ao largo dele, e o kandra se sentiu como uma pedra em um rio imenso e incorpóreo.

As brumas fluíam na direção de Luthadel. *Talvez eu não esteja atrasado!*, ele pensou, retomando um pouco de esperança. Sacudiu-se para se livrar do estupor e partiu em um galope de volta pelo caminho que tinha trilhado.

— BRISINHA, VENHA VER ISSO aqui.

Brisa esfregou os olhos, buscando pelo quarto o local onde Allrianne estava sentada em sua camisola, olhando pela janela. Era tarde; muito tarde. Ele já deveria estar dormindo.

Seus olhos voltaram para a mesa, para o tratado no qual estava trabalhando. Era o tipo de coisa que Sazed ou Elend deveria ter escrito, não ele.

— Sabe, lembro-me muito bem de dizer a Kelsier que eu *não* queria terminar a cargo de nada importante. Governar reinos e cidades é trabalho para tolos, não para ladrões! Governar é ineficiente demais para fornecer uma renda adequada.

— Brisinha! — Allrianne insistiu, *puxando* as emoções dele de forma bastante descarada.

Ele suspirou, erguendo-se.

— Muito bem — grunhiu. *Honestamente. Como pode ser que, de todas as pessoas qualificadas no pequeno bando de Kelsier, logo eu termine aqui, liderando uma cidade?*

Ele se juntou a Allrianne à janela, espiando o lado de fora.

— O que eu tenho exatamente de ver, querida? Eu não...

Ele parou de falar e franziu a testa. Ao lado dele, Allrianne tocou seu braço, parecendo preocupada enquanto olhava para o exterior.

— Ora, isso *é* estranho — ele disse. As brumas fluíam, movendo-se como um rio, e pareciam estar acelerando.

A porta do quarto se abriu de uma vez. Brisa teve um sobressalto, e Allrianne soltou um gritinho. Eles giraram e viram Fantasma em pé na soleira, ainda coberto parcialmente por curativos.

— Reúna o povo — o garoto crocitou, segurando o batente para não despencar. — Precisamos partir.

— Meu caro garoto — Brisa falou, perturbado. Allrianne pegou o braço dele, segurando-o em silêncio, mas com firmeza. — Meu caro garoto, o que foi? Deveria estar na cama!

— Reúna o povo, Brisa! — Fantasma ordenou, de repente soando muito autoritário. — Leve todos para a caverna. Enfie todos lá! Rápido! Não temos muito tempo!

— O QUE ACHA DISSO? — Ham perguntou, limpando a testa. O sangue imediatamente vazou do corte novamente, correndo rosto abaixo.

Elend balançou a cabeça, suspirando profundamente — quase em soluços — enquanto se recostava na plataforma de uma rocha irregular. Fechou os olhos, a fadiga fazendo o corpo tremer, apesar do peltre.

— Eu não ligo para as brumas agora, Ham — sussurrou. — Mal consigo pensar direito.

Ham grunhiu, concordando. Ao redor deles, homens berravam e morriam, lutando contra as ondas infinitas de koloss. Eles tinham conseguido encurralar algumas das criaturas no corredor natural de pedra que levava a Fadrex, mas as lutas reais estavam acontecendo nas formações irregulares de pedra que cercavam a cidade. Muitos koloss, cansados de esperar lá fora, haviam começado a escalar para atacar das laterais.

Era um campo de batalha precário, que sempre exigia a atenção de Elend. Tinham um grande número de alomânticos, mas a maioria deles era inexperiente — não estavam cientes de seus poderes até aquele dia. Elend era uma força reserva de um homem só, saltando pelas linhas de defesa, tampando buracos enquanto Cett direcionava a tática.

Mais gritos. Mais mortes. Mais metal contra metal, pedra e carne. *Por quê?*, pensou Elend com frustração. *Por que não consigo protegê-los?* Ele avivou peltre, dando um suspiro profundo e levantando-se.

As brumas fluíam lá em cima, como se puxadas por alguma força invisível. Por um momento, exausto como estava, ele estacou no lugar.

— Lorde Venture! — alguém gritou. Elend se virou, olhando para a direção do som. Um jovem mensageiro cambaleava no afloramento de rocha, de olhos arregalados.

Ah, não..., pensou Elend, ficando tenso.

— Milorde, eles estão recuando! — o garoto disse, tropeçando até parar diante de Elend.

— Como? — Ham perguntou, levantando-se.

— É verdade, milorde. Estão recuando pelos portões da cidade! Estão indo embora.

Elend imediatamente soltou uma moeda, lançando-se para o céu. As brumas fluíam ao seu redor, seus tentáculos como um milhão de pequenas correntes sendo puxadas para leste. Lá embaixo, ele viu as formas escuras e gigantescas dos koloss fugindo noite adentro.

São tantos, pensou, aterrissando em uma formação rochosa. *Nunca teríamos derrubado essa força. Nem mesmo com alomânticos.*

Mas estavam partindo. Correndo a uma velocidade sobre-humana. Em direção...

A Luthadel.

VIN LUTAVA COMO UMA TEMPESTADE, espalhando água da chuva pela noite escura enquanto derrubava Inquisidor após Inquisidor.

Ela não deveria estar viva. Havia ficado sem peltre, mas o sentia se avivando dentro de si, queimando mais forte do que nunca. Sentia como se o sol de sangue queimasse em seu interior correndo como lava por suas veias.

Cada *empurrão* de aço ou *puxão* de ferro batia contra ela como se fosse executado com a força do duralumínio. Ainda assim, suas reservas internas de metal não desapareciam. Em vez disso, aumentavam. Ficavam mais vastas. Ela não sabia o que estava acontecendo. No entanto, *sabia* de uma coisa.

De repente, lutar com doze Inquisidores de uma vez não parecia uma tarefa impossível.

Ela urrou, lançando um Inquisidor para o lado, então se esquivou de dois machados. Agachou e saltou, riscando um arco através da chuva e caindo ao lado de Marsh, que ainda estava deitado, em estado de choque, no lugar onde ela o jogara depois de ter "renascido".

Ele ergueu os olhos, finalmente parecendo se concentrar nela, praguejou e rolou para longe quando Vin desferiu um soco em sua direção. O punho estilhaçou um paralelepípedo, esguichando uma onda de água da chuva que lavou seus braços e rosto, deixando manchas pretas de cinzas para trás.

Vin ergueu os olhos para Marsh. Ele ficou em pé, peito nu, as estacas reluzindo na escuridão.

Ela sorriu e girou para encarar os Inquisidores que a perseguiam. Gritou, desviando de um golpe de machado. Ela tinha achado essas criaturas rápidas? Dentro de seu abraço de peltre ilimitado, Vin parecia se mover como a bruma. Leve. Rápida.

Em total liberdade.

O céu rodopiava em sua própria tempestade enquanto ela atacava, movendo-se em um frenesi serpenteante. As brumas giravam ao redor do braço de Vin, em um vórtice, conforme ela esmurrava um Inquisidor no rosto, lançando-o para trás. As brumas dançavam à sua frente enquanto agarrava o machado do Inquisidor caído e arrancava o braço de outro. Tirou-lhe a cabeça em seguida, deixando os demais surpresos com a velocidade de seus movimentos.

Dois estão mortos.

Atacaram de novo. Vin saltou, *puxando-se* na direção dos pináculos. O bando de corvos avançou atrás dela, as túnicas se debatendo na escuridão úmida. Ela atingiu um pináculo com os pés, em seguida se lançou para cima e *puxou* as estacas de um Inquisidor, algo fácil de se fazer com todo aquele novo poder. Sua presa escolhida voou à frente dos companheiros.

Vin se lançou para baixo, encontrando o Inquisidor no ar. Ela o agarrou pelas estacas dos olhos e as puxou, arrancando-as de uma vez com a força recém-descoberta. Em seguida, chutou a criatura para longe e a *empurrou* contra as estacas no peito.

Ela subiu pelos ares; um cadáver caindo e girando sob ela, buracos na cabeça onde antes estiveram as estacas. Eles poderiam perder algumas e sobreviver, ela sabia, mas a remoção de outras era fatal. Perder as duas dos olhos parecia bastar para matá-los.

Três.

Inquisidores atingiram o pináculo do qual ela havia se *empurrado* e saltaram para segui-la. Vin sorriu e jogou as estacas que ainda carregava, acertando um dos Inquisidores no peito com elas. Em seguida, *empurrou*. O Inquisidor infeliz foi lançado para baixo e atingiu um telhado plano de forma tão violenta que várias estacas foram arrancadas do corpo. Elas reluziram e giraram no ar, então caíram ao lado do cadáver imóvel.

Quatro.

A capa de bruma de Vin esvoaçou quando ela se lançou para cima. Oito Inquisidores ainda a perseguiam, estendendo os braços para ela. Aos gritos, Vin ergueu as mãos na direção das criaturas quando começou a cair. Ela *empurrou*.

Ela não havia percebido como eram fortes seus novos poderes. Eram claramente semelhantes ao duralumínio, pois ela conseguia afetar as estacas dentro do corpo de um Inquisidor. Seu *empurrão* avassalador forçou o bando inteiro para baixo, como se tivessem sido todos golpeados. Na verdade, seu *empurrão* também atingiu o pináculo de metal bem abaixo dela.

A estrutura de pedra que segurava o pináculo explodiu, espalhando lascas e poeira quando o pináculo esmagou o prédio abaixo. E Vin foi lançada para cima.

Muito rápido.

Ela cruzou o céu, as brumas deixando uma trilha atrás dela, a força do *empurrão* forçando até mesmo seu corpo fortalecido pelas brumas com a resistência à aceleração repentina.

E, então, quando percebeu, estava fora das brumas. Emergiu no ar aberto como um peixe saltando da água. Abaixo dela, as brumas cobriam a terra escurecida como um enorme cobertor branco. Ao redor, era o ar aberto. Perturbador, estranho. Sobre ela, um milhão de estrelas — normalmente visíveis apenas com a visão reforçada por estanho — a observavam como os olhos dos que haviam morrido muito tempo atrás.

O impulso se esgotou, e ela girou em silêncio, brancura abaixo, luz acima. Percebeu que havia deixado um rastro de bruma para fora da nuvem principal, pendendo como uma corda pronta para puxá-la de volta. Na verdade, todas as brumas giravam levemente em um enorme padrão climático. Um redemoinho branco.

O coração do redemoinho estava bem embaixo dela.

Vin caiu, mergulhando na terra. Entrou nas brumas, atraindo-as em seu encalço, respirando-as. Enquanto caía, pôde senti-las investindo ao seu redor em uma espiral gigantesca que cobria todo o império. Ela as acolhia nela, e o vórtice de brumas à sua volta aumentava com crescente violência.

Instantes depois, Luthadel apareceu, uma gigantesca marca escura na terra. Vin caiu, rumando para Kredik Shaw e seus pináculos, que pareciam apontar para ela. Os Inquisidores ainda estavam lá — conseguia vê-los no telhado plano entre as torres, olhando para cima. Esperando. Havia apenas oito, sem contar Marsh. Um estava empalado em um pináculo próximo do último empurrão. O golpe parecia ter arrancado a estaca central das costas.

Cinco, pensou Vin, aterrissando a uma curta distância dos Inquisidores. Se um único *empurrão* podia lançá-la tão alto que ela atravessou as brumas, então o que aconteceria se *empurrasse* para fora?

Esperou calmamente os Inquisidores atacarem. Ela percebeu o desespero nos movimentos deles. Algo estava acontecendo com Vin, e Ruína aparentemente estava disposto a arriscar todas as criaturas na esperança de que a matassem antes que tal acontecimento se completasse. As brumas seguiam na direção dela, movendo-se com rapidez cada vez maior, atraídas para dentro de Vin como água sugada por um ralo.

Quando os Inquisidores estavam prestes a alcançá-la, ela *empurrou* para fora, jogando qualquer metal para longe de si com toda a força que conseguiu reunir, ao mesmo tempo fortalecendo o corpo com um avivamento gigantesco de peltre. Pedras racharam. Inquisidores berraram.

E Kredik Shaw explodiu.

As torres tombaram das fundações. Portas foram arrancadas dos batentes. Janelas se estilhaçaram. Blocos estouraram, a estrutura inteira partindo-se em pedaços conforme seus metais se desalojavam. Vin gritou enquanto *empurrava*, o chão tremendo abaixo dela. Tudo — mesmo pedra e rocha, que obviamente continham traços residuais de minério metálico — foi violentamente lançado para trás.

Ela arfou, cessando o *empurrão*. Respirou fundo, sentindo a chuva cair contra o corpo. O edifício que fora o palácio do Senhor Soberano tinha desaparecido, esmagado até virar escombros que se espalhavam ao redor dela como uma cratera.

Um Inquisidor saiu dos escombros, o rosto sangrando do lugar onde uma das estacas havia sido arrancada. Vin ergueu a mão, *puxando* e se equilibrando com um apoio atrás. A cabeça do Inquisidor se lançou à frente, e a outra estaca de olho se soltou. Ele tombou para frente, e Vin agarrou a estaca, *empurrando-a* para outro Inquisidor que corria em sua direção. Ele ergueu a mão para *empurrá-la* de volta.

E Vin continuou *empurrando*, ignorando o gesto dele com um rápido *empurrão* para trás a fim de se estabilizar. A criatura foi lançada para longe e bateu nos restos de uma parede. A estaca continuou a avançar, empurrada como um peixe nadando à toda velocidade através da água, ignorando a corrente. Acertou o rosto do Inquisidor, esmagando-o, pregando a cabeça contra o granito.

Seis e sete.

Vin atravessou os escombros, as brumas rodopiando tempestuosas. No céu, giravam com fúria, formando uma nuvem afunilada com ela no centro. Era como um tornado, mas sem correntes de vento. Apenas brumas impalpáveis, pintadas no ar. Girando, rodopiando, aproximando-se ao seu comando silencioso.

Ela foi até o corpo de um Inquisidor que havia sido esmagado pelos escombros. Chutou a cabeça dele para ter certeza de que estava morto.

Oito.

Três correram até ela de uma vez. Vin gritou, virando-se, *puxando* um pináculo caído. A construção gigantesca de metal — quase tão grande quanto o prédio — sacudiu-se no ar, girando ao seu comando. Ela golpeou os Inquisidores como se usasse um bastão, esmagando-os. Então se virou, deixando a enorme viga de ferro caída sobre os cadáveres.

Nove. Dez. Onze.

A tempestade parou, embora as brumas continuassem a girar. A chuva deu uma trégua enquanto Vin caminhava pelo edifício em ruínas, os olhos buscando linhas azuis alomânticas em movimento. Encontrou uma trêmula à frente, seguiu-a e jogou de lado um enorme disco de mármore. Um Inquisidor grunhiu embaixo dele. Ela estendeu o braço e percebeu que sua mão estava vazando bruma, que não apenas rodopiava ao redor dela, mas vinha dela, soltando-se pelos poros. Vin exalou, e brumas saíram de seu fôlego, entrando imediatamente no vórtice e voltando para ela.

Agarrou o Inquisidor, erguendo-o. A pele dele começou a se curar com seus poderes feruquêmicos, e ele se debateu, ficando mais forte. Ainda assim, mesmo a força impressionante da Feruquemia fazia pouca diferença contra Vin. Ela arrancou as estacas dos olhos, jogou-as de lado e deixou o cadáver cair sobre os escombros.

Doze.

Encontrou o último Inquisidor encolhido em uma poça d'água. Era Marsh. Seu corpo estava quebrado em vários pontos, e uma das estacas havia saído das suas costelas. O buraco da estaca sangrava, mas aparentemente não bastava para matá-lo. Ele virou o par de estacas de olho para encará-la, sua expressão rígida.

Vin hesitou, respirou fundo, sentindo a água da chuva escorrer pelos braços e pingar dos dedos. Ainda queimando por dentro, olhou para cima, encarando o vórtice de brumas. Estavam girando com muita força, rodopiando para baixo. Vin teve dificuldade para pensar com toda a energia que percorria seu corpo.

Ela olhou para o Inquisidor novamente.

Este não é Marsh, ela pensou. *O irmão de Kelsier está morto há muito tempo. É algo diferente. Ruína.*

As brumas rodopiaram em uma tormenta final, o movimento circular ficando mais rápido, ainda que mais estreito, conforme seus últimos traços giravam e entravam no corpo de Vin.

Então, elas desapareceram. A luz das estrelas brilhava e os flocos de cinzas caíam pelo ar. A paisagem noturna era assustadora em seu silêncio, escuridão e transparência. Mesmo com estanho — que a permitia ver à noite muito melhor que pessoas normais —, as brumas sempre estiveram lá. Ver a paisagem noturna sem elas era... errado.

Vin começou a tremer. Ela arfou, sentindo o fogo dentro de si queimar cada vez mais. Era Alomancia como nunca conhecera antes, e agora ela sabia que nunca a tinha entendido. O poder era muito maior que metais, que meros *empurrões* e *puxões*. Era algo incrivelmente mais vasto. Um poder que homens tinham usado, ainda que nunca verdadeiramente compreendido.

Ela se forçou a abrir os olhos. Ainda havia um Inquisidor a derrotar. Ela os atraíra até Luthadel, forçara-os a se expor, montando uma armadilha para alguém muito mais poderoso que ela. E as brumas tinham reagido.

Era hora de terminar o que fora fazer.

MARSH OBSERVOU SEM RESISTÊNCIA VIN se ajoelhar. Trêmula, ela estendeu a mão para uma de suas estacas de olho.

Não havia nada que pudesse fazer. Havia exaurido a maior parte da cura em sua mente de metal, e o restante não adiantaria de nada. Cura armazenada funcionava pela velocidade. Poderia se curar um pouco muito rápido ou esperar para se curar de modo lento, mas completo. De qualquer forma, estaria morto assim que Vin puxasse as duas estacas.

Finalmente, ele pensou com alívio quando ela agarrou a primeira estaca. *Seja lá o que eu tenha feito... funcionou. De alguma forma.*

Ele sentiu a raiva de Ruína, sentiu o mestre percebendo o erro. No final, Marsh importara. No final, Marsh não havia desistido. Deixara Mare orgulhosa.

Vin arrancou a estaca. Doeu, claro, muito mais do que Marsh pensara ser possível. Ele berrou, com dor e alegria, quando Vin estendeu a mão para a outra estaca.

Então ela hesitou. Marsh aguardou com ansiedade. Ela tremeu, tossiu e se contorceu. Cerrou os dentes, estendendo a mão para ele. Os dedos tocaram a estaca.

E, então, ela desapareceu.

Deixou para trás o contorno brumoso de uma jovem, que se dissipou e logo desapareceu também, deixando Marsh sozinho nos escombros de um palácio, a cabeça queimando de dor, o corpo coberto de cinzas nojentas e encharcadas.

Uma vez, ela perguntou a Ruína por que a havia escolhido. A resposta principal é simples. Tinha pouco a ver com personalidade, atitudes ou com habilidades alomânticas.

Ela era simplesmente a única criança que Ruína pôde encontrar que tinha condições de ganhar a estaca hemalúrgica certa — que aumentaria seu poder com bronze, permitiria que ela pressentisse o local do Poço da Ascensão. Tinha uma mãe insana e uma irmã Buscadora e era, ela mesma, uma Nascida da Bruma. Era precisamente a combinação de que Ruína precisava.

Havia outros motivos, claro. Mas esses nem mesmo Ruína conhecia.

74

O DIA NASCEU SEM BRUMAS. Elend estava no topo das rochas diante da Cidade de Fadrex, vigiando. Sentia-se muito melhor com uma noite de descanso, embora o corpo estivesse dolorido pelas lutas, o braço latejasse onde havia sido ferido, e o peito doesse onde, por um descuido, permitira que um koloss o golpeasse. Outro homem teria perdido os movimentos, mas ele não teve mais que um machucado enorme.

Os cadáveres das feras se amontoavam no terreno diante da cidade, em pilhas especialmente altas no corredor que levava para dentro de Fadrex. Toda a área cheirava à morte e sangue seco. Com muito mais frequência do que Elend gostaria, o campo de corpos azuis era salpicado pela pele mais clara de seres humanos. Ainda assim, Fadrex havia sobrevivido, mesmo que apenas graças ao acréscimo de vários milhares de alomânticos de última hora e à retirada dos koloss no final.

Por que partiram?, imaginou Elend, agradecido, ainda que frustrado. *E, talvez ainda mais importante, para onde estavam indo?*

Elend se virou ao ouvir os passos na pedra e viu Yomen escalando os degraus grosseiramente esculpidos para se juntar a ele, ofegando um pouco e ainda impecável na túnica de obrigador. Ninguém havia esperado que lutasse. Era, no fim das contas, um estudioso, não um guerreiro.

Como eu, pensou Elend, sorrindo de lado.

— As brumas desapareceram — Yomen disse.

Elend assentiu.

— De dia e à noite.

— Os skaa correram para dentro de casa quando as brumas sumiram. Alguns ainda se recusam a sair. Por séculos, eles temeram sair por causa das brumas. Agora que desapareceram, estão achando tão estranho que se escondem novamente.

Elend se afastou, olhando novamente ao longe. As brumas foram embora, mas as cinzas ainda caíam. E caíam com força. Os cadáveres dos que foram mortos durante a noite já estavam quase enterrados.

— O sol sempre foi quente assim? — Yomen perguntou, limpando a testa.

Elend franziu o cenho, percebendo pela primeira vez que *estava* quente de fato. Ainda era cedo, mas já parecia quase fim da manhã.

Algo ainda está errado, ele pensou. *Muito errado. Pior, até.* As cinzas sufocavam o ar, pairando na brisa, cobrindo tudo. E o calor... não deveria estar ficando mais *frio* à medida que mais cinzas voavam no ar, bloqueando a luz do sol?

— Forme equipes, Yomen — Elend disse. — Mande que procurem entre os corpos e busquem feridos na bagunça lá embaixo. Depois, reúna as pessoas e comece a movê-las para a caverna-depósito. Diga aos soldados para estarem prontos para... para alguma coisa. Não sei o que ainda.

Yomen franziu a testa.

— Está falando como se você não fosse estar aqui para me ajudar.

Elend se voltou para leste.

— Não estarei.

Vin ainda estava fora, em algum lugar por lá. Ele não entendia por que ela dissera o que dissera sobre o atium, mas confiava na esposa. Talvez pretendesse distrair Ruína com mentiras. Elend suspeitava de que as pessoas em Fadrex deviam a vida a ela. Tinha atraído os koloss para longe — tinha descoberto algo, algo que ele não conseguia sequer imaginar.

Ela sempre reclama que não é estudiosa, pensou ele, sorrindo para si mesmo. *Mas isso é apenas porque lhe falta educação formal. Ela é duas vezes mais astuta que metade dos "gênios" que conheci no meio da nobreza.*

Ele não podia deixá-la sozinha. Precisava encontrá-la. Então... Bem, não sabia o que fazer em seguida. Encontrar Sazed, talvez? De qualquer forma, não havia mais nada que pudesse fazer em Fadrex. Ele caminhou até os degraus para descê-los, com a intenção de encontrar Ham e Cett. No entanto, Yomen pousou a mão em seu ombro.

Elend se virou.

— Eu estava errado sobre você, Venture. As coisas que disse, você não as merecia.

— Você me deixou entrar em sua cidade quando meus homens foram cercados pelos koloss — Elend disse. — Não me importa *o que* disse sobre mim. Você é um bom homem e tem a minha estima.

— Mas você está errado sobre o Senhor Soberano. Ele está guiando tudo isso.

Elend apenas sorriu.

— Não me incomodo que não acredite — Yomen continuou, tocando a própria testa. — Aprendi uma coisa. O Senhor Soberano usa os infiéis e os fiéis. Somos todos parte de seu plano. Aqui.

Yomen tirou a conta de atium da testa.

— Minha última conta. Caso você precise.

Elend aceitou o pedacinho de metal, rolando-o nos dedos. Nunca havia queimado atium. Por anos, sua família havia supervisionado a mineração, mas, na época em que Elend se tornara um Nascido da Bruma, já havia gastado o que conseguira obter ou entregado a Vin para ser queimado.

— Como fez isso, Yomen? — ele perguntou. — Como fez parecer que era um alomântico?

— Eu *sou* um alomântico, Venture.

— Não um Nascido da Bruma.

— Não — Yomen disse. — Um Vidente: um Brumoso de atium.

Elend assentiu. Sempre supusera ser impossível, mas era difícil confiar nas suposições sobre *qualquer coisa* nos últimos tempos.

— O Senhor Soberano sabia do seu poder?

Yomen sorriu.

— Ele se esforçava muito para guardar certos segredos.

Brumosos de atium, pensou Elend. *Isso significa que também há outros... Brumosos de ouro, Brumosos de electrum...* Embora pensasse que alguns deles, como Brumosos de alumínio ou de duralumínio, seriam impossíveis de encontrar, pois não teriam como usar esses metais sem a capacidade de queimar outro.

— De qualquer forma, o atium era valioso demais para testar pessoas quanto aos poderes alomânticos — Yomen comentou, virando-se. — Nunca achei o poder muito útil. Com que frequência alguém tem atium e o desejo de esgotá-lo em alguns segundos? Pegue esse pedaço e vá encontrar sua esposa.

Elend hesitou por um instante e guardou a conta de atium, descendo para dar algumas instruções a Ham. Alguns minutos mais tarde, estava atravessando a terra, fazendo seu melhor para voar com ferraduras, como Vin havia lhe ensinado.

Cada estaca hemalúrgica fincada no corpo de uma pessoa dava a Ruína um pouco de capacidade de influenciá-la. Isso era atenuado, porém, pela força mental daquele que estava sendo controlado.

Na maioria dos casos — dependendo do tamanho da estaca e do tempo de uso —, uma única estaca dava a Ruína poderes mínimos sobre a pessoa. Podia aparecer para ela e deturpar seus pensamentos levemente, fazendo-a ignorar algumas estranhezas — como, por exemplo, sua compulsão por manter e usar um simples brinco.

75

SAZED JUNTOU SUAS ANOTAÇÕES, EMPILHANDO cuidadosamente as folhas finas de metal. Embora o metal servisse para a importante função de impedir que Ruína modificasse ou talvez até mesmo lesse seu conteúdo, Sazed as considerava um pouco frustrantes. As placas riscavam com facilidade e não podiam ser dobradas ou encadernadas.

Os anciãos kandra lhe deram um lugar para ficar, e era uma caverna surpreendentemente luxuosa. Os kandra, pelo visto, gostavam de confortos humanos — cobertores, almofadas, colchões. Alguns preferiam usar roupas, embora aqueles que não usavam acabassem por dispensar genitais para seus Corpos Verdadeiros, o que para Sazed suscitava várias questões de natureza acadêmica. Eles se reproduziam transformando espectros das brumas em kandra, então genitália seria redundante. Ainda assim, os kandra identificavam-se por gênero — cada qual definido absolutamente como "ele" ou "ela". Por quê? Escolhiam arbitrariamente ou realmente sabiam o que teriam sido, caso tivessem nascido seres humanos em vez de espectros das brumas?

Ele desejava ter mais tempo para estudar aquela sociedade. Até então, tudo que fizera na Terra Natal se resumia a saber mais do Herói das Eras e da religião de Terris. Fizera uma página de anotações sobre o que havia descoberto e a deixara sobre sua pilha metálica. Parecia surpreendente ou deprimentemente semelhante a quaisquer outras páginas em sua pasta.

A religião de Terris, como seria esperado, concentrava-se muito no conhecimento e na erudição. Os Portadores do Mundo — o nome que davam aos Guardadores — eram homens e mulheres sagrados que transmitiam conhecimento, mas também escreviam sobre seu deus, Terr. Era a palavra antiga para "preservar". O enfoque central da religião eram as histórias de como Preservação — ou Terr — e Ruína interagiam, o que incluía várias profecias sobre o Herói das Eras, que era visto como o sucessor de Preservação.

Fora as profecias, os Portadores do Mundo ensinavam ao seu povo a modéstia, a fé e a compreensão. Ensinavam que era melhor construir que destruir, um princípio que estava no âmago dos ensinamentos. Claro, havia rituais, ritos, iniciações e tradições. Havia também líderes religiosos menores, oferendas exigidas e códigos de conduta. Tudo parecia bom, mas não muito original. Até o enfoque na erudição era algo compartilhado por várias dezenas de outras religiões que Sazed havia estudado.

O que, por algum motivo, o deprimia. Era apenas mais uma religião.

O que havia esperado? Alguma doutrina surpreendente que provaria de uma vez por todas que havia um deus? Sazed se sentia um tolo. Por outro lado, também se sentia traído. Fora isso que viera descobrir após atravessar exultante e ansiosamente meio império? Eram apenas mais palavras. Agradáveis, como a maioria em sua pasta, mas pouco convincentes. Ele devia acreditar nelas simplesmente porque foi a religião seguida pelo seu povo?

Naquela religião não havia promessas de que Tindwyl ainda vivia. Por que, afinal, as pessoas seguiam esta ou qualquer das religiões? Frustrado, Sazed mergulhou em suas mentes de metal, despejando um monte de relatos na própria cabeça. Escritos que os Guardadores haviam descoberto: diários, cartas, outras fontes das quais estudiosos haviam reunido o que no passado fora digno de crença. Ele os vasculhou, leu, ponderou sobre eles.

O que deixava essas pessoas tão dispostas a aceitar suas religiões? Eram simples produtos da sociedade, críveis porque era tradição? Ele leu sobre a vida delas e tentou se persuadir de que as pessoas eram ingênuas, de que nunca haviam realmente questionado as próprias crenças. Certamente teriam visto falhas e incoerências se tivessem tirado um tempo para racionalizar e discernir.

Sazed ficou sentado de olhos fechados, uma abundância de informações vindas de diários e cartas na mente, buscando pelo que esperava encontrar. Mas, com o passar do tempo, ele não descobriu o que procurava. As pessoas não pareciam tolas para ele. Então, algo lhe ocorreu. Algo sobre as palavras e os sentimentos de todos que acreditavam.

Antes, Sazed examinara as doutrinas em si. Agora, viu-se estudando as pessoas que tinham acreditado, ou ao menos as que conseguia encontrar. Enquanto lia suas palavras novamente, dentro da cabeça, começou a enxergar algo. As fés que ele examinara não podiam ser dissociadas das pessoas que tinham aderido a elas. No campo do abstrato, aquelas religiões eram insípidas. Porém, conforme lia as palavras das pessoas — realmente as *lia* — começava a discernir padrões.

Por que elas acreditavam? Porque viam milagres. Os acontecimentos que uma pessoa via como acaso, uma pessoa de fé via como sinal. Um ente querido recuperando-se de uma doença, um negócio bem-sucedido, um encontro fortuito com um amigo com quem perdera o contato. Não eram as grandes doutrinas ou os ideais ambiciosos que pareciam transformar pessoas em fiéis. Era a simples mágica do mundo ao redor.

O que foi que Fantasma disse?, pensou Sazed, sentado em uma caverna kandra obscura. *Que a fé significava confiança. Confiar que alguém está olhando. Confiar que alguém fará tudo dar certo no final, mesmo que as coisas parecessem terríveis no momento.*

Aparentemente, para acreditar era necessário *querer* acreditar. Era um problema lógico com o qual Sazed havia lutado. Queria que algo ou alguém o forçasse a ter fé. Queria ter de acreditar pelas provas que lhe apresentassem.

Mesmo assim, os fiéis cujas palavras agora enchiam sua mente teriam dito que ele já tivera sua prova. Em seu momento de desespero, ele não havia recebido uma resposta? Quando estava prestes a desistir, TenSoon falara. Sazed implorara por um sinal e o recebera.

Teria sido acaso? Teria sido a providência?

No fim, cabia a ele decidir. Aos poucos, devolveu as cartas e diários às mentes de metal, esvaziando a memória específica deles, mas retendo as sensações que tinham provocado. O que seria ele? Fiel ou cético? Naquele momento, nenhum dos caminhos parecia evidentemente estúpido.

Quero mesmo *crer*, pensou ele. *Por isso passei tanto tempo à procura. Não posso seguir os dois caminhos. Simplesmente preciso decidir.*

Qual seria? Ficou parado por alguns momentos, pensando, sentindo e — o mais importante — recordando.

Eu busquei ajuda, pensou Sazed. *E algo respondeu.*

Sazed sorriu, e tudo lhe pareceu um pouco mais vivo, mais claro. *Brisa estava certo*, pensou ele, erguendo-se e organizando suas coisas enquanto se preparava para partir. *Eu não sirvo para ser ateu.*

O pensamento parecia irreverente demais para o que acabara de acontecer com ele. Quando pegou as chapas de metal e se preparou para se encontrar com a Primeira Geração, percebeu que alguns kandras passavam do lado de fora de sua humilde caverna, completamente alheios à decisão importante que ele tinha tomado.

Era como as coisas geralmente funcionavam. Algumas decisões importantes eram feitas em público, em um campo de batalha ou em uma sala de reuniões. Mas outras aconteciam sem alarde, invisíveis aos outros. O que não a tornava menos importante para Sazed. Ele acreditaria. Não porque algo fora provado para ele além de sua capacidade de negar. Mas porque escolhera crer.

Assim como, percebeu, Vin no passado decidira acreditar e confiar no bando. Devido ao que Kelsier a ensinara. *Você me ensinou também, Sobrevivente*, pensou Sazed, seguindo pelo túnel de pedra para se encontrar com os líderes kandra. *Obrigado.*

Sazed atravessou os corredores da caverna, repentinamente ávido pela perspectiva de outro dia entrevistando os membros da Primeira Geração. Agora que havia tratado da maior parte da religião, planejava descobrir mais sobre o Primeiro Contrato.

Pelo que sabia, era o único ser humano além do Senhor Soberano a ter lido as palavras do Primeiro Contrato. Os membros da Primeira Geração tratavam o metal que continha o contrato com perceptível menos reverência do que outros kandra. Aquilo o havia surpreendido.

Claro, pensou Sazed, fazendo uma curva, *tem sentido. Para os membros da Primeira Geração, o Senhor Soberano era um amigo. Lembram a escalada de montanha com ele — seu líder, sim, mas não um deus. Como os membros do bando, de certa forma, que têm dificuldade em ver Kelsier como uma figura religiosa.*

Ainda perdido em pensamentos, Sazed caminhou até a Gruta da Confiança, cujas portas metálicas amplas estavam abertas. No entanto, ele parou logo na entrada. A Primeira Geração esperava em suas alcovas, como era normal. Eles não desceriam até Sazed fechar as portas. Mas, estranhamente, os membros da Segunda Geração estavam nos púlpitos, dirigindo-se a multidões de kandra — que, apesar de serem muito mais reservados do que seria um grupo semelhante de seres humanos, ainda demonstravam um ar de ansiedade.

— ...significa, KanPaar? — Um kandra menor estava perguntando. — Por favor, estamos confusos. Pergunte à Primeira Geração.

— Já falamos desse assunto — disse KanPaar, líder da Segunda Geração. — Não há motivo para ficarem alarmados. Olhem para vocês, apinhados, murmurando e fuxicando como se fossem seres humanos!

Sazed foi até um dos kandra mais jovens, posicionado ao lado de fora da Gruta da Confiança.

— Com licença — sussurrou. — Qual é o motivo dessa agitação?

— As brumas, Sagrado Portador do Mundo — a kandra, uma fêmea, supôs ele, sussurrou de volta.

— O que tem elas? — Sazed perguntou. — O fato de estarem ficando até cada vez mais tarde durante o dia?

— Não — a mulher kandra respondeu. — O fato de elas terem *desaparecido*.

Sazed teve um sobressalto.

— *Quê?*

A kandra assentiu.

— Ninguém percebeu até hoje pela manhã. Ainda estava escuro lá fora, e um guarda saiu para verificar uma das saídas. Ele diz que não havia brumas lá fora, apesar de ser noite! Outros saíram também. Todos comprovaram.

— É uma questão simples — KanPaar disse para os kandra aglomerados. — Sabemos que estava chovendo na noite passada, e, às vezes, a chuva dispersa as brumas por um curto período. Elas voltarão amanhã.

— Mas não está chovendo agora — um dos kandra disse. — E não estava chovendo quando TarKavv saiu em patrulha. Há meses as brumas têm aparecido pela manhã. Para onde foram?

— Bobagem — KanPaar disse, acenando. — Ficaram preocupados quando as brumas começaram a permanecer pela manhã e agora reclamam que elas se foram? Somos *kandra*. Somos eternos; sobreviveremos a tudo. Não nos reunimos em multidões ruidosas. Voltem para os seus afazeres. Isso não significa nada.

— Não — uma voz sussurrou na caverna.

Cabeças se voltaram para cima, e o grupo todo silenciou.

— Não — Haddek, líder da Primeira Geração, repetiu de sua alcova oculta. — É importante, sim. Estávamos errados, KanPaar. Muito... muito errados. Deixem a Gruta da Confiança. Deixem apenas o Guardador. E espalhem a notícia. O dia da Resolução pode ter chegado.

Esse comentário apenas serviu para agitar ainda mais os kandra. Sazed ficou paralisado com a surpresa; jamais tinha visto tal reação naquelas criaturas, em geral muito calmas. Obedeceram à ordem — os kandra pareciam particularmente bons nisso — e saíram do recinto, mas houve sussurros e debates. Os da Segunda Geração se esgueiraram para fora por último, parecendo humilhados. Sazed observou sua saída, pensando nas palavras de KanPaar.

Somos eternos; sobreviveremos a tudo. De repente, os kandra começaram a fazer mais sentido para ele. Como seria fácil ignorar o mundo lá fora, caso se fosse imortal. Eles haviam sobrevivido a tantos problemas e situações difíceis, motins e revoltas, que qualquer coisa que ocorresse lá fora devia parecer trivial.

Tão trivial, de fato, que era possível ignorar as profecias da própria religião quando elas começavam a se concretizar. No fim das contas, o salão estava vazio, e um par de membros parrudos da Quinta Geração empurrou as portas até que se fechassem pelo outro lado, deixando Sazed sozinho na parte de baixo do salão. Esperou pacientemente, arrumando as anotações na mesa, enquanto os membros da Primeira Geração se arrastavam de suas escadarias ocultas e se juntavam a ele no térreo da Gruta da Confiança.

— Diga-me, Guardador — Haddek disse enquanto seus irmãos se sentavam —, o que você pensa a respeito deste evento?

— O desaparecimento das brumas? — Sazed perguntou. — Parece algo calamitoso, embora eu tenha que admitir que não posso identificar um motivo específico para tanto.

— Isso porque há coisas que ainda não explicamos a você — Haddek respondeu, olhando para os outros. Eles pareciam muito perturbados. — Coisas relacionadas ao Primeiro Contrato e às promessas dos kandra.

Sazed preparou uma folha de metal para escrever.

— Por favor, prossiga.

— Devo pedir que não registre estas palavras — Haddek disse.

Sazed hesitou e abaixou a pena.

— Muito bem; mas devo alertar os senhores: a memória de um Guardador, mesmo sem suas mentes de metal, é enorme.

— É algo que não se pode evitar — um dos outros falou. — Precisamos do seu conselho, Guardador. Como estrangeiro.

— Como um filho — outro sussurrou.

— Quando o Pai nos fez — Haddek disse. — Ele... nos deu uma obrigação. Algo diferente do Primeiro Contrato.

— Para ele, foi quase um pensamento de última hora — outro acrescentou. — Mesmo que, ao mencioná-lo, ele tenha deixado claro que era algo muito importante.

— Ele nos fez prometer... Cada um de nós... Ele nos disse que, um dia, poderia ser necessário que removêssemos nossas Bênçãos — explicou Haddek.

— Que as tirássemos de nosso corpo — outro comentou.

— Que nos matássemos — Haddek afirmou.

O salão ficou em silêncio.

— Têm certeza de que isso os mataria? — perguntou Sazed.

— Nos devolveria à forma de espectros das brumas — Haddek respondeu. — É essencialmente a mesma coisa.

— O Pai disse que teríamos de fazer isso — outro disse. — Não havia um "talvez". Disse que teríamos de garantir que os outros kandra soubessem dessa obrigação.

— Nós a chamamos de Resolução — Haddek explicou. — Cada kandra fica sabendo disso quando ele ou ela nasce. Recebem a obrigação, jurada e arraigada, de arrancar as próprias Bênçãos, caso a Primeira Geração assim ordene. Nunca a invocamos.

— Mas os senhores estão considerando isso agora? — Sazed perguntou, franzindo o cenho. — Eu não entendo. Apenas pela maneira como as brumas estão se comportando?

— As brumas são o corpo de Preservação, Guardador — Haddek disse. — É um acontecimento *muito* grave.

— Ouvimos nossos filhos discutirem a respeito disso a manhã toda — outro falou. — E isso nos perturba. Eles não sabem tudo o que as brumas representam, mas têm ciência de sua importância.

— Rashek disse que saberíamos — outro falou. — Foi o que nos disse. "Chegará o dia em que vocês terão de remover suas Bênçãos. E vocês saberão quando ele chegar."

Haddek assentiu.

— Ele disse que saberíamos. E... estamos extremamente preocupados.

— Como podemos ordenar a morte de todo o nosso povo? — outro perguntou. — A Resolução sempre me incomodou.

— Rashek viu o futuro — Haddek disse, virando-se. — Ele tinha o poder de Preservação e o utilizou. É o único homem a ter feito isso! Mesmo a mulher de quem o Guardador fala não *usou* o poder. Apenas Rashek! O Pai.

— Então onde estão as brumas? — outro perguntou.

O salão ficou em silêncio novamente. Sazed ainda segurava a pena, mas não escreveu nada. Ele se inclinou para a frente.

— As brumas são o corpo de Preservação?

Os outros assentiram.

— E... elas desapareceram?

Mais assentimentos.

— Isso não significa que Preservação retornou?

— Isso é impossível — Haddek respondeu. — O poder de Preservação continua, pois o poder não pode ser destruído. No entanto, sua mente foi quase destruída, tendo sido o sacrifício que ele fez para aprisionar Ruína.

— O fragmento continua — outro relembrou. — A sombra do eu.

— Sim — Haddek disse. — Mas não é Preservação; apenas uma imagem, um vestígio. Agora que Ruína escapou, acho que podemos supor que até mesmo isso foi destruído.

— Acho que é mais — outro começou. — Poderíamos...

Sazed ergueu as mãos, pedindo atenção.

— Se Preservação não retornou, talvez outra pessoa tenha assumido seu poder para usar nesta batalha. Não é o que seus ensinamentos dizem que acontecerá? Que aquilo que foi partido deve recomeçar a descobrir seu todo?

Silêncio.

— Talvez — Haddek disse.

Vin, pensou Sazed, cada vez mais entusiasmado. *É isso que significa ser o Herói das Eras! Estou certo em acreditar. Ela* pode *nos salvar!*

Sazed pegou parte da folha de metal e começou a anotar seus pensamentos. Naquele momento, as portas da Gruta da Confiança abriram-se com um estrondo.

Sazed hesitou, virando-se de cara fechada. Um grupo de membros da Quinta Geração com ossos de pedra adentraram a sala com passos pesados, seguidos pelos membros esguios da Segunda Geração. Lá fora, o corredor da caverna não abrigava a multidão de antes.

— Levem-nos — KanPaar disse furtivamente, apontando.

— O que significa isso?! — questionou Haddek.

Sazed ficou onde estava, ainda segurando a pena. Reconheceu a postura apressada e tensa nas figuras da Segunda Geração. Alguns pareciam assustados; outros determinados. Os da Quinta Geração avançaram rapidamente, seus movimentos fortalecidos pela Bênção da Potência.

— KanPaar! O que significa isso? — Haddek repetiu.

Lentamente, Sazed se levantou. Quatro kandra da Quinta Geração cercaram-no, com martelos nas mãos.

— É um golpe — Sazed disse.

— Os senhores não podem mais liderar — KanPaar disse à Primeira Geração. — Os senhores destruiriam o que temos aqui, poluindo nossa terra com estrangeiros, deixando que a fala de revolucionários turve a sabedoria kandra.

— Não é hora para isso, KanPaar — Haddek respondeu, os membros da Primeira Geração gritando ao serem empurrados e agarrados.

— Não é hora? — KanPaar perguntou, furioso. — O senhor falou da Resolução! Não tem ideia do pânico que isso causou? Os senhores iriam destruir *tudo* que temos.

Sazed se virou com calma, olhando para KanPaar. Apesar do tom raivoso, o kandra estava sorrindo levemente pelos lábios translúcidos.

Ele precisa dar o golpe agora, pensou Sazed, *antes que a Primeira Geração revele mais ao povo, tornando os da Segunda Geração obsoletos. KanPaar pode enfiar todos eles em algum lugar e colocar bonecos nas alcovas.*

Sazed estendeu o braço para pegar a mente de peltre. Um dos membros da Quinta Geração o afastou rapidamente, e dois outros pegaram Sazed pelos braços. Ele se debateu, mas os capturadores kandra tinham força sobre-humana.

— KanPaar! — Haddek gritou. A voz do kandra da Primeira Geração era surpreendentemente forte. — Você é da Segunda Geração. Deve obediência a mim. Nós os criamos!

KanPaar o ignorou, instruindo seus kandra a prender os membros da Primeira Geração. Os outros Segundos estavam apinhados atrás dele, parecendo cada vez mais apreensivos e chocados com o que estavam fazendo.

— O tempo da Resolução pode ter mesmo chegado! — Haddek disse. — Precisamos... — Ele foi interrompido quando um da Quinta Geração o amordaçou.

— É exatamente por isso que devo tomar a liderança — KanPaar disse, balançando a cabeça. — Você está muito instável, velho. Não confiarei o futuro do nosso povo a uma criatura que poderia, em um ímpeto, ordenar que ele se mate.

— Você teme mudanças — Sazed disse, encarando os olhos do kandra.

— Temo instabilidade — KanPaar respondeu. — Vou garantir que os kandra tenham uma liderança firme e imutável.

— Esse é o mesmo argumento de muitos revolucionários — Sazed apontou. — E posso ver sua preocupação. Porém, você não *deve* fazer isso. Suas profecias estão chegando a um ponto crucial. Agora eu entendo! Sem a parte que os kandra devem desempenhar, você poderia causar inadvertidamente o fim de todas as coisas. Deixe-me continuar a minha pesquisa, tranque-nos nesta sala se precisar, mas não...

— Amordacem-no! — KanPaar ordenou, dando as costas.

Sazed lutou, sem sucesso, enquanto era amordaçado e empurrado para fora da Gruta da Confiança, deixando o atium — o corpo de um deus — para trás, nas mãos de traidores.

Sempre me perguntei sobre a estranha capacidade que os alomânticos têm de perfurar as brumas. Quando um deles queimava estanho, conseguia ver mais longe à noite, através das brumas. Para leigos, isso talvez parecesse natural; afinal, o estanho amplifica os sentidos.

Porém, a mente lógica pode achar essa capacidade desconcertante. Como, exatamente, o estanho deixava alguém ver através das brumas? Como uma obstrução, elas não têm relação com a qualidade da visão de uma pessoa. Tanto um erudito míope como um batedor de excelente visão teriam o mesmo problema em enxergar à distância se houvesse uma parede no meio do caminho.

Essa deveria ter sido nossa primeira pista. Alomânticos podiam ver através das brumas porque as brumas eram compostas do mesmo poder que a Alomancia. Quando sintonizado pela queima de estanho, o alomântico era quase parte das brumas. E, portanto, elas ficavam translúcidas para ele.

76

VIN... FLUTUAVA. NÃO ESTAVA ADORMECIDA, mas tampouco se sentia acordada. Estava desorientada, confusa. Ainda estava caída no pátio arrasado de Kredik Shaw? Dormindo na cabine a bordo do barco com Elend? Em seus aposentos do palácio em Luthadel, a cidade sitiada? Na oficina de Trevo, preocupada e confusa com a gentileza daquele novo bando estranho?

Encolhida em um beco, chorando, com as costas doloridas devido a mais um dos espancamentos de Reen?

Ela tateou, tentando discernir seu entorno. Seus braços e pernas pareciam não funcionar. De fato, não conseguia se concentrar neles. No entanto, quanto mais flutuava, mais sua mente ficava clara. Ela estava... em Luthadel. Após matar os Inquisidores.

Por que não conseguia sentir nada? Tentou se abaixar, ficar de joelhos, mas o chão parecia estranhamente distante. E ela não via os braços diante de si. Apenas continuava a flutuar.

Estou morta, pensou.

Assim que aquilo lhe ocorreu, ela acordou um pouco mais. Conseguia ver, mas era como se olhasse através de um vidro embaçado, destorcido. Sentia... uma força zumbindo em si. Uma força diferente da dos membros, mas mais versátil.

Conseguiu se virar e ter uma visão ampla da cidade. E, em pleno giro, deparou-se com algo escuro.

Não sabia dizer o quanto estava distante. Parecia próximo e longínquo ao mesmo tempo. Conseguia vê-lo em detalhes, muito mais detalhes do que via no mundo real, mas não podia tocá-lo. Sabia, instintivamente, o que era.

Ruína não assumia mais a aparência de Reen. Em vez disso, manifestava-se como um grande amontoado de fumaça preta em movimento. Algo sem corpo, mas com uma consciência maior do que um simples ser humano.

Isso... é o que me tornei, percebeu Vin, os pensamentos ficando mais claros.

Vin, falou Ruína. Sua voz não era a de Reen, mas algo um tanto mais... gutural. Era uma vibração que atravessava seu corpo, como um pulso alomântico.

Bem-vinda, disse Ruína, *ao lado dos deuses.*

Vin permaneceu em silêncio, embora perscrutasse seu poder, tentando entender o que podia fazer. A compreensão pareceu vir até ela. Era como antes, quando tomara o poder no Poço da Ascensão. Ela imediatamente *soube* das coisas. Só que, desta vez, o poder era tão vasto — a compreensão, tão grande — que parecia ter deixado sua mente atordoada. Felizmente, aquela mente estava se expandindo, e Vin crescia.

Despertava.

Vin se ergueu sobre a cidade, sabendo que o poder que girava através dela, o âmago de sua existência, era simplesmente um eixo central. Um foco para a força que se estendia sobre o mundo inteiro. Ela conseguia estar em qualquer lugar que desejasse. De fato, parte dela estava em todos os lugares de uma vez. Conseguia ver o mundo como um todo.

E o mundo estava morrendo. Vin sentia os tremores, via a vida decair. A maior parte da vida vegetal no planeta já estava morta. Os animais seriam os próximos; os sobreviventes até então eram aqueles que tinham conseguido encontrar uma maneira de mastigar as folhagens mortas, agora cobertas de cinzas. Os seres humanos não ficariam para trás, embora Vin tivesse percebido, com interesse, que um percentual surpreendente deles havia descoberto caminhos para uma ou outra caverna-depósito.

Não são cavernas-depósitos..., pensou Vin, finalmente entendendo o propósito do Senhor Soberano. *São abrigos. Por isso são tão vastos. São fortalezas para as pessoas se esconderem. Esperar, sobreviver um pouco mais.*

Bem, ela consertaria aquilo. Sentia-se energizada pelo poder. Estendeu a mão e tampou as Montanhas de Cinzas. Ela as acalmou, amorteceu, abafou sua capacidade de espalhar cinzas e lava. Em seguida, estendeu a mão para o céu e limpou a fumaça e a escuridão da atmosfera, como uma criada deve limpar a fuligem de uma janela suja. Fez tudo isso em uma questão de minutos; não mais que cinco haviam se passado no mundo lá embaixo.

Imediatamente, a terra começou a queimar.

O sol era incrivelmente poderoso — Vin não havia percebido quão intensamente as cinzas e a fumaça protegiam a terra. Ela gritou, girando o mundo tão rapidamente que o sol se moveu para o outro lado. A escuridão se fez. E, assim que isso aconteceu, tempestades começaram a varrer a paisagem. Padrões climáticos foram perturbados pelo movimento, e, no mar, uma onda repentina apareceu, imensa. Ela avançou em direção à costa, ameaçando destruir várias cidades.

Vin gritou novamente e estendeu a mão para impedir a onda. E algo a bloqueou.

Ouviu risadas. Virou-se no ar e olhou na direção onde Ruína repousava como uma nuvem tempestuosa em movimentos ondulantes.

Vin, Vin... ele disse. *Percebe como é parecida com o Senhor Soberano? Quando ele assumiu o poder, tentou resolver tudo. Todas as agruras do homem.*

Vin compreendeu. Não era onisciente — não conseguia ver o passado por inteiro. No entanto, *era* capaz de ver o histórico do poder que tinha em mãos. Pôde ver Rashek o tomando e, frustrado, tentando levar o planeta a uma órbita adequada. Ainda assim, havia puxado exageradamente, deixando o mundo frio, congelante. Empurrara de volta, mas o poder era vasto demais, terrível demais para que o controlasse adequadamente naquele momento. Então, acabara deixando o mundo novamente muito quente. Toda a vida teria perecido.

Ele abriu as Montanhas de Cinzas, cobrindo a atmosfera, deixando o sol vermelho. E, ao fazê-lo, salvou o planeta, mas também o condenou.

Você é tão impetuosa, pensou Ruína. *Tive este poder por mais tempo do que você pode sequer imaginar. É preciso cuidado e precisão para usá-lo corretamente.*

A menos, é claro, que você queira somente destruir.

Ruína se estendeu com um poder que Vin pôde sentir. Imediatamente, sem saber como ou por que, Vin o bloqueou. Lançou o próprio poder contra Ruína, e ele parou, incapaz de agir.

Lá embaixo, a onda gigantesca se abateu sobre a costa. Ainda havia pessoas pelo local. Pessoas que haviam se escondido dos koloss, sobrevivido da pesca no mar quando as colheitas fracassaram. Vin sentiu sua dor, seu terror, e gritou ao se estender para protegê-las.

E, novamente, foi impedida.

Agora você conhece a frustração, disse Ruína quando a onda gigantesca destruiu vilarejos. *O que seu Elend dizia? Para cada* empurrão, *há um* puxão. *Lance algo para cima, e ele voltará para baixo. Oposição.*

Para Ruína, há Preservação. Do tempo imemorial! Para a eternidade! E cada vez que eu empurro, VOCÊ *empurra de volta. Mesmo morta, você me impediu, pois somos forças. Não posso fazer nada! E você não pode fazer nada! Equilíbrio! A maldição da nossa existência.*

Vin sofreu ao ver as pessoas lá embaixo sendo esmagadas, arrastadas e afogadas. *Por favor*, disse ela. *Por favor, deixe-me apenas salvá-las.*

Por quê?, perguntou Ruína. *O que eu disse antes? Tudo que você faz serve a mim. É por gentileza que eu a impeço. Pois, se você estendesse a mão para eles, destruiria mais do que preservaria.*

É sempre assim.

Vin parou, ouvindo os gritos. Ainda assim, parte de sua mente — agora tão vasta, capaz de muitos pensamentos simultâneos — dissecou as palavras de Ruína.

Não eram verdade. Ele dizia que todas as coisas destruíam, mas reclamava do equilíbrio. Alertava que Vin apenas destruiria mais, mas ela não conseguia acreditar que Ruína a impedia por gentileza. Ruína *queria* que ela destruísse.

Não podia ser de um jeito e de outro. Vin sabia que era o oposto daquela força. *Podia* ter salvado aquelas pessoas, se Ruína não a tivesse impedido. Claro que provavelmente não tinha a precisão para fazê-lo ainda. Porém, não era uma falha de seu poder, mas dela. Ruína precisava ficar no caminho dela para que não aprendesse, como o Senhor Soberano aprendera, e se tornasse mais capaz de manusear o poder.

Vin se afastou de Ruína, voltando-se para Luthadel. Sua consciência ainda estava se expandindo, mas ela ficou confusa com algo que viu. Pontos brilhantes de luz, salpicando a paisagem, brilhando como chamas. Ela se aproximou, tentando descobrir o que eram. Porém, tão difícil quanto olhar diretamente para um lampião brilhante e ver o que emitia luz, era discernir a fonte daquele poder.

Entendeu conforme se aproximava de Luthadel. Um brilho enorme vinha do palácio arrasado. Muito da luz tinha o formato vago de...

Pináculos. Metal. Era *isso* que causava o poder reluzente. *Eu estava certa. Metal é poder, e é por isso que Ruína não podia ler coisas escritas em aço.* Vin se afastou de um pináculo brilhante. Ruína estava lá, como sempre, observando.

Fiquei surpreso quando Preservação disse que queria criar vocês, disse Ruína, um traço de curiosidade na voz. *O restante da vida é ordenado pelas leis da natureza. Equilibrado. Mas Preservação... queria criar algo intencionalmente desequilibrado. Algo que pudesse escolher preservar em alguns momentos, mas arruinar em outros. Algo na forma daquilo que vimos antes. Era intrigante.*

Acho estranho que ele tenha gastado tanto de si para criar vocês. Por que se enfraquecer, no fim das contas me dando força para destruir o mundo, simplesmente para colocar seres humanos nele? Sei que outros dizem que sua morte para me aprisionar foi um sacrifício, mas aquilo *não foi o sacrifício. O sacrifício veio muito antes.*

Sim, ele ainda tentou me trair, me aprisionar. Mas não podia me parar. Apenas conseguiu reduzir minha velocidade. Evitar. Atrasar. A partir do dia em que criamos vocês, houve um desequilíbrio. Eu era mais forte. E Preservação sabia disso.

Vin franziu o cenho, ou ao menos sentiu como se estivesse franzindo, embora não tivesse mais um corpo. As palavras de Ruína...

Ele diz que é mais forte, pensou Vin. *Ainda assim, estamos empatados aqui. Estará ele mentindo de novo?*

Não... não era mentira. Olhando para tudo o que se passara, com sua mente cada vez mais expandida, viu que Ruína *acreditava* em tudo que dizia. Realmente achava que qualquer coisa que Vin fizesse o ajudaria. Via o mundo através das lentes da destruição.

Ele não estava mentindo quando disse que era mais forte. Ainda assim, naquele momento, eram obviamente iguais. O que significava...

Há outra parte de Ruína por aí, pensou Vin. *Preservação está mais fraco porque abriu mão de uma parte de si para criar a humanidade. Não sua consciência — que ele usou para abastecer a prisão de Ruína —, mas uma parte verdadeira de seu poder.*

O que ela suspeitava antes, agora sabia com certeza. O poder de Ruína estava concentrado, escondido em algum lugar por Preservação. *O atium.* Ruína *era* mais forte. Ou seria, assim que recuperasse a última parte do seu eu. Então, seria capaz de destruir completamente — eles não estariam mais equilibrados.

Ela se debateu, frustrada, uma aura branca e brilhante de brumas com tentáculos finos expandindo-se pelo mundo todo. *Há tanta coisa que ainda não sei*, pensou Vin.

Era algo estranho de se admitir, com a mente se ampliando para incluir tanta informação. Ainda assim, sua ignorância não era mais de uma pessoa comum. Sua ignorância tinha a ver com experiência. Ruína tinha uma vantagem imensa sobre ela. Havia criado servos para si que podiam agir sem instruções, e, portanto, Vin não podia bloqueá-los.

Ela viu o plano de Ruína manifesto no mundo. Viu como sutilmente influenciou o Senhor Soberano, mil anos antes. Embora Rashek tivesse o poder de Preservação, Ruína sussurrara em seus ouvidos, dando-lhe uma compreensão da Hemalurgia. E Rashek obedecera sem perceber, criando asseclas, exércitos, para Ruína assumir quando fosse o momento certo.

Vin conseguia vê-los, os koloss, convergindo para Luthadel.

Vou lhe dar crédito, Vin, disse Ruína, pairando ali perto. *Você destruiu meus Inquisidores. Todos menos um, ao menos. Foram muito difíceis de criar. Eu...*

Vin parou de se concentrar nele com a maior parte da mente. Outra coisa chamava sua atenção. Algo que se movia para Luthadel, voando em lanças de luz.

Elend.

Em retrospecto, deveríamos ter sido capazes de ver a relação entre as brumas, a Alomancia e o poder no Poço da Ascensão. A visão dos alomânticos não apenas conseguia perfurar as brumas, mas havia o fato de que elas rodopiavam levemente ao redor do corpo de uma pessoa que usasse qualquer tipo de Alomancia.

Talvez mais revelador fosse o fato de que, quando um hemalúrgico usava suas capacidades, ele afastava as brumas. Quanto mais perto se chegava de Ruína, quanto mais se ficava sob sua influência, e quanto mais estacas se tinha no corpo, mais as brumas eram repelidas.

77

ELEND ESTAVA SOBRE OS ESCOMBROS de Kredik Shaw, atônito, observando a destruição.

Parecia... impossível. Que força poderia ter derrubado uma construção tão enorme e majestosa? O que poderia ter causado tamanha destruição, fazendo ruir as construções e lançando escombros a várias ruas de distância? Além disso, toda a destruição estava concentrada ali, no que fora o centro do poder do Senhor Soberano.

Elend deslizou por alguns escombros, aproximando-se do centro do que parecia uma cratera. Ele deu um giro, olhando para os blocos e pináculos caídos.

— Senhor Soberano... — ele praguejou sem querer. Teria aquilo a ver com o Poço da Ascensão? Ele explodira?

Elend se virou e olhou para a cidade. Parecia vazia. Luthadel, a maior metrópole do Império Final, sede de seu governo. Vazia. Muito dela em ruínas, um bom terço incendiado, e Kredik Shaw derrubado como que pelo punho de um deus.

Elend soltou uma moeda e partiu, seguindo seu caminho original para a região nordeste da cidade. Viera a Luthadel na esperança de encontrar Vin, mas fora forçado a fazer um pequeno desvio para sul de modo a evitar uma extensão especialmente grande de lava que queimava nas planícies ao redor da montanha Tyrian. Aquela paisagem, com a visão de Luthadel em ruínas, o deixou muito perturbado.

Onde estava Vin?

Ele saltou de prédio em prédio. Chutou cinzas a cada salto. Coisas estavam acontecendo. As cinzas diminuíam aos poucos. Na verdade, quase haviam parado de cair. Aquilo era bom, mas ele se lembrava bem de quando, pouco tempo antes, o sol brilhou de repente com uma intensidade incrível. Aqueles poucos momentos o queimaram de tal forma que seu rosto ainda ardia.

Então, o sol... se pôs. Caiu abaixo do horizonte em menos de um segundo, o chão sacudindo sob os pés de Elend. Parte dele supôs que estivesse enlouquecendo. Ainda assim, não podia negar que houvesse anoitecido, mesmo que seu corpo — e um dos relógios da cidade que vira — indicassem que deveriam estar no período da tarde.

Ele aterrissou sobre um prédio e saltou dele, *empurrando-se* contra a maçaneta de uma porta quebrada. Estremeceu ao atravessar a escuridão, ao ar livre. As estrelas reluziam de maneira desconcertante — não havia bruma. Vin lhe dissera que as brumas o protegeriam. O que seria sua proteção agora que haviam desaparecido?

Partiu para a Fortaleza Venture, seu palácio. Encontrou o prédio como uma carcaça incendiada. Aterrissou no pátio, fitando seu lar — o lugar onde havia crescido —, tentando compreender aquela destruição. Vários guardas em uniformes brancos e marrons jaziam apodrecendo sobre as pedras. Tudo estava silencioso.

Que diabos aconteceu aqui?, pensou, frustrado. Vasculhou o prédio, mas não encontrou pistas. Tudo havia sido queimado. Saiu por uma janela quebrada no andar superior, então parou por causa de algo que viu no pátio dos fundos.

Deixou-se descer ao chão. E lá, embaixo de um baldaquino que segurava muito das cinzas, encontrou um cadáver, em roupas finas de cavalheiro, caído nas pedras. Elend virou o corpo, observando a espada enfiada na barriga e a postura de um suicida. Os dedos do cadáver ainda seguravam o cabo. *Penrod*, pensou ele, reconhecendo o rosto. Morto, provavelmente, pela própria mão.

Algo fora rabiscado com carvão no chão do pátio. Elend tirou as cinzas, borrando as letras. Felizmente, ainda conseguia lê-las.

Desculpe. Algo tomou conta de mim... desta cidade. Estou lúcido só em parte do tempo. Melhor me matar do que causar mais destruição. Procure seu povo no Domínio de Terris.

Elend se virou para norte. Terris? Parecia um lugar estranho para buscar refúgio. Se o povo da cidade havia fugido, então por que teriam deixado o Domínio Central, onde as brumas eram mais fracas?

Ele encarou os escritos.

Ruína... uma voz pareceu sussurrar. *Mentiras*...

Ruína podia mudar textos. Palavras como as de Penrod não podiam ser levadas em conta. Elend deu um adeus silencioso ao corpo, desejando que tivesse tempo para enterrar o velho político, e lançou uma moeda para se *empurrar* pelo ar.

O povo de Luthadel tinha partido para *algum lugar*. Se Ruína tivesse descoberto uma maneira de matá-lo, Elend teria encontrado mais cadáveres. Suspeitava que, caso gastasse seu tempo para procurar, talvez encontrasse pessoas ainda escondidas na cidade. Provavelmente, o desaparecimento das brumas e a mudança repentina de dia para noite os fizera se esconder. Talvez tivessem seguido para a caverna-depósito embaixo de Kredik Shaw. Elend esperava que não houvesse muitos lá, considerando a destruição causada no palácio. Se houvesse pessoas no local, estariam presas.

Norte... o vento parecia sussurrar. *Fossos*...

Ruína em geral muda textos de modo que ainda pareçam com o que eram antes, pensou Elend. *Então... Penrod provavelmente escreveu a maioria daquelas palavras, tentando me dizer para onde ir e encontrar meu povo. Ruína fez parecer que tinham ido para o Domínio de Terris, mas e se Penrod realmente escreveu que eles foram até o povo de Terris?*

Fazia muito sentido. Se ele fosse fugir de Luthadel, iria para lá — era um lugar onde já havia um grupo estabelecido de refugiados; com rebanhos, plantações e comida.

Elend se voltou para o norte, deixando a cidade, a capa esvoaçando a cada salto alomântico.

DE REPENTE, A FRUSTRAÇÃO DE Ruína fez mais sentido para Vin. Ela sentia que detinha o poder de toda a criação. Porém, fora necessário todo seu esforço para levar poucas palavras a Elend.

Nem sequer tinha certeza se ele a ouvira ou não. Mas Vin o conhecia tão bem que sentiu uma... ligação. Apesar dos esforços de Ruína para bloqueá-la, sentiu que parte dela era capaz de alcançar alguma parte de Elend. Talvez da mesma maneira que Ruína era capaz de se comunicar com os Inquisidores e seus seguidores?

Ainda assim, sua quase impotência era muito irritante.

Equilíbrio, vociferou Ruína. *O equilíbrio me aprisionou. O sacrifício de Preservação... foi para drenar a parte de mim que era mais forte, trancá-la, deixar-me igual a ele novamente. Por um tempo.*

Apenas por um tempo. E o que é tempo para nós, Vin?

Nada.

Pode parecer estranho para aqueles que estão lendo isto que o atium fosse parte do corpo de um deus. No entanto, é preciso entender que, quando dizemos "corpo", em geral queremos dizer "poder". Conforme minha mente se expandia, percebi que objetos e energia são compostos das mesmas coisas e podem mudar o estado um do outro. Faz todo o sentido para mim que o poder da divindade se manifestasse no mundo em forma física. Ruína e Preservação não eram abstrações nebulosas. Eram partes integrantes da existência. De certa forma, todo objeto que existia no mundo era composto pelo poder deles.

O atium, portanto, era um objeto unilateral. Em vez de ser composto metade por Ruína e metade por Preservação — como, digamos, seria uma rocha —, ele era totalmente de Ruína. Os Fossos de Hathsin foram criadas por Preservação como um esconderijo para a parte do corpo de Ruína que ele roubara durante a traição e a prisão. Kelsier não destruiu de verdade o lugar ao estilhaçar aqueles cristais, pois eles teriam crescido novamente — em algumas centenas de anos — e continuado a depositar atium, sendo o local um escape natural para o poder represado de Ruína.

Quando as pessoas queimavam atium, exploravam o poder de Ruína — o que pode ser, talvez, o motivo pelo qual esse metal transformava as pessoas em máquinas de matar tão eficazes. Porém, não esgotavam esse poder, apenas faziam uso dele. Assim que uma pepita de atium era consumida, o poder voltava aos Fossos e começava a se aglutinar novamente — assim como o poder no Poço da Ascensão voltaria para lá lentamente após ter sido usado.

78

ESTA É, SEM DÚVIDA, A *masmorra mais estranha em que já estive,* Sazed pensou.

Era apenas a segunda vez que fora aprisionado na vida, mas, ainda assim, havia observado várias prisões ao longo dos anos e lera sobre outras. A maioria era como jaulas. Esta, por sua vez, consistia apenas em um buraco no chão com uma grade de ferro cobrindo a entrada. Sazed estava encolhido lá dentro, sem suas mentes de metal e com as pernas cheias de cãibras.

Provavelmente foi construída para um kandra, ele pensou. *Alguém sem ossos, talvez?* Como seria um kandra sem ossos? Uma pilha de gosma? Ou, talvez, uma pilha de músculos?

De qualquer forma, aquela prisão não fora feita para comportar um homem — especialmente não um tão alto quanto Sazed. Ele mal conseguia se mover. Estendeu a mão, empurrando a grade, mas estava bem presa. Um cadeado grande a mantinha no lugar.

Ele não sabia ao certo quanto tempo fazia desde que entrara no fosso. Horas? Talvez dias. Ainda não lhe tinham dado nada para comer, embora um kandra da Terceira Geração tivesse jogado um pouco de água sobre ele. Sazed ainda estava molhado, tendo que chupar o tecido da túnica para aliviar a sede.

Isso é ridículo, pensou, não pela primeira vez. *O mundo está acabando, e eu estou na prisão?* Era o último Guardador, o Arauto. Devia estar lá em cima, registrando os eventos.

Porque, verdade seja dita, estava começando a acreditar que o mundo não acabaria. Ele havia aceitado que algo, talvez o próprio Preservação, estava olhando pela humanidade, protegendo-a. Ficava cada vez mais determinado a seguir a religião de Terris, não porque era perfeita, mas porque preferia acreditar e ter esperança.

O Herói *era* real. Sazed acreditava nisso. E tinha fé nela.

Ele vivera com Kelsier e ajudara o homem. Havia registrado o surgimento da Igreja do Sobrevivente durante os primeiros anos de seu desenvolvimento. Havia pesquisado sobre o Herói das Eras com Tindwyl e sido incumbido de anunciar Vin como aquela que cumpria as profecias. Mas apenas recentemente havia começado a ter fé nela. Talvez fosse pela sua decisão de ser alguém que via milagres. Talvez fosse o medo assombroso do fim que parecia se assomar adiante. Talvez fosse a tensão e a ansiedade. Independentemente, de alguma forma, do caos ele extraía paz.

Ela viria. Preservaria o mundo. No entanto, Sazed precisava estar pronto para ajudar. E aquilo significava escapar.

Ele encarou a grade de metal. O cadeado era de um bom aço, e a grade em si, de ferro. Sazed estendeu a mão com hesitação, tocando as barras, drenando um pouco de seu peso e jogando-o no ferro. Imediatamente, seu corpo ficou mais leve; o metal da grade era puro o bastante para manter uma carga feruquêmica. Ia contra os seus instintos usar a grade como uma mente de metal — não era portátil e, se precisasse fugir, deixaria para trás toda a força que havia armazenado. Ainda assim, de que adiantaria só ficar sentado no fosso e esperar?

Ele ergueu a outra mão, tocando o cadeado de aço com o dedo. Em seguida, começou a preenchê-lo também, drenando a velocidade do corpo. Instantaneamente começou a se sentir letárgico, cada movimento — até mesmo a respiração — ficava mais difícil. Era como se tivesse que abrir caminho por alguma substância viscosa a cada movimento que fazia.

Ficou daquele jeito. Havia aprendido a entrar em uma espécie de transe meditativo quando preenchia as mentes de metal. Com frequência, preenchia muitas de uma vez, ficando adoentado, fraco, lento e obtuso. Quando podia, era melhor simplesmente...

Pairar.

Sazed não sabia quanto tempo a meditação havia durado. De vez em quando, o guarda vinha jogar água nele. Quando ele ouvia o guarda se aproximando, Sazed se soltava e se encolhia, fingindo dormir. Mas, assim que o guarda se retirava, ele estendia a mão de volta e continuava a preencher as mentes de metal.

Mais tempo passou. Então, ele ouviu sons. Sazed se agachou de novo, em seguida esperou, ansioso pelo banho.

— Quando trouxe você aqui para salvar meu povo — rosnou uma voz —, não era isso que eu tinha em mente.

Sazed abriu os olhos, ergueu-os e ficou surpreso em ver um rosto canino olhando através das grades.

— TenSoon? — Sazed perguntou.

O kandra grunhiu e se afastou. Sazed ficou curioso quando outro kandra apareceu. Usava um Corpo Verdadeiro delicado, feito de madeira, esguio e quase alheio às formas humanas. E ela estava com as chaves.

— Rápido, MeLaan — TenSoon grunhiu com a voz de cachorro. Aparentemente havia voltado à forma de cão de caça, o que fazia sentido. Mover-se como um cavalo pelos túneis às vezes íngremes e estreitos da Terra Natal teria sido difícil.

A fêmea kandra destrancou a grade, em seguida a puxou para trás. Sazed escalou para fora do fosso, ansioso. Na sala, encontrou vários outros kandra usando Corpos Verdadeiros exóticos. No canto, o guarda da prisão estava deitado, amarrado e amordaçado.

— Fui visto ao entrar na Terra Natal, terrisano — TenSoon disse. — Então, temos pouco tempo. O que aconteceu aqui? MeLaan me contou sobre sua prisão. KanPaar anunciou que a Primeira Geração ordenou que o levassem. O que fez para contrariá-los?

— Não foi ela — Sazed disse, esticando as pernas doloridas. — Foi a Segunda Geração. Eles levaram os Primeiros como prisioneiros e planejam governar em seu lugar.

A mulher, MeLaan, arfou.

— Eles nunca fariam isso!

— Pois fizeram — Sazed disse, erguendo-se. — Temo pela segurança da Primeira Geração. KanPaar talvez tenha medo de me matar porque sou humano. No entanto, os Primeiros...

— Mas os da Segunda Geração são kandra. Eles não fariam uma coisa dessas! Não somos esse tipo de povo — MeLaan interrompeu.

TenSoon e Sazed entreolharam-se. *Todas as sociedades têm pessoas que rompem as regras, menina*, pensou Sazed. *Especialmente quando o poder está em jogo.*

— Temos de encontrar a Primeira Geração — TenSoon disse. — E recuperar a Gruta da Confiança.

— Vamos lutar ao seu lado, TenSoon — outro kandra disse.

— Finalmente vamos derrubá-los! — mais um disse. — Os Segundos e sua insistência de que devemos servir aos seres humanos!

Sazed franziu o cenho para esta frase. O que os seres humanos tinham a ver com este conflito? Depois percebeu como os outros olhavam para TenSoon. *O corpo de cão*, ele percebeu. *Para eles, TenSoon é um revolucionário da mais alta ordem, tudo por causa de algo que Vin ordenou que ele fizesse.*

O kandra fitou os olhos de Sazed, abrindo a boca para falar. Então hesitou.

— Estão vindo — ele disse e praguejou, as orelhas caninas murchando.

Sazed se virou, preocupado, observando as sombras na parede de rocha do corredor que levava até a câmara da prisão. A câmara era pequena, com mais ou menos seis fossos-celas no chão. Não havia outras saídas.

Apesar das palavras corajosas, os companheiros de TenSoon imediatamente se esquivaram, encolhendo-se contra a parede. Obviamente não estavam acostumados a conflitos, especialmente com os da mesma espécie. TenSoon não tinha aquela timidez. Ele avançou assim que o grupo de membros da Quinta Geração entrou no recinto, batendo com o ombro no peito de um deles, uivando e arranhando outro.

Eis um kandra que se parece tão pouco com seu povo quanto eu me pareço com o meu, pensou Sazed, sorrindo. Ele deu um passo para trás, movendo-se até a grade da prisão, tocando os metais com os pés descalços.

Os da Quinta Geração estavam tendo problemas em combater TenSoon — ele aparentemente tinha muita confiança no corpo canino. Ele se manteve em movimento, atacando-os. No entanto, havia cinco deles, e apenas um TenSoon. Foi forçado a recuar.

Os ferimentos no corpo fecham-se quando ele ordena, percebeu Sazed. *Por isso, em geral, esses guardas carregam martelos.*

O que tornava razoavelmente óbvio como se devia combater um kandra. TenSoon recuou até o lado de Sazed.

— Peço desculpas — o cão grunhiu. — Não foi exatamente um resgate.

— Ah, não sei — Sazed disse sorrindo enquanto os Quintos os cercavam. — Não precisa desistir tão cedo, creio eu.

Os Quintos avançaram, e Sazed acionou o ferro da grade embaixo dos pés descalços. Imediatamente, seu corpo cresceu várias vezes mais que o normal, e ele agarrou um guarda kandra pelos braços.

Em seguida, pulou sobre ele.

Sazed sempre dizia que não era um guerreiro. No entanto, o número de vezes que disse isso para em seguida ser forçado a lutar fazia com que pensasse que estava prestes a perder essa desculpa. A verdade era que estivera em muito mais batalhas nos últimos anos do que sentia ter direito de ter sobrevivido.

De qualquer forma, conhecia alguns movimentos rudimentares — e, com a Feruquemia e a surpresa a seu favor, aquilo era tudo que precisava. Acionar peso aumentava a densidade do corpo e dos ossos, impedindo que ele se ferisse no pulo sobre o soldado. Sazed sentiu um estalo gratificante quando eles atingiram a grade, seu peso imensamente aumentado esmagando os ossos do guarda kandra. Eles usavam Corpos Verdadeiros de pedra, mas nem isso era o bastante para suportá-lo.

Sazed liberou a mente de metal e começou a preenchê-la, em vez disso, deixando seu corpo incrivelmente leve. Tocou o pé no cadeado de aço e acionou a velocidade. De repente, ficou mais rápido que qualquer homem tinha o direito de ser. Ele se ergueu enquanto os outros quatro guardas se viravam para fitá-lo, surpresos.

Parou de preencher a mente de ferro e recuperou o peso normal, e estendeu a mão com velocidade impressionante para pegar o martelo do soldado caído. Não tinha mais força aumentada, mas estava veloz. Ele bateu o martelo no ombro de um kandra, ficando mais pesado para adicionar impulso ao golpe.

Os ossos do kandra se estilhaçaram. Sazed tocou o pé no cadeado e acionou a velocidade restante. Ele agachou, girando, e bateu o martelo nos joelhos dos dois kandra que estavam tentando atacá-lo com suas armas.

Eles berraram, caindo, enquanto a velocidade de Sazed se esgotava.

Ele se levantou. TenSoon estava sentado sobre o último guarda, prendendo-o ao chão.

— Pensei que você fosse um estudioso — o cão observou, seu prisioneiro se contorcendo.

Sazed jogou o martelo de lado.

— E sou — ele disse. — Vin teria saído desta prisão dias atrás. Agora, acredito que devemos lidar com esses... — Ele apontou para os Quintos caídos, que pareciam ter certa dificuldade de se mover com os ossos quebrados.

TenSoon assentiu. Ele chamou alguns dos amigos para ajudá-lo com aquele que estava segurando. Seguraram o prisioneiro com hesitação, mas havia o bastante deles para mantê-lo quieto.

— O que vocês fizeram aqui, FhorKood? — TenSoon perguntou ao prisioneiro. Sazed manteve os olhos nos outros Quintos, sendo forçado a bater um martelo contra um deles, quebrando mais ossos para impedir uma tentativa de fuga.

FhorKood rosnou.

— Terceiro imundo — ele murmurou.

— *Você* é o traidor desta vez — TenSoon disse com um sorriso tenso. — KanPaar me rotula como rompedor de Contrato e, em seguida, derruba a Primeira Geração? Se o mundo não estivesse acabando, acharia bastante engraçado. Agora, fale!

Sazed hesitou ao perceber uma coisa. As outras celas no chão estavam ocupadas. Ele se inclinou, reconhecendo algo nos músculos que viu lá dentro. Eram... descoloridos e um pouco deformados. Como... musgo pendurado.

— TenSoon! — ele disse, erguendo os olhos. — Talvez a Primeira Geração ainda *esteja* viva. Venha até aqui.

TenSoon foi até ele, em seguida olhou para um fosso, franzindo o rosto com lábios caninos.

— MeLaan! As chaves!

Ela correu até eles, destrancando a grade. Com alguma consternação, Sazed conseguiu determinar que havia vários conjuntos de músculos contorcidos no fosso, cada um de uma cor um pouco diferente.

— Precisamos de ossos — TenSoon disse, erguendo-se.

MeLaan assentiu, correndo para fora do recinto. Sazed olhou para o cão.

— Devem ter matado os outros kandra dessas celas — TenSoon falou, baixinho. — Traidores da nossa espécie, aprisionados pela eternidade. Era para ter sido meu destino. É esperto; todos pensam que essas celas mantêm criminosos perigosos. Não seria estranho para os Quintos continuarem alimentando-os, e ninguém suspeitaria de que os ocupantes tivessem sido substituídos pela Primeira Geração, supondo que não prestassem atenção na cor dos músculos.

— Precisamos seguir em frente — Sazed disse. — Chegar até KanPaar.

TenSoon sacudiu a cabeça.

— Não vamos muito longe sem os Primeiros para contar nossa história, terrisano. Vá e armazene mais de sua Feruquemia. Podemos precisar dela.

Com isso, TenSoon se afastou, aproximando-se do prisioneiro.

— Você tem duas opções, FhorKood — ele disse. — Ou abre mão de seus ossos, ou vou digerir seu corpo e matá-lo, como fiz com OreSeur.

Sazed franziu o cenho, observando. O kandra capturado parecia morrer de medo de TenSoon. O corpo do Quinto se liquefez, e ele se moveu como uma lesma para longe dos ossos de granito. TenSoon sorriu.

— Para que isso? — Sazed perguntou.

— Algo que Zane me ensinou — TenSoon disse, o corpo de cão começando a derreter, seus pelos caindo. — Ninguém espera que um *kandra* seja um impostor. Daqui a pouco, FhorKood aqui voltará até os da Segunda Geração e dirá que o traidor TenSoon foi capturado. Só preciso enrolá-los o suficiente para os da Primeira Geração se regenerarem. Eles vão levar muito mais tempo do que eu para fazer os corpos.

Sazed assentiu. MeLaan voltou um tempo depois com um grande saco cheio de ossos, e TenSoon — tendo recriado o corpo de FhorKood com incrível velocidade — saiu da câmara em sua missão.

Em seguida, Sazed se sentou, removendo o cadeado e segurando-o para usá-lo como uma mente de metal, um martelo de ferro na outra mão para armazenar peso. Parecia estranho ficar ali, sentado, mas aparentemente os Primeiros precisariam de algumas horas para regenerar os corpos.

Realmente não há pressa, não é?, pensou Sazed. *Tenho a Primeira Geração aqui — é deles que preciso. Posso continuar a entrevistá-los, aprender o que quero. TenSoon distrairá KanPaar. Não importa que os Segundos fiquem no poder por mais algumas horas.*

Que mal poderiam fazer?

Acredito que as brumas estavam buscando alguém para se tornar um novo hospedeiro para elas. O poder necessitava de uma consciência para direcioná-lo. Nessa questão, ainda estou confuso. Por que um poder usado para criar e destruir precisaria de uma mente para supervisioná-lo? Contudo, ele parece ter uma vaga vontade própria, ligada à determinação de suas capacidades. Sem uma consciência para direcioná-lo, nada poderia ser criado ou destruído. É como se o poder de Preservação entendesse que sua tendência a reforçar a estabilidade não fosse suficiente. Se nada mudasse, nada jamais viria a existir.

O que me faz me perguntar quem ou o que eram as mentes de Preservação e de Ruína.

De qualquer forma, as brumas — o poder de Preservação — escolheram alguém para se tornar seu hospedeiro muito antes de tudo o que aconteceu. Ela, no entanto, foi imediatamente sequestrada por Ruína e usada como peça em seu jogo. Ele devia estar ciente de que, ao lhe dar uma estaca hemalúrgica disfarçada, impediria que as brumas entrassem nele como desejavam.

As três vezes em que Vin extraiu poder das brumas, portanto, foram as três vezes em que o brinco havia sido removido de seu corpo. Quando lutou com o Senhor Soberano, a Alomancia dele fez com que o brinco caísse. Quando combateu Marsh, em Fadrex, ela usou o brinco como arma. E, no final, Marsh o tirou, libertando-a e permitindo que as brumas — no momento desesperadas por uma hospedeira, tendo o último traço de Preservação desaparecido — pudessem finalmente despejar-se nela.

79

ALGO MUDOU.

Vin despertou de sua contemplação do mundo. Algo importante estava acontecendo. Ela não tinha experiência suficiente para dizer de imediato o que era, mas viu a conexão com Ruína se afastar de repente.

Vin a seguiu. Velocidade não era um problema. De fato, ela nem mesmo sentia que estava se movendo. "Seguiu" porque era como sua mente interpretava a experiência de instantaneamente mover sua consciência para o local onde Ruína havia concentrado a dele.

Reconheceu a área. Os Fossos de Hathsin, ou um lugar próximo. Como parte de sua mente percebera antes, os Fossos haviam se transformado em um gigantesco campo de refugiados, as pessoas dali consumindo depressa os recursos que os terrisanos tinham cuidadosamente armazenado. Parte dela sorriu. O povo de Terris entregara suas mercadorias de bom grado, ajudando aqueles que fugiram de Luthadel. O Senhor Soberano trabalhara para criar terrisanos que fossem dóceis. No entanto, será que esperara que, ao criar servos perfeitos, também criaria um povo gentil e atencioso que cederia seus últimos rebanhos para ajudar aqueles que morriam de fome?

O que ela observara antes não tinha a ver com os terrisanos ou seus novos hóspedes. Ela o viu quando se aproximou. Um brilho reluzente de... algo. Poderoso, mais poderoso que o sol aos olhos de Vin. Ela se concentrou naquilo, mas pouco enxergava. O que poderia brilhar de forma tão magnífica?

— Pegue isso — uma voz disse. — Encontre os seres humanos e troque por armas e suprimentos.

— Sim, Lorde KanPaar — uma segunda voz concordou. Estavam vindo do centro da área brilhante. Era ao lado dos Fossos, apenas a poucos minutos de viagem do campo de refugiados.

Ah, não..., pensou Vin, sentindo um terror repentino.

— Os tolos da Primeira Geração ficaram sentados sobre esse tesouro tempo demais — KanPaar comentou. — Com essa riqueza, poderíamos estar *governando* os humanos em vez de servi-los.

— Eu... pensei que não quiséssemos mudar as coisas — a segunda voz falou.

— Ah, não vamos. Não tão rapidamente, ao menos. Por ora, apenas essa pequena quantidade precisa ser vendida...

Escondido embaixo da terra, pensou Vin, sua mente elevada fazendo as conexões. *Em um lugar que já brilha pelo grande número de depósitos metálicos. Ruína nunca teria sido capaz de saber onde o atium estava.*

A profundidade das estratégias do Senhor Soberano a surpreendeu. Ele aguentara por mil anos, guardando esse segredo incrível, mantendo o atium seguro. Ela imaginou os obrigadores comunicando-se apenas por placas de metal, dando instruções para as operações nos Fossos. Imaginou caravanas viajando dali, carregando atium misturado com ouro e moedas de forma a esconder para onde estava indo e o que exatamente estava acontecendo.

Você não sabe o que eu faço pela humanidade, dissera o Senhor Soberano.

E eu não sabia, pensou Vin. *Obrigada.*

Ela sentiu a força de Ruína crescer e a bloqueou. Mas, da mesma forma que foi capaz de levar um traço de poder até Elend através de Ruína, Ruína conseguiu atravessá-la com um fio ínfimo. Foi suficiente, pois um dos que falavam estava maculado pela Hemalurgia. Uma estaca em cada ombro atraiu o poder de Ruína e permitiu que ele falasse ao seu portador.

Um kandra?, pensou Vin, seus sentidos finalmente conseguindo enxergar através do brilho do atium para ver a criatura de corpo translúcido em uma caverna, pouco abaixo da superfície. Outro kandra estava saindo de um buraco nas proximidades, carregando uma pequena bolsa de atium.

Ruína tomou o controle do kandra KanPaar. A criatura enrijeceu, suas estacas de metal traindo-o.

Fale, disse Ruína para KanPaar; Vin sentia as palavras pulsarem para dentro do kandra. *Quanto atium tem aí?*

— Que... quem é você? — KanPaar quis saber. — Por que está na minha cabeça?

Sou Deus, disse a voz. *E você é meu.*

Todos vocês são meus.

ELEND ATERRISSOU DIANTE DOS FOSSOS de Hathsin, erguendo uma nuvem de cinzas. Estranhamente, alguns de seus soldados estavam lá, guardando o perímetro. Eles avançaram, segurando ansiosamente as lanças, em seguida ficaram paralisados ao reconhecê-lo.

— Lorde *Venture*? — um dos homens perguntou, assustado.

— Eu o conheço — Elend disse, franzindo o cenho. — Do meu exército em Fadrex.

— O senhor nos enviou de volta, milorde — o outro soldado falou. — Com o general Demoux. Para ajudar Lorde Penrod em Luthadel.

Elend ergueu os olhos para o céu noturno, salpicado de estrelas. Algum tempo se passara durante sua viagem de Luthadel até os Fossos. Se o tempo estivesse passando normalmente, estariam no meio da noite. O que aconteceria quando o sol nascesse de novo?

— Rápido — Elend disse. — Preciso falar com os líderes do acampamento.

A VOLTA DA PRIMEIRA GERAÇÃO foi realizada com tanto estilo quanto Sazed esperava. Os velhos kandra, agora usando corpos maiores, ainda usavam as cores peculiares e a pele envelhecida de sua geração.

Ele temia que os kandra comuns não os reconhecessem. No entanto, não levou em conta os longos períodos de vida daquele povo. Mesmo que os da Primeira Geração só surgissem uma vez a cada século, a maioria dos kandra os teria visto várias vezes.

Sazed sorriu quando o grupo de Primeiros entrou na câmara principal, avançando para causar choque e surpresa nos outros. Eles anunciaram que KanPaar os traíra e aprisionara, em seguida convocaram o povo kandra para uma reunião. Sazed ficou atrás de MeLaan e dos outros, observando os obstáculos em seus planos.

Pela direita, um kandra familiar se aproximou.

— Guardador — TenSoon disse, ainda usando o corpo de um membro da Quinta Geração. — Precisamos ter cuidado. Coisas estranhas estão acontecendo.

— Por exemplo? — Sazed perguntou.

Então, TenSoon o atacou.

Sazed se assustou, e esse momento de confusão teve um custo grande. TenSoon — ou quem quer que fosse — pegou Sazed pela garganta e começou a esganá-lo. Eles caíram para trás, chamando a atenção dos kandra ao redor. O agressor de Sazed — usando ossos de pedra — pesava muito mais que o terrisano e conseguiu facilmente rolar por cima dele, ainda com as mãos em seu pescoço.

— TenSoon? — MeLaan perguntou, soando aterrorizada.

Não é ele, pensou Sazed. *Não pode ser.*

— Guardador — o agressor disse entre dentes. — Algo está muito errado.

Não me diga!

Sazed tentou tomar fôlego, estendendo a mão para o bolso da túnica, lutando para pegar o cadeado mente de metal lá dentro.

— Mal estou conseguindo conter meu impulso de esmagar sua garganta agora — o kandra continuou. — Algo está me controlando e quer que eu mate você.

E você está indo muito bem!, pensou Sazed.

— Desculpe — TenSoon disse.

Os da Primeira Geração se juntaram ao redor deles. Sazed mal conseguia se concentrar, o pânico controlando-o enquanto lutava com um inimigo muito mais forte, muito mais pesado. Ele agarrou sua mente de aço improvisada, mas só então percebeu que velocidade de pouco serviria estando preso daquela forma.

— Ela chegou — Haddek sussurrou, líder da Primeira Geração. Sazed mal percebeu quando outro Primeiro começou a tremer. Os kandras choravam e se lamentavam, mas o sangue pulsando nos ouvidos de Sazed impedia que ouvisse o que diziam.

Haddek se afastou de Sazed, que estava sendo enforcado. E, então, em voz alta, ele gritou:

— A Resolução chegou!

Sobre ele, TenSoon estremeceu. Algo dentro do kandra parecia estar lutando — tradição e uma vida inteira de treinamento guerreavam contra o controle de uma força externa. TenSoon soltou uma das mãos de Sazed, mas continuou apertando com a outra. Em seguida, com a mão livre, o kandra estendeu a mão para o próprio ombro.

E Sazed desmaiou.

O povo kandra sempre disse que era de Preservação, enquanto os koloss e os Inquisidores eram de Ruína. Porém, os kandra usavam estacas hemalúrgicas como os outros. Era tal alegação, portanto, simplesmente um engano?

Não, acho que não. Foram criados pelo Senhor Soberano para serem espiões. Quando diziam isso, a maioria de nós interpretava que ele havia planejado usá-los como espiões em seu novo governo, pela sua capacidade de imitar outras pessoas. De fato, foram usados para esse fim.

Mas vejo um propósito muito maior em sua existência. Eram os agentes duplos do Senhor Soberano, criados com estacas hemalúrgicas, mas incumbidos — ensinados, obrigados — de retirá-las quando Ruína tentasse tomá-los. No momento de triunfo de Ruína, quando ele supôs que os kandra ficariam entregues aos seus caprichos, uma esmagadora maioria deles imediatamente trocou de lado e o deixou incapaz de receber seu prêmio.

Desde o início, eles eram *de Preservação.*

80

— OS TERRISANOS FIZERAM UM bom trabalho aqui, milorde — Demoux disse.

Elend assentiu, caminhando pelo silêncio noturno do acampamento com as mãos para trás. Estava contente por ter posto um uniforme branco e limpo antes de sair de Fadrex. Como era de se esperar, as roupas chamaram atenção. As pessoas pareceram criar esperança simplesmente ao vê-lo. Suas vidas foram lançadas no caos — precisavam saber que seu líder estava ciente da situação.

— O acampamento é enorme, como o senhor pode ver — Demoux continuou. Quando o general descobriu que Penrod estava morto e que a maior parte da população de Luthadel estava nos Fossos, ele decidiu manter seus homens lá para ajudar. — Várias centenas de milhares de pessoas estão vivendo aqui. Sem os terrisanos, duvido que os refugiados tivessem sobrevivido. Do jeito que está, conseguem manter as doenças a um mínimo, organizam equipes para filtrar e trazer água fresca para o acampamento e distribuem comida e cobertores.

Ele hesitou, olhando para Elend.

— Mas a comida está acabando — o general disse.

Eles passaram por outra fogueira, e as pessoas se levantaram. Observaram Elend e seu general com esperança. Naquela fogueira, Demoux parou quando uma jovem terrisana se aproximou e entregou a ele e a Elend um pouco de chá morno. Os olhos dela se demoraram em Demoux com um traço de carinho, e ele a agradeceu chamando-a pelo nome. O povo de Terris nutria muita afeição por ele — talvez gratos por trazer soldados e ajudar a organizar e policiar a massa de refugiados.

As pessoas precisavam de liderança e ordem em períodos assim.

— Eu não deveria ter saído de Luthadel — Elend disse suavemente.

Demoux não respondeu de imediato. Os dois terminaram o chá e seguiram em frente, caminhando com uma guarda de honra de cerca de dez soldados, todos do grupo de Demoux. O general enviara várias mensagens para Elend em Fadrex, mas elas nunca chegaram. Talvez não tivessem sido capazes de contornar o campo de lava, ou talvez tivessem entrado em conflito com o mesmo exército de koloss pelo qual Elend havia passado no caminho para Luthadel.

Aqueles koloss..., pensou Elend. *Aqueles que levamos para longe de Fadrex e muitos outros estão vindo direto pra cá. Há mais pessoas aqui do que em Fadrex. E elas não têm uma muralha, ou muitos soldados para protegê-las.*

— Você entendeu o que aconteceu em Luthadel, Demoux? — Elend perguntou em voz baixa, parando em uma área escurecida entre as fogueiras. Ainda parecia estranho estar ao ar livre sem brumas para obscurecer a noite. Ele conseguia enxergar muito adiante, mas, estranhamente, a noite não parecia tão brilhante.

— Penrod, milorde — Demoux disse em voz baixa. — Disseram que ele enlouqueceu. Começou a encontrar traidores na nobreza, dentro do próprio exército. Dividiu a cidade, que acabou entrando em uma guerra interna. Quase todos os soldados mataram uns aos outros, e metade da cidade foi incendiada. A maioria das pessoas escapou, mas tinham pouca proteção. Qualquer grupo de bandoleiros provavelmente teria sido capaz de destruir o povo inteiro.

Guerra interna, Elend pensou com frustração. *Ruína, usando nossos truques contra nós. É o mesmo método que Kelsier usou para tomar a cidade.*

— Milorde... — Demoux disse, hesitante.

— Fale.

— O senhor fez o certo ao mandar a mim e aos meus homens embora. O Sobrevivente está por trás disso, milorde. Ele nos queria aqui por algum motivo.

Elend franziu a testa.

— Por que diz isso?

— Essas pessoas, elas fugiram de Luthadel por causa de Kelsier. Ele apareceu para dois soldados, então para um grupo de pessoas. Contaram que ele lhes disse para se aprontarem para o desastre e para levarem o povo para fora da cidade. Por causa deles que tantos escaparam. Esses dois soldados e seus amigos prepararam os suprimentos e tiveram a presença de espírito de rumar para cá.

Elend franziu ainda mais a testa. Ainda assim, ele vira coisas demais para rejeitar uma história dessas, por mais estranha que fosse.

— Traga esses homens — pediu.

Demoux assentiu, acenando para um soldado.

— Confira também — Elend disse, lembrando-se de que Demoux e seus homens tinham ficado doentes com as brumas — se alguém aqui tem metais alomânticos. Dê para seus soldados e faça com que ingiram.

— Milorde? — Demoux disse, confuso, enquanto se virava.

— É uma longa história, Demoux — Elend comentou. — Basta dizer que seu deus, ou alguém, transformou você e seus homens em alomânticos. Divida seus homens pelo metal que eles puderem queimar. Vamos precisar de todos os Lançamoedas, Brutamontes e Atraidores que pudermos reunir.

SAZED PISCOU ATÉ ABRIR OS olhos, e balançou a cabeça, gemendo. Quanto tempo ficara desmaiado? Não muito, provavelmente. Foi o que percebeu quando sua visão clareou. Ele desmaiara por falta de ar, o que deixava a pessoa inconsciente apenas por um curto período.

Se a pessoa acordasse.

E acordei, ele pensou, tossindo, esfregando a garganta e sentando-se. A caverna kandra brilhava com a luz calma dos lampiões azul-fosforescentes. Àquela luz, conseguiu ver que estava cercado por algo estranho.

Espectros das brumas. Os primos dos kandra, os saprófagos que caçavam à noite e alimentavam-se de cadáveres. Eles se moviam ao redor de Sazed, massas de músculo, carne e osso, mas com os ossos combinados de formas estranhas e não naturais. Pés pendurados, cabeças ligadas a braços. Costelas usadas como pernas.

Exceto que esses ossos não eram de verdade, mas de pedra, metal ou madeira. Sazed se ergueu solenemente, olhando para o que sobrara do povo kandra. Espalhadas no chão, entre a massa confusa de espectros das brumas — que escorriam como lesmas gigantes e translúcidas —, estavam as estacas descartadas. As Bênçãos dos Kandra. As coisas que lhes tinham trazido a sabedoria.

Eles haviam feito o necessário. Mantiveram seu juramento e removeram as estacas para que não fossem tomados por Ruína. Sazed os fitou com pena, espanto e respeito.

O atium, pensou ele. *Eles fizeram isso para impedir Ruína de chegar ao atium. Preciso protegê-lo!*

Ele saiu aos tropeços da câmara principal, recuperando sua força enquanto seguia para a Gruta da Confiança. Sons vindos daquela direção o fizeram parar, e ele espiou o corredor por um canto, através da entrada aberta da Gruta. Lá dentro, um grupo de kandra — talvez vinte — trabalhava para empurrar a placa no chão que cobria o atium.

Claro que nem todos se transformaram em espectros das brumas, ele pensou. Alguns estavam longe do alcance dos Primeiros ou não tiveram coragem de arrancar as estacas. De fato, ao pensar a respeito, ficou ainda mais impressionado que tantos *tivessem* obedecido ao comando da Primeira Geração.

Sazed reconheceu KanPaar facilmente, coordenando o trabalho. Os kandra levariam o atium e o entregariam a Ruína. Sazed tinha de impedi-los. Mas eram vinte contra um — com Sazed tendo apenas uma pequena mente de metal. Não eram boas perspectivas.

Depois Sazed percebeu algo no corredor: um simples saco de tecido, que não chamaria atenção, exceto pelo fato de ele tê-lo reconhecido. Fora onde carregara suas mentes de metal por anos. Deviam tê-lo jogado ali depois de sua prisão. Estava a cerca de seis metros dele no corredor, perto da entrada da Gruta.

Na outra sala, KanPaar ergueu os olhos diretamente para onde estava Sazed. Ruína havia percebido sua presença.

Sazed não parou para pensar. Enfiou a mão no bolso, pegou o cadeado de aço e acionou. Ele correu em velocidade sobre-humana, agarrando a bolsa do chão no momento em que os kandra começaram a gritar.

Sazed abriu a bolsa e encontrou uma coleção de braceletes, anéis e braçadeiras lá dentro. Ele as jogou no chão, espalhando as preciosas mentes de metal, e pegou duas. Depois, ainda se movendo em velocidade incrível, desviou para as portas.

Sua mente de aço se esgotou. Um dos anéis que havia pegado era de peltre. Acionou a força, crescendo em tamanho e volume. Em seguida, fechou as portas da Gruta da Confiança com tudo, e os kandras agora presos lá dentro berraram, chocados. A seguir, ele acionou outro anel — este de ferro. Ficou várias vezes mais pesado, aplicando tal peso para manter as gigantescas portas de metal da Gruta da Confiança fechadas.

Era uma tática de postergação. Ele se levantou, mantendo as portas fechadas, as mentes de metal esvaziando-se em ritmo alarmante. Eram os mesmos anéis que usara no cerco de Luthadel. Sazed os encheu após o cerco, antes de abrir mão da Feruquemia, mas eram pequenos e não durariam muito. O que faria quando os kandra arrebentassem a porta? Ele procurou desesperadamente uma maneira de barrar ou bloquear a passagem, mas não conseguiu encontrar nada. E, se soltasse, mesmo que por um momento, os kandra se libertariam.

— Por favor — ele sussurrou, esperando que, como antes, a coisa que ouvia lhe mandasse um milagre. — Vou precisar de ajuda...

— JURO QUE ERA ELE, milorde — o soldado chamado Rittle disse. — Eu acredito na Igreja do Sobrevivente desde o dia da morte de Kelsier, milorde. Ele pregou para mim, me converteu à rebelião. Eu também estava lá quando ele visitou as cavernas e Lorde Demoux lutou por sua honra. Reconheceria Kelsier como reconheceria meu próprio pai. *Era* o Sobrevivente.

Elend se virou para o outro soldado, que assentia em concordância.

— Eu não o conheci, milorde. Mas batia com as descrições. Acho que era realmente ele, acho mesmo.

Elend então olhou para Demoux, que assentiu.

— Eles descreveram de forma precisa Lorde Kelsier, milorde. Ele *está* olhando por nós.

Elend...

Um mensageiro chegou e sussurrou algo para Demoux. A noite estava escura e, à luz das tochas, Elend estudou os dois soldados que tinham visto Kelsier. Não pareciam testemunhas altamente confiáveis — Ele não havia deixado exatamente os melhores soldados para trás ao sair em campanha. Ainda assim, outros supostamente tinham visto o Sobrevivente também. Precisava falar com eles.

Elend sacudiu a cabeça. Afinal, onde estaria Vin agora?

Elend...

— Milorde — Demoux disse, tocando seu braço, aparentemente preocupado. Elend dispensou os dois soldados testemunhas. Estando certos ou não, devia muito a eles; salvaram muitas vidas com sua organização.

— Relatos de batedores, milorde — Demoux disse com o rosto iluminado por uma tocha que tremeluzia à brisa noturna. — Aqueles koloss que o senhor viu estão vindo *nesta* direção. Movendo-se rapidamente. Batedores em uma colina viram as criaturas se aproximando à distância. Eles... talvez estejam aqui antes do fim da noite.

Elend praguejou em voz baixa.

Elend...

Ele franziu o cenho. Por que estava ouvindo seu nome no vento? Ele se virou, olhando para a escuridão. Algo o atraía, o guiava, sussurrando para ele. Tentou ignorar, voltando a olhar Demoux. Contudo, a voz estava lá, no seu coração.

Venha...

Parecia a voz de Vin.

— Reúna uma guarda de honra — Elend disse, agarrando a tocha pelo cabo, vestindo uma capa de cinzas e a abotoando até os joelhos. Em seguida, virou-se para a escuridão.

— Milorde?

— Só faça o que mandei — Elend ordenou, caminhando a passos largos.

Demoux chamou os soldados, seguindo às pressas.

O que estou fazendo?, pensou Elend, abrindo caminho através das cinzas que chegavam até a altura da cintura, usando a capa para manter o uniforme limpo. *Perseguindo sonhos? Talvez eu esteja enlouquecendo.*

Via algo em sua mente. Uma encosta com uma caverna. Uma lembrança, talvez? Ele já passara por ali antes? Demoux e os soldados seguiram-no em silêncio, parecendo apreensivos.

Elend continuou avançando. Estava quase...

Ele parou. Lá estava a encosta. Teria sido indistinta das outras ao redor, se não fossem as trilhas levando até ela. Elend franziu a testa, abrindo caminho pelas cinzas altas, movendo-se até o ponto onde a trilha terminava. Lá, estudou o buraco no chão que levava para dentro da terra.

Uma caverna, ele pensou. *Talvez... um lugar para o meu povo se esconder?*

Provavelmente não era grande o bastante. As cavernas que Kelsier usara para sua rebelião eram grandes o suficiente para abrigar dez mil homens, porém. Curioso, Elend seguiu caverna adentro, descendo a inclinação íngreme, e tirou a capa. Demoux e seus homens o seguiram com curiosidade.

O túnel avançou um tanto, e Elend ficou surpreso em descobrir que havia luz mais adiante. Imediatamente, ele queimou peltre, ficando mais tenso. Jogou a tocha de lado e queimou estanho, aumentando a visão. Conseguia ver vários postes com brilhos azuis na ponta. Pareciam feitos de rocha.

O que é isso...?

Ele avançava com rapidez, acenando para Demoux e seus homens seguirem. O túnel levou a uma caverna ampla. Elend parou. Era tão grande quanto uma das cavernas-depósitos. Maior, talvez. Lá embaixo, algo se moveu.

Espectros das brumas?, ele percebeu, surpreso. *É aqui que se escondem? Em cavernas subterrâneas?*

Soltou uma moeda, lançando-se através da caverna mal iluminada para aterrissar em um piso de pedra, distante de Demoux e dos outros. Os espectros não eram tão grandes quanto outros que tinha visto. E... por que estavam usando pedras e madeira no lugar de ossos?

Ouviu um som. Apenas seus ouvidos aguçados pelo estanho permitiram que o ouvisse, mas parecia muito diferente do som que um espectro das brumas faria. Pedra contra metal. Ele acenou para Demoux e seguiu com cuidado para um corredor lateral.

No fim do corredor, parou, surpreso. Uma figura familiar estava em pé, recostada a um par de grandes portas de metal, grunhindo, aparentemente tentando mantê-las fechadas.

— *Sazed?* — Elend perguntou, empertigando-se.

Sazed ergueu os olhos, viu Elend e ficou tão surpreso que perdeu o controle das portas. Elas se abriram de uma vez, jogando o terrisano para o lado, revelando um grupo de kandra furiosos e de pele translúcida.

— Majestade! — Sazed disse. — Não deixe que escapem!

Demoux e seus soldados correram para se posicionar atrás de Elend. *Este é Sazed ou um kandra que comeu seus ossos?*, pensou Elend. Tomou uma decisão rápida. Confiaria na voz em seus ouvidos. Confiaria que aquele era Sazed.

O grupo tentou passar pelos soldados de Demoux. As criaturas eram pobres guerreiros, no entanto, e suas armas eram feitas de metal. Bastaram dois minutos para Elend e Demoux subjugarem o grupo, quebrando seus ossos para impedir que se curassem e escapassem.

Feito isso, Elend foi até Sazed, que havia se levantado e estava se limpando.

— Como me encontrou, Majestade?

— Honestamente, não sei — Elend disse. — Sazed, que lugar é este?

— A Terra Natal do povo kandra, Majestade — o terrisano respondeu. — E o esconderijo da reserva de atium do Senhor Soberano.

Elend ergueu a sobrancelha, seguindo o dedo que Sazed apontava. Havia um salão além das portas e um fosso no chão.

Que ótimo, pensou Elend, irônico. *Agora o encontramos.*

— Não parece muito entusiasmado, Majestade — Sazed observou. — Reis, exércitos, Nascidos da Bruma e até Kelsier vêm procurando por esse depósito há anos.

— É inútil — Elend disse. — Meu povo está morrendo de fome e não pode comer metal. Mas esta caverna... talvez seja útil. O que acha, Demoux?

— Se houver outras câmaras como esta primeira, milorde, poderia abrigar uma quantidade substancial do nosso povo.

— Há quatro grandes cavernas — Sazed disse. — E quatro entradas, pelo que eu saiba.

Elend se virou para Demoux. Ele já estava dando ordens aos soldados. *Precisamos trazer o povo para cá antes do nascer do sol*, pensou Elend, lembrando-se do calor. *No mínimo, antes de os koloss chegarem.*

Depois disso… bem, eles teriam de ver. Por ora, Elend tinha apenas um objetivo.

Sobreviver.

O Estalo sempre foi o lado sombrio da Alomancia. A carga genética de uma pessoa pode torná-la um alomântico em potencial, mas, para o poder se manifestar, o corpo precisa passar por um trauma extraordinário. Embora Elend falasse de como seu espancamento havia sido terrível, durante os nossos dias, desencadear a Alomancia em uma pessoa era mais fácil do que fora no passado, pois tínhamos a infusão do poder de Preservação nas linhagens humanas através das pepitas concedidas à nobreza pelo Senhor Soberano.

Quando Preservação criou as brumas, estava temeroso de que Ruína escapasse da prisão. Naqueles dias, antes da Ascensão, as brumas começaram a estalar *as pessoas como fazíamos durante o nosso tempo, mas essa ação das brumas era um dos únicos meios de despertar a Alomancia em uma pessoa, pois os atributos genéticos estavam enterrados muito profundamente para ser trazidos à tona por um simples espanca-*

mento. As brumas daqueles dias criavam apenas Brumosos — não havia Nascidos da Bruma até o Senhor Soberano fazer uso das pepitas.

O povo interpretava mal a intenção das brumas, pois o processo de estalar *alomânticos causava algumas mortes — especialmente de jovens e velhos. Esse não era o desejo de Preservação, mas ele havia renunciado a grande parte de sua consciência para formar a prisão de Ruína, e as brumas tiveram de trabalhar o melhor que podiam sem direcionamento específico.*

Ruína, sutil como sempre, sabia que não poderia impedir as brumas de fazer seu trabalho. No entanto, podia fazer o inesperado e incentivá-las. *Então ajudou a fortalecê-las mais, o que trouxe a morte das plantas do mundo e criou a ameaça que ficou conhecida como as Profundezas.*

81

VIN SE VIROU PARA RUÍNA, esboçando um sorriso. A nuvem de bruma escura e inquieta parecia agitada.

Então, você pode influenciar um único assecla, vociferou Ruína, girando e erguendo-se no ar. Vin seguiu, subindo para pairar sobre todo o Domínio Central. Lá embaixo, conseguiu ver os soldados de Demoux correndo para o acampamento, acordando as pessoas, organizando sua fuga. Alguns deles já estavam seguindo a trilha na cinza até a segurança das cavernas.

Ela conseguia sentir o sol e estava ciente de que o planeta estava perto demais dele. Porém, não podia fazer mais nada. Não apenas Ruína a teria impedido, como também havia o fato de que ela ainda não entendia o poder. Sentia-se como o Senhor Soberano devia ter se sentido — poderoso, mas desajeitado. Se tentasse mover o mundo, apenas pioraria as coisas.

Mas havia conseguido algo. Ruína tinha seus koloss avançando na direção deles a uma velocidade vertiginosa, mas não chegariam às minas antes de muitas horas. Tempo suficiente para levar as pessoas às cavernas.

Ruína percebeu o que ela estava examinando ou, talvez, tenha sentido sua presunção. *Acha que venceu?*, ele perguntou em tom de zombaria. *Ora, só porque conseguiu impedir alguns kandra? Sempre foram os mais fracos dos asseclas que o Senhor Soberano criou para mim. Era um hábito meu ignorá-los. De qualquer forma, Vin, você não pode achar de fato que me venceu.*

Vin esperou, observando o povo fugir para a segurança relativa das cavernas. Mesmo enquanto o grosso das pessoas chegava — soldados separando-os em grupos, fazendo-os passar por diferentes entradas —, seu bom humor já começava a definhar. Ela conseguira chegar a Elend e, embora tivesse parecido uma grande vitória naquele momento, agora ela podia ver que aquela tática só serviria para postergar.

Você contou os koloss em meu exército, Vin?, perguntou Ruína. *Eu os fiz com seu povo, como sabe. Reuni centenas de milhares.*

Vin se concentrou, contando instantaneamente. Ele estava dizendo a verdade.

Esta é a força que eu poderia ter lançado contra vocês a qualquer momento, disse Ruína. *A maior parte dela mantida nos Domínios Longínquos, mas eu passei um bom tempo os trazendo para dentro dos domínios, marchando com eles para Luthadel. Quantas vezes preciso lhe dizer, Vin? Vocês não podem vencer. Nunca puderam. Estive apenas brincando com vocês.*

Vin se afastou, ignorando as mentiras. Ruína não estivera brincando com eles — estivera tentando descobrir os segredos deixados por Preservação, o segredo mantido pelo Senhor Soberano. Ainda assim, os números que Ruína finalmente conseguira aglomerar eram assustadores. Havia muito mais koloss do que pessoas descendo para as cavernas. Com uma força como essa, Ruína poderia atacar uma posição bem fortificada. E, pelas contas de Vin, Elend tinha pouco menos que mil homens com qualquer treinamento.

Além disso, havia o sol e seu calor destrutivo, a morte das plantações do mundo, as águas e a terra poluídas por vários metros de cinzas... e os rios de lava, que ela havia impedido, haviam recomeçado, e tampar as Montanhas de Cinzas fora apenas uma solução temporária. E ruim, aliás. Agora que as montanhas não podiam entrar em erupção, grandes rachaduras surgiam na terra, e a lava, o sangue ardente da terra, estava transbordando.

Estamos em grande desvantagem!, pensou Vin. *Ruína teve séculos para planejar tudo isso. Quando pensávamos que estávamos sendo espertos, caímos em sua trama. De que adianta levar meu povo para baixo da terra, se eles vão acabar morrendo de fome?*

Ela se voltou para Ruína, que formava vagalhões e redemoinhos de fumaça enquanto observava o exército koloss. Sentiu um ódio que parecia incompatível com o poder que detinha. Aquele ódio a deixava enjoada, mas ela não o dispersou.

Aquela coisa diante dela... destruiria tudo que conhecia, tudo que amava. Não conseguia entender o amor. Construía apenas para destruir depois. Naquele momento, Vin abriu mão de sua decisão anterior. Nunca mais trataria Ruína como se fosse um ser humano. Humanizar a criatura era lhe prestar respeito demais.

Comovida, assistindo a tudo acontecer, ela não sabia mais o que fazer. Assim sendo, atacou.

Não sabia ao certo como fazer aquilo. Lançou-se contra Ruína, forçando seu poder contra o poder da coisa. Houve um atrito entre as duas, um embate de energias, que perturbou seu corpo divino. Ruína gritou e — mesclada a ele —, Vin conheceu sua mente.

Ruína ficou surpreso. Não esperava que Preservação fosse capaz de atacar. O movimento de Vin tinha muito de destruição. Ruína não soube como reagir, mas lançou seu poder de volta em um reflexo protetor. Seus "eus" se chocaram, ameaçando se dissolver. Por fim, Vin se afastou, dilacerada, refutada.

O poder de ambas era acirrado demais. Opostos, ainda que similares. Como a Alomancia.

Oposição, sussurrou Ruína. *Equilíbrio. Desconfio que você aprenderá a odiá-lo, embora Preservação nunca tenha conseguido.*

— ENTÃO, *ESTE* É O corpo de um deus? — Elend perguntou, rolando a conta de atium na palma da mão. Ele a ergueu próxima da que Yomen lhe dera.

— Exato, Majestade — Sazed disse.

O terrisano parecia animado. Não entendia como a situação era perigosa? Os batedores de Demoux — os que conseguiram retornar — relataram que os koloss estavam a apenas minutos de distância. Elend ordenara que as tropas ficassem nas entradas da Terra Natal, mas sua esperança — de que os koloss não soubessem onde encontrar seu povo — era ínfima, considerando o que Sazed lhe dissera sobre Ruína.

— Ruína não tem escolha a não ser vir buscá-lo — Sazed explicou. Estavam na caverna com paredes de metal chamada Gruta da Confiança, o lugar onde os kandra haviam passado os últimos mil anos reunindo e protegendo o atium. — Este atium é *parte* dele. É o que tem buscado todo esse tempo.

— O que, por sua vez, quer dizer que teremos algumas centenas de milhares de koloss tentando pular nas nossas gargantas, Sazed — Elend disse, devolvendo a conta. — Sou a favor de entregarmos o atium para ele.

Sazed empalideceu.

— Entregar para ele? Majestade, desculpe, mas isso traria o fim do mundo. Instantaneamente. Tenho certeza disso.

Que ótimo, pensou Elend.

— Tudo vai ficar bem, Elend — Sazed disse.

Elend franziu a testa para o terrisano, que parecia tranquilo ali de pé em sua túnica.

— Vin virá — Sazed explicou. — Ela é o Herói das Eras e virá para salvar este povo. Não vê a perfeição disso? É arranjado, planejado. O fato de você ter vindo até aqui, me encontrar, neste exato momento... Ter conseguido trazer o povo para a segurança destas cavernas... Bem, tudo se encaixa. Ela virá.

Momento interessante para ele recuperar a fé, pensou Elend. Rolou a conta de Yomen entre os dedos, pensativo. Fora do salão, pôde ouvir sussurros. Pessoas — mordomos terrisanos, líderes skaa, alguns soldados — estavam escutando. Elend conseguiu sentir a ansiedade nas vozes. Eles tinham ouvido sobre o exército que se aproximava. Enquanto Elend observava, viu Demoux abrindo caminho para entrar no salão.

— Soldados a postos, milorde — o general disse.

— Quantos temos? — Elend perguntou.

Demoux parecia triste.

— Os trezentos que trouxe comigo — ele respondeu. — Mais quinhentos da cidade. E mais cem cidadãos comuns que armamos com os martelos dos kandra ou armas sobressalentes de nossos soldados. E temos quatro entradas diferentes para este complexo de cavernas que precisamos vigiar.

Elend fechou os olhos.

— Ela virá — Sazed disse.

— Milorde — Demoux disse, puxando Elend para o lado. — A situação é ruim.

— Eu sei — Elend disse, exalando suavemente. — Deu os metais para cada um dos homens?

— O que consegui encontrar — Demoux disse em voz baixa. — As pessoas não pensaram em trazer metal em pó quando fugiram de Luthadel. Encontramos alguns nobres alomânticos entre os refugiados, mas eram apenas Nuvens de Cobre ou Buscadores.

Elend assentiu. Já havia subornado ou pressionado os alomânticos nobres úteis para ingressar em seu exército.

— Demos esses metais aos meus soldados — Demoux disse. — Mas nenhum conseguiu queimá-los. Mesmo se tivéssemos alomânticos, não poderíamos guardar este local, milorde! Não com tão poucos soldados, não contra tantos koloss. Vamos atrasá-los no início, pois as entradas são estreitas. Mas, bem...

— Eu já sei disso, Demoux — Elend disse, frustrado. — Mas você teria outras opções?

Demoux ficou em silêncio.

— Estava esperando que o senhor tivesse alguma, milorde.

— Aqui, nenhuma — Elend disse.

O rosto de Demoux se tornou sombrio.

— Então, vamos morrer.

— E sua fé, Demoux? — Elend perguntou.

— Acredito no Sobrevivente, milorde. Mas... bem, nossa perspectiva é sombria na melhor das hipóteses. Estou me sentindo como um homem esperando sua vez diante do carrasco desde que vimos aqueles koloss. Talvez o Sobrevivente não queira que tenhamos sucesso aqui. Às vezes, a morte precisa chegar para todo mundo.

Elend se afastou, abrindo e fechando o punho ao redor da conta de atium. Era o mesmo problema, o mesmo problema que sempre tivera. Falhara durante o cerco de Luthadel — acabara dependendo de Vin para proteger a cidade. Falhara com a Cidade de Fadrex — só Ruína ordenando o exército koloss para atacar em outro lugar o resgatou de lá.

A função mais básica de um governante era proteger seu povo. Nessa área, Elend se sentia continuamente impotente. Inútil.

Por que não consigo?, Elend pensou, a frustração se formando. *Passei um ano buscando cavernas-depósitos para oferecer comida apenas para terminar emboscado, com meu povo morrendo de fome. Todo esse tempo busquei o atium, esperando usá-lo para comprar a segurança do meu povo, e, quando o encontro, é tarde demais para gastá-lo em qualquer coisa.*

Tarde demais...

Ele hesitou, olhando para a placa de metal no chão.

Anos procurando... atium.

Nenhum dos metais que Demoux dera aos soldados havia suscitado reações. Elend assumira que o grupo de Demoux seria como os outros caídos das brumas de Fadrex — que seria composto de todos os tipos de Brumosos. Ainda assim, havia algo *diferente* no grupo de Demoux. Eles tinham ficado doentes por muito mais tempo que os outros.

Elend correu, passando por Sazed às pressas, para agarrar um punhado de contas. Um tesouro vasto, diferente de qualquer coisa que qualquer homem já possuíra. Valioso por sua raridade. Valioso por seu poder econômico. Valioso por sua *Alomancia*.

— Demoux — disse de súbito, erguendo e jogando uma conta para ele. — Coma isso.

Demoux franziu a testa.

— Milorde?

— Coma — Elend insistiu.

Demoux obedeceu. Ficou em silêncio por um momento.

Trezentos homens, pensou Elend. *Enviados para longe do meu exército porque, de todos os que ficaram doentes, ficaram* mais *doentes. Por dezesseis dias.*

Trezentos e vinte e sete homens. Um dezesseis-avos daqueles que caíram doentes. Um dos dezesseis metais alomânticos.

Yomen comprovara que existiam Brumosos de atium. Se Elend não estivesse tão distraído, teria feito a ligação antes. Se um a cada dezesseis que caíram doentes permaneceu assim por mais tempo, isso não significaria que tinham ganhado a mais poderosa das dezesseis habilidades?

Demoux ergueu a cabeça, seus olhos arregalados.

E Elend sorriu.

VIN PAIRAVA DO LADO DE fora da caverna, observando com horror os koloss se aproximando. Já estavam em furor de sangue, milhares e milhares deles. O massacre estava prestes a começar.

Vin gritou quando eles se aproximaram mais, lançando-se novamente contra Ruína, tentando fazer seu poder destruir a coisa. Como antes, foi rechaçada. Sentia-se gritar e tremer ao pensar nas mortes iminentes lá embaixo. Seria como as mortes da onda gigante na costa, apenas pior.

Pois desta vez as vítimas seriam pessoas que ela conhecia. Pessoas que amava.

Ela se virou para a entrada. Não queria assistir, mas não conseguia fazer outra coisa. Seu eu estava em todos os lugares. Mesmo se ela empurrasse seu centro de poder para longe, sabia que ainda sentiria as mortes — que elas a fariam tremer e chorar.

De dentro da caverna, ecoando, ela sentiu uma voz familiar.

— Hoje, homens, eu lhes peço a sua vida.

Vin pairou baixo, ouvindo. Embora não pudesse enxergar dentro da caverna por causa dos metais na rocha, ela ainda podia ouvir. Ela sabia que, se tivesse olhos, estaria chorando.

— Peço-lhes a sua vida — Elend disse, a voz ecoando — e a sua coragem. Peço-lhes sua fé e sua honra, sua força e sua compaixão. Pois, hoje, eu os lidero para a morte. Não vou pedir que recebam de bom grado esse evento. Não vou insultá-los chamando-o de bom ou justo, ou até mesmo glorioso. "Cada momento em que vocês lutarem será um presente àqueles nesta caverna. Cada segundo que lutarmos será um segundo a mais que milhares de pessoas poderão respirar. Cada golpe de espada, cada koloss derrubado, cada suspiro merecido será uma vitória! É uma pessoa protegida por um momento a mais, uma vida estendida, um inimigo frustrado!"

Houve uma breve pausa.

— No final, eles vão nos matar — Elend disse, a voz alta, ressoando na caverna. — Mas, primeiro, eles vão nos *temer*!

Os homens gritaram, e a mente expandida de Vin pôde perceber mais de trezentas vozes distintas. Ouviu-as se dividir, correndo na direção de diferentes entradas da caverna. Um momento depois, alguém apareceu na entrada próxima a ela.

Uma figura de branco lentamente saiu para as cinzas, a capa branca brilhante esvoaçando. Segurava a espada em uma das mãos.

Elend!, ela tentou gritar para ele. *Não! Volte! Atacá-los é loucura! Vocês serão mortos!*

Elend estava empertigado, observando as ondas de koloss que se aproximavam e pisoteavam as cinzas pretas, um mar infinito de morte com pele azul e olhos vermelhos. Muitos carregavam espadas, enquanto outros apenas portavam pedras e pedaços de madeira. Elend era uma mancha branca e mínima diante deles, um ponto único em uma tela de um azul infindo.

Ele ergueu a espada e avançou.

ELEND!

De repente, Elend irrompeu com uma energia brilhante, tão reluzente que Vin arfou. Ele confrontou o primeiro koloss de frente, esquivando-se embaixo da espada do monstro e decapitando a criatura com um golpe. Em seguida, em vez de saltar para longe, ele girou para o lado, investindo. Outro koloss caiu. Três espadas surgiram ao redor dele, mas todas erraram por um triz. Elend se desviou para o lado, acertando um koloss na barriga, em seguida rodou a espada — a cabeça passando de raspão em outro golpe — e arrancou o braço de uma criatura.

Ele ainda não havia se *empurrado* para longe. Vin ficou paralisada, observando-o derrubar outro koloss e decapitar mais um em um golpe único, fluido. Elend movia-se com uma elegância que ela nunca vira antes. Ela sempre fora a melhor guerreira, mas, naquele momento, ele a superava. Ziguezagueava entre as espadas koloss como se participasse de uma luta ensaiada, corpo após corpo caindo diante de sua espada deslizante.

Um grupo de soldados nas cores de Elend irrompeu da entrada da caverna, atacando. Como uma onda de luz, suas forças explodiam com poder. Eles também se moviam pelas fileiras de koloss, atacando com precisão incrível. Nenhum sequer caiu enquanto Vin assistia. Lutavam com habilidade e sorte milagrosas, cada lâmina koloss golpeando tarde demais por apenas um instante. Corpos azuis começaram a se empilhar ao redor da força reluzente dos homens.

De alguma forma, Elend encontrara um exército inteiro capaz de queimar atium.

ELEND ERA UM DEUS.

Nunca havia queimado atium antes, e sua primeira experiência com o metal o enchia de assombro. Os koloss ao redor emitiam sombras de atium, que se moviam antes deles, mostrando a Elend exatamente o que fariam. Ele conseguia ver o futuro, mesmo que poucos segundos adiante. Em uma batalha, era todo o necessário.

Conseguia sentir o atium ampliando sua mente, tornando-o capaz de ler e usar todas as novas informações. Não havia necessidade de parar para pensar. Os braços se moviam por vontade própria, brandindo sua espada com precisão incrível.

Ele girou em meio a uma nuvem de imagens-fantasma, acertando carne, sentindo-se quase como se estivesse novamente nas brumas. Nenhum koloss conseguia se impor a ele. Sentia-se energizado, sentia-se incrível. Por um tempo, era invencível. Ele engolira tantas contas de atium que parecia que ia vomitar. Por toda sua história, o atium fora uma coisa que homens precisavam economizar e acumular. Queimá-lo parecia um desperdício tão grande que ele era usado apenas com parcimônia, em momentos de grande necessidade.

Elend não precisava mais se preocupar com aquilo. Queimava o quanto quisesse. E aquilo o transformava em um desastre para os koloss — um redemoinho de golpes precisos e esquivas impossíveis, sempre uns passos à frente de seus oponentes. Inimigo após inimigo caía diante dele. E, quando começou a ficar sem atium, se *empurrou* a partir de uma espada caída de volta à entrada. Lá, com muita água para engoli-lo, Sazed esperava com outra bolsa do metal.

Elend engoliu as contas rapidamente e voltou para a batalha.

RUÍNA SE ENFURECEU E RODOPIOU, tentando impedir o massacre. Porém, desta vez, Vin foi a força do equilíbrio. Bloqueou toda tentativa de Ruína de destruir Elend e os outros, mantendo a coisa sob controle.

Não consigo concluir se você é um tolo, Vin falou para Ruína, *ou se na sua existência não existe a capacidade de considerar certas coisas.*

Ruína berrava, debatendo-se contra Vin, tentando destruí-la como tentara antes. No entanto, novamente, suas forças eram semelhantes demais. Ruína foi forçado a recuar.

Vida, disse Vin. *Você disse que o único motivo para criar algo era para que você pudesse destruí-lo.*

Pairou ao lado de Elend, observando-o lutar. As mortes dos koloss deveriam causar dor a ela. Porém, Vin não pensava no massacre. Talvez fosse influência da força de Preservação, mas ela via apenas um homem batalhando, lutando, quando não parecia haver esperança. Ela não via morte; via vida. Via fé.

Criamos coisas para observá-las crescer, Ruína, Vin disse. *Para ter prazer em ver o que amamos se tornar mais do que antes. Você disse que era invencível — que todas as coisas são destruídas. Que todas as coisas são arruinadas. Mas existem coisas que lutam contra você — e a ironia é que você não consegue nem entender essas coisas. Vida. Amor. Crescimento.*

A vida de uma pessoa é mais do que o caos de sua passagem. Emoção, Ruína. Essa é a sua derrota.

SAZED ASSISTIA ANSIOSO, DA BOCA da caverna. Um pequeno grupo de homens se aglomerava ao redor dele. Garv, líder da Igreja do Sobrevivente em Luthadel. Harathdal, o primeiro dos mordomos de Terris. Lorde Dedri Vasting, um dos membros sobreviventes da Assembleia do governo da cidade. Aslydin, a jovem por quem Demoux aparentemente havia se apaixonado durante aquelas poucas semanas nos Fossos de Hathsin. Um punhado de outros, importantes — ou fiéis — o bastante para chegar perto da ponta da multidão e assistir.

— Onde ela está, mestre terrisano? — Garv perguntou.

— Ela virá — Sazed prometeu, a mão descansando na parede de pedra. Ele usava suas mentes de metal — todas elas com alguma carga restante, incluindo seus anéis da batalha de Luthadel, caso o túnel fosse violado. Suas mentes de cobre repousavam em seus braços, prontas para registrar cada detalhe da chegada do Herói.

Os homens ficaram em silêncio. Soldados — aqueles sem a bênção do atium — esperavam com nervosismo ao lado, sabendo que eram a próxima linha de defesa, caso o ataque de Elend falhasse.

Ela tem de vir, pensou Sazed. *Tudo aponta para a sua chegada.*

— O Herói *virá* — ele repetiu.

ELEND CORTOU DUAS CABEÇAS DE uma vez, derrubando os koloss. Girou a lâmina, arrancando um braço, em seguida apunhalou outro no pescoço. Não vira aquele se aproximando, mas sua mente enxergara e interpretara a sombra de atium antes que o ataque real viesse.

Ele já estava sobre um tapete de cadáveres azuis. E não havia sequer cambaleado. Com atium, cada passo era exato, a lâmina guiada, a mente aguçada. Ele derrubou um koloss especialmente grande e em seguida recuou, parando por um momento.

O sol se erguia no horizonte a leste. Começava a ficar mais quente.

Eles estavam lutando havia horas, mas ainda assim o exército de koloss parecia infinito. Elend matou outro, mas seus movimentos já estavam começando a ficar lentos. O atium aguçava a mente, mas não estimulava o corpo, e ele começou a depender do peltre para continuar. Quem imaginaria que alguém pudesse ficar cansado — até mesmo exausto — durante a queima de atium? Ninguém havia usado tanto o metal quanto Elend. Mas precisava continuar.

Seu atium estava começando a perder força. Ele voltou para a boca da caverna, a tempo de ver um de seus soldados alomânticos cair num jorro de sangue.

Elend praguejou, girando quando uma sombra de atium passou através dele. Desviou do golpe que seguiu e arrancou o braço da criatura. Decapitou outra logo depois, então cortou a perna de outro por baixo dela. Em grande parte da batalha, não havia usado saltos ou ataques alomânticos sofisticados, só golpes de espada diretos. Mas os braços estavam ficando cansados, e ele foi forçado a começar a *empurrar* koloss para longe para administrar o campo de batalha. A reserva de atium — de *vida* — dentro dele estava minguando. Atium queimava rápido demais.

Outro homem gritou. Outro soldado morto.

Elend começou a voltar para a caverna. Simplesmente havia koloss *demais*. Seu grupo de trezentos havia massacrado milhares, mas os koloss não se importavam. Continuavam atacando, uma onda brutal de determinação sem fim, contida apenas pelos grupos de Brumosos de atium protegendo cada uma das entradas da Terra Natal.

Outro homem morreu. O atium deles estava terminando.

Elend gritou, brandindo a espada ao seu redor, derrubando três koloss em uma manobra que nunca devia ter funcionado. Avivou aço e *empurrou* o restante para longe.

O corpo de um deus, queimando dentro de mim, ele pensou. Cerrou os dentes, atacando enquanto mais de seus homens caíam. Ele cambaleou sobre uma pilha de koloss, arrancando braços, pernas, cabeças. Apunhalando peitos, pescoços, barrigas. Continuou a lutar, sua roupa branca havia muito estava vermelha.

Algo se moveu atrás dele, e Elend girou, erguendo a lâmina, deixando o atium conduzi-lo. Mas ficou paralisado, indeciso. A criatura não era um koloss. Vestia uma túnica preta e tinha uma órbita do olho vazia e sangrando, a outra com uma estaca atravessada pelo crânio. Elend enxergava pela órbita vazia, através da cabeça da criatura até o outro lado.

Marsh. Tinha uma nuvem de sombras de atium ao seu redor — também estava queimando o metal e era imune à própria visão de atium de Elend.

HUMANO LIDERAVA SEUS SOLDADOS KOLOSS através dos túneis. Matavam qualquer pessoa no caminho.

Alguns resistiram na entrada. Eles haviam lutado muito. Foram fortes. Agora estavam mortos.

Algo fazia Humano continuar. Algo mais forte do que qualquer coisa que o havia controlado antes. Mais forte que a mulherzinha de cabelos pretos, embora ela fosse muito forte. Aquela coisa era mais. Era Ruína. Humano sabia disso.

Ele não conseguia resistir. Só conseguia matar. Derrubou outro ser humano.

Humano irrompeu na grande câmara aberta cheia de outras pessoinhas. Controlando-o, Ruína o fez se afastar e não matá-las. Não que Ruína não quisesse matá-las. Apenas queria algo *mais*.

Humano avançou. Engatinhou sobre rochas e pedras caídas. Empurrou para o lado seres humanos berrando. Outros koloss o seguiram. Naquele momento, todos os seus desejos foram esquecidos. Havia apenas o desejo avassalador de chegar a...

Uma pequena sala. Lá. Bem à sua frente. Humano abriu a porta de uma vez. Ruína gritou de prazer quando ele entrou no local. Lá estava o que Ruína queria.

— ADIVINHE O QUE EU achei — Marsh rosnou, avançando, empurrando a espada de Elend. A arma foi arrancada de seus dedos e voou longe. — Atium. Um kandra o estava carregando, querendo vendê-lo. Criatura tola.

Elend praguejou, desviando do caminho de um golpe de koloss, puxando a adaga de obsidiana da bainha na perna.

Marsh avançou. Homens gritavam — xingando, caindo — conforme seu atium se extinguia. Os soldados de Elend estavam sendo massacrados. Os gritos diminuíram até que o último dos homens que guardavam a entrada morreu. Ele duvidava que os outros durariam muito mais.

O atium de Elend o alertou dos ataques dos koloss, fazendo-o desviar — quase não conseguiu —, mas não podia matá-los com tanta eficácia com a adaga. Enquanto o koloss chamava sua atenção, Marsh golpeou com um machado de obsidiana. A lâmina caiu, e Elend saltou para longe, mas perdeu o equilíbrio ao se esquivar.

Elend tentou se recuperar, mas seus metais estavam muito baixos — não apenas o atium, mas os metais básicos. Ferro, aço, peltre. Ele não havia prestado muita atenção neles, pois tinha atium, mas estava lutando havia muito tempo. Não existia vantagem sobre Marsh — e, sem os metais básicos, Elend morreria.

Um ataque do Inquisidor o forçou a avivar peltre para escapar. Ele cortou três koloss com facilidade, seu atium ainda ajudando, mas a imunidade de Marsh era um desafio e tanto. O Inquisidor se arrastrou sobre os corpos caídos dos koloss, cambaleando na direção de Elend, sua única estaca na cabeça refletindo, brilhante demais, à luz do sol.

O peltre de Elend se esgotou.

— Não pode me vencer, Elend Venture — Marsh disse em uma voz áspera como cascalho. — Nós matamos sua esposa. Eu vou matá-lo.

Vin. Elend não acreditou nele. *Vin virá*, pensou. *Ela vai nos salvar.*

Fé. Era uma coisa estranha de se sentir naquele momento. Marsh golpeou.

Elend sentiu peltre e ferro se avivando dentro dele. Não tinha tempo para pensar na estranheza daquilo; simplesmente reagiu, *puxando* sua espada, fincada no chão a certa distância. Ela rodopiou pelo ar e ele a agarrou, girando em um movimento muito rápido, bloqueando o machado de Marsh. O corpo de Elend parecia pulsar, poderoso e vasto. Ele golpeou adiante, por instinto, forçando Marsh a recuar pelo campo de cinzas. Os koloss se afastaram por um momento, desconfiados de Elend, como se assustados. Ou admirados.

Marsh ergueu a mão para *empurrar* sua espada, mas nada aconteceu. Era... como se algo desviasse o ataque. Elend gritou, avançando, revidando os golpes de Marsh com sua espada prateada. O Inquisidor parecia assustado bloqueando com o machado de obsidiana, seus movimentos rápidos demais até mesmo para a Alomancia explicar. Mas Elend ainda o forçou a recuar pelos cadáveres azuis, as cinzas agitando-se sob o céu vermelho.

Uma paz poderosa se assomava dentro de Elend. Sua Alomancia avivava-se, brilhante, embora ele soubesse que seus metais já deveriam ter se esgotado. Apenas o atium permanecia, e sua força estranha não lhe dava — não podia lhe dar — os outros metais. Mas não importava. Por um instante, ele foi abraçado por algo maior. Ergueu os olhos na direção do sol.

E viu — apenas por um momento — uma figura enorme no ar bem acima dele. Uma imagem cambiante, brilhante de um branco puro. As mãos seguravam seus ombros com a cabeça lançada para trás, os cabelos brancos revoando, as brumas reluzindo atrás dela como asas estendidas pelo céu.

Vin, ele pensou com um sorriso.

Elend olhou para trás quando Marsh gritou e saltou à frente, atacando com o machado em uma das mãos, parecendo deixar um rastro imenso e preto como uma capa em seu encalço. A outra mão estava erguida em frente ao rosto, como se para proteger os olhos mortos da figura no ar acima de Elend.

Elend queimou o restante de atium, avivando-o no estômago. Ergueu a espada com as duas mãos e esperou Marsh se aproximar. O Inquisidor era mais forte, além de um guerreiro melhor. Tinha poderes da Alomancia e da Feruquemia, fazendo dele outro Senhor Soberano. Não era uma batalha que Elend tinha como vencer. Não com uma espada.

Marsh chegou, e Elend pensou entender como foi para Kelsier enfrentar o Senhor Soberano naquela praça em Luthadel. Marsh golpeou com o machado. Elend ergueu a espada e se preparou para golpear.

Então queimou duralumínio com seu atium.

Visão, Som, Força, Poder, Glória, Velocidade!

Linhas azuis saíram de seu peito como raios de luz. Mas foram todas ofuscadas por uma coisa. Atium mais duralumínio. Em um estalo de conhecimento, Elend sentiu uma quantidade imensa e atordoante de informações. Tudo ficou branco ao redor dele conforme o conhecimento saturava sua mente.

— Agora entendo — ele sussurrou quando a visão desapareceu e, junto com ela, seus metais remanescentes. O campo de batalha retornou. Ele estava bem no meio, a espada atravessada no pescoço de Marsh. Havia ficado presa na cabeça da estaca que saía nas costas do Inquisidor, entre as omoplatas.

O machado de Marsh estava enterrado em seu peito.

Os metais fantasmas que Vin lhe dera avivaram-se dentro de Elend novamente. Afastaram a dor. No entanto, havia pouco que o peltre pudesse fazer, não importava o quanto o avivasse. Marsh arrancou o machado, e Elend caiu para trás, sangrando, soltando a espada. O Inquisidor puxou a lâmina do pescoço, e o ferimento desapareceu, curado pelos poderes da Feruquemia.

Elend tombou sobre uma pilha de corpos de koloss. Ele já estaria morto, se não fosse pelo peltre. Marsh se aproximou, sorrindo. Sua órbita ocular vazia estava envolta em tatuagens, a marca que Marsh fizera em si próprio. O preço que pagara para derrubar o Império Final.

Marsh agarrou Elend pela garganta, colocando-o em pé.

— Seus soldados estão mortos, Elend Venture — a criatura sussurrou. — Nossos koloss estão investindo pelas cavernas dos kandra. Seus metais acabaram. Você perdeu.

Elend sentiu a vida se esvair, a última gota de um copo vazio. Já estivera assim antes, na caverna do Poço da Ascensão. Deveria ter morrido na época e ficara aterrorizado. Estranhamente, daquela vez, não estava. Não havia arrependimento. Apenas satisfação.

Elend ergueu os olhos para o Inquisidor. Vin, como um fantasma brilhante, ainda pairava sobre os dois.

— Perdi? — Elend sussurrou. — Nós vencemos, Marsh.

— Ah, é? E como? — Marsh perguntou com desdém.

HUMANO ESTAVA EM PÉ À beira do fosso no centro da caverna. O fosso onde o corpo de Ruína estivera. O lugar da vitória.

Humano se ergueu, espantado. Um grupo de outros koloss foi até ele, parecendo igualmente confusos.

O fosso estava vazio.

— ATIUM — ELEND SUSSURROU, sentindo o gosto do sangue. — Onde está o atium, Marsh? De onde você acha que tiramos poder para lutar? Veio atrás do atium? Bem, ele *se foi*. Diga ao seu mestre! Acha mesmo que meus homens e eu acreditávamos que poderíamos matar todos aqueles koloss? Há dezenas de milhares deles! Não era esse o nosso objetivo.

O sorriso de Elend se alargou.

— O corpo de Ruína se foi, Marsh. Nós o queimamos todo, os outros e eu. Você pode me matar, mas *nunca* vai conseguir o que veio buscar. E é por isso que vencemos.

Marsh gritou, enfurecido, exigindo a verdade, mas Elend já havia falado. A morte dos outros significa que haviam esgotado o atium. Seus homens lutaram até o metal acabar, como Elend havia ordenado, queimando até a última conta.

O corpo de um deus. O poder de um deus. Elend o tivera dentro de si por um momento. E, mais importante, ele o destruíra. Felizmente, aquilo manteria seu povo a salvo.

Depende de você agora, Vin, ele pensou, ainda sentindo a paz de seu toque na alma. *Eu fiz o que pude.*

Ele sorriu para Marsh novamente, desafiador, enquanto o Inquisidor erguia o machado.

O MACHADO ARRANCOU A CABEÇA de Elend.

Ruína urrava e se debatia, enfurecido e destrutivo. Vin apenas observou, em silêncio, o corpo decapitado de Elend tombando na pilha de corpos azuis.

O que acha disso?!, gritou Ruína. *Eu o matei! Arruinei tudo que você ama! Eu o tirei de você!*

Vin flutuou sobre o corpo de Elend, olhando para baixo. Estendeu dedos incorpóreos, tocando a cabeça, lembrando como fora usar seu poder para abastecer a Alomancia dele. Não sabia o que havia feito. Talvez algo parecido com o que Ruína fazia ao controlar os koloss. Mas oposto. Libertador. Sereno.

Elend estava morto. Ela sabia disso; sabia que não havia nada que pudesse fazer. Aquilo trazia dor, era verdade, mas não a dor que ela havia esperado. *Eu o deixei partir há muito tempo*, ela pensou, acariciando o rosto dele. *No Poço da Ascensão. A Alomancia o trouxe de volta para mim por um tempo.*

Ela não sentiu a dor ou o terror que conhecera antes ao pensar que Elend estava morto. Agora, sentiu apenas paz. Esses últimos anos haviam sido uma bênção; uma prorrogação. Ela abrira mão de Elend para que ele pudesse ser independente, arriscar-se como desejasse e, talvez, morrer. Ela sempre o amaria. Mas não deixaria de funcionar porque ele havia partido.

Muito pelo contrário, talvez. Ruína flutuava bem acima dela, lançando insultos, dizendo como mataria os outros. Sazed. Brisa. Ham. Fantasma.

Tão pouco restou do bando original, ela pensou. *Kelsier, morto há muito tempo. Dockson e Trevo, assassinados na Batalha de Luthadel. Yeden, morto com seus soldados. OreSeur, derrubado por ordem de Zane. Marsh, caído para se tornar um Inquisidor. E os outros que se juntaram a nós, agora mortos também. Tindwyl, TenSoon, Elend...*

Ruína achava que ela deixaria que esses sacrifícios tivessem sido em vão? Vin se ergueu, reunindo seu poder. Forçou-o contra o poder de Ruína, como fizera das outras vezes. Porém, desta vez, foi diferente. Quando Ruína revidou, ela não recuou. Não se preservou. Ela continuou pressionando.

O confronto fez seu corpo divino tremer de dor. Era a dor de um choque de frio e calor, a dor de duas rochas sendo esmagadas uma contra a outra, friccionadas até virar poeira. As formas deles ondulavam em uma tempestade de poder.

E Vin avançou.

Preservação nunca pôde destruir você!, ela pensou, quase gritando de agonia. *Ele podia apenas proteger. Por isso precisou criar a humanidade. Desde o início, Ruína, isso foi parte do plano de Preservação!*

Ele não abriu mão de parte de si, tornando-se mais fraco, simplesmente para poder criar vida inteligente! Ele sabia que precisaria de algo de Preservação e de Ruína. Algo que pudesse proteger e destruir. Algo que pudesse destruir para proteger.

Ele abriu mão de seu poder no Poço e nas brumas, entregando-o para que nós pudéssemos assumi-lo. Sempre quis que isso acontecesse. Você acha que esse plano era seu? Pois era dele. Dele o tempo todo.

Ruína gritou. Vin continuou avançando.

Você criou a coisa que pode te matar, Ruína, disse ela. *E cometeu um último gigantesco erro. Não deveria ter matado Elend.*

Sabe, ele era a única razão que me restava para viver.

Ela não recuou, embora o conflito dos opostos a dilacerasse. Ruína gritou, aterrorizado, quando a força do poder de Vin se fundiu completamente com a do dele.

A consciência de Vin — agora formada e saturada de Preservação — se moveu para tocar a de Ruína. Nenhuma delas cedeu. E, com uma explosão de poder, Vin deu adeus ao mundo e puxou Ruína para dentro do abismo com ela.

As duas mentes desapareceram, como brumas sob um sol quente.

Assim que Vin morreu, o fim veio rapidamente. Não estávamos preparados para ele; nem todo o planejamento do Senhor Soberano poderia ter nos preparado para aquilo. Como alguém se prepara para o fim do mundo?

82

SAZED OBSERVAVA EM SILÊNCIO, DA entrada da caverna. Lá fora, os koloss estavam enfurecidos, andando pesadamente, parecendo confusos. A maioria dos homens que estiveram observando com Sazed havia fugido. Mesmo a maioria dos soldados havia batido em retirada para as cavernas, chamando-o de tolo por esperar. Somente o General Demoux, que havia conseguido voltar engatinhando para a entrada após seu atium se esgotar, havia ficado a poucos passos túnel adentro. O corpo do homem estava ensanguentado, com o braço decepado preso com um torniquete e uma das pernas esmagada. Ele tossiu baixo, esperando Aslydin voltar com mais bandagens.

O sol se ergueu no céu. O calor era incrível, como um forno. Gritos de dor ecoaram do fundo da caverna atrás de Sazed. Os koloss estavam lá dentro.

— Ela virá — Sazed sussurrou.

Ele conseguia ver dali o corpo de Elend. Havia deslizado sobre a pilha de cadáveres dos koloss. Brilhava forte em branco e vermelho contra o preto e azul dos koloss e das cinzas.

— Vin virá — Sazed insistia.

Demoux parecia zonzo. Perdera muito sangue. Caiu, fechando os olhos. Os koloss começaram a avançar para a entrada da caverna, embora não tivessem a determinação ou o furor que mostravam antes.

— O Herói virá! — Sazed disse.

Lá fora, uma figura apareceu, formada de brumas, em seguida despencou entre os corpos ao lado do cadáver de Elend. Foi seguido imediatamente por uma segunda figura, que também caiu, inerte.

Lá!, pensou Sazed, cambaleando para fora da caverna. Passou correndo por vários koloss, que se moveram em sua direção, mas ele acionou o anel de aço e se esquivou dos ataques. Sazed correu rapidamente através da massa de feras confusas, passando por cima de corpos, movendo-se em direção ao farrapo de capa branca que marcava o local onde jazia Elend. Seu corpo estava lá, decapitado.

Um pequeno corpo jazia ao lado do dele. Sazed caiu de joelhos, agarrando Vin pelos ombros. Perto dele, no topo da pilha de koloss, estava outro corpo. Era de um homem de cabelos vermelhos, que Sazed não reconheceu e ignorou.

Pois Vin não estava se movendo.

Não!, ele pensou, verificando o pulso. Não havia nenhum. Os olhos estavam fechados. Ela parecia em paz, mas morta. Definitivamente morta.

— Não pode *ser*! — ele gritou, sacudindo novamente o corpo da mulher.

Sazed ergueu os olhos para o sol nascente. Era difícil respirar com todo aquele calor. Sentia a pele queimar. Quando o sol alcançasse o zênite, provavelmente ficaria tão quente que a terra arderia em chamas.

— É assim que vai terminar? — Sazed berrou para o céu. — Seu Herói está morto! O poder de Ruína pode estar partido, os koloss podem estar perdidos para ele como exército, mas *o mundo ainda morrerá!*

A cinza havia matado as plantas. O sol queimaria todo o restante. Não havia comida. Sazed piscou entre lágrimas, mas elas secaram em seu rosto.

— É assim que você vai nos deixar? — ele sussurrou.

E, então, sentiu algo. Olhou para baixo. O corpo de Vin esfumaçava levemente. Não devido ao calor. Parecia estar vazando algo... não... Estava ligado a algo. Os fios de bruma que ele viu levavam a uma luz branca e vasta. Ele mal conseguia enxergá-la.

Sazed estendeu a mão e tocou a bruma, sentindo um poder assombroso. Um poder de estabilidade. Ao lado, o outro cadáver, aquele que não reconhecia, também estava soltando algo. Uma fumaça preta saturada. Sazed estendeu a outra mão, tocando a fumaça, e sentiu um poder diferente — mais violento. O poder da mudança.

Ficou ajoelhado, pasmo, entre os dois corpos. E, apenas então, as coisas começaram a fazer sentido.

As profecias sempre usaram o gênero neutro, pensou ele. *Para que pudessem se referir tanto a uma mulher quanto a um homem, segundo o que pensávamos. Ou... talvez porque elas se referissem a um Herói que não era de fato nem um nem outro?*

Ele se levantou. O poder do sol parecia insignificante se comparado aos poderes gêmeos, ainda que opostos, que o cercavam.

O Herói seria rejeitado pelo seu povo, pensou Sazed. *Ainda assim, ele os salvaria. Não um guerreiro, embora lutasse. Não nascido como rei, mas se tornaria um, de toda forma.*

Ele olhou para cima novamente.

É isso o que havia planejado desde o início?

Ele sentiu o poder, mas recuou, assustado. Como poderia usar uma coisa assim? Era apenas um homem. No breve vislumbre das forças que havia tocado, soube que não teria como usá-las. Ele não tinha o treinamento necessário.

— Não posso fazer isso — disse entre lábios rachados, erguendo as mãos para o céu. — Não sei como. Não posso fazer o mundo ser como era; nunca o vi antes. Se eu tomar este poder, farei como o Senhor Soberano, e as coisas apenas piorarão com a minha tentativa. Sou apenas um homem.

Os koloss gritavam de dor com as queimaduras. O calor era terrível, e, ao redor de Sazed, as árvores começaram a estalar e se incendiar. Seu toque nos poderes gêmeos o mantinha vivo, ele sabia, mas ainda assim não os abraçou.

— Eu não sou um Herói — sussurrou, ainda com as mãos para o alto.

Seus braços brilharam, dourados. As mentes de cobre nos antebraços refletiam a luz do sol. Estiveram com ele por muito tempo. Suas companheiras. Seu conhecimento.

Conhecimento...

As palavras da profecia eram muito precisas, pensou de repente. *Elas dizem... elas dizem que o Herói levará o futuro do mundo nos braços.*

Não nos ombros. Não nas mãos. Nos braços.

Pelos Deuses Esquecidos!

Sazed enterrou os braços nas brumas gêmeas e tomou os poderes a ele oferecidos. Absorveu-os, sentindo-os se impregnarem em seu corpo e fazerem-no queimar. Sua carne e ossos evaporaram, mas, enquanto isso acontecia, ele acionou sua mente de cobre, lançando todo o conteúdo em sua consciência em expansão.

As mentes de cobre, agora vazias, caíram com os anéis sobre a pilha de restos azuis ao lado dos corpos de Vin, de Elend e do corpo anônimo de Ruína. Sazed abriu os olhos, grandes como o próprio mundo, atraindo um poder que envolvia toda a criação.

O Herói terá o poder para salvar o mundo. Mas terá também o poder para o destruir.

Nunca entendemos. Ele não portaria apenas o poder de Preservação. Ele precisaria do poder de Ruína também.

Os poderes eram opostos. Quando os absorveu, os dois ameaçaram se aniquilar mutuamente. No entanto, por saber como usá-los, ele conseguia mantê-los separados. Podiam se tocar *sem* se destruir, se Sazed assim desejasse. Pois esses dois poderes haviam sido usados para criar todas as coisas. Se lutassem, destruíam. Se fossem usados juntos, criavam.

A compreensão cresceu dentro dele. Por mais de mil anos, os Guardadores haviam coletado o conhecimento da humanidade e o armazenado em suas mentes de cobre. Haviam passado de Guardador para Guardador, cada homem ou mulher carregando o volume inteiro de conhecimento para que pudesse passá-lo adiante quando necessário. Sazed o continha por inteiro.

E, em um momento de transcendência, compreendeu tudo. Viu os padrões, as pistas, os segredos. Os homens haviam acreditado e adorado por toda a existência, e, dentro daquelas crenças, Sazed encontrou as respostas de que precisava. Preciosidades, escondidas de Ruína em todas as religiões da humanidade.

Houvera um povo chamado bennett. Tinham considerado a criação de mapas um dever solene; Sazed certa vez pregara essa religião para Kelsier. A partir de mapas e cartas detalhadas, Sazed descobriu como o mundo fora no passado. Usou seus poderes para restaurar os continentes e oceanos, as ilhas e linhas costeiras, as montanhas e os rios.

Houvera um povo conhecido como Nelazan. Tinham venerado as estrelas, chamando-as de Mil Olhos de seu deus, Trell, olhando por eles. Sazed lembrava-se bem de ter apresentado a religião à jovem Vin, enquanto ela, cativa, passava por seu primeiro corte de cabelo com o bando. Dos Nelazans, os Guardadores haviam recuperado as cartas astronômicas e as registrado como era seu dever — embora os estudiosos dissessem que eram inúteis, pois não eram atualizadas desde os dias antes da Ascensão. No entanto, a partir daquelas cartas astronômicas e dos padrões e movimentos de outros planetas no sistema solar que elas delineavam, Sazed conseguiu determinar exatamente onde o mundo devia orbitar. Ele levou o planeta de volta a seu antigo lugar — sem empurrar demais, como fizera o Senhor Soberano, pois tinha uma carta de referência para medir.

Houvera um povo chamado Cazzi, que venerara a morte. Haviam deixado observações detalhadas sobre o corpo humano. Sazed fizera uma de suas preces sobre os corpos que encontraram no esconderijo do antigo bando de Vin, quando Kelsier ainda estava vivo. Dos ensinamentos dos Cazzis sobre o corpo, Sazed determinou que a fisiologia da humanidade havia mudado, por intenção do Senhor Soberano ou por simples evolução, para se adaptar a respirar com as cinzas e comer plantas marrons. Em uma onda de poder, Sazed restaurou os corpos dos humanos a como eram antigamente, deixando cada pessoa como era antes, mas consertando os problemas que viver mil anos em um mundo agonizante havia causado. Não destruiu o povo, deturpando-o e revirando-o como o Senhor Soberano fizera ao criar os kandra, pois Sazed tinha um guia segundo o qual trabalhar.

Ele aprendeu outras coisas também. Dezenas de segredos. Uma religião adorara os animais, e dela Sazed extraiu figuras, explicações e referências com relação à vida que *deveria* viver na terra. Ele a restaurou. De outra — Dadradah, a religião que pregara a Trevo antes de ele morrer —,

Sazed aprendeu sobre cores e tonalidades. Foi a última religião ensinada por ele e, com seus poemas sobre cor e natureza, foi capaz de restaurar as plantas, o céu e a paisagem à forma que haviam sido antes. Cada religião tinha suas pistas, pois as crenças dos homens continham esperanças, amores, desejos e vidas do povo que haviam acreditado nelas.

Por fim, Sazed tomou a religião dos larsta, a religião em que a esposa de Kelsier, Mare, havia acreditado. Seus sacerdotes tinham o costume de compor poesia enquanto meditavam. Desses poemas — e de um pedaço de papel que Mare dera a Kelsier, que o dera a Vin, que, por sua vez, o presenteara a Sazed —, ele aprendeu sobre as coisas belas que o mundo tivera no passado.

E restaurou as flores das plantas que antes as carregaram.

As religiões na minha pasta não eram inúteis, afinal, ele pensou, o poder fluindo e refazendo o mundo. *Nenhuma delas era. Nenhuma continha a verdade absoluta.*

Mas todas continham verdade.

Sazed pairou sobre o mundo, mudando as coisas conforme sentia necessidade. Embalou com cuidado os esconderijos da humanidade, mantendo as cavernas seguras — mesmo enquanto as mudava de lugar —, conforme retrabalhava a configuração das placas tectônicas do mundo.

Ele alterou os koloss para que pudessem escolher se juntar à humanidade ou formar sua própria sociedade separadamente. Os kandras não tinham desejo de serem humanos, então ele lhes restaurou as Bênçãos — mas também implementou um gatilho de mortalidade que aqueles que sentiam o peso dos séculos poderiam descobrir.

Por fim, exalou suavemente, seu trabalho terminado. No entanto, o poder não se evaporou dele, como Sazed esperava que acontecesse.

Rashek e Vin tocaram apenas pequenas partes desse poder no Poço da Ascensão, ele percebeu. *Eu tenho algo a mais. Algo infinito.*

Ruína e Preservação estavam mortos, e seus poderes haviam sido unidos. De fato, pertenciam ali, juntos um ao outro. Como sequer haviam se separado? Algum dia, talvez, ele descobrisse a resposta a essa pergunta.

Alguém precisava vigiar o mundo, cuidar dele, agora que seus deuses haviam partido. Foi somente então que Sazed entendeu o significado do termo Herói das Eras. Não um Herói que vinha uma vez entre as eras.

Mas um Herói que perduraria pelas eras. Um Herói que preservaria a humanidade ao longo de todos os tempos. Nem Preservação nem Ruína, mas os dois.

Deus.

Vin era especial.

Preservação a escolhera em tenra idade, como já mencionei. Acredito que a estivesse preparando aos poucos para assumir seu poder. Ainda assim, a mente de Preservação estava muito fraca naquele momento, reduzida apenas ao fragmento que conhecíamos como o espírito da bruma.

O que o fez escolher essa garota? Por ser uma Nascida da Bruma? Por ela ter vivenciado o Estalo *muito cedo na vida, recebendo seus poderes ao sofrer as dores do parto estranhamente difícil que sua mãe teve para dar-lhe à luz?*

Vin teve um talento e uma força incomuns com a Alomancia desde o início. Acredito que ela deva ter absorvido um pouco das brumas ainda criança, naqueles breves períodos em que não estava usando o brinco. Preservação já tinha feito com que ela parasse de usá-lo quando Kelsier a recrutou, embora Vin o tenha colocado de novo pouco antes de entrar para o bando. Daquele momento em diante, ela o deixou lá por sugestão de Kelsier.

Ninguém mais era capaz de extrair forças das brumas. Eu determinei isso. Por que estavam abertas a Vin e não aos outros? Desconfio que ela não fosse capaz de absorvê-

-las por inteiro até tocar o poder no Poço da Ascensão, que, creio eu, sempre era para ser uma força de harmonia. Algo que, assim que tocado, ajustaria o corpo da pessoa para torná-lo capaz de aceitar as brumas.

No entanto, ela fez uso de uma migalha do poder de Preservação ao derrotar o Senhor Soberano, mais de um ano antes de ela começar a ouvir a pulsação que indicava o retorno do poder ao Poço.

Há muito mais neste mistério. Talvez eu acabe descobrindo no fim das contas, quando minha mente se acostumar mais e mais com sua natureza expandida. Talvez eu descubra por que eu mesmo fui capaz de tomar os poderes. Por ora, desejo apenas fazer um simples agradecimento à mulher que deteve o poder pouco antes de mim.

De todos nós que o tocamos, sinto que ela foi a mais merecedora.

EPÍLOGO

FANTASMA DESPERTOU DO PESADELO, ENTÃO se sentou. A caverna ao seu redor estava escura, iluminada apenas por velas e lampiões.

Ele se ergueu e se espreguiçou. À sua volta, as pessoas arfavam. Ele passou por elas, procurando seus amigos. A caverna estava lotada — abrigando todos de Urteau que estiveram dispostos a vir se esconder. Dessa forma, era difícil para Fantasma abrir caminho pelos corpos que se arrastavam, tossiam e conversavam. Enquanto o fazia, os sussurros aumentavam, e as pessoas se levantavam para acompanhá-lo.

Beldre veio correndo até ele, o vestido branco ondulando no ar.

— Fantasma? — ela perguntou com espanto. — O que... o que aconteceu?

Ele apenas sorriu, envolvendo-a com o braço. Eles caminharam até a entrada da caverna. Brisa estava sentado a uma mesa — claro, *ele* tinha mobília à disposição, enquanto praticamente todo o restante do pessoal estava sentado no chão de pedra. Fantasma assentiu para ele, e o Abrandador ergueu a sobrancelha.

— Você está com uma aparência ótima, meu rapaz — Brisa disse, tomando um gole de seu vinho.

— Acho que sim — Fantasma respondeu.

— É tudo que você vai falar? — Beldre disse para Brisa. — Olhe para ele! Está curado!

Brisa deu de ombros, servindo-se de mais vinho e se erguendo.

— Minha cara, com todas as coisas estranhas que vêm acontecendo ultimamente, a aparência do jovem Fantasma é algo bem básico na lista. Uma simples cura? Ora, se me permite dizer, isso é um tanto comum.

Brisa deu uma piscadela, fitando os olhos de Fantasma.

— Vamos? — Fantasma perguntou.

Brisa voltou a dar de ombros.

— Por que não? O que acha que vamos encontrar?

— Não tenho certeza — o rapaz admitiu, caminhando para a antecâmara além da caverna. Começou a subir as escadas.

— Fantasma — Beldre disse, desconfiada. — Sabe o que os batedores disseram. A cidade inteira estava em chamas devido ao calor do sol.

Fantasma ergueu os olhos, observando a luz brilhando entre as frestas do alçapão. Ele sorriu e o empurrou para abrir.

Não havia cidade lá fora. Apenas um campo de grama. Grama verde. Fantasma piscou para a estranha visão e, em seguida, se alçou à terra fofa, abrindo espaço para Brisa. A cabeça do Abrandador se ergueu ao exterior e se inclinou.

— Ora, *isso* sim é uma visão — disse, erguendo-se para sair ao lado de Fantasma.

O rapaz ficou em pé na grama. Chegava até a altura das coxas. Verde. Uma cor tão estranha para plantas.

— E... o céu — Brisa disse, cobrindo os olhos. — Azul. Nem um vestígio de cinza ou fumaça. Muito estranho. Muito estranho mesmo. Aposto que Vin tem algo a ver com essa bagunça. A garota *nunca* conseguiu fazer as coisas direito.

Fantasma ouviu um ofegar lá atrás e se virou para ver Beldre saindo da caverna. Ele a ajudou a sair e, em seguida, os três caminharam em assombro silencioso pela grama alta. O sol brilhava lá em cima, mas seu calor não era desconfortável.

— O que aconteceu com a cidade? — Beldre sussurrou, segurando o braço de Fantasma.

Ele balançou a cabeça. Mas, então, ouviu alguma coisa. Virou-se e viu um movimento no horizonte. Caminhou com Beldre ao seu lado, Brisa chamando Allrianne para que subisse e visse.

— Aquelas são... pessoas? — Beldre perguntou, finalmente vendo o que Fantasma vira. As pessoas à distância os tinham visto também, e, assim que se aproximaram, Fantasma sorriu e acenou para uma delas.

— Fantasma? — Ham gritou. — Rapaz, é você?

Fantasma e Beldre correram. Ham estava lá com outros e, atrás deles, conseguiu ver outro alçapão no meio do prado verdejante. Pessoas que ele não reconhecia, algumas usando uniformes do exército de Elend, estavam saindo. Ham correu e agarrou Fantasma num abraço.

— O que vocês estão fazendo aqui? — Ham perguntou depois de soltá-lo.

— Não faço ideia — Fantasma admitiu. — Da última vez que vi, eu estava em Urteau.

Ham olhou para o céu.

— Eu estava em Fadrex! O que aconteceu?

Fantasma sacudiu a cabeça.

— Não sei se os lugares que costumávamos conhecer têm importância agora, Ham...

Ham assentiu, virando-se quando um dos soldados apontou. Outra turma de pessoas emergia de um buraco a uma curta distância. Fantasma e Ham avançaram — ao menos até Ham discernir outro grupo. Fantasma reconheceu vagamente a esposa de Ham, que havia ficado em Luthadel. O Brutamontes soltou um grito de entusiasmo, correndo para cumprimentar sua família.

Fantasma foi de alçapão em alçapão. Parecia haver seis deles, alguns bem ocupados, outros nem tanto. Um se destacava. Não era um alçapão, como os outros, mas uma entrada inclinada de caverna. Ali, ele encontrou o general Demoux falando com um pequeno grupo de pessoas, uma bela mulher terrisana segurando seu braço.

— Eu estava apagando e acordando durante todo o acontecido — dizia Demoux — mas eu o vi. O Sobrevivente. *Tinha* de ser ele, pairando no céu, brilhando. Ondas de cor se moviam pelo ar e o chão tremia, e a terra girava e se movia. Ele veio. Como Sazed disse que viria.

— Sazed? — Fantasma intrometeu-se, e apenas então Demoux notou que ele estava ali. — Onde ele está?

O general meneou a cabeça.

— Não sei, Lorde Fantasma. — Então, ele hesitou. — Aliás, de onde o senhor veio?

O rapaz ignorou a pergunta. As aberturas e buracos formavam um padrão. Fantasma andou pela grama espessa, levando Beldre, e abriu caminho para o centro do padrão. O vento soprava suave, as folhas de relva em leves ondulações. Ham e Brisa correram para alcançá-lo, já discutindo sobre algo trivial, Ham com um filho em um braço e o outro ao redor dos ombros da esposa.

Fantasma estacou no lugar ao avistar um pouco de cor na grama. Ele ergueu a mão e acenou para os demais, que avançaram mais rapidamente. Lá, no centro da grama, havia um campo de... coisas. Crescendo do chão, o topo exibindo folhas brilhantes e com muita cor. Tinham formas de sinos de cabeça para baixo, empoleiradas em longos caules, as pétalas abertas para o sol. Como se abrissem os braços para a luz e a boca para sorvê-la.

— Que lindo... — Beldre sussurrou.

Fantasma seguiu em frente, movendo-se entre as plantas. *Flores*, ele pensou, reconhecendo-as da figura que Vin carregara consigo. *O sonho de Kelsier finalmente se realizou*.

No centro das flores, ele encontrou duas pessoas. Vin estava deitada, usando seus trajes costumeiros: capa de bruma, camisa e calças. Elend trajava um brilhante uniforme branco, completo com capa. Estavam de mãos dadas, deitados no meio das flores.

E estavam ambos mortos.

Fantasma se ajoelhou ao lado deles, ouvindo Ham e Brisa gritarem. Examinaram os corpos, verificando os sinais vitais, mas Fantasma se concentrou em outra coisa, quase escondida na grama. Ele ergueu o objeto — um livro grande de couro.

Fantasma abriu e leu a primeira página.

Infelizmente, sou o Herói das Eras, estava escrito em letras cuidadosas e delicadas. Fantasma achou que reconhecia a caligrafia. Enquanto folheava o livro, uma página se soltou. Fantasma a pegou — de um lado um desenho apagado de uma flor, a mesma figura em que estivera pensando momentos antes. Do outro lado, uma carta escrita na mesma caligrafia do livro.

Fantasma,

Tentei trazê-los de volta, mas aparentemente consertar seus corpos não lhes devolve a alma. Espero ficar melhor nisso com o tempo. No entanto, quero que saiba que falei com nossos amigos, e eles estão muito felizes onde estão. Creio que merecem um descanso.

O livro contém um breve registro dos eventos que levaram o mundo a morrer e renascer, junto com algumas reflexões que fiz sobre a história, filosofia e ciência dos acontecimentos recentes. Se olhar à sua direita, encontrará um grupo muito maior de livros na grama. Eles contêm todo o conhecimento, reproduzido palavra por palavra, previamente contido nas minhas mentes de metal. Faça com que o conhecimento do passado não seja esquecido.

A reconstrução será difícil, creio eu, mas provavelmente muito mais fácil que viver sob o jugo do Senhor Soberano ou sobreviver à tentativa de Ruína de destruir o mundo. Acredito que ficará surpreso com o número de pessoas que fugiram para as cavernas-depósitos. Rashek se planejou muito bem para este dia. Sofreu muito nas mãos de Ruína, mas era um bom homem, que no fim das contas tinha intenções honradas.

Você fez bem. Saiba que a mensagem que enviou através do capitão Goradel acabou nos salvando a todos. As pessoas precisarão de liderança nos anos vindouros. Provavelmente vão buscá-la em você. Desculpe por não poder estar pessoalmente aí para ajudá-lo, mas saiba que estou... por perto.

Fiz de você um Nascido da Bruma e curei os danos que infligiu ao seu corpo por avivar tanto estanho. Espero que não se importe. Foi um pedido de Kelsier, na verdade. Considere-o um presente de despedida por parte dele.

Cuide deles por mim.

P.S.: Há ainda dois metais base e suas respectivas ligas que ninguém conhece. Talvez você queira investigar e ver se consegue descobrir quais são. Acho que serão interessantes para você.

Fantasma ergueu os olhos, encarando o céu azul estranhamente vazio. Beldre foi até ele e se ajoelhou ao seu lado, olhando para o papel e em seguida fazendo uma expressão perplexa.

— Você está preocupado — ela disse.

Fantasma sacudiu a cabeça.

— Não — ele disse, dobrando a carta e enfiando-a no bolso. — Não, não estou preocupado. Na verdade, acho que tudo vai ficar bem. Finalmente.

ARS ARCANUM

Encontre extensas anotações do autor sobre cada um dos capítulos deste livro, juntamente com algumas cenas excluídas e informações detalhadas sobre o mundo do Império Final, em www.brandonsanderson.com (em inglês).

TABELA DE METAIS ALOMÂNTICOS

METAL	PODER ALOMÂNTICO	PODER FERUQUÊMICO	PODER HEMALÚRGICO
Ferro	Puxa fontes de metais próximas	Armazena peso físico	Rouba força humana
Aço	**Empurra fontes de metais próximas**	Armazena velocidade física	Rouba poderes alomânticos físicos
Estanho	Amplia sentidos	Armazena sentidos	Rouba sentidos humanos
Peltre	**Amplia habilidades físicas**	Armazena força física	Rouba poderes feruquêmicos físicos
Zinco	Tumultua (inflama) emoções	Armazena velocidade mental	Rouba força emocional humana
Latão	**Abranda (atenua) emoções**	Armazena calor	Rouba atributos mentais feruquêmicos
Cobre	Esconde pulsos alomânticos	Armazena memórias	Rouba força mental humana
Bronze	**Permite ouvir pulsos alomânticos**	Armazena prontidão	Rouba poderes mentais alomânticos
Atium	Ver o futuro de outras pessoas	Armazena idade	Rouba poderes temporais alomânticos
Malatium	**Ver o passado de outras pessoas**	Desconhecido	Desconhecido
Ouro	Ver o próprio passado	Armazena saúde	Rouba poderes feruquêmicos híbridos
Electrum	**Ver o próprio futuro**	Desconhecido	Rouba poderes alomânticos de aprimoramento
Alumínio	Destrói todas as reservas alomânticas	Armazena identidade	Rouba poderes de fortalecimento alomânticos
Duralumínio	**Fortalece o próximo metal queimado**	Armazenar conexão	Rouba conexão e identidade

(Nota: Metais externos estão em itálico. Metais que empurram estão em negrito.)

ÍNDICE ALFABÉTICO ALOMÂNTICO

ABRANDADOR: Um Brumoso que pode queimar latão.

AÇO (METAL DE *EMPURRÃO* FÍSICO EXTERNO): Uma pessoa queimando aço pode ver linhas azuis translúcidas apontando para fontes próximas de metal. O tamanho e o brilho da linha dependem do tamanho e da proximidade da fonte de metal. Todos os tipos de metais são mostrados, não apenas aço. O alomântico pode então empurrar mentalmente uma dessas linhas e mandar a fonte de metal para longe de si. Um Brumoso que pode queimar aço é conhecido como Lançamoedas.

ALUMÍNIO (METAL DE *PUXÃO* DE APRIMORAMENTO INTERNO): Conhecido no passado apenas pelos Inquisidores de Aço, esse metal, quando queimado, esgota todas as outras reservas de metal de um alomântico.

ATIUM (METAL DE *PUXÃO* TEMPORAL EXTERNO): Um metal estranho produzido no passado dentro dos Fossos de Hathsin. Era concentrado dentro de pequenos geodos que se formavam em bolsões cristalinos nas cavernas subterrâneas. Uma pessoa queimando atium pode ver momentos do futuro, representados por sombras que se movem à frente de pessoas e objetos.

ATRAIDOR: Um Brumoso que pode queimar ferro.

BRAÇO DE PELTRE: Um Brumoso que pode queimar peltre.

BRONZE (METAL DE *EMPURRÃO* MENTAL INTERNO): Uma pessoa queimando bronze pode sentir quando as pessoas próximas estão usando Alomancia. Alomânticos queimando metais nas redondezas emitirão "pulsos alomânticos" — algo como batidas de tambor, audíveis apenas para uma pessoa queimando bronze. Um Brumoso que queima bronze é conhecido como Buscador.

BRUTAMONTES: Um Brumoso que pode queimar peltre.

BUSCADOR: Um Brumoso que pode queimar bronze.

COBRE (METAL DE *PUXÃO* MENTAL INTERNO): Uma pessoa queimando cobre cria uma nuvem invisível, que protege quem estiver dentro dela dos sentidos de um Buscador. Enquanto está dentro desta "nuvem de cobre", um alomântico pode queimar qualquer metal que desejar, sem se preocupar que alguém queimando bronze venha a sentir seus pulsos alomânticos. Como efeito colateral, uma pessoa queimando cobre é imune a qualquer forma de Alomancia emocional (*abrandar* ou *tumultuar*). Um Brumoso que queima cobre é conhecido como Esfumaçador.

DURALUMÍNIO (METAL DE *EMPURRÃO* DE APRIMORAMENTO INTERNO): Liga alomântica do alumínio com 4% de cobre. Se um alomântico queima duralumínio, o próximo metal (ou metais) que queimar recebe um poder explosivo, à custa de extinguir de uma só vez todo o metal dentro do seu corpo.

ELECTRUM (METAL DE EMPURRÃO TEMPORAL INTERNO): Liga alomântica do ouro. Uma pessoa queimando esse metal pode ver momentos no seu próprio futuro, representado por uma sombra do movimento do seu corpo. Às vezes conhecido como "atium dos pobres", permite que o alomântico se contraponha aos efeitos de um inimigo queimando atium.

ESFUMAÇADOR: Um Brumoso que pode queimar cobre.

ESTANHO (METAL DE *PUXÃO* FÍSICO INTERNO): Uma pessoa queimando estanho consegue amplificar seus sentidos. Pode ver mais longe, sentir melhor os odores, e seu tato e audição se tornam bem mais apurados. Isso tem o efeito colateral de deixá-lo penetrar nas brumas, permitindo que enxergue à noite muito melhor do que seria possível, mesmo com os sentidos amplificados. Um Brumoso que pode queimar estanho é conhecido como Olho de Estanho.

FERRO (METAL DE *PUXÃO* FÍSICO EXTERNO): Uma pessoa queimando ferro pode ver linhas azuis translúcidas apontando para fontes próximas de metal. O tamanho e o brilho da linha dependem do tamanho e da proximidade da fonte de metal. Todos os tipos de metais são mostrados, não apenas fontes de ferro. O alomântico pode puxar mentalmente uma dessas linhas para trazer a fonte de metal em sua direção. Um Brumoso que queimar ferro é conhecido como Atraidor.

LATÃO (METAL DE *EMPURRÃO* MENTAL EXTERNO): Uma pessoa queimando latão pode aplacar as emoções de outras pessoas, persuadindo-as e tornando determinadas emoções menos fortes. Um alomântico cuidadoso pode abrandar todas as emoções, deixando, basicamente, que a pessoa sinta apenas o que ele deseja. Latão, no entanto, não permite que o alomântico leia mentes ou mesmo as emoções. Um Brumoso que queima latão é conhecido como Abrandador.

LANÇAMOEDAS: Um Brumoso que pode queimar aço.

MALATIUM: O metal descoberto por Kelsier, com frequência chamado de Décimo Primeiro Metal. Ninguém sabe onde ele o encontrou ou por que pensava que poderia matar o Senhor Soberano com ele. No fim, contudo, levou Vin à pista de que precisava para derrotar o imperador. Uma pessoa queimando malatium pode ver uma versão do passado de outra pessoa, ou possivelmente uma versão alternativa dessa pessoa se o passado dela fosse diferente.

NASCIDO DA BRUMA: Um alomântico que pode queimar todos os metais alomânticos.

OLHO DE ESTANHO: Um Brumoso que pode queimar estanho.

OURO (METAL DE *PUXÃO* TEMPORAL INTERNO): Uma pessoa queimando ouro pode ver uma versão do passado de si mesma, ou possivelmente uma versão alternativa de si mesma caso seu passado fosse diferente.

PELTRE (METAL DE *EMPURRÃO* FÍSICO INTERNO): Uma pessoa queimando peltre amplifica os atributos físicos de seu corpo. Ela se torna mais forte, mais durável e mais habilidosa. O peltre também aumenta o senso de equilíbrio do corpo e a habilidade de se recuperar de ferimentos. Um Brumoso que pode queimar peltre é conhecido como Braço de Peltre ou Brutamontes.

TUMULTUADOR): Um Brumoso que pode queimar zinco.

ZINCO (METAL DE *PUXÃO* MENTAL EXTERNO): Uma pessoa queimando zinco pode tumultuar as emoções de outras pessoas, inflamando-as e tornando determinadas emoções mais poderosas. Zinco, no entanto, não permite que o alomântico leia mentes ou mesmo emoções. Um Brumoso que queima zinco é conhecido como Tumultuador.

DIREÇÃO EDITORIAL
Daniele Cajueiro

EDITORA RESPONSÁVEL
Mariana Rolier

PRODUÇÃO EDITORIAL
Adriana Torres
Júlia Ribeiro
Laiane Flores
Mariana Lucena

REVISÃO DE TRADUÇÃO
Gabriel Demasi

REVISÃO
André Marinho
Fernanda Lutfi
Laura Folgueira
Manoela Alves

CONSULTORIA
Alec Costa
Raphael Castilho

DIAGRAMAÇÃO E ADAPTAÇÃO
DE PROJETO GRÁFICO DE MIOLO
Larissa Fernandez
Leticia Fernandez

Este livro foi impresso pela Leograf, em 2025, para a Trama.
O papel de miolo é Ivory 65g/m² e o de capa é cartão 250g/m².